文
景

Horizon

社科新知 文艺新潮

社科新知 文艺新潮

杀鬼

甘耀明

Kan

Yao-Ming

上海人民出版社

我的愿望是马上死掉，快快乐乐地当野鬼。当鬼好好，不用人管，每天在外头玩，也不用回家。我当鬼就不用写作业，不用上学。我当鬼，不用吃饭洗澡，我的祖父再也不用打我骂我了。

——关牛窝公学校·刘兴帕·作文题目《我的愿望》

未老心迹倩谁猜？翻为啼血杜鹃来！
耳盈虏语已堪恨，目满蒿莱更可哀！
世异空垂悲国泪，愁深莫上望乡台。
死生容易何曾惜，报国无门枉尘埃！

——三十遣兴·鬼王（吴汤兴）

海行兮，为水流尸
山行兮，为草掩荒尸
死在大君侧，无惧无悔

——第二次世界大战日本名歌《海行兮》

目　录

名字里有番字的少年　1
从现在开始，我要成为日本人　21
绊倒火轮车的九鏨头　43
爸爸，你要活下来　63
我叫作鹿野千拔　81
少年的梦里只有坦克　95
天公伯终于青瞑了　119
莎哟娜啦，大箍呆阁下殿　145
螃蟹人与抛火蛋的大铁鸟　173
她喊加藤武夫时，没有布洛湾了　195
母亲死在自己的梦里　221

亚细亚号与萤火虫人　245
神风来助，桃太郎大战鬼王　273
九青团与矮黑人都坐上火车了　295
圣母玛利亚·观世音娘娘下凡　327
构树不言，下自成蹊　355
往七重天之路　377
鬼屋是穷人的乐园　395
我是鬼子，也是来寄信的　417
再会了，下港的黑狗兄　453
重返关牛窝之路　475
日久他乡是故乡　495

甘耀明谈《杀鬼》　515

名字里

有番字的

少年

杀人的大铁兽来到“番界”关牛窝了。它有十只脚、四颗心脏，重得快把路压出水，使它看起来像一艘航在马路的华丽轮船。新世界终究来了，动摇一切。有人逃开，有人去凑热闹，只有“龙眼园家族”中的帕（Pa）要拦下大铁兽。帕是小学生，身高将近六尺，力量大，跑得快而没有影子渣，光是这两项就可称为“超弩级人”，意思是能力超强者，照现今说法就是“超人”。

大铁兽来时，帕和同学正放学。那时的天气霜峻，他们赤脚走在一种早年特有的轻便车轨道上，想用冷铁轨麻痹脚板，走路就不太痛，却常踢破了趾头流血而不自知。忽然间，帕跪落去，耳朵贴上轨道，上头除了轻便车的奔驰声，还传来大铁兽的怒吼。他跳起来，大喊他要拦下大怪兽，喊完，戴上战斗帽。一旁老是跟班的同学戴上盘帽，拉一拉帽檐，学他张开手，搞不清楚自己的蠢样是要干吗。帕的目珠激动，肌肉膨胀，他多走几步，站上那座才建好的“香灰桥”。他张开脚，铁着腰，直到胸肌满出了旺盛的气力，大吼一声，要在这桥头挡下那改变关牛窝的魔魅力量。

香灰桥是不久前由百个年轻人建的。他们扛十八座小工寮进庄，吃住在里头，走时把工寮扛走。这些推行“皇民化”的人，把画有两把锹子的旗子插地，立即帮山路动手术，拿丁字镐、凿子及锄头猛刨，庄子到处弥漫着泥灰。他们工作多么有干劲，几乎像在玩把戏：把路在这里往上撬、那里往下捶，几下就平了。拓宽用手抓住路两边，倾身往后拉开便行；截弯取直是站在庄子的两头把路扯了直，再铺回这种称为轻便车或台车的轨道，过程好到没可嫌。遇到关牛窝溪，他们架起桧木桥，淋上沥青强化。才扛走工寮，当夜的溪谷就闹鬼了，流过的汹涌嘲笑声把桥冲毁了，顺河流五公里找不到什么残木。青年人又扛回工寮，改用石头建桥，加班到午夜才竣工。当晚的溪水少，却流过激烈的鬼声，把石桥拆崩了。青年人再扛回工寮外，还扛来一台黑轿车。车放在大桧木板上，由四十人扛跑，像迎神祭庆典中扛着绕境的宝辇。到了目的地，把轿车搬下，郡守走下轿车。因为战争使得汽油欠缺，郡守又想坐车，才由抬得手痒痒的青年人扛来。文武官、保正早就在路边站一排夹紧腿，恭敬迎接。庄人跑来斗热闹，表面正经，私下更正经说，这桥连内地（日本）的师傅都没法度呀！因为河里住了一群乌索索的毛蟹，是恩主公的营兵。要是没先去庙里丢个圣筊，得不到恩主公的同意就盖桥，毛蟹会拆到你脱裤子。

郡守叽里呱啦用日语骂："亏你们是大国民呀！是大东亚圣战的非常时期了，连桥都建不好，要是军辎不能运，大家就完了。"内地来的工程师听了猛啄头，擂通了道理。他们在溪流上架模板、绑铅丝，再将水泥掺入水和沙子，搅拌后灌入模板。一位老农看了大笑，说："嚎痟，石桥与木桥都垮了，反倒用烂泥做。"好多村民拍膝应和。到了当夜，有人提火把来看，听到毛蟹愤怒对桥墩猛甩耳光的响声，乐得把话闷着，明日再拿出来趁人多取笑。第二日，天才光，大家跑到桥头，神鬼搓把戏似的，桥稳稳的没垮，只有模板脱了，亮出非钢非铁非石头的东西。那散落的模板上全插满了断螯，像蜂蛹颤个不停。恩主公的大将都没用了。几个孩子在地上找，看有没有昨日留下的软泥，吃了身体变成铁。老农忍不住骂："一群憨膣子！那香灰在庙里最多，不用抢。"

"那不是香灰桥，是在桥上膏（涂）了红毛泥，才十分硬。"在那桥盖好后几日，帕的阿公刘金福在桥隘对帕说，“照你阿兴叔公的讲法，那泥羹是红毛人带来的。他们将奇石碾碎，再用锅子炒熟成泥灰，用时，把泥灰摞水搅沙，水干后会变回你想要的石头，怎样的形状都行。你知道红毛人吧！就是荷兰人，被国姓爷打走的。他们鼻孔翻天，目珠有颜色。大清国时，他们行过关牛窝，到**红毛馆**山住，雇脑丁（樟脑工）焗脑，一担的脑砂能换一担的钱。”

现下，帕要在水泥桥挡下铁兽。咚咚的，铁兽来了，把烟吐上天，搔得群山的棱线微涨了。转过弯，大怪兽亮出蓝绿色车壳，肚子长了十颗轮胎，有四个猛捣的直立式汽缸。它是一列不靠铁轨也能走的火车。火车后头跟着两台卡车和五匹马，前头有吉普车引导。吉普车上的宪兵对车夫大吼，要不就搬走铁轨上的轻便车，要不就变成肉泥的份。几个大胆的孩子跑去，有的用日语大喊：“是汽车（火车）来了。”有的用日语大喊：“自动车（巴士）来了。”他们隔着火车争吵，吼叫全被铁兽的喘息声压下。村人的焦点很快又转移了，因为有一头被火车吓坏的牛直冲帕去。这黄牛嘴吐白沫，牛鼻被铜贯扯出血，后头拖着的空车蹬到石块就蹦得高，让紧追的老农大叫大哭。只见帕把力气洒满身，不过是一手拗牛角，一手扯牛环，使一箸菜的力，牛就乖乖靠在他怀里了。

那一刻，是人的都欢呼尖叫。坐在火车里的日本陆军中佐鹿野武雄吓到，从座位弹起来，问随行的庄长，那壮汉是谁？“那是帕，一个爸妈不要的孩子，虽然高大却还是小学生。”庄长恭敬回答下去，“他是大力士，喜欢拦下路上的怪东西，连北风都敢拦。”鹿野中佐远视着帕，抿嘴不语，心想：“大力士，不就能配称‘超弩级’

的人。”便要考验帕的能耐。他要传令点督下去，帕要拦就拦，就是能拦下全世界更好。鹿野中佐治兵如鬼见愁，极为严厉，说一句话，旁人得做出百句的内容，因此有“鬼中佐”封号，而“鬼”在日文汉字有凶狠的意思。传令勒缰骑马，喝声去传令了。于是，前导吉普车紧停在帕前面，不是怕被人拦，是怕违令而害惨自己。帕却怒眼圆睁，天真无比地吼：“闪，你挡下后头的怪物了。”他连人带车地把宪兵推到路边，撒泡尿也比这省力。帕拍拍手上的灰尘，站回桥头，把十根手指的关节捏得又响又烫，然后张开手臂。庄人叫得半死，闲闲等着帕拦下铁兽。

火车的前头有个小驾驶房，里头的**机关士**转着大方向盘，只要拉一根铁棒，汽笛喊出的尖锐声，能让路人头发全竖成了插针。火车鸣笛来，帕也大吼回去，憋满了气力迎接。这一叫，火车像纸糊的，摇摇颤颤地刹停，两侧滤了几泡蒸汽。这时节，机关车尾蹦出一个十七岁、名叫赵阿涂的**机关助士**。他脸上老是挂着鼻涕，甩呀甩的！人爬上车打开水箱，又从驿边的水塔拉下了输水器“水鹤”，注水给火车。村童大叫，觉得帕真厉害，要铁兽停，它哪敢走。接下来孩童轻叹，原来几日前建完的木房不像驿站，倒像是畜兽栏，水塔也是给它洗刷喉咙用的。机关助士加完水，跑回炉灶间。那里热得空气中游满了透明蚯蚓，大火把他的汗烤干，白色的体盐落满地，脚踩沙沙响。他用铲子给火室喂石炭。火舌舔得凶，把煤咬出脆亮。一团石炭从煤箱滑落，纵身一弹，还没落地就给一个利落的孩子接着。他一啃，牙咬崩了，满嘴黑呼噜地喊：“这石头能烧火了。”

铁兽不来，帕上前理论。火车真壮观，车前挂有黑檀木底纹的菊花环，环内写“八纮一宇”四字。意思要纳八方于同一屋宇，即四海一家，潜台词是征服世界的意思。车头还交叉挂着日丸旗和日本陆军十六条旗，迎风猎猎，好不剽武。火车的线条雄悍，迷宫般的转轴和精巧齿轮的神秘运转。轮胎是实心橡胶胎，主动轮直径有一米八。夕阳斜来，车壳发出闪光。帕摸了车头用来推开路障碍的铁鸭嘴，上头流动一路所累积的静电，啪一声，他被电得大喊："它咬人。"帕的胆都冒疙瘩了，小心地绕到另一边观察，不料叫得更大声。这回不是触电，是看到车墙贴了张报纸，头条是"皇军奇袭米国，爆弹轰沉真珠湾"。美国珍珠港报废了，用"轰沉"不是"击沉"，表示珍珠港像战舰般瞬间沉没。帕高兴得鼓满了肺气，双臂一挤，喉管高声响出："**爆击**（轰炸）米国，米——国——陷——落。"**陷落**就是沦陷。帕喊声出，千山泼了回声，让所有的孩子也兴奋得不断喊陷落、陷落……

帕忘了拦下铁兽这回事，兴奋地抓它摇晃，其他孩子跟着摇车。火车渐渐地颤抖起来。鬼中佐要看帕如何面对新式火车，要士兵们等待，即使帕点一把火烧他们，也要有稻草人被活活化成灰的精神。孩子摇完火车，学帕爬上车，他们跑上蹿下，熟悉得当灶房来逛。这时候，帕第一次看到鬼中佐，毫无畏惧，却被他身边一位叫秀山美惠子的女子惊着。美惠子足蹬白袜鞋，穿西洋白衫，下着淡蓝长裙，身材纤细。她是关牛窝公学校的新教师，和传统穿裤子的女人相较，她洋派多了。尤其是脸颊红如苹果，白皙透透，是内地人特有的面相。

美惠子敞出了凶脸，对帕说："你们'番人'好野蛮。"见帕不言，又问，"你是毕业生吧！"

帕注意到她脚边的敞开大黑皮箱，一些书籍及日用品因摇晃而散落。"我还在读书。"帕说，看着美惠子夕阳下清淡的线条，美极了。

忍不住的是巡察，他们站在驿站前恭迎火车多时。在大铁兽前，他们的佩刀兴奋得发出细微声，连忙用手按下，却发现手抖得更凶。车站一带属翘胡子巡察管的，这绰号来自他留有仁丹广告那种上将式的翘胡子。翘胡子巡察多少怕帕，但看不下荒唐了，拿了短鞭走到车内，猛挥去，往帕额头凿出鲜血。“笨蛋。”车尾传来鬼中佐的声音，他站起来，眼神豺，斜阳把高筒军靴炸出了刺眼的反光，好像脚踩怒火。一旁的士兵寒毛竖直了。翘胡子巡察把腿并得没缝，胡子一翘，随后又怒骂着帕，要这个清国奴滚下车。鬼中佐又骂笨蛋了，拍响军刀，指着巡警的脚说：“所有文武官，明天起给我打绑腿。”翘胡子巡察了解自己被骂，应声下车。这时候，鬼中佐走过帕，要是正眼看这孩子会有点怕。他走下车，穿过黑压压的村民，爬上备妥的楼梯，站上车顶铺好的红艳绒布。他看着纵谷的某座山，抽出银亮的佩刀，对纠集的村民说：“这是新的时代，从现在开始，你们要做工奉献给天皇。不惜任何代价，给我铲平那个山头。拿起工具，唱歌出发。”火车响出汽笛，抖动起来，四周炸出白霭的蒸汽，像浮在海上装满朝气的轮船。整座纵谷也仿佛苏醒了。

新世界来了，人逃不过去，连鬼也是。长眠土下的“鬼王”被尖锐的汽笛声扰醒，他睡得够久，也够累了，时间摧毁他的肉体，却没有磨光他的锐气。鬼王暖好筋骨，推开双手，碰到坚硬的大铁棺而收手。他以为下雨了，伴淅沥的雨声睡去，直到帕一个月后暴怒地吵醒他。雨声是鬼中佐尿的。那时节，鬼中佐骑马，走向磅礴的森林，后头跟着吉普车和数百个扛工具的村民，要去砍平一座山头。他们沿通往少数民族部落的山道走，路上的小坑积满水，里头的水黾趴开长脚滑行。随着中气十足的步伐，水窝震动，抖开水波，来不及逃走的水黾被密集的人群踏死。树荫兜头淋下，鬼中佐的眼角闪入光芒。他勒缰绳，岔入暗隐的小径寻光，士兵挡下了随后的村民。在长草尽头，鬼中佐解开裤裆小解，撒出热尿，把土里刚睡醒的鬼王浇得汤烫。勒紧腰带时，鬼中佐发现了蹊跷，出刀拨开草，露出一块风雨模糊、上头刻的字迹已淡晕的大石碑。鬼中佐跳上大石碑，放眼综观，在冬风压低的草丛中，前方鱼涌着无尽的死人碑，自己陷在标准的汉人坟场。他大笑，畅快喉咙，而鬼王却听他撒落的尿声睡去。两个士兵闻笑声跑来，腋下夹步枪，手指勾在扳机。“清国奴就是清国奴，做鬼也一样。”鬼中佐指着乱葬岗，咧开嘴，“死了也是一盘散沙，没有秩序可言。”两个士兵听了傲然，“嗨”一声收枪。鬼少佐抽出白布，拭净军刀上的灰尘，收入刀鞘，勒马离开。

鬼中佐发现关牛窝不是传说中毒蛇、疟疾和“生番”砍人的荒地，是物产丰饶的天堂，宣布此地叫“瑞穗”——稻谷饱满丰润，像鲜乳一样从穗尖滑到底，也像鲜乳一样喂养人——可惜九降风过刃，太犀利，皮肤常被割伤，与关东著名的下山风一样，往往伤人于无形中。他在公学校旁的空地扎军营，开始操兵，要把士兵练成九降风般锐利，去战场收割敌人。不过，吉普车的发动声和马匹鸣叫，干扰了学生上课。

学生每日面向东升旗后，要转向东北朝日本的皇宫鞠躬，代表对天皇、皇后的敬意。可是离学生最近的，只有马匹吐气。它们向学生们噘嘴皮。士兵连忙把马拉过去，学生这下看到更精彩的马屁股开阖，一坨粪直落地，冒热气。帕忍不住大笑，一次比一次夸张，肺囊笑瘪、肠子折伤，鞠躬时快拗不回腰骨了。师长对这大孩子没法度，要是其他的孩子敢笑，一巴掌甩回去。特别是校长更是狠，平日听到谁讲客语或泰雅语，骂完就呼巴掌，把人甩得五官翻山，再把写着“清国奴”的狗牌挂在学生身上。被罚的学生要去找下一个不讲“国语”的人，移交狗牌。狗牌最后全找到主人，挂在帕身上，像胡子一样密集，要是一般的孩子早就被压得脊椎侧弯。狗牌挂越多，帕就越讲方言，铁着挑战规定，校长要是敢呼去巴掌，手肯定肿得找不到指甲。所以，校长看到帕对马狂笑，只有咬牙的份，想来想去，只好把他调为升旗手，也许拉拉绳子能让他专注些。三天后的升旗典礼，即使六匹马齐一放屁拉屎，帕半个笑纹也不皱，冷得像中风的石头。校长以为这是他的功劳，把帕调为旗手是对的，其实是新老师美惠子无意间用黑土丸驯服了帕。

美惠子教学生饭前洗手，说苍蝇这么脏，专吃腐败东西，也知道要不停地把手搓洗，把脸抹干净才动嘴，何况是人呀！美惠子也教他们饭后刷牙，说不刷牙的比动物园的猩猩“丽塔（リタ）”还糟，丽塔还会刷牙呢。她还要求学生每天要洗澡，上完厕所用纸擦屁股。她把报纸裁成一块块，挂在公厕使用。帕常在蹲厕时看报纸广告，趁大肠抖擞、屁股大开大阖时，数着刘金福教他的汉字还认得几个，大声念给隔间的同学听。但是最吸引人的还是报纸上的广告图，呈现万花筒的世界，眼花得上完厕所起身会头晕。他们会在学校的毕业旅行第一次到大都市开眼界，但广告早就预习过一切，那是有钱就能体验的新世界。比如，冰箱能分泌冷飕飕的荷尔蒙蒸汽，让猪肉睡成木乃伊，八角就能租用。水死掉后硬成冰激凌，花五分钱，可买它在嘴中复活的威力。电扇能制造小型“神风”，附加绞碎飞蚊和蟑螂的威力，十元有找。学生没闲钱，深觉最好的享受就是看人吃冰而自己流口水，他们看广告就能干过瘾。等上课钟响才起身，为了珍惜报纸给他们的惊喜而不愿当卫生纸用，只用竹片刮屁眼。

有一次上课，美惠子要帕和一个很瘦的同学站一块儿比较，说明什么叫营养不良。对照组憔皮邋遢，瘦成竹竿，吃下肚的营养被蛔虫拦截——它们又肥又长属于盗匪型的过动儿。美惠子告诉全班，帕身材魁梧，是吃米饭的模范生。大家羡慕得鼓掌。帕摇头，说他一年只在除夕喝白汤，里头找不到饭粒。美惠子说，那种白汤叫牛奶，喝这种高营养汤的才强壮。帕猛摇头说，那叫“糜饮（稀饭）”，淡得不牵丝。因为帕用客语讲糜饮，难翻成日语，用粉笔灰掺水来示范。最后，帕掀开装书的花布包，满足美惠子对他吃食的好奇。帕连饭都没带，每天带米酒瓶，吓得美惠子把他认为是酒鬼。瓶子像现今的清酒瓶大，里头塞满当成餐饭的萝卜干。美惠子难以相信这能让人强壮，无病无痛地长成。帕说，他倒是有牙虫发疯的病，钻入脑浆或下颚了。美惠子知道那是牙痛，用一种湿臭的黑药丸，塞入帕的臼牙缝，说：“这是天皇赐药，你要更尊敬他。”帕的蛀牙好了，记得那种外壳画有喇叭的橘红盒子，药名“征露丸”——这是一九〇四年日本人在日露战争中发明的肠胃药，意谓征服了“露西亚（俄国）”。

帕很听美惠子的话，拉旗绳时，不再乱笑马屙屎。但是学生很快看不到马抖屁股了。鬼中佐把公学校改成练兵场，把学校搬到恩主公庙，把恩主公搬到庙埕的供桌，准备用火烧他们。鬼中佐要让寺庙升天，择日把“中国神”烧了，要大家改拜供奉在神社的天照大神，他的地位等同是玉皇大帝。恩主公成了囚神，供桌上摆了米食和猪鸭，这是他的最后一餐。恩主公多日睡不着，眼袋浮肿，眼角囤了一泡眼屎。他很快就有伴，因为全关牛窝二十八尊的神像都来了，要送回西天。一旁由士兵架枪看守。怕恩主公被民众生劫法场，他被钉子钉死，用铁链缠肥得跟弥勒佛一样，却少了笑口常开的豁达。由神道教的僧侣祝祷完之后，行刑开始，放火烧，加木柴又泼油，把众神牢牢地关在里头。他们握着火焰栏杆，身体直冒浓烟。烧到最后，只剩恩主公活着，其他的化成灰。活下来的他也好不到哪，一张红脸烧成黑脸张飞了，神服和绣球官帽被火剥透透，秃丑又见笑，恨不得找墙磕死。

鬼中佐命人把裸身的恩主公搬出，放在车站前示众，等待火车辗出他的神魄。一刻后，火车翻过牛背崁，大烟熏黑了白云，直冲驿站而来，见着恩主公就像遇到蟑螂踩去。恩主公吓出力量，牙一咬，成了踩不死、压不扁、跺不烂、辗不出肠的泥团，火车来来回回、前进巴顾地压也没办法。鬼中佐要火车停下，走到恩主公前，大吼一声："帕，出来。"帕人很高，头从人群中浮过来，不久露出全身。鬼中佐要他报上名来。

"我是帕。"他双手叉腰，眼大而不厉。

"这是'番名'，汉名呢？"

"刘兴帕。"帕又补充说，"我的名字里有个番字。"

"你是爸妈不要的孩子，我收你为义子。以后，你的名字是鹿野千拔。"鬼中佐说罢，对帕不断复诵"鹿野千拔"，不疾不缓。帕先是捏拳抗拒，不久捂上耳朵，但来不及了。那名字在脑海放大，如雷浇灌，如海销蚀，要驱逐它不如接受了，于是帕张嘴放逐那些心音，说："鹿野千拔。"

"鹿野千拔，来。拔刀，斩中国神。"鬼中佐拍了腰间的佩刀。

帕上前几步，握刀柄，把那把刀拔出鞘。他把刀快挥，几乎看到空气裂开的伤口，才吼一声劈去。恩主公分家了，迸出一大泡的尘，并飞出一群虎头蜂。虎头蜂是制神尊时封在泥内以显赫神威，如今仍然猛剽，翅膀生风，撅起带刺的尾巴攻击。帕空拳捞下蜂群，一掌抓了三十六只，放入嘴嚼个爽。这时节，火车火室也烧得悍，火舌自己顶开炉门，想把机关助士卷进去。日本兵赶紧把恩主公的残肉丢进去烧。火车吸收了神魄，轮胎又刨又跳，不用多半颗炭的助兴，一溜烟就跑到纵谷的尽头，只留下蓝天中的黑烟。老村民纷纷跪落地，用双手盛接下那称为“神灰”的烟灰，仔细收藏祭拜。煤云轰隆隆地膨胀，落下闪电，哗啦啦下大雨。人都散了，帕还站在场上，双手紫冷发抖，听着雷雨响在每座山的怀抱里。他竟然杀了神，而且怎么杀的都不晓得。他没处可逃，一辈子被神诅咒了。

全关牛窝最慢知道恩主公被杀的，就数帕的阿公刘金福。刘金福当年是关牛窝的土豪，用一株百年龙眼树繁殖出无数树苗，靠此养活子孙。庄里产的蜂蜜浆稠，如月光，如掺了时光的液态玛瑙，每季珍品皆装入雕有桂圆花的玉罐。珍品进贡给巡抚刘铭传吃，他的麻子脸好了不少，但他妻妾的感情更坏了，常为养颜美容的蜂蜜争来争去。刘金福因此获武官八品，领军一百名官兵隘勇和民兵隘丁，好防堵少数民族侵扰。刘金福娶了三个老婆，以曾搞垮三张眠床自豪，却苦于记不得十五个子嗣的排序和名字。清朝败给日本后，立《马关条约》割让台、澎。刘金福听说日本人爱抽税，吃饭洗澡放屁要抽头，跟老婆上床还要缴税。他气不过，领了军民一百二十人，携防“番仔”的火绳铳十把、戳山猪的鸡油柄镖刀二十支、竹篙插菜刀四十支，加入“义军”对抗日本的现代化武器，展开俗称为“走番仔反”的战争，这回的“番仔”变成日军。义军越打越惨，打输颠倒志气高，最后在台湾中部的一座大山头被日军彻底击溃。刘金福退回关牛窝。日本人到村子治理后，刘金福有万万个理由反抗，发现没有比老理由更好的，就是宁愿那里绑死也不缴半滴“豫（精液）”税。他志气高得抛家弃子，独隐深山，用竹篱围成圈，延续一个叫“绿巴碧客（Republic）”的神秘小国。他自拥“国玺”和“国旗”，“国土”有菜园几畦，子民有鸡鸭三两，继续和日本人消极抗衡。

“国玺”有拳头大，上刻官衔“伯理玺天德”，是洋文“总统”的音译，不料给帕吃光了。帕小时候对世界的认知由嘴巴进入，拿到什么就吃，还差点喝掉一条山溪水，没好吃就吮自己的拇指。他这贪吃鬼，舌头老是黏在地上，像蜗牛到处卷东西食，两口啃光“国玺”，不肯屙出来。刘金福兜着脸盆苦追一个月，才对粉红的小屁眼叹气，说了上百回的“算了”。他自嘲虽不是做总统的料，至少能保护好蓝地黄虎旗。他赶紧升起旗，在蜗牛壳中放月桃的种子当铃铛，系在杆底让帕往上吃起时能提防。蓝地黄虎旗是从战场拿回的，烧剩下一半，金葱绣虎只剩下半身和五个铳孔。其中穿过旗子的两颗铳子，卡在刘金福体内，他说他那时把“国旗”绑在身上杀向日军。此后，每当气候和湿度对时，他便大叹：“唉！两尾鳚鳅活了。”他体内两颗铳子开始窜流，彼此分不清是仇人还是爱人在追逐，不客气地打烂器官，快搞死人。这时刘金福会念上几回的《般若波罗蜜多心经》，安慰铳子，更能安定自己。

他却活得长寿，是全庄最强悍的“活死人”。他在篱笆外筑短坟，碑石刻上自己名字“刘金福之墓”，如果不想见的外人来打扰，就指着墓说：“他死了，鬼仔已转去**唐山**。”这神秘国越来越冷清，访客只剩下越积越多的青苔。只有过旧历年时来一群来自山下懂门路、吃甜头的孩童，走两小时山路，在篱笆外跪喊：“绿巴碧客，万岁；伯理玺天德，万万岁。”刘金福欢喜极了，要封他们作哨官、营官，颁赐美食糕点，满山土地自己去画封。那时光总是恬静，夕阳大把大把地流满森林，黄粉粉地停妥在坟头上。帕的下巴磕在窗台上，抠着脚趾头，看着刘金福坐在碑上、端着美食，一遍又一遍讲在民主国时代如何“走番仔反”，如何和日本人相打，如何挡铳子、扛大铳，如何在竹篙顶插菜刀和对方相杀，尽兴处要村童弄个棍棒互打，摆个战场风光。帕总是想着，眼前这老头如此憨直，不通情理，对自己好就像要刮下自己一层皮难，又老是讲些五四三的老狗屎故事，竟然跟他生活了这么久。而村童这么配合，完全为了好彩的。他们最后吵到了红龟粄、丁粄或几块山猪肉，吃得满嘴油光，手还兜几块糕饼，顺道骂骂日本人，笑着下山去，约定明年再来。明年懂事不来了，只剩刘金福在门口端漆红盘子，听着寒风咻咻跑过，怪起孩子怕一种叫“魔神仔”的山鬼而不来山上了。久等不到，他对屋内偷窥的帕喊：“来玩玩大将军，仰般？”“自家吃自家的，有什么好玩。”帕紧躲在窗下，摸摸印在下巴的窗沟痕，他要的是过年红包而已。他记得两年前刘金福给他一个**佛银**——佛朗机银圆，由俗称佛朗机（西班牙）的殖民地菲律宾流入台湾地区，是清末台湾地区常用的民间货币——当作红包，他拿去换了一套制服与帽子。有红包，他狗屎也吃。

这两人平日很少私情对话，像不同时代的野鬼。要是话超过十句，都是在吵架了。帕在篱笆内很顺从刘金福，讲一不二，在篱外就马虎，常逗弄刘金福。他们相依为命，要是哪天没听到对方的屁响，全身发酸不对劲。这种关系得从帕的天生异能说起。帕出生两个月就会爬，因为命克爷娘，由不信邪的刘金福从“龙眼园”带回抚养。帕忘不了那天，有个头上长了黑尾巴的人要他背一捆棉被和草席，艰困地爬了四公里，来到树蕨比草多、潮湿浓过云的山谷居住，一住就是十年。如今，帕每日放学后，把日文书和制服挂在坟边的小屋，换上台湾衫走入篱笆。这天，帕转家后主动对刘金福提及，恩主公被人打烂了。刘金福问：“谁打烂的？”帕顿了会，说：“四脚仔。”在村人眼里，日本人跟狗一样吠人，故称“四脚仔”。刘金福又问：“那四脚仔叫什么名？”“鹿野千拔。”帕才勉强说完日本名字，狠狠吃了刘金福一巴掌，哪躲得去。帕犯了大忌，因为在刘金福的竹篱内不能说日语。

刘金福得发明新词汇，对抗那日语，手表不叫时计，名唤“日头盒仔”；巴士不是自动车，叫“木包人”；西红柿不叫“椭蔓多”，是软柿仔；百香果不是“椭结索”，叫酸菝仔。但是，刘金福发现要对抗那些日语，简直像要躲阳光一样困难，它们如此顽劣地渗入生活，影响思维，甚至在梦里化作螭蛇作怪，于是刘金福学会消极对抗。每当帕在言语中夹杂日语，刘金福会大吼阻止。如果帕说我要去“便所”，刘金福怒声响应“给我惦惦”，虽然他还不知道“便所”是什么，绝对不是好东西。又有一回，帕拿回香喷喷的面包，说我们来吃“胖”！刘金福拍掉面包，踩个爆炸不说，还怒骂：“给我惦惦，这叫‘阿督仔（洋人）的包子’，当我憨瓜呀！”帕也学乖，省下很多山下学到的艰涩词句，用“这个”或“那个”模糊带过去，也躲过那些不必要的挨骂。于是谈话变成：“好了，山下的这个已经那个了”。或者：“那个现下变成了，唉！自家想吧！”甚至是简化成“那个已经那个了”。刘金福答得更妙：“对，都那个了。”到底怎样了，刘金福全然不知，但是只知要说清楚“那个”会中了帕的诡计。不过，最近帕经常多嘴地形容火车，用词超过这个、那个的，这没有引起刘金福的不快，反而让他数度动念想要下山去看。

在扇了帕一巴掌后，两人安静多了，这时山下传来火车的尖锐笛声，清楚可辨。刘金福心头痒，要求帕准备“马擎仔”，准备下山看看那家伙，省下这个、那个的沟通，也能化解祖孙这时的僵持关系。所谓马擎仔，是改良自扛木材的工具“竹擎”的一种座椅，架在帕的肩上，方便刘金福乘驶。刘金福用缠头——某种老时代的黑长布，把脑后的长辫子拢起来，骑上帕，才左泼风来，右甩云去，就晃到几里外的庄子。在那里，天空丑了一匹烟，像虬窜的龙，龙尾散开来，浓稠的龙头却钻进火车烟囱，钻个不停。火车跑出五座山外，巨声泛在十座山内。从煤烟的厚薄来判断，帕马上可追上，让刘金福被铁兽吓着，要是能骂上它几句更好。马擎仔快奔，震得刘金福浑身的关节吐酸水，骨头快拆了，便踩帕的肩暗示，说：“你莫憨了，山里没火轮车，那种行铁枝路的，在县里才有。”帕听了这话更是硬颈地要载他去瞧，直到刘金福又说骨节筛出粉了，才愣下脚。刘金福说得是，那怪物不会就此消失，总会再来，不急一时。

难得下山，刘金福要帕在庄子多绕几圈，给人看看，也看看新世界。村人称这对祖孙为“两子阿孙”，便猛喊两子阿孙来了。他们看到刘金福，欢喜地喊他“老古锥”，有骨气跟日本人耗；见他走了，在后背笑“死硬壳”，在山头当穷土匪、又搞什么食饱闲闲的鬼皇帝。两子阿孙摽了几圈，把孩子都吸引来，刘金福用老时代的讲法，说刚刚的叫火轮车，它靠的站叫“火轮车码头”。村童报以热烈的掌声，觉得这老货仔真行，把火车说成流动的火，难怪车站叫码头。他们最后停在有钱的阿舍家所设的报纸栏。头条仍是日军爆击珍珠港，快一个月了，报纸没换掉。帕大声说，阿公你看，米国人输了。刘金福唯一反驳的是把米国纠正成“美利坚”。说罢沉默了好久。这几年来，刘金福每回下山便以骑在帕肩头的方式，吸引小团仔来读报纸，教导夹藏在日语中的汉字。自从日中开战后，开始禁绝汉文化，汉文报纸渐渐没了，连学校每周一堂的汉文课都取消了。经刘金福的教导，这些村童已习得十几个汉字与读音。但是他们玩心重，总是顾不好脑壳中的汉字，常不小心让字从耳朵溜走。

这时又像往昔，刘金福要村童在挤满孑孓字的报纸中，挑出俗称“正字”的汉字，来个教学。帕在山上是条虫，下山变成龙，在庄子反而胡来，常常领着村童和刘金福戏耍。帕在地上用脚趾写下“内地”，几个孩子见状，手指停在日文报的不同处，却是同字。刘金福知道这是挑势，怎么会问题一样，便生气说：“教不精，这不是讲过了，仰般忘记？”他再仔细解释，内地就是唐山，我们从那儿来的，然后用俗称“正音”的汉音念上一遍内地。孩子王的帕会猛摇脚板，小孩便大笑地喊：“错，内地是日本啦！”用日文顶了回去。刘金福怒说这些日文是孑孓字，说出的是蚊子音，讲的是吸人血。四脚仔不是人中胡，就是屐仔脚，那讲的、穿的、用的都是唐山早就丢掉的垃圾，才被狗仔叼去东洋用。你们小团仔颠倒学，不学一手，学二手的，讥衰人。

帕觉得刘金福很老古板，壮胆跟他唱反调，说：“那火轮车是哪来的？人家说是内地货。”

刘金福叹了口气，喃喃自语，说那一定是“木包人”，这世上没有不用铁枝路就会转大弯、爬大坡的火轮车，要是有，肯定是唐山货。

“阿公，我们可以坐火轮车去看阿兴叔公。”帕忽然说，“你不是讲，要带我去看他。”

“你阿兴叔公没闲，过年才去看吧！”刘金福忽然提高音量，对四周小孩说，“大过年时，记得上山来领糕饼。”

从现在开始，

我要成为

日

本

人

在客语称“年三十夜”的除夕夜，夜风越吹越冷，万物睡息。只有远处的大头茶花盛开，独自芬芳，坠花还经过树丛几番拦阻，才叹罢落地。刘金福蹲在竹篱边吃着干枸杞当零食，等着帕扛大木头回来。他想着，这几年的年关越来越难过，光是绣旗上的金虎也不耐风霜，用针线缝得重，金虎已经够臃肿，旗子飞不起来。某次还被小团仔笑，看呀！那是神猪。

大头茶花又落了，夜中白花如雾。刘金福听到落花窸窣，以为帕回来，便喊声，你回来啦！大树不应，大头茶花继续落。于是刘金福把落花声错听成山鬼的呢喃，人老怕鬼，他生了皮寒，两手把鸡母皮揉下去。冷风又打劫，他抖得胃生寒气，心惊起来了。谁知他看到门前自己的风水碑，傍晚时祭拜、用碗公盛着的长年菜在那儿，又看着碑上名字，斗大的刘金福之墓，心想他早已死透透，还惊鬼不成。刘金福笑起来，这方圆几公里内，被人称鬼的不就是自己。他补嘴馋地走出篱笆，拿了碗公，抓长年菜吃。长年菜是整株炆肥汤，照旧俗要整片吃，才有长年的意思。刘金福吃着菜，长叶哽在喉咙，也哽在心里，胃中酸水直往外冲喷。菜园里的三只鸡鸭被吵醒，先是憨面，再扑翅来，聚在坟边窜，脖子快结成一团。刘金福吃罢，衣袖往嘴边一抹，把碗公摔烂地，都给畜生去抢。

“岁岁平安，畜生也懂，我今天就把满山分封给你们，哈哈。”刘金福双手一拂，又当起土皇帝，说，“听好来，臭屁虫，左侧河流给你；大蛇哥，还在抢食，做了大将军，要有样子……”

其实帕早就来到山屋边，躲在远处的树干，手上拿根大木。他看到刘金福蹲在风水碑上哭，嘴上挂一条汤汤水水的菜叶，那像长舌头，人不像人、鬼不像鬼。他悄悄地退到百公尺外，把手中的大木敲小径旁的榉树，尽量发声，好给刘金福听到他回来而有时间擦干泪。残叶敲落了，星星露出，每颗在黑夜中泡得又白又大。帕快到家时，大喊回来了，然后跪地把那棵从保安林偷砍来的大树背上身，跪着前进。刘金福闻声，早已备妥了黄藤，用它使劲地抽打从篱笆爬进来的人。黄藤长满针，针长一寸，插入帕的肌肉，得用力抽才能拔出来。帕的皮肤又痛又烫，觉得祖父今年受了不少气，靠抽打泄愤，每一鞭打歪自己脊椎似。好在他提早用破布子汁抹身，皮肤带麻了，少受疼些。之后，帕背大木爬进屋，不懂事的鸡鸭还扑上头站，扇翅膀调笑。

这是新旧年的交替，刘金福照例给帕来个“逐出家门”的仪式。把家中大梁换了，换梁等于换了房，换房后还得移房才行。缘由是帕命太硬，换梁祈福，每年照做，不然霉运当头。刘金福认为去年对帕手软，今年才运不好，下手都是硬扎的功夫。仪式开始了。帕把房子中央的地板拆开，用那腰粗的新木抵地后，往上顶，便把旧木抽换了。换完木，帕抱柱，大喊：“不肖子孙刘兴帕，永远出家门。”

“不肖子孙刘金福，趜（赶）他出门了。”刘金福也大喊，把囤积一年的旧梁尘往他身上倒，又补一声：“走。”轰隆一声，屋梁震动，屋子要走路了。刘金福奔出门，拿火把，把鸡鸭赶进屋，把风水碑拔走。忽然间，他想起什么，跑到屋前帕放读书用品的日本小木屋，放火烧了。

小木屋的橘子霉了，挂绳上仍插松针、旧白纸扎，在夜风中翻弄，是日本人过年的样式。日本过阳历年，要台湾人摒弃旧历新年，改吃屠苏酒、黑豆、酱油煮昆布、醋腌炸鱼。帕过新历年时，从鬼中佐家拿了日本味的菜尾，磨碎后用鱼腥草盖味，端给刘金福吃。谁知刘金福瞧见了，发现平日吃菜是这样来的，脑门充血，趁脚就是踹下去。难怪刘金福整年来胃胀乱放屁，要服用山下药商那儿买来的恩主公的“眼屎”——商人用姑婆芋包征露丸才骗过山上的老古板，还揩油卖贵——如今刘金福余怒未消，放火烧这日本小屋，臭骂几回，然后转身勾脚爬上浮起来的竹篙屋。

在房屋中央，帕全身鼓起来，大吼一声，用新木把屋子撑起来，代价是每根骨头弯成发青的弓。刘金福也没闲，往帕一边泼木灰一边用狠毒的话骂，用藤条打。屋子重心不稳，要倒了，虽然帕把最重的厨房那方给提起来，屋子仍往山下溜。他一个刹脚，眼角回勾，倏忽来个蟒腰扭，抱柱子转起了房子。房子起先是浅浅地绕动，最后嗡嗡快转。帕抓到平衡前行，还说课本上说得对，地球是一颗转不停的陀螺，停下就死掉了。刘金福气炸了，大过年谈日本课本这鬼书。房子越转越快，刘金福的头发邋遢得散开，眼里冒出了金星，把胃中的长年菜整片吐出。但是，帕没法从绕动的窗口看到山径，他迷路了。刘金福提起了精神跑，原地跑步，窗户也在绕圈子，他看窗外报路。房子往前要绕过一些大树，不然会撞个粉碎。

刘金福越跑越快，房子也越转越快。家具飞来飞去，桌子的年轮糊了，所有的影子和主人分离且晕得卷边。那鸡鸭也都在地上滚。帕则满身是血，膝关节响个不停。最后，这“逐出家门”把房子扛离原地一百公尺就行了，更接近湿苔和森林。直到刘金福喊停，仪式才完成。

仪式过后，帕疼得难眠，睡不着，他只好跕在灶房看书，手捧书，用门牙咬火炭，借少得可怜的火光慢慢看。那是手抄书，是帕回头从刘金福放火烧的小屋救回的，有几处烧得臭爁。书更早是掉出美惠子的皮箱时偷捡来的，那是火车来的第一天。书名《银河铁道之夜》，作者叫宫泽贤治。书中描述一个孩子坐上银河列车，遨游星河间。以帕的日文能力是读不懂，但想象力是与生俱来的，凭认得的少数字汇拼出比原故事更棒的世界。他每读几行，会仰看窗外的夜空，想象有一辆列车奔驰在银河上，石头碾成流星，烟囱喷出星云，那种宇宙要用梦境丈量才有边际。帕有时看得忘神，把嘴上叼的火炭误为是从窗口掉入的流星，用舌头舔，又痛又不敢叫。

长年菜太咸，唐山梦太淡，刘金福起床，走到灶房寻水喝，瞄到帕把日本书拿入屋内看，打破了小国的禁忌，大大怒喊："畜生子，这鬼书也敢看。你阿公还没过身，不要给我作乱。"帕惊得把炭吞入嘴，这一慌，搞不清楚要收书，还是收拾火炭。他的鼻孔开始冒烟，嘴吐蒸汽，舌头痛得把火炭踹出，连忙用书本夹藏。不料，浓烟又从书缝泌出，烧透好几页，在里头泛滥成火了。帕只好躲出去，跑出篱笆，不忘慢下来回头关心。一定要这样，只要惹得刘金福生气，帕先逃开，让追来的刘金福借由小跑消怒气。但是，这次刘金福怒火凶烧，脑门绑满青筋，拿担竿扁担追打，再下去要喘死了。帕不得不跪地，给追来的刘金福打。帕也趁机抓起路口边、留给今年没上山的孩子的糕饼，吃得满嘴泥沙，说："你不要气了，你封我大将军，我受封了。"刘金福把担竿打断，还踹上一脚，指着帕的眉心："这野灵鬼转世的狗屎将军，把鬼书拿出来。"帕蹦了几圈，偎在一株小树边，听到刘金福的缴书命令，心想，不就一本故事书，难道也要玉皇大帝同意才行看？他不懂，不懂这老货仔为何活在自己的棺材里。帕也恼怒，用超过第十句的方式吼回去：“听你滥糁讲。我行出竹篱，莫管我的书了。你转去，转去你讥衰人的小国。”他跑开，边气边拧干书里面的火，使劲过头，竟绞落一些余烬。刘金福气得只看成那是几个日本字与汉字抱着发抖，全部踩死给仓颉分类。刘金福想，落单的汉字会被日文带坏，早死早回唐山超生。他又紧追帕。这时候下起雨，越下越紧凑，雨把森林洗得透白，刘金福迷路，骨子凉透，不知不觉来到山下的关牛窝。雨中的百来间土厝好安静，鬼压床似。刘金福顺着泛滥成河的马路走，足陷泥泞，道路被雨点得欢沸了。一辆摩托车擦身而过，上头的日本兵骂他快点滚，不然会送死。刘金福听不懂，随后听到，更看懂了。一声尖锐的笛响，追之来的是拨开了雨丛的大车灯，刮薄了他的目珠。然后，冲来的火车像巨大的龙船，车厢缠满了雨雾与光芒，比想象中的还要恐怖。如此的快速与壮观，一恍神就错失了，只能看到它的屁股红灯，这足足让刘金福激动地喊：“妖精，那一定是妖精。”

这大雨下得像连珠炮，炸得山林震动，各样的昆虫和鬼魂爬出积水的土穴。帕没跑下山，故意跑进那条小径尽头的冢埔堆，睹到一块大石碑。他满肚怪怨，见了这座怪坟，更是气冲冲。帕拔了三根一丈高的绿竹，连根带土地抛出来，猛往大石碑打。坟泥飞溅，四周的鬼都不敢接近。对帕而言，坟里埋的是刘金福开口提、闭口讲的阿兴叔公。曾有无数次，帕跟踪刘金福来到这儿，看他跪拜行礼，祭品用最好的米酒、鸡髀、猪胆肝和鸭蛋，烧的金纸是拜天公用的大白寿金，当圣人在拜。这一次，帕把这几年欠刘金福的愤怒，本金带利地还给阿兴叔公。用竹子鞭完，帕又再祭上铁拳头，擂起坟，土墩一寸寸瘪陷了。愤怒打不光，只会源源不绝。坟底很快露出了三支锈烂的火绳铳及毛瑟铳，帕又乘兴打烂。一声硬响，他打到了棺材，拨开看，是一尊俗称“大铳”的百余斤铜铁大炮。炮身糊了绿锈与烂泥，还烙了一行微凸的英文。帕哪懂这是德制“克鲁伯过山炮”意思，直觉是地府阴文。他喉膛暴喝，肌肉吹满了力，双手插入土中便拨出了大铳，往旁边的大树挥去。树叶拧出万响的雨豆，直勾勾落，满地响。睡在大铳里的鬼王便滚出来，一串扑跌，便拔起了身，怒目圆睁，对人不客套，也毫不客气起来。

爬起来的鬼王，很快被大雨压倒地上。他在土里睡了快五十年，今日才被帕吵起来了。他有骨质疏松症之类的病，筋骨也没扣紧，不太会站了。待鬼王站了起来，帕用下堂腿劈倒，不断重复。鬼王硬颈，每次跌倒，都绷骨站起来，老以为是一阵风扳倒，还从土里摸出一把毛瑟铳拄起身子。直到他发现是有人故意恶搞他，从身上抽出一根发簪，刺穿手掌，把自己钉上树干。他坚持不倒落。鬼王穿着褴褛的短衫夏襟，脚蹬草鞋，披着一瀑长发，肮脏极了，就像图画中描写的清国奴一样。帕看过的、杀过的鬼可多了，那些咒骂他、欺负他的人死后，变成的鬼魂全被他虐杀，提早去见阎王爷。鬼王可怕之处是一双瞎眼，眼窟黑幽，只要他专心看人，眼窟会有镜子效用，反射他人的多心。帕多看一眼而猜疑起来，暴露自己被人看衰、看悲、看不起的恐惧，即使鬼王什么都没看到。

“巴格。”帕先用日语骂他笨蛋，再骂，“你是目蹼（瞎眼）鬼。”

“寇贼，去死吧！”鬼王一个巴掌呼去。帕手臂挡下，才发现是声东击西的招式，另一颊吃满了痛。对鬼王而言，这是打贼打双边，左右开弓才是，抽出钉在树干上的手打去。帕觉得有趣了，第一次遇到能跟他作对的鬼，决定饶他一命，但基于以牙还牙的原则，先重踹一脚。鬼王被打成脑震荡，退到婴儿般的记忆与爬行，该忘的都忘了，忘不了的是每天提起精神去打仗。

此后的每夜，鬼王从大铳爬出来，摸索附近的一草一木，慢慢拓展记忆的领域。天光之前，他用发簪把爬过的土地画成圈，背熟草木的位置。簪子一插，鬼王在鸡鸣第二回的变天之际，爬回大铳睡觉。每到暗夜，趁刘金福熟睡，帕顺小径来到冢埔，坐在大石碑看鬼王醒来往外爬。到了第七天，是头七之日，鬼王要向阎王爷报到了。帕有点不舍，毕竟这鬼蛮耐玩。这夜鬼王又从铁铳出来，爬到插簪的所在，一寸寸摸索下去，摸索到一座新坟，从里头拉出一只爬满白蛆与白蚁的新鬼。鬼王吸入雄蚁翅膀，呼吸急促。帕真难过他要死了。不料，塞在鬼王喉咙的蚁翅成了声带，他颤巍巍地竖起脚，大吼："走——吧！众军勇！'番仔'反了，打'番王'去。"

帕以为鬼王骂他，跳下大石碑，来到鬼王边，要用拳头劈碎他。没劈中，只觉胸口一阵风，帕反而给蹦起的鬼王用虎口锁喉咙，被逼得狼狈。帕利落地斩断鬼王的手。鬼王又爬上帕的肩头，用另一手扼他的颈根。帕跳个三尺高，以背部重落地，压制鬼王，扯碎那只鬼手。鬼王没了双手，改用双脚钳住帕的腰。帕大声吼，不只把那双脚扯碎，连鬼王的肚子都撕裂成洞，肝肠挂了出来。帕胜了，当他站起身时，全身冒出一泡透凉的冷涩，脑门鼓起鸡母皮。因为鬼王还没死，不认输，用嘴狠咬他的背。帕怎样都扯不开、压不碎，他翻脸发狂，像狗甩水般把鬼王的内脏从伤口甩光光。这下好了，干扁的鬼王咬着帕的脚成了影子，永远黏住不放。帕走回大石碑，屁股坐下，趾头抠着上头的文字，等阳光出来晒死身后的鬼王。到了卯时，冬阳就要溜出了山头。鬼王复生了，失去的手脚筋骨像竹笋快速冒出来，内脏咕噜膨胀，发出窸窣声。帕突然觉得活活晒死鬼王很无趣，再多玩几天更好，连忙找个捡过骨的坟，把自己埋入，靠一根竹管对外呼吸。日头出来了，坟场好亮，在又深又重的土里，穿透的光像星星，蚯蚓、马陆、蟑螂游过帕的身边。帕感到自己无尽地下沉，身体越来越热，灵魂就快降到地狱时，鬼王说：“我是不是死了，是个鬼？”帕觉得死都死了，还鬼话这么多，始终沉默不回应。鬼王得不到回答，嘴巴大笑，眼眶都是泪，他最后松开手脚，继续睡沉下去，发出的鼾声如水泡咕噜噜地往上冒。帕乘着泡泡浮起，推开泥土回到人世间，阳光刺眼得好恐怖。他大步上山，要去做工了。

一种名为“奉公”的义务劳动早在鬼中佐来时展开，村人腾出半日工，用以回报“皇恩”。小孩子割马草、挖炮阵地，或者种制造飞机润滑油的蓖麻，或种制造疟疾药的金鸡纳树。成人拿着畚箕、锄头劈山，砍掉树木，一路前进到了目的地后，放火烧山。在那山顶上，他们效法愚公移山的精神，把山顶的土挖掉，填入山谷，每天有数百少数民族人和汉族人干活。像帕这样的大力士，耐操又耐撞，把上吨的大石翻下谷，把大树根从土里像鱼刺很快地拔出来，一次挑八担土，所以肩头老是骑着四根老担竿。但是他的用途不只如此，连玩游戏也让人耐看。

有一回休息，帕和孩子玩起“红白对抗”的游戏，两边分组，拔下对方的基地旗才赢。帕以一人为组对抗三十个孩子。孩子站在石头围成的城墙外，用小石丢中里头的红旗就胜。但是，帕用棒子当野球打出去，还能打中飞鸟。鬼中佐骑马路过，告诉帕，打仗要积极，不是拿球棒打鸟，要他反攻。帕点头，对其他孩子说他要反攻了，回去守吧！小孩赶快跑回去守城，人围成篱笆，做叠罗汉镇守队旗。帕从东边高喊，我——来——了。人却从西边切入，很快拔走敌旗，完全是脚底养了一匹风，来去一朦胧。鬼中佐惊讶得很，发讯给对山头的高炮兵，命他们在一棵高树上挂白旗，然后要这边的山炮士兵和帕较量，看是炮弹先打中白旗，还是帕先抢到，赢的论功行赏。一声令下，山炮转向调校，一发打中对山的腰，回音哽在纵谷间轰隆响，鸟飞了起来。第二发过高，第三发完全命中，目标物粉屑高飞，陷出数尺深的凹穴。士兵激情欢呼，回音还没从对边传回来，帕就把半棵腰粗的树扛了回，上头的白旗还在烧，要不是以为树都要带回，哪会这么慢。孩子们围上去欢呼。帕张开手，露出四只喳喳叫的雏鸟，那是从那棵树上拿下的。这回帕也吓着。他体悟到鬼中佐好严肃，认真起来会玩死人。

帕每个礼拜选三天和鬼中佐聚餐。日本菜几乎是凉的，只有味噌汤不是。用完膳，他们坐在走廊的桧木地板，敞开门，面对山，风呼咻咻吹，冬天也要面对这种飞来飞去的风刀子。这对鬼中佐而言是乘凉，颇能享受，他出身自寒冷的满洲，是日露战火中的孤儿：在某个深夜，日军受到沙皇哥萨克骑兵队偷袭，情况越接近天亮越糟。有人从兽棚抓来一只母鹿，剖开肚子，把当时半岁大的鬼中佐缝入，只露出头呼吸。母鹿撒腿，逃出了敌炮，在山里吃喝拉撒和交配。小鬼中佐饿了，吸吮鹿奶，渴了喝鹿尿或雪块，无聊时对风声、母鹿或跑过的动物说话。他长得够大时，母鹿受不了，内脏和子宫爆炸了，小鬼中佐和弟妹（那只鹿另怀了两只胎）出世了。他手爬脚爬，趴在鹿妈妈身边发出悲鸣的兽语，想躲回攒满人粪的鹿肚。第三天，哭声惊扰了巡哨的日军曹长，循声找到小兽人。曹长当时看到小鬼中佐的头埋进母鹿的颈部，一边吃鹿肉，一边爱抚母鹿。小鬼中佐被认定是鹿孩子，由当时的总指挥乃木希典大将亲见，授姓“鹿野”，另由陆军参谋长儿玉源太郎授名为“武雄”。小鬼中佐回到日本关东受教，长大后读陆校为军官，几年后派往中国作战。在上海的某次战争中，他们包围一群死守大楼的官兵，双方撒火网，密集的铳弹在空中撞出火光，黑夜变得像白天。一个中国兵把炸药和铳子吃下肚，直到血液变黑粉，抱满手榴弹，从楼顶跳下引爆，五脏六腑炸得到处是。鬼中佐被炸伤脑袋，伤重退出第一线，来到台湾带兵。

鬼中佐对帕说了些自己的身世，不是全说出，很短，却像枪声吓着了帕。大部分时候，鬼中佐谈的都是政治，那才是谈不完的。他对帕说，大和民族进入中国，带有光荣的使命，是要中国兴盛起来。中国的荣富向来靠外族壮大，蒙古和满洲人的统治下使得文化和武功最盛，现在由优秀的大和民族管理，才能再提升。蒋介石不行的，他的贪污和自大，把中国搞得破败。如果把中国、高丽、越南、菲律宾等国家一起结合，建立共荣圈，由日本统驭成富强世界，能一起面对西方世界的挑战。鬼中佐之言，让帕的血液也沸了。

闲谈中，茶已泡好，由女侍端到帕跟前。茶碗很特别，是内地大萱地区出产的“美浓窑”，一种仿制的志野茶碗，样子像是捏坏的竹筒。白釉中透出红霞与铁焦色，布满釉孔。帕觉得要用这种小茶杯喝水，根本喝不满胃，他这种粗人只配用茶壶对嘴，或匏勺喝水。他要鬼中佐先喝，怕出洋相。鬼中佐倒要帕先喝。帕点头称是，一手捞碗腹，拇指扣在碗内，就是往嘴斗泼茶。鬼中佐看了大笑，说他喝茶像快渴死的鲤鱼。帕也笑，把茶汤都笑出，用袖子抹去。鬼中佐也顾不得那套娘娘腔的茶艺，拿碗就喝，一派沙场风范。末了，他从柜里拿出一些茶碗，摊了一排，要帕选几个回家。帕哪懂那些像餐后没把油腻洗净的小碗，各个朴怪，装汤嫌小，喝茶嫌秀气。他拗不过好意，马虎选了一个老碗。一个随意挑，是青白釉的碗体，浥白中略泛天青。帕在手中掂几下，粗估这斤两不足前头的，碗缘没上釉，有点脏，又有开片的裂纹，以为烂货一个，选这也不让鬼中佐吃亏。那是景德镇瓷碗，从中国大陆带来的战利品。鬼中佐称赞帕有眼光，识货。帕听得半懂不懂的，管他是褒是贬，是骂是疼，来劲地猛点头称嗨（是），他认为日本人都是这样响应的，先学起来就对了。

庭院的绯寒樱迸花了，是疏淡的单朵，又丑又孤，更远的李花、桃花却不顾性命地开。鬼中佐对帕说：这樱花老是拖拖拉拉地开，谢得也不干不脆。你一定要去内地看，那的垂樱像神灵哀愁，瞬间把血肉盛开成花海，瞬间又决绝地落成雪花，才有生命，才是武士精神。且樱花火光四射，晚上亮得不用打灯，落花还能烫死人、压死人。每当他站在樱火下，会忍不住往上爬进花海里，趴在树干上感受那种温暖无比，仿佛回到鹿肚里的旧时光。

“做人当做武士，做花当是樱花。千拔，你要做武士，超越我。”说罢，鬼中佐走到树下，抽出佩刀，刀子如手臂的延伸，像螳螂般要用镰刀脚攫物，刀唰一声，流光爆闪，便喝倒两株绯樱。鬼中佐说：“这根本不配当樱花，连花都不是。千拔，给我拔起来。”

嗨，帕猛点头响应，却没起身动作。等到他几番猜出意思，紧张跳起来，几乎打翻了茶碗。他走到庭院，卷起袖子，先把鏊倒的两株樱树拿开，只见他双脚拧蹬，胸膛憋了紧，俯仰间，把两株树根捻起，看不出有使力。可是庭院土地震动，被树根带来的泥土也撒了满天，落在屋瓦噼里啪啦响。帕把树根和树枝抛出院子外。女侍把落花扫起，不留残红，免得鬼中佐怨怒。

看着庭中一双骷髅洞，鬼中佐大笑，转身对帕说，要他过几年到内地读陆军军校，一切经费由他负责。帕的耳朵和舌头不习惯纯正的日语。很多时候，帕不疾不缓摇动一种木盒子的尾巴，能从黑唱盘刮下奇异的歌声。唱盘有世界名曲一百零一首，有独国（德国）希特勒的演讲，也有米国国歌——激昂歌声不太像**鬼畜**之声，帕听过一次不敢再放。大部分的时候，父子俩听瓦格纳音乐，听到黄昏的树影爬上膝头，再爬上胸口。到晚餐前，帕恭敬地退离，在门口的迎宾石转身告别。当他听懂自己能前往内地求学，是第二十八次父子聚餐了。那次回家路上，他憧憬美梦，对内地的遐想焚烧内心。他看着巨大的落日，像对日丸旗发誓：从现在开始，无论如何，要为成为一个真正的日本人而努力，努力讲国语、学军事和习惯日本食物。他高兴得很，拔了一根粗藤挥舞，把路上的杂草与石头劈开，唱着日语歌配合节奏。走到半路，他想起提回家的日本货肯定会被刘金福骂，便把带来的清酒打烂，留下瓶底当门柱臼，声响小，又好开。又把景德碗底的莲花纹磨花，看不出来是内地货。再用石头把黄渍萝卜、甜醋姜芽、腌鲑鱼、天妇罗等磨碎，加入采来的猪屎菜压味，用紫苏盖色，才拿回家给刘金福吃。现在，他发现煮汤也很省，一锅热水加入些许的神奇粉，竟然甘甜无比，让刘金福喝了忍不住想“食百岁”，仰起碗，大呼恩主公。他瞒着刘金福说那粉粒叫“香灰粉”，其实是内地人的新发明，叫味精。

帕越来越忙，不只要上学，下课后也要练兵。那时的恩主公庙不过是木造瓦房，当成学校也装不下这么多人，他们在旁边加盖了竹屋。课余时间，学生要种菜和养猪羊，菜虫抓不完，猪羊也叫不停。猪最烦人，被恩主公的神驹赤兔马附身，起乩时出来巡堂，学生谑称“豚校长”。要抓到豚校长很难，它像古灵刁钻的鳗鱼一样，钻女孩的裙子、掀男孩胯下。它被人围捉时，干脆撞墙钻洞，逃得好快。当美惠子弹奏她天籁般的风琴后，豚校长变乖，能来段吉鲁巴或恰恰，最后大汗淋漓地回猪寮睡觉。

原本放恩主公的神龛，改放奉安柜。奉安柜寄放了两项圣物，一是天皇、皇后照片，一是天皇颁发的教育圣旨“教育敕语”，学生每日要恭敬地对这两样东西鞠躬唱诵。某日打早，师生打开柜子行礼，里头传来狂浪的叫春，男生乐得大笑，女生骇得脸红。是两只公的豚校长在那奋力交配，把天皇、皇后照片当床垫踩。校方顺从豚校长，神龛留给它睡，把奉安柜改成更大的奉安殿，就设在庙埕原本放金纸炉的位置。奉安殿像个小神宫，上有石雕屋顶和飞檐，下有大理石基台，门上绘一对金凤凰和菊花纹饰。每当地震或空袭演习时，天皇、皇后的照片胜过一切，十个学生扛起奉安殿往防空洞跑，跑到庄尾最大的山洞躲。十人也抵不过帕一人，他戴一双白手套，先行礼如仪，再把整座奉安殿举在眉梢，低头小跑步带走，哪有可能让上头的摆置掉落损坏。

下课后，帕是教育班长，军阶属中士的“军曹”，配一个称为“当番”的助手。助手是来自横滨的坂井一马，军阶二等兵，四十余岁，曾做过流氓和居酒屋助理，主要是帮帕洗衣、传令、马杀鸡（推拿按摩）和打新兵，也教一些粗鲁的日语。帕越来越讨厌回山上的家，在那儿好孤独，只能跟家畜说话，还有厌恶地咬着草茎，山上也太潮湿了，半夜还要起来赶走爬上棉被的苔藓。他以前最想当野鬼，不用上学，每天能在外头玩到三更半夜。现在最喜欢当兵，喜欢阳光、同伴、大声嘶吼，喜欢汗水掉到眼里痒得睁不开，这在练兵场全找到了。

来这受训的先是日本人，后来大东亚战争吃紧，台湾人、满洲人、高丽人也入伍受训。关牛窝什么气候和森林都有，适合作战场的预习场，所以鬼中佐在这设练兵场。训练的第一科目，要士兵了解服从的真谛。鬼中佐下令队伍“前进”，要帕摆动双手、抬高脚带队。做不好的，由助手坂井一马拿像棒球棒的戒心棒打，要把那些屁股打爆。坂井光这样就把手上的茧练肥了。一小队的士兵纵队走，嘿咻嘿咻，雄壮威武像火车，磅礴气势震撼人。路没有永远的直，人肉火车遇到岩壁得爬上去，落队的被打落山谷处罚。人肉火车遇到百姓房屋就推开，不管里头的人在睡觉或吃饭，所以关牛窝的房屋会移来移去。如果遇到大崩岗，担任机关车的帕不考虑地跳去，再原地踏步摆手，唱军歌，随后跳来的人断手断脚，把野战医生花岗一郎忙翻了。帕后来跳下崩岗后，接着后头掉下来的兵，赢得大家敬爱。光练习前进就会死人，士兵想到后退就快发疯了。好在鬼中佐说，士兵只往前杀，只有尸体才后送。不练习后退，就练习休息，吃饭是最棒的科目。士兵高兴地坐上餐桌，看到菜拼命上，快吓坏了。端来的是木雕花椰菜、牛蒡和海菜，饭是砂子，味噌汤是臭墨汁。铁齿的帕一口饭配一口菜，放屁不用翘屁股硬挤，饭后剔牙，不忘眯眼打嗝。士兵认为饭菜是真的，吃了牙齿与舌头刮花，只敢喝味噌汤，想象那是好滋味的墨鱼汤才喝得下。军中哪能给你偏食，鬼中佐下令要吃完，否则连桌子也要啃完。大家拿出吃奶的力，啃了三天三夜还没吃完。只要一人没吃完，全体施以“鬓打”惩罚——士兵面对面站，大力地互掴耳光。哪有人敢和帕鬓打，帕只好打自家，面皮像大鼓一样咚咚响。在苦难、折磨与屈辱后，鬼中佐才慢慢放松带兵的教条，从严父转为慈母的关爱。这是治兵之道，他在战场待过，有些子弹竟然会转弯，直接射中军官的后脑，这说明了，始终苛刻只会让士兵把枪眼对准自己将官的背，未战先死。

有一天，帕带新兵在暗夜练习前进，他们翻过树顶，游过埤塘、急河和臭屎坑，最后来到冢埔。由于才挂纸扫过墓，菅草被烧光光，数百座的坟墓散落在斜坡，更远的山顶挂着一轮月亮，士兵踏步去，像收队返回月宫的鬼。除了帕，他们越走越惊，不小心踩破坟，绀蓝的鬼火跳出来，腻在士兵的屁股后头乱飘。队尾的士兵吓破胆了，只能往前跑，如撑跳箱般翻过前一个人的肩，共翻过五十个人逃跑。坂井大骂，拿戒心棒挥打，可是眼前的兵年轻腿壮，他哪追得上。队伍慌散了，大家往前逃，坂井往后瞧，只剩帕一人摆手阔步，比一个中队的军人还雄壮，比一座森林的竹子还挺。帕的后头有着荧荧的鬼火乱窜，他像走在蓝花凋亡的地狱。坂井叫都不应，认定帕被称之为“无缘佛”的孤魂野鬼附身，喊声阿弥陀佛，脚尖撒影，莎哟娜啦去了。人都跑光了，只剩帕大步走到那个鬼王的大石碑。石碑上头用小石压了一沓被雨水泡胀的寿金，他绕了过去，又不对劲地跳上去，叉腰顾盼。月光下，以石碑为中心，半径五十公尺内的石头、土壤、草叶都得了毛细孔粗大症，整块地有微微的阴影。帕用脚抹地，怎么用力也擦不去粗毛孔，才惊觉那是鬼王用发簪插出的细孔。他忽然又发现了大石碑上有新字迹，凿痕浅。他用手去摸，手却被哪来的簪刺麻了，毛细孔绽开。最后，他的手被一道从后方来的发簪插穿在地，钉死死在那儿。

“竖子，这是我的地盘，你休想。”鬼王怒眉，一口咬着帕的耳朵。

帕用另一只手去摸碑字，上头写着“北白川宫之墓”。帕笑了起来。北白川宫是“皇亲国戚”，小学课本上说他是当初率兵从基隆进入台湾的总司令，平息不少土匪。鬼王这么自大，厚颜无耻，何德何能自称是“民族英雄”的北白川宫能久亲王。帕笑起来，轻蔑地对鬼王直呼北白川宫能久亲王殿下，还跪地叩头。

鬼王咬牙说：“我没有名字，也不需要自己名字。北白川宫，我恨不得这逆贼‘番王’火速死在这，这是他的墓。”

帕倒是笑不出，默默看着鬼王，任时间之流汹涌地横过，有一炷香之久。这时候，山下传来“祝新嘉坡（新加坡）陷落”的欢呼声。帕对鬼王小声喊“土匪再见”，拔掉手中的发簪，吮着血，走几步后回头看了一眼鬼王，说：“你有种，好好照顾自己别那么快死，多注意狗，它们够凶。”说罢，帕翻过一座小山，看到庄子有数百人敲锣打鼓，手提灯笼，把山路燃成大火龙。施放的高空花火炸亮了纵谷，回音久久才消退。天上地下都是光，他大笑也大叫，快速冲下山去玩，不跟鬼王耗了。

大东亚开战后，日军像形容的那样，如甘霖浇灌了东亚地区，武汉、香港、古阿姆（关岛）、缅甸、比岛（菲律宾）、兰印（印度尼西亚）陆续陷落。每陷落一地，够高的帕跑到教室前，用红笔把墙上的世界地图圈出陷落区，到处是喜洋洋的大红。每次捷报，庄人上街头游行，大唱军歌，挥动万国旗。新加坡陷落的捷报在下午传来，鬼中佐立即在晚上办时局游行，化装庆祝，以红豆包和红白麻糬号召小孩来参加。连夜庆祝是因为新加坡为英国殖民地，日军花几天就攻下，绝对的“圣战”大捷。在夜游的浩大群众中，有务实派的警防团大汉仔，他们头戴厚棉头罩的防空巾，肩扛救火梯、灭火棒、推着两轮简易消防车，左看右寻，担心落下的烟火渣闹灾，这种欢乐场合也拼命找火救，没有娱人把戏。要乐子，多亏话剧派的俳优，用牛车轮和麻竹做成大战车，炮管放入七彩纸屑和乙炔，浇水让乙炔溶化成白烟。点上火，轰声，喷出缤纷的炮屑，在众人一片“砰！终于打到花琉璃（檀香山）了”的激情声中，前方牛车拖的竹笼里传来男优扮演丘吉尔、罗斯福、蒋介石的哀号。三巨头纷纷中彩倒地，嘴巴流出大量皂泡，惹得大家笑。最引人瞩目的，算是孩子王帕领导的儿童乐园队。十几个小孩半蹲，拳手抵地，几乎用上唇遮盖住下唇，鼻子皱成一小团，有的叼烟斗，有的穿裙子或西服，有的刷牙或拿饭碗。他们扮演内地大阪动物园的猩猩“丽塔（リタ）”。丽塔是动物明星，是当时世界上最聪明的动物，什么都会，什么人都喜欢它。十几只小猩猩打的打，闹的闹，不吝在地上滚得眼冒金星，像从纵谷两头滚下来的猕猴进香团。另外，还有十个孩子扮演米、英、中国、高丽的俘虏，捆得像烧肉粽，再用长绳子分别串在一根大梁子顶。帕换上将校军服，身上挂满当作略绶、饰带的藿香蓟，胸前缀满了权充勋章的番薯叶。他抬头挺胸，脚步呼呼，拿着梁木猛转，小俘虏在空中驰散，努力叫饶。这是旋转木马表演。帕走上香灰桥时，高空炸出几泡的烟火，照亮了纵谷。他看到遥远的河底有另一组的幽冥游行，一列的鬼魂前进，摇摇晃晃地溯溪上来，有数十只之多。鬼队伍好热闹，为首的“鬼王”高有八尺以上，莫非是钟馗嫁妹的阵仗？帕趁兴致好，想去戏弄钟馗。

帕要下河，得卸下梁上的人才行。玩疯的孩子却不肯下来，拉着绳子吵闹。帕想，自己有阴阳眼能看见鬼，就顺着那些孩子没关系。他故意落队，趁游人不注意，一个鹞子翻身落下二十五公尺的溪底，就落在鬼队后方。帕在河里很难拿稳大柱，便猛旋转平衡，让孩子全都晕了。他定睛看，前方都是一干被打压的神将，很衰萎。带头大神将叫伯公，他以前的外貌是耳大头方、笑憨可亲，现在沦为地头蛇，走路头懒懒，好像走狗。中间的大神将以前叫妈祖婆，现在是女海贼仔，穿得破烂，旁边是千里眼、顺风耳等一干鲈鳗。之后的恩主公不拿青龙偃月刀，是拿菜刀，不骑赤兔马，打赤脚走；怎么看，都像梅毒上身的罗汉脚。殿后的是狼狈的城隍爷，印堂发黑，眼袋积满眼屎，倒是他的打手七爷、八爷像吃了鸦片一样疯狂摇头。至于那些随队的鬼喽啰则是庄里刚死的老人，随风颤抖，扛着挂有刺绣剑带、桌围的小神轿，有人摆出破道具却舞着疯狂的斗牛艺阵，有的拿旧的罗伞沉默，一步步涉水。帕更看到死去的刘金福。他拎着用紫苏糊成的鬼灯笼，无声无迹。帕很难过，目汁在眼眶打漩涡，感到脊髓液漏光似的麻冷。自从上次看日本书后，帕被刘金福赶出篱笆，已断绝了祖孙关系。他白天上学，暗时待在练兵场，没回过家。一个月不见，祖孙如今生死两茫茫。这时节，刘金福没走细腻，跌落溪往下流，把二十余只不敢惊叫的队伍里的鬼冲倒。殿后的两只鬼隔岸张开藤编的网子，拦下冲来的鬼，却一并被强大的撞击力扯下水了。帕两脚插下水去，敞开胸膛挡河，使出钟馗救鬼的戏法，一手转大柱，一手又把藤网提起，抓回不少好兄弟，赫然发现他们都是有体温的人，不是鬼呢！有两位老人失踪，被帕在深潭拉出来，这下真的气绝成鬼。他们围着尸体，不敢嚎出声，怕泪水反光引来巡警或宪兵逮捕，更不能生火，便抱着彼此取暖。帕这才搞清楚，这是附近四庄合办的迎神庙会，昔日的宗教活动，如今只能在黑夜的河谷方便了。

差点死的刘金福看着帕，呼了巴掌过去。帕倒有些喜欢，隔着脸颊用舌头磨蹭那掌印。打是和解的开始，他感到那严厉的掌痕多么隽爽。刘金福把噤声用的榕树乳胶吐出，说："这野灵鬼，人不成人，鬼不成鬼。走开。"然后含回乳胶封嘴。老人又扛神轿前进，用纱布装着在腐烂孟宗竹才长得出的荧光菇，当作鬼灯笼。他们双脚各绑十斤石头，走稳急流，也用水掩埋踪声。最艰苦的莫过于扮神将的老人。这些俗称"公仔"的神将由粗糙的旧衣编制，表情苦哈哈，走法狼狈。神像过于高大，重心差，往往走几步就给溪石绊倒，不只跌个狗吃屎，也成了落汤鸡，但是他们跛起身，坚持前行的毅力，就像关牛窝溪那些不分年月溯溪前行的小毛蟹和鳅苗，如此动人，再强悍的溪水都扑不倒。几里的溪途，有老妇沿岸设桌跪拜，在家畜受日警配给下，牲礼用瘦小的斑鸽蛋和猫头鹰代替，也不能烧香烧金，拈筷拜即可。

老人完成绕庄巡境，走出溪水，循小径前进，衣服渐渐被体温烘干，最后来到冢埔的竹棚演出酬神戏。没有歌声，必要的八音弹奏，用吹叶片、撞石头和斗蟋蟀声取代，以大自然的悲奏配乐。帕随之跟来，歪歪倒倒地走，坐上大石碑看表演。荒暗处，鬼王从竹林爬出来，嘴叼发簪，他来到老人面前，像云豹吼出的一阵阴风把他们的毛细孔吹绽了。老人颤起鸡母皮，却没寒意。忽然间，山下又传来游行队的高呼，施放的花火炸亮天空，也照亮神轿内一坛被鬼中佐烧毁的恩主公神灰。祭拜后，老人把神灰分批用符诰包好，放入铁球，塞入屁眼，躲过日警的搜查。藏好神灰，老人放心地大哭。天空中，又有几朵花火炸开，冷清冢埔亮出数百座的热闹坟墓，人鬼分不出了。帕拿的大柱上的孩子被炮声吓醒，看到诡异的地狱风景，失心疯地大哭起来。

绊倒火轮车的九鳌头

一九四二年春天，日军七天内攻下英军的东方要塞新加坡，将之改为“昭南岛”。“圣战”大胜，关牛窝进入疯狂时期。鬼中佐下令户口清查，要所有人投入奉公，有手动手，还不懂得用手的小孩喊口号。不愿奉公的，得受军法审判。经过调查，全庄只剩下刘金福没投入奉公，鬼中佐下令逮捕。帕连忙请求，愿意代替自己的祖父做十人份的奉公。因为帕知道，日本人敢踏入篱笆，刘金福会拼个死活。

鬼中佐不理，秘密地派兵去抓人。三个宪兵荷枪，沿着风声和虫噪层层掩埋的山径，没有太多迷途，来到神秘小国的竹篱前。他们看到一位老人打赤膊，只穿宽松的水裤头，喃喃祝祷上香后开始今春的种菜。他这么老，没有军国主义熏陶，过着自己的老帝国生活，尤其那又长又硬的发辫子，在阳光下发光。宪兵推开篱门，还没说明来意，只见那个老头暴怒地斥吼，举起锄头挥过来。宪兵发现话说通不了之下还是暴力最能沟通，撂倒老头，把他的头摁在新辟的垄土。有几只鸡鸭扑了过来帮助刘金福，宪兵拿刀划。畜生被割落的头在地上叫，身体却飞在林间乱撞。刘金福见状，大吼也剁下我的头呀。然后，风来了，从远方来，伴随轰隆隆的震动。宪兵看去，山下一道风窜来，行过处的树叶都掀飞了。一个宪兵睁大眼说，那是鹿野千拔跑来了，小心，要是他，会从后头踹人，我们屁股靠着就踢不到。没说罢，一阵地动来了，三个宪兵伴随着喊叫，当下飞过篱笆倒栽在草丛。

当然是帕来了，迅速回到久违的家阻止。他兜了板凳，拍在门前，一脚拧个稀巴，对三个宪兵大吼，看过废柴吧，跨来的会像板凳趴烂。鬼中佐的命令，鬼中佐的义子抗命，宪兵无奈离开，带回五十个兵支持。他们担心成了烂凳，围在篱笆外，用带挂钩的大绳抛去，把竹篙屋钩出来。帕来不及反应，木屋跑出界了，他又跑到大门坐，说欢迎跨进大棺材。士兵们又想出办法，他们掀起木屋的四角，大力摇摆，把屋内的人倒出来。桌椅、衫服、锅碗乱撞了，碰撞出巨大声音，连灶火都晕成了水状到处流动。帕关上大门，逆着锅碗形成的坚硬河流，奋力泅去，两手揽柱，双脚扣住刘金福，把人紧紧地园在屋内。不过刘金福对帕的伸手不领情，撕开衫服，溜出门去，对士兵说："我自家会走，谁人碰我，只能扛去一条死人。"帕连忙翻译说："敢碰老伯伯，我拳头服侍他。"刘金福接着说，他要吃饭了，吃饭皇帝大，吃饱后要怎样处置都行。帕听到有好东西吃，充血的舌头差点噎昏自己，结结巴巴地翻译："我们吃饭了，你们流口水吧！"

刘金福杀尽篱内的子民们——八只鸡鸭，有的先被宪兵砍掉头了。帕懊恼起来，鸡鸭在梦里可以干过瘾地吃，实吃就没影了。刘金福又摘光菜园，砍倒一棵山榉做出更多碗盘，还从土里挖出私匣货——两斗发黄生虫的米。帕乐翻了，原来老暴君还能从骨头拧出好货，杀鸡宰鹅，炒菜煲汤，好彩的都掇上桌了。两子阿孙撇去斯文，放势吃了，两手是筷子，直接挖到嘴斗。刘金福吃几口，佯装冲出个饱嗝，自叹胃真小呀！他剔完牙，吃净牙签尖的肉渣，才看着帕吃。帕要刘金福一起吃，用嘴的功夫用看的是不行的，不过他的嘴塞满了菜，只好对刘金福比了猛扒饭的手势。刘金福要帕紧食、紧饮、紧流大汗，还从屋角挖出一坛香酒，要他也尝尝长生不老的秘方。帕喝完了香酒，把残肴再吃一回，咬碎骨头吮出髓汁。他的肠胃饱满，整件皮囊灌足了铁浆似快活。很快，他发现酒在体内暴动，自己控制不了。酒冲断了筋脉、撬松关节，把骨头闷软，内脏也像在沸水中跳动。那种香酒由刘金福偷加了大花曼陀罗的汁液，有迷幻麻痹的效果，饮上毒液，目珠会放大而窜火花。砰一声，帕感觉自己醉成一摊烂泥，满桌糊涂，把锅碗挤落地。帕中计了，刘金福彻头彻尾就是要醉他。至此，刘金福用缠头绑好头发，擐了草席，打赤脚，到菜园把旗绳扯断。目送“国旗”随风消失在天空，他才随宪兵从容下山，像是过家聊去了。

五十三个兵带刘金福到公会堂大公审。公会堂鬼灰灰，四周涌来的村民快把房子挤扁了，憋眼憋气地看戏。公会堂是村民聚会、倡导政令的场子，还有一座上头横挂着万国旗子的半月形舞台。有麻雀在堂里飞，叫声把空间荡得忽远忽冷的。鬼中佐坐上藤椅，前有桌子，一疋从气窗射下的光让桌子发亮，涌着鬼亮的埃尘。不多时，日光走了，桌上露出一把牛朘鞭。牛朘鞭是牛阳具干制的，坚硬无比，早给日光暖得勃起，够长够胀。

鬼中佐对刘金福说：“老伯伯，我给你最轻松的奉公，每天在屋外捡起一颗小石，再放下即可。不然，给你当上保正，就连捡石头也免了。”

“今晡日要我低头，明天要我弯腰，我的子孙最后只能世世代代爬下去。要我做官，你等靓吧！等到关牛窝落大雪。”刘金福说罢，把背上的席子抽丢到跟前，意谓宁愿死不屈。

不做奉公，得依法受牛朘鞭四十下，坐监二十九日。刘金福说：“要打，我自家来打。谁来碰我，只能打到一条死人。”经过翻译，鬼中佐把牛朘鞭扔出，落地上。刘金福捻起，不愿在挂日丸旗的公会堂自惩。他走到马路，面仰青天。日头朗朗，云缘晕出丝，天蓝得像低挂的镜子，刘金福仿佛看到关牛窝倒映在上头，一切不会更好，也不会更差了。他往自身鞭笞，打得狠劲响亮，满身都是瘀裂和血爆，几乎可以说明愤怒与意志力让神经在他身上失去作用。村人帮忙算鞭数，越喊越小声，终于算不下而哭了。刘金福接着吼声算下去，过二十九又从二十算起，要用极蠢的算数示范精神的高度。算到第三回的二十九下，他双脚站不稳，便把缠头扯开，让长辫子垂到地上。“中国辫子，那是猪尾巴。”孩子不禁大喊。刘金福把辫子在脖子缠七圈，坐地上，抄起一块尖锐石头，用那削起硬皮的脚板，直到血肉泥泞，再同样处理另一脚。他跋起身来，用鲜血和烂肉当作强力的糨糊，把脚板黏死在路上，还试试牢不牢靠。他这才高高地举起牛腱鞭，重重把鼻梁打断，大吼第二十下。又慢慢地举起牛腱鞭，遽遽把门牙敲崩，大吼第二十一下……

在深山山屋处，中毒的帕仍是地上的一摊废肉，心脏在皮囊里游窜，心跳每分钟两百下以上。当帕看到刘金福降“国旗”，擐草席离去，就知道神秘小国从此熄灯了。他这一去，决绝的，是和日本人拼输赢。帕要去救他，不惜任何代价，但得先把骨肉变硬才行。帕流来流去，流出房子，瘫在菜园的番薯藤上晒日头，汗水冒不停。这样太慢了。他流回灶下，把自己塞进炉灶内，大口吃火焰，让火在全身跑来跑去。怒火烧净了衫服，把皮肤舔破，他身体热死了。酒精渐渐蒸发，帕在痛苦中清醒，手脚像刚蜕蛹的蝶翅慢慢展开。砰一声，帕踹出了手脚，土灶炸坏了，锅子冲破茅屋。由于骨肉很柔软，帕只能裸着身爬。他撞翻了衣柜，爬进了一套旧衫穿上，蜷着身体滚下山。滚久了，帕的骨头硬起来，一个风跃，落地后用四肢跑。又过了数百公尺，他用双脚朝着村庄跑，朝声音都流不出的稠密人群去。

当帕推开人群时，刘金福怒吼出“第二十七下”。刘金福的脚黏死地上，倒地后迅速弹起身，活像俗称“阿不倒”的不倒翁。有人告诉帕，你家的老伯伯自打了百过回，可是算数不行，老是算不过三十下。于是当刘金福举鞭又打时，帕大声吼出“第四十下”。刘金福愣得停下动作，没回头瞧。他缓缓地透大气，鼻孔呼出血泡，随即又自打，这次村人学帕不断地吼出“第四十下了”。刘金福这才臣服众声地垂手。他身染红血，目珠也是，露出血红的牙齿说：“打完了，我在这坐囹仔（监牢）。”他用浆满了血的牛胺在周围划一圈线当“血牢”，约四分之一张榻榻米大。鬼中佐先是震慑，然后大笑，派五个宪兵架起高台监管，要是犯人踏出半步，尽管开铳。一个士兵受令，打灯号给山腰的高炮队，再转信号给火车的引导车驾驶。纵谷末端有了回应，火车鸣笛，奔向关牛窝了，挡路的刘金福死路一条。帕走到牢前，伸手帮刘金福捽血，却痛吃了他挥来的牛胺鞭。刘金福血眼大瞪，看清眼前的是帕，掏出口袋的一枚佛银，说：“你做日本人去，我当唐山鬼去了。不过，你是我的孙仔，这‘手尾钱’要细腻地园起来。”刘金福打断手骨颠倒勇，对帕交代后事。他说过身后，要帕挖下他的右眼，挂在关牛窝最高的树顶，生已不能，做鬼也要看到四脚仔退出的一日。他又交代，他过身后，包了草席直立下土，这块田地他躺不稳，直到四脚仔退出关牛窝才把他横埋。刘金福话讲煞了，动也不动。无论帕如何使力，都拉不起刘金福的脚。

赛夏勇士带着头目献计。泰雅猎人背来了巫婆帮忙。巫婆看着有神人鬼特质的帕，兴奋得像猎人看到角有五个分叉的大水鹿。她把手指头咬破，滴在血牢上，用血和刘金福的血沟通，答案却很害羞地只对帕说：“他的血根往下长，脚板生根了。”最后巫婆红着颈子，害羞地重复说：“我只能烧死血根，让血根不再长下去。”说完晕倒。旁人叫不醒她，帕一摸就跳起来。醒来的巫婆搬手法烧刘金福的血根。赛夏头目则派人去挡火车。三十多位勇士拿了锄头，抄小径去。还是帕风神，抢下其中的一把锄头，跑得影子没滓，风景才糊，人已狠狠地往火车挥去。锄头顿时脆成火沫，火车还是火车，连山都能撞出隧道，怕锄头不成。帕绕到车尾一把抓住铁板，赤脚向下杵去刹车。马路滚出一大雾的泥灰，帕的脚板也滚出血花，他感到一股巨大的痛麻从脚底杀上来，冲到喉咙，上挤的龙骨快把脑壳顶翻。帕痛得放手，翻了几十轮圈，顺势蹦跳后，再度抓到车尾。帕攀上最后一节车厢，脚痛得站不起来，便爬过两节车厢到了车头，大喊停车，不然要机关士和机关助士下地狱去。

“打死我们也没用，死亡还是会撞上老伯伯。”机关士逆着风，说，“我们死了，还是会有另一批人来开车，只要你阿公站在那，永远会被撞。”

机关助士赵阿涂说：“你爬进机关车里，去撞一个增加蒸汽压的‘胆囊’，能放慢车速。”然后丢出一套专洗锅炉的厚衣，能防火热，他又说：“那是地狱，穿上这衫服。”

地狱也得去。帕穿上厚衣服，用车间的水打湿身体，沿车顶爬到前头，转松三岔把手，打开一个像猪鼻子的绞盖。焰热擤了出来，溢出滔红红的光芒。帕蹿进去，热空气严重变形，他成了迷路的无头苍蝇，湿衣很快迸出云朵，最后着火了。他扶着炽热的汽管和烟管前进，在手烫熟前找到了胆囊——说不出是什么样的烫铁块。趁铁兽忘情地高速运转，帕重拳捶下，就如机关助士说的，火车因为受惊而暂时麻痹，减缓运转。帕这才钻出来，猛打喷嚏、流鼻水，冷得快没魂了。这时赛夏勇士到了，趁车速慢跳上前窗趴满了，要遮去火车眼睛，让它瞎停。然后又来了小孩和三十人的挑担队。挑担队把箩筐与自己放上车，要压断火车。他们还抽出丁字裤布条，绑上铁钩，丢到路旁要锚下火车。小孩放石头要绊火车，用竹竿插铁轮，喊出无头鬼的恐怖故事要吓昏车子。火车要是怕鬼，就不是铁打的，越是烦它，越是发火往前跑。帕知道，唯一能解决问题的剩下诡计最多的鬼王了。

帕跳落火车，跑到冢埔地。土坟这么多，帕找不到鬼王这下睡哪张床，他大力地跺脚，这时是白天鬼不出来，躲得更深。帕打通一根麻竹的节，插入土里听鬼王独特的动物鼾声，在某座坟找到。不料，坟隙钻出一只揉眼的穿山甲。帕好失望，失去耐心了，这时忽然想到点火烧湿芒草的方法，大口吸草烟，从竹管吹入地底。浓烟在地下窜，整座坟场冒烟，传出鬼王咳嗽声。帕把竹管插上那，把鬼王镇住不动，免得逃出来给夕阳晒到中暑。帕开口说："日本人攻来了，开着大铁怪快要碾死人了。"鬼王立即打断："那叫寇贼。"接下来，鬼王每次纠正帕不断说出的"日本人"。等到帕好不容易讲完始末，鬼王勃然大怒："下三烂的玩意，无奈我何，带我去治治寇贼。"鬼王爬进尿臭的竹管，要帕带他下山。谁知他死前身中的铳弹还卡在体内，子弹刚好装满竹管，就没魂体的余地。帕拿大铳来，够气派也够豪华。鬼王会认床，还是躺进这铁棺比较舒爽，棺材是自己的好。

另一方面，巫婆带领下，大家砍柴又提水的要煮刘金福的"血根"。他们先用铁丝在血牢钻下无数的细孔，灌水进去，再放烧红的石头。细缝里的水很快沸腾冒气，把刘金福的血根烫死。村人往刘金福身上套了粗藤，百余人使劲拉，要把他拔出血牢，不怕宪兵开枪。被枪打死全尸，抵过火车撞死一摊肉。高台上的宪兵怕瞄不准，干脆站在牢外，五支枪口抵上刘金福的心脏和脑袋。无论大家怎么拉，刘金福不动如山，眼皮都不眨。大家再用一次"水煮血根”，直到他的脚板松动了，再拉拉看。

黄昏了，帕翻影上山岗，眺到公会堂前一片炭亮，有数百人举火把，像浓稠泼光的热麦芽糖。刘金福黏死在中央，面向北方。北方传来车吼，不顾一切地南冲，怒迸的灯柱在山谷凌乱地拨跳，一刻后要把人轰成肉饼。帕起风跑，来到公会堂前的血牢。大家说有救了，因为帕用粗藤绑了一尊大铁铳在背上，要用它轰烂火车。但是心情来得快，去时更惨，他们发现大铳锈裂了，别说开火，就怕多夸几句就震碎了它。帕用十字镐挖，把地牢挖两公尺深。照鬼王的暗算，拦不下火车，人藏入地底便可。刘金福知道帕的用意，不客气地拿牛鞭阻拦，先把那尊大铳打成铁粉，再下去是打人。帕的背又流血，好不容易硬起来的龙骨又松动了，快被打成客家糌粑。

好多村人看不下去，流泪对刘金福：“古锥伯，打死你孙仔，也死了你的活路。”他们摘下花瓣、草絮抛去，要掩埋刘金福的怒气。

忽然间，帕跪落地，先牙研目皱地讨棒子打，才能耗掉刘金福的怒气。刘金福不客气地打。帕挺身转背，哪块是白肉，送上门打成红的。他最后敞开胸，那被火糟蹋的血肉不是黑的，就是烂糜。刘金福得了方便，照样牛腹挥去，一棒打断帕的左手臂。“啊！”帕轻轻地笑，抬头看着祖父，他已尽力，如果生死注定了就让诀别的手势成形吧！这时节，刘金福看到帕无愠的双眼，纯洁得像大蝌蚪，游在饱满的目汁。刘金福想起上一次看到帕流泪，是帕人世回魂。那时帕出生后一个月内不吃不喝，甚至不想呼吸，拒绝活下去。刘金福用尽办法才把婴魂唤醒，深记他转魂后的号啕泪水，不哭则矣，哭则天雷地动。如今帕够壮，够有胆跟日本人混，目珠仍像孩子。刘金福想，怎能打小团仔，小团仔懂什么。刘金福松手，腹鞭咚咙响地上。

天给的时机。帕拾起了十字镐，一嘴嘴地啄地，一泡泡地溅土。村人也用锄头煞猛地挖，铁锄挖钝了，手臂也唉唉酸。鬼王趴在地，伸手到土中摸出血根的结构，然后贴上帕兴奋消化的肚皮，说："有救了，把东西吐出来。"帕难得吃这么澎湃，不舍地抠喉咙，把糜状菜饭吐在血牢。吃越多，胃酸分泌越多，强酸会把泥土腐蚀。村人来帮忙，掏舌根，伏在地上吐胃液，泥土地像着了火地往下陷落。

地牢才挖陷两尺。刘金福宁死不折，强强把身体露出来。再挖也赴不及，帕听从鬼王的新计划，对大家喊："你们紧走，把火车赶快点过来。"村人撤到路旁。火车来了，汽笛嘶鸣，声音近得让人心肝也怦怦跳。火车里外塞满百余人，大力跳脚要压爆它，后头用绳子拖了五根大圆木，没压瘪半个轮胎或把它拖得半死。火车翻过山岗后使性子往下冲。这时百余人得到讯息后跳落地，劈断拖木绳。有人推车加速，有人拿棍子猛抽十颗轮胎，因为帕要他们把车再赶快些。他们深信帕有暗算，一切交付各自的信仰，只在车头扎上稻草，刘金福好命的话被撞死也不难看。火车没重担，烟囱畅快地喷肥烟，迅捷的连杆成了软鞭，猛抽轮子不放。铁轮唰唰喊苦，齿轮轧出淙淙的花火，落地成了铁屑。这时候，鬼王用右手抽出自己的左手臂以为剑，当武器杀去，鸡蛋碰石头，顿时被火车冲成一片死亡的黑烟。反正他会复活，又赚到一次经验。

可是活人不会复活。火车在纵谷跑，仿佛从炮管射出的铁铳子，要把两子阿孙撞成了骨粉。"你目珠擘开，看真来。"帕在后头，他手断了，用另一手死捉着刘金福的裤腰，又说："我们不是活着穿越过去，就是死。"火车撞来，帕默念自己隐晦的全名，全身攒满气力，单手把刘金福拔上了天。

刘金福飞了，岔开手脚，飞过最高的烟囱。机关车不是迎面来，是从胯下爬过，黑烟冲散了他的辫子，散成了硕大的黑翅膀。他是鸟，黑色的唐山大鸟，在那迎风挥翅，瞥到纵谷口最远、最靓、最余末的落日，整个焚烧的地平线从晚霞那里沿着绵延的山路流到驿站，让观众的眼神发光。死亡不在，他落下时，溅起村人的欢沸。而帕在抛起阿公后，顺势后仰，挤入小小的地牢。他看到高速的火车底盘化成风，像强台吸空一座森林的藤叶，吸起自己的头毛与衫服，一切失去引力，连汗水都飘起。帕也慢慢飘起了，摊手靠近那钢铁，要被吸入急流了。忽然间，火车唰一声过去，隔阂没了，天朗了，风静了，刘金福从碎密星子的夜空飞落，手张得天大地大。帕原地接着，这两子阿孙又睹着了。

帕把牢圈往下挖两公尺，给刘金福跕落去。洞上用木板钉死，防人跌入，也防他蓄意探头被火车断了头。吃喝由帕照三餐送，拉撒就屙入夜壶，定时由帕倒掉。刘金福的硬颈个性，刑期满也不愿做奉公，一坐就是两年牢。他每天看着木板缝塞下好瘦的光，由西侧走下，再由下头移到东边，一日就结束了。晚上，他可以掀开木板，算着牢圈上的星星。天浅浅地转，星云像安驯的羊往西牧移，星子流进地牢上空又流走，看得让人累呼呼睡。待刘金福睡去了，帕搬来小屋，压在地牢上头陪伴。在清晨变天之际，帕会在熟梦中遥见海浪不息地冲海岸。他惊醒了，浪声从地下传来呢！透过地板缝，他看见刘金福刨下泥墙，贴到另一边，发出浪声。就这样一厘厘剥泥皮，挖东墙补西墙，地牢以不为人知的速度南移。看守的宪兵发现异状，用三公尺的长铁钉下在四周。瘦成影子的刘金福照样挤过铁钉，继续挖。没逃狱，只有监牢移动，宪兵任其发展。

然而刘金福崛起的声誉像地牢奇异的移动速度，逐渐在附近的联庄传开，绰号从死硬壳、老古锥，最后成为“九鏊头”。九鏊，青刚栎也，生长慢且质坚，是火车枕木的首选。九鏊头即树根头，是树最坚硬的，意谓“压不扁的枕木”。而九鏊是有九层皮的异木，无论剥之、烧之、砍之、劈之、烫之、锯之、刺之、削之、啃之都不死，唯有不断摘光叶芽折磨至死，才能用斧头鏊倒使用。宪兵想尽办法要摘除刘金福的“叶芽”，趁帕不在时凌辱，惨拔头发或脱尽衣服，都摘不掉“嫩叶”，想象力的破解比杀人难多了，只好放弃。不少老人干了这辈子最大胆得意的事，是趁守兵不备或暗晡时，爬近地牢投下几把的九鏊籽。籽滚进洞或者散落周遭。种子有硬壳，九十吨的机关车压不碎，反而嵌入土中发芽，让地牢周围拱成小森林。接着的半年，地牢和小森林移动二十公尺，又再半年后，移动四十公尺，向目的地——瑞穗驿的路灯下挺进。

每到日头落山，庄子唯一的路灯运作了。这灯泡瓦数够，称“电火球”，比一般家庭号的“电火珠”亮多了。割眼的迸亮，光芒让附近的植物趁夜生长，像一座大森林。灯光吸引附近十公里的动物。上千只的蟪蛄栖在木电杆，这蝉的集体噪声吓死人，有人因此耳聋，有人的目珠被震破了。用棒子敲电杆，它们吓得撒泡尿后疾飞走，在天空绕几圈又回来，把灯光搅浊了。蜻蜓、瓢虫、蛾类也飞来，拖出上千根的鎏金之光，吸引蝙蝠和夜鸟夺食。地上跳来数百只蟾蜍，张嘴就塞满掉落的虫仔，也被人踩成尸干。光芒也是娱乐的媒介。大人们跍在地上赏灯晕，抽烟喝酒跷二郎腿，聊五四三的。孩子全聚在这打闹，在战争气氛的烘托下，男孩爱玩英勇杀敌的游戏，拿刀枪追来跑去；女孩持家，扮家家酒最好，要多捏一些泥娃娃增产，将来去打仗。但是不管男女，他们喜欢混合玩一种名为“爆击重庆”的游戏。这由来是日军轰炸机花五年的时间爆击中国的陪都重庆。这种融入死亡的游戏真迷人，吸引孩子去探触自己未来的命运。游戏由做鬼的孩子趴在电杆上，被人偷袭拍肩时，得回头喊：“一、二、三，重庆大爆击。”这时躲空袭的孩子赶紧跑开，选好所在扑地，慢一步则死。这游戏是“一二三木头人”的源头。路灯也是课堂的延伸，他们在这写完功课，顺道画图。有些图充满时代气氛，把皇族画成在云端的神明，天皇撒樱花，皇后丢下粉红色的石竹花。落花变成炸弹，把地上穿草鞋、背锅子的中国兵炸了，在半空中撑着破伞。当他们不玩“爆击重庆”和画图时，抬头呆望电火球，虫子飞来飞去像小型空战。耐打的金龟子永远是日军飞机，摔死的飞蛾都是米机，还被小脚踩个稀巴烂。孩子总会叉腰，以邪恶的哇哈哈笑声，用石头擦去脚板上的虫尸，然后仰起头，因一盏路灯而感到幸福，赞：“这是全世界最棒的小星星。”

关牛窝的末班车是在晚上八点乐烘烘地发出，隔早七点入站的首班却常常带来坏消息。早上安静得很，轻便车载送糖膏、稻米等物品，车夫倾力推动，呼喊声膨胀四周，在山壁节奏地回荡。稍远处，黄牛在蔗房拖动了碾轮榨白甘蔗，不时哞哞叫，不时磨嘴反刍。蔗汁熬成糖膏，烟囱冒出香甜的白烟，往南盘旋、缭绕与消失，五公里外都能嗅出令人骨头酥烂的甜味。火车被甘蔗味引来，沿途打落各种的花树，特别在转角处，紫苦楝、白桐花、绿乌柏花落满地。那些报纸就贴在火车旁，容易被树枝打烂或染上碎花的容色，甚至没黏好飞走。当火车鸣笛进站，不少人趋前看。破报纸总是不完整，但完整的消息会来自最远的南太平洋战场，变化多端的战况得用陌生的古汉语才够形容。有天，头条有诡异的“玉碎”两字，有种坏预感，看完新闻便知道了：在名为阿图岛之地的数千名日军遭米军偷袭，宁死不屈，在短短几天体验了极限沸腾的愤怒、无助、吼叫、痛苦，连喷出的血液及泪水都浇熄不了，悉数阵亡。宁为玉碎，不为瓦全，人全死了叫“玉碎”。村人担心起自己下南洋的子弟兵。

有几回，帕和一些人彻夜坐在站内的长椅上等战报。时钟嘀嘀嗒嗒走，在大厅寂寞回荡，像战场的士兵走过长路回乡报信。阳光从窗隙落下来，火车轰隆到站，报纸沾了露水而黏糊，更夹杂血味的消息：塔拉瓦岛、马金岛守军被歼灭。玉碎、玉碎，还是玉碎。年轻人唱起悲伤的歌曲：“海行兮，化成水中的国魂；走向群山，化作草掩的鬼雄，一切为天皇成仁取义。”第三次玉碎消息传来，帕割指头写血书，照着报纸上鼓励从军的言辞抄几句，要上呈鬼中佐。可能是水喝太多而血较稀，下手就晕开，还写一堆错字，涂涂抹抹太多了，最后气得干脆在白布上涂出了日丸旗。旁人被那种豪壮的绘图激得直呼**大和魂**，让帕感到自己真行。一呼百诺，不少年轻人卷袖子模仿，也忍痛失血画“国旗”，并真情写篇血书，表明不要待在**铳后**（战火后方），愿到前线击毙被他们痛骂为“鬼畜”的英美联军。四十八封的志愿书送到鬼中佐办公室。体格够的都进练兵场报到，帕什么都有，只有年纪不够。他站在鬼中佐家门前三天，不愿离去，表达抗议。第四天，鬼中佐再也无法用年纪不足为由劝退，静静说：“千拔，你是我的儿子，而且练兵场需要你，需要能号召的班长。”

越多士兵入伍，首班车得加挂车厢，速度变慢，得误点到九点才进站。等不及报纸的人，跑到五公里外等消息。九点将到，远远传来雄壮的军歌，一百个年轻人在三公里外的火车上高唱。车站这头的人也唱和，等两股歌声交荡时，帕会举起广场上的半吨重石头，朝地上摔出巨响，向车上的人证明这玩意不是膨脖的，而他也不是。他喊："我是军曹鹿野千拔，你们的教育班长。新兵注意，滚下车集合。"没有不欢呼、不服从的，年轻人排队进入练兵场，学习真前进、吃假饭，练习刺枪术、打靶和无尽的体能训练，等到六个月后他们有帕的万分之一厉害，坐上晚间的火车离开。送行时，车站涌入无数欢送的人群，数百个士兵坐上五节车厢，朝左欣赏舞台上的俳优演出。话剧时间到了，舞台挂上绘有**新高山**（玉山）的布幕，旁边分别插上几株的桃花。桃树时称"樱桃"，归顺为樱花的嫡系，老人则讥笑为"皇民树"。话剧开始，一只山猴穿武士装、拿武士刀，脚蹬木屐，头箍一条有日丸旗的白布条，跳上跳下的轻盈。台下的孩子激动鼓掌，大喊孙悟空来了。又上来了一只野猪，穿相扑手的丁字裤，鼻孔拱开，走路大外八，大手挥出银亮的盐粒，不时朝观众祈福。"猪八戒加油。"孩子们大喊。最后上来只穿破袄的黑水牛。孩子大喊，嘿，中国大憨牛。它背着大镬和一把破伞，脚着草鞋，头顶斗笠，说笨就笨到苍蝇黏满脸还说是芝麻了。孩子赶快发出嘘声，大喊："中国兵，滚回去。"三只动物相见，吵得刈刈惹惹，只好冤家相打，差点拔掉对方鼻子。野牛功夫差，但耐摔、耐撞，打不死，最后由山猴和野猪联手打败。这出戏叫《西游记之大战牛魔王》。最后，来了个穿红衣、踩短高跷的俳优，他鼻大眼大，皮肤在路灯下惨白吓人。他们不知道他是西游记里的谁，却懂得拿石头丢，直骂："鬼畜米英，鬼畜。"这戏码叫《西游记之大战红孩儿》，还等不到孙悟空、猪八戒上场，戏台被丢来的石头压垮了，第二天得重建。戏演完，帕从恩主公庙的旧签筒抽出一根签棒，报出上头的军曲名，通常都是《海军进行曲》之类的雄浑曲。观众唱军歌欢送，大力地摇动日丸旗。远行的士兵很激动。

那时节，地牢已经移到路灯正下方，天窗被进站的机关车遮住，热气、炭屎渣和澎湃的汽炉运转声掉下来，只有刘金福这种对理念执缠得近乎着魔的人才能活在这些钢铁的呜咽声中，且培养情趣。他原本抗拒这种日本怪械，但越要遗忘，脑海反而全落入那种影子。火轮车，比梦还要顽强地占据了他。于是他接受它，并想象车声的美妙。他想象，运转声像春雨，酥润地落下，森林撑起的地平线微微发光，每片叶子承受了雨滴，大地慢慢湿了。再仔细听，又像一种时间离去的愁响，掺点毒，听多了还戒不掉，他咬牙握拳，咒骂自己，怎么会沉迷这四脚仔的玩意，甚至撞墙好把脑中的魅音流出来。最后刘金福用九鬈叶塞耳朵，安静多了，但玄妙的机械会勾引他看。他安慰自己，一天只看一次，但是看完一次得花上一天在想。从此他边骂边看。车盘下拴了大小不一的齿轮，尖齿互相嵌咬，利落得很，精密度不下于两座小人国的士兵在殊死决战。齿轮能储存记忆，把车头的速度和转度暂存，依序传到后头的每节车厢，整班车能安全运转，成就了无轨火车的奥秘。趁火车进站，一些打死也不说日语的老人朝车底丢九鬈种，整把地抛，不少种子弹得高而掉入齿盘。刘金福看到种子从这大铁盘递到另一个小铁盘，又从小铁盘跑到铰轴，大叫，好，夭寿得好呀！那些平日看得眼花的火车肠子，借种子的消化，他看通了。但是坚硬的种子会害火车胃溃疡的。有一次，种子卡在齿轮，齿片铰裂了，火车闹肚疼，车厢在离站后的第一个转弯“脱路”。从此驿夫仔在发车前，仰趴车底，举火把照，在齿轮和润滑油构成的经络中找种子，直到放出训练过的松鼠巡逻，才叼出那坏东西。时日一久，九鬈籽在牢边爆芽，比火苗蹿得快，刘金福要摘除恼死人的树枝，才看到火车底。在送行歌声的高亢处，民众高挥的日丸旗遮去了灯光，刘金福只看见地面全是透下的大红光，染了血似的。火车离开不久，天窗透亮了，他看到一盏刺眼迷蒙的路灯，把地牢照满。

这时帕扛着小房子和助手坂井来了，伴刘金福入眠。坂井拿扫把，挥打空中飞的虫子，抱怨台湾的蚊子和杂草多如牛屎，人迟早生疟疾。“七灶桑，试试看樟树叶。”坂井从口袋拿出一把叶子，对刘金福说，“对付蚊子最有效。”

“七灶（ななかまど）？那是什么？”帕从小屋子探头。

酒虫上脑的坂井卖个关子，拿出一瓶烫过的清酒，得到帕的允许后，打开瓶盖喝。又从口袋里掏出几个红柿子，一口烧酒、一口红柿，还说**本岛**人（台湾人）教他这样吃会很爽，冷风吹不死，冷水泼更勇。

帕看得直夸：“爽爽食，煞煞（快快）死，不怕冷风吹。”帕用客语说，反正内地人不信这套。但是，坂井听到“死”字了，原本大声啜软红柿，吓得柿肉从鼻孔喷出来，像烂尸肉。帕见状，真是哭笑不得，便大声说，我是问七灶是什么，你不是要说吗？

坂井听到主子有求了，自然喝口酒，来一段家乡的“最上川”情歌，气氛暖了，把情感绽放了。末了，又喝口酒，骂太棒了，才说：“七灶是我家乡的怪树呢，夏天开白花，秋天结红果。那树真硬，鹿野殿，可比你的骨头还硬，你不相信？它得用七个灶的大火烧才能烧着，才叫‘七灶’。有钱人的房子、神庙的鸟居都会用七灶盖，雷也打不坏呀！这么硬的树要做木炭，得花一百零一天烧，才能成炭。奇怪的是，这木炭白色，刚开始时起火很难，一旦着火了又能烧上七天七夜。这怪木头，倒是跟老伯伯的精神很配，对吧！”说罢，又是半口烧酒配上半口柿肉，发出吸拉面那种唰唰的声音。他最后脸像被人踩爆壳的蜗牛，五官糊了一摊，鼻翼抽，喉咙响，倒下去睡个天亮再说。

坂井的乡音浓，清浊音黏一块。帕半懂半猜，知道个大概后便打开小木屋的底板，对下头说：“有人讲你是灶神，硬颈又火气大，极见笑。”

刘金福臭骂着，拿泥团丢，直到手关节酸才睡觉。帕与坂井也睡了。路灯还在亮，灯透过小木屋渗到更深的地牢，九鬈籽发芽了，发出烧开水声音，咕噜噜的，哗啦啦的，整夜闹不停。隔日清晨，枝枒举起了小木屋，在风中轻晃，红嘴黑鹎也躲在枝间叫得勤。来车站早市交易的人看到那座房子，发出了赞叹，说那是一艘沉入水草间还能行的小船。帕这时再也受不了晕船之苦，头壳痛得快爆了，用毛巾紧紧缠住才能撑下去，天一亮，他从窗子探头呕吐，吐舒服后赶快把房子背离开。坂井还在屋内睡死，从这头滚到那尾都醒不了，鼾声还有家乡船歌的节奏。等到日头出来，晨曦点亮驿站，驿夫仔过来砍了牢边的小森林，总是看到树枝托着一座空房子的雏形，露水闪闪，像是在梦中遇见的。他们说那是王船壳，手拜一番，甚至避开巡察在暗处偷烧把香，祈求瘟神的宽容，才忍心砍掉小森林。

爸爸，

你要活下来

路灯下总会发生故事，误会是故事的源头。某晚的送行会，来了一个泰雅女孩，她叫拉娃，给当兵的父亲尤敏送别。拉娃十岁，追赶不输猫，但今夜是她此生最后一次走路了。她发现广场有座小树林，林中有洞，洞里住了一位老怪。拉娃拔一支竹条，朝洞里的刘金福逗，说："快出来，'洞'快飞出来。"许久，刘金福站起来，盘根错节的洞里飞出十五只的蝙蝠，还有趴在墙壁的蟾蜍群也跳上去。拉娃不怕，继续用枝条钩，用泰雅话叫他出来。刘金福生气地吼："没大没小的'番妹仔'，走。"这下拉娃吓着，掉入牢底，把蟾蜍们压成一摊汁，气得刘金福大喊："我的捕蚊器坏了。"摔昏的拉娃没有响应，陷入恐怖的梦境，梦见自己的父亲尤敏在战场上被剖开肚子死去。当尤敏救出她时，拉娃躺在驿站内的长椅上哭泣，手里还捏着随手抓到的九鬐籽。悲泣引爆力量，她捏爆种子，连火车轮胎都干不出这档事。这时火车鸣笛进站。尤敏背她在驿站内踱步，又唱又哄，祈求祖灵给小女孩更多力量不被第一次看到的火车吓到。接下来尤敏吓坏了。拉娃的脚扣住他的腰，一扭身，用两手抱上梁柱，以己身为绳子将尤敏锁在车站内。

"放开你这蚂蟥腿，放开来，火车子要走了。"尤敏大喊。

"放开你，你会死掉。"拉娃哭着对四周的人说，"他们不是去打仗，是去送死。"

尤敏扯不开拉娃，任何人来帮忙，反而使她哀号痛哭，也锁得更死。车站内慌忙了两刻钟，车站外的《西游记》也演完。火车要开动，鬼中佐命令帕找根大木先把梁柱拆换下来，连人带柱运上车。帕把大柱摇松了，一抽就换上新的，扛着梁柱与上头的父女，追上才走的火车，从车窗户塞进去。在欢送的歌声中，大梁木从车窗横出，像火车长出的一双手把沿路的树叶拨落，好快乐呢！第二天清晨，早班的车上没了大梁木，但是父女仍在车上。拉娃的手紧抓住车椅，双脚缠着父亲的腰，以“人锁”留人。宪兵队冲上车，用尽蛮力地扯，用尽汗水而已。又来了二十个兵，用绳子穿过拉娃的脚朝两边拔，拉娃哭泣，但从不放弃地张腿。人锁的结越拉越死，士兵越拉越喘，汗水从车厢流到了道路。

当火车靠站，月台、广场、屋顶和树梢挤满看热闹的人，叠起的影子足以绊倒人。靠近车厢的人不断地跳，想看清楚里头的人锁。高处的人眯眼，一旦有了动静，便激动地大喊：“他们动了，没死。”或者：“真的是兽铗夹‘番仔’。”甚至暧昧地说：“他们是羊，只有羊才会父女黏屁股。”直到叫声过大，翘胡子巡察又吹哨子赶人。鬼中佐走上车厢，来到拉娃的身边，用一种严厉而不带杀气的眼神看着她，跟她说，怎样都行，只要松开腿就行了。拉娃又累又脏，像掉在盐堆的小水蛭，却知道大家都用谎话套她，更是紧紧地夹住尤敏。不过她的眼神躲着跟在鬼中佐旁边的帕，怕给他看到。拉娃的苦心也没有得到尤敏认同。他不能下南洋，羞愧得要死，不止一次地殴打她。拉娃腹背受敌，仍用坚悍的口气对鬼中佐说：“我只要爸爸。”鬼中佐瞪回去，也用同样口气回答：“皇军不能苟活在火车上，你是在害你父亲。”他看见远方山径传来折光，一群少数民族小孩来了，鬼中佐又说：“乖，你同学要带你回家了。”

小山路远处，二十个少数民族小孩走一纵队，每个人的腰绑绳子，串成一起。他们身后背着竹笼，笼里插着一根刚熄灭的火把，走了几小时的夜路，他们憔悴得像烟缕了，用绳子确保免得飘走。带队的是年轻的少数民族警手，“番童教育所”的老师由当区的巡察兼任。这警手兼老师的动作大，走路时双手双脚摆高，要学童也配合他的动作，一起唱着改编的山地儿歌："快去躲猫猫，拉娃快去躲，不要老是躲在奶奶的织布机下，嘘！莎韵姊姊去找你了。"他们唱得大声，快把蛀牙给吐出来了，手脚抬高，管他同手同脚。"快看呀！你同学要带你回家了。"火车上的鬼中佐再次提醒。拉娃放尖耳朵，听到熟悉的歌声而拼命爬起来，好把眼光从窗台看出去，喊回去招呼："看到了，丽慕依、哈勇、娃郁、尤玛，low——ga——su（你好吗）？"远方的少数民族小孩并没听到，他们耳里全是自己歌声，眼里则充满山下光怪陆离的景象，人群、吉普车和洋杂货店屋顶上的鲤鱼旗，还有马路上不断喷白云和黑烟的五节漂流木。他们的震慑差不多是把二十滴水放在冒烟的热油锅，发出巨大的惊叹，世界变得恐怖又陌生。

这时翘胡子巡察吹起哨子，把广场的群众赶出一条路，好指挥少数民族小孩快点过来这。所有人的目光投注过去，了解火车误点发车，就是为了这二十个小毛头的远足教学。少数民族小孩们吓着了，眼神惊恐，脚步僵硬，排最后的那个停下了脚步，害前头的人全被绳子拖倒。翘胡子巡察走过去，把他们的绳子解开，气冲冲地对警手说，一旦穿上金梅花扣的黑衣，要有警察的威武，不要跟小学生一样大力摆手。但车站处随即响起另一批小朋友的欢呼，同手同脚地绕火车走，还故意整排跌倒。带队的是帕，是鬼中佐要他这样做，好让拉娃高兴，回到美好的学校时光，连课本烧掉也没关系。倒是翘胡子警察又羞又怒，胡子硬得可以吊猪脚了，气哼哼地要警手把少数民族小孩赶上车。少数民族小孩误认坐火车是把他们装入木笼里卖掉，这比打预防针还恐怖，都挤在车门前尖叫起来，挨成一团。一群民众冲过来，强悍地把少数民族小孩推进车，死塞活塞的。火车启动了。这下拉娃安慰他们，说我们活在火车里，就像待在妈妈的肚子里般安全。二十个少数民族小孩的哭声仍然尖锐。那些哭调好恐怖，随火车加速而提高，警手非常肯定，这种没完没了的泪水即使停了，日后也会在他们的梦隙中冒出来。现在只有“咕噜噜”药水能治愈他们，他曾被此治好过。那是在他十岁的事了，父亲带着皮毛来关牛窝买卖，被一辆按喇叭的公交车吓得打嗝，直到听从旁人的建议喝下汽水，让气体把身体里的惊恐带出就好了。

警手这时从口袋掏出三块钱纸钞，探窗大喊：“纳姆内（汽水），来二十瓶。”广场摊贩的心揪起来，每个人都想接下这笔生意，但翘胡子警察禁止他们贩卖东西给启动火车上的人，很易造成事故。按捺不久的，一个十来岁小贩把胸前的木箱顶上头，便追上去，一边得看路，一边把汽水递上。警手啃开瓶盖，像奶嘴塞入每个哭不停的嘴，二十个小孩马上喝到老师曾传述过不下数十回的“沸腾得冒泡泡的冷开水”，马上从噩梦中醒来，发现自己活在颠簸的长形教室。

那是由车厢布置的教室，前头有天皇、皇后的照片，后头贴有毛笔字和作文模板，窗柱上的标语依然耸动。这下他们才理解，山上教室里的东西不是被黄鼠狼偷走，而是提早搬移到这。上课开始了，班长喊起立敬礼，学生喊先生好。但是老师不是警手，是漂亮的美惠子。但是世上最美的老师永远在窗外，他们不时瞄外头的风景，害得警手忙于把他们的眼神赶回来。只有拉娃看腻了，最认真上课，还禁止尤敏打扰她。到了临暗，火车进入夕阳染红的瑞穗驿，就着提早上灯的路灯，下车的二十个少数民族小孩跟拉娃挥手说再见。这计谋差点成功。拉娃挣扎身体想下车，最后她微笑地挥手，说再见，又说她在车上就好。少数民族小孩晚上住车站的公务员宿舍，躺在榻榻米上害怕、瞎想及兴奋，抱着汽水瓶入睡。第二天吃完早餐，他们上了早班车，和拉娃一起上课，忍着列车劳顿。他们下课一起玩丢沙包，山猪和竹鸡定时从下一个车厢闯入教室游荡。一切模仿山上的生活。经过的山洞太多，光是一堂课，明暗变化好像过了几天几夜。这样的学习对拉娃最是难忘的，主要是帕。因为车厢塞不下黑板，帕便担任"移动的黑板"。比如上有关鲸鱼的课，美惠子说它是混不下陆地后回到海洋生活的生物，还残留陆地生物的特征，比如尾鳍的形状与用肺呼吸。但是窗外也有一条鲸鱼在游，窜上窜下，穿过树林。可是风太强，几乎揉酸了眼，学生关上窗才看清楚。原来鲸鱼画在黑板上，帕扛上肩跑，跑得脚底仿佛沾了鳗鱼黏液，跨出第一步即自动往前滑，只消保持平衡即可。

教学的最高潮在第六天，末班火车破例在广场停了两小时，好让大家欣赏电影《莎韵之钟》。电影情节描写一个十四岁的泰雅少女莎韵，私恋担任警手的老师。中国事变（卢沟桥事变）后，老师将入伍赴战场，莎韵便自告奋勇帮老师背负行李，却不幸在途中落河溺死。电影演得冗长，观众甚至从小学课本得知结局，观赏时，一张嘴不是忙着跟人打嘴鼓，就是打哈欠。不过当女主角李香兰出场，边走边唱歌时，人人惊呼起来，每人十个嘴巴都不够称赞，因为她太美，连电影布幕都快融化。可是每到情节的高潮处，就在莎韵要落水时，电影中断，火车也走了。观众发出嘘声，哑巴放屁抗议，连牛也发出哞哞声。到了第五天，越来越多人聚集，先放话要是电影中断，他们就不走，直到李香兰从布幕走出来跟他们道歉才行。当电影就要放到莎韵落水时，有人跳起来，大吼："我们要看到美丽的水流尸。"一个从三条河外赶来的少数民族观众也吼："再不放，我明天放山猪戳人。"这时电影果然中断，群众忍无可忍的暴跳，丢鞋子抗议，有人更发出山猪的怒吼。就在这时，火车上的二十个少数民族小孩唱出天籁之声，主题曲《莎韵之钟》水水嫩嫩地冒出来，大家的耳朵听得酥。观众往车厢看去，那是广场唯一的声音与光源所在，学生在那演出莎韵落水的那幕，以话剧的方式延续未竟的电影：一个少数民族女孩背着巨大的行李，要涉过湍急的河流。车厢顶的电扇狂吹，碎纸屑卷袭，仿佛天空在下暴虐的大雨。而锣声不断，传达雷电轰隆隆的恐怖。

观众屏息以待。有人甚至多心地大喊："小心，桥会断的。"结果被人报以嘘声。车上的拉娃几乎吓呆了，身子发抖，活生生的画面呈现眼前，让她融入电影情节中。她脑袋空白，哪想得到她的同学这几天来在隔壁车厢排演的就是这一幕，还以为在玩扮家家酒。戏剧的高潮是由一个叫丽慕依扮演的莎韵来到桥中央，轰一声，车门开，隔壁的少数民族小孩踩着炼铁用的大鼓风炉，强风号嗬，吹过那篓各色长纸条时，成了噼里啪啦的彩色洪流，大水汹涌，像神话中足以淹没所有泰雅人的洪水。假河水把桥摇得发响，也把车厢前的地图吹得啪啦响，被风撕走一半，粉笔灰都扬起来，场面太真实了。

"完了，我不会游泳。"莎韵跌落河中，衣服被独木桥的杈枝钩住衣服。她双手挣扎，而且喊出电影中没有的台词："拉娃，救救我。"

"等一下，我来了。"拉娃说。

整出戏的关键就在这，利用故事的张力撼动拉娃，要她爬去救莎韵，好挣脱尤敏。拉娃太入迷了，伸手要把莎韵拉出水，但她双脚绞着父亲，够不着。车厢外的人深深陷入戏中，冲上车救莎韵，门上锁，观众便从窗户爬上去，上半身趴在车里头，在外的两脚还踢踢蹬蹬地找支撑点。戴口罩的警防团冲上去，抓住腿把人扯落。那些人被送往车站内躺着，仍喊“我来救你，莎韵”，完全是中邪，直到警防团用沾了氨水的手帕捂住他们口鼻才清醒。广场的人，一半在看车厢的人演戏，一半在看靠近车厢外的观众在入戏，不时发噱。可是他们闻到一股淡淡味道后，眉头深锁，也被少数民族小孩的三流演技撼动，跑前去大喊：“我来救你，莎韵。”那味道是警手在车厢偷偷燃烧 Rong 流泻出来的味道。Rong 是乌柏制的泰雅占卜工具，有钩状。巫婆把干燥后的山猪眼睛磨碎，喂孩子吃，让他们睡时看清楚噩梦面目。之后，用 Rong 在孩子的头上钩断一些头发，能捞走噩梦。把断发系在 Rong 上，又能增加它的功力。巫婆得知警手要以演戏的方式带回拉娃，送上自己占卜的 Rong，要他连头发一起烧，能释放十几年来凝聚在上头的童梦。凡是闻后，会进入如真的梦境。

在车厢的表演区，拉娃要救到莎韵了，努力放开尤敏。尤敏也使力掰开拉娃的腿。她的腿就像锹形虫被黏住的大颚，被几近折磨，几乎听到骨头被撑开的声音。

倒是莎韵不够入戏，因为“独木桥”钩住她的衣服，不让她落水死掉。她愤恨地拧了“独木桥”，说了戏里不该有的台词：“放掉我，让我死掉。”在无效的情状下，她大力拍击桥身，又用牙齿狠狠地咬，只希望桥早点断。

那一刻，拉娃终于碰到“独木桥”了。这场戏，她始终要救“独木桥”，不是莎韵，便喊：“帕，你要被冲走了，醒醒呀！”没错，那“独木桥”是由帕扮演的。他身穿木头衣趴在两座椅子间，扮演中流砥柱的桥，努力地用一根手指钩着莎韵的衣服。

帕再也忍不住了，喷出肺里的 Rong 味道，大喊：“身为一根独木桥，也要坚持到底不断掉。”来个翻身，跳浪似的肌肉把整身的木头装给撑爆。帕一手捞了莎韵，一脚踹开车窗，人伏在窗台，大喝一声，目珠逡巡，把广场的目光都搜集来之后，嘶吼着：“看，我把李香兰带来了。”群众这时赏了价响的掌声，呼声不止，对跳下车扛着小女孩的帕拍胸。只有在远处观看的鬼中佐气得头顶冒烟，叫小演员们下车，令火车速速驶离。

第二日，警手摇醒睡在宿舍内的少数民族孩子，要他们到水龙头下洗脸，准备回山了。他点燃十几根火把，把火车大厅照得炯亮，点完名就要出发了。可是孩子们的火把很快熄了，他们才坦承，忘了用木头盖套住火把头，油挥发了。警手向驿夫仔讨油。驿夫仔悍然拒绝，说现在油贵又少，还说大厅是严禁烟火，难道你没看到标语。那些少数民族小孩只好待在大厅，等天亮后出发。他们颓丧地偎在长椅上，忘不了昨日失败的话剧。一个少数民族小孩对窗户哈口气，对着映在玻璃上的模糊影子依样画葫芦。警手问他在画什么。少数民族小孩大力地朝窗户哈气，那些消失的线条又出现。一条水草里的沉船，他说。可是玻璃上的雾气消匿后，船仍在，出现在玻璃后的广场上，且在风中款摆。警手叫孩子们出去看，那其实是一间被枝条举起的房子。这几天他们早睡晚起，竟然错过这幅美丽的陆上行船的景致。

离天亮还远，广场陆续来了许多小学生，对着房子大喊，日头晒屁股了，懒尸鬼快出来。帕把助手坂井扔出来，要他去管管。坂井喊声混……蛋字还没脱口，眼皮已趴，躺地上呼噜了。翘胡子警察来了，恭敬地敲敲小房子，说今天是纪念日，广场要用。帕赶紧跳起来，腋下夹着死猪样的坂井，背着小房子离开，这时他看到车站前廊坐了一排少数民族孩子用惊愕的眼神看来，背篮插有沾露的马樱丹。帕知道他们要回部落了，向前去为昨日的闹剧道歉，也希望他们日出后才上路，才不会在树林走得太冷。警手只怪自己弄巧成拙，把 Rong 烧得太多了，之后又问，一早怎么这么多人。帕说今天是“始政纪念日”，日历上画有“国旗”，放假了，大家来庆祝的。警手看了左右，原来昏晦的晨光下没发现附近挂了庆祝旗与标语。倒是路灯下有小状况，有人趁夜挂起写着“死政纪念日”和“屎政纪念日”的白幡，翘胡子警察和警防团拿竹竿扯落，从毛笔字研究谁是嫌疑犯。

挂有代表校级军官黄旗的吉普车来了，一身军装的鬼中佐下车，对广场聚集的人讲话。广场地牢还传出干扰的屁声、唱山歌与胡言乱语。在唱“国歌”、遥拜皇宫、高呼天皇万载后，鬼中佐带领大家进入车站观赏始政的光芒。这时候，东方转亮，天色由橙转白，忽然晨光射亮关牛窝，又从车站屋塔的老虎窗喷入，细腻的光雾如一疋薄纱飞荡。警手和少数民族孩子待在站内，目睹这圣光天启的时刻，发出赞美。“始政纪念日”乃一八九五年六月十七日，日本总督桦山资纪在布政使司衙门宣布据台之日。瑞穗驿的建筑设计迎合始政日。这天的晨光从窗户正射而入，不久，从墙上往下爬，过了六分十七秒，照在那座大时钟上。钟面开始旋转了，一个木偶兵从打开的钟窗走出，唱着始政纪念歌。钟面把晨光打成碎片，迸转在车站内。大家往上仰，桁架的光影魔魅，柔软似水，连建材桧木的味道都快滴出来似，恍如梦中之梦。

警手被这幕撼动，神经无时不窜着细微的电流，回到部落的山路上，脑海还是那些壮阔灿美的光影，得花时日才能消化完。少数民族孩子也很兴奋，他们的背篮里装了帕给的汽水罐，装了水不用煮就会滚。当他们翻过第五个山岗时，有人大喊，看那，山谷咕噜噜了。那里以低温沸腾，水汽从谷底鼎沸，世界又要陆沉在云的怀抱里了，这时远山传来火车鸣笛，回荡在山岗，他们想起拉娃和尤敏还在车上。警手说，希望拉娃要坚强，不要忘记云影滑过山岗的形状，雨落桧木的芬芳，这都会给她祝福。“也不要忘记可怕的老巫婆，和她养的专门啄人头的乌鸦。”一个小男孩说。一个饿坏的女孩又说，“还有还有喔！又热又香的小米饭、树豆汤，我们都饿了吧！”他们叉腰笑了起来，挥着登山杖，高唱“奶奶家就在那，在云的旁边，在云的上边，在云的里面”，边唱边走，一首童谣飞扬，半日时光便悠闲了，转过第六个山头，就是那个以大冠鹫眼神为名的山头，风来了，带来部落的炊烟味，密匝匝的森林和浓雾便堙埋他们最轻微的踪迹了。

少数民族解救队走了。软的不行，来硬的了，该是帕上场了。但鬼中佐先用消耗战，要拉娃渴死、饿死、流口水到死。几位厨娘在火车上弄石板烤肉，煮小米饭，尽量让香气冒出，有烤焦味更棒。饭菜好了，由宪兵亲自喂尤敏吃，吃多少都行。拉娃却不准吃喝。宪兵让吃饱的尤敏睡觉，而拉娃才眯上眼，立即大掌掴醒来。这激怒了尤敏，他怎能够撑死睡死，却眼睁睁看女儿饿死困死，要拉娃也获得同样食物，不然绝食。宪兵便在她面前表演对绝食者尤敏的灌食把戏，拿铁片撬开牙，把流体食物泥灌入。尤敏抵抗，把食物喷得哪都是。宪兵会把洒到拉娃脸上的擦净，一滴水都不给。过了三天，尤敏知道宪兵是恶魔，会折磨人到死，夜里对拉娃悄声说：“放了我吧！不然我们都会饿死。”

“不要，打死我也不要，饿死我也不要。”拉娃说。

尤敏知道拉娃的意念甚坚，比石头还硬，一千条河才能磨掉她坚拔的意志和眼神，便说：“如果要活下去，我要割开我的肚子和你的腿，记得那个故事吧！山羌母女被落石堵在山洞里，她们怎么渡过难关的。”

隔天，尤敏愤怒地对宪兵大喊：“我要吃东西了，你们把山搬过来、把河搬过来，我照样吃掉喝掉。”

马上搬来白饭、鸡肉和味噌汤，食物冒出大量的热气，玻璃和天花板都因雾气而滴水了。于是宪兵得贴近，监视尤敏有没有把食物偷塞给拉娃。尤敏是条山猪，嘴拱出来，吃相够狠，鬼中佐来验收时很满意，心想尤敏这条山猪肥得如神猪时，一定会把拉娃那小小如树藤的双脚撑爆。但是宪兵发现蹊跷了，尤敏越吃越狠，连坚硬的猪大骨都咬碎吸髓，吃完马上睡死。拉娃一点都不受影响，不吃不睡，还能拿衣角帮父亲拭汗，关心他有没有着凉。问题在哪？宪兵想不通，还怪厨房煮得不好，没动摇拉娃的食欲。半个月后，三十个士兵冲上早班车，待了半天害拉娃哇哇叫，才从末班车爬下来，体力不支地倒地，鼾声连连。他们奉命扯下那对父女，半天只拔下拉娃的头发。他们搞不懂，不吃不喝的沉默小女孩怎么会如此神健，而且力气越大，还懂得讲笑话助兴了。

隔天的末班车，鬼中佐清空那节车厢，下令帕不惜代价解开人锁。帕半个箭步就跳上车，站在父女前，喝令监视的宪兵退到门边。尤敏睡翻了，只有拉娃的目珠金金，温柔地凝视着帕。车灯下，帕终于看清那把骇异的人锁：拉娃的手猛抓而陷入车壳，双脚钳住父亲的腰，在脚踝缠了死结。随道路的高低蜿蜒，窗外射入的月光也忽上忽下。帕叫醒尤敏，对父女俩说：“不下车，你们会这样。”帕弯身挠起旁边的椅子。转目间，固定木椅的螺丝软了，蹦得满地，双人椅也被掀翻了。尤敏用泰雅话对拉娃说：“放开我，

哈陆斯来了，会扯断你的脚。”“简直像梦一样。”在拉娃眼里不是泰雅传说中的哈陆斯，一种拥有大蛇般阳具和血盆大嘴巴的巨人，而是比梦更缤纷的汉人。她感受到他的力量，他的声音，他的眼神，都令车震动了。接下来，帕又掀开一张高级的弹簧皮椅，暗示父女的下场会这样：筋脉会像螺丝咻咻地飞出身体，内脏像弹簧一样满地弹跳，最后他们像椅子翻肚，躺在车上抖。可是拉娃很天真地说：“真好，他在搬空石头，我们就会有更大的屋子住了。”还对帕称赞一番。

帕停下手，和父女对看，也看着车内上下跳的窗形月光，充满一种河中水草曼舞的宁静，久看令人不知道该醒来或睡去。他使出撒手锏了，冷酷说：“我会扯死你，留下你父亲。”便掀开盖着尤敏肚子的小布，去扯开拉娃的脚。拉娃害羞地拉回布遮，但感受一股力量要她和父亲分离。她全身用力回应，尖叫大哭，尤敏还大力捶打帕阻止。帕要解开时，一股反击的热液喷上来，搞得头发湿黏黏。他以为拉娃对他尿攻，但一舔竟是人血。那一刻，他惊异，看到拉娃的双脚和尤敏的肚皮融成一块，因过力拉扯而裂伤，血喷出来。他要拉娃夹紧脚、再紧一点，直到尤敏快不能呼吸了。原来，尤敏用磨利的指甲割破自己的肚皮和拉娃的脚，等两边的伤口愈黏，长出的血管互通了。尤敏把养分输给拉娃，拉娃把困意输给尤敏。他们是生命共同体。帕赶紧跳车，感到自己做错什么，一阵晕眩，得扶着路边的树休息。

几天后的夜晚，鬼中佐又刻意空下那间车厢。帕背着医生花岗一郎，从后头追上火车。现在他们只能偷偷做，上车也不能光明正大，因为这对父女的名声太大，获得不少村民的支持。车内郁暗，椅子凌乱，那对父女坐在那，花岗医生想不透之前曾发生什么事，仿佛进入鬼火车。宪兵不再给两人睡觉和吃饭了。但是尤敏几乎牺牲自己，用血管输出养分，吸回秽物和睡意。因此拉娃有精神，双眼深邃，满脸红光。而尤敏极为疲困，他身体消瘦，骨头浮出皮肤，还剩天生的大眼稍有神。花岗医生摸了父女相连处，足足有一刻钟，没有惊讶、也没兴奋，问帕："要救谁？"

"义父说，把男人留下来。"

花岗医生拿出手术刀，共问了三回："我是说，你，想要救谁？"

"两个都救。"

"他们的动脉连在一块，最好的救，就是不救。"

之后，帕把这件事跟鬼中佐转述，还骗他说，无论自己如何用力，都解不开骨肉情谊。鬼中佐只好暂时不处理。

拉娃的事迹连刘金福也知道。每晚牢窗被机关车遮去时，他抓一只蟾蜍，对它的肚子吹入一枚九錾籽，往上抛。蟾蜍倒趴在底盘后往上爬，如果不幸碰到红炽的炉管，唧一声，焦成疙瘩皮飘落。三天后，一只蟾蜍成功地爬入车窗，吐出种子才停止了胃痛。快饿昏的拉娃要父亲趁宪兵不注意时，把种子捡给她吃，咬破壳吃核仁。从此，村民从窗外不时抛入九錾籽。拉娃一人吃两人补，把营养反哺给父亲。

关牛窝已实施食物配给制，能吃的东西要标示，在猪羊鸡鹅的身上打孔绑标签，有时严苛到连稻米、竹笋、番薯等也一样，收获后先缴给练兵场，再依各家人口分配。大部分的粮食属军队，少部分才依等级发给庄民。拉娃和父亲属"番籍"，配给更少，但是从九錾籽获得高热量，相偎活下去。每当火车入站，拉娃想起车厢下有位怪老头，她没有蟾蜍邮差，不知道如何差信，便想起悲伤的事引爆力量，比如有只瞎眼的母猪踩坏她家的小米园，它们都令人难过。这让她能用力戳破地板，七天后的地板像麦芽糖一样陷下，露出个小洞。洞的下头，刘金福在牢内煞猛地绕圈，锻炼身骨。

刘金福感到日子越来越难熬，不是意志力枯竭，是肉身衰败。他得久撑，只要多活一天，就给大家多一天的精神示范。但是，他最害怕的事发生了，某天感到体内闷烧起一股燥热，快把内脏烤坏，张口传出焦味。三天后，燥热烧尽，内脏又急速冷冻，嘴唇完全霜白了。冷热速替，他的身体因为膨胀不均匀而裂出更多的皱纹，瞬间衰老了几岁，大多时只能翻白眼看人。他得了叫“马拉力拉”的疟疾，这是传染病，得立即隔离。翘胡子巡察用竹子挂上草绳围起洞，禁止外人靠近。只有火车敢靠近，还把封锁绳狠狠地碾横了。

趁这时候，帕跑到火车上，从拉娃挖的地板洞丢下糯米纸团，正中刘金福微张的病口。那是他跟花岗医生拿的美制金鸡纳树药，用糯米纸包妥药粉，骗刘金福吃下，说这是恩主公从肚子搓下来的神垢。但疟疾比巡察还毒，神药也控制不了病情，只有跟它逆抗。刘金福脾寒时，帕用绳子绕过灯柱，吊上来晒日头，或用热水掺上青草倒入地牢泡；要是刘金福烧热，挑冷泉很有效。事到如今，自觉将死的刘金福更懂得适时演说的时机和意义了，当火车带来人潮时，他讲出细微的讲词，不注意是听不到的。几天后，有位老人听出意思了，把话传开来，听者莫不激动落泪，从此老人们每天来这等这句话。“时代艰苦再久，也不会超过一条命。”刘金福重复说。有一天，牢窗被车底盘盖上时，他又准备演讲。但是，在那噪震的铁盘子宇宙中，有颗湿亮的星星不断地眨眼，降得好低呢！刘金福踮起脚，用一根前头分岔的枝条把九鬐籽呈去。种子被拿走了，接着星星闭上，传来拉娃的啜泣声，且落下号啕的目汁。刘金福张口接下泪水，闭上眼，舌头不断地浪动。他大吼："海，我看到海咧！"吓坏那些等着听演讲的老人。

火车最远到达海岸线，然后折回来，车木壳沾满了盐粉，连浓浊的煤烟也变得很咸。早班车入站，许多蝴蝶停在上头，用弯曲的小嘴管舔盐，吸饱后随黑烟往上盘旋，磷光浮散，最后稀释在蓝天。火车栖满拍动的蝶翼时，像长满毛的大马，十分俊俏。日头下，那丽妍不是东一块、西一区，是液状的。下车来的受训兵用手沾一些蝶粉，藏在衣领或信册里。等他们再想起此事，可能困守在某座盐味与战火都很咸的海岛，或涉过蚂蟥与河流都很汹涌的森林。那是被米军和豪州（澳洲）军玉碎前的清晨，他们衣领或信里飘出一只白蝴蝶，无忧自在，乘着轻风，逃向桔梗蓝的天空。

然而，在关牛窝的蓝天下，拉娃带来海上的故事。她说下第一句话，蝴蝶轰然漾开。这让火车在日头下显得苍老，聒噪冒烟。但故事精彩，报纸没得比。拉娃说，那些载满年轻士兵的战舰，成群地牵手出港，跳驰在海浪上。但是米军的船不是驶在水上，是游在海下，慢慢地跟踪在日本船后头，发射会冒白泡泡的"海豚"击沉船舰。船员都跳海逃生，海上漂着我们的爸爸、哥哥、姊姊、弟弟，手牵手大叫，像一畚箕一畚箕倒下去的垃圾，看哪！会哭的垃圾，会流血的垃圾，会挣扎的垃圾，怎么倒也倒不完。他们背着枪、戴头盔，无助地抱成了一团，在风浪上勇敢地唱"国歌"，沉入风浪下流泪地喊："天皇陛下，万载。"全送给鲨鱼吃透透。

故事就像风散开了，钻进村民耳朵，鬼中佐得想办法消毒。第二天火车运来十几箩的腥肉，后头萦绕着苍蝇，像挥发出来的黑烟。只有官兵和讲纯正日本话的家庭，才吃到怪异的碎肉。肉有火药味，落地会冒火花，要吃得仔细地嚼，生怕牙齿碰出星火而引爆了。鬼中佐留了一箩筐给驿前的群众，告诉他们，这是鲸鱼肉，是世上最棒的鱼。他又说，米国的潜艇不是发射海豚，是鱼雷。不过，大和船舰得了天皇保佑，鲸鱼会游去以肉身挡下鱼雷，为国捐躯，这些含硝味的破碎圣肉就是见证了。他说，那些鲸魂已入籍靖国神社，受人朝拜，化成锦鲤活在皇居二重桥下的护城河。鬼中佐解释完，带领大家遥望皇宫，举双手高呼："天皇陛下，万载。"

隔天晚上，趁月光照路，帕从溪谷唰上道路，两步跳上末班车。车厢内坐满了士兵，愣看着窗外的景致，看到魔鬼班长帕来了，赶紧下巴抵胸，椅子坐三分之一。帕想私下问拉娃一些事，要求士兵唱军歌遮掩后，这才坐到拉娃身边转达鬼中佐的用意，要是她再乱放话，用针缝死她的嘴巴！警告完，把一支三寸长的布袋针插在前座的椅背上，针鼻孔挂着粗线。但拉娃赢了，讲故事的目的彻底就是引帕再度上车，她喜欢他，感到爱情和死亡一样，总让灵魂陷入了漫漫的黑路迷途。帕还是为自己问："故事是真的吗？"尤敏插嘴说："这是鹿野中佐的，还是你的问题？"帕没回答，大声要新兵们停唱，都坐下，才起身开门。就在他要跳车时，拉娃石破天惊地说："那是真的，一个比一个惨。"声响回荡在车厢，远行的士兵想到自己命运，垂头又垂泪。那气氛真是低迷，车厢变成残暴的死寂。帕再度命令士兵们唱军歌，而且用嘶吼的方式："不管敌人有多少，不管炮火有多凶，大和精神油然而生……"原地踱步加上价响的军歌让地板跳动，火车就要散了，一耸一耸地离开。帕咬着牙，抓紧门边的扶柱，把铁漆捏龟裂了。他看着不远之地，黑夜腐蚀一切，关牛窝的微灯在那里颠簸、闪动或余烬苍凉，风一吹，一道路转后，世界已经还诸黑暗了。

我

叫作

鹿野千拔

局势越来越吃紧了，米国飞机经常飞过，说来就来，说去就去。小孩每天头戴钢盔上学，肩背书包、小圆锹，脚扎绑腿，足穿夹脚靴。男人戴战斗帽，女人戴防空巾和穿宽大的裙裤，搞不完的防空和救灾演习，累得半死却只能吃半碗的番薯签饭，而且是和都市人共食。因为米国轰炸机爆击大都市，都市人**疏开**到乡下避难，早班车可装满七节车厢的人。晚上也实施灯火管制，末班车出站后，庄子得消灯，连河水平静处都要撒树叶防止反光。关牛窝上空是飞机路，米机从这过，定时定点地去炸大都市，再从这回南海的航空母舰。驿站的士兵和庄人经常仰看，南方传来隆隆天雷，一群碎密的飞机灯朝北去。刚开始时，年轻人朝天空丢石头、吐口水，想捏死那些萤火虫。有一回落下爆弹，他们才改观。那是一架米机回途时，把反光的河水当作道路，甩下炸弹。炸弹掉入太软的河流忘了爆炸，打起了水漂，翻上了岸，冲破三间土屋、两道陡坡与一只牛，最后停在驿站的地牢上。刘金福以为是火车爆胎趴在上头，吼："你碛（压）死天窗了。"拿竹条去搔，要它怕痒挺起身，免得刚丢上去的蟾蜍爬不到车窗。村人躲远远地观察，一个孩子大喊："是机屎，我刚看到飞机屙屎。"炸弹的尾巴有个高速转动的小螺旋桨，发出嗡嗡的刺耳声。很快赶到的帕一脚踩在炸弹上，双手一摊，接受大家激情的欢呼。练兵场的吉普车随后来，一个跳下车的工兵发抖地爬去，对小螺旋桨猛吹，要是它停下来就爆了。帕赶紧抓一只蟋蟀放上，斗它叽叽高鸣，好让小螺旋桨得了伙伴唱下去。帕把五百磅的炸弹抱上吉普车，要士兵慢慢载走，好把这宝贝蛋用飞机载回去还米国。车子颠簸离开，那只趴在爆弹下的蟾蜍好不容易爬了上来，吐出九鋆籽，吃掉唱歌的蟋蟀。砰的大爆炸，满村咚个隆咚倒。村民爬起身，拍拍心脏，一看，哟，远处爆出一颗坏脾气的太阳，少了三个兵、一台车和五位村民，换来一口干池塘。

另一次也吓死大家。那是多云的晚上，雷电直往下牵丝，两架战斗机先低空飞下，胡乱地开铳，只打死两栋房子。山腰的高炮来不及回应，防尘套没脱。接着，一个快着凉的巨大女人骑在扫把星上，拖着长长的花火，闯入关牛窝上空。距离够近时，高炮、机关铳反应快，每支坚硬得射铳子，喷得又亮又腥，要把飞过的女人搞出儿子似的。这时候，村民才看到那是架早就遭了炮伤的爆击机，后头喷出火光，巨大女人就骑在飞机头上，手比莲花指。飞机最后朝深山撞毁了，巨大女人也是。鬼中佐招了大批人前去搜查，帕也被派去。六个小时后，他们到达坠机处，在那找到碎铁片和人肉碎酱，空气中有汽油味和一股香水味。帕看到一摊肉汁内脏时，还能用那是死猪死狗的念头压过，可是看到断手断脚时反胃起来，连忙找地方吐，中途把一座机头掀翻了。赫！大家猛然间发现那个巨大的女人没死，骑在没破裂的机头壳，猛抛媚眼。他们这才发现洋女人只是机头上的一幅图画，穿泳衣，下边用英文写着 Iris。她又穷又病，穷得身上没几块布，病得大奶和大屁股像肿瘤末期。有人说艾莉丝用手比莲花指，便摇头说，哀哉！观世音娘娘到米国后变坏了，再过几年会见笑到没衣穿了。一位农民顾不得冷，脱衣服给艾莉丝穿，勉强用树藤才能绑上大铁块，然后他借尿遁到离人群远的地方，在那里他可以看到艾莉丝但不被日警看到，准备对它祈祷。

几天前空袭的落弹，炸死了老农的儿子，他得用麻布袋的线缝补残破的尸块。组合好的尸体缩水好多，像天真的小婴儿张眼，怎么安抚都不愿睡去，只好用线缝上眼皮。但此刻老农的身子僵，冷风几乎锁住他的关节。他不得不先撒一泡尿，用尿热了腿，再掬一把尿把脸搓红，好醒醒精神。他跪下，身子不断地寒战，脑海中浮满儿子满脸血水的怖状，没有比每晚在梦中回放这些画面而无法解救，更让身为父亲的他失格的，除了无助、除了流泪，别无他法。于是他喃喃祈求，米国的艾莉丝娘娘，保佑我们，保佑我们不要被飞机炸死。这时候，吐完的帕恰巧经过，把老农吓得鸡母皮乱窜，眼神惊恐，生怕被告密他在拜“番婆神”。帕转头走，但知道老农可能会从此活在恐惧中，便说：“我看到也听了，但你安心，什么也不记得了。”便跨过一棵被撞断的树，抢起了火把，去搬移又扁又重的艾莉丝。穿泳衣的艾莉丝被当成战俘搬回驿站，用油漆画上比体重还重的和服。午夜前会有老人跑去祭拜，留下一堆香炷脚，午夜后只剩寂寞的男人跑去想抠开她的衣服，留下指痕和精液亮痕。每当末班车的车灯照亮那个圆凸的飞机头时，洋女人又活过来笑，一些出征的顽皮士兵欢呼，猛转头找好角度，能看油漆下泳衣热裤包不了的俏屁股痕迹，打个荤眼神，说：“来去找艾莉丝。”一旦有人正经地朝窗外吐她口水，意淫的人改口骂：“走，打死艾莉丝的老公们。”还高唱军歌以示清白。

有一回过激的西北雨，关牛窝朦朦胧胧了，草木被压倒，鱼顺着河岸落下的激流游上来，有的会游进每家串门子，成了餐肴；有的会游上马路，游出庄子旅行，游到太阳出来后相濡以沫。一群刚放学的小孩，把麻布袋当雨衣套上，露出手脚，样子像是可爱又会跑的麻竹笋，所以叫“雨笋鬼”。“雨笋鬼”的书包塞满了鳗鱼和三角鲇，踩着小腿深的水回家，他们跑过驿站时，看到一位老鬼从地狱口爬出来，长头发漂在水上。刘金福的头发游满鲥鳅，眼神痴愚，嘴吐泡泡，坐在地牢边发呆。翠鸟停到他头上，直接啄食鲥鳅，然后失控地打嗝起来，七彩羽毛抖呀抖。

由于鬼中佐认定刘金福此生不想出狱，早撤了宪兵，没人管他。倒是“雨笋鬼”想管他了，激烈地讨论要如何处理逃狱。当刘金福多爬一步时，他们没下结论就把他推回洞，丢入作业本给他当浮木。地牢早成了水牢，刘金福趴在作业本上，不断咳嗽，看到一堆日文字从簿子里跑出来，像油污般扩散成彩光，他笑了笑，日文字都是瘦不拉唧的干柴，哪会冒油，说这是梦境，拿起发鞭，笞打日文自娱。帕隔天才想起什么似赶来。洞里长了蝌蚪、鱼类，他拨去水草，伸手去探，被软滑滑的东西狠咬，一扫烦闷而欢喜起来，至少祖父仍活得挺番的。但是，帕抓的是一只水獭，水面上那只看似大眼睛的青蛙才是刘金福。那是刘金福的鼻孔露出水面呼吸，他身体挂满水蛭，泡水的皮肤白皱得像失控的蜡泪。帕起火，用火炭烫下百来只的水蛭，挤回血给刘金福喝。之后，帕暂时住在牢里，铲除污泥，用干木炭除湿，要服侍祖父到病好。末班车进站，巨响吵醒了昏迷的刘金福，他伸手向漆黑的天空，大喊，啊，有星仔。帕发现那是拉娃的大目珠，便把刘金福架上肩，努力踮脚。那是悲伤的星星，帕看了一眼，便低头闪开，全然不知是拉娃昨夜梦见他而难过。刘金福颤抖着手摸到星星了，那一刻，拉娃的热泪顺着手灌下来，把全身的蛭伤洗净，结疤了。有几滴泪掉进帕的眼睛。帕很惊恐，从泪水看到刘金福最后死亡的景象。刘金福溺死在河里，而帕帮了大忙。

天气越来越热，刘金福熬过大雨，也难熬自己体内速燃的时光。他的疟疾从三日发，转成逐日发，而且是脾寒多过燥热的那种。如今之计，帕把刘金福吊上灯杆，要用火车的烟囱熏疗。火车烧煤，烟也有地狱之热，多少能治疗疟寒。刘金福高挂路灯下。好多人跑来看，以为有人走“押密（黑市）”被日警抓到，悬在灯下惩罚。“鬼，他是‘遮仔鬼’。”一个孩子喊他是雨伞鬼，发现没有比这再贴切的词了。刘金福披着落腰的长发，纠结成绺，覆盖了脸，像收起来的破伞，发出酸馊味。傍晚到了，电火球一亮，他身体被强光箍得瘫缩，朝地上投下巨大的暗影，因苦痛而失禁的尿粪也从裤裆落入地牢。他在弥留之际，疯狂又无意识地碎碎念：“海，我看到海咧！”电火球的近鳌下，他酸着眼，眯到逞着大灯的火车翻过了山岗，光影吵乱，朝驿站冲来。也看到地上有人朝牢里投了鲜花和九鳌叶，还有一位头毛发金光、面肉白、穿和服的“白番婆”对他笑。她是艾莉丝。最惊人的是地上有只大鸟，毛光秃秃的。这把刘金福吓晕了，醒来发现那只不过是自己影子。他想到什么似的仰起头，电火球好近，伸手想抓住灯泡，像是圣徒面对天神。火车进站了，极热的煤烟往上直冒，把灯杆上的刘金福冲浮了。他快碰到上头的电火球。不料帕降绳，把戴着防毒面具的刘金福放入烟囱熏疗。这时人群又为另一件事骚动了起来，他们往火车靠去，上头贴了来自内山的消息。帕用绳尾抽去，把人群挥开来，看到久违的“陷落”字迹而颤抖，把新闻喊出：“‘红毛馆山’流出仙水了。仙水爆击马拉力拉。马拉力拉陷落。”所有孩子举拳，好久没这样大喊陷落、陷落、陷落……

红毛馆山，荷兰人曾在那儿指挥少数民族人群和客家人砍倒樟树，埋灶焗樟脑，一个世纪间把坚挺如少妇的丰奶榨瘪，像老妇的垂瘫，半滴也没了，如今却冒出治疟疾的仙女泪水。原来是那里有户人受疟疾之苦，受九天玄女托梦，可用她悲悯的目汁治病。梦醒了，主人把一家八口拨出门找，不要说泪水在哪，连九天玄女都寻没影。到了第三天，这户人家的八岁小孩，找着找着，全身筋骨发脾寒，疟疾发作，找棵树下缩着发抖，无意间发现树上鸟巢中有只蓝鹊也得了疟疾似，发抖不止。他爬上去抓，可怜它，放入怀中取暖，忍着自身的痛苦唱歌安慰它。鸟竟然流泪，小孩好奇地舔那目汁，疟疾竟好了，全身充满元气地跑回家，边跑边喊我找到了，山姑娘（蓝鹊）就是九天玄女娘娘。回到家，鸟却死了，他吓得松手，鸟坠落地，喙尖把地啄破个洞，从那直冒泉水，喝了把疟疾当屁放了就好。奇迹传开，无数的人翻山越岭，从四面八方涌向红毛馆山。有钱的坐火车，甚至开出了直达红毛馆山“超特急”班次，只见火车轰隆地经过瑞穗站，车站吸收音量而渐次发出嗡鸣。没钱乘台车，再不济的人自备茶水饭团走路，累了就躺个屋檐下过一宿。即使是缠脚的闽南女人也忍受数十公里的奔波，只为了捧喝仙泪。到了山下，徒步上山，患者在夜里擎火把，炬光使红毛馆山像一座火山爆发出的热熔岩。帕提着大木桶冲破人群，到达水泉涌处，只见那不过是一盏紧得像屁眼大的泉口，竟有数百人挤烧，相争钻进去。等不及，闹起脾气，有人冤家相打，最后干脆挖泉取水，把烂泥猛吃下肚治病，搞得像疯人院。帕提了两桶子，用屁股把一帮人推走，硬是挖满了泥浆。他一看，泉水旁有颗裹满苔的大石，被十来个疯人用嘴巴刨着，石上拓满齿印。石头内少说藏有几两水，帕又用屁股把人顶开，脚盘把石头钩了，颈一缩，就上了额顶，姿态乖张地跑十公里回地牢。他把稀泥倒入牢，又把大石头摔碎，拧出水来，把手都拧破皮。仙泉掺着帕的鲜血落下，落入刘金福的口里。第二天，睡在洞边的帕被早班车的笛声吵醒，赶紧翻落洞躲，发现刘金福极为清醒，脑壳露出凝固的稀泥，手脚动不了，却能动嘴骂人。但是，他们很快平息往日深情的斗嘴，仰看进站的火车底盘，复杂的齿轮传递美妙节奏。晨阳穿过车窗，从车板的小洞透下，不时被车内的来往旅人踩断。火车启程时，拉娃的大眼睛忽然出现在小洞窥看，丢下一颗乱滚的种子。然后火车驶去，晨曦又落满了地牢。世界安静了，唯独那颗种子还在滚，好像沾了风，沿着牢壁绕了几圈才躺平，成了阳光下发亮的宠儿。两子阿孙看不出是哪种植物的种子，一个说是七层塔，另一个说是月桃，两人吵得用口水淹死对方的样子。最后，刘金福把种子塞入自己的脚指甲缝，说等它发芽长大不就有结论了。

每年冬天，九降风吹来了，干燥凛冽，沿梯状的纵谷下落。风降一山，磨一回，九降成刀。很多植物看似好好，其实被风切过，一摸就倒。鬼中佐骑马沿山径而上，视察沿线的六座高炮要塞，冬风强吹来，磨亮的马辔鞍溅出凛光。山毛榉褪光了叶子，露出纵向天的树桠，小径也铺上姜色的齿叶，风景飒爽。他想起明治天皇的御制诗“新高山麓的子民有繁盛无上的喜悦 / 难以承受的是烈日高砂岛的暑热”，看来这时没有燥热，更凉爽无比。他小时也听说了，台湾是热得要命的番岛，往中午的太阳丢一只鸡，烤好好地掉下来，何况夏日池塘会变成鱼汤，河流变成温泉，打蛋在石头上能煎熟。如今一切看来不攻自破，远方**次高山**（雪山）积雪如此凛人，那山下还出产一种亚热带才有的马苏（鲑鱼）。冬景美，眼前的溪谷蜿蜒，把纵谷灌溉得松软宜人，妍彩呢喃。这条小山径，景色绝佳，刚入山的路段由鬼中佐令人铺上石板阶，称为“乃木坂”，末段的小土径称为“乃木之道”，好纪念自己的义父乃木希典大将。好几次，鬼中佐与帕在此散步，谈论历史、科学与哲学，或者单纯只为走一遭山路，享受暖阳与树林的微风。

鬼中佐记得某回，和帕漫步这条“乃木之道”时，在一处山腰俯瞰瑞穗，风光迢远，好个春雨酥软，他便指着驿站附近一座火车入站前得爬过的小山，问帕那是什么山。牛背崁，帕解释说，牛背山的意思。鬼中佐自然知道，只是确定父子所说是否是同座山。因为那座山，每每让他想起日露战争的 203 高地，一块长两百五十公尺、宽三十五公尺、高两百零三公尺的高地，双方为了争夺这靠近“满洲国”旅顺港的制高点，付出近三万条人命。鬼中佐告诉帕，乃木希典大将膺任日露战争的军团司令官后，在故居竖立三座石碑。墓碑面向皇居，分别刻上自己和两个儿子乃木胜典、乃木保典的名字，竖碑求死，然后抬三座灵榇上战场，表现武官的决死无憾。他说，在拉锯战的 203 高地，露西亚军盘踞山头，白天用水泥碉堡、铁丝网阻拦，夜里用探照灯眯瞎日军眼睛，以先进的马克西姆重机枪扫荡。没有壕沟，那填满尸体了，无处躲，只能往前攻。乃木大将最后祭出了险招，派出三千名肩挂白襻的敢死队冲锋，自己则手持机关枪在后督阵，迟疑或退却的士兵，立即射杀。年轻士兵喝完烈酒、抽浓烟，才有勇气冲刺，几经失败，才把露西亚大军从 203 高地彻底蒸发。想到此，鬼中佐问身旁的帕，如果身为军官，要如何带兵攻下眼前的牛背崁。

“多桑，你怎么做，我就怎么做。”帕说。

“怎么做？”鬼中佐大笑，骂帕是蠢蛋，说，“打仗如同下棋，需要勇气与智慧，因为棋子不是木头做的，有血有肉，中弹会死，哀号声很刺耳。”

“我会带队杀出去，在阵前督军，不在阵后。”

“混蛋，指挥怎么能莽撞，轻易暴露在敌火中？”

“我死不了的，我祖父帮我算过命，说我会活到九十九。”

“混蛋，不要把迷信带到战场，子弹是嗜血的。”

“反正我会赢。”

“为什么？”

“我已经梦见这样的场景好几次，每打必赢。”

对话在荒谬中结束，惹得鬼中佐哭笑不得，他希望帕更成熟，或天真到底也好，但不能摇摆其中。鬼中佐也知道，帕有扳动世界的神力，但力量过于充沛反而危险，用枪会扣断扳机，只能把枪当标枪射敌人，手榴弹也丢过头。只适合肉搏战，拳拳见血，但控制不好真像无人驾驶的战车，掉到壕沟就报废了。

同样与帕的那次聊天中，鬼中佐还说了另一个关于乃木大将的故事。故事是鬼中佐读官校时听来的，他授姓之后再也没有见过义父乃木大将，也没通信求证。但这故事让他相信义父活得真实。事情是这样的：乃木大将赢了日露战争，却输了自己的两个儿子，都战死了。战后他住在东京，担任皇太子的老师。课业之余，素装前往各地，凭着战亡的士兵名册，到各家亡灵牌位前祭拜。离别时，不忘在门前深深一鞠躬，那弯腰不像是告别，像祈求宽恕。某一回，一位老婆婆对乃木大将说：“你是刽子手，为了胜利，不只杀了我孙子，连你的两个儿子都杀。”乃木大将不否认也不承认，他抬起头看着老泪纵横的老婆婆，然后转头离开。这话对乃木大将是一大打击，延迟了半年，才能提起勇气再度到各阵亡战士家祭拜，不过他没进门，只在门口鞠躬。渐渐地，乃木大将发现无论到哪家，门前总插上茶花。有一回他躲在柱子后，忍着掐熄心跳的冷风，看看是谁早他一步来祭拜。最后他看到熟悉的身影从街尾走来。是静子，他早就知道是妻子所为，只有她懂得他每次的行踪。静子要代他受罪，替每位士兵献花。可是乃木大将现身时，静子回头跑走了。停下来，静子呀！乃木大将又喊。小巷好瘦，寂静好大，那回音如此辽阔，只见几只乌鸦扑翅远去，远处的晨光流动在巷子。乃木大将追了一会，在街心看到一只遗落的女用木屐，旁边散落着茶花瓣。屐鞋是他替妻子买的，板子的樱花图才很眼熟。屐耳没挣断，方位摆得端正，是静子刻意放的，要乃木大将不要追来了。乃木大将把木屐揣入怀心，又把地上的几瓣茶花带走，坐火车回东京寓所。应门的静子温静地跑来应门，躬身递上鞋子，说辛苦了，她热茶泡好了。然后她转身离开，一切仿佛没发生过。乃木大将把鞋柜打开，看到另一只木屐在那，沾着脏雪垢，一摸却还有温度，便把自己怀中的那只也拿出，安静摆一起。这样的夫妻感情让他们在明治天皇驾崩，灵车缓缓地驶出皇宫、礼炮高响时，两人盛装，在寓所自杀，在血泊中，唯有一对旧木屐漂浮着。

“我以后会讨厌走这条山路了。”帕很诚实说出自己的想法，“它会让我一直想起这个故事。”

视察完五座山炮，鬼中佐往第六座去。他沿着山径，马匹蹬蹄而上，发出嘶嘶的喷气声。一个小弯处，阳光照亮路旁的山芙蓉，白花受日照而渐次艳红，好不芬芳。鬼中佐的眼神越过花丛，却被后头展开的风景逼得眯上眼，好美呀！他惊讶。丰沛的冬阳流淌，抹亮视野，也抹亮自己稀微的思绪。近处村庄，砖屋错落，鸡犬相闻，火车唰唰地驰过山道，能听到上坡时的强悍加速声。他注意到冬天的桂竹，带着名为“山吹色”的焦黄，风不知从哪来，满山也飞满蓬勃阴沉的落叶，害得马无法前进，这是九降风的威力。他继续往高炮地前进，共花三小时视察完，时局歹歹，得时常调动炮台，免得被米机炸到。现在的制空权不是日本的了，天空少有飞机盘桓厮斗。一旦飞机被击坠山间，村童照旧先鼓掌，点头叫好，他们走两小时去看坠机，还是零式战机，难过得花六小时走回。鬼中佐仰看，还是太阳旗的蓝天，哪时才能飞满帝国飞机？

就在这时，练兵场传来高声唱呼，大喊“第九九九人”，大声敲鼓通知鬼中佐。他听到，也知道时候到了，在这困顿的时局仍有令人振奋的消息，他勒马绳回头，叱一声，奔过森林、溪谷、菜田，挥刀冲过割人的蔗田，酣畅冲杀，只为早一刻驰回练兵场。在练兵场，帕正站在相扑用的土俵台，身穿丁字裤，双手抵地蹲踞，一双眼睛锐如鬼。相扑术语中有“五人拔”，是连续打败五个人的竞争，打败对手谓之拔。鬼中佐会是这个月来第一千位被帕拔起的，也是他给帕取名“千拔”的厚望，成为力大无惧的大和武士。

鬼中佐驾马绕着土俵台，怒斥：“拿出真本事来。”说罢，挥着马鞭逼士兵向前扳倒帕。百来名士兵大吼，从四面八方冲上土俵台，后头的鬼中佐绕圈子挥鞭，怠慢的兵则背部吃痛。尘埃飞扬，士兵们发出激情的大吼，好像一脚踏入疯狂的死境，冲去台上，要把帕撕个粉碎。

台上的帕胡乱蹬土，瞎眯那些兵，不管一双、一打来人都扔走，俨然天下都是他的。当鬼中佐的马鞭再度挥向高台，逼近士兵时，鞭子竟然卡死，他定睛一看，鞭梢被帕狠狠地抓着。鬼中佐用皮靴操控马后退，要把帕扯下台，哪知鞭子扯直了都没用。一拉一扯间，帕又占上风了，像是丢链球那样甩起鞭子命令马匹绕着土俵台驰奔，好撞开士兵。

“这是垃圾场吗？全是废物，滚开。”鬼中佐胸中尽是羞怒，喝退士兵，驾马冲上几乎溃败的土台，勒马回身，用后蹄猛蹬。帕双手环护胸口，稳住身，一脚抵住界绳。

鬼中佐喊：“混蛋，你是谁？凭什么能气焰嚣张？拿出本事来。”一场父子的对决，让鬼中佐肾上腺激素喷涌，不要让帕轻易得逞。

帕毫不受激怒，咬牙捏拳，眼神无畏地顶回去。鬼中佐令座驹高高地举起蹄嘶鸣，挥鞭往前打，现出泰山压顶的气势。帕这下吃了鞭痛，生出无比烈焰的气势，趁隙蹿了去，双脚钉住地面，两手以神力绾抱，吼声先去，气力后追，肯定把这数百公斤的马和主人填满胸口之后拔出界。鬼中佐知道，再努力都徒然，再挣扎都枉然，他成为儿子第一千位“拔”了，成就了千拔。他红了眼，把鞭抛了，把威严都抛光光了，摊开手喊：“你是谁？”

“我是鹿——野——千——拔。”帕怒目大吼，向风去，向云去，向那无边无碍的天去。

焚蓝的天空下，风静了，云停了，世界无穷无尽。在世界的尽头，一条地平线剖开了天地，在细线间，一只大冠鹫逆风盘旋，它孤傲，它羽翮大展，它顾盼自雄。它的眼中无尽藏了，整个地球也行，却只顾着地上那小小的人影，听他大喊：“我是鹿——野——千——拔……”

少年的梦里

只有

坦克

昭和二十年、公元一九四五年春天，麦克阿瑟将军率军在吕宋岛打赢了太平洋战争中最激烈的城市巷战，传言将进攻台湾。日本总督府颁发学生动员令，规定五年制的中学修业四年即可，最后一学年征调为学徒兵。一种特攻队便在庄子成军。在报纸大幅报道“学徒出阵，对抗米英”后，少年兵自新竹与台中州奔向关牛窝，有的从大市街，有的自小庄，少数民族和汉族人都有。他们晚上从各校束装出发，打绑腿，穿制服，背背包，里头放个墓碑，由压队的**配属将校**（教官）在黎明时带到这。他们从不同的山道走上纵谷的老隘口时，风如镰刀，削得脸庞发白，嘴角咬不住地哆嗦落了满身抖。早班车恰好进站，他们看到纵谷底的车站像是急流中的漩涡，好多亮丽的蝴蝶卷入那，又随火车的煤烟喷向蓝天，漾得缤纷。在清朗早晨，声音传得远，当有学徒兵从这头的山唱军歌时，山那头来的人会呼应，踏下微凹的石阶，奔聚在站前广场。他们踢正步，扬起的灰尘眯了彼此的眼，不得不流泪，全然的激昂。然后从包袱拿出那块家族墓碑，比年代、比阴气邪，连几世几代都能比，往哪下碑，那里马上成了乱葬岗。

在军官和几名士兵的带领下，他们在森林搭兵寮、盖便所。到了傍晚，晚霞的衬托下，树影子如烈焰，一名戴战斗帽、穿卡其色防寒大衣的士官走来，衣下的肌肉发达得随时要把人炸掉似。他目光金金，如两把刀插脸膛，老远就喊，他来带兵了，你们这些躲在铳后的**古兵**（老兵），快滚回练兵场。学徒兵吓着了，那正是传说中的鬼军曹帕，恐怖的魔鬼班长。鬼军曹能吃下石头，拉出软屎，胃是轧碎钻石的绞碎机，甚至说他能从手臂拉出一条血管缠死公熊，一拳把战马打成血雾，简直是筋肉战车。等到鬼军曹又怒喊，还不滚回练兵场，慢的，嘿，吃吃他的拳头炮嘛！带队的军官和古兵大喊一声是，把影子提了，敏捷地逃跑。鬼军曹喝了酒，腰间插了酒罐，掩藏在大衣像短铳，扣指能打死多嘴的人。学徒不敢多嘴，站在原地看着鬼军曹咆哮和发酒疯，被骂："真笨得**一分五厘**，没事来当兵，我是被逼来的，你们本岛人却自愿来当兵。"一分五厘是军部以明信片寄发征兵红单的邮资，是最低邮资，变成军中新兵的贱称。

"听好，我叫坂井一马。"仗着酒气，他又嘶声大吼，"一群白痴，志愿送死。既然来了，我要你们每晚在床上哭，新兵哭吧！"说罢，要学徒兵回到寮内的床前就定位，再紧急集合。如是几回，搞得学徒兵在走道上撞成一团，不然就是在广场绊个狗吃屎。他们前一晚以体能训练的目的，走来关牛窝，脚关节快爆开，没想到在这会遇到鬼军曹，深觉来日不好过了。接下来，坂井从腰边抽出酒瓶，大喝几口，借有无共产党反对天皇制的理由，检查新兵的行李。那些背包里还放了进修的书，文字密麻，他看几行就晕，大骂："你们是用这些书来打瞎罗斯福，还是先读瞎自己？"但是，背包里搜出的大量食品，让坂井开了眼界，有冰糖冬瓜、糖渍菠萝心、蜜番薯、花生仁糖和各式湿淋淋的卤味等零嘴。坂井多少看过这些，就是无缘就口，这下他食指大动，舌头也成了枪管对准那些食品抖动。有些东西很奇特，像先用面糊裹上芋丝、番薯签、九层塔和紫苏等，再下锅滚炸，这种客语叫"�"的食物让坂井看傻眼。一名学徒兵巴结，喊："队长，你吃吃看，趁热，好吃呢！这是我姊姊的拿手菜，炸得不错。"坂井听了火气旺，大喊混蛋，拿酒瓶往那个学徒兵的肩上大力敲，把他打趴地上，叫对方滚得油爆

啪啦的。学徒兵被折腾到瘫，吓一跳，不清楚为何被打，他目珠惊恐，最后坐地上哭了起来。其他人也吓慌了，气氛很僵。

“我要你们知道，皇军是不接受贿赂的。干吗？你们站在旁边的一分五厘不会扶起他吗？”坂井大喊，又喝了一口酒，说，“他给我们一个启示，不要小看皇军。你们向这名学徒兵说谢谢，多亏他的错误示范。”

大家向那名学徒兵弯腰敬礼，虔诚地说谢谢。这时，坂井再次用酒瓶指着那个炸面糊食物，气着说：“我只是想知道这叫什么。”这么说，也是缓和刚才的举措，好冲淡惊恐的气氛。见整好队伍的学徒兵眼神狐疑，又不回答，坂井喉咙囤着火，大吼你们真不懂，还是假不懂呀！一群巴格野鹿。然后从前排第一位依序挥巴掌。等到第五名学徒兵要挨打时，他机灵地先抢答：“报告队长，那叫本岛天妇罗。”

“吧嘎！看你的头发，要来当兵还去烫发。”坂井抓到机会照样打去，好惩罚他电头发，等到他搞清楚那是自然卷，摇头说：“本岛一堆卷毛人，要怪就怪爸妈。”这时候他已怒气减半，倒不是误打先认错，而是听到那食物叫“本岛天妇罗”，心想，要命呀！天妇罗就算了，还有本岛味的。他酒虫从脑门爬到喉咙，顶得喉结一鼓一鼓，忍不住从木盒中拈出焊菜，先找台阶地说：“这是检验，看你们有没有说谎。”说罢，趁喉结快活，用牙齿痛快地击灭，舌头扫伏。巴格野鹿，坂井又咆哮了，双腿盘地，把腰间的毛巾绑在头上，用酒瓶指人，说：“拿出来，还有什么没检验完？”众学徒兵懂得该服侍大人了。一时间，食物尽是台湾味。粽子变成了本岛饭团，用麻竹叶包、月桃绳子绑牢，内馅有萝卜干、豆干和香菇等，却没内地味的酸梅。而本岛的酸梅用纸包住，叫陈皮梅。坂井目珠越来越凸，嘴巴越来越尖，兴奋地大喊还有什么口味，都拿出来。无意间，他看到有人带了整包消毒用的棉花，是什么？“这叫肉松，是妈妈熬夜用豚肉炒成丝，用来配饭的秘方。”某名学徒兵说。坂井拍开袋子，张口吃完，大喊这是泡了酱油的云呀！没想到云是咸的，是海云吧！

食物连番上阵，彻底的本岛和内地联袂演出。橘子酱，改叫本岛味噌，是广东人（客家人）的荷尔蒙，什么东西蘸了都好吃。坂井用萝卜干揾了食，嚼得牙缝有回音，舌头霹雳弹，果真万物都能入味。然后是本岛万年卵。坂井心想，万年二等兵、万年笔（钢笔）听过，但哪种蛋能万年不坏，赶快开皮蛋壳。蛋白透冻又可爱，卵黄却脏得像鬼的黑鼻涕，吃得舌头痉挛。坂井闭口不吃，却开口大骂这是“混蛋”，原来是传说中泡马尿的玩意，给鬼都不吃，难怪放万年不坏。接着是本岛的觉醒剂（兴奋剂），一颗颗药丸状的绿子。正当坂井破口大骂这是违禁品，能吃吗？携带来的学徒兵连忙折腰，说这是槟榔，是天然的觉醒剂，“天然的。”他又强调，是他父亲要他带的，哺一颗，晚上站哨不偷懒，保家又杀敌。坂井眼睛喷火，快把槟榔看出影子，谁知道吃了顿时额角冒汗，头皮抽麻，五脏快缠一块了。啊啊啊！他呻吟得像禁欲十年才出柙交配的种马，眼中风景全发皱。坂井投降了，盘着腿，拿酒瓶拄地，管他天皇降临，也翻白眼以对。没想到好戏在后头，一个少数民族学徒笑嘻嘻、恭敬呈来本岛的“高砂牌”清酒，坂井听到有酒，酒神又到位了，抄了小米酒也不把酒底的沉淀物摇一摇，便把酒罐口塞入喉咙牛饮。怪了，难道是万年酒不成，放坏了，坂井感到越喝越像蜂蜜浆，喉咙长苔似，味道老是囤在那，便问这酒怎么会流鼻涕，有点黏，有点甜甜的。少数民族小兵告诉他，小米酒是用嘴巴把米嚼烂后当酵母，再吐回蒸熟小米的酒缸酿酒，而担任嚼米工作的是妈妈，“那甜是妈妈的味道，那黏黏的是妈妈的口水，让我喝了能想到妈妈呢！”坂井知道自己喝了人家的口水酵母，瞪大眼，舌头大抖：“啊！好在我醉了，醒了就忘。”

坂井说着说着，泪水窸窣，鼻水也吸得窸窣响。眼下，这些学徒兵带来的食品，虽不合胃口，但都各自充满故乡的味道。他来自日本东北的山形县，美丽的最上川流过家门前，那河终年流动着家乡味，从来没有在内心停过。膏腴的毛蟹火锅、味噌腌鳟鱼、豆腐炖鸭儿芹，甚至呛得流泪的芥末腌小茄子，味道从记忆脑门一路流入嘴内，让他口水怒涌。如果再配上醋腌姬竹笋和现烤得金灿灿的饭团，饱食后，双脚一摊，随着最上川的浪波而死也行。他年轻时离乡，在东京涩谷一带混，做放高利贷、收保护费的勾当，自认什么事都能做，却老是做出让他母亲伤心的错事。母亲很担心这小儿子。坂井在一次械斗中受伤，休养时却收到母亲摘野菜跌落川中而溺毙的电报，正当要回家奔丧时，母亲数日前特地托人从山形县送来的家乡解馋食物才到。他还没开盒看，泪就落下，因为一股最上川的河味与水声涌出来，传来川上的船歌。里头还有各种家乡腌渍物、一个娃娃造型糖果罐及一封信。信中写明：要坂井好好养伤，不要再误蹈歧途了，免得有朝一日，妈妈与你在另一个世界相见时，坂井你呀，已非我以前生出的四肢完好的小坂井了，妈妈不忍呢。坂井看完信，跪在地上哀恸久久，泪水停不住，仿佛礼物是母亲化成一缕鬼魂送来的，当下放弃从前，避难到横滨下町一带当居酒屋厨师。原以为能好好过日子，但战争吃紧，在四十岁时征调入伍，辗转来到台湾戍守。

泪水是情绪的荷尔蒙，坂井趁醉唱起最上川船歌，用酒瓶当船桨划，大声唱诵松尾芭蕉的俳句："收集梅雨，成了最上川（五月雨を集めて早し最上川）。"来自内地的坂井，不是俗称**湾生**在台湾地区出生的日本人，从小没有强烈的殖民地阶级概念，江湖味、装老大的样子，很快被自己拆台。他拿槟榔蘸橘子酱吃，又猛喝米酒，甚至脱掉了军衣，只穿内裤，把毛巾绑在额头，大跳八扛神轿舞，唱横滨的情色风俗曲，脸色猥亵。这让听懂的学徒兵心发痒，听不懂的茫然。最后，坂井手脚叉个大，躺在地上呼噜睡去了。"这就是当兵了。"一位学徒兵说，大胆捏坂井的鼻子，看来捏断也不会醒。状况解除，他们依区域或部落各自筑起小团体聊天。在他们距离死亡前的八个月内，用半生不熟的日语交友，用各自最熟的方言或母语骂人，最后用拳头搏感情。

隔日，有五个吃不惯军中臭糙米饭的学徒兵躲在厕所附近，吃着向农民买来的地瓜饭，用粪臭掩盖饭香，免得被人发现。他们吃相又急又难看，不时晾着烫伤的舌头，发出呼呼的吹气声。"哟！你们看，那是大象人。"一名学徒用筷子指着山谷的小溪，惊叹发声。那有一个少年走在河中，骷髅脸，脸上露出长长的象鼻子，步伐夸张地踢正步。鬼呀！五名学徒吓得站起来，站起来想看个清楚。只见少年走到深潭时，一手拎个百斤大石，一手把鼻子举过头呼吸，慢慢把身子沉入水就消失了。

这少年是帕，头戴防毒面具练习行走。他从另一端的溪水走出来，把面具通气管尾端的滤罐收入腰边的帆布袋，到厕所时，听到竹林后的窸窣响，以为野猪在觅食，绕路去看。哟！看得他大笑，有人摸鱼摸到厕所了，便把手中大石猛力地掼地上，地皮一紧，几个嘴巴还吮着筷子、用芋叶盛饭的学徒兵便弹起来了，不是空中喷筷，就是连番叫苦，脸色白得能当鬼了。帕顺手接了他们，像马戏团的小丑抛球般把他们在空中轮转，一路抛，一路唱军歌，来到兵寮前的小广场。学徒兵都跑过来，看到几个同伴在天空尖叫，裤子湿答答，连缩舌头都是要命的事。帕把五个瘪人给晾在树上，摘掉面具，下令集合，说："注意，注意还动。我是军曹鹿野千拔，是你们的队长。"这时宿醉的坂井被帕吼醒，跑过来，双脚打岔蛇行，边敬礼边骂学徒兵们快集合，却发现只有自己落尾，就知道完了。帕大骂坂井混蛋，顺势踹他个滚蛋，力道让坂井差点翻到两脚分家了。坂井滚到胯下撞上树干，那儿痛得他大叫，最后屁股朝天。这一幕让学徒兵脚夹紧，感到自己的卵葩也痛到抽筋了。这下他们终于搞清楚，眼前的少年才是大尾的。是传说中，不，是活生生的鬼军曹。

倒栽的坂井翻回了身，搓着撞伤的子孙袋，跪地不起，折腰点头，嘴巴小声赔错。

"万年二等兵坂井一马，都昭和几年了，你还在废话个屁？"帕大吼。

坂井有窃盗、抗命案底，始终只能当最低阶的二等士兵，军中术语叫**万年二等兵**。坂井对帕的怒吼不是不理，是还无法振作，只能怪体内酒精还很凶。他勉强站起身，醉眼嗤嘴地说："报、报告军曹，我刚刚说的是：收集那梅雨后，成了关牛窝川。"

帕又踹了下去，好把他的酒意踹掉，说："是吗？巴格野鹿，是'收集梅雨，成了最上川'，你天天说这梦话，我会记错吗。不要以为做错事，改句子来贿赂我，记得，耳朵拉长点，皇军不接受贿赂的。"帕转头对学徒兵，喉头扯紧，高音量说："当兵不要打混，这古兵混得凶，混到了老伯伯还是二等兵。还有，我最恨人家小看皇军，坂井给大家一个好榜样，小看皇军就是这下场，我会把他的大和精神踹出来。大家感谢坂井，他给大家一个错误示范。”学徒兵各自感谢，有人大声，有人小声，有人低头带过。帕说他只要一种声音就好，便先教他们稍息立正地变换，直到大家的双脚齐一发出声音，才停下休息。

学徒兵腿发酸，坐在地上捏，看到帕的胯下一鼓一鼓地跳，都瞪大眼，心想鬼军曹的老二太强了，强过马屌。有的学徒兵还怀疑帕是深山的狸猫。他们看过日本战争漫画，狸猫的阴囊可以膨胀成防毒面具或降落伞，更能变成盾牌挡米国子弹。帕看出大家的惊讶，大喊集合，挺腰把那儿撑出了大帐篷，说：“我的弟弟在这扎营，他叫鹿野山狗大。听好，他要出击了，谁要是伏地挺身输他，就倒大霉。”然后伸进裤袋把老二扯出来，丢入队伍。那些士兵瞬间像小女孩尖叫地跑开。帕的老二粗皮疙瘩的，毛还没长齐，好凶，不断张嘴叫。原来是一只攀木蜥蜴。学徒兵觉得好笑，又不敢笑，心想它体能好到哪。比赛开始，鹿野山狗大趴在地上一挺一伏，够慢吞吞。“坂井，‘恩赐烟’拿出来给弟弟抽。”帕说完，坂井很不甘愿地拿出天皇颁赐、纸筒上绘有菊纹的香烟，撕掉铝箔包，点着后先吞几口，叹说糟蹋了，便塞给蜥蜴。它叼皇烟，抽几口，张嘴猛地咳出，眉目大开大阖，前肢就像火车的汽缸连杆快速活动，学徒们都赶不上节奏。只剩帕用单指做伏地挺身跟它较劲。伏地挺身没人赢，帕便说：“比跑步总可以，谁跑输鹿野山狗大，谁就倒霉。”讲煞了，他大脚蹬地皮。蜥蜴把烟蒂呸出来，吐出烟泡，后肢蹲起马步，一溜烟跑到树上去跑步。学徒兵又输了，只有帕在那笑个不停。

之后，帕开始训练他们那一套了，照例从真前进、吃假饭开始，学徒兵又累又饿。而且接下来几天都重复练习，他们私下抱怨，连枪都还没碰过呢！要是就这样饿死，哪看得到步铳表尺上的菊纹。到晚睡时，上百人挤在通铺床上，冷风厚，棉被薄，新制的竹床又容易割人。有人听到猫头鹰叫都会怕，咕咕的声音像取笑他们，半夜都不敢下床尿，情况凄惨只能用吞泪形容。

不久鬼中佐才来派新任务。他骑着乌金色的骠马，后头跟着两名骑马的宪兵，来到操场。宪兵拿一面绣有白马的旗子，马旁绘有刀盾，迎风挥响。旗上的金葱绣马有些粗糙，刺艺凌乱，是仓促做的。鬼中佐把旗子插在地上，不说道理，只说故事来表达学生们的任务。他说：事情在一八六八年，地点在内地，当时仍有许多藩主不愿降于新政府。与德川将军有亲戚关系的会津藩，是力抗新政府的主力之一。会津藩的军队编制采年龄分组，依中国的四方守护兽而分为玄武、青龙、朱雀、白虎四队。其中，白虎队是十六岁左右的少年组成。新政府的官军逼临到城下，鏖战月余。最后三百员的白虎队手持武士刀和长矛，束装冲出城，凭着武士道精神杀向现代化武器的大炮和铳弹，和官军决一死战。讲完这故事，鬼中佐把那些关键、僻涩的字再解释，直到马都听懂点头了。最后，鬼中佐以激情的声调对学徒兵下结论：战车飞机不耐用，唯有大和魂才是武器，那是最强的精神钢铁，“你们要成为天皇的丑陋盾牌，抵御米鬼，你们是现代的**白虎队**。”鬼中佐高声说。

白虎队成立，正式名称是“对战车肉迫特攻队”。他们不拿枪，是背十五公斤的爆药或反战车地雷，凭武士道精神，冲向米军战车引爆自己，是用腿跑的神风特攻队。每天早上，帕吹哨子催人起床时，白虎队要大声齐喊**一生悬命**提振士气，冲到溪谷盥漱。岸边人多了，很多学徒兵被挤得摔入溪水。吃饱早饭，他们又蹲在冷水，双手合十，虔心打坐，称这是用冰水把自己镀为铁人的电镀时刻。镀好身体，他们穿上俗称丁字裤的缠腰布——绑得松，小鸡鸡会探出头；系得紧，蛋蛋会窒息——跑步，不是逆着激流跑，就是拖木桩在马路上跑。操过头时，动起来还好，不动时哪都痛，连头发也酸唧唧的。连澡都没洗就上床睡，身体又臭又多水泡，只能侧睡。半夜要是猫头鹰的叫声过大，还以为是帕在喊起床命令，冲到山沟，用中指猛刷牙，以为训练开始了，清醒后蹲在那哭个够。

更晚时，月光从窗口照下，蟋蟀躲在榻榻米的缝隙叫不停。有人偷偷开门进来，坐在床沿。那个人裸着上半身，把身上长满的黑色光芒拔掉。学徒兵又以为见鬼，细看原来是令人惧怕的鹿野军曹。帕叫醒几个学徒兵，要他们帮忙一根根拔下满身的鬼针草和含羞草籽，草针有倒钩，把皮肤都扯烂。有些学徒兵猜测：帕晚上跑去跟鬼交关，得了不死之身，才力大无比。想到这，他们吓得蒙被大声哭，声音让棉被如坟墓鼓起来，汩汩流出来，像疟疾传染开来，闻者啜泣不已。帕这时会大吼，混蛋，给我安静下来。寮舍才又沦陷在蟋蟀的巨大鸣叫中。

操练时，他们把带来的祖上墓碑背在身，那重量约十五公斤，满山满谷地奔跑，训练极限体能。有时候，他们吼着冲进民房，不管居民在灶房做饭或在床上做爱。有时候，他们冲进火堆，不管火舌多么热情或无情。有时候，他们冲进开火的高炮，永远冲不出日后隆隆的耳鸣。演习的重头戏叫肉迫，是背炸药冲入敌阵感受到敌人体温时才引爆。他们把火车当假想敌。在首班车进站时，白虎队在山头伺机，看着车壳上的蝴蝶反光。火车离站了，蝴蝶也飞散了，敢死队从四面冲来，穿过蔗田或河谷，朝火车撞击。机关助士在离开关牛窝前，会先看到一群少数民族小兵拿竹竿杀来，竿尖装有当作炸药的石灰包，刺中车身顿时迸了灰。不消多时，三人一组的学徒兵冲出，戴钢盔、背墓碑，不是绊倒、体能不支地跪地，就是被火车的烟尘呛翻了。帕站在车顶，射弹弓当铳子，丢拳头大的石灰包当作手榴弹还击。中弹或染到白灰的人，算是阵亡了，得在晚点名后以夜行军加强教育。小肉弹攻击目标，不是碰触火车就行，得冲上火车锅炉室或车头的猪鼻盖，才能引爆车体。那就像神风特攻队驾炸弹机，得冲入航空母舰的烟囱引爆锅炉，或冲炸飞机升降口才能引爆到舱内。白虎队达成任务，会站上火车顶，兴奋地举拳喊"虎、虎、虎"。不过这样的机会少，夜行军多。

到了后来，白虎队有了妙计，他们在黎明前互相把彼此埋在假坟墓，躲到土里等火车来，忍受蚂蚁和寂静的骚扰，一等是数小时。等到肚子饿，便在坟里吃罐头，有时他们会吃到大正年间、储存有二十余年的牛肉罐头，肉质绵，入口立即化成泥肉，公认是罐头中的**天霸王**，忘记自己该装死而跳出坟墓，吓坏赶夜路的人。当日头出来，阳光穿透土而碎闪闪，他们以为看到了满天星斗。不久，入庄的火车震动世界了，星云拼命眨，甚至崩下来。自埋在冢堆里的学徒兵趁坟墓震塌前冲出来，背上插在坟前的石碑，三人一组向火车特攻。现在他们懂得技巧了，利用汉人乱葬的习性，随时随地造坟，更有机会靠近火车。他们小组特攻时，还有妙计，体能最差的先喊出"我先了"的经典告别后便在半途引爆自己，制造紊乱，让其他两位体能好的从旁夹击，总会有一人成功。演习结束，百余名学徒兵一身尘灰汗水，有的绑腿松了满地，有的还从裤管掉出长长的丁字裤带，像累死了脱肛，大肠掉出来。他们聚在庄子口，由帕带领对火车挥手喊："莎哟娜啦！"车间的机关助士脱下防烟的玻璃眼罩，眼中带泪，挥着铲煤用的小铲子，回喊："阿礼嘉多。”火车回转，又是迢山远水外，两边人的眼里剩下淋漓蓝的天，晴空广袤，太阳正青春。

到了夜里，关牛窝有不少东西张开毛细孔，不是呼吸，是在漏气，连河水也因为这样而容易蒸发成云。花了两年，鬼王把村子戳满小孔，摸索地标，终究会有带鬼兵出庄的一天，攻杀北白川宫能久亲王。帕为了延迟鬼王出征，先在鬼针草丛打滚，全身裹满刺，再滚过那些毛孔粗大之地。毛细孔会收缩，恢复原本的质地，甚至更平滑，让路过的鬼王滑倒。有一回，鬼王带领几个愿意出征的老货仔鬼，像蚂蚁沿着记忆的道路前进，走到山谷时听到山猪在打滚，不留神便在石头上滑倒。鬼王俯下去摸，石头太滑了，先前的发簪记号全消失，被破坏的纪录是这几个月来的第七十一回，比章回小说还多。鬼王用发簪遍插回去，包括那只发情的山猪。地上装山猪打滚的帕哪敢动，抿舌头不说话。鬼王的簪子快插上帕的眼睛时，听到狗熊惊叫，忍不住骂：“好像是虾蟆叫。”装狗熊不成的帕，赶紧在地上蛙跳。鬼王跳骑上去开骂，说又变成山猫了。帕学猫爬上树，鬼王忍不住叹气：“帕，你终于变回猴仔，亲像人了。”讲煞了，鬼王骂帕把他的地盘搞乱，还问他为何这样做。帕倒是先问起鬼王，如何发现那些假动物都是他。鬼王说：“你有三个心脏，跑得比人快，力也大。你怎样变都无法隐藏，我摸不到也听得到你的血流得比别人快三倍。”

“我是来同你讲，”帕拍去灰尘，吸口气，说，“你的冤仇人来了，要同你争输赢。你煞煞准备一下吧！”

鬼王先是大笑，然后说：“你的第三颗心在乱跳，不是讲黑白吧！”

"随在你。"帕说完离开，决定带领子弟兵和鬼王一战，验收成果。

第二天傍晚，加强夜间教育的白虎队行军到冢埔，眉眼端正，脚步泰然。这些学徒兵被本地小孩戏称"大街憨"，因当时市镇的行政单位称"街"。这大街憨考试读书好，和洋文化看得多，但却怕鬼这老祖宗，越是接近冢埔越是长鸡母皮。到了阴气强的坟场，强风吹低了菅草，把躲着的坟堆都请出来了。真是凄凉得好，多些鬼更冷清，谁知帕趁此时下达对战车攻击准备。学徒兵傻眼了，随即三人一组，先下手的挖坟边的空地，后下手的只能跳脚。等到帕不满地喊，笨蛋呀！都有现成的，就地躲藏。各组才把最老实的成员推到刚捡完骨的空坟穴，迅速埋上，插上风水碑。日落山头前，全员自埋成假坟，帕一一检查，还踩上坟堆看牢不牢。其中一个坟插上写满梵文、俗称卒婆塔的长条木头，挂白灯笼，这是和式坟墓，而且坟土冒的是烟，不是鬼火。帕很火，一个手穿破，把里头抽烟的坂井甩出来，骂他做鬼也抽，死了还皮痒是吧！帕大脚把烟拧熄，而烟还叼在坂井的嘴巴。

等到了下半夜，鬼王仍没出现。坟墓不是冒出凄厉的鬼叫，是众小兵的打呼声，害得帕集合点呼时，得挖开真假难分的坟墓找。有的是死人，有的是睡死的人。到了隔天傍晚，帕又带兵去作战，一样是等到下半夜，拥挤的坟场快成了学徒兵的梦呓乐园。梦话像菜市场买办，讨价还价，杀完价顺便要根葱。到了第三天，自埋在坟里的学徒兵开始踢来踢去，始终安分不下来。帕觉得怪怪的，对白虎队下达："肉迫战，出来作战。"却没有活人跑出坟。他掘开每个瞧，里头的学徒兵泡睡在一种像母亲羊水般的软液体里。他们的肚脐都长出一条细丝，穿过地下串连在一团了。帕拉出所有的丝，坟场冒出了巨大的线网，最粗的线头源自鬼王睡的大石碑。帕用力扯线头，把鬼王拉出土。鬼王金刚怒目，因为他透过线丝进入每名学徒兵的梦境，得知日本人早就进庄子，世界变天，而帕是个“小寇王”。鬼王咬碎牙，齿屑喷满了帕的脸，说：“走狗，寡廉鲜耻的竖子。”

这几年，帕把每个刚死去的新鬼刺瞎弄聋，有的还得挖脑浆毁坏一部分记忆，让他们不对鬼王说出世局，但还是破局了，而且是自己搞砸的。帕从鬼王的情绪看来，还不知世局变得多深，便说：“要打赢我，才能打败你的‘番王’北白川宫大将。”

鬼王叉腰大笑，说：“你种下的局，就自家收净吧！”讲煞了，学帕用日语高喊：“肉攻，肉攻。”百名学徒兵立刻蹦出土，杵在梦游状态，猛凛凛地对帕攻击。帕一掌推倒，两脚踢翻，三下就把全队摔地上，但发梦狂的学徒兵又爬来，完全是不怕摔的空肉壳。帕开始逃跑，不然得打死他们才能停战。梦游状态的学徒兵纷纷追散，有的摔伤，有的追得心脏快衰竭了，还以为在梦中不会痛，只等失血过多而死才停下肉攻。这下情况可头大了，把情况越弄越糟的帕跑回冢埔，向鬼王讨饶，答应带他去攻打北白川宫，只希望自己的子弟兵快点醒来。鬼王要帕唱一首他们知道的童谣便可。帕把鬼王的耳壳挤入耳道，让他不要听到，才爬上大树梢，大唱日本童谣《晚霞飘飘》。月光下，缓调的曲子蔓延出去，听到的学徒兵在各处醒来，开始嘤嘤啜泣，慢慢爬出河流、山谷或草泽，屈膝抱腿，看着月亮，直到它落下山去。

隔天晚，帕依约定来到坟场，带他去打北白川宫。鬼王站在那，穿上全副武装的竹箨衣，穿草鞋，手拿竹矛，带着生死之战的面孔。帕带鬼王走入庄子，后头跟一群凄厉叫的狗，乌鸦也聒噪。

月光在每栋土埆厝旁打转，台车轨道反射寒光，马路上剩下轻风翻翻蹭蹭，树叶落下都有声。他们穿过驿前的地牢，走过公会堂、邮便局出张所和庄役场，到神社的鸟居下。当鬼王踏入神社第一步，惊觉不对，踢掉草鞋再走，果真这块地在关牛窝是他从来没用发簪刺过的。这是帕花了半年，先用针在四周扎下一条技法绵密如护城河的细孔，瞒过鬼王不要进入这块伤心之地。鬼王抽出发簪，用阴风的速度刺探，密匝匝地攻占。唐狮子、高丽猊、青铜马、石灯笼、手水舍，全在月光下张开毛孔呼吸，再下去是拜殿和神馔所，这是帕和学徒兵们每月初定期参拜的所在。在微灯的本殿，鬼王碰触到神道教称为“大麻”的白绺状神札，共三座，中央是最高神权的天照大神，左侧是类似五穀大帝、司职农桑的稻荷大神，右侧是一八九五年攻台的近卫师团团长北白川宫。鬼王一个杀扑，碰到右侧的神札时，虎口被割破，感到无比的痛麻，一股悲愤与杀气便弥漫全身。他忍了气，鸡母皮缠满了身，问帕这是哪里。

“这是日本人的庙。”帕用正统的方法拜，拉响神铃告诉神明有人来了，再两躬拜、两拍手，喃喃祝祷：“能久亲王殿下，有个中国老鬼来找您了，愿您原谅他。”之后帕才对等到不耐烦的鬼王说：“别怒谴。你**出差世**（生错时代）了，碰到的是北白川宫能久亲王的神主牌。他是神了，而你是过身快五十年的死人骨头了。”

“真不公平呀！”鬼王大笑，说，“给他逃过一劫，没被我打死。”

“算你衰，我们再玩一次，仰般？”帕说罢，把鬼王狠狠揍一顿。鬼王的记忆被打退了两年，什么都不记得，只记得要去打北白川宫了。

在鬼王之役后，不少中邪的白虎队员分辨不了虚实，在白天看到父母的蜃影，在夜晚梦见被五百节的火车碾过，没压死更惨。他们情绪错乱，有人终于吃不了苦，半夜集体逃兵，一逃就是十余个。第二天早点呼，帕把状况回报练兵场的鬼中佐。五十个宪兵和士兵立即搜山，有的在他们回家的半路拦到，有的跨区从亲戚家抓回来，有的从深山寻到。逃兵风气蔓延，宪兵在夜晚死守兵寮的门窗，半夜不断巡床。有三个队员潜逃无踪，像空气融化在森林。帕带着两个泰雅猎人，凭着足印和气味，在一棵因为溢满青苔而压垮的巨木下发现他们。三个队员哭成一团，遗书早已写好，内容写明："愿以死谢罪，千万不要拖累家人和朋友。"帕读了也动容，告诉他们："台北**菊元百货**的少主当兵时自杀，给人有钱人家经不起操的笑话，你们要走，就走吧！"帕带回遗书交差，任凭那三人天涯海角自行去。鬼中佐看了遗书，哀默不语，但是过几日当他知道帕在纵人时，立即集合所有的白虎队，命令他们两两鬓打，让脑袋发生里式八级大地震。鬼中佐又拿上头刻有"精神注入棒"的木剑，要帕戴上钢盔，在白虎队的面前对他的头狠狠地挥打。钢盔打凹，木剑断成两截，鬼中佐继续用前头开叉的断剑打人，直到帕身上流血，便大吼：

"你这清国奴、中国猪，要是谁再脱栅（逃兵），你就等着送军法。"

一直默默承受的帕，这时低头沉思，没有带走队伍的意思，不吃不喝不语地站了好几天。近百个队员陪他站，两小时倒了十个，一天后只剩下五个，剩下的隔天用担架送医。鬼中佐嫌帕碍眼，要宪兵搬走他。宪兵哪搬得动，将高升迁调的宪兵队长千拜托、万拜托帕离开练兵场，软硬都不行，改采智取。他们挖空帕脚下的土，让他倒落，用三匹马和十个人浩浩荡荡地拖过整个关牛窝。帕一路上始终坚持军人的礼仪，并拢双脚，手贴紧裤缝。宪兵最后把帕丢入河里。河水会用自己的蜿蜒带走帕。可是帕落水后，反而卡在蜿蜒处，在漩涡中打转了几天还是漂不出庄子。

帕丢了队长的职务，鬼中佐另派人带领白虎队。学徒兵的日子更艰苦了，代理的日本少尉是火鞭子，操他们过头。他们跑到趾甲脱落，得用脚侧跑，严重到血尿得跪着小便；吃的喝的更掺入了大量征露丸，练习不准生病，更不准体无完肤。他们刻苦操练、应付彼此的摩擦之余，还面对一群新来的老兵。这些老兵多半是来自满洲的**关东军**速射炮兵，原本要驰赴菲律宾作战，但是运兵船陆续被米国潜艇击沉，便半途转入台湾地区戍防。他们平日驻守在山岗对空警戒，下山后走路有风，特别的是不穿布鞋或夹脚鞋，穿三斤重的战斗皮靴，往人的屁股踹，让人痛得脊椎快从嘴巴吐出来。这群老兵趁学徒兵出操时，吃掉他们父母寄来的食物，把家书乱改后贴在树上，祝福被侮辱。令学徒兵厌恶的是越凶狠的老兵还是台湾人，把被日本兵欺压的怨气加在他们身上。学徒兵每晚躺在竹床上流泪，无助又无语。他们想起一首歌叫《月月火水木金金》，意思是当兵没周末，操到你爆肝，没放假就算了，还让人陷入地狱。尤其消灯后喇叭传出揶揄人出名的《晚安曲》："初年兵（新兵）！初年兵呀！好可怜，又躲在床上哭泣了。"由老兵跷二郎腿打拍子，边笑边唱。学徒兵躲在又湿、又多虱子的棉被流泪，听了歌声莫不咬牙，猛捶竹床。他们开始团结，在食物偷下泻药巴豆，在家书里夹一张"古兵下地狱"的大字。第三天，老兵的大肠激动得像煮开的水，匍匐到厕所，有的干脆滚入草丛，来不及脱裤就啪啦响，直到屁眼睁得酸痛才用木头塞。老兵们夹紧屁股，气得更团结，借机内务大检查好彻底消除学徒兵的迷信，凡是从谁的袋里和颈部搜出妈祖或关帝的絭（红神符袋），先过肩摔，再罚面向以天照大神为主祀的伊势神宫方位正跪。然后，罚体能训练，学徒兵只穿丁字裤滚旱溪，裤布松的，得跪着对它大喊："**越中裈**（丁字裤）大人，我会把你洗白。"道歉五百回。再来是训练刺竹铳，枪杆头上挂钢盔，钢盔里放入石头，掉枪的人罚喊："三八式步兵铳大人，害你受伤，对不起。"没一千遍以上是不行的，直到竹枪管自动冒火说好。

这种苦日子，学徒兵快受不了，偷派几人趁夜到河边，跳下水，攀在帕随水旋转的身体上，说："队长，你快起来救我们。"

"自己靠自己去吧！"帕睁眼回答后，又闭上双目。

十个学徒兵怎么拖，那根木头就是不肯上岸，只好坐在岸边大哭，哭到天亮才走。老兵知道他们找帕解围，半夜把学徒兵叫起来，大骂这些万年二等兵想报复呀！没有铳杆高，倒比铳子硬，不满意的可以拔下肩章单挑。当第六名挑战失败的白虎队员被踹得屁股开花后，被迫观看的近百名的学徒兵忽然计划性地逃了，一分钟后，又从四面八方冲回，把墓碑抱在胸前，喝下哭泪当力量，决绝地跟十个老兵同归于尽。白虎队的暴动开始了，到第二天都没停，鬼中佐带领宪兵队冲上山抓人，他们听到寮舍传来悲伤的《**荒城之月**》歌声，只能抬回快没呼吸的老兵。凡是有人靠近，五个小肉弹一组，戴钢盔、背墓碑，大喊"天皇万载"地杀出来，成了一波波挡不下的失控潮水。鬼中佐承认搞砸了，不是向学徒兵低头，而是派宪兵队把帕捞上岸来收拾残局。帕装死，把河当眠床睡死，死也不起床。宪兵队忙死了，用木棍赶十八条水牛去拉人，牛群反而被拖下河坝，水花大溅。这时节，一位老阿婆到河边洗尿桶，念了声阿弥陀佛，便说那条水流尸黏在河坝里，拉不起来的，除非连人带河给拔起来。她讲煞了，示范捞人的方法，丢了一片叶子权充是帕，用尿桶同时把河水与树叶盛起便行了。宪兵懂了，去找来三十个警防团人员帮忙，把车站边的消防木池倒干后，连人带水把帕盛起来，靠水的浮力把他盛大地抬回练兵场。

“不判你军法，你就回去带兵吧！”鬼中佐说。

“不是。”帕再也忍不住地说话，语气像是告解，“多桑，我那么努力当个日本人，努力当你的儿子。好的时候就是好，可是，为什么做错事，我就变成清国奴，就是中国猪。难道再努力，我在你骨子里还是永远成不了日本人？”

鬼中佐掉头离开，当他打开办公室大门前，头也不回地说：“千拔，回去吧！我懂了，你放心。”然后待在里头三天内不出来，极为沉默，送来的饭菜都堆在外头腐烂了。

通往白虎队兵寮的山路，咸丰草花开两畔，花白了一地，迎风轻颤。帕皮肤闷烂，头顶着水草，发中蛙鸣盖过喘息声，眼皮浮肿到阖不上眼，看来像是给城隍爷告饶的衰鬼。新任的宪兵队长像一块擦亮的迎宾石，眼神凶煞，黑服的线纹清晰。他看到“泡烂的豆腐”走来，凭着柔道五段实力，老早想跟这个传说中的金太郎——日本传说中穿红肚兜、拿斧钺、骑着棕熊的大力神童——较量比画。队长把帕拦下，呈出一张早写好、签好名的军令状——不分军阶的私下比武，输者任凭受辱。帕看着旁边三十多个被宪兵逮捕的学徒兵。他们背墓碑、罚跪地上，想说些话，嘴唇却肿得像香肠，眼神流露出说不尽的疲惫和求助。帕微笑，点头答应，赢了，只要放了学徒兵就可。他颤抖的手拿着绘有印度卷纹和维多利亚浮雕的钢笔，一时想不起签哪个名字，太累了，得用另一手帮忙扶持手腕才写下小名“ぱ（帕）”。

比赛开始，队长不脱衣，只摘下肩章，一旁鼓噪和紧张的气氛几乎勒死附近的杂草，风也停止在树梢呼啸。队长先按捺不住，两脚按出蹲身，眼一尖，一个豹突，使劲要把帕过肩摔，竟然感觉两脚空了。还用说，是帕抓起了队长的领子往前走，他从头到尾没注意对手，只注意森林中的小径。终于可通过了，便对学徒兵说："你们是谁？"他不断重复这句，从轻声询问到激烈的大吼，但眼神放得好远。那些跪在地唉唉叫，那些整个人瘫地上，甚至被打到连呻吟都无法的学徒兵，慢慢从落单的回答到同一口吻，说出自己的答案。

"你们是谁？"帕嘶吼，声荡森林，好像要那些树开口回答。

"白虎队。"学徒兵全都站起来吼，声音震动整个森林，传得好远。连坂井也站起来吼，还大胆对一旁劣势的宪兵调侃。

"丢掉中国劣性，你们是天皇陛下的赤子。走！给我抬起头，挺起胸，回兵寮去。"帕大声讲煞了，往森林走去。白虎队彼此搀走，抹泪前行，肿胀屁股像鸭子摇摇摆摆，咸丰草也在风中学他们摇摆呢！阳光下，山谷里，有好白好亮的花。

在山上的白虎队兵寮，另一批被断粮的学徒兵继续跟包围的宪兵对峙。他们饿得目花花，看有人影来，先发的五人先是吃下榻榻米的稻秆解饥，再背墓碑冲去和宪兵对抗。宪兵抓到就踹、打头和过肩摔，再命令半蹲，要他们翘出瘦屁股，用棒子狠狠打。这是最严厉的海军式制裁，凡再抵抗的立即枪毙。学徒兵的屁股顿时乌青，肿得拉不出屎。就在这时候，躲在兵寮的残余队员听到远处传来的呼吼，白虎队、白虎队……声音激情，连去年被台风吹跛的树都想站起来。然而那声音，仿佛是临死前的告白，不然怎会如此真情，令人听了很激昂。他们决定冲出去会合。

不过这回来的不只有宪兵，还有帕。那可怕的鬼军曹，他一手高举着宪兵队长，要围守的宪警撤开。之后，帕把队长挂在树上，摊开双手，把冲出来攻击的学徒兵捞起，像马戏团的小丑抛球般在空中轮转，走到兵寮前的小广场。两股的白虎队很快地聚一块儿，又跌又爬又尖叫的，从原本喊的“万载攻击”化成“万载欢迎”。他们把帕抛起来，手劲又嫩又激情，可比水花，自然把他丢个高。早被河水搞得疲惫不堪的帕在空中翻动，阖上眼说：“注意，我是军曹鹿野千拔，现在开始又是你们的队长。部队听令，起步走。”他又重掌兵符，纵情地发出鼾声了，睡得不成人。好让队长睡下去，学徒兵轮流把帕不断地高抛起来，直到帕五小时后自然醒。这之间他们爬过五座高山，在布满星光、荧光的山路行军唱歌，精力用不完似的。

天公伯终于青瞑了

白虎队也担任起少年工，制造起飞机。飞机是竹飞机，不是真的飞机。鬼中佐允诺，谁的假飞机做得够像，可派到内地的**高座海军** C 厂做真飞机。白虎队铆足劲干活，到内地能观光，又能造飞机赚薪水，总比在关牛窝练习撞战车自杀好多了。他们三人一组，用剖成条的孟宗竹编成飞机。好增加竹条的韧性，有时得用火烤软，竹飞机做好是热的，抬着走时要不断往上抛，不小心掉到河里会吱喳冒出不少的蒸汽。村人也造起飞机，用锄头背捶软竹条，完成速度快得说是竹林挖出来的也行。他们这样卖力做，完全是为了赢得鬼中佐举办的造飞机大赛，头等奖是大阉鸡十只。

一星期内，全庄冒出一百多架竹飞机，大部分是白虎队做的。每架有两人手臂宽、三人身高长，凡空地都当停机坪。鬼中佐驾马巡视，花了五小时巡完所有的飞机。竹机的比例正确，细节都有，机翼也画上日丸旗。但有一架很见笑，放在恩主公庙改建的学校广场。那是个中央鼓膨的大圆盘，飞机该有的都没有，不该有的都有，没有人知道那是什么，笑称那是大斗笠。帮忙做盘子的白虎队被训衰了，紧张得冒汗，把出馊主意的队长推出去。帕挺直身，嗫嚅地说："这是神的飞机。我梦见了天皇，他坐这种盘子降落。"好不容易安静下来的人又笑坏脸了。鬼中佐要吵闹的人抹净嘴边的讥骂，说："比赛还没有比完。裁判是米国飞机，谁的能引诱它下来才算赢。"原来造竹飞机的目的是骗米机攻击，高炮再借机击落。村人觉得被骗，又是四脚仔的伎俩，敢怒不敢言，气得目珠喷火，走夜路省了打灯。

造好飞机，白虎队也成了飞行员。他们把三十斤重的竹机背上身，用布绳系在腰部，手抓住飞机两侧的挂钩，静待帕的起飞命令。竹塔传出空袭警报，一半的村人悠闲走进防空洞，另一半在田里营生。学徒兵把竹机撅两下试松紧，依着帕的手势，从隐蔽处泼亮身影，堂堂在马路冲刺。帕的玩具是那个大竹盘，重达一百公斤，直径有六公尺，属超弩级竹机。帕把竹机打扮得靓，上头贴满碎玻璃、亮金属和蜻蜓翅膀，画上少数民族的斜纹图腾，这让其他的小竹机看来像它的影子而已。他们滑稽地开竹机，要引高空的米机来攻击。不过米机的肚脐不长眼，嗡嗡地飞过，让这百来架竹飞机跑疲了。

有一日，日头好刺眼，回巢的米国轰炸机落下一滴光，直坠山区。看到的学徒兵吵起来，认为那不是飞机屎，是飞机落下的悲伤泪。他们出发找，终于在深山找到一颗丹椭的东西。它比炸弹大几倍，砸破浓密的树冠落地，日头落下，灿出一圈圈七彩的涟漪光。“里头有东西。”帕大胆地贴上听，怦怦怦，呀！里头传来很强的心跳回声。其他的学徒兵也用胸口贴去，当然听到自己的心跳音，不约而同地喊：“这不是飞机泪，是飞机卵。”他们小心翼翼地扛回大机蛋，放在稻禾结成的大窝上，要孵出小机。消息传开，来看的村人趴落地，说那是超级炸弹，怎么看都不像机蛋。这时节，恶毒的蚊子来乱，把大家皮肤叮成了蟾蜍也不敢打，就怕吵醒爆弹，全庄轰死死。鬼中佐和宪兵队驾着马来。他看到情况，没踏稳铁鞍，快跌下马，大笑：“那是爆击机的辅油箱，不要了丢下来。”

白虎队仍深信那是机蛋，不是油箱，想孵出小飞机的决心甚强。他们纷纷摊在机蛋上，旁边放一只孵卵的母鸡以便模仿。母鸡怎么做，学徒兵就怎么做。母鸡翻鸡蛋，学徒兵合力翻大机蛋。母鸡咕咕叫，学徒兵肚子咕咕叫。母鸡快乐地吃鸡姆虫，学徒兵想吃快乐的母鸡。鸡卵最后破壳，滚出黄绒绒的鸡子，叽叽对学徒兵笑。他们这才信心崩毁，不是对自己，是飞机也会生出不受精的冇卵。但是，久孵的机蛋因热膨胀，从隐秘的输油孔嘶嘶吐出气，仿佛是小铁禽要破壳的呼吸声，惹得他们欢喜。一礼拜后，卵里的铁雏啄壳，尖锐的响声连小鸟都感受到大鹫将来，逃多远算多远。又过半个月，在学徒兵万载的欢呼声中，小飞机诞生了，抬着它四处秀。那个是被人耻笑过的大圆盘，如今有了铁皮钢肉，在日头下，成了爆开炫光的最新款飞行器。村民来斗热闹，惊喊："这是恩主公的铁镬掉下来了，但铁铲呢？"他们最后发现飞机不是机蛋孵的，是学徒兵把剥下的油箱壳用铁锤敲在竹机上，再彩绘而成。那些乒乒乓乓的声音也不是铁禽破壳，是学徒兵在捏制铁盘子。

白虎队现在有了新机种，一种没人能解释的铁盘子。每当警报响起，帕揹起那个铁盘子跑了，后头跟着一群小竹机。他们通常从纵谷头的防空塔起跑，警报响起，立即跑。伪装成树的防空塔高六公尺，上头有哨兵对空警戒，从飞机引擎的声音判定是敌机或我机。防空塔的主警报响起，各哨的警防团再摇手动的"水雷"警报器，摩擦机器里的牛皮轴，发出呼呼的长鸣。有一回，三架米机用了静音战术，从五公里外的高空关掉引擎，背着日头滑降，使防空塔上的士兵没听到飞机引擎。倒是帕看到天空的风紧张得开始奔流，他一声令下，百架的竹机一波波冲出来。忽然间，米机转动引擎，朝防空塔一路开枪。帕发现米机低低杀来，转头大吼："卧倒。"他回身跑走，一口气把百架的小飞机撞入路旁的草丛。说时迟，那时快，米机的火炮停不下，把地面射出灰尘，瞬间把一头牛皮戳成一朵爆开内脏的血花，吓呆一旁的农夫。这时高塔上的警报器才响，村民到处蜂窜，盲目跟人跑，有的防空洞快挤死人，有的却没半人。米机利落地翻了身，再度向大铁盘攻击，铳子往下射，地面泼土，两个学徒兵顿时被打死。美国人来真的了，他们几日前从空照图发现关牛窝有飞碟移动，旁边有很多假飞机掩护。他们分析幽浮是德国发明的，用潜水艇运送草图给日本制造，在秘密山村试飞，于是派出战斗机非击毁不可。

帕揹起大铁盘，冲入路边的蔗田躲，吓得手软脚软，怎会料到三架单引擎的格鲁曼泼妇式战机是冲他来。当米机第四次朝他开火时，帕把惧怕变成力量，再下去是懦夫，只有迎战才是大和武士。他解下绳子绑在铁盘子，往天空甩，放风筝那样用力拉着到处跑。铁盘子成了幽浮飘在空中。帕的节奏飘快，越跑越有名堂，咕溜得连自己的影子都滑掉了，上万根的蔗叶拦不了，反而掩护他的行踪。三架米机散开后实施交叉攻击，机枪即使打中能转直角的幽浮，却无法击落，缠斗了十几分钟便惭愧地飞离。这时候日军高炮才开火，天空炸出一朵朵的黑云，什么也没打到，仿佛是用回音吓米机。躲草丛的白虎队惊魂甫定，抬起头看，大铁盘仍安静地空飘着，好像玩开了。忽然间，轰一声，晴空爆出雷声，另外又有三架战机低空地飞来，机关炮往铁盘射去，铳弹划光，落地溅出大火。蔗田冒出了火烟，空气甜滋滋，叶子发狂地燃烧，火光抛满天了。躲在远处的白虎队软瘫了，定睛看，来者不是谁，是防空手册介绍的 P38 战斗机。机身由两架飞机黏起来的，一架抵两架用，素有“双胴恶魔”之称。那种双引擎飞机咆哮窜过，引擎排出的热烟使天空扭曲，像恶魔飞翔了。

两个班的士兵从练兵场跑来，趴落掩蔽物后方，擎枪射击。这后来被村民形容为拿羽毛搔雷公屁股，没屁用。能击下飞机只有山顶的高炮和速射炮，不过得搬运到山底射击。高炮拆卸后要六匹马载运，一小时才定位，届时什么都走了，只能打空气。于是，两个班的士兵把速射炮拆解，沿山路背奔而来，重炮零件几乎磨断脊骨。他们翻下棱线时，一架飞机高速地平行飞过，那是神经紧张、情绪快涨破的短暂，彼此距离短得好像可以握手，士兵甚至瞄到座舱中的飞行员也转头看过来，双方都如此年轻，手中拿着能干掉对方的武器。速射炮士兵犹豫了一会，才继续跑下山，他们的迟疑是一种坏预感，因为那架 P38 在空中翻个大弯，冲回原地开铳，一阵机枪弹的火光从前方数十公尺的树林奔来。士兵连忙跳入山谷，在陡坡翻滚，有人翻落百公尺的山底，腿已粉碎性骨折了。有人被炮零件压伤，有人被子弹击中。帕以为自己的战斗能换取速射炮部队驰援，现在他没了后援，而且他不知道这点。

另外一边，那些白虎队只能躲在山坡边发抖，头毛翘不出半根，听到飞机子弹扫来，用尖叫声回应。一个学徒兵被铳子打中，捂着头顶伤口在号啕，喊："我死了。"不久，那个学徒兵发现头壳仍好，只是被飞机落下的热弹壳烫伤，流血少得连蚊子都不屑。被吓过的人胆子大，他大力深呼吸，吐出恐惧，从土坡探出头，看到米机被帕操控的大铁盘激怒了，化身成老鹰似的猛攻。而帕更猛了，变身成敢跟老鹰搏斗的乌鹜，不时用大铁盘迎向米机。白虎队见状好激动，心脏装了锅炉似的有力，有人竟然大唱队歌《**爆弹三勇士**》。这首歌是歌颂在一九三七年上海淞沪战争、三个用雷管炸毁铁丝网的日本工兵，被神化为自杀以成全大局。白虎队的歌声越唱越大声，串成雄浑的大合唱。一些人不顾命地冲出，因为帕跑得太快被铁盘给扯到空中，要去帮忙压舱。当第四个学徒兵抱上帕的粗腰时，帕嘶声大吼，把控制铁盘的绳子放却。铁盘往上抛去，刹那间，与一架高速低飞的米机擦撞。飞机螺旋桨断裂，失衡地咻咻旋转，坠地爆炸了，机身逃出的火与烟真吓人。另两架飞机在失事上空盘桓，还朝那趴在地上的大铁盘狂射直到它活过来似的猛跳，打完子弹才飞走。久久，大家才感到风在吹，日头很辣，学徒兵欢呼：“帕打落米鬼了，打落米鬼了。”欢声响彻云霄。这时节，大家知道要钻去哪斗热闹，工作一抛，叉脚跑，抄下路上能打人和不被人打的工具。

这世界好惦静，剩下那架米机在火中骚动，巨大的爆炸声说尽痛苦外还是痛苦。村民称赞这火真壮，咬劲凶，把机骸当槟榔嚼，往外吐铁渣和铁汁。这样的火势，不要说米国人，就是影子也烧成灰。村民纷纷大胆地靠近，他们知道米国人只有武器强，没了就是废渣。也深信米国人像话剧里的演员，不必出操，皮肤细白像搽了挽面的新竹白粉，晒月光都受伤。鬼畜活着也是为了吃，大眼找、大鼻嗅，在食饱和睡饱中轮回，身体够壮但不耐撞。果真如此，摔机的地方散落了一些尸块，另有白粉状的细末，没训练好的人就是没捏紧的泥巴，不愧摔得这么精彩。现场还有巧克力、梳子、手表和一个被误为忍者飞镖的十字架。帕捡到一对黑眼眶，他曾在旧杂志上看过米国明星克拉克·盖博戴这玩意。帕把眼眶挂上鼻梁，搞不清楚方向。世界够黑了，鬼畜干吗要这样遮瞎自己。不过，那副墨镜让他看见有个飞行员从大火的座舱跳出来。飞行员的衣服烧着，大火红啾啾的，白虎队吓得大喊：“哇！红孩儿来了。”然而，一根铁条穿过飞行员的腰，他拔不拔都痛，躺地上哀号地哭：“妈咪，黑婆蜜（Help me）。”“啊！我们不是孙悟空，别找我算账。”白虎队回应。接着黑人飞行员痛得扯掉火烧衣，裸着身体，又摘掉飞行盔，露出鬈发。村民却看成飞行员掀掉衣服与脑壳，露出烧焦身体与皱褶状的脑浆，惊喊：“阿姆唉！他乌索索，火炭人来了。”

他们没见过黑人，不信有人能活生生地掀开脑壳、手脚烧成炭、嘴鼻熟得外翻，还不当一回事。更可怕的是，火炭人不用目珠看，用眼白凝视人，躲在哪都被看光光。最后火炭人滴着火爬走，逃向森林。白虎队偷偷跟去，地上尽是跳着的火苗，忍不住往地上摸去，发现是血。

宪兵和步兵跑去看飞碟，上头的子弹孔密密麻麻的；再跑去看坠机，上头的火是密密麻麻；最后跑去看帕，对他说出了密密麻麻的赞叹。但是，鬼中佐没让大家稍事休息，挥军去缉捕火炭人，谁先抓到的得到十条大肥猪奖品。有件事再度证明米畜无用论，鬼中佐说火炭人是黑人，住在赤道非洲那种最靠近太阳的地区，生下来就被烤黑了。米国人从非洲抓来奴役，没事时当看门狗，有事时当马骑。他们吃饭由黑人喂，上便所由黑人抱，骑黑人上战场，骑黑人开飞机，摔飞机时还不忘拖黑人下水。这让村人颇同情起黑人的，往肩后看，仿佛自己的背也有人骑。火炭人藏入森林后，不时趁夜出来偷东西吃，利用黑身体的特性躲。有人掉家畜、米粮，有人掉了棉被与衣服，怪火炭人是对的；有人跑了女人，也只能怪火炭人。最后大家怪起日本人，一根着火的木炭在村子乱跑，出动了数百人都找不到灰。

好多人得了火炭人恐惧症，晚上抓不到他，白天更别想了。有的男人说，在傍晚走路，回头时被惊到，看到火炭人伪装成长影子，瞬间像水蛇跑掉。有的人发誓说，火炭人的朘仔好大根，像胯下冒出一根紧握的拳头，见男人挥去，见小孩想掐死，见女人才招手。最苦恼的算是鬼中佐，声誉下跌之外，连米国人也教起他如何做，用飞机投下传单，写着：“善待俘虏，并礼遇飞机的大体。”到了第三天，鬼中佐责成帕担任“抓米鬼大队”队长，无限地提供后援。抓黑人简直是在夜空中找出刚诞生的一颗星星，帕也做不到，但是他听到火炭人的呼唤，无时不在。那是唯一的线索。帕便趁夜前往冢埔，寻求鬼王的帮助。他走过驿站前的地牢时，里头传出刘金福的声音："美利坚人会报仇的，你会害死庄人。"

多日不见，鬼王的记忆又从空白渐渐恢复，想起了江山易主，觉得人生到此已凄凉，何况又身灭成鬼。他无心恋栈了，四处游游野野，不时站在死水滩上，用树枝写下："死后原知万事空 / 但悲不见九州同 / 王师北定中原日 / 家祭无忘告乃翁。"风吹来，水波洗净一切。有时又写下怀妻："十年生死两茫茫，不思量，自难忘。千里孤坟，无处话凄凉。纵使相逢应不识，尘满面，鬓如霜。"直到悲从中来，把水膜撕下，抛成了云雾，化成云中锦书寄去，但故乡在何处？靠一支发簪探路，要刺探到何时？鬼王大叹人有记忆，是情绪上的退步，连死后都是折磨。帕走到鬼王前，用任何方式都激不起他的情绪，便挥拳打去，好把他的记忆打退到杀气重的日子，下手重，打过头又抓他的肩摇醒些，打打摇摇的，鬼王才回神到帕要的记忆点，喊："天杀的'番王'在哪？"

帕心中大喜，有恨才有力量呢！他把鬼王放上肩跑，翻过山岗，看到夜里的村子一片火亮，数百个村民和士兵等着他指挥。帕有暗算，要大家禁说日语，别被鬼王戳破。鬼王站上帕的头，侧耳倾听，遥远处确实有人在哭泣中不断地呼唤，便说："用回音战术。"帕用方言传下去，翻译成闽南语和少数民族语，白虎队和村民拿火把散成一大圈几乎把村子围了，把火炭人困里头。火炭人喊妈咪，大家也喊妈咪。火炭人以为那是回音而啜泣，大家也哭回去。这时人圈缩小成一千坪大，还听不出火炭人位置。鬼王听出蹊跷，脸色不悦说那是美利坚人在喊妈妈，何来"番王"。帕说那是会说美利坚话的“番人”。讲煞了，帕拿了颗小石，朝一个脾气不好的学徒兵丢去，让那个人回头用日语大骂。鬼王听了士气旺，说：“用四面楚歌战术。”帕听了，心生一计地跑回鬼中佐家拿来留声机，慢慢摇动它的尾巴。喇叭叽叽喳喳的，传出稀薄的米国国歌，声音逐渐壮大，数百人随之哼起。忽然间，火炭人卸下心防，从驿前的地牢内发出号啕，全村都听得到巨大哭声。宪兵从地牢揪出战俘，像把落水狗拖出来，用二十支枪瞄准。之后火炭人二十几小时哭不停。有几个男人刻意被守兵放过，用木屐敲他。倒是有刚分娩完的妇人家挤出乳汁，用陶罐装来给火炭人喝，希望他不再哭，避免引来米机轰炸。花岗医生来探视米国人病情后，向鬼中佐说：火炭人伤重救不了，被铁条贯穿的腰部严重腐烂败血，他用哭来转移伤痛，哭到死是最幸福了。

这时候火车来了，机关车多么黑，煤烟更黑。火炭人被笛声吸引，抬头看见上帝坐火车来了。他在某个车窗伸手用力挥，背个十字架，而且是黑人上帝。车站聚集的人也看到这位黑人上帝了，黑得活见鬼了。上帝的专车靠站了。他脾气不好，下车时，拖着的大十字架卡在车门，他骂巴格野鹿，脚一碰就令它飞走了。宪兵对他立正，白虎队对他敬礼。有位九十余岁的老人激动大喊：“**胡须番**来了，恁久不见，你胡子长满全身了。”“胡须番”是清末经过关牛窝、用螃蟹钳一次拔掉二十名排队者烂牙的马偕，特征是脸上胡子多。在场的一些被宗教打压的基督教徒连忙跪下，呢喃着哈雷路亚，赞美上帝。这么多人对他好，上帝的脾气温和了些，微笑，高举手招呼。一个小学生忍不住地下跪，也忍不住大笑说，他的腋下发霉了。上帝往自己高抬的手臂下看去，那里因流汗而掉妆了，气得要白虎队用煤灰帮他补。这上帝是帕扮演的，他裸身用火车的烟管煤灰涂黑，黑得乌疏滴答，只有眼白要看透人似的。最后帕走到火炭人边，把十字架插地上，摊开手，偷瞄远处的白虎队拿着的大字报，用现学的英文喊：“我是妈咪，妈咪带你回家。”

再悍强的男人也有畏惧的女人，再滥情的男人也有一生钟爱的女人，那是母亲。火炭人紧抱着帕，说：“妈咪救我。”

帕仍然照着情境错误的大字报念：“我叫汤姆，今年十五岁，你呢？”人却机灵地抽出火炭人腰部的铁棒。火炭人鲜血直喷，把帕的煤灰洗净，现出打赤膊、穿丁字裤的裸身。火炭人不再涌血，眼眶渗出泪水，长睡不醒了。

“米鬼要回家了。”帕说完，一旁待命的白虎队搬出大铁盘。他们用坠机残骸重新打造铁盘，至于那个螺旋桨，怎么装都不顺，装在盘子顶端刚好。帕一挠，它猛转，螺旋桨甩成光滑透亮的膜子，呼嚧嚧的。帕大喊：“飞机唱歌了，打开路。”白虎队拽开路旁的竹子，拉出一条跑道。火炭人的鬼魂登机，看见窗外的村人对他挥手。铁壳被白虎队摇晃得像起乩的神轿，帕拉绳子让铁壳飞起来，拉了一百公尺，回到格鲁曼战机的坠机地，把绳子绑在旁边的那株榕树。大铁壳饱吃了强风，螺旋桨转不停，永远浮在那，让米鬼误认为踏上了归途而乐晕了。那是空中大铁坟，他葬在旅路上，不会哭号，不晓得出来作乱。

刘金福匿藏火炭人，依军法起诉，但是鬼中佐却下令放他。释放原因多到匪夷所思，比如地牢让火车绊倒，又如那座小森林滋长蚊虫是疟疾的温床，或者就是碍眼什么的。宪兵不断拿令状要刘金福签收，反而被他当餐点吃掉。他不出牢就是不出，硬拖也没用，把关牛寮翻过来也倒不出他，最后用密招把自己困锁地下。刘金福模仿出打雷声，屙尿浇九芎，让它咸得长更多根去找水喝，缠根爬满洞穴，像是上万只的蜘蛛喷出丝线。末班火车入站时，拉娃从小洞往下看，地牢好黑，什么都看不见，丢下的种子还弹了出来。她抬起头，好让车厢灯光透下去些，看到快塞死地洞的树根，藏有湿浊的双眼。里头的老人用泰雅语说再见："斯嘎亚大啦！"拉娃不相信听到的，哭了起来，说得那样决绝呀。火车启动了，拉娃也只能喊"斯嘎亚大啦"！诚恳地祈求再相见。此刻的她多么恨火车，要是没这吃火的怪兽，这世界不会有战争、分离和哀伤，尤其是汽笛，简直是摧销人的灵魂。到了第二天，地洞不见了，开早班车的机关士再也不用小心闪。宪兵砍除小森林，看到细根把洞填满，像小坟场隆起，连刀也无法斩断那种强悍的东西。刘金福作茧自缚，决定把自己锁在里头变成巨大的九芎种仁，永不屈服。

鬼中佐只好下令帕带出刘金福，任务没有奖赏，"像你祖父那样的，没办法不吃不喝超过三天。"鬼中佐诉诸情感，要帕自行处理。帕又向鬼王求助，编个自己都脸红的理由。鬼王也不吝情地说了计划。帕当晚便向鬼中佐说："好，我只要一百公斤的大铁锤就好了。"隔天天气阴，天空飘雨，车站的灯壳发出轻微的雨叹。早班的火车到了，五个上车搬大铁锤的宪兵耽误了车程，让机关士猛拉汽笛催人。帕上车，才弯个身，把那支一百公斤的铁锤拎下来。雨越下越狂，天空响雷，帕把大铁锤放入站内避雷，盘坐冥想。白虎队拿着圆锹和十字镐从地牢外的五公尺处向内挖去，用大铁钳剪断九芎根。越靠近地牢，树根越密越粗，挖的速度也变慢。另有十个学徒兵，拿稻秆从地牢上方穿入，好吸走大量落入的雨水。但雨太大了，刘金福猛呛咳，还把救援的稻秆全拔断。两小时后，一个学徒兵冲进驿站，用青冷颤抖的嘴唇喊："报告队长，老伯伯快淹死了。”瓦屋上跳着豪雨，屋内飘着震落的灰尘。帕阖眼不动，五分钟后起身拿大铁锤出去。走到外头才知雨狠，世界快融化了，广场陷成了大凹槽，中央有个突起像烛芯的黑。帕大喊停，要忙碌的学徒上来躲雨。爬上来的学徒兵挤在车站和民宅廊下，身上都是水痕和颤抖，嘴里塞满了喷嚏声。帕跳下洞，在浑水里走向九鬈根茧，用力打它一下，裹茧的泥土马上崩坏，积水泄出来。刘金福的咳嗽声从里头传出来，怒喊："你们不会争赢的。”话没说完，帕大吼，把大铁锤往地上捶，穴内数吨的雨水喷开来，附近的玻璃窗震动，树叶掉落，大家以为是米机哪时丢下的哑弹忽然爆炸了。帕趁穴内的雨水还没回拢，大脚拧稳，吼力往九鬈茧的底部挥锤去了。地板松动了，轰一声，来个全垒打，那个“洞”从地穴飞出去了二十几公尺，落在马路上滑，迸开水花，最后卡在无法入站的火车底盘下。拉娃从车板的小洞看去，那有个大茧，像是足够把关牛窝洗到破皮的大菜瓜布。她听到茧里传来还算顺畅的呼吸声，放心说："老伯伯，我就说你的‘洞’会飞出来。”

一架三菱飞龙式货机徘徊在蓝天，洒下细小的雨，雨随风飘到哪都是，盘旋的盘旋，跳踯的跳踯，飞舞的飞舞。好多人停下工作仰看，张手接到这种干燥的雨，原来是种子。有些籽有细长的绒毛，它抓到风飞了，飘过河流与森林，来到山林做奉公的人群处。现在，他们花更多的时间和人力在铲山填谷，每天有数百人投入，非加紧完工不可。那些落下的汗，让地面的盐分过高，几乎快长不出植物，倒成了动物半夜跑来舔取盐巴的圣地。白虎队加入工作，身上黏满有绒毛的种子，它随汗水落地。帕趁余闲，沿山路下去，转入森林后硬是把那走出一条回家的新路径，进篱前把种子拍落。

篱笆是帕新围上的，里头各养有十只小鸡和小猪，都是他打落米机和抓到米国人所获得的缩水奖品。但是老主人不照顾它们了。

帕把藏了刘金福的树根茧扛回山中，光是解开茧就花三天，好在那些树根是活的，泡了咸水便死了。刘金福被强制拉出地牢，深觉屈辱，此后自囚在梦里，拒绝醒来，他牙齿紧咬，双手紧握而使指甲嵌入掌肉，愤怒完全呈现在肉体上。照料这植物人，帕依三餐把配给的军米嚼碎吐哺，用竹管接上鸡肠当工具帮祖父灌食。定时按摩刘金福的手脚，拍打背部，从嘴鼻把脓吸出。按时翻身，免得长褥疮。每日清晨，伸手从祖父的肛门掏出一颗颗球状的硬屎块，傍晚时背他去散步，一边唱歌一边拍他的屁股，哄他放屁清肠。如是半个月，飘来的新种子在门前蹿成了尺长的野菜，开出下垂的红花，帕摘下来烫熟，嚼碎后灌给刘金福吃。那种菜俗称南洋春菊，日文汉字叫**红花襤褛菊**，煮后的菜色襤褛，滋味苛涩黏肠，却成为村民饥荒时的桌肴。有人说是飞机草，因为从飞机上撒的，将就食食。有人说是饥饿草，肚枵了，什么都没得吃时，加减有。没有一种名字比光荣天皇更值得的，帕用天皇的年号命名，叫**昭和草**，意谓“今上（当今天皇）”御赐的。

植物人每天猛长趾甲和头发。帕用军用剪刀铰趾甲，喀声断裂，趾片竟射嵌在竹墙上。再用磨刀石修脚指甲。趾甲很难处理，刘金福会紧握手，趾甲老是刺伤掌，搞得一片脓疮。后来帕发现，握拳不代表战斗，是孤单需要伙伴，便把自己的手钻进刘金福的拳窝。那手抓到依靠，淡淡牵着，脓疮就好了。只有帕要出门时，才会抓两只小猪代替自己，给刘金福牵着。刘金福的头毛长得更快速，像流水往下泼，到处积满斑白的潮水，还流到菜园。有一日，头发碰到阳光，瞬间变白，阳光顺着发丝传送到他的脑袋。梦里的刘金福顿时看见路灯亮了，自己盘坐在路灯下，除了一盏路灯，之外都是坚壁清野、一望无际的世界，于是他大喊，吹掉灯火。帕听到刘金福的梦呓，把他的头发垫在树头上，用菜刀鋻。头发太韧了，剁不断，被菜刀嵌进木头。帕看傻了，用手猛扯头发，痛得喊出，发丝像细微的刀子割入掌中。那是刘金福的愤怒之发，斩不断，理还乱，他把不满都囤积在上头，不然会闷死的。

某天下大雨，雨势狠，把屋顶砸出破洞，晴后的日光射进来。那个落下的光印随日头移动，好像在晦潮的房里找什么。随日头北移，光印路线略微南移，九天后照到刘金福的脚。啵一声，植物人发芽了，从脚趾长出植物，叶子茁壮，上头飞满发光的尘埃，如飞鸟环绕在十座小森林，让观看的帕发出喟叹。原来是刘金福的老趾甲钙化腐空了，塞满牢土，便把当时拉娃从车洞丢下的种子全藏在那，共长成三百多株的小苗。其中大拇指的森林很澎湃，一厘米厚的钙化层养了好多热情的秘密，以雀榕最霸道，溢出的缠根裹着他的脚板。帕觉得刘金福想借植物和他说话，便摘入耳朵放，蹲下，捂着听。哇！他听到细根蹿长声音隆隆响，起初以为是风大，但他记得刘金福说过植物会趁打雷时赶快长根，要喝随来的落雨，于是他知道刘金福的梦中在打雷了，豪雨将至。他帮他盖上蓑衣，刻了一条船当床，要祖父躺在两条小猪中央牵着蹄，在日头天也挂上煤灯以防天色随时转暗，让祖父安心。然后他把趾甲苗全拔下，移种菜园，叉着腰，望着日头时还打喷嚏。帕关上竹门要离开时，杵在那看小猪小鸡在篱笆里玩，小猪用鼻子乱拱，小鸡乱掘地穴，到处是疤坑。他又抬头看屋顶的杂草，被阳光磨得泛光，远处的森林在最细微的风中动，好像是喘息的河流，而更远处由树梢构成的山棱线在浮动。他看太久，忘了要出门还是进门。这才进门，看着躺在两头猪中间的刘金福，探探他还有鼻息吗。他脑门总是这种犹豫、迟疑与愁缠的烟雾，几乎遮瞎眼，就是生怕刘金福随时会断气。他最后撒了一把猪菜，去招呼小鸡和小猪，便大声唱歌，边吼边沿着小径回山林做奉公，这样就什么都暂时忘了。快走到时，他听到遗忘在耳朵里的植物还在长，发出咕噜声音，把它种落土，拔光附近的杂草和石头。这植物的日文汉字是**踯躅**，即杜鹃，叫得更精确是玉山杜鹃。那是拉娃自同部落的人手中转送给刘金福的。玉山杜鹃，在雪中微卷树叶，忍冬待春，泰雅语故称北德拉曼，意思是"再试试看，别放弃"。拉娃部落的人曾携带此种子走五天四夜，夜攻玉山顶，面对曙光，背对帝国最高海拔的神社"新高山祠"，手掌高盛种子，跪地祈求全世界的泰雅祖灵给它力量，能在更低海拔的燥劣环境发芽。然后把种子送给拉娃，期许她获得植物发芽的力量。

夜露滋润，北德拉曼一暝大一寸，半个月后长成树，迸出如白色的花朵。那些数百个铲山的人，终于看到平坦尽头那株开花的玉山杜鹃。他们这才相信先前的猜测，眼前长一公里、宽八十公尺的平台，是一个被云雾掩藏的简易飞行场。他们开始整理飞机道，十六人一组拖动大碌碡压平。碌碡大如房子，从巨岩上凿下来，每个耗时三个月凿成。碌碡也像火车轮般，把石子轧得火花爆窜后剩下灰烬。帕一人就拖动了，他倾斜身体，绑上拳头粗的麻绳，每拖一次就像刀子割肌肤。过度劳动使他们手脚冒水泡，常常半醒着工作，也半睡着吃饭。疲惫得想放弃时，山下传来汹涌歌声，学徒兵爬上树梢或崖边瞧。群山奔腾，有好多人从三个方向走来，还有一朵大云飘来飘去，飘到哪儿，被云影遮到的人群会唱起高昂的军歌。北方是来自新竹州的两百位警防团人员，西侧是来自苗栗郡的百名爱国妇女，南边是来自台中州的三百名中学女子"挺身报国队”。他们来这奉公，困的困，累的累、渴的渴，但是白云朝头顶飘来时，用响彻云霄的军歌赶走云。人声的趋赶之下，白云只能朝东奔向机场。忽然间，晴雨落下，把厚薄各异的树叶敲出节奏，白虎队知道他们为何唱歌了，这是“西北雨”的云，得唱歌应和，便在雨中豪情起来。上千人投入奉公，机场在两天内迅速完工。

天气渐暖了，日头朗朗，踯躅花随日踯躅，褴褛菊逐风褴褛。某一个山径转弯的地方，有个采野菜的孩子发现龙葵上沾了白色物。他大喊，下雪了。说它是雪，它就飘了，像风的灵魂般迁徙。孩子追着喊：“大热天，落大雪了。”他追到视野好的山头，看见到处下起这种雪了。雪景的中央，有一台新式的机关车从瑞穗驿发车，后头只拖着一节花车，绕蜗牛壳纹似的山路往壳尖的机场驶去，汽缸永远处在亢奋状态。那声音泛得远，动物逃跑，风到处乱流，把山屋的梁子都泛歪了，阳光直接戳进刘金福的眼皮。目珠是梦的入口，水晶体折射出的七彩烧坏了刘金福梦境，连白寂寥都不剩。以梦锁国的策略败亡，昏迷一个月的刘金福醒了，感到口渴，端不起身，将就翻落了床，爬到灶下撞翻了水缸喝水。他注意到异状，地上的水滩不断地泛涟漪，便贴上翻缸底形成的巨大集音器，听到远处传来的嘶嚎声。错不了，是那魔剽的力量把他震出梦外。刘金福要杀了这力量，一头撞刀架，一把菜刀插落地。用嘴叼了，顶开门，爬过庭院里开满的杜鹃花与嗡闹蜜蜂。他吓一跳，到处是像雪的东西，昭和草的絮满天飞，数量大得把山棱线撑得鼓鼓的。刘金福想不透这些讨人厌的棉絮哪来的，但不久就爱上它们。白絮黏上了他，风一吹，他跑起来，身子轻盈得像离开弓的箭，拖着又长又白的头发。他忽然有某种感觉，是愤怒，是源源不绝的复仇力量，他要杀光路上睹到的每个日本人，直到也被日本人杀死。刘金福不知道复仇加速了自己奔向最初的允诺——降雪之日就输诚。他跑上帕一个月来往返而成的小径，想不透，这路哪时走出来的，要引他到哪？小径的尽头接上一条通往机场的山路，来到巨大声音的源头。

那是新式机关车，拖了一台花车，爬往飞机场。花车用黑檀木打造，两侧镶上皇室十六瓣菊纹，错上金漆。车内飘满鲜花味，几个十八岁的神风特攻队少年坐在弹簧皮椅，脸上搽了淡妆，颈子系了丝绸方巾，一手搁在窗上，失神地北望蓝天。机场的零式战机挂满炸药，只加了去程的汽油。喝完圣酒一杯，他们会从这启航到太平洋，撞击米国的航空母舰，肉体为“圣战”死亡，灵魂归靖国神社。这新式的机关车叫“紫电”，有三个汽缸，而轮胎上有细钉增加摩擦，力量之大，村童称之为“天霸王”。天霸王烟囱喷出的煤烟与昭和草的白絮绞成一股烟泉往上喷，染了烟尘的白絮又过重地落地。大白天变黑，车头亮起大灯，拼命往机场爬，路太陡峭，三汽缸噼里啪啦地捣，还是难拖动，得由两百多个村民帮助。帕倾斜身子，与十匹悍马在前头用粗绳拉机关车，士兵与年壮的在车旁推，小孩则拿火把照亮路，他们唱起《大地的呼唤》助兴。每当车轮空转，白虎队用木棍插去，撒石子增加摩擦力。在到机场的最后大陡坡，天霸王下滑，巨轮把两个村民的腿压成肉酱。所有人都听到那痛苦的呼叫，像锥子钻人心，不过要是少数人放手救，大部分的人会遭殃，所以只能继续干活了。

这时候，旁观的刘金福靠在树上，一种浓烈的哀毁弥漫全身，他正想要用死亡为自己插翅膀，离开这世界，却看到无数的亲友还陷在地狱挥手。这是最大折磨。他失声痛哭，泪水洗掉身上的白絮，失去轻盈的力量，一寸寸下滑。九降风吹来，把他的长发、寒毛和阴毛瞬间摘光，随风湮灭。一瞬间，慈悲使九鬌头成了无毛人，他跪下祈饶："天公伯呀！你不成青瞑了？我给你做牛做马，你从今要保佑关牛窝，保佑台湾人呀！"刘金福拧干泪、咬紧牙，拖着颤巍巍的步伐，走出森林，上前推天霸王，成为奉公队的一员。

臣服的刘金福拔擢为瑞穗驿的"助役"，也就是副站长，这是顶天官位，驿长只能内地人做。他的工作轻松，结领带，戴盘帽，手提信号灯，用最复杂的心情做最圣洁的工作——擦亮星星。他不反对这头路，还有点喜欢上，唯一的要求是打赤脚，放裤管遮丑。每到临暗的上工前，日警准他烧炷香。刘金福在车站后头，双膝一折，额头触地："不肖子孙刘金福，脑筋朽朽了，在此向列祖列宗跪拜。"之后将香炷插在地上，去干活了。等他一走，巡警便把香炷踩熄，踢到崩岗下。车站广场早就聚集了上百人屏息，目珠不眨，就怕错过擦星星的好戏。过不久，加挂副厢的引导机车先进站了，向后方打出通行灯号。八节的列车随后翻过牛背崠下坡，刹车器猛响，来令片里耗出了一泡泡的火屎沫，满出一道流滟的天河铁道，恰给列车自天上踢跶来。村童捏住呼吸，不能欢呼，也按捺欢呼。天霸王随后也要进站了，它的汽缸在远处发出雷响，而头灯这里拨、那里挑，像极了闪电，壮观得很。不多久，被村童称为"制云机"的天霸王爬上牛背崠，亮出额前直径四尺的菊纹盾，那是与大和舰同属的超弩级机关，或皇室乘车"御召机"有此荣光。只见天霸王站上牛背崠，气不喘、汗不洒，放一响笛声，喷出十只飞鸟高的蒸汽，浮了朵大白云。它冲下坡时，刹车花火往后丢，像是抛出一款绣花的披肩，那碎飞的小光晶，惹得路旁的草木伸出影子瞧。但火花随即被车旁洒水器喷出的水网抓熄，免得酿灾。孩子再也憋不住气，连连喊万载，欢呼和奋力地高跳，欢迎机关车中的天霸王到了。这场面他们看了数十回，还会看上一百余回，每一次都永远像第一次看到时动人。

天霸王才靠站，有人在车边靠上梯子。刘金福跨上擎马仔，由帕背了一步步登上了车顶。他们经过一个坐在沙包堆里的机关枪士兵，来到路灯下——那是世上最低的星星。刘金福用掸子拂去灯泡上的煤尘，从口袋抽出布绒，盛了电火球擦。那么轻，那么温柔，光亮从指缝漏下，驿站流动着细微的光影。刘金福又翻到绒布比较干净的另一面，再擦电火球，多点手劲，玻璃会咕叽响的。孩子闭眼听，这咕叽声让孩子猛吞口水，全身缩痒起来，便会喊刘金福生病时的那句家常话："海，我看到海咧！"海呀！孩子们都仰望着，想象那灯光如海潮淹没了整个山谷，在最暗最潮湿的角落慢慢干燥，连最隐微的东西都啵一声长出影子，光影卷卷，奔荡汹涌，辐射出去的影子让车站如盛开的昙花浪蕊。擦亮的电灯更透明，二十公里外都可以看到，更多的昆虫飞涌来，快把刘金福撞落了。在最光明时，刘金福演出自己的西游记影子戏，手靠近电火，把影子投射在附近的山壁上，虫影成了戏途上不断掉落的豪雨或大雪。众人仰酸了头，虫雨也唰满了整车站，约一分钟后戏终了，刘金福翻个手，只见山墙的三藏师徒都走入大雪中幽隐。江湖恩怨，都枕在今夜梦中，行路迢迢，且待明日分晓。手影人分辨不出穿什么衣，也没说话，端看观众各自的配音了。最完美的独白来自个人内心对世界的对话。宪兵认为这没有违法，哑巴戏，鬼才懂，睁一只眼闭一只眼。

“十、九、八、七、六、五、四,三、二、一，消……灯……”

影子戏结束了，帕背刘金福下火车，准备熄灯。广场上的百余人一起倒数计时，喊出声音，希望全世界的夜都能看到这盏灯的睡去。

好多看一眼灯，孩子特别把“灯”字拖得长，足足一分钟，把山催眠得打呼了，充满狗熊、山猪和飞鼠的叫嚣。刘金福扣下路灯扳手，啪一声，电火球缓缓地阖上眼，灯芯把光亮吸回电线，沿着独立系统的水力发电机往回送去，经过水轮、流水、山坡、流风、白云，瞬间送回天上。啊！所有人尖叫，电火送回天了，散成满天的星斗。天河鲜鲜，星图淋漓，低得对星星喊话它们会眨眼回应呢！全宇宙为关牛窝点起夐邃的电火珠。夜转浓，风转凉，清风又把星星吹得松动，咻来咻去的，满天流星了。

之后，全庄宵禁熄灯，火车也得熄灯。几个士兵用四根竹子顶着的铝板，放在火车烟囱上，不要让火星露出。不久，夜空中嗡嗡响起，定时到北方轰炸的米机飞过上空，防撞灯飘过了银河。村人知道米机轰炸关牛窝也没用，有好几次他们看到炸弹落下，不是被观世音娘娘接走，就是恩主公开牛车来收净净。他们不认同鬼中佐的做法，得在庄子到处挖防空洞，每家地上都有个肚脐，那是防空洞入口的盖子。他们觉得更见笑的是，竟然挖了一道五十公尺深的大山洞，说是火车的防空洞，现在成了养蝙蝠住的旅馆。

米国爆击机和战斗机飞过后，火车移动调车，链接器哐当一声接上。天霸王在前头拉，后头是老火车姆推。头灯大亮，汽笛一响，沙管放沙好增加主动轮起步的摩擦力，天霸王便去追逐引导车了，轰声通过驿站送行的祝福幡布。八节车厢太多，每节增加一名技工，每转一次弯便用转盘调校齿轮，好让车厢安稳转过去。齿轮快速绞磨，发出奇异的辘辘兽鸣，混合牛群与鬼歌的曲调。蒸汽炉高速地运转，车沿山路蜿蜒，贴近山壁时，乘客能看到诡谲变化的光影，看久了会吐。于是靠山谷且视野广的座位，成了好所在。一个派往内地的白虎队员往外发呆，伏在窗上，看着落入河谷的窗灯忽远忽近的飘跃，他大喊："看，鹿野殿来了。"引起大家的骚动。

月光下，深谷囤积了光亮、兽鸣和溪鸣，悠悠然，一抹灯影闪过，把河水擦得闪闪发亮。只见帕两手各提大尿桶，晃眼间，跳过河上的石踏，努着身，顺小径奔踏而来。刘金福则坐在他肩上的马擎仔，一手提信号灯照路，一手抓牢帕的短发，身子猫伏，眼神虎亮。刘金福有暗算，昨日已委屈不成那独善其身的小国皇帝，今日就失去自我而成了战火中的孩子的长工，救救他们，加减捞回几条命。但这些救援行动得避开车站日警，便趁发车后行动。追到车尾门，帕放上尿桶，再放刘金福上车。两子阿孙走入末节车厢，那堆满了硬币、铁钉和铁窗，是强制征收后好送往兵工厂炼制成火炮、战车。帕看到公学校的铜像——楠木正成和二宫尊德，身挂"祝出征"的白布条。那个骑着昂蹄战马、一身盔甲的楠木正成，那个背着柴薪、一手握卷读书的二宫尊德，那不是以前入校门时必定敬礼的文武二将，终要熔为炮弹，捐躯为国出征了。帕摸了二宫尊德背上的柴薪底，果真刻了好多名字，那时他们相信奉上一束柴火，把刚出生弟妹的名字偷偷刻上，婴儿不会乱哭，因为二宫会帮忙背着照顾。

两子阿孙走到下一节车厢，三百名工业战士、志愿兵往这挤来，其中的四十个白虎队成员特别兴奋，他们是征调到内地造飞机的少年工，乘这班车走。帕微笑以对地说："看，你们的战友也来了。"这时其他的六十个学徒兵才从窗外亮出头，双手挠着木窗边，笑喊："肉攻成功。"他们鼓着屁股，撑起身，勾起一脚便爬进窗，强者还把落在外挣扎的队友拉进车来。大伙从背包倒出油纸包，和一丛丛的苦楝花。日式的毕业在三月底，当季的紫楝成了毕业花代表。花在车灯下好釉亮，随车颤晃仿佛在盛开，人人称美，心中也沾染了毕业情愁。

帕提的桶内也有百来块的油纸包，倒完后，跳车离开。油纸包有拳头大，红绿各半。刘金福要大伙各拿一包，说是向妈祖婆求来的海上专用型锦囊妙计，危险时节能用。大家乐不可支，但操烦要如何用。这时，砰一声，火车后门打开，咻咻风声和巨大的机械运转声冲入，是帕回来了。他从河坝提了两大桶水上车，由于步伐猫稳，身移如风，水在桶里都睡了，怎样晃都不动。但是，尿桶才放到刘金福跟前的地板上，随车晃，水醒了，从水桶里吐出来。

"各位后生人，你们会出海港，但是美利坚的潜水艇会打沉大船仔，极多人不是跳海浸死，就是被鲨鱼食掉。大船沉水时，爱记得两件事才能自救。先扯开红包，把里头辣椒粉丢落海，能呛走食人鲨。要是鲨鱼再来，莫惊，把底裤（丁字裤）解下绑在腰上，鲨鱼看到比自己长的东西会着惊，不敢咬。跳海前，得将绿包的桐油抹在衫服上，人可浮在水上。"讲煞了，刘金福用桐油把衣服搽匀，铺在水桶上权充救生衣，叫三个人站上去。薄衫吃了油，肥得跟木头一样，多几个人站都不沉。示范完，刘金福又说："后生人，听真来，你们系在腰部的'针布'，是庄里的妇女特别做的，一半泡了酸梅汁，一半泡粥。你们打仗口渴时，撕下来吮能够解渴。肚枵了，扯下来泡水吃就行了。大家千万记得，要撑下去转来，咬牙撑到最后，命就是你们的了。"帕带刘金福到每车厢，把话翻译，直到大家都懂了。

火车要走远了，六十余个白虎队员趁上坡时跳车，大喊：“**同期之樱**，莎哟娜啦。”同期之樱的意思是同梯战友。

车上的白虎队则热情说：“同期之**栴檀**（苦楝），再会。”

跳车的白虎队继续追上去，送行三公里，互勉要写信联络，最后大唱《萤之光》——曲调即是苏格兰民谣 Auld Lang Syne，即毕业曲《骊歌》——饯别。车上白虎队也唱和惜别，趴在窗口，或爬上车顶，挥着楝花道别。过了个路弯，发着苦楝紫光的火车走入山水之后。车灯淡，晚风冷，世界终于变得又暗又难解，只有歌声拉得又细又远，成为彼此记忆中互为牵丝的情感。

莎哟娜啦，
大箍呆阁下殿

刘金福所谓的那种泡了酸梅汁或稀饭的特制“针布”，实际叫**千人针**。它长约七尺二，是幸运布，绣上祝福文字，得一人一针共千人完成，给出海的士兵战士绑腰际。每日打早，为丈夫或为儿子的妇女会徒步行，走过每户人家，求人为幸运布缝上一针，往往走上十几公里路。好多人学会针黹干活，不为自己缝，是替人编织祝福。

早在半月前，拉娃在火车上捡到一条千人针，她问父亲上头绣什么字。武运长存，父亲说。那一刻，拉娃的肚子忽然绞痛，日渐频繁，拉娃咬牙撑过，但猛使脚劲，夹得父亲忍不住哀号。那种凄厉叫声让上车诊疗的花岗医生，误以为生病的是尤敏。

“我曾偷吃祖母腌的飞鼠肠，鼠肠变成一条蛇，在肚子作怪了。”拉娃告诉医生。

“没错，”医生摸她的肚子，说，“那是响尾蛇，它摆动的尾巴在唱歌，摘掉就可了。”

割盲肠手术选在当晚进行，再拖下去的话，尤敏会被钳死。白虎队奉命用肥皂水洗净车厢，再以用水泡开的高锰酸钾锭消毒。末班车提前进站，花岗医生和两位看护妇（护士）上车。看护妇打麻醉药时，拉娃尖叫，认为有人会趁她沉睡后带走父亲，便用力紧绷皮肤，挡坏了六根针。“打到我身体也一样。”尤敏说罢接受针药，还主动拿起麻药呼吸器就鼻，贪婪呼吸。麻药从尤敏体内流给拉娃，但是循环速度太慢，喝上一罐的小米酒助兴也没效。老等不到替拉娃动刀的时机，搞得大家都累了。

天色暗下来，路灯亮了，帕掀开车顶的气窗让灯光射入，说：

“小星星来了。”在忽然炽烈的白光，拉娃暂时失明，然后世界才又点点滴滴的显影。她感到自己活在井底，气窗边的帕成了在井边打水的小孩。帕唱歌放绳子，笑得开心，露出玩耍时撞断的门牙，他背后的天空有着穿透午云的阳光。好美的景象，拉娃还把帕喊的“小星星来了”误听成“小飞鼠来了”。小飞鼠，要命的赞美，拉娃这泰雅名字的本意正是小飞鼠。她害臊了，微笑低头，沉醉在酥酥麻麻的世界。爱情是最有效的麻药，拉娃脑袋分泌这种没有用的幻影，两颊绯红，双眼迷蒙，没有比现在更适合动刀。医生拿刀划开她的肚皮，用钳具拨开内脏，他讶异拉娃因长期使力，脏器乱成一团，找到阑尾切除时，失血已是她未来十年经血的量，也耗掉好多的时间。医生不担忧失血，体肉相连的父亲自动输血给她，他担心的是时间急迫，一到八点的灯火管制时间，路灯熄灭，连烛火都不准点，等于没了手术灯，拉娃的性命堪忧，车厢将成为她豪华的大灵柩。

早在电火球亮的霎时，群山淡景中，关牛窝对空暴露了位置。现在，米机不定时爆击，地面有光就投弹，有一次竟把上千只聚集的萤火虫误炸。五个宪兵进入瑞穗驿，命令消灯，但刘金福坚持到八点消灯。时间分秒流逝，等待真的很耗耐性，特别是花岗医生说“八点不可能完成手术”时，快急死大家了。八点差一刻，山路的暗处发出窸窣声，不多时，近两百名妇女跑来，背着自家的厚棉被。来自联庄的千人针妇女队来了，她们听刘金福的指挥，马上缝制一块四十公尺见方的大灯罩，要把路灯和火车藏起来。她们用麻袋针缝，好方便使力，用上石头敲针。没针的，用铁丝戳棉被，再用粗线串起来。时间越接近，妇女越紧张，好多人发抖得做不下，口念观世音菩萨保佑，就怕落弹把大家蒸发了。这时候，有人起头带唱山歌，合唱让人集体忘记恐惧。八点到了，火车熄灯，炭炉门紧锁，烟囱用大铝板遮住。整辆车毫无光源，只剩蒸汽炉的运转声。宪兵扳下路灯的开关，却因为刘金福动过手脚，电火没熄。电火局的工人要找出隐藏的电气线切断，怪的是找不到。宪兵队长把刘金福按在灯柱上，手枪管塞入他的嘴里，命令消灯。这使旁人尖叫后，气氛安静得像一摊木灰。刘金福的牙齿被撞断一颗，他起先是害怕，但喝到口中的鲜血后，心想即使吃铳子也要把话说出。他用舌头顶开了嘴中的枪管，说：“再等一下，我把命豁上。”要不是帕跑来阻止，他会迸脑浆。

七公里外的纵谷口，防空塔上的士兵对空警戒，用听或用看的找出轰炸机的影子。他们训练猫头鹰，帮忙找天空中一闪一闪的飞机灯，要是看到灯还叫就打它。几只猫头鹰一字排开，张着敏感的眼睛，对天空咕咕叫。忽然间，猫头鹰都缩颈闭眼不叫了，生怕被打。B29 轰炸机沉闷的声音从远空传来，士兵赶紧摇警报器，纵谷警戒起来。空袭来了，一个宪兵开枪打熄电火球，灯晕太大，目珠花，枪法就糊了。于是凡有佩枪的宪兵一起打，手枪才举，发现关牛窝的地板震起来，东西抖出线条。火车也在震跳，车上一切跳得更疯，手术刀在铁盘上跳芭蕾。花岗医生赶紧向窗外探出头，要帕不要砸那颗大石头了，他这才看到整个车站的人为了救拉娃而努力，缝被的人缝被，祈祷的祈祷，大叫空袭的大叫，热闹得像杀人狂冲入了夜市。他还看到五个宪兵对电火球猛开枪，要不是帕不断砸那颗近半吨重的石头，电火球要被射破了。

眼看自己体力越来越耗尽，帕把大石高举过头，吼得喉结快喷出了：“肉迫星星。”讲煞了，把石头砸地。地皮一紧，近五十人的白虎队员豆弹了起来，火速冲上车，在车顶叠上五层叠罗汉，严密地包住电火球。宪兵开不了枪，合力用斧头砍路灯杆，用脚踹，终于把木杆弄断。但是帕早就把电火球和灯罩折下，连着电线从天窗降入车内。电火球不再是星星，像一颗沾满滚烫蒸汽的太阳，强光把车厢的影子全冲出窗户了。村人看了流泻在地上的影子就知道手术进度：花岗医生慌忙地帮拉娃缝肚皮，汗水滴落，又打翻工具。如果这时熄灯，大家相信拉娃肚子会缝入手术刀，将来走路会发出生锈的铁器声。五个宪兵冲上车，忽然溺在那种割爆眼球的亮度而迷失视线，得闭上眼走，两手像蜗牛触角摸来摸去，他们要击碎电火球却在手术室玩起了捉迷藏，场面非常糟。忽然间，妇女队的歌声没了，一阵厚重的黑风阖上火车，空气变闷。原来那件灯罩终于做好，被帕拉了上去盖。大家仰天看，松口气，米机刚好成群地飞过，飞往新竹市、台北市去夜炸了。

第二天火车来时，拉娃不再闹肚疼，肠胃清爽，简直有一朵新鲜的白云盘踞在那一样舒服。她注意到靠河谷方向的车窗边，坐了好多人。除了将军与一群随从之外，另有几个穿飞行衣的神风特攻队成员。后者头绑白布条，条子上写着**七生报国**，意谓着转世七次也要报答“皇恩”。除了正期生飞行员，有些是大学生毕业后短训，成员中有一个是本岛人，名叫金田银藏，汉名刘兴全。这时的银藏用笔记本素描窗景。火车经过山洞后，他伸手到窗外，不意被马缨丹钩伤，但也得到小小报偿，一只吸马缨丹蜜源的蝴蝶飞进车内。蝴蝶乱撞，随着窗外卷入的风飘摇，翅膀一下子褴褛了。银藏举出受伤的指头，说也奇怪，蝴蝶停在指尖，伸直卷曲的口器舔血。其他的神风特攻队见状，对银藏称许，说他是蝴蝶专家。银藏说，蝴蝶要吸血中盐分，这反应很自然，然而在这故乡有个传说，蝴蝶会舔血，因为那是人死后转世变成的，想从舔血变回人。“生为人，死为蝴蝶，也不错呀！”银藏讲煞了，用拇指轻压，便抓住指尖上的蝴蝶，往窗外放生。赫然间，他被窗外的吓着。三十余个穿军服、背墓碑的少年挂在车厢外，有的上爬，有的挣扎身体。

砰！有人从车顶大力踏下，帕在那喊：“你们是谁？”

“特攻队。”车厢外的少年回应。

车里的年轻人心头一震，彼此互觑，原来眼下的少年们也是特攻队。

“巴格野鹿！根本是**大箍呆**。蜗牛们，你们要到第几次才会长手脚，不要给我用舌头爬。”帕又用力踏车顶，大喊，“跳车，你们的迎宾表演大失败，给我滚回车站。”

学徒兵不敢哀叫，捡个火车转弯放慢速度时，纷纷跳下车，跑回瑞穗驿。

火车又转弯，银藏才回神，放开手中的蝴蝶。不料受强风的蝴蝶贴在窗柱上，翅膀爆溅，只剩残躯。银藏心头一揪，把窗轨上的残蝶拈出，干笑几声算是歉意。他把旅客先前吃便当掉落在窗台上的一粒干饭糁放入嘴，用口水软化，当糨糊把蝴蝶黏在笔记本，拿笔帮它补上翅膀。这时候一个青年过来银藏身边，称赞画得真美，跟真的一样。银藏阖上笔记，把钢笔挂上口袋，也是一番敷衍，不敢自豪。其他的年轻人也靠过来，手扶在椅背上，就着窗外凉风谈天，聊起本岛的小吃炒米粉、零食糖葱和阿里山风光，忽然有人问起大箍呆是啥意。大箍呆是闽南语傻大个之意，音与“特攻队”相近，有讽刺意思。银藏感得这解释会消磨人心，便说，大箍呆就是特攻队，是本岛人发音不正确。

不久，火车进入了热闹的瑞穗驿，广场站满了宪兵、士兵和白虎队，迎接用的大红布毡铺得好远。一位将军从车厢走下来，伴随盛大的军乐，身上的勋章在晨光下爆亮。广场爆出欢迎掌声，小学生挥动“国旗”。银藏平静的内心又涌起波涛，他想起从内地的大津陆军少年飞行学校毕业，前往熊谷陆军航空学校就读操纵科（飞行组）时，乘坐的火车每靠一站，月台上挤满穿水手服的中学少女和小学生，他们唱军歌，拼命挥旗欢迎，女学生还送上绘有皇室菊纹、文情并茂的信笺表达敬意。此刻，那些盛大的欢迎式就在自己故乡，难免激动。但是银藏不想在乡亲前被认出身份，他把理由告诉同伴，从另一节车厢离开那些热情得快冒烟的群众。

欢迎神风特攻队之外，还有表扬帕。将军在广场的讲台上看着龙骨笔挺的帕，内心激动，但眼神装得冷峻。“大日本帝国陆军军曹鹿野千拔。”将军忍不住先鼓掌，说，“空手击坠米机有功，即刻擢升为少尉。”台湾兵能官升将校（军官），没有比这新闻更耸动了。将军把一枚象征高荣誉的金雉勋章别在帕的胸前。帕也举起广场上的大石头，朝地上摔几回，让关牛窝的地板震几回，表示他不是浪得虚名。当帕知道除了勋章，还有军部赠礼时，一改冷酷表情，恢复童心地爬上火车顶看——那个玩具有两个大眼睛，会随火车震动而滴溜溜转。帕把脚踏车高举，在烟灰中憋气，往人群中的刘金福凝看，等他为这玩意取名。大家猛鼓掌，手掌肿了，但帕没有下一个动作，也就没人把掌声捺熄了。十分钟后，站在灯杆下的刘金福忍不住激动含泪，用客语喊：“那是铁马。”“这是铁马。”帕用尽肺气地告诉众人，他手上的玩意叫这个。连日本人也兴奋地用半客半日语的吼：“铁马，万载。”驿站欢声雷动，让电杆嗡嗡颤。

四月了，小溪潺潺，山樱花已凋敝，树木扶疏，苦楝的余荫逐渐浓密而遮蔽小径，空气中浮动奶甜的柚花香，潮湿深处传来一种仿佛偷了公鹅喉咙的沉闷蛙鸣，走入森林的银藏很着迷这些风景。他头戴飞行帽，嘴上叼酢浆草，顺着坚硬的泥路前行。他喜欢酢浆草的滋味，非常春天呢！在溪谷的深处，赤杨木和溪水声同样茂盛，从那传来的少年兵操练声也是。转个弯，在火烧柯树下，有一个拿木枪的小哨兵看到他着飞行装，背上还长出一对大型透亮的翅膀，连忙敬礼，问："飞行士阁下殿，有什么贵事？"对将级以下军官用敬称"殿"；将级以上用"阁下"。哨兵两个敬称都用上，银藏差点笑出来，知是对方太紧张了，便装严厉地说："我是跟鹿野殿比赛跑的，谁赢，就是你们的新队长。"哨兵一时无措，看了看他背上血脉分明的翅膀，跑回兵寮报讯。跑上十几个阶梯，哨兵冲进白虎队在吊单杠、伏地挺身练体能的场子，朝帕跑去，大喊："队长，有人开飞机来跟你比赛了。"整个场子安静下来，一个走竿的学徒兵顾不了平衡，便横坐竿上，从高处喊："来了，他来了。"只见阶梯那头先浮出一对绿灵灵的大翅膀，人才虎蹬而出。大家才看出翅膀只是芎蕉叶，插在背上生姿，把牙齿都笑亮。有人甚至小声地说，真像歌仔戏中那种穿奢华死人装的背上才有的行头。

"吧嘎，谁在笑？"帕怒吼，指着银藏，说，"看清楚，这是我堂哥，他是**加藤隼战斗队**的飞行员。"加藤隼战斗队，日军在缅甸、马来西亚一带南方天空的飞行队，盘桓如鹰，素以勇猛剽悍闻名。

银藏微笑以对，说只是为皇国效命的，不足挂齿。帕却得意地向队员介绍银藏是单杠王，拿下过郡内竞赛的冠军。讲煞了，邀个表演，命令站在单杠下的人离开。银藏老是在推辞，寻思间，他想到学生们在这山谷特训，生活操烦，该给些激励性的节目，便说来段"大"字的献丑表演。他往地上抹把细土吸干掌汗，跳上单杠，下腹顶着铁杆让身子弓成虾状，翻转起来，用几乎雷响的音量大吼："这招叫，大和抚子。"大家顿时闷笑起来。大和抚子象征女性贞静美好的内蕴，只对女子的称许，但出自银藏这种飞行员口中，娘了点。冲着那笑声，银藏更骄傲地再喊，这叫大和抚子。几个平日调皮的学徒兵终于笑出声，用吼着笑，舌头快岔了，连帕也闷笑几下后要大家安静。即使是简单的大和抚子招式，银藏做得利落，每转正一圈稍停留，转了五分钟久，直到笑声停下。银藏又翻正身，骑上杠，用胯间夹紧，边转边喊大楠公。大楠公本名楠木正成，是日本中世纪智勇双全的武将。公学校门口都立有大楠公骑马英姿的铜像，以崇尚武德。银藏的大楠公招式便是模仿驭马技术，由于动作难，学徒愣着眼致敬。接着他手抓杠来个上马翻，脚挺直，喊个"大车轮"便像电扇不停地怒转，咻咻不饶人；又喊声"大日本帝国"，当空停顿时侧个身，换方向又是转起大车轮。这虎虎态势，搅得风也疼了，学徒靠过来看，让整个操场的空气被那筋肉电扇给吸走了，不能多呼吸。远处坐树下休息的人也站起身，到人墙后头跳着看。银藏转了三十来圈，固定地上的单杠脚都松了发出嘎嘎声，几个学徒兵连忙扶着才行。末了，银藏趁势翻上，放手把身子甩个腾空大转，漂亮落地，高举摩擦而溜皮流血的手掌，让它在斜阳下发亮。"这叫，大和魂。"他声音小得像蚂蚁咳嗽，学徒们却清楚听得如同内心对白。他们对忍受饥饿、伤痛有着无比天分，却无法忍一下感情上的轻晃，此时心情激动，心想怎么有人能孤独地转，任汗水喷到观者的脸上，让他们几个月来在这的苦闷操练都得到理解。他们围在银藏身边举手呼应，不断高呼大和魂、大和魂，声音青嫩，泪水已老，巴不得把灵魂要从喉咙喊出，直到森林安静下来的风为他们再流动起来。

傍晚已到，几个学员从练兵场抬回晚餐，放下海菜味噌汤。大家盛了菜饭都围在银藏旁边问不停，比如南洋战争如何，冲绳的军民如何抵抗米军。银藏有的畅言以对，有的微笑不答，然而说到有关飞行之事，他却滔滔不绝，比如问大家读不读他最喜欢读的月刊《飞行少年》或者畅销书《航空惊异》，里头有很多有趣故事。又说，他十六岁已能驾驶滑翔翼做到三百六十度大回旋和连续 8 字盘桓，博得官校第一名控手的美誉。未料，引起内地同学的嫉妒，捏造说他不满学校伙食，偷了水池的锦鲤变卖后在校外大吃大喝。他百口莫辩，气得在零下五度的气温中跳进消防水池，在操场匍匐前进五十圈，快冻成筷子，连那些本岛生也来声援，寒风中戴着防毒面具跟在他身后爬。这样做无非是证明自己清白。这件事惊动到中将校长，把引起事端的学生训罚，才平息风暴。谈到战争，银藏又说“击坠王”坂井三郎在台南航空战斗队时如何击落米国战斗机 P40，又在豪州空战中，被子弹打穿脑袋造成一眼失明之下，仍驭机在那些如干酪一样缠黏的米机中脱困。最后，在众人的起哄下，银藏激昂地来一曲加藤隼战斗队队歌，权充加菜。这时候，银藏发现始终在微笑聆听的帕，没用餐，才知自己用了他的份，便起身道歉。帕摇头说几粒饭而已，胃磨几下就没大肠的份，还蹲不出屁！便问旁边的坂井一马：“今天几粒饭？”“三百五十一颗，比昨天少五颗。”战争吃紧，少几口饭正常。帕见银藏满脸红，嫌他太见外了，要坂井把房里挂的山羌肉干拿出来，给大家的牙齿上荤油。听到有吃的，坂井这才像勇猛军人，冲锋喊杀，杀去把东西拿来。帕差点没昏了，坂井把他私藏的麦芽糖、牛肉罐头与几只飞鼠肉干都带来，故意没拿山羌肉，才又装糊涂地折回去。这些原是帕用以战备的粮食，如今被瞧见，也大方地犒赏下属。大伙得了肉，蹦个散，找好位置躺下。时光大好，把肉块放入嘴缓缓吸，舌头逗弄，先把纤维中的甜汁吸净，最后成了白蜡，再连骨头都嚼烂吃下，又折了小枝，把齿缝的肉屑剔出，咂呀咂地出声。一时间，到处是喉咙的叹息，懒得动了。大家吃了肉，嘴巴有些荤，又称赞起银藏。有人说还想看一回“大”字单杠表演。倒是打饭班错过时机，嫌大家把银藏的技术说得过火，其中一人说自己也会单杠，手往裤管抹，一个铁杠跳抓，没想到手滑，掀个四脚朝天。大家笑翻了，讽刺说人家是杠上、你是杠下的“大”字表演。那落地的人爬起，开骂是谁在杠上吐口水害他滑落，张开手，发现那是血。他这才注意起银藏老是插着手的口袋也透着大片的殷红，于是把拳头捏紧，惭愧似的走到树旁不语。

“我今天不是来表演单杠的。”银藏走到帕身边，又说，“我是来找你们队长比赛跑，赢的就当你们队长。”

大家听了惊异，咸认银藏杠上功夫好，杠下的跑步未必行。倒是帕缩头，一副未比先输的表情，说：“改天吧！人家手都流血了，怎么跑。”

“手掌流血，可以用拳头跑。”银藏双手高举，握起双拳，来个倒竖身以拳盘子抵地，说，“我们就跑到‘关牛窝的尽头’吧！先到先赢。”

帕咒骂几声，一个竖身倒立，慢慢跟去。这下大家都明白了，原来是比“逆立”赛跑，难怪老是推辞，这种跑法正是帕的死穴。正当等着看好戏时，帕大吼：“全部给我逆立跟来，谁慢的，就把屁股准备好，晚上来个海军制裁法。”听到制裁两字，学徒兵感到屁眼抽痛，赶紧把手抵地，屁股晾起来，没想到才竖身，就失去平衡感地往前倒，于是不断重复动作而成了翻筋斗前行。这诡异奇趣的队伍展开来，由银藏引领，后头跟着帕，其他学徒兵个个翻滚如猕猴嬉闹。不久，帕晕了，胃酸和肉肴逆冲到喉咙，把食道烧痛。他嫌浪费食物，硬是了得地吞回去，没想到回头看，四十余个滚得脑缠金星的学徒兵把晚餐都喷得精彩，全身沾满臭肉。来到溪沟，帕以肉身为桥，咬了草管当呼吸器栽入水中，只把脚露出水。从山坡滚下来的小兵哀号一声，都被帕踹过小溪，倒栽到对岸去。算了算人头，还少那个笨蛋还没跟来，帕爬出水，大吼，坂井一马，你金玉（睪丸）长在头上了，给我跳。只见倒竖的坂井脸红，身子发抖，两脚抱着树干，不敢跳下土坡。忽然间，坂井被不知哪时出现在身后的银藏给大脚推下坡，滚两蛋，喊声我的妈呀，趁势给帕踹个大字飞过溪，姿势满百。帕勉力抬头看，心想银藏方才在前头，哪时绕到后面，这才是他的厉害。银藏笑两响，说："刚刚你让我先，现在归我追你了。"讲煞了，翻滚下土坡后顺势倒立，追了来，用手把帕"踹"入水中了。

落入水中的帕想起那个从小梦想飞行的刘兴全，即使改日本名，也要用大正三年第一位来台架机表演的日本人野岛银藏的名字。当金田银藏还叫刘兴全时，生活与飞行完全分不开。三岁时，他的父亲刘添基用麻竹制作大滚球，要小兴全站在内圈，张大的手脚套入踏环，腰骨一扭，便滚动起来。四岁时，刘添基用麻绳绑牢小兴全的脚踝，倒挂在大木桩上，再转动木桩，利用离心力甩人绕圈子，小兴全便张开手尖叫地享受飞行。五岁时，小兴全学习倒立行，到了上学的那天，手穿草鞋靠这招走上三公里到校，进校门时由于上衣倒掀像裙子遮住了头，脚上提了巾布书包，吓得校长以为他是无头女生。等到搞清楚他的性别，校长气得头发卷起来，要他罚站在铜像二宫尊德前。小兴全二话不说，倒立在铜像前，还睡着打呼、流口水，让路人以为有人在那拉尿。那些倒立与旋转的训练，不过是他父亲刘添基得知进入飞行学校后，得学习这项目而提早强化他的技能。然而小兴全把它玩得炉火纯青，从小赢得“逆立王”称号，连小帕都不是他的对手，只有落在后头闻屁的份。九岁时，刘添基从天灯得到了灵感，制作一个烧瓦斯的大型热气球升空，用公牛拖过村庄游行，让人开眼界，不料，半路杀出几个少数民族人，扪弓一放，射箭解救了他们口中的“太阳罣丸”，拖走那张皱巴巴的大卵葩皮。刘添基做出更大的热气球，下头系了藤椅，不顾亲友反对把小兴全送上半空中，用牛拖过村庄展示，半路照样杀出少数民族的人要用弓箭射下这伟大的时刻。趁他们起内讧争执要解救“太阳的儿子”或是“另一个罣丸”时，小兴全把瓦斯开大，气球升高，把坐在藤椅上的小兴全和公牛拉到空中，越过二十座山。而牛以狗爬式挥动四肢，成了村子头一条“飞牛”。三天后，小兴全把瘪掉的气球、藤椅与自己放在牛背上，驮回关牛窝。这次的长途空飘，把小兴全的飞行细胞都激发出来，他还学希腊神话中公开的秘技，用竹篾、鸭毛与蜡烛制作翅膀，套在手上挥，再强的日头也不会融化蜡，结果从牛眼树跳飞的代价是断脚，躺床上半个月，却没有摔断他的梦想。

这一切让帕最记忆深刻的是他三岁时，刘添基带他们去看飞机表演。那是初春，林风料峭，刘添基挑了两担人——用两箩筐分别担了小兴全和小帕，穿草鞋走古道，爬山岽，每走一步，担头弯得像慈眉，一路上说说笑笑。到岽顶隘口时，正是俗称“变天”之际，就是由天光至日出的几分钟，天色层层，杂糅瞬变。刘添基指着东方说，这时的天会像天弓（彩虹）有七重色，赤橙黄绿蓝青紫，如果穿过这七重天，人会看到自己的心愿映在天空呢。东方拧了奇异的光彩，看不出七色，小帕甚至分不清楚天色是灰是白，小兴全却以应付的谎言说自己看到了，那颜色层层堆栈上青天呢！

“记得，今晡日，我们‘自家人’就要飞破那七重天了。”刘添基讲煞，曙光才冲破山棱线，强光腐蚀黑暗，刺痛大家的眼睛。

所谓“自家人”是指有位叫陈金水的飞行员要表演“乡土访问飞行”的处女航，驾驶用两千多两黄金买来的二手货纽波尔（Nieuport 24）双翼机，从新竹公园的草场起飞，成为台湾地区史上第三个驾机起飞的本岛人。小兴全和小帕当然知道此目的，赶赴看演出，然而在这变天之际，站在切风大的垭口，衣领翻动，头毛竖立，看着刘添基指着曙光红的中央山脉，说着飞行的一切，感动得头壳起鸡皮疙瘩，好像三人真的驭机翱翔在天空了。

在变天之际，妍丽天色成了小兴全和小帕的深刻记忆，到如今也成了金田银藏和鹿野千拔的共感经验。他们的逆立走，也会在天光时刻分晓。爬到最后，那些学徒兵散落一地，有的靠在树干休息，有的倒在草丛打呼，绵延一公里长，只剩下帕与银藏的对决赛。帕磨破手掌，把战斗鞋脱下塞入手走，汗水都流入靴内，每走一步鞋子就咕啾响。银藏则把衣服脱下，缠在手臂上，改用手肘贴地前行的方式逆立，小便直接放，尿沿肚子流到嘴中解渴。银藏不敢多休息，因为帕立即追来，得把握这辈子最后赢他的机会，站着跑不赢他，只有把两脚晾高比赛才行。他们穿过难堪的森林与各式各样的困难，被村童追着取笑。他们从黄昏爬行到天夜，萤火虫爆开热死人的光火，照亮他们的路途。到了深夜，萤火虫都睡了，银藏把火把绑在脚上照明，给自己也给落后的帕看。累得快烂肝的时候，关牛窝的尽头到了，过去就没路了。银藏把身子摊在地上，等待天光。帕不久也赶到了，倒在地上干谯几下后，鼾声睡去。这是关牛窝的尽头，山风很野，只能长些低伏的植物如马蹄金。在大石头边，银藏发现了大片的紫色花酢浆草，这种茎大肥厚，咬起来酸且多汁，仔细摘下肥茎，茎里有一根连着叶子的白丝，拿这和别人勾扯比赛，也是童玩。他记得公学校毕业时，要导师推荐才能报考少年航空兵，日本导师不屑本岛人的劣性而迟迟不肯。全校六十个学生便帮助银藏，把倒心形的酢浆草夹在书本里干燥，涂上金色，三天三夜做出一千枚“八重表菊纹”，一种代表皇室的复瓣菊花徽印，以民族情操贿赂导师才打动他。此刻的银藏摘了酢浆草，咬吮茎汁，眼皮子紧皱，滋味酸透，死缠着牙齿不去。天将亮，也是最冷时，他打冷战，仰天说：“还装睡，都天光了。”

“被你发现了。真的很想睡，但又怕错过变天。”帕懒乎乎地跋起身，因疲累而双眼皮变得深刻，仰天说，“天光了。”

始晓时刻，天空一片茜红，云朵向东的部分翻亮，空气嘹亮得似乎传来了冰裂的声音。然后云彩泥淖，日头跳出来了，爆开金光，所有的云瞬间融化掉，只剩夐蓝把天地撑得又高又深。仰望天际时，银藏说话了，把几年来的变化一一说出。他说，世上最美的日出是在云海上看，云被阳光一染，仿佛滚烫的油慢慢喷涌。在那美丽时刻，通常也是敌人战机拂晓攻击时，他们贴着云海飞行，除非一瞬间看到金属反光，否则很难发现。某次他们升空迎击，在一望无际的云海上搜寻，眼睛被雪盲的白光螫痛，忽然，他发现一群英国战机从左后方云层扬升。他说，他四点零的视力好得可以分辨对方是英战机还是米国飞虎队，便向小队长打手势通报。通讯不好，小队长戴上风镜，打开罩舱，逆着高空强风向僚机打手势，分配作战任务。队员纷纷拉机枪拉柄迎战。一瞬间缠斗开始，机枪子弹飞窜。银藏说，不久就发现他的隼（一式陆上战斗机）失控，方向舵踩都没用，他以为是襟翼被铳弹击坏。这时从他下身传来痛楚，低头看见双腿都是血，是铳弹从右侧打穿舱板，射穿双髀，脚无法踩方向舵了。这时一架英战机死咬他的机尾不放，甩都甩不开，他紧张得发汗，自知厄劫难逃，永远葬在云海也不错。他说，未料心中浮起的这个死念令他坦然，闪过念头，用稍微可使力的左脚踩舵，让飞机不断做出螺旋状的大车轮翻转，最后脱困，迫降在缅甸密铁拉（Meiktila）机场外的稻田。起落架坏了，用机腹滑着着地。地勤员要把他从驾驶舱拉出来时，脚底被干掉的血黏在地板，一扯又痛起来了。医护看到他嘴角流血，怕他内脏破裂或胸腔被射伤，仔细检查却只有脚伤。银藏用手抹了嘴角一看，是槟榔汁，不顾腿痛大笑。他空战时嚼了随身携带的"槟榔锭"，能防止翻转时眩昏。消息传出去，不少队友也从台湾请人把包了荖叶与白灰的槟榔先晒干再寄过去，不只夜战提神，也防飞行眩晕。而他的粉碎性断腿，医生没把握治好，得有截腿的准备。眼看飞行命运就要断送，不能飞，不如死了好。后来广濑队长听说高雄有位外科医生对这种腿伤很在行，能用手术把碎骨治合，把他送上一班正巧回台的班机。他说，为什么没再回马来半岛的战斗队，那是他在高雄医院待了八个月，南洋天空逐渐被米英掌控，来往危险，他便就地服务，编入战功彪炳的台南航空战斗队服务。在服务期间，遇放假，他会到高雄拜访读一女高、名叫幸子的女孩，因为她不愿疏开到乡下，加入女子"挺身报国队"，留在医院服务而认识受伤的银藏。有一次放假，他依信的邀约前往驿站前等待，一下公交车，那被俗称"地狱鬼"的 B29 爆击机炸瘫了，白天的街上没半人，树枯了，风也死了。银藏说，他等了好久，幸子不来，他便前往她服务的医院找，那里也没有她。原来她前两天被炸死了，已在**高雄川**

（爱河）边火化。他走到火化处，川水静静，朝哈玛星流去，河边有人把堆成小山的柴灰铲入河中，他不知道哪部分是幸子的，哪些又不是，河水无言地带走他们，成为大海的部分。他用白纸包了些土灰放在胸口，紧捂着，花了整夜才走回基地。骨灰吸收了他的汗水结块，像极了酢浆草的心形样子。然后在某任务中，他把那包土灰当空撒下，告诉幸子这就是飞行，这是他千百回形容的感觉，如今她也飞了，希望飞到他方，变成鸟、变成蝶、变成石头都行，就是不要再变成人了。银藏又说，有一次，他升空拦击米战机时，得知将从**下淡水河**（高屏溪）方向飞来一群地狱鬼，便脱队去击坠他们，为幸子，为高雄川火化的灵魂讨公道。像地狱鬼这样的飞机高度都在八千米以上，隼至多飞到六千米，但非拼不可。他把隼飞到极速五百五十公里，机胴快震爆了，操纵杆因高速飞行成了插死在石头上的武士刀，很难操控，好不容易拉升，隼的爬升力又减弱，于是他放平机头，加到极速后爬升，让隼一路以梯状爬升。高度让他的血液冲往脚底，情绪却由先前的愤怒，慢慢变平和，期待隼能飞多高。就在隼快爬到临界点，他难呼吸了，全身硬得像冰棍，脑袋快胀裂。他瞄了飞行高度表，赫然是八千余米，而且还在上升，是真的吗？隼不可能飞到这种高度的。这时他快窒息了，脱下手套，拿氧气罩呼吸的力量都快没了，手碰到冰冷的金属板时被冻在上头，连忙硬扯下一块皮，看来外头的气温零下二十几度。他说，更诡异的是，战机最后停在空中，动也不动，没风也没震动，仪表静止不动。他当下感到自己死了，隼在急速升空中出错而爆炸。但是，他又突然省悟，他没死，他只是到了七重天，能证明论点的，是父亲讲的抬头就能看见自己的心愿映照在天。他抬头往上看的瞬间，隼活了，机胴震动，引擎声轰隆隆响，同时间有道影子从头顶高速滑过。银藏说，那影子是一架地狱鬼，距离不到十几公尺的上方。近得让他看到机翼下的五芒星标志，或成排的铆钉，甚至看到那个因暖气空调而穿汗衫、躲在机腹的下方半圆形炮室里的机炮手，连对方脸上的雀斑和胡茬都看见，连蓝眼珠里的惊讶泪水都看见了。

“蓝瞳孔，像天空的透水蓝呢！”银藏仰望天空，白云衬托下，天蓝得这么失魂落魄，好像头也不回地以光速离开地球。银藏叹了一声，说：“这么美丽眼睛的人，为什么会杀我们？”

“米国人就是鬼畜，比蛇还可怕。”

“那怎么可能赢他们，我们拿什么去比？你不是第一线，不会了解，人家武器比我们强。”银藏有点颓丧。

“巴格野鹿，你还算是皇军吗？这种话说得出来。钢铁不是武器，大和魂才是最强的。”帕生气说，要不是顾到血缘之谊，恨不得赏他个连环耳光，打成火烧猪头才行。接着他更愤怒地说：“不能赢也要同归于尽，一起玉碎。”

“所以你是特攻队？”

“没错，是特攻队，对战车特攻队。”帕骄傲地说。

银藏吐掉叼在嘴的酢浆草，称赞帕，不愧是天皇陛下之赤子。帕听了，嘴角昂扬，差点把胸挺坏了。末了，银藏才说：“我也是特攻队，回来执行任务。”

“什么？”帕炸跳了起，用手指杵着银藏的头，愤怒说，“你跟人争什么神风特攻队，你爸爸要你去开飞机，不是要你去做大箍呆。”

“你才是大箍呆，我是特攻队。”银藏吼回去。

“我是大箍呆，你是特攻队。”帕反驳，却因为气愤而舌头瘫了，竟把意思讲反。他恼怒地推银藏一把。两个人你撞我搡，在地上扭打成一坨屎样。滚了几圈，帕才多使些蝇头之力，自知不妙了，喊声小心，就把银藏推到一丈之外。银藏落地后又滚几圈，两手抓牢草才停下，差点滚出关牛窝的尽头。

关牛窝溪在村里冲撞，这山挡，那山拦，切开边界的某座山才突围出去。被切穿的地形叫牛斗谷，形如两牛抵角，相距三十余米。对银藏与帕而言，跃不过对岸，故称这边是关牛窝的尽头，对面是关牛窝的开头，或倒过来说也行。银藏被帕推到了关牛窝尽头，站了起来，嘶声大吼。连声音都跨不过这谷口，因为风也从这挤出关牛窝，强劲得很，把声音都带走了。银藏吼去，把泪水都逼出了眼角，回音都随风而去。他张开手，那是一种飞行的姿势，只有飞行能超越这个尽头，到达迢迢对岸，大喊："帕你这大箍呆，你先跳过去吧！"在他后方的帕便往前奋力跑去，跳入牛斗谷上方，张手张脚，凌空地走了十几步，大叫"我是特攻队"，才被引力带往山谷去。银藏知道再强的人也不可能跳过山谷，顺着地心引力的心意去吧！他站在悬崖边，张大手脚，以头下脚上的姿势纵落，飞往谷底。他张眼面对疾风，总有茫然时刻，不知此生所为而来，但飞行带来了宽慰。短短的坠落，让他从小在这有了飞行的快感，最后由溪水温柔地接住他。银藏在河中仍张手飞翔，顺着翻涌，想象那是乱流，想沉入江底不起来。在河上游泳的帕，抽了口气，沉入水底摸出银藏，一个脚蹬，半个身子便插出水面，把他拖到岸边。

帕把仍然呈大字飞翔的银藏放在肩上，嫌他在河里泳技差，不早拖出来就死了。帕拨开前头的草，忽而停下来，发现这上岸处是浅泽，是长满野姜花的河湾，充满灿白的花朵与香气，水声在这转角发出仿佛礼赞之声。帕把银藏放下，也把他的手收拢，用客语告诉他：“啊！这里哪都是山姜花，你看，山姜花也能变成‘莎库拉（樱花）’。”

银藏回头看，走过处的白花，沾了他们的血。他摘了朵，那白中透出瓷光的花瓣，被血占领。血渗入花瓣呈现微血管的走纹，那么清晰，阳光甚至强化那亮度。银藏悲从中来，泪水滑落花瓣，他用清泪擦掉血渍，越抹越晕开，反而越樱红。

“如果可以，我宁愿是山姜花。”银藏抬头说。

他们此时的情感好脆弱，一触即发。冷不防，帕给银藏一个耳光，把他扇倒入水。“身为特攻队，我不准你乱说话，不准丧气，更不准把泪流出来，你是皇军，皇军呀！”帕说完，转过头去离开。他也想哭了。

“我跑赢你了，我是队长了。”银藏从水里爬起来，大吼，“我命令你是大箍呆，不——能——死。”

帕不想回头，走出水泽，把身上的枯花瓣拿掉，顺小径往山顶走。他在路弯处回盼，看着那片野姜花被阳花下的水光托着。银藏还躺在那，看起来像就该搁在那的水流尸。他累死了吗？帕想。他发现野姜花都被摘光了，一朵不剩，剩下纯然的叶片。摘落的红、白花瓣从水泽漂离，进入溪流而波涛，而翻腾。帕眼光顺着河流上的花尸看去，千山挡住了视线，但河流奔腾不息，光听到水汹涌的回声就知道多少曲弯造就了多少洄澜，河终会挣脱一切流得远。他靠在一棵猪脚楠，树梢的苞瓣是红的，如插满了燃烧的蜡烛，多么亮。然而帕却感到生命的无奈，感到人需要神呀！可是天空这么空洞，神在哪，天皇陛下又在哪？帕抬头期盼。树上的叶苞纷纷然，树干吸走他的暴躁，也给了依靠。他呼吸沉重，疲累得骨头都要烂掉，不久就靠着树睡去了。

几天后，凌晨三点整，大部分人还在睡梦时，机场的传令兵提着灯在树林快跑，到处有岔径，夜里看来似曾相识，他为自己的迷路而紧张。在传令兵进入白虎队营舍范围，一个躲暗处的小哨兵喊：“站住，口令。没口令就是间谍。”“混蛋，有急事找少尉殿。”传令兵高举着灯大骂，更为找对路而高兴，他迅速来到挂有“少尉殿休憩室”木牌的寮舍，敲门要帕受命，不顾后头快急哭的小哨兵用木枪戳着他的背纠缠着口令。帕穿着这个月来连上床都穿的战斗装，下床后拍平皱褶，便应门接令。他受命后点亮煤灯，火老是在跳，哆嗦得很，屋内的摆饰摇晃影子。坐回床沿，他两手杵在膝盖，愣着满房间的影子，尤其是桌上种在麻竹筒内的酢浆草，样子孤单，但影子却无比壮硕。它是一株四叶的酢浆草，几天来他命令学徒兵在操课之余去找，几乎把整座山头倒出来分类才觅到一株。帕把盆栽捧在手里，看呆了。窗外漆黑，无边无际的森林充满诡谲的兽鸣，说不出它们是欢娱，还是悲伤，或许只是单纯的发声。但是，帕好希望此刻是暂停的，不用执行任何命令。不多时，窗外飞来夜蛾，热切地撞击灯瓶。帕要熄灯，觉得这灯是它们最后的温暖，便留了。他振起身，吹响哨子，大喊：“紧急事态，紧急事态，全员着装集合。”寮舍传来床板如释重负的声音，学徒们早就发现隔壁的队长室透来灯光，新命令将执行，便偷偷在棉被里套衣服、戴钢盔、打绑腿，一切如同在坟堆中完成。只等哨音响，他们踢翻被，很快集合点名，拿火把往机场移动，只留下哨兵。他们跑在山径。跑得够快了，在后督阵的帕仍数次责骂他们快点。在一个转弯处，帕检查带来的四叶酢浆草是否无恙时，忍不住顺从心念而回头看，夜太深了，他发现房里的那葩灯火，被寒凉的森林吞噬了。

来到飞行场，学徒兵照先前的小组分配。有的六人为组，把飞机从掩体壕推到跑道。更多的学徒兵拿马口铁灯具，在跑道上每隔十五米摆上，点上夜航灯，绵延一公里长。要是强风吹倒灯具，学徒兵赶忙去灭，不然烧着野草可不好。帕在跑道头看夜航灯，有种神秘如梦的感觉，没有天，没有地，人仿佛浮在宇宙中，有想飞的快感。今天又是什么日子，特攻队得起飞？自从米军以跳岛战术掠过台湾，登陆冲绳后，战斗机起飞的频率提高。帕记得一礼拜前的此时，天蒙初亮，八架特攻队飞机出征，队员在空中打开舱罩向地面挥手，地面的人员猛挥帽子。当然，帕不会知道在那天四月七号出征的主因，是主力舰大和号从濑户内海出航，载了三千个士兵奔赴冲绳海域，与米军航空母舰决战，半途遭遇四百架的米机用炸弹与鱼雷狂击，直到海涛埋葬了它。而四国和台湾地区方面，也趁机出动两百架的神风特攻队，对后防大开的米军空母猛螯，直到自己全部阵亡。

“队长，队长。”一个学徒兵破坏机场安静原则，激动大喊，朝帕拔腿奔来，喘气说，“到内地造飞机的队员，寄信回来了。”

“信在哪？”

“是、是飞机信，好大的一封信。”

帕跑到机坪的那架战斗机。飞机装了四百公斤的烈性火药，不能点强灯，只能凭微弱灯光瞧。那一刻，帕自己也发出惊叹，在俗称“疾风”的四式陆战机的机翼隐秘处，画了只虎。那是白虎队的标志。虎图边用油漆写了几个米粒大的字：“米机炸死好多人，我们没事，你们多注意。”到高座海军厂等地造飞机的少年工写信来了，字数单薄了些，却令人精神振作。帕到每架飞机观察，凡新来的，在机翼藏有小虎标，另有几个字，不外乎鼓励与互勉。他们在每架新造的飞机上写信，终会有寄到关牛窝的。飞机信的消息传开来，大家都知道内地来信的消息，莫不拍手叫好，说今天一定能出击成功，打沉几艘空母，要米国人尝苦头。

清晨五点半，机场暗蒙蒙，各种虫鸣正昂扬或歇息。从寮舍走出六个束装的特攻队员，颈子披白巾，着褐绿色飞行装，手臂上绑着白布衬底的日丸旗，银藏也列位其中，口袋中插一束酢浆草的紫花。他们有些疲态，昨夜多梦浅眠，寒夜一瞬，强作精神地站在桌前。这天是一九四五年、昭和二十年四月十三日，是米国总统罗斯福病逝的隔日，日军认为有机可乘，决定大反攻。鬼中佐对一字排开的特攻队员嘉勉，说："昨天，罗斯福死了，今天，是皇军反击的大日子，胜利就在你们这些荒鹫的出击。"说罢，举清酒一杯，对他们致敬。荒鹫是陆军航空队的称呼，队员听了莫不并脚，持杯互敬，互勉说待会儿靖国神社见了。在不远处，一个地勤兵拿着ㄣ字形的工具插入战机引擎下方的启动孔发动，另一个用手挠螺旋桨旋转，并确查舱内的仪表数据。稍后特攻队跳上机翼，爬入座舱，拉上舱罩。赫然间，入舱的银藏发现仪表板放有一株酢浆草，四瓣叶的，种在麻竹筒里。他闭眼呼吸，知道是帕送的，主要是希望飞机半途故障停在台北。银藏把襟上的那株也拿下，种入竹筒，然后逆着引擎声要拉开轮挡的那个地勤兵把它们种回地上。对银藏而言，酢浆草自由了，幸或不幸，都跟战火无缘了。他把飞机缓缓滑入待命区，加速起飞。战机越过跑道头，立即卸下轮胎，空投到绑满稻草当缓冲垫的树林，回收给下批的特攻队使用。他是无脚的隼鹰，无法停下来，此后以命死搏。银藏的座机起飞后，拔上了天，伴随巨大的引擎声在天空翻了漂亮的大跟斗，连转三圈。地上的白虎队知道飞机在秀诀别礼物给他们看，属男人间的秘密通讯，因此神情亢奋，有的喊那是大楠公，有的喊大车轮或大日本帝国，最后齐喊大和魂，让泪水在仰看的脸盘上游来游去。飞机的引擎声盘桓在森林，守在操场的小哨兵端枪，往后退找出好位置看，枪管碰着单杠，铁杠上的血渍因露水而滴落了。引擎声也徘徊在村落，耕作的农人抹了汗，从斗笠下摸出烟抽，冷冷地说："今晡日又有人要去**纵崩岗**了。"意思是跳悬崖。

几个学徒兵从跑道尾跑来，把一包东西递给帕。帕一看，便知那是银藏投递给他的。特攻队起飞后，打开舱罩丢下香烟、纸镇、皮带之类的东西，希望捡拾者使用，好给特攻队员祝福。银藏留下的是飞行衣、飞行帽与风镜，另一是笔记本。帕打开笔记本，首页画上一只隼，帕知道那是他与银藏小时候躺在第一期稻收割后的梯田上，仰看那只翼下夹着沸腾般的午后上升气流而在纵谷上越盘越高的鹞婆（大冠鹫）；它高成微影，快割破蓝天，才发出沉鸣，孤寂一鸣，天空瞬间迷人。

帕又翻开下一页，又突然阖上。因为那有一只蝴蝶，怕它飞走。那只蝴蝶有七重颜色，翅膀模仿野姜花的形状，补上各种颜色而成。它是人造蝴蝶，栩栩如生，却只有身躯真的，是银藏第一天坐火车回到关牛窝抓到的那只。帕又翻到下一页，那绘有关牛窝的第一架飞机，一个男人驾着滑翔翼飞过新高山，后头有个小孩挥着蜡烛和羽毛黏织的翅膀追去，那种飞翔好像深海的两条鱼在游。再掀至下一页，只有题字："在世界尽头，我们起飞了。"帕看了皱眉头，大力阖上笔记本，几个步伐跑前，大喊吧嘎，把这本遗书丢向远方。它在空中翻开页，噼里啪啦响动，朝树林飞去。那一刻，天光了，反光的笔记本以大弧度的振翅飞落，埋葬在森林的某处了。

六架飞机朝北飞，时速四百公里。东方刚破晓，朝阳把台湾西岸的田畴与树林杀亮了，亦将中央山脉磨成一把刀样。银藏刻意不去看那边，但还是忍不住瞥一眼，那就是他父亲要越过的死亡棱线。十二岁那年，他考上大津陆军少年飞行学校，全村疯狂庆祝，祝他出头天。刘添基更是发疯似了，坚持提早分家，用得到的两甲旱地与一分水田，买了架命名为“关牛窝号”的滑翔翼和一台拖行的自动车，实践了飞翔梦。后来嫌自动车拖得慢，又研发了铁架发射器。在某个风大的中午，顶着日头，刘添基用十头牛往后把滑翔翼拉紧在弹簧和橡皮条上，发表征服中央山脉的檄文，要越过新高山到花莲港厅，带回太平洋海水。砰！他发射了，在关牛窝上空盘桓，撒下数百张关于飞行梦想的传单，越飞越高，在东方的森林人间蒸发了，如愿地让那些高凛的**圣棱线**成了他最宽广的墓碑。此刻，银藏摇摆机翼，向大山墓碑致意。这是他最后的飞行，也是用生命换来的。他那次追击地狱鬼，驾隼飞到眼泪都能凝固、看到那个蓝眼珠的米兵时，引擎终于熄火，飞机下坠出现恐怖的旋转。他在眩昏前，开舱跳伞，忍痛看着飞机坠去。他虽然逃过一死，却被判定是愚蠢的脱队攻击，损失飞机，无限期地停飞。不能飞，不如死去，他加入神风特攻队才重获飞行权。飞行是他的生命了，别无所求。

过台北盆地时，与台北飞行场的十架飞机会合。在基隆外海，又与宜兰南机场与花莲方面的十六架飞机编队，快速北去。不多时，第一波的三十余架米国泼妇型战机从低空拦击，炮火全开。日本机队迅捷地飞出压队、配有炮火的陆战机，予以迎击，双方缠斗得像发情的苍蝇。银藏迅敏地突破几波的围困，躲几丛炮火，看到前方有冒出战火的岛屿，便知目的地到了。猛然间，他眼角瞥见东方的太阳透过云层发出诡异的光芒，看到七重天了，是七色彩，绝对的天际光启。但他正眼望去，什么都没有，只有晕眼的折光铺满太平洋。唯一能验证这传说的是往上看，心想如果在天上便知方才看到的是七重天。他不想抬头了，那又如何，再美好又如何，世界尽头就在下方呢！他用无线电报对基地台报出：“我先俯冲了。”便推前操纵杆，令飞机下冲。眼前就是冲绳登陆战，始自一九四五年三月底，历时八十三天，米国的四十艘航空母舰、上千艘战舰与二十万军人把冲绳包围，最后牺牲一万五千人才攻克。冲绳军民则接获死守皇土、不成功便自杀的指令对抗之，约十九万人死亡。

淡绿的海洋布满了船舰，炮火齐飞，有的日本海军零式战机凌空爆炸，火光四射，有的米国驱逐舰断裂两截而大火燃烧，双方冒出的死亡浓烟搅成一团，你侬我侬。从船身大小及舰尾掀起的航行水花分辨，银藏选了那艘空母，加速冲去，速度超过时速六百公里，机胴抖动，他的视野激烈晃动，很难用仪表板顶端的机枪准星对准目标冲去。空母上的速射炮猛开火，撒出火网，子弹浓得化不开，太美了，简直是欢迎银藏去死的烟火大会。一个震颤，座机的机翼被打中了，偏离航线。他把操纵杆握更紧，修正俯冲的角度。霍然间，一排子弹贯穿引擎，打穿他的腹部，还把脑袋打成热腾腾的白烂泥，颈口爆洒的血红泡沫像摇晃后开罐的汽水。他没了脑壳，躺在座椅，双手仍握操纵杆。飞机不再是他飞行的铁肉了，是更梦寐的铁棺，俱化为火球，倾斜下坠，直到冰冷的大海永远承担了那热情黑烟、无情烈火与年轻的梦。

螃蟹人与
抛火蛋的
大铁鸟

帕击坠米机的奖品是脚踏车一辆。白虎队都说，帕不想要跑太快才学脚踏车。帕很珍惜这玩具，当它活的，不让它吹点风，放在休憩室练习。不过要骑在铁马上超过一分钟太难了。当他表演练了几天的绝活给队员看，大家不得不由衷敬佩，报以掌声。一个都市来的队员看出破绽了，对坐在座椅努力保持原地平衡的帕说："队长，往前骑会更不容易跌倒。"帕当然知道，但是踩踏板容易把车子摔伤，人跌伤了能长回皮，铁马坏就坏了。况且比起两脚跑，用两轮跑太难驯服，便放弃骑了。铁马放回山上小屋，刘金福每天偷偷跳上去骑几回，踩得呱呱叫，车子却没移动，因为帕怕弄脏轮胎而用绳子悬空在梁上。帕有一次打开门，看到小猪和小鸡围着骑车的刘金福，另有一条表情杀人的猪坐在后座发抖，屎尿落满车。刘金福急切地翻下车，多亏帕接着才没跌伤。"不是我，是它们讲的，它们爱（要）骑马，想风神一下子。"刘金福结巴说，说完一改委屈，把畜生全赶到菜园，故意骂几句才说得过去。帕告诉刘金福，他已经在梦里学着骑铁马，梦里的铁马摔不坏，他再睡回就做得了，早晚载阿公去风神。刘金福心肚欢喜，又板起凶脸把小子民骂进屋来，说外面日头辣，会扒掉你们一层皮。它们进屋，挨肩围成圈，嘴窟张大，看着帕骑铁马载刘金福冲刺，两人在半空中大笑。最后，刘金福催促帕早睡晚起，多做梦对身体好。说煞了，刘金福停顿一下，又说今晚让他来梦到铁马好了！

白虎队又多了一项任务，在马路上拖竹马。他们凭着造竹飞机的技术，做出一台像脚踏车能跑的竹铁马。轮胎和轮轴的技术很难克服，这部分就不做了。龙头和坐垫也省下，理由是太简单了。完成的竹铁马是怪样子。它四脚黏在一根剖开的麻竹管上，竹头用火烤翘，向前滑不会翻孔翘。帕坐在上头，由二十几个学徒兵用绳子拖，还得泼些水，减少摩擦力之外，又不容易起火。帕跌了上百次才抓到诀窍，把双脚张开，脚踝各挂上一个尿桶平衡。帕学会骑竹马后，跑回家，用马擎仔背了刘金福，拿了尿桶、拎起铁马往外跑。他们从斜坡往下骑冲，滑到驿站时，村人看呆了。帕坐铁马上叉腿平衡，肩上坐着刘金福。刘金福手上提个装小鸡的笼子。为了更好地平衡，后座还用一根扁担挑了两个尿桶，桶子各装了五只小猪。一台车装下整个亡国的遗民，它们头一次坐车，吐晕了。尿桶装满了吓出的屎尿，小猪们浮沉大叫，快要溺死。更惨的是后头追来一群狂吠的饿狗，沿路抢食呕吐物。铁马冲入村子，发出响亮声，不会践踏板的帕暗自叫苦。这时学徒兵早有暗算，用绳子绑上车头拉过街。这样诡谲的脚踏车游行，直到傍晚才结束，两子阿孙的情绪亢奋。铁马却筋骨酸痛，螺丝松动了，差点没累死。

铁马常放在车站的路灯下，给人欣赏，第二天打早才收走。如果碰上半夜受惊的婴儿，家长会拿衣服到铁马边挥几下，请恩主公的赤兔马追回魂来。到了凌晨五点，那些拿着山珍来做黑市买卖的少数民族的人，会带着小孩掩护。少数民族小孩跑去看铁马，觉得它好孤独，身上被蜘蛛丝织了。蛛丝沾满一串串露水，还黏了死掉的昆虫和树叶，晨风一撩都没了。

到早上八点，火车来了，跟着家长留下来买货的少数民族小孩大喊：“快看，失火冒烟的河流。”然后又看到帕在摔大石头，又喊：“哇哈哈！哈陆斯在摔自己的蛋蛋了。”火车靠站停，少数民族小孩把脱下的衣服用竹竿顶到烟囱口，染一些火车的口臭，回部落给人闻闻。在车停的五分钟，有些少数民族的人跑上车，走到那个被布隔起来的位置，从底下塞上野猪肉干或土番石榴，聊上几句以示关怀。这对布幕后的尤敏很重要，听到来自部落的消息，哪怕是一棵树发芽或一条土狗骨折了，都充满乡愁的慰藉。等到火车笛响，拉娃会掀开布幕，拉下腿上的遮布，露出与尤敏皮肉胶衔的部分，满足部落的人对他们的好奇。拉娃的事迹很动人，随着诉说传得很远，它像是有强壮的腿，跟着路人越过山谷，在某个寒夜的火堆边，会暂住在另一双耳朵。在天亮后，爬过山，游过河到达最遥远的部落。

有一天，二十几个少数民族人从最遥远的永安部落（mbuanan）来了。他们跨越三十二座山与五条溪流，用双人轿扛了一位长老。长老九十余岁，脸上的文面好清晰，不藏在皱纹下，要不是腿曾插入三根箭，百岳像云影一扫就过。他身着传统服装，帽子上缀饰的山猪獠牙与雄鹰羽毛在烈日下发光，尤其是锐利双眼，永远像他腰间就要出鞘的番刀般震慑人心。

他们见到融合和、洋风格的火车站时，对这大蛇窝惊异得很，也对屋顶上的龟壳花鳞片赞美。一个少数民族小孩跑到蛇窝后头，用蚌壳刮一些油漆纪念时，听到远方传来大蛇的笛声，吓得逃出来大喊：“我什么都没做。”然后偷摘把抹草与刺苋，嚼烂后敷在破漆处疗伤。早班车从远处来，蛇来蛇去，从煤烟的高低起伏就知道爬过怎样的山。火车靠站，小贩叫卖萝卜粄、炒米粉等早餐。小狗对车狂吠后，把尿撒在轮胎。却有两个看到火车的少数民族人乐昏了，以为看到哈陆斯巨蛇般的阳具，长老便感叹巫婆出发前涂在他们胸前的避邪草液根本没屁用，反而像催情药。

趁火车喘气添水，有少数民族的人拿竹筒装大蛇的毒黑烟，好拿回家熏虫；有人用刀子刮巨大的圆形蛇足，回去秀给人看。翘胡子警察来赶人，不然车胎瘪了。火车要开时，少数民族的人看到一群被煤烟毒惑的旅客中邪了，甘愿走进蛇肚被它吃，成了俘虏，并透过方形的透明鳞片对外强忍微笑，挥手求救，而月台上的人竟假装没事地在吃饭。长老丢掉拐杖，用衰朽的骨头爬上车，要解救俘虏。部落的人对长老敢爬进蛇肚，发出赞美，才惊恐地追去。长老最后被列车长挡下，以各种名义阻挠文面老人别来吓到第一节车厢的旅客。“我有买纸鳞片。”长老秀出车票，用蹩脚、只有自己听懂的日语说，“我有五个比水鹿还会跑的孙子为你们打仗去，你却一条路都不让我过。”于是，他咆哮挤过车长，一路扶着椅背，很慢的，像要掉进梦里去看到期待已久的传说：一对螃蟹父女在大蛇肚子里活了一年。这时候，一只称为**稀列克**的卜鸟往后飞，方向和叫声很吉利。火车转个弯，当他看另一边靠山的窗时，同样往后飞的鸟竟有了相反方向，叫声也被山壁切割成不吉利的短鸣。长老叹息，这种怪房子结合的东西，能颠倒事实，把部落的人载往战场，年轻人比熊还少见了。

“我做过同样的梦呢！有十二间喝醉的房子在洪水上跑，第一间还失火。年轻人都跨骑在上头，挥着番刀。”长老走到螃蟹父女身边，再补上一句，“最后撞毁了。”

眼前就是螃蟹父女了。拉娃用脚钳住父亲的腰，反锁在车上，任谁都解不开。长老获得同意后，伸手入覆布，触摸螃蟹父女的身体。两人皮肉相连之处很光滑，没有障碍，自己的手就像河水滑过，实在难以想象这是人工开凿的。长老摸着摸着，悲由心生，自顾自流泪。这吓坏了拉娃和尤敏，赶紧拉下窗，怪起煤烟真凶。长老得了台阶，点点头，说自己今天来只是要讲另一个螃蟹人故事，便闭上眼，讲起部落的老传说：

很久以前，有个老巫婆生出了螃蟹，一个四只脚的肉球。各种流言传出，她不是被哈陆斯调戏，就是给熊占了便宜，肉球绝对是恶灵。于是，巫婆把小米秆垫在水缸底，养起小肉球；还用捶过的红苎麻当线丝，要它学习蜘蛛织布，房里流出木梭声，日夜都有，滴滴答比雨声还快。巫婆死前，再三提醒小怪兽，一辈子把自己藏起来，千万不要露出真面目，“你太丑，会吓死人。”妈妈死后，它终于走出家门，遵照妈妈的遗言，身上罩着大木缸去采药草、提水、种苎麻。这么做是因为它相信妈妈生前告诫的预言，要是被看到丑陋面貌，会给部落引来恐怖的杀机。十几年来，部落的人只能看到四只脚在爬的木桶，再靠一步，它蹲缩在桶里，任凭人大力敲木壳或泼最臭的山猪屎都不动。孩子乱叫它：“Kagan（螃蟹），Kagan。”然后丢石头攻击。

有一天，一个醉鬼对螃蟹人有恨念，认为自己老是喝不饱酒的不幸是它招来的，便趁螃蟹人喂鸡时，一把推下山谷。无论螃蟹人如何哀号，都没有人敢靠近山谷，觉得那声音会钻烂脑浆。夜里，山谷还飞上来用头发编的蝴蝶、叶子编的蚱蜢，它们没生命，却能呼唤，求人去山谷救螃蟹人。“那是邪灵的舌头。”部落的人好害怕，认为，“螃蟹人能降灵在没血的东西上。”一个叫巴鹿的年轻人忍不住，半夜抡火把、拿番刀，胸前挂着茄苳制的防鼠板好避恶灵，下谷为民除害。他先斩了那个木桶壳，烧干净，撒泡尿浇熄，让烟都不冒。再下到深谷时，被眼前一幕吓慌了，勉力拿稳火把，祈求祖灵给他勇气不要被眼前的虚美迷惑了，因为他看到一个美少女。巴鹿哪知道那是螃蟹人，三岁后被巫婆用香蕉叶、木桶藏起，至今已十六岁，即使被烂泥、泪水和疲困搞得满脸脏污，比鬼好上些。无疑的，巴鹿仍看出她是附近大安溪八个部落中最美的少女，连她身后的影子也好美，美得晕人呀！

“拜托，给我们水，海亚娜一直哭，快渴死了。”碧雅蒂开口说话，大胆地向巴鹿求救。

“多亏我，不然螃蟹人会吃掉你。”巴鹿说。

“我们就是可怕的螃蟹人，我们不吃人，只怕人。”讲话的竟是那个少女身旁的影子。

巴鹿吓着了，需要强光才能照死会说话的鬼影子，便丢掉番刀，烧壮了一束干草。他擎起火焰已有人高的草束，不断挥动好让火更大，轰隆隆烧，星渣也噼啪在跳。影子没消失，还变成了人，皮肤凝滑，美得真糟糕，让全世界的星星会掉落来看她呀！太可怕了，巴鹿跳向前，高兴大喊，祈求祖灵给他智慧好不被眼前的虚美动摇了，因为眼前不是一个美少女，是两个一模一样的，整条喝过大安溪的女人都被比下去了。巴鹿懂了，部落长久来传说的“四脚恶灵”，其实是胸部相接的连体人，她们经过那么多的诅咒、误解和攻击，仍活了下来。眼下，火光把姊妹照亮。妹妹海亚娜的头上停满蝴蝶，那是姊姊碧雅蒂用头发编织安慰她的。姊姊的头发也被自己编成花朵，甚至缭绕的蜜蜂也成编织物。她们编织的技巧太高明了，靠此忘记恐惧。

故事讲到这，长老伏着椅子，说：“拉娃，螃蟹姊妹是天生的，一出生就被锁在一起，解不开，不像你们是自己黏上的。但我相信，你们受到的苦难是一样的。”

“我知道，长老。然后呢？”拉娃说，“我是说螃蟹姊妹的故事，她们的名字真美，姊姊是**月亮**（byatin），妹妹是**星星**（hyanah）。”

“没错，月亮、星星都是躲在黑夜里，很多人看不到，但太美丽的东西很危险，会引来灾祸。”长老继续说：巴鹿发现螃蟹人的面目，费劲把她们背回家。从此，巴鹿常去探望螃蟹人，把猎得的最好兽肉挂在厨房，蹲在墙边看织布。螃蟹姊妹织得好，任何图案都行，快得眨眼就编好。他喊什么，她们手里就织出什么。巴鹿甚至挤屁股或喉咙一痒，话都不说，她们马上织出一朵屁，或是狗熊打喷嚏。“他等太久了。”巴鹿指着自己的下体，壮胆说，“就织个小巴鹿吧！”螃蟹姊妹笑嘻嘻，拿着布梭棒，一棒打散他满脑的腥烟。害他回家的路上见到什么都笑，一坨猪屎也能勾魂，过家门都不知。两个月后，巴鹿背了大獠牙的山猪当礼物，唱情歌助兴，想娶她们为妻。姊姊气得说：“我没问题，但你不能这样问海亚娜，她很害羞。”没想到妹妹动手把山猪的硬毛编出锦花，边织边低头笑，泄露了心意，嫌起巴鹿少拿条山猪，将就先把姊姊先娶走吧！

可是，巴鹿的家人极力反对他娶一对没人敢文面的螃蟹人，怕生出有蟹壳的后代。巴鹿坚持婚姻，也发誓不生育好断绝生出小螃蟹人，但是在无法获得长老的同意下，他当夜背着连体妻逃走。两个妻子用大量的红苎麻，织出彩虹衣穿上身，又编了公帝雉的翅膀套在手上，外边的两臂挥动、内边的两手抓住巴鹿，三人飘起来，出奔了四十个山头。他们逃得远，躲到云海上的山。但部落的猎人嫉妒巴鹿能娶到一双美丽的老婆，也嫉妒螃蟹人的编织手艺，纷纷追捕。然而她们那种织工，连半个月后追来的猎人都害怕。有一次，巴鹿穿上新编的红衣，伪装成熊熊的篝火，潜入猎人的露宿地偷走小米、盐巴和弓箭。又一次，巴鹿背妻子靠近熟睡的猎人，把他们的头发编成一照到晨光就会醒来挣扎的幼羌，把腿毛编成蚂蟥，把睫毛编成张眼就吓人的毒蜂。猎人醒来后乱叫，却乐得拿弓射对方的头发，直到看破幻象，快气死了。恐怖景象反而激怒猎人，她们改用梦把敌人的戒心泡软。有一次，三人躲在织成小溪的长布下，由巴鹿吹口哨装出溪水声。溪虾有半透明的身子，鱼闪鳞光，连朱雀都上当地飞来。猎人踏过溪时，布丝如水溅起来，他们舒服地泡澡，忍不住抱怨溪水弄湿了火柴，不然可以烤鱼吃。另一次，猎人为着从天空落下的是瀑布或阳光，吵得快打架，结论是不管是啥，美就好。对美景赞赏了约小米发芽的时间，殊不知这是巴鹿和妻子躲在树洞，把外头溢满厚苔的桧木披上亮丝。更不用提的是，有次猎人醒来后，看到杜鹃开遍，巨大的彩虹能流动，七彩的水鹿成群跑过，熊长出翅膀，而天上银河从山岗往山径流动成小河，清得没有水，全是哗啦啦流的星星。都是螃蟹姊妹用各种鸟羽毛编的梦境。

直到有一天，猎人喝晨露，发现那是蜘蛛丝编的，更仔细瞧，浓雾是尘丝编的，风里有线，而风吹走的夕阳竟是一幅编织的画，好遮去后头皎亮得撩动杀机的月亮。猎人这才解自己沉浸在螃蟹姊妹的梦境，生怕再下去连杀一只飞鼠的勇气都没有，放火烧吧！最美的东西都有致人死的嫌疑。假河流、假动物和假流云都冒火烧起来，接着真野花、真动物也烧了，白云烧成乌烟，森林狂燃了。巴鹿背她们逃窜。一路上，姊妹拔发编蚂蟥，丢下阻止猎人，编速之快连指甲都掉了。她们到这关头还是像小螃蟹纯真，老是丢鼻涕虫，搞不死人，却搞得自己秃头和满手流血。到头来没逃路了，着火的彩虹翅膀让她们飞不起，只剩烧焦的手挥舞。当猎人追上时，用刀侧上的太阳反光射向螃蟹人的眼睛，让她们无法编织，并放箭射瘸巴鹿的腿。姊妹从巴鹿怀里滚落了，像疯婆子，表现人们眼中那种螃蟹人该有的恶状，歪嘴吐口水，大吼大叫。她们用尖石割破了美貌更像鬼，这都是要保护巴鹿。

这时候，妹妹终于知道，她们的命运早就如妈妈预言，得断绝爱人与被爱的能力，身藏在螃蟹壳中，无爱才能终老。如今她也体悟了，她与姊姊筑起的人墙不是保护巴鹿，反而是害他，把他推向怪物一族。无论逃到哪，仍是世人眼中的怪物。于是妹妹拿出藏在腋下的刀子，往胸口插，把自己的身体割给姊姊。她早就想这样，让巴鹿和姊姊成为一对夫妻，终止杀戮。没想到刀子早就被姊姊用织布调包了，插入胸口就变软。姊姊拔下腋毛织成绳子，绑住妹妹的手，再拿出真刀刺胸口，呱啦响地切开胸骨，把自己身体分给妹妹，她口冒鲜血，微笑说："我不痛，你不要哭。"还像往日哄妹妹睡觉时唱歌，假装死亡像恼人的蚊子，挥挥便走。妹妹自由了，眼见的是另一个更残破的自己，抱着她大哭，被失控的泪水呛死。姊姊随后也失血死去。她们不晓得，她们不是受诅咒的螃蟹，彻头彻底就是完美的人，该有两个头、四只手脚，一双好灵魂。

"她们死后变成山，刀伤成了山谷，灵魂成了彩虹。落雨后，螃蟹姊姊先出现。如果你看到第二道，那是比较害羞的妹妹呢！她终于穿上满意的七彩衣出来见人了。螃蟹姊妹化成山后，用树为线，替每座山编织不同的绿衣。还有山谷飘起的云，那是她们用自己的血——最软、最干净的河水搓出的线，织成美丽的云衣，要给天空穿的。"巴鹿说。

故事已尽，余味漾在尤敏的脑海，他沉默不语，只有拉娃转着眼睛，就要看穿故事的真相，害得长老赶紧起身离开。

尤敏省悟地说："她们像山猪一样聪明，一定知道挨在谁身上的刀，就是双亡了，那又为什么要割？"

“我比树根还要老了，想不动了。”长老说完这个故事，花了五公里，准备下车了。他拿出一沓车票，对拉娃父女说：“我帮你们买了一年的纸鳞片，祖灵会保佑你们的。”

“巴鹿长老，你就是巴鹿长老，我还想听你的故事。”拉娃恭敬地说。她的结论吓坏了尤敏。他整个人颤抖不已，看着长老。

“你猜错人了，拉娃，我不是。这传说很老了，发生在太阳很年轻时。”巴鹿长老深知秘密被拆穿了，努力撑着椅背，说，“而且，我只讲坏话。好故事留在人心，最后害死人。”

“你的衣服穿了两层，那是彩虹衣，很旧，但是越穿越暖。”拉娃说，她看透巴鹿长老的衣服底下，伸出两道有弧度的光，是虹和霓。那双翅膀一定是螃蟹姊妹编织的颜色，世界上最美最大的一对翅膀，拉娃想。

巴鹿长老仰头看。天空中有云，一下子是鹿，一下子小米穗，像是天空的心情，今天螃蟹姊妹又借此向他说什么心事？巴鹿长老想，光是每天看云就不虚此生了。巴鹿长老不再反驳拉娃，对他而言，征战不再是刀光、血与力量，是舌头对耳朵的挑衅，说一则疯狂的故事，让听者从此离不开这战场。老战士只剩故事可说，其余是时间的猎物了。他走向门梯下车，早先丢掉的拐杖仍在那，等老战士扶起它。巴鹿长老端起拐杖，挥着它，好赶着前头那些好手好脚却装优雅走的旅客。终站红毛馆驿到了，大山巍巍，清风微微。部落的人眼看俘虏走下车，激情欢呼，认为他们全被巴鹿长老用一根拐杖解救了。巴鹿坐上轿子离去，高举一条小花蛇——拉娃捏送的火车模型。部落的人高吼，那小模型表示长老征服火车，把哈陆斯的肋骨拆了一根，为自己的英勇再添一笔。

“你们不要来了。”拉娃隔着煤烟和笛鸣大喊，带着预言的口气说，“米国的大铁鸟要来丢炸弹，山下就要着火了。”

大火灾发生在几天后，一个净俐的临晚，彩霞红得发麻了。练兵场传来士兵答数，沿轨道下滑的台车响出尖锐的刹车声，躲在坟堆里的白虎队准备对火车肉攻。忽然，空袭警报又响起，会躲的仍是那些人，不想躲的照样干活。先发现异样的是农夫。田里插满了快窒息的秧苗，好丰收更多战粮，农夫只能跪在稻苗间隙拏杂草。他们看见水中飞过小倒影，带着刺耳的咻咻声，抬头瞧，两架爆击机投下几颗炸弹。炸弹在半空中爆炸，散成了小碎光。白虎队从假坟钻出来看，天空落下假雨。那是铝箔片，发出嗅唧嗅唧的声音。铝片雨是米军用来干扰日军雷达，混乱高射炮兵的视野，一阵阵落不停。满地的亮片把庄子变成大镜子，白云在地上爬，河流在天上飞，世界被复制成另一个更真实的蜃影了，好多人吓得不敢动。练兵场这时不断传出急迫的叫喊，门口冲出六匹快马，每到岔路分开跑，沿路要所有的人赶快躲空袭。“大爆击要来了。”宪兵嘶吼。

练兵场烧起大浓烟，肥腻腻。烟飘开，顺着风拉扯，在空中盘出个律动的绸缎。帕看到警告性的大烟弥漫开来，在半空中乱了踪迹，风好急躁，而且还下起了铝箔雨，一定有大飞机要进庄子。他要白虎队立刻从假坟中出来，大吼：“紧急事态，紧急事态。烧稻草，用烟把关牛窝藏起来。”六十个学徒兵翻出土，实施防空演练。他们把路边的防空稻草烧着，用架子背起火堆跑，沿规划好的路线到下个定点烧稻秆堆，一路放火，到处起烟了。帕则是扛起整座点燃的稻房，猛往缺烟处冲，要用更浓的白烟填满关牛窝。

铝箔雨奏效了，高炮士兵看不清楚天空，到处是光点。而且山下飘起的浓烟把铝箔片拂了起来，跳上跳下，在空中飘着，什么也看不清。十架爆击机沿纵谷飞来了，撒下每颗五百磅炸弹。天空缀了密密麻麻的小黑点，咻咻响，谁敢抬头看。帕想起了什么，火车要进站了，拉娃还在上头。他起跑走，高速活动的手脚让关节冒烟了，三颗心脏快爆炸，背着的稻草堆一路撒开。他跳上车时，恰巧有两架低掠的P38猛开火，扫了过来，把车厢壳打破了一串洞。车顶上的机关枪手被打死，手仍紧扣扳机，机枪的震动让他身子还像活着时跳颤，血也乱喷，直到铳子耗尽。尤敏低头抱着拉娃。拉娃骇呆了，抬头张着大眼，看着车顶的枪洞冒烟，然后冒血，士兵的血落满了她的脸。帕走去抹去血，看她和尤敏都完好，松口气。他趁机扳开他们的手脚，还是坚韧无畏得分不开。

忽然间，火车左右各有块黑影飞过窗外，右侧那块撞到山壁弹开，砸进了车窗。那是俗称火车耳朵的“排烟板”，位在机关车的前方两侧，作用是风流经烟囱时变慢，黑烟能上喷，不影响驾驶视线和车厢空气。然而，此时列车要隐形了，技工拆了火车的两耳朵，扩散的黑烟给它披上隐形披风了。整个关牛窝已经栖藏在浓烟中了，连火车也是。

浓烈的黑烟排进车内，大家猛咳，眼睛流酸水。帕走到车厢后，捡起那一块砸进来的车耳朵，盖在拉娃父女身上，当挡子弹的盾牌。拉娃从厚重的铁板下探出头，疾驰使得火车耳朵颤着，敲着她头疼。她哭了，那些遭火劫的关牛窝就像她曾梦过的世界，被大铁鸟毁了。而且帕走向后门要离开了，她希望他留下来陪她，哪怕多一秒也好。

“Pa-gia（稻子）。”拉娃大吼，猜起了帕的名字。帕的名字隐藏一个泰雅的全名。

帕停下脚步，停顿一会，又往前跨出一步。现在开始，他的每步都被拉娃耽搁了，她说出每样隐藏“pa（帕）”的音。然而，车外的米军大轰炸，使得他又得加快每一步。

“Pak-kara。”莫非是药草刺苋，拉娃喊。那是巫婆奶奶的治病良药。

“Pa-ra（山羌）。”她猜起动物，但感觉山羌太小气，配不上帕。

“La-paw（瞭望台）。”但仔细想，不对呀！能干吗？

“Pka-pag（小米田中赶鸟的竹拍）。”随口说说，拉娃连自己都不信，帕怎么可能是硬邦邦的竹器。

“那是 Ka-pa-rong（桧木）。”拉娃认定就是了。咦，帕没反应呢！

“帕，那一定是 Pa-ka-ri（八卦力）。”拉娃从地名猜起，八卦力位在关牛窝附近，泰雅语是老鹰聚集之地，这非常符合帕的速度和眼神。这对了，帕回头走来了。拉娃不再惧怕，要翻开火车耳朵。

帕把火车耳朵按紧，说：“不要再猜了，拉娃，知道我全部名字的代价非常大，你知道是什么吗？”

拉娃睁大双眼问，连她的父亲也从火车耳朵下探出头。

“死。知道我全名的，都会死。”帕认真地说，“这名字是我高砂人的义父取的，他也死了。”

帕，名字里有番字的少年。他八字太硬，年年犯太岁，要认义父化煞。汉人会怕煞，但是在少数民族部落喊两头猪价码的话，有排上两圈的义父在等。帕八个月大时，才被刘金福带去认舅舅为义父，取名字。这舅舅不是亲的，是刘金福二房的弟弟，是少数民族人。少数民族义父帮帕取了个名字，帕一听就忘不了。一旁的刘金福已被小米酒的后坐力打趴在地上，第二天醒来只知道有个 pa 的音，依族谱辈分后干脆叫他刘兴帕。少数民族义父跟帕说，他数个音节的名字是全世界的力量核心，平日只说一个音节就够用了，要是谁知道全名会招来死亡。隔几天，帕的泰雅义父就死于意外了。

此刻在火车上，帕绝对不会暴露自己的全名。他头也不回地往前一节车厢走去，脚步多么悍然。拉娃怕死，只要帕在她就不怕了。在父亲的帮助下，她继续大吼我是你的眉毛（pawimn）、我是你的耳朵（papak）、我是你的船（parnah）、我是你的棉被（pala）。然后生气地喊，你是不理人的坏蛋泥鳅（papawit）。你是巴格（笨蛋）、巴格、巴格，她最后骂起日语，多少是谐音开头。

门打开很久，帕早已走了，只剩巨大的轰炸声从那走回来。

五百磅的炸弹落地，满天落，以棋盘式方式抛下，发出骇人的咻咻声，像闪雷似劈落地，地面顿时焦黑，炸出个屯水的埤塘，五十公尺内的东西躺平。炸弹落在火车后方，巨大的声光泛开了，糊上纸的车窗爆裂，碎玻璃喷开。火车用浓烟再藏也只能逞一时之快，但是车班人员不放弃。机关助士赵阿涂猛往火室铲煤，泼些水，好制造些燃烧不全的黑烟掩护。他一身糊满汗，不怕大火冲来，早有车毁人亡的打算。帕走到炉间，拿了铝桶，从火室舀满了跳着火焰的煤。帕对赵阿涂说，再撑一下，他去引开米机。说罢，便往车外跳。

帕落地，扑个圈，倏然翻起身，跑上山壁而绕过火车，把手中的那桶火往不远的一堆稻秆泼去，再抱起燃烧的稻草往前冲。稻烟像是从烟囱喷出，帕把自己乔装成加速冲出去的机关车，要骗倒米机。假机关车果真吸引更多炸弹，朝他猛炸，强力地震让帕跑几步便弹起。爆击机最后使出撒手锏，投下烧夷弹，要用火海把帕拧成灰。帕冲出关牛窝，怒吼一声，把揽着的稻草焰往胸口紧抱，挤爆成细细晶晶的蹿苗。最后，他被一道凶悍的爆炸力抛入溪水中，感到焚灼的身体让水沸腾了，毛细孔喷出蒸汽。死神把他往下拉，而水上全是流动的火焰。

火车防空洞挤满人，不是曲身抱腿，就是跪在地上，努力地把自己变成发报机向神发出求救电报，祈祷恩主公开牛车来接炸弹，或者观世音娘娘骑龙来拯救。他们身处在五十公尺长的隧道，还算安全，只有头顶猛滴水。在爆炸的震动中，上千只的蝙蝠以河流的速度往隧道外冲，飞出后散开，密密麻麻的，黑点像网结把夕阳捕捉了。忽然间，一颗烧夷弹在落地前爆炸，开出大火网，所有的蝙蝠马上化成灰。更远处，有人躲入池塘，落下的烧夷弹瞬间让水沸腾，咕噜噜冒泡，什么都熟了，一池鱼汤香喷喷，浮起来的还有煮熟的尸体。有人躲不及，烧夷弹让爆炸范围的生物挥发，那些人连呼救都省下了，留着向阎罗王告状用。

挤在火车防空洞边的人，身体仍颤抖不止，看着关牛窝被火海烧得卷边。爆击机没停过，一架架飞来，直接把机舱当军火厂，不懈地投弹。炸弹从先是米粒小，接着是清酒瓶大，直到瓦斯桶大时，坠地炸出小太阳，也让地牛翻身。小孩流泪不止，喃喃自语说："现下，米小学团仔一定在玩'爆击关牛窝'的游戏。"

这时候，帕冲进火车防空洞，他的头发烧光，焦黑的身上只剩丁字裤。他顶着小屋似的奉安殿进来，说："怎样都不能忘了天皇。"说罢又冲出去。

最后一架爆击机正通过庄子上空，差点炸毁驿站，落弹把附近的商店炸瘫了。商家的防空室就在客厅下方，躲了三个人。防空室发挥功能，成了他们现成的坟墓。现在，这架轰炸机往火车防空洞去，爆炸声近了。飞机飞到正上空时，大家松口气，终于躲过一劫。忽然间，帕又从外头大喊："让路，车来了。"一道大火龙怒凛凛地驶进来，喷出浓呛的烟，帕就骑在车头上指挥。好多人以为炸弹轰进来，直到火车鸣笛才回想起那是怎么回事，重生似大哭。灭完火车上的大火，大家陆续走出防空洞。

村子里，有人从坍屋下的防空室爬出，有人永远不用爬出。他们想救火，根本无从救起，怵目的烈焰把灰烬卷入高空，天上飘了灰尘云。能做的，只有呆坐地上，好等大火烧尽，好等噩梦醒来了。鬼中佐带兵从防空洞冲来，心有余悸的士兵们抖着手，往路旁恍神的村民掴耳光，好清醒他们去救火。警防团挥着消防棍，用棍头上的绺状布革拍火，有的房子烧朽，一拍屋顶竟垮了。不少人排成链状，从河边传水到驿站周围的商家灭火。桶子竟泼出了块状的水银，火场马上传出烤鱼的焦香。他们跑到河边看，溪水铺满了煮死的鱼，鱼鳞在火焰下反光，河流如一条碎冰块的水银河，发出呱啦啦推挤声，绵延几公里。有五具尸体漂浮其中，面朝上微笑，肚子挺得好高，煮胀的内脏不断嘶嘶排气，好像喟叹这样吃饱了死去也算有赚到。等火熄一半，活人去找死人，见到亲人尸体也没悲伤，只清除四周木残骸，坐在那发呆，等待奇迹会降临。有一家八口不顾战火而仍在那吃饭，小孩抢菜，大人喝汤，汤汁滴在嘴角，屋边牛栏下的牛还在反刍。家具、菜肴、碗边的苍蝇都好好的，只是不会动，一颗兜头落下的烧夷弹把他们瞬间碳化。风吹来，最后的晚餐变成一阵叹息的黑风，快乐地消失了。

帕冲回山上的竹篙屋。篱笆倒了，房子被两公里外最近的落弹震圮了，里头传来哀号。帕掀开横斜的竹片，看到梁木插入那只最贪吃的小猪的肚子，流出来的小肠还在消化食物。刘金福和其他的家畜围着它哭。两子阿孙互看良久，直到帕说没事了，刘金福才点头站起来。天空飘下了灰烬，从窗户口飞进来，他们沿着黑云的来向看去，庄子好亮，噼里啪啦地响着燃声，好多东西都化成尘埃。刘金福从垮木下拖出马擎仔。帕懂得意思，肩起了阿公奔下山。到了山下，车站前搭起了临时的卫生医疗棚，三十名伤员躺两排，会呻吟的都活着，不过血水从湿红的榻榻米流下来。照明的柴火太亮，看来像炸弹的余火，大家得了恐火症，身体好冷，却不敢靠近取暖，宁愿躲在远暗处。刘金福扳下路灯开关，发电机运转了，灯杆拦腰折断而路灯亮了。人们脸上挤出微笑，伴随好大的一声叹息，又继续干活。花岗医生已调往前线，这里没有医生，重患只能在哀号中走向尽头。无助的等待中，刘金福大声地对鬼中佐嚷嚷，说送他们到城里看医生，在这只有等死。经过翻译，鬼中佐即刻下令火车当救护车，火速开往城区。

“沿线设施的好多功能被打坏了。而且路坏了，引导车也爆炸了。”机关士说。

帕跨前一步，说：“我来引导。修路也没问题，我有兵。”

“你跑太快了，根本不了解路面哪有破洞。”

“这都没问题，火车即刻发车。”帕坚定地说。

火车从防空洞开出，转调车头与车厢。有人把三十名重患搬上车；有人把庄子的道路填平；有人把路障搬开；有人帮火车加水、把石炭柜倒满煤。当机关助士赵阿涂烧饱蒸汽，拉响汽笛，村人合力把火车推上了出庄子的大坡，又继续推了两公里直到力竭，才挥手说加油。五节火车在蔓延的山道奔驰，叽喳运转的声响撞上低垂的云，回音落满山谷。

这时更需要引导车。它距离机关车前头两百公尺，以讯号灯回报路况。帕骑着铁马当引导车，感受路况的好坏。他要是用跑的，会忽略对火车而言的危险坑洞，唯有滚过每寸路面的铁马车胎能胜任。这铁马跑得没帕的一根趾头快。他生平第一次感到飞驰是件苦差事，双脚拖着沉重的枷锁。刘金福坐在帕肩上的马擎仔，倒坐的方式，向后高举着电土灯。他不时晕车，所以把电灯绑在手上，怕掉了。

帕一直疼惜的铁马，这次几乎摔坏。遇到坑洞或爆炸引起的小山崩，铁马都摔得不轻。帕也摔飞了出去，先顾刘金福而接下他。刘金福则护好信号灯，摔坏就惨了，并快速地站上帕的肩头，拨电土灯的控制阀，闪着灯火。火车上的白虎队得到讯号，从车尾跳下来，戴钢盔、背畚箕和圆锹往前奔跑，与那些转动大轮胎的机械怪兽争道路，超越它，然后让火车的大灯把他们影子推得好远。他们以死命的肉迫速度，来到路毁之处，火速地填平道路。等填平地，火车正好冲过，还被车上喷出的黏液溅满脸，闻味道就知道那是血了。

好保持最佳体力，白虎队以三十人为组上阵。另一批待车上的学徒兵也没闲，火车下坡时，他们控制每节车厢的辅助刹车盘，上坡要跳下车帮忙推。由于发电机被打坏了，火车转大弯，他们把二十盏电土灯举出窗外，划出灯线，让机关士安全地转过弯，也让技工看灯调校齿轮。进入山洞，第一节车厢的白虎队大喊关窗，后几节的人慢一步则吃煤烟，有的重患经不起这一咳就死了。每到下一个村庄，帕被骇异的情景惊愣了，世界再也没有一处能躲过米军的战火，处处复制了关牛窝的灾情。村民只能躺在路上，拦下路过的火车，好把重患送上车，一路下来使得五节火车载了数百人上城去。

到最后，沉重火车终于发出悲伤的汽笛声，不断鸣叫，直到整辆停下来。帕刹停了铁马，仰头看到刘金福已无力举灯，把手绑在木棍上才能举直。

刘金福说："死了，没人撑过去。"

两子阿孙掉过车头，骑向火车。火车内好肃静，重患死在各自座位，地板满是腥稠的血液，上车视察的帕走没几步，鞋子一紧，长筒军靴被黏掉了。拉娃还是睁大眼睛，愣着看整车的炼狱景象，没有人知道她在想什么，她也是。白虎队帮死者阖眼，他们起先做得很害怕，后来只害怕有人还活着，面对重患的哀号更无助。在首节车厢，坐有一个遭烧夷弹烧伤下半身、唯一没死的学徒兵。在最悲伤时，学徒兵不忘唱"国歌"激励同伴，歌声漫过每个车厢，朝窗外黑夜飘去。一些趋光的蛾虫啪搭啪搭大力地撞击玻璃窗，爆开磷粉，好像亡灵的呢喃与泪光。帕不忍看，黯然跳下车，骑上铁马，导引火车回关牛窝。刘金福坐稳马擎仔，用竹竿把脱下的衫服作为招魂布，照引领亡魂回家的习俗呼唤，遇桥大喊过桥了，遇山洞大喊过垄了，希望他们不要走失，遽遽跟上来，好转屋家。

数百名重患死的死，不死的将死，难以撑过去，五节火车成了黑暗中幽缓的灵车，载满鬼魂，重返关牛窝之路。

她喊加藤武夫时，没有布洛湾了

大轰炸之后，关牛窝几乎成了废墟，倒的倒，毁的毁，唯有人最快从战火中站起，扶起那些倒毁的东西。村人盖起房子，整顿家园，累得无暇悲伤，只有在夜梦中才会流泪。几阵风来，细小的种子布满土地，天亮后的菅芒和昭和草又活了，尤其在拥挤的坟场，绿得恐怖，盖过那些新风水碑发出的螯光。

那些伤重病患，难逃死劫，一个叫尾崎的学徒兵却活下来，他就是被火车运回的火炙伤员。重伤的尾崎在火车上唱“国歌”，精神感人，鬼中佐表扬他是“爱国少年”——这称呼最初的由来是一九三五年的新竹州地震时，一个苗栗石围墙的小学生被倒下的墙垣压伤，高唱“国歌”才气绝死亡——不过白虎队不这样称，而是叫他“萤火虫人”。因为尾崎的腰部被烧夷弹炭化，炭火没熄，大约在肚脐下有一圈猩红的闷火慢慢上移，烧过处成炭。

白虎队在靠河的山泉边，盖了一间卫生寮，好给尾崎治病。他们试过千百种方法灭尾崎的炭火，闷熄、泡冰、喝仙泉也没辙，只能等死亡爬上尾崎的头。每四小时有两名学徒兵公差轮班看守，定时用山泉浇尾崎，没用也算用了心。公差兵不喜欢留在寮内，听尾崎的哀号太无助了。他们蹲在屋外的山泉边，一边抓虾蟹，一边聊帕搬“冷气”治疗尾崎的怪法。当泉水冒得最凶时，火车正经过山腰上的道路，把地轧出水。这时节，公差兵会看到猛烈的一幕，数十个学徒兵冲过河，快把水都踩干了，个个奋勇地背墓碑上山岗，要去冲炸火车。他们见了不稀罕，换班后也会去搞这套。只是鬼中佐近期将验收成果，操得特别紧。等火车的笛声已远，白虎队才又来到河边，他们被煤灰染黑得像活动木炭，衣服上满是烧过的破洞，用河水洗净，皮肤露出蟾蜍状的水泡。他们洗战斗澡，只泡河搓几下，避免破皮泡水痛。但这几天，河面漂来数百张米机投递的空飘宣传单时，他们泡水时才全身不动，以目珠跟踪身边流过的传单内容。上头写着，米军已攻下小笠原群岛（硫磺岛），而冲绳之战胜利在望，对投降的日军绝不会杀害。另一张传单又写着：欧洲战场，希特勒举枪自尽了，独逸（德国）败退，日本再也没有盟友依靠。白虎队曾拿过传单，看完撕掉，怕留纸条被宪兵抓到判军法。于是，默送传单随水而去，他们视而不见，不公开讨论就不会被宪兵逮捕，但没有比装无知更令人沮丧。

河流的秘密源源不绝，帕赶快带他们回卫生寮。门边的公差兵并脚，把门打开，大喊敬礼。“敬得好假。”坂井一马忍不住开玩笑。在这种情况下大家的心情铁了，哪敢笑。帕不顾大家认为风会加速燃烧的理论，顶开窗，让微风和风景流进来。帕算过了，再十天，尾崎会被炭火烧死，即使他每夜从坟冢挑回几大尿桶的阴气灌洗也阻止不了。那炭火确实是烧夷弹引起，但燃烧下去的动力，是来自尾崎内心的绝望。

这道理很快得到证明。当晚卫生寮只剩五个学徒兵看守，其余回山上兵寮睡。帕从坟场挑回两尿桶阴气，把尾崎泡进去。尾崎叹一声，旁人赞一声，看见他在黑夜中迸荧光的下半身慢慢乌了。接着尾崎身体发抖，牙齿捉对厮杀，喊着冷。大家赶紧把他从尿桶拔出来，滚在棉被里，只露出苍白的面孔。尾崎很快停止颤抖，像个婴儿放松眉目，很无奈地说，他这样一定很狼狈，不像军人。大家沉默无言，能讲能说的早就抖出，再说下去都是敷衍之词。

“只有你最像军人，像是刚从战场回来的。”帕说。

“说来愧疚。”尾崎勉强把颈子挤出棉被，又说，“我是为了多赚几块钱才来当兵的。鹿野殿，像你这样当兵，才是真正报效国家。”

“不给我薪水，我也当兵。”帕抬头说，“你们不少人是为了军饷才来，而且我想你也是那种偷拿父亲印章盖的。”

尾崎点头。他说，同样是当兵，特战兵薪水多，在学校教官的游说下，回家偷拿了父亲的印章盖同意书。体检一过，两个礼拜后红单由辖区巡察送来。巡察在两条巷子外就刻意踩响长筒靴，啪啪啪的，是对当兵者的敬意。靴子响声最后停在哪家，哪家就有男人要去当兵。那天靴响停在家门前，巡察送上兵单后中气十足地说，恭喜，要去报效国家。尾崎说，应门的父亲还以为搞错了，收下兵单一看竟是他的，巡察才走，回身就呼了尾崎一巴掌，大喊：“你是做人做烦了，想做鬼呀！还要把风水碑带去当兵，那碑是你祖上渡黑水沟的压舱石，名字都先刻上了，渡过海，上山垦，死在哪就插在哪！你这不孝子。”他跪在防日警取缔而偷藏祖先牌位的暗墙前赎罪，两天两夜，膝盖乌青了，还是无法息去父怒。第三天凌晨入伍，他跛着膝盖伤到学校集合，看到祖上碑就依在校门口，碑下半截还沾着湿泥。尾崎用余光瞥，看见父亲就站在对街的暗处。祖父母死去的丧礼上，他父亲不流半滴泪，却在给儿子送行的路上泪流满面。那一刻，他开始后悔为了贴补家用来当兵，但已上路了。

“鹿野殿，不要跟爸爸说我死了，他会难过一辈子的。”尾崎说。

“我不说，军部也会通知。”

“你帮我写信，每个礼拜写信给爸爸，他就认为我还活着。”

帕讨厌写信，自己不想写信，却下令每名队员以后写信给尾崎的父亲，照表轮流，一星期写一次，说尾崎暂住自己家玩。

第二天下午的休息时间，公差便依各学徒兵的户籍分布，整理出一张不存在的动线，一封封虚拟尾崎旅行的信便得定时寄出。那些点大部分分布在新竹州，其次是台中州，最远的是从台东来台南州读嘉义农工的。有人都说将来环岛旅行不愁了，凭这张同学会地址混吃混喝就没错。有人说将来结婚，凭地址寄红帖“爆击”大家好了。一扯又插科打诨起来，大家抖着趣事和笑话。青春的笑闹很快冲淡死亡的主题。他们常笑得眼泪倒流至喉咙，边咳边喘气，得赶紧喊停才不会窒息。天气热过头，只有窗外一阵透凉的风吹入青春发汗的人群，大家才倏忽不说话，在吓人的安静中，通通把眼神泡在窗外，天蓝得能刮花眼膜，那种颜色好像宇宙和时间尽头的炽热反光呀！尾崎便问：“一百年后的天空一样是蓝色的吗？”

这句话成了白虎队间的游戏语，发展成各种变化的语汇，一百年后的河有水吗？一百年后的风有颜色吗？一百年后的人会笑吗？一百年后的月亮会变红吗？大家笑闹时，什么东西都能扯滥到百年后，最后会问到天荒地老之际：“百年后，我们的骨头会躺在哪？”大家忽然语塞，时间安静得打结。但是，这些句子不如尾崎问的百年蓝天来得经典，先问先赢，彻底占得人心。

倒是帕看穿尾崎的那句话，隐藏对飞翔的梦想。那些尾崎还没受伤的日子里，他背竹飞机总是跑最快，在跳过田岸时，总是最早收脚、最慢放脚，好享受更久的腾空飞翔。但这常让他掼地吃土，摔个竹机开岔不说，还得利用休息时间补强结构。尾崎的飞机是最靓的，他向附近的竹编专家学了些手上功夫，把缝扎密，收尾利落，又糊上纸阴干，涂上草绿色，根本就是刚出厂的战斗机。还摘几蓬的吉野樱，捶糜成泥，搡入颜料，把机翼上的日丸旗画得红啾啾，更有精神。这样着迷飞行、对银藏崇拜的人，对风很敏感，宁愿花整个下午蹲在水泽边拿竹竿等豆娘停上去，观察它泛油彩的黑翅膀，也不愿意持钓竿耗上一分钟。

“一百年后，我相信天还是蓝的，而且更蓝。”帕说。

米军和冲绳军民打得火热，不意谓台湾地区不在战火区。白虎队仍得训练，对付可能的状况，他们整个早上几乎在挖伞兵坑与坑道，用推车把泥土运走，堆成像蚂蚁穴旁那些湿泥球的小山。尾崎不愿待在卫生寮到死，坚持跟同伴做工，多流汗还能浇熄屁股上的火。他拿短锹，趴在伞兵坑挖，有时挖得喘气不及，昏倒在里头，吓得大家以为他死了。帕好言劝他活动量别太大，会加速体内自燃，但对于生命将尽的人最好的照顾就是随他去。帕用坚硬的铁屎楠制成背桶，把尾崎放里头，背着到处活动，让他参与队上活动。

有一回他们练习完对火车肉迫，在河边洗完战斗澡，到卫生寮小憩，摘了野果吃。空气中飘着某种辛香味，让人食欲大振，他们面探窗外，视线越过河，看见几只猕猴在摘过山香的嫩叶吃，香味从那来的。其中有只落单的公猴躲在附近，远望猴群，胯下勃起的生殖器露出粉嫩的龟头。这又引起大家的话题，一说是它肖想母猴，一说是被逐的老猴王用自己的老二向目前的老大抗议。

“它在打手枪啦！”坂井找到好话题切入，连自己也得意了，直说，“猴子也懂得自爽啦！在我家乡，我还看过两只公猴打炮。你们都是公的，可以自己玩自己的，但不要跟别的男人玩。”

气氛高昂了，坂井取得说话优势，便用扫把柄教学徒兵打手铳，怎样才不会拉伤还无法褪落龟头的包皮，惹得尾崎也笑出来。坂井见自己发挥功效了，越扯越荤，淫心大乐地说，“你们知道‘酌妇’吗？”语毕，坂井转头沉思，不知如何解释慰安妇这种军妓的贱称，说透无聊，不说又心痒痒。

帕见坂井沉思时，脑壳直冒腥烟，嘴角淫扬，老是摸着下巴的胡茬，一脸有老相好的吃相，肯定有隐情，便加重语气地追问什么是“酌妇”。

盘坐在地上的坂井把身子向前倾，咽了口水，说：“呵呵，你们听过**突击一番**吗？”那种询问的口气，眼神带杀，好像老大问新入门的喽啰，你们没杀过人在跟人混什么屁呀！

“突击一番是什么？”几个学徒兵异口同声。

一下是酌妇，一下是突击一番，搞得晕头转向，两颗脑袋也理不清，却搞得他们像发情似兴奋不已。这种性议题，已不是路上看到两条狗在任性交配、连火车来都拔不开这么单调的笑话，而是神秘的成人游戏，全新的世界领域。不待坂井的官方版解释，学徒兵七嘴八舌，话匣子爆开了。有的说，他有一回经过高炮阵地，正好下起蒙蒙细雨，班长便大喊，把突击一番戴上。突击一番就是套在炮管上的橡胶套，防风砂用。有的接着说，那我知道了，我看过速射炮的炮管套，这跟坂井殿讲的不一样吧。抽着烟的坂井听到此，闷笑几声，不意被肺里的浓烟呛得喷泪，挥手暂且不表，先让大家自由发挥。一个学徒兵说，哎哟，我懂了，坂井殿不喜欢某个女人，又想跟她那个，便用炮管套套住她的头，别看见丑样。于是结论是，突击一番是套住人遮丑的麻布袋，笑得他们差点撑坏肚脐眼。一个叫加马太郎的学徒兵反驳说，炮管上的叫防尘套，像象皮厚，男人用的突击一番很薄，像猪大肠，也就是大家拿来套在手指伤口用的“橡皮头盔”啦！语毕，众人惊声，那就是橡皮头盔了呀。

这由来是加马太郎无意间发现的。他曾任打饭班，每日往返练兵场的厨房扛饭菜。由于个子不高，提竹笼时得使劲提，久了手指被锐利的竹条割破，操课时，伤口反复沾黏沙土，疼痛又难愈合。某日他经过练兵场的排水沟，目睹几个村童从沟水中捞起猪大肠，有人因少抢几个而冤家，差点打起来。他们鼓着腮帮子吹气，猪大肠顿时胀成气球，随风逐玩。加马顺水找上去，在雀榕边的那间竹篙寮，散落不少一种子弹型的牛皮小纸袋。他蹲在窗外捡起那被撕开的牛皮纸套，套在指头上刚刚好，心想在上头画上些脸庞表情就能舞个木偶戏。这时候窗口忽然探出一个妇人，吓得加马头皮紧，不知自处。加马认识这妇人，她是练兵场伙房的厨妇，平常匆忙交会，并无谈过。这次，赛夏妇安静地看加马，说，你是“帕纳”。加马听不懂，猛摇头。赛夏妇见他的手指头套上牛皮纸袋，只有受伤的那只没套上，便从窗下摸出一包牛皮袋，撕开后拿出橡胶膜套在他受伤的指头上，说这样就不怕水泡和沙尘了，又说伤口如果涂了硼酸软膏再套上，治疗效果更是好。此后，加马有新伤口，便到那座寮舍讨橡皮头盔使用，也带几个给同梯的伤兵。每次去，赛夏妇主动撕掉牛皮袋，拿出橡皮头盔，只要加马藏入口袋带回。不过这已经是两个月前的事了。“我再也没去过那。”加马很强调。

此事不少人已知，又听了加马再说一次。加马继续说，这东西为什么叫“突击一番”，因为牛皮袋写了这几字，还有五芳星（五芒星）军徽。说到这，大家都看向坂井，只见他笑眯眯的，嘴角都使坏了。末了，坂井才点头认同，便说酌妇是在床上让男人匍匐作战的。练兵场厨房那几个煮菜的阿桑，就是酌妇呀！那些宪兵、古兵呀，晚上会到她们的房里睡觉，都是她们的老公。有学徒兵问，坂井殿也是她们的老公吗？坂井挺起身，自知在这些有人连老二除了尿尿外就没有其他功能的学徒兵眼中，得正派地摇头，说没去过那里。然而，在众人诡异眼光的嫌弃下，坂井改口说，是有啦！有一次超想去的，想到充血的腿都发抖，便跑去那些阿桑的宿寮，但是“突击一番”用光了，心想要是得了性病就完了。他又说，要做那档事，要用一种青蛙肚皮当原料做成的橡皮头盔。大头戴钢盔，打倒敌人；小头戴皮盔，能压倒酌妇。没错，突击一番也算是戴在男人那里的防毒面具，不然咧！有些女人的那里会长霉，害得你那根发霉就完了，尿尿会拉出脓水。

原来突击一番有两种意义，当名词是保险套，动词是“打炮”。有的学徒兵蒙对答案，晃脑在笑。有人接着用肃然的口吻问坂井，你肯定有去突击一番，不然怎么会这么清楚。

面对千夫所指，坂井当然不怕，哼然微笑。军中文化不怪你嫖，只怪你不用保险套而嫖出病，性病传给同僚影响战力。但是当他开口说有时，见到站在墙角的帕怒目瞧来。那密度高的怒火几乎装不下眼睛，快把那黑影烧光。坂井吓得目珠颤起来，知道自己不只捅娄子了，更捅到虎头蜂蜂窝，微笑的嘴角塌了，眉毛下压，压出标准的军人眼神。他说，他是堂堂正正的日军，想的都是打仗，连母狗都不看一眼，何况是女人。而且他舌头一转，对准加马太郎开炮，说这里最可疑的是你，混蛋，一定有去过突击一番的。

加马说没有，态度坚决。坂井更严厉地问，难道你，连再去都没去过。加马支支吾吾地说，没有，真的没有。坂井见机不可失，随便撒谎：“是吗？我上礼拜路过那里，那番妇还对我说，叫我的‘帕纳’快来，快叫他快来帮我‘插花’呀！”

加马有宽满的额头，深邃眼窝，还有平阔的狮鼻。那个赛夏妇人第一次遇见加马，当下看出他就是俗称“后龙番”的道卡斯人。“帕纳”是赛夏对这些人的称呼，意思是邻居。坂井哪知道这层意思，把“帕纳（Pana）”误听成日文中妻妾对老爷亲密称呼的“旦那（Dan-na）”，乱枪打鸟地说，却触动加马最柔软的心意，那不断被毁恨之泪冲毁的防线。加马先是一愣，接着眼珠泛光，直说豆伊真的叫他过去吗？是真的吗？可是，她叫他不要去的，是她先说的，叫他永远不要再去找她了。

加马细细道来。赛夏阿桑叫豆伊，那次在宿寮相遇时多聊了些，此后对他视如己出，经常将熟猪肉、米饭包在姑婆芋叶，塞在练兵场附近的栾树洞，要他去拿来吃。有一次他感冒，毫无食欲，喉咙干燥如碳罐，豆伊竟然弄到一片猪肝炖姜丝汤，熬了稀饭，要他趁热吃。他惦记这份情，几个月前，他向附近农家买了颗白柚。柚子散发香气，捧过的手整天有迷人味道，再用双手摸什么东西都逃不了那股香，连石头也是。他想把柚子送给豆伊，趁晚餐后的休息，摸夜路到她的住处。到了寮舍附近，传来喧闹的争执，他胆小，有些惊怕，便折回。但是他听出那哀求的声音绝对是豆伊发出的，又跑过去，连偷瞧的勇气都没有，蹲在窗外头听。豆伊要求对方使用橡皮头盔，不然大家都会生病。可是那个人，从严厉口气与措辞听出来他的军阶是班长，发酒疯，抡拳就打豆伊。屋里也传出各种摆饰品摔破的声音。豆伊狂叫，夺门而出，头发像着火一样难看，沿着山路跑。班长追出去，抓住豆伊的头发往回拖，任凭她哭叫与蹬脚，最后把她掼地上，踹到她安静下来。班长把豆伊的裤子和衣服撕烂，命令她跪下，自己也脱裤从后头趴上去抽动，打她的屁股，发出沉闷鼻息。班长办完事后，又踹了一脚豆伊，骂着脏话离开。躲在暗处的加马完全被恐惧征服，手中的柚子掉落，滚到哪都不知。他知道豆伊死了，内地人强暴后会把女方杀死。这印象来自五年前，那时他担任军夫的叔叔从大陆回来，和父亲把酒言欢，越喝越晚，喝到什么事都能说。加马的叔叔说，“有一次我跟某个军曹出差。半路上，军曹说闷坏了，要找女人，看见路上有个拎书包的中学女生还不错，就把她拖到巷子里脱裤子。女孩挣扎不肯，胡乱咬人。军曹先把她狠揍一顿，打得脑壳迸血，再扯下她的内裤，塞哑她的嘴巴，趴上去，用肘抵住她的脖子。军曹办完事，起身走，把裤带勒紧，又回头抽出军刀往那女生肚子捅去，直到人断气，最后用书包巾把刀血抹干。我吓死了，脑子却很清楚，那军曹是畜生，好多日本兵都是畜生，发狂起来就是拿机枪对村民乱扫射，当狗杀，当猫玩。”在隔壁房正要起床尿尿的加马偷听到这件事，惊惧无比，连下床的勇气都没有，竟在床上尿起来。也因为这印象，加马知道豆伊死了，班长打死她免得坏事传出去。可是，那黑暗中又传来窸窣声音，豆伊爬了起来，她没有哭，也没表情，裸着微胖的身体走回宿寮，在门口的水缸前舀水冲身体。豆伊发现加马蹲在窗下，因为他啜泣的声音已经盖过冲水声。加马为自己的懦弱与胆怯生气，也担心不知如何面对豆伊，死都不出来。倒是豆伊很大方地蹲过去，像妈妈面对做错事的孩子，安慰地说他一定刚洗完澡，身上有一股柚子皂的香味。加马终于号啕大哭，泪水直落，说：“我有四个月没洗过香皂了，身上的香味是柚子，我是来送柚子给你，可是它不见了，怎么越抱越紧它就会不见。”豆伊从地上拿石头，往他的胸口兜几下，石头便有柚香。她说，“看，柚子在这，它不是不见了，是变小了，一直躲在怀里而你没发现，你心里藏有一颗好棒的柚子呢，能够让石头变成柚子呢！”豆伊说罢，进屋穿了衣服，特地又拿出一块蜂蜜香皂，塞到加马手里，催他赶快回去，要求他以后再也不要来这了，再也不要回来了。加马听了更是难过，沿着山路跌跌撞撞离开，那些泪水太多，手背抹不去，把手中捏着的肥皂融化了。

加马说这段实情是断续完成，中间穿插在场者的惊骇、暴动与宁静。首先是坂井发出胜利微笑，笑加马早该诚实说出。等到加马接着说出慰安妇被打时，坂井的表情猛然刹车，眉头快掉下，喝令加马不要再讲，那完全是瞎掰出来的。加马仍然讲下去，讲到日军强奸女学生时，坂井颤了一个突，跳将出来，狠狠赏加马一个嘹亮的耳光，叫他闭嘴，再说就打。“万年兵坂井一马，闭嘴。让加马讲完。”帕大吼，从墙角的影子堆吼出来，吓坏所有的人。坂井先是噤语，然后不理主子的怒吼，更要加马闭嘴。帕一拳把坂井撂倒，命令几个高壮、脸上被青春痘占满的学徒兵制压他。这时候的加马讲不下去，但帕命令他讲，实话实说，如有半点扯谎，下场更惨。之后，加马在报复坂井打的耳光，把详情托出，没有保留。

这故事最后讲完了，整个过程像耳朵灌入铁浆，在各自心中烙下印记，气氛静谧，只有屋外的河水喧哗难堪，滔滔流逝。登时，帕走到桌边把放上头的军帽戴上，也把军刀挂在腰部，对加马说：“你再说清楚些，那个欺负豆伊的班长是谁。”得到答案后直往门口走去。被制伏在地的坂井很容易站起来，因为压制的学徒兵被后半段的故事惊扰而没留神。

“鹿野殿，拜托你不要走出房子。”坂井跪下来，极尽哀求地说，“就当作大家忘了这件事，要是传出去，在场的人都会被判军法，吃不完兜着走。”

“拿起的故事，如何放下？”帕说煞了，扶正帽檐，往大门走去。

“请你站住。鹿野殿，你不要走出大门，你会杀人的。”用软的不行，坂井来硬的，对主子吼完，一个扑，狠狠拽住帕的双脚。

帕甩开坂井，却被冲来的学徒兵挡下。他们也提起胆，拦下主子去寻衅，不然会闹得天翻地覆。帕回身从窗户出去，那也站了一堵的学徒兵。一时间，众人霸占了出路，有的贴在门口，有的拦在窗户，其他的围在竹篙墙上防止帕破墙。他们这么做是希望主子冷静下来。沉湎在怒火的帕找不到理由安抚自己，好多理由告诉他，正义就是他手上的刀。帕心绪快爆炸了，把刀鞘横衔在嘴，蹲个身，死抓墙底，怒目金刚，一个大吼，竹墙便毕毕剥剥发响，房子当下翘起半边。再使个半吨力，墙被拧得灰飞烟灭，只剩竹条歪倒，强过那些哀号又无奈的众学徒。帕走出竹寮后又遇到困难，跟来的坂井把他扑倒，学徒兵也压上去，紧张得流汗。帕不会被压死，但可能被那些从上头流不完的汗水淹死。他伏地像疯狗甩水，把身上的十几人都甩干了，蹦起身，走向练兵场。可是被甩开的学徒兵发挥攻击战车的能耐，再度扑上去。

关牛窝在大轰炸中死了四十六人。亡者火化成灰，成了滋润大地的养分。村民在警防团的带领下举行追思会，在路旁种上樟树与樱树苗，撒上一些骨灰，期许亡灵安息。当他们种上树苗时，吓坏了，看到一个衣服破烂、身上黏满学徒兵的人经过会场，后头拖着一条长长的“人链”。那是帕。帕也看那些村人，烧夷弹的火好像在这些幸存者脸上复活，眉眼融化成焦，毫无表情。他边走边喊，部队听令，唱《海行兮》。包覆在帕身上的十余名队员，还有抓住脚在后头拖行的人链，汩汩唱出悲歌。村童大笑，说那是猴子兵团，拖着一条大便。在荒谬的情境中，趴在人肉包里阻拦的加马说话了，对帕说，他说谎，那些什么日军龌龊的事，不管在哪方面，都是他掰出来的。其他人很安分奉命，等歌唱完才附议说加马说谎，他是个常吹牛的人，别相信呀！

帕深信不疑。加马在肉迫行动中归为“肉汁”，首发的炮灰人，在半途自我爆炸好制造敌军紊乱。肉汁由最胆小的人担任。帕知道加马怯懦性格，抓住他的衣领摇几下，绝对吐出实情。目前唯一让加马，也让大家信服的就是真相。帕原意前往练兵场算账，此时转向，前往豆伊住的宿寮，问个原委。他挺直身子上山，还跳着，让那些趴在身上的学徒兵因肌肉酸痛而自动掉落。

通往目的地的小径，崎岖蜿蜒，落满树荫，凉风中藏有各种花香，红嘴黑鹎在树梢发出猫样的叫声。一个隶属关东军的速射炮上等兵走下山，拉着皮带，也吹口哨学猫叫。他看向山径那头，熟悉身影的坂井跟在某位军官背后对他猛挥手。那挥手，多么热情的招呼，但越看越像在赶人。狐疑间，那头的人已来，他赶快闪到路边对帕敬礼。

帕一个抢前，给上等兵两个耳光，打得他快脑残了。“看到军官，得在距离七步时敬礼。”帕怒看他。

“报告少尉殿，我、我有在七步时……”上等兵被打得颈子转伤，只能歪着回应。

“吧嘎，你用耳朵看着我回答呀！”帕吼着。上等兵转过身来，正视帕，身体却斜着。帕见状，又吼着：“站好，你敢站三七步对我说话，看我是强固鲁（清国奴）吗？”

老兵吓坏了，恨不得嘴巴有三根舌头辩解，因为帕用轻蔑他人的罪强加在他身上。鬼中佐早已公布，“番人”改称高砂人，要是谁骂本岛人是清国奴或中国猪，一律严办。帕用这招小把戏，吓得老兵连忙澄清，说自己没把鹿野殿看成强固鲁，绝对没有。

“吧嘎，我就是强固鲁、就是强固鲁、强固鲁，你竟敢说不是。”帕不断强调“强固鲁”，眼睛怒睁。

这在规定之外了。鬼中佐规定不准骂人清国奴，可没不准骂自己是强固鲁。

老兵被搞得糊涂，一下点头说是，一下又摇头说不是，不晓得如何搭嘴，汗水直冒地说：“你说什么就是什么了。”

“我说，你越级报告了。先回去跟你的班长申诉吧！”帕说罢，用一个耳光把他头扇正了。

上等兵头正了，却翻几个大车轮滚下山，上百公尺长的灌木丛都拦不住，尖叫都省了，直掼河谷去。

闹人命了，坂井当下闪现这念头，直到山谷传回哀号，便松口气。帕这下动怒了，要是不阻挡，就真要出乱。于是坂井不断地喊“鬼军曹来了”，警告不远处正在屋里嫖的士兵，直到帕回头狠狠地瞪，坂井才躲在一株泡桐树后头露出小眼睛。帕又往宿寮走去。坂井攀上泡桐，边爬边发出美滋滋的呼唤：“新的酌妇来了，又美又好用喔！”忽然间帕化成一道风吹来，怒踹树干，多几番脚劲，粉紫色的泡桐花如雨地落下。帕继续踹，花落光，树丛也秃了，轮到树皮疙瘩往外跳。坂井紧抱树干，体验里氏九级地震，又高喊新的酌妇来了喔！快喔！

这招有效了，几个在寮宿外排队嫖的士兵被性荷尔蒙撩拨了，大腿充电，争相跑来，恨起路多弯曲，直接穿过树林来，手上揣着保险套。可是他们看到最奇特的一景，坂井这老猴用丁字裤把自己绑在发狂跳舞的树上，目珠翻白。直到树木停止跳舞，士兵了解倒霉来了。帕就在树下，他的愤怒连一个中队的士兵都挡不下。他们马上瘫腿跪地，把帕当告解的对象，有错就说。有的说他只打过一次白虎队，有的说他只偷过一次军粮，有人说“我想破头都不知道曾做错什么，原谅我想不出”，完全不了解帕生什么气。帕瞪着那些士兵跪在紫花毯上，个个钻脑的精虫快变成蝌蚪了，一副伸头欠砍，心想难道他们不知道自己干了什么下三烂的勾当，便吼：“来，给我跟过来，看你们干了什么。”

原本是礼拜日该有不少寻芳客的，听到帕的声音，人早就逃跑了。帕带领一群学徒兵和老兵来到寮舍。房间隔成间，每间三坪大。人都没了，只剩门板随风开阖，发出单调声音。坂井随门声应和，颇有自信，直说这哪有什么人，都是空气。有扇门从里头上了搭，开不了，帕使个劲便把门推倒在地，踏门板而入。房内摆饰简单，尘埃涌动，什么人都没，窗边的啤酒瓶供养几束野姜花，桌上也放几朵柚子花，好驱臭醒脑。坂井又开口说，这里也都是空气，比较香的而已。帕却发出严厉声音：“出来，躲床下的兵给我出来。”使个眼色下令。几个高大的学徒兵战战兢兢地走去，拍打竹床，最后从底下拖出一团棉被。赫然间，棉被滚出年轻女人，上身裸露微丰的奶子，下身只着大内裤。她马上以手抵胸，蹲在地上，颤抖着。学徒兵也抖着，他们习惯了庄脚人家大方地把这种女大内裤穿错在竹竿上晒，第一次看它穿在女人下身，难免错愕。

即使那女人头低低的，帕一眼认出，她叫加藤武夫。那个少数民族女孩来自台中州新高郡的太鲁阁，花了四天三夜，从花莲绕过整个北台湾来到关牛窝，经常挨在驿站檐廊的木柱边发呆，火车来就跳舞，不断地拍手唱歌；火车走了，又愣着柱子发呆，偶尔会对山大喊着布洛湾，直到有回音才停，然后眼中全是泪。她饿了讨摊贩的剩菜，累了睡桥墩下，胸前挂个用日文写着寻找加藤武夫的厚纸板，有空时便用捡到的铅笔把上头的字迹描深。日久，字越描越粗，人们干脆叫她加藤武夫。村童老远地喊这名字，她乐得跳起来，张望谁在叫，用难辨的言语叨念几句。后来人们才知道她是思念入伍的情郎加藤武夫，来到这寻觅。殊不知，载她情郎的火车早已开走，他新训完下南洋，坐船在菲律宾外海被米潜水艇击沉，永葬海底。

帕令士兵先退出房间，再叫那少女穿上衣服。加藤武夫仍裹着被蹲在地上发抖，紧张得拉尿，滴滴答答的，脚边一摊水渍。帕不知如何是好，将就叫她坐地上好了，少数民族人喜欢席地而坐。不出帕所料，对方日语有限，又处于恐惧中，比手画脚用不上，心想她来自花莲便叫外头一个来自台东的学徒兵来翻译。这小兵喜欢野球，从台东远道来西部读以野球闻名的嘉义农工，后征调入伍。小兵听到那少妇来自花莲，便对帕说她肯定是阿美人，话不通的，而且阿美人跟他们普优马（卑南人）是世仇。帕手一挥，又叫了几个少数民族小兵，只有泰雅语与那种立雾溪溪水般时而激昂、时而沉缓的太鲁阁语能有些星火关联。但泰雅小兵翻译得烦了，对帕说，泰雅与太鲁阁曾经是亲兄弟，但最后成了世仇，卑鄙的太鲁阁人才逃到中央山脉深居，刻意改变原本使用的语言。

“你跟她有仇恨吗？”帕原本蹲地上，现下也站起来，说，“我的意思，世仇这话是谁对你说的？”

“我的老伯伯（祖父）。”泰雅学徒兵说。

帕看着窗边桌上的柚子花，已经干萎，酒瓶内的野姜花也倾垂，不像刚进来时看到的勃发。帕叹口气说：他的老伯伯常常说，闽南人最奸诈，“番人”野蛮得会砍人头，内地人是他的世仇。可是，他又听过闽南人说，客家人最奸，“番人”最颟顸；他也知道，你们高砂人抱怨客家人、闽南人最烂，骗人不眨眼。帕说，他以为高砂人最团结，没想到走进来的都跟他抱怨跟这女人世仇。你看，她就蹲在那发抖，吓得拉尿，像刚出生的小狗，连一阵冷风都能撂倒，她是客家人最常骂的“恼到绝渣的死番仔”，也是所有高砂人的世仇。帕的结论很简单：“我只要人翻译，请她站起来，穿衣服，好好坐在床边。这么简单的话可能要花几天才能翻译完，没想到她和我们是共同的世仇，竟然讲不通。”

小房间安静极了，气氛却很尴尬，几个少数民族小兵杵在那低头。这时风从窗口吹来，带入新鲜空气，窗边的野姜花味道再度弥漫。忽然间一位学徒兵惊叫，那种音调好像发现死人。大家顺着他的眼光看去，并不会太难找，因为他把左脚抬起，露出鞋底的血红。在场者很快地发现那女的不是蹲着屙尿，是胯间不断的血崩，许是花香，大家没闻到血腥。帕把她扶上床。她躺床上发抖，睁开眸子，唇白如盐，裤子全是泥淖的血浆。

“闭上眼深呼吸，”没辙的帕对她深情说话，好像现在开始要和陌生女人相爱厮守，并再说一次，“闭眼呼吸，加藤武夫。”

这男性名字是帕对她仅有的认识，对那女人却是全世界，乃至终极意义，取代她自己的名字、呼吸与生命，整座中央山脉都挡不下她的追索。她闭上眼，喃喃念着加藤武夫的本名布洛湾，山谷回音之意。她想象情人就是整条流动的立雾溪回音，轰隆隆响，布洛湾、布洛湾，念到唇瓣也停了，安静躺在那死去。窗光落下，柚花很香，窗外不远处一群台湾蓝鹊掠过树梢，爆炭似叫声好清晰，甚至不堪；一只飞入的红蜻蜓盘桓一会，停在酒罐口的野姜花，它感到安全而翅膀摊开，久久不离去。

帕退出房间，深为自己的莽撞而自责，要不是强迫把少女从床下拉出，或许她不会血崩死去。他把老兵都叫过来，摊开掌中的一块黑肉，问那是啥？七、八颗头凑一块，啧啧称奇，说也说不清楚那是啥。有的说是刚生出的幼鼠，有的说是雏鸟，什么都能猜。等待帕说那是从加藤武夫的胯间掉下来时，老兵的脸都绿了，凑去的头都弹了开，啧啧嫌恶。那团血肉又黑又腐腥，看似老鼠，细看是婴儿的粗胎，一个只有头、缺下身的婴胎。这流胎大约有五个月大，为何只有上半身，帕也很好奇，他胡乱诌个引信，说加藤武夫已经说了，他不相信事件会是这样，怎会是这样呀！

“怎么会这样？”帕抓了坂井的领子，要他看清楚掌中的肉团，又说，“你说说看呀！”

“我说，别打我。”等到另一个古兵的衣领被帕勒紧时，他招供了，“是那个被炸死的宪兵村山八郎干的，是他干的。”

帕怒目看着古兵，好确定他不是把责任推给死人。帕对村山八郎的印象是他个子矮笃，下巴戽斗，夏天露出衣服的肌肉常活生生地蠕动，有的什么坏印象的话就数现在的这桩起。在帕的威迫下，那个古兵很快翻供，好像活着就等这一刻把秘密吐出才爽快。不过整件事件得从那古兵不知的一切说起。原来加藤武夫那女孩老是待在驿站，盘踞不走，管那一带的翘胡子警察受不了，自掏腰包买票，亲自押她上车，叫她回花莲。过不了几天，加藤武夫又回来了，穿着白色的碎花和服，梳了钵状的岛田髻，踩着木屐前齿，露出大腿肉跳着舞踊，倒是胸前挂的纸板仍旧风渍，刚描的字迹好清晰。翘胡子警察看着她深褐肤色配上淡雅色的和服，好气又好笑，在赶不走之下，把她拘役到派出所，接近生活才发现加藤武夫的精神状况不稳，像点燃的炸弹随时会爆炸。那些待人严厉的警察真的颇尽责，要把加藤武夫送回东部，用尽电讯、公文和人际关系找出她的部落，好请家人接回去。但这可难，加藤武夫的日语没人懂，又不知道她是哪一支的，只能凭着她喊的布洛湾为线索，先从平原一带的阿美人询问，然后扩展到玉里郡布农人的风诺歌社一带，最后在太鲁阁人的模范番社武士林社找到眉目了。该社头目在电话那头听到布洛湾，马上点头，并模仿关牛窝警察的问话，好像回音一样。这头警察以为找碴，大骂死番人，巴格野鹿；那边的头目也诚实且温柔地骂回来，死番人，巴格野鹿。关牛窝警察最后才搞懂布洛湾是回音的意思。既然是太鲁阁语，一通通的电话直达立雾溪的警网，找遍阿唷、塔比多、哈鲁可台、沙卡礑、托布拉、山里等驻在所，电报还爬上一千五百多公尺的巴多洛夫部落，一个被大雾淹死、常出没的匪徒是猕猴的僻村，管辖的见晴驻在所警手回报了她家长的意思："西雅娜与世仇私奔，叫她回家种地瓜了。"关牛窝警察忧喜参半，喜的是西雅娜能回家了，忧的是她家人始终不来接她。当然他们也不了解，所谓世仇是另一些太鲁阁人，曾引领总督佐久间左马太所带领的正规军在三千公尺的合欢山顶拔刀面对曙光，高呼万载，挟枪炮下东部，剿平三千余个顽抗的少数民族人，让立雾溪血红到海。对巴多洛夫部落的村民来说，宁可嫁女给杀祖的日人，宁可去打大东亚战，也不愿嫁给背叛祖灵的人。因此为雅娜冠上西（sk）代表她已死，种地瓜也是他们的俚语，死亡的意思。加藤武夫回不去，两地的警察不想接管烫手山芋，宪兵队得知后，以间谍罪嫌带走，终于了去关牛窝警察的一桩心愿。

至于古兵所知的，从这时说起。当宪兵队把"番妇"加藤武夫带走后，发现她的精神状况越来越差，凡是谁喊出加藤武夫，就对谁好得像麦芽糖黏人。她被送到寮舍当酌妇，有事时在床上，想象进出的男人都是情人；没事时到溪涧卷起衣裤摘花，坐在溪石上用脚拍水，忽然停下动作，久久凝视水面后嫣然一笑，仿佛河流是对她唱歌的情郎。从那时开始，加藤武夫胯处时常流血，越流越多，还分泌难闻的味道。闻过的人都说那是老鼠腐烂的腥味。宪兵队以为加藤武夫得性病，用疗药“星秘膏”抹了一星期也没用，送去看医生才知道她肚子有死胎，造成失血。胡乱吃了几帖西药，奇怪了，只让死胎有生命般不愿意出来，而且血崩日益严重，倒立过来才能止血。村山八郎便说有办法，叫了几个兵把加藤武夫绑在床上，两脚向外拗开，绑在床头柱。他把烧过的铁丝用酒精消毒，穿进去掏呀掏的，把死胎钩出来，像排除炸弹一样小心。即使小心得很，加藤武夫仍痛得快爆炸了，发狂大叫，竹床剧烈晃动，害得一旁压制的古兵像哄小孩般不断在她耳边念着加藤武夫，好让她安静些。真正痛苦的叫声如何？是没有声音的。加藤武夫已经不想叫了，嘴巴却张大，眼睛凸出，头发完全泡在汗水中而滴水。“要是有谁狠些，应该会拿刀子往她心脏刺去，好结束这场噩梦。加藤武夫怪异的眼神，老是出现在我脑海，我最近才搞清楚那不是痛苦的眼神，是怒火。我们把她的孩子挖出来，即使是死胎，仍是情郎还留在她身上的微弱讯息，唯一的联系。我们却硬生生地蛮干，掏呀、戳喔、抠的，她不绝望才怪。”古兵又说，他们花了整个早上，死胎只钩出一半，另一截怎样都挖不出来，而且铁丝扯破子宫，流血不停，吓坏大家。村山八郎发现情况失控，最后用布塞进那里止血，草草结束。

帕听完始末，心中没有汹涌的愤怒，或许他觉得连家都归不得的加藤武夫这下安息了，只有死亡不需世仇，能包容任何痛苦，却把死者的痛苦转嫁给生者处理。吭一声，他猛抽佩刀，这动作吓坏所有人，都退得影子不见蛋了。但抽刀角度不对，加上先前用嘴叼刀鞘时咬出了个坏弧，抽到一半，刀柄断裂。帕不啰唆，徒手抽出那卡着的刀，以刀在寮舍的地上画过一圈，对那些古兵说："传话下去，我要关牛窝的每个官兵都知道，连步枪、速射炮都要对他们告知，谁再敢跨过线进去，就是找死。"说罢，握刀离开。利刃割入帕的掌肉，鲜血直冒，随后有一截肉从手上掉落了。

坂井捡起那块肉。是帕的小指，因用力被刀切落。坂井几乎吓得丧胆，知道帕要前去练兵场理论，便远在一丈外，大喊："鹿野殿，拜托你回头看看，看看你的子弟兵。你跟那些古兵和宪兵作对，赢了又如何？白虎队可能解散，我们被分散到各地，当兵的日子从此不好。"

帕顿了足，回头看看子弟兵，一点也不假，他们的无奈、惊骇像午睡醒来后还留在脸上的草席印，擦也擦不去。

"那你们再回头看看，看看身后的那些古兵。记得你们的抱怨吗？怪他们欺负你、操你、骂你，可是等你们也老了，也开始操新兵、骂新兵，抱怨兵一期比一期还烂，该做的都叫别人做。因为这样，你们腐败了，一个个像败家子，把皇军资产都败光了。"帕平静说，完全没有愤怒，"白虎队解散又如何，如果你们记得自己是最棒的皇军，到哪都没人轻视你。"他转头走了，走几步忽看到一株血桐树，便把断刀插上。流出的树液很快氧化成红色。帕以刀为誓，要在场的人莫忘当兵的初衷，一心报效皇国、奉献给天皇陛下。说罢，朝练兵场大步跨去。

来到了练兵场，守卫看到衣着破烂又满手是血的帕，紧张得不得了。他们没能力不让帕进入，却挡下后头跟来的一群学徒兵，把带头的两人用枪托打趴地上，喝令其他的也趴下。上百个士兵很快地接获紧急命令，得知帕要血谏鬼中佐，有的手持由轻便车铁轨打造的长刀，有的握着约五米长的尖竹篙，跑来围着帕。这竹篙是要对付登陆的米军，像史前人类凑合着来的武器，现在要用在帕身上。他们用竹尖碰着帕，只敢随他移动，不敢去阻拦。有个平日看不惯帕的日本兵借机用竹篙刺入帕的胸膛，血水顺竹竿流到他的手上，他骇着，这血如此激动，他烫伤了，顺势往后倒在地，也把竹篙抽出。

一个宪兵喝声要帕停下，还跑到帕前头敬礼。帕知道这是先礼后兵。他曾在车站看到一个准尉因急事而插队，被士官阶级的宪兵拦下。宪兵先敬礼后拆掉准尉的阶牌，以破坏军纪为由，硬把他拖下车，当着打赤脚的菜贩前，打他两个耳光带走。因此帕不待眼前的宪兵先动手，自己先拔掉军阶，放到对方手中。这菜鸟宪兵不知所措，全身发抖。倒是另一个宪兵站上前，抽出长刀横在帕身前。帕徒手去抓，使力卷，那把刀就像受劲风的竹子绷个弧，硬生生断裂，刀柄高弹后掉上屋顶。

帕走了几步，回头看着升旗台，闭上眼睛。他就站在那。这时最好下手，要是有人敢一刀断下帕的头就赢了。可是谁敢?

这时另外十余个士兵从枪房拎着步枪来，值星官一声令下，要拿竹篙和长刀的士兵退下。值星官又喝令帕退出练兵场，见他还杵在原地远望，马上下令枪兵拉枪柄，对空鸣枪。砰砰砰。枪声回荡在纵谷，一些兵即使早有心理准备，还是吓着，更远处的竹林丛，一群受惊的乌鹭飞逃到蓝天。枪兵随即举枪对准帕，双手微微发抖，气氛冷凝，等待值星官的再次命令。值星官迟不下令，是因为眼前那个传说中的鬼军曹，面对数百人包围，还闭上眼，站着不动，感觉帕没有任何杀伤力，反而是求死。

“挂反了。”帕终于张开眼说话了。

让在场的人不明所以，顺着帕的眼神看去，还是一头雾水。

帕用握刀的手指着五十公尺外的日丸旗，大声说："巴格野鹿，你们怎么搞的，把国旗挂反了。"

混在人群中的旗兵，把竹篙抛了，跑到升旗台，把旗子降下来检查。空心的铁杆柱被拉动的绳子打得当当响，仿佛大家的疑惑，因为日丸旗是对称的，白布中绘有红日丸，怎么挂都对。旗手检查完，立即从遥远的那方对帕敬礼，期待帕的敬礼响应。帕高喊升旗，旗手才把日丸旗挂正，拉上杆顶。过程中，所有的士兵端枪或立正，看着旗子缓缓升到顶。这幕震撼大家，"国旗"怎么有正反之分，即使有，如何从五十公尺外看出来。只有担任过公学校旗手的帕才能感受到那最些微的变化。日丸旗为了表达旭日东升的意象，红丸会高些，故有正反之分。旗手为了方便分辨正反，会在旗角做些记号，缝些白线微凸之类的。然而帕不是从这些微特征看出，是"国旗"飘得硬邦邦。那些平日随风抚弄的旗布经纬，早有它的顺畅声响，挂反就逆了，声音不够软呢！

升完旗，气氛软了，火药味也散了，他们知道帕不是存心来反的，便没有阻挠他。于是，帕顺利地握着断刀来到鬼中佐的办公室，在外恭敬敲门，三次大声自报家门，请求入内。敲门无人应，帕自行推开门进去，公厅阒无人影，各种摆饰整齐，安静无尘，让他误以为自己得踮脚尖走才不会打翻声音，只有桌边的一盆蓝色的紫阳花，强烈颜色散发一股生命。他走到那，发现桌上有个打开盒的留声机，里头躺着哥伦比亚发行的黑唱盘。他转动摇柄，先是发出沙沙噪声，操着北京话唱歌的李香兰以《迎春花》一曲划破了沉默：

一朵儿开来，艳阳光。

两朵儿开来，小鸟唱。
满洲春天，喔！好春天，
别在旅人襟上的是迎春花儿。
令人喜悦的满洲。

令人喜悦的满洲，那是义父惦念的地方。他听不懂中文，可是歌中却充满精魂，好像梦中之梦的语言。帕随着节奏哼，直到满洲成了自己的故乡似的，因此咬着唇，身体有些颤抖，帕感到这首歌是为他唱的，世上只剩这首歌懂他，反复聆听直到泪流。他顺着落泪看去，发现鞋上黏了一朵紫泡桐，紫琉璃中镶了血渍，很雅洁。他拿起花，拈着花梗揉转几回，放上留声机，等泪干才走出办公室。卫兵战战兢兢地说，鹿野中佐去巡视高炮要塞，晚餐才回来。帕抬头看，群山横亘在眼前，山上的竹子像鸡毛掸子挥动，像松鼠的翘尾巴，更像千万只手摇摆。他心情一松，觉得手疼。低头一看，叹声唉，竟握着一把断刀，利刃割入手掌，割断的小指不知道掉到哪了。他把刀插在日本建筑常有的鱼鳞板，插得够力，伤口更深了，只好紧握拳防止血喷出。他倚靠在门上，挥手叫围住的百来个官兵离开，嫌他们真碍眼。没有人敢动，也不敢多呼吸。

帕攀着廊柱，爬上了屋顶，静观前方，那浓得几乎让人咳嗽的雾气从山顶翻落，漫到了练兵场。远方红砖墙角的番樣（杧果）树被雾气包围，干燥得像流光发亮，湿气绕了过去。帕想起还在公学校时会爬树摘番樣，夏日时光，吃得两手汤汁，牙缝全是肉纤维，一排的树如今只剩老欉一株，米军炮弹与日军刺刀的伤痕全在上头。关于摘番樣的好时光，并不是很久以前的事，怎么想起来，像是转世前的记忆了。

母亲死在自己的梦里

梅雨来了，雨针绵绵密密地落下，森林吸了过多水而潮湿膨胀，多么缺乏阳光。在雨季暂歇时，清晨的日头照亮关牛窝，阳光泛滥了，水汽蒸腾，到处是又滚又跳的雾气。那些水汽维持一定高度，村落像落了白雪，只让屋尖、树梢、路灯、警报塔等吐出雪外。附庸风雅者把这归为关牛窝的八景之一，名为“雨霖小海”。久雨之后，雾气成海也。

朝阳的照耀下，金黄的雾海翻动，似乎是关牛窝被水淹没的预言。美惠子踱出学寮，在关牛窝恩主公庙改建的学堂前做西式伸展操，活络筋骨。她忘不了这种美景，在金雾流荡中，民户的炊烟热气将浓雾冲了起来，直达高空才慢慢地散开。雾深景冷处，有一班火车亮着大灯，像扫雪车把雾气推移，推到百公尺高空。雾气排空的刹那，她看见孩童沿道路奔跑，路旁的水牛犁田，圳沟中的村妇捣衣。不过一瞬间，卷落的雾气又填满一切。

那班火车没有停靠瑞穗驿，在村口处停下。车厢走下一些人，卸下一堆枕木或维修器材。不远的竹寮边，原本吃早餐的人，加快扒干净餐饭，嘴巴抹净，加入搬运工作，用伐木运柴的“柴马”——某种Y字形结构的单人运柴工具，扛起重达四十公斤的枕木，沿着土阶往河谷走去。一个礼拜来，他们运送不下上千根枕木，甚至砍下附近森林木质坚密的如青刚栎、肖楠、红楠为枕木，害得山脉濯濯。然因久雨不辍，临时造的土阶泥泞，得小心走。仍有人滑倒了，被肩上的枕木压伤。那些因公受伤的人被抬走时，还对着山谷喊：“拜托你们了，一定要救它。”它是机关车紫电，村童口中的天霸王，现在悬在一条跟自己体积不成比例的桥上，命在旦夕，随时会死亡。

事件是这样：在关牛窝大爆击时，紫电恰巧在高速试车，调整性能。两架米国泼妇型战机在后紧盯着它，以机枪猛射，随后又有数架轰炸机爆击。烟硝与尘埃中，机关士什么也看不清楚，情急之下沿着台车铁轨走，顾不了路况。经过一个大路弯，他没注意到路旁的标志警告，直行后车体传来异常强烈的震动，才紧急刹车。火车一停，山谷传来的爆炸音波与震波让它摇晃，车班人员抓着能抓的，脑袋空白，连怎么呼吸都忘了。等灾难过，远方着火的村子带动了热气流动，把周围的尘烟去除。他们下车时吓破胆，还以为自己正前往地狱的途中，因为下头是近百公尺深的山谷，机关车浮在空中。机关助士赵阿涂当下腿软，跌在地板上发抖，连呼这不可能。机关士成濑敏郎往下头丢了石炭，风大的关系，煤块在半空中撒出个弧度，没掉入河水，是落入山谷边的丛林。关牛窝的风这么野，难怪火车会晃。但火车为何飘在空中？成濑走到车门最底的踏梯，倒悬地趴下去看，目珠惊颤，约八十吨重的巨无霸就停在一条旧轻便车桥上。这联结两山之间的栈桥较窄，也供人通行，桥幅恰巧是火车的轮宽。成濑车长臆测，是在慌乱中，火车上了台车桥。这情况危急只能用相扑力士站在竹竿上比拟。

“发车。”成濑大吼，决定一搏。

赵阿涂被这吼声惊醒，拉铁链，打开联结的炉门，往火室丢煤，直到蒸汽压力饱和，火车这才像充满丰沛水量的河流要向前冲。成濑拉动加速棒，火车震晃一下，没有动静；他又排至倒退挡，火车仍无法脱困。他马上要求赵阿涂检查水箱水量与石炭箱的计量，确定量够，够重能增加主动轮起步的黏着力。待成濑再次发车时，火车激烈地晃动，木桥发出毕毕剥剥的声音，承受不了重量，拼命喊疼。情况危急，他们赶紧放掉水箱的水，连灰箱、沙盒、石炭箱的东西全丢下深不见底的河谷，直到桥梁不再痛响。搞完之后他们心情糟透了，无疑的，火车不能动了。没有动力的火车，就像把相扑力士的丁字裤脱掉，剪掉那又油又亮的银杏发式，成了站在竹竿上露馅的死胖子。

天霸王搁在轻便车木桥上，十几天来，铁道部动员大批人救援。他们运来硬木，从近百公尺深的桥基往上叠，好稳固桥梁。但是梅雨困扰，工作进度老是落后，救援队甚至发现几天前架上的木头蹿出芽或长细根。欠缺人手，那些晨跑回来的白虎队，也加入救援工作。

晨跑是白虎队的福利时间。他们穿雨衣跑七公里，雨下不停，汗也是，雨衣内外都是水。到了目的地——郡役所旁的深巷底，大家火速地肉迫面摊，吆喝一碗来，或站或蹲，用雨衣蒙着头吃阳春面，用筷子和吹凉的时间都没，窸窸窣窣地吸，还探头看巡察的踪影。饭罢，整队点名，几个饿鬼还急忙把舌头往碗底掏油花。他们套上黏腻的雨衣，帕又带着他们跑过街，边跑边唱军歌，刻意回头到派出所，让站岗的巡察对他们敬礼。然后跑上数公里回关牛窝，到达火车救援地的临时寮，把那里准备好的早餐扒净，这才感到粗饱有活力，能上工了。体格壮的学徒兵，两人为一组，扛枕木下河谷；体重轻的则推台车接近天霸王，从火车上把卸下来的座椅、电扇、窗户等零件后送，对冒雨工作迭有抱怨，还动怒地踢起火车。

“拜托，你们怎么可以对机关车这样？”赵阿涂在车外咆哮。

火车内的学徒兵头探出窗外。赵阿涂就垂挂在车头的汽缸附近，用绳子确保，拿着粗布刷去连接杆的锈渍——这像苔藓一样，雨后遇到阳光就在没上漆的地方蔓延。某个队员很好奇，赵阿涂是真知道有人踹火车，或凑巧应口，便再次踢火车，那种力道是出不了声的。

“踢什么劲，你们干什么事，我都知道。”赵阿涂停下手边工作，转头看着探头的白虎队，说，“你们不要乱拆火车，没有我的同意，不准动。”

白虎队彼此相觑，心想只不过是稍微踹一下，并没有动手拆，赵阿涂那家伙未免想象力过头，便回嘴说他乱说。赵阿涂听了，拔下军用手套塞进口袋，拉了绳子回到车厢，一副要干架的样子走去，让白虎队神经紧绷起来。没想到赵阿涂不是冲他们而来，是擦身而过地走进炉间，对着在那里东抠西抠的人大骂。大声吼完，赵阿涂羞愧起来。眼前不是谁，是帕在拆炉间的座椅好减轻重量。赵阿涂为了掩盖那声斥喝，连忙叫帕别拆机关士的席位，要拆就先把自己那张机关助士的先拿走。只见帕点点头，拔掉列车长的座位，又掀掉助手的，夹在两腋下，跳上桥时不忘回头喊，要队员把拆下的东西快拿走，不然这火车随时要栽落山谷了。

忽然赵阿涂叫住了帕，打开炉门，用铲子在冷煤块当中翻，挖呀弄的，翻出半颗拳头大、烧红的炭，递还给帕，说：“请拿回去，不收这个。”

帕否认那是他的，说他对石炭一点都没兴趣，更不会放进火室内，那颗炭一定是上次熄火后留下的。

这伎俩骗不过赵阿涂，他知道什么是车上的，什么又不是，落在车顶的一滴雨，吹上车的微风，他都感觉得到，甚至是更轻微变化，车停在积水车站，阳光折射后落在车腹的晃漾水光。既然这块烧红的石炭找不到主人，抛弃又何足惜，赵阿涂把铁铲一扬，将它丢到河谷。

发亮的石炭掉下谷，帕纵身扑去，当然也跌落谷了。在场的人都震慑不已，又闹人命了，都凑在车门口瞧，只见底下一片雾蒙蒙的，有几片白云与一群蓝鹊拖着长尾飞过，更底的幽谷夹了一条嘈杂的白水。白虎队没有看到帕，峻谷太深了，害得他们脚板发痒，只能拼命大叫，希望帕能响应。这时有个人从后头挤过人群凑闹热，走路之狂，力道之大。白虎队用拐子架开都痛了自己。

"看不到尸体，就没人死，哭个屁，巴格野鹿。"说话的是帕。之前他跳下山谷时，一手抓炭，一手抓桥梁，迅速地从桥的另一侧翻上来。帕看出大家的惊骇，聊尽义务地探头看桥下，说："收队，回去了。"他手中握个像包着蜡的东西，跳上木桥离去。

这时起雾了，从底下泼来。雾是谷底的水蒸气顺着气流上冲，气势强。桥晃着，疙瘩着，空气又湿又凉。眼看雾气快把帕的影子冲淡了，可是赵阿涂还记得清楚，帕是徒手抓住烧炙的炭，也不叫痛。不只如此，帕怕雾气弄熄热煤，走一段路后把它揣入裤袋，裤袋那上了一层光蜡似的。赵阿涂的疑虑可浓了，比眼前的雾更浓，难道是唬人把戏，他摸了铲盘，又迅速脱手，铲过炭火的余温快把死猪烫得跳起来了。白虎队见怪不怪了，焦点只放在帕怎么从这头纵身，又从那头现身，有人朝外吐口水，好确定扬升的谷风能否强得把它卷到另一边。没道理呀！他们自言自语，也走下火车离开了。

其中有个队员回头说："那是人炭，尾崎的一块肉。"

"你是说萤火虫人。"赵阿涂说，"干吗放在机关车的火室？"

"那是尾崎给火车的祝福，火车会好起来的。"

晚睡前的两小时是白虎队的自由活动时间，现在哪都去不成，他们被梅雨困在到处爬着蚰蜒与蜈蚣的宿舍。整座森林的雨声大，快烦死人，总不能叫大自然闭嘴，最好是自己闭嘴。吃东西是好方法。年轻人容易肚子饿，消夜吃着家人寄来的食物。早些时候，他们会借机躲在厕所或树林深处偷吃，避开别人嘴馋的眼神，现在不避了，干脆盘坐在通铺，从罐里拿了就自顾自地吃。没得吃的人，听别人咀嚼声的清脆高低，判别他们吃什么，算是干过瘾。有些怪食物反而引起话题，比如有人吃腌生姜或酒泡蒜头，声称能治痛风。有人还吃拇指大、黑铮铮的东西，挺有嚼劲，额筋跳呀跳的。问了才知是铁蛋，是将熟蛋反复风干和用酱油卤成的，开了眼界。

至于聊天主题仍以鬼故事最热门，越晚越恐怖。大家装不怕，坚称看过死人了当然不怕鬼，但是有人的脚不小心碰到了床柱下因潮湿长出的木耳，吓得鬼叫。这反而加深大家爱听鬼的兴致。梅雨季，也是李子胀熟时，红中透着果粉。附近农人常免费装一斗笠送给学徒兵。他们边听鬼故事边吃李子，故事不吓人，可是牙齿发毛，原来是李子酸爆了。李肉吃多也会咬舌头，让人头皮紧，膀胱倒缩了，纷纷跳离通铺，到外头的屋檐下小解。有人尿急，踩坏走道上用来烘湿衣服用的成排竹篾罩，火炭溅开，碰到湿地板立即化成一股难闻的焦烟，也把衣服烧得坑坑疤疤。主人连忙去救，一时间干谯声四起。也不知哪根筋怪，年轻人爱瞎闹，什么都抱怨，骂得不尽兴，最后把赵阿涂当成公干的箭靶，好像连便秘这种肠子打结的问题也是他造成的。这种情绪一来再来，是报复他上次在火车上羞辱帕。

接下来的时间，乃至几天，白虎队把有关赵阿涂的传言拼凑出个大概了，都说，难怪他会去烧煤：原来，赵阿涂是在厨房的灶边诞生的。他的母亲烧柴时产痛，胎儿难产，叫破嗓子也没用，那天的冬风大，屋外的风声吼过她了。她勉强产下赵阿涂后晕过去。照理说，寒冬天涩，婴儿的赵阿涂应该失温，即使不是冻成铁铲，也是长板凳了，多亏他躺在母亲胯下汩汩流出的血滩，与炉灶的余温撑下来，直到父亲傍晚回家才剪脐带。赵阿涂这才醒来，嘶声大哭，生命闹钟响不停。他母亲则因为失血过多，成了植物人，但对赵阿涂的照顾没少过，仍分泌奶汁，让趴上去的赵阿涂吸个够。父亲照传统习俗给赵阿涂取个贱名，叫**火屎**，要他活下去，没想到这成了同伴间取笑的绰号，把客语“赵（ceu）火屎”，故意念成了“噍（ceu）火屎”，嚼炭的意思。这个绰号，好记又好笑，往往掩盖了他母亲用流血传导体温，好延续赵阿涂这个生命成为家族的传奇。再加上，他身材黑黑瘦瘦，脸上总是挂着风镜和鼻涕，对火车有些痴迷，老是窝在火车炉间工作，这印象让外人更容易把他“噍火屎”的绰号延伸为：吃炭长大的人。

也许是久困梅雨，搞得他们心情发霉，关于赵阿涂的传言越来越多。有人甚至传言，火车转弯时，切风最大，旅客的帽子和手帕容易飞出窗外，有次竟然掉下一个木壳便当，有人看到是从火炉间掉下，打开看，标准的日丸旗便当，在满满的石炭中间配个红酸梅，姓赵的竟然吃这东西。另一个更是言之凿凿，说：某次赵阿涂内急，趁火车进站的空档，跳车冲进便所。等到要出发时，机关助士席还是空的，机关士赶紧下车找，一间间敲，见鬼，人呢？都是空的，循声到木屋后方，发现有人蹲在粪池旁，掀开铁盖，用勺子一口口喝粪汁，满口是蛆，还用那种有人拉稀不小心弄脏、丢到粪坑的丁字裤擦嘴。机关士惊异莫名，大吼着阻止。赵阿涂回头，嘴流着臭水，笑说：前辈，挺好喝的，还有玉米粒，你也来一口吧。

事情每每膨脝到这，总是刹不住地发展，赵阿涂不是桥边吃狗屎，就是猪圈下狂饮粪尿，大喊干杯，这类的传言让听者窃笑，直到有人大吼下结论：“巴格野鹿，好恶心，他终于吃屎吃饱啦！”大家笑翻天了，躺在通铺上，双脚凌空踩，双手猛往床敲，那些激动的音量盖过窗外雨声，这才过瘾。

几日后，难得的阳光露脸，树叶上是折光，穿山甲爬出洞穴，铅色水鸫在溪石上抖尾巴，白鹡鸰在水草边小碎步疾行，非常悠闲。远方的山谷冒出松软的云朵，扑哧扑哧地冒，白虎队都说那是山屁股在放屁。趁天气好，大家把棉被、衣物、布鞋拿出来，披在竹竿上晒个够。有的人觉得骨头生锈了，来段西式操；有的打着哈欠深呼吸；有的脱去上衣，把暖阳留在背上。这时候，小径那头跑来两个人，一个是端着木枪顶都长了菌菇的小哨兵，一个是满身摔得泥泞的练兵场传令，往帕的休憩室去。队员的眼神聚焦在那，以为神风特攻队将趁天晴出发。但是，帕发布的是新命令，要全体队员拿起盘在屋檐下的粗绳索，往轻便车木桥移动。队员穿上晒得半干的衣服，多跑几步就会烘干的，朝山下去。粗绳约有一百公尺，得拉直由队员上肩走。小径很湿泞，一滑就摔个眼冒金星，身上糊了泥巴，即使很小心，但林冠下的草蕨未干，水露纷纷，经过的白虎队员很快弄湿了衣服。

久雨洗刷，阳光好新，世界好亮，上了蜡似。白虎队从遥远山径跑来时，透过构树叶的缝隙，能看见机关车悬在远方的山谷间，桥太细，车头太重。他们被那诡异景象吸引，跑得不专心，一手张开平衡，一手抓住肩上绳索，要是踩到路上熟落的橙色构树果，跌倒就算了，害同伴连环摔那就是罪人。到了桥头，他们看到那很热闹，铁道部的人推着轻便车，往机关车运送炭，有人还在桥头管制出入人数，免得把便桥压断。火车不如想象中的沉闷，几名车工忙着擦亮。烟突也冒烟，偶尔响出汽笛以示它还能呼吸。不久，道路又跑来一中队的士兵，纵着跑，手上提着长约百公尺的绳索，只要一人跑歪，整队倾斜，样子滑稽。白虎队抿嘴笑，心想自个刚刚就是这副怪样子，好在先到先笑别人。接着，马路另一头又跑来了三十余人的警防团，推来简易的帮浦式消防车，殿后的人推板车，板车上摆着一坨大绳索。这三个单位拿的粗绳是郡内警防团运动会的拔河绳。绳子有手臂粗，泡过水后更耐扯，好把机关车从桥上拖出来。白虎队心里早有数了。几日前，他们多了项训练，在微雨中裸着上身，练习拔河，甚至用粗绳拉倒一株三十年的山黄麻，把手都磨出茧。现在是实战开打了。

人都到齐了。车工把铁链锁上车头。铁链拉到桥头后，系上三股拔河绳。道路上间隔几步早就埋好了枕木，只露出数厘米，方便脚踩使力。光这样分配人力与尝试拉绳子，又耗掉一早，大家好不容易掌握力道分配与步伐调整，又是中餐时刻。大家拿了便当，找树荫下坐，扒几口饭，肚子有垫底，嘴巴就闲了。练兵场的古兵先是抱怨饭菜越来越难吃，只有筷子好啃，连味噌汤都淡得能飞出鸟，接着，鸟不拉唧的都扯出来，包括警防团救火不力，白虎队太倚赖队长，最后怪起火车闪炸弹闪到了便桥，说来说去，唉！一切都是米国的阴谋。原本有几人听不下去，正要来反驳，听到古兵把责任推给米国，真是好气又好笑，心想，还好慢半拍，不然自己就被怪罪成米国间谍了。

这时，从山谷的小道爬上来一名守桥基的老道班房夫。他喘着气，支支吾吾地说，桥快撑不住了，发现新裂痕。

成濑列车长听了略有所思，说："即刻发车，各位，就照上午的演练，把机关车拉开。"才说罢，他立即补上讯息，"车上再放二十五包沙包。"

二十五袋沙包约一吨，放上车增加车轮的黏着力。如今桥发出警讯，再加一吨重，可能是压死它的最后一根稻草。当大家犹豫不决时，成濑把一袋沙包上肩，扶了扶歪斜的盘帽，走上便桥。赵阿涂见状不落人后，左右肩各扛一袋，倒是走上桥时迟疑一下，好像怕桥憋不住。老道班房夫也提了一袋走，上不了肩就揣在怀里。连老头都拼命了，年轻的还敢说话，豁出去，都提了沙包上桥。

午后的阳光刺烈，世界白亮。河谷的溪水跌跌撞撞，流过树荫，在阳光充沛处的地方稍不留神就被烤成了云飘起。这让桥上的天霸王忽而藏在云里，忽而亮在阳光下，忽而又埋在云影中。不多时，车两侧滤出蒸汽，成濑启动空气压缩机将气体灌入沙盒，细沙马上从铁管喷出，增加轮胎摩擦力，并鸣短笛示意要出发了。三百个士兵、学徒和警防团已把拔河绳扯紧，再借铁链传到车头，待汽笛再鸣，大伙铆足劲地拉。汽缸动力也在一分钟内渐次加足力了。便桥随着火车的动力摇晃，直到激烈颤抖，火车才勉强移动一下。他们试了几次，才移动半尺。其中还加入了一票轻便车夫帮忙拉。轻便车夫恨死火车了。火车是强盗，抢光了他们的饭碗，要是车厢中的货物用台车来分批运送，他们会运到死，也赚到死。即使如此，他们仍卷起袖子帮忙，至少那些不讲理的强盗一列地驰过山野时仍然掳获他们的眼光。多了轻便车夫帮忙，火车也无法移动，问题出在车胎卡在巨大的木头缝，每次难以爬动。

隔天早上，同班人马再次出动拉车，铁道员从公交车修护厂借来了八具千斤顶，把火车头顶高，顺利车胎移动。这样搞下去，火车一天前进一公尺，前进速度一天比一天慢，因为有三具千斤顶跌落深谷中，成了一摊废铁渣。五天后，梅雨又来了，湿黏的微雨除了养活青苔和铁锈，只剩河流接纳它们。拉绳者的手掌都破皮了，几天前的热情如今全耗在抱怨上。直到第六具千斤顶因火车移动而震落，扯断了确保绳子，掉落山谷，他们连怨言也省了，心情像泡在积水的夹脚鞋中走上十公里。帕把雨衣脱掉，敞着胸膛走上便桥，拿起一具千斤顶，高举它大喊说，“这牙签能当千斤顶吗？”不等大家回应，帕活活把它折成残废，照样又把另一具千斤顶扭成废铁，丢进大垃圾桶——那个几天来令他们困顿的山谷。

然后，帕中气十足地吼：“巴格野鹿，我就是最强的千斤顶。”说罢，整个人滑进火车底盘。

那些原本当一辈子兵也只懂得骂人的古兵，也激情响应，说：“那我们就是杠杆。”

帕伏在桥上，双手抓住轻便车铁轨，做伏地挺身样，胸膛挤出一声吼，把全身都吹满力量，连寒毛都竖成针了。他背脊一顶，火车就动。最细微的震颤，让成濑与赵阿涂惊愕，凭经验，那力道不是从主动轮传出的，倒像是火车有生命的翻动。那股力量也借着绳索传开来，士兵和学徒兵感到火车醒了，灌入灵魂，钢铁自然呼吸，这是铁的事实。

赵阿涂抓住梯口的扶杠，趴贴在车板上往下探，看到帕肌肉上窜满蚯蚓似青筋，把衣服都绷了，脸膛涨得大，充血的耳朵又红又亮。帕不断移动，背囊不时挪来挪去，好找出车重心挺起。

“在第一主动轮和第二主动轮之间有一片较平坦的‘制动梁’，顶那。”赵阿涂整个人倒挂着大喊，好方便指出位置，忘了自己有惧高症。

帕蛇到那儿，果真是好位子，一顶，车头就驯了，臣服地蹬身子。大伙看到了契机，齐一拉绳索，机关车慢慢前进了三公尺。原本十天的进度现在浓缩到半小时完成了。倒是成濑不停地怒吼，要帕停下来，并鸣笛警示，命令大家放下绳索。那些汽笛回荡山谷，尖锐昂扬，不像警告，反而鼓励大家再加把劲使力。猛然间，绳索拉动的速度快过帕的前伏，一个不稳，帕瘫在木条上，被九十吨的天霸王重重压下，痛得他怒吼后，安静得像棺材。成濑的预感成真，不怕帕顶起火车，就怕像无头苍蝇没默契地乱拉，把事搞砸了。成濑连忙匍匐，只见帕被制动梁压住，呼吸有出无进，呻吟也快没了，神佛化身华佗来救也难了。十来个学徒兵赶忙上桥，也不怕桥断，站在车头前使劲要抬起来，却怎么也不行，急得快哭了。忽然间，桥发出断裂声，清脆无比，火车一沉，学徒兵抱成团大喊，火车上的人也闭上眼，紧抓彼此的手。过了几秒，大家发现不是桥垮了，纷纷低头看那木头响亮的崩析声从哪来，只见帕吊挂在桥下，手紧抓车盘梁子，双脚悬空晃着。原来是帕忍着一口气，用肘捶破胸口下的厚木条，那一响便是木断。帕忍痛抓着车底，荡上来，爬进火炉间，瘫在地上不动，接受掌声。但是，伤势几乎摧毁帕的肋骨和肺部，他听不到子弟兵的欢呼，浅浅笑，鼻孔涌出血，一泡泡地挂在脸上。大家收拾喜悦，抬起帕去就医，一动手，帕连忙抓住车门柱拒绝，痛得连说话的力气都没了。正当大伙分头找医生或救兵时，帕说话了，每一字都是虚弱无比：“我死不了。这是军令，要是谁告诉我的家人我受伤，尤其是我祖父，谁就完了。”

帕从小爱玩，爱冲撞，爱受伤。比如他为了几颗百香果，和同学打赌，敢到深山去摸狗熊的卵葩。帕不只想摸熊卵葩，还想拔一撮卵毛为证，可是用力过头把熊的子孙袋拉歪了。它一卵葩火，把帕抓得肋骨具见。帕不敢回家，躲在外头休养两礼拜。又有一次，帕披上洒有母牛尿的稻草，胯下夹一支装热炭的竹筒，挑逗那只发情的公牛趴上去交配，好报复它乱啃学校的菜园。谁知，这只牛把帕看成一只野猪，却有母牛体味，心想这专吃屎的家伙也敢玩过界，牛角侍候，捅伤帕的大腿。害他躲在外头休养一礼拜，反正他说去哪，刘金福都不管，改天能回家就好。对帕来说，跌断手骨颠倒勇，越是受伤越敢玩，从出生以来，伤疤没一担也有一桶多，流的血足够全庄人来碗猪血汤配鸭血糕。但是，这次被火车压伤与往日的伤势不同，呼吸中，肋骨错裂的声音可闻，能保留半条命，则属万幸了。到了晚上，湿气弥漫山谷，直往上冲，吓得帕以为火车头往下掉。不然就是好不容易克服伤痛睡着，无意间翻身，伤口又痛醒了。当番（值夜）的赵阿涂破例在晚间休炉时，继续烧煤取暖，用木板挡住两侧出口，不然初夏的夜风也能冷死人。炉门打开，火光如虎扑，颇刺眼，而且煤烟味不好闻。帕要他烧些木柴，这些黑石头烧了会放臭屁。赵阿涂坚持要烧石炭，要是烧别的，火车会“没挡头（没劲的）”。帕听了也笑，不是笑赵阿涂对火车近乎痴迷的能力，而是笑自己瘫软在此，也没挡头了。

“世界有这样的火车吗？是蓝色的。”帕抬头看见机关助士席的上头，悬着玻璃罐。罐里头放一张卷成筒状的彩色明信片，诡异的是，机关车是子弹头形状的，没有棱角，蓝色涂彩，像不真实的卡通画。

赵阿涂把玻璃罐的悬线卸下，一拍，罐子随劲转动，明信片随之旋转，上头机关车便奔驰了，还因为有小机关，发出车轮滑过轨节的声音。“亚细亚（あじあ）号，它是满洲国铁道部的列车。”赵阿涂说罢，用铁铗从炉间夹出火炭，放在玻璃罐底的凹盘，火光通透罐中，旋转的火车美极了，铆足劲的蓝光。

“这叫，一抹蓝天疾驰。”赵阿涂用诗意口吻说。

“一抹蓝天疾驰？”帕觉得这词真带劲，颇难念，舌头几乎痉挛。但随即想，诗句不就会让人有脑袋打结又解开后的顺意。

赵阿涂以为帕也懂火车，来劲了，把亚细亚号的内装全抖出来，说这客车有冷暖空调、丝绒座椅、食堂车，车尾有密闭流线型的展望车；也有自动加煤和给水系统，不用靠人铲石炭；整列车都是蓝彩，炉间也是蓝色涂装，火室是半球状，所有控制阀有加长铁杆，像小孩子的玩具。在两米高的红色辐状动轮的牵引下，最高时速能破一百公里，比起脚下这种要死要活也只能撑到时速六十的车种，能想象火车也有翅膀这件事。而且，那种极度流线的列车，所有的棱角在高速中，融成一颗弹丸模样。夕阳下，淡蓝色涂装，梦样的弹丸车种，像蓝天从接轨到地平线那头的铁道来，不是一抹蓝天疾驰是什么？说到这，赵阿涂转起罐子，绳扣和铁盖交合的机关发出声响，里头的明信片图案又跑起来。他看得出神，罢不了手，便问：“你知道为什么亚细亚号的构造像玩具吗？”这一问，觉得多余了，因为躺在地上的帕已睡了。他帮帕盖上军毯，轻掩炉门，这火光会螫醒人眼。然后，把稻秆绳与油布系上后腰，来到门口往下眺，除了河流湍濑处的白水花折射，山谷幽黑；至于天空，星斗闹得很，银河窜流而过。天上人间，各有一条河，不知谁是倒影。赵阿涂来到车旁的走道，腰部用绳索确保好，往下爬，用稻秆绳先把火车铁件上的锈斑或尘土擦干净，以油布抹油。上油后得看起来光滑，摸来没油。油不够厚易生锈，太多又容易黏尘埃。这些活得自己来，假手那些来支持的机关助士，总认为他们不够仔细，而且，得趁夜晴干活比较爽意，白天不是下雨，就是晒死一层皮的太阳。赵阿涂喜欢一个人和火车相处，比面对人更自由。不过，他最近多了个伴，一只吃饱的猫头鹰趁下半夜来到车上休息，咕咕叫不停，抓过小动物尸体的脚爪带血，老是弄脏车，混合昆虫硬壳的鸟粪也掉入车缝，挺难处理。他不喜欢这只怪鸟，恨不得用煤铲拍成肉饼，但感觉火车似乎挺喜欢它的，也就配合了，反正漫漫长夜，多个鸟陪伴也不寂寞。

第二天，晨光还未露出，帕被寒凉冻醒了，鸡母皮活跃得很。他看到赵阿涂坐在机关助士席上睡着，手上还握着油布。他咳了一下，提醒赵阿涂给他盖上掉落的军毯，怎知胸口闷痛，连出个气都没力，勉强用脚钩起炉门上的铁链好打开它取暖，没想到里面的火苗又小又没用，烫死蚂蚁都不够。寻思间，门口来了两个宪兵带着一位医生。医生来自大街，凌晨三点被鬼中佐派去的人挖醒，由三个快腿的轻便车夫连夜推来，一路把铁轨轧出火花。一小时后到了关牛窝，车夫腿软。医生也腿软得不敢上颤巍巍的便桥，欺过来的宪兵马上并靴子出声，催他上桥。医生诊疗后发现帕的肋骨断了几根、胸膛淤血像紫苏园，还有要命的气胸，能活下来算是奇迹，得赶快送院开刀。帕听到要动刀，连忙摇头说，他的命硬得像抹布一条，越脏才对，这点伤死不了。又说，他小时候被竹子刺到肚子，祖父用香灰涂，伤口就迸疤了。说罢，要赵阿涂帮他撩起衣服出示伤口。除了累累的腹肌，大家看不出哪有旧伤，又震慑帕的态度，都说伤口真大，连宪兵也跳下去扯谎，直夸厉害，医生也只能应和说这真是医学上的奇迹。巴格野鹿，平躺的帕骂起来，勉强把身子拉直，露出腹肌间的肚脐，发现忘了肚脐如何说，便朝那吐口水。众人一看，肚脐有个老疤痕，穿刺的力道之大，一时间都感同身受的肚子痛起来。既然帕不肯治疗，移动又让他痛得大叫，医生只好开青霉素与止痛药丸，职业性地回答要多休息，还说自己没帮上什么忙。

“你救了我。”帕很肯定地说，“我刚刚快冷死了，是你们来之后叫醒赵阿涂生火。”

对帕来说，亚细亚号像不像玩具不重要，虽然他还记得昨夜睡前赵阿涂说过的那句话。隔天中午他又想起的缘由，是独自待在车上很无聊，太阳又辣，要不是山风吹入，消弭一些暑气，肯定脾气又坏了。身子动不了，他拿起煤渣，用指头使力乱弹，听听看车内各种铁器被击中的金属声。游戏正疲时，他弹起挂在机关助士席上头的玻璃罐，打得它转起来。这时候，成濑走上车巡视，发现来支持的菜鸟机关助士没有把火车擦干净，又看见帕在弹玻璃罐，便抽出口袋的工作手套，戴了上，把罐上被弹中的煤渍抹干。末了，成濑把罐子取下，从罐底往上瞧，还透着窗外明亮处，想看出什么似的。一个大人像孩子似的偷麦芽糖吃，引起帕的好奇，却碍着不敢问。成濑先开口，说赵阿涂平日把这罐子当平安物，四处带着走，这几天却挂在这，看来是有目的。说罢，把玻璃罐拿给帕，问他能看得到明信片后头的字吗，又说：“这后头藏着铁道界的传说，名之为‘爱子的秘密’。”

明信片卷成筒状贴在罐子的内缘，铁盖封死，罐底又厚又凹，拧得模糊，里头看不清有啥。帕看不出名堂，说：“直接打破，不就看出什么‘爱子的秘密’，对了，这是什么东西？”

成濑笑了起来，把脱下的手套放回衣袋。他说，关于“爱子的秘密”没有人比赵阿涂还熟，他暂且不表，等改天请赵阿涂来说。

他又说，外头现在有不少人批评赵阿涂，说他傲慢、自大，尤其是紫电受困便桥上后，他本性更显露。

“我回去会好好管教白虎队，这话是他们说出去的。”

“鹿野殿这样说，我回去也好好管教赵阿涂。”

两个人都笑了。成濑坐了下来，聊了一些话，最后拉回来这的目的。他把赵阿涂的故事说给帕听，或许可以理解他的个性，也就对他那些古怪难解的行为有些底了。他说：

赵阿涂从小有个怪习惯，可能跟他的出生有关，就是喜欢蹲灶前看火，大口闻烟味，不闻会流鼻涕，闻了会流眼泪。因为这怪癖，长大后爱上火车煤烟，喜欢蹲在铁轨旁等车过，稍微闻一口即通体舒畅。如此，他成了火车迷，喜欢画火车，搜集火车饰品与车票，光是看到远方的煤烟浓淡或听到汽缸运转就知道车型，立志将来要开火车。赵阿涂有个植物人母亲，平日由祖母照顾，下课由赵阿涂喂食与洗澡，晚上睡在她身旁照顾，一晚要起来好几次抽痰拍背。有空时，赵阿涂会背着母亲走上几公里路，到铁道旁等待火车经过，或者走上几倍的路到最近的车站乘车，坐最靠近机关车的车厢，感受强风与煤烟的味道。结果有次背太久，忘记用软管帮母亲吸出喉咙的痰。她呼吸哽塞，差点死掉。自此，赵阿涂不敢怠慢，随时注意母亲呼吸，生怕有意外。公学校毕业那年，赵阿涂考上“铁道现业员教习所”，一种铁道员训练机构，并接到通知将往台北进修。几经挣扎后，为了照顾母亲，他放弃自己的理想，选择继承父业在市场摆摊卖炒米粉与粄条。就在入学报名的前几天，赵阿涂的父亲突然不适，要他自行挑担前往市场。不料，到了中午就有人匆忙来通知他，说家中出事了，要他赶紧回去。赶回去的路上，赵阿涂特地到附近的庙，祈求保生大帝保佑父亲平安。谁知到家，死的是母亲，躺在客厅以白布覆面。父亲不断自责，一时大意，没有注意到喂食妻子后她呕吐而呛入气管。她活活哽死。坐在一旁的祖母、祖父也难掩悲伤，要赵阿涂的父亲别自责。赵阿涂大恸，揭开白布瞻仰母亲遗容，赫然发现她嘴巴大张、眼睛偾张，但面带着微笑，凭多年来照顾的经验，感到母亲不是呛死，但这疑云还没解开，随即坠入一连串琐碎的丧葬事宜而不可开交。事后，赵阿涂认为是父亲支开他，好趁机闷死母亲，始终无法谅解，也借由上台北读“铁道现业员教习所”，好淡忘悲伤。等到两年后，这桩谋杀才若有若无地传开，让赵阿涂拼凑起来：家族的八个人，除了他，都参与谋杀，那天他们特地煮好了猪肝粥与鸡汤喂食赵阿涂的母亲后，有人捂嘴，有人揿手脚，直到她断气。震撼的是，主谋不是赵阿涂的父亲，是躺在床上的母亲。早在她死前的半个月，除了赵阿涂，母亲连隔几天托梦给家人，要大家杀她，连方法都有。她求死的理由很简单，要赵阿涂追求自己的理想，不要管她了。家人起初不以为意，托梦频繁才认真，向神主牌询问后，祖先以连续的七个圣筊同意，最后痛下杀机。

帕听完成濑所言，只微微颔首，躺着看外头的白云穿过车门，又流去，只留下一阵清凉无数。到了傍晚，赵阿涂回到天霸王时，又累又困，身体几乎像是吐出的一口痰。往常他会回到郡内铁道场洗个热水澡。那有个提供厂区电力的燃煤动力室，锅炉排出的热废水会输到澡堂，抹完皂，跳入池，呼喊一声，一天疲劳当下泡烂了。但他目前须当番，将就在瑞穗驿的值勤室澡堂洗，打桶水抹净，趁夕阳还在不用打灯，回到天霸王。赵阿涂坐上席椅打盹时，躺地上的帕问：“你不是要说亚细亚的构造为何像玩具？”这让赵阿涂的劲头点燃了，但过度的疲困很快浇熄话题的引信，他勉强地点点头，即刻堕入梦境，鼾声洒遍。

帕哪睡得着，一天下来，他干了几回吃饱睡、睡饱吃的猪活，入夜反而睡不着，挪着快长褥疮的屁股，竟发现身子能移动了。他坐到门口，把脚悬空，看着对山不知谁提盏灯在那里走，走得好，幽幽灭灭，淡淡花花的。但他转头，忽然发现扶手处系了小袋子，红绳子极为眼熟。他解开看是香灰，立即了解那是刘金福拿来的。他有些微怒，到底是谁去通报，而刘金福又哪时拿来的，他完全想不到。倒是帕记得，小时候老师告诫他们香灰要是能治病，水就能当汽油了。可是刘金福偷偷在香灰中加肉桂或黑糖粉，让帕恨不得多生几场病，多尝甜头。这时的帕挺怀念那种感觉，便把指头吮湿了，蘸着掺了肉桂的香灰吃，不愧是儿时的小零嘴，要是搵着生地瓜吃就棒极了。他吃几口后收起香灰包，又克不住地打开尝，如此反复。许是心理作用，不久后感到周身的气血奔踏，憋了口气，痛快放了屁，差点把内裤喷脏了。之后帕揣了几块煤，权充草纸，蹲在枕木上大解，憋口气下冲，让屁眼哆嗦，大肠便一阵行云流水，向山谷撒下一片秽物。他自豪真是屙得好，痛快是痛快，但是大肠闹空，唉！肚子又饿了。

到了半夜，醒来准备擦车的赵阿涂，看见帕坐在车门边睡着，手上的小袋子没拿稳，撒了腿上一片香灰。山风野，黑夜浓，帕低头打鼾，手中拿着啃剩下半条、蘸了香灰的地瓜，吃法真邪门。这时候，赵阿涂遥见对山有几葩灯火，顺着山径下飘，蹦呀跳的，像火车的窗灯滑行，煞是美丽，眼神便扯不开。忽然间赵阿涂听到清爽的一声，低头看是醒来的帕在啃地瓜。帕把番薯往裤子上散落的香灰蘸来吃，说：“夜战开始了。”鬼中佐每礼拜安排夜战与拂晓战各一。拂晓战是选在敌军于拂晓时刻最易疲态时的反攻击战；夜战则是趁夜偷袭，扰乱敌军要塞。

远山的灯火全然照帕的解说方式表演。一下子挤靠，一下子拉长，一下子消失后浮现，顺山腰下滑。赵阿涂这才了解，灯火是白虎队所持，消失后浮现不过是绕过山背。霍然间，帕说出分开，远处灯火立即拆成两伙；再说声分开，只见一盏电土灯立即飞射出去，速度油滑，难以捉摸它的火光。赵阿涂面有疑惑。帕解释，先前是路陡，部队怕受伤以急行军进行，到了平缓之路，脚程快的学徒先去支持，部队才拆散。而冲最前头的那盏灯是铁马先锋队。

铁马是帕提供，战术由鬼中佐提供——太平洋战初期，素有“马来亚之虎”的日军山下奉文大将，要求士兵腋下夹枪、胯下夹车，骑脚踏车移防，速度像一群云影飘移，吓得联军的裤子从来没有尿干过，也无法在觇孔瞄到他们——那骑铁马的家伙像鬼火赶着投胎，在山路毫无罣碍，要是有就是嫌刹车太紧了。帕还没夸完骑铁马的，只见那盏电土灯往下坠，敲到个什么似，打翻成了一摊火花。帕把手中地瓜捏爆，大喊有弟兄掉下山谷了。电土灯是由铝罐滴水到下层的块状乙炔，乙炔化成燃气点燃。电土灯撞翻，动静可大，乙炔块爆燃，快把那骑铁马的学徒烧着，一路往下打滚。

帕吸口气大喊，不料胸口伤重而喊得薄，倒不如赵阿涂拿铁锤敲火车铁板的声音。可是在深远山谷，铁板声还嫌弱呢！只见脚程快的学徒兵跑了过去，没注意到山道下有人摔了。赵阿涂越敲越急，手臂都麻了，只恨炉火熄了，不然拉响汽笛，几座山外也可听到。忽然间，他持锤的手动不了，转头看是帕抓着他的手站起来。

帕忍痛，鼓起胸，对着那头喊起话，内容不外是停下来、回头顾、有人跌落山谷之类的。但声量如泡沫，一戳即破，跳不过山谷。看那火势越大，帕越急反而喉咙小气，使不出力，最后他索性闭眼，眉毛挺满怒火，再张眼，一股肺气冲炸喉头，发出狮吼功：“巴——格——野——鹿。”

一声巴格野鹿，满山有了回音。还是主子的口头禅好用，山那头的火炬不再移动。赵阿涂趁机敲铁板，发出火警的警示响。没多久，白虎队很快发现那个栽进山谷的伙伴，爬下山谷，救了他，还挥着火炬向帕示意。赵阿涂敲出解除警报的声响，对山的晃灯才收手。清脆铁响的回音，在群山间淡了，最后剩下车上的猫头鹰在叫。它哪时来的？赵阿涂回过头，看到帕坐在地上，用手背拭去嘴角的流血，看来伤口要复发了。

“本来要跟你一起去擦车的，现在不行了。”帕依靠着车门，把地上的番薯拿给赵阿涂，说，“这颗是从车上偷翻出来的，给你，我吃腻了。”

亚细亚号

与

萤火虫人

现在他们聚在天霸王上，烧着炉火，吃着练兵场送来的红豆饭团，边欢呼边说好奢侈呀！他们是萤火虫人尾崎和几个白虎队员，另有成濑敏郎与赵阿涂。这样的聚会多少是促进彼此的和谐。帕的伤势一团糟，但搞不死他。而且，他吃到更多的番薯蘸香灰。龙眼园还送来蜂王乳、花粉饼，还有奇怪药品，要是说里头掺有陨石粉也不会奇怪。帕觉得要是谁送颗苹果来，这场病就值回票价了。一群人吃到好康的，感到这是托帕的病，无以回报。大家聊着聊着，便聊起“爱子的秘密”。

先讲的是机关士成濑，“我希望大家以后不要再叫我‘运将’了，我不是开巴士的。我宁愿去推火车的小表弟——轻便车，也不愿开巴士。”运将是运转手的简称，属于开车性质的司机，难怪成濑不同意。

“传令下去，谁再乱称呼，就一起去推轻便车。”帕说。

先来笑闹性开胃小菜，拉近彼此距离。之后成濑切入正题。他说，第一次听到“爱子的秘密”是大正十一年（公元一九二二年）左右，之前在训练所没听过，或许这传说只有在奔驰的火车上才有生命力吧！大正十一年那年，铁路纵贯线海线完工，好替代陡峭又浪费火车动力的山线。这让台中市居民不满，因为火车不走山线，来往得在追分站搭乘转车，浪费时间，于是上千人走上街抗议。抗议人太多了，快把街道淹死了。他们像万国游览会游行，有人穿西装、戴着绅士帽；有的穿和服或武士装；有的扛着中国神像，跳着晕头转向的步伐；有的吹唢呐，乩童拿刀把自己砍出血；连打铁匠、饼师傅、雕刻师、广告牌师都走上街头；自动车鸣喇叭，三轮车夫大吼没山线、没观光人潮。夜晚熄灯抗议，大家在街头游行请愿行驶山线火车。但铁道部不妥协，还调动丰原和彰化的巡察来维持秩序。那时他在一辆由丰原调回彰化车厂的空客车上，还是刚上手的机关助士，衣服一天要给火舌烧坏几个洞的人。成濑说，一路上，黑得像没清过的烟管，只有车大灯照亮的两条铁道发光到远方。他脱去手套，拿铝壶喝水时，壶盖掉落，滚入座席下方的小空间。他伸手拿，冷不防被莫名的热源烫着，只能握着冰铁板才使得疼痛释缓。他的手掌烫出个怪图案，是立体三角形，中间有线条，像柳条那样，说是火车的修缮符号也行。他记得那次的机关士叫广田次郎。广田次郎瞥了一眼后继续从驾驶窗监看路况，说：

“那是爱子的秘密，你很幸运，有人一辈子都碰不到。”

“爱、子、的、秘、密？”

成濑说，那时他默念着“爱子的秘密”，搞得自己笑了，心想广田桑也真会开玩笑，想给烫伤的新手一个安慰。成濑又说，广田次郎也看破他的心思，要把“爱子的秘密”说出时，火车进入台中市范围，竟然出现诡异的风景。轨道旁点满欢迎的蜡烛，约一公里长，车过便摇晃，像是梦中水影一样软了。广田次郎鸣笛警告，反而告诉大家火车来了。大家从小巷跑来，不论骑单车或跑步的，不论穿木屐或光脚丫，不论是小孩或撑拐杖的，他们眼里泛着黑暗中也能看到的泪光，提灯大喊，火车来了，火车终于来了。成濑说，他还记得广田次郎再次鸣笛回应，对窗外热情地挥手，对他说：“再怎么混乱与悲伤，火车都不会消失，是大家的梦，我们把梦载来了。”广田要成濑加足煤，开车厢灯迎接。成濑喂火车吃饱了煤，抓住空档，往后头车厢跑，脸上的汗水和煤烟灰搅成一道黑河，摸过的椅背，拉开的门把，全是黑糊，这才把九节车厢的灯全打开。

这时候，成濑看到窗外铁路沿线的民户灯也开了，以扇形的方式蔓延下去，直到全台中市灯亮，远方放烟火庆祝，那好像地上没处跑的灯火冲到天空。成濑感到这车厢不空，而是载了满满的灯光来释放，他只消开窗，火光传染下去，直到世界都亮了。他说，这或许是烫到“爱子的秘密”后带来的美妙经验，一次就好，就此生满足了，那是铁道员最好的回忆，好到能在每餐吃饭时，子孙要挟你再说一回，很烦人了。

“前辈，我是第二次听你说。”赵阿涂记得很清楚，“上一次是在火车行驶大典的前一晚。”

“你不是我的孙子，也不要逼我再讲第三回。”

帕催问 :“那‘爱子的秘密’长什么样子？”

“长什么样子？各式各样的都有。”成濑继续说，“故事的源头很远，这是那次之后广田桑跟我说的。”

成濑说，“爱子的秘密”的源头来自内地，事情是这样 : 有个少年要去打日露战争，在车站迟迟等不到情人爱子前来送行，便走了。他被编入战况最激烈的陆军第三军，没死也半条命的那种。日本赢了，少年只输了一双眼睛，战火中被霰弹炮击瞎。少年回到内地后，才听说了女孩曾去送行。女孩算错日期，比实际日期早去一天，等没人，整列车都没军人，伤心地坐上那班车消失了。少年听了，只发出啊的一声叹息，已不再说话。足足有三年时间，少年搭上经过那车站的任何班车，从最后一节车厢摸索到第一节，找什么似。找过的班车用贴纸在隐秘的车椅底下作记号，不再重复找。有一天，少年碰触车窗玻璃，说，爱子，我找到你了。那玻璃上什么都没有，当男孩哈气，依稀出现某个女孩的剪影。少年把窗玻璃拆下后，带走了。人没再出现。这个奇怪的传说后来成为不少火车设计者的迷魅，也在自己监制的机关车上放入爱子的秘密，用来纪念父母、爱人、妻子或一条宠物狗。

“不如这样说，如果把机关车当作少女，‘爱子的秘密’是设计者在少女身上黏了一颗痣，那是少女最美的地方。”成濑说。

白虎队都睁大眼，认为这譬喻再妙不过。这时赵阿涂接话了，说：“前辈说得没错，有人把‘爱子的秘密’叫作‘少女之痣’。”

“要碰到这颗痣很难。不过，如果你从小就爱上这个少女，不用碰触她的身体也能知道痣在哪。”成濑看得出大家很惊讶，又说，“眼神，每辆机关车都有眼神，她会用眼神暗示出那颗痣在厚重和服下的哪里。”

“那不就从小就要跟火车恋爱，才有这本事。”尾崎笑着说。

“没错，从小爱恋的人。赵阿涂，你说说看，如何与火车谈恋情。”成濑的肯定让大家笑得更大声。接着，他把话题丢给赵阿涂，指着火室旁、那个玻璃罐里的蓝色机关车明信片，说：“就从亚细亚号说起吧！”

成濑说得严肃，毫无笑意。白虎队笑不下去，把头转向赵阿涂。赵阿涂扭捏了好久，在成濑的肯定下才说出。他说，那是小三时，他的打扫工作是把办公室的报纸裁成卫生纸，挂在厕所的铁丝钩。有天，报纸上有帧照片吸引他，是奇特造型的机关车。他把那张半开的报纸拿给一位本岛老师，硬着头皮讨下报纸，还要求说明。本岛老师用客语说，那台火车叫亚细亚号，在满洲行驶，而且整台车是蓝色的。之后，赵阿涂跟同学要了点水彩，把车身涂成蓝色，贴在房间，常看着看着就笑了。而且每天放学会绕路到三公里外的铁路，等亚细亚号经过。四年级开学换了教室，他看到黑板边挂的亚洲地图后流泪。满洲不在台湾，亚细亚号不可能经过这附近的。赵阿涂说，说来好笑，擦干泪，放学后照样到三公里外看火车，又对自己说，既然亚细亚号不会来，有一天一定要去满洲找它。接下来几年，赵阿涂成了厕纸王，义务剪报纸，看到有关亚细亚号或其他火车的新闻，一概剪报，遭同学笑为“火车憨（火车迷）”也乐。到了六年级，他邮购到一张英文版的满铁时刻表与亚细亚号解说。满铁是打造成穿过露西亚衔接欧洲的示范性铁道，难怪有英文版。拿到这份说明，他乐极了，买了字典自学英文，拼音也勉强学。

赵阿涂当场秀了英文，“你们听听看，斯科久（schedule）叫时刻表，丝等训（station）叫驿。”

赵阿涂又说，不出一礼拜，翻译翻完了，还加上手工绘图当作毕业展。后来考上了机关助士，在“铁道现业员教习所”学透视图与立体图课程后，绘图精进。他整整花了三个月，用五张全开的墙报纸画成了帊西纳（パシナ）——亚细亚号系列中最流线型的机关车，有两米高的红色辐状动轮，子弹形弧度，车身会爆开蓝色光芒——可是在绘图过程，他发现帊西纳的主从轮之间多了辅助杆，千也想，万也想，想不透道理何在，便写了信到满铁设计部请求释疑，那时他是毛头小子，语气狂傲，又爱开玩笑，信中说辅助杆不会是“爱子的秘密”吧！一个月后意外有了音讯，回信的市山先生说，没错，“那就是爱子的秘密，当帊西纳时速超过一百公里时，多亏那根辅助杆，机关车会发出奇异的节奏声，那是火车跟荒野间的私密呢喃。”随信寄赠一组十二张以亚细亚号为主题的明信片，并贴上四分钱邮资的亚细亚号邮票，未盖邮戳。赵阿涂说，此后他与市山先生成了莫逆之交的笔友，每月通信一回。市山是设计部课长，五十余岁，亚细亚号设计团队的总召。彼此熟稔后，他吐露了亚细亚号的设计灵感来自爱女。那时，他女儿是十余岁得了怪病的人，慢慢失去记忆与身体萎缩，唯一爱做的事，是每日下午由她母亲推着轮椅到附近的田野看火车。但是，烦琐的工作让市山先生无法回乡探望，就在为亚细亚号的设计工作伤脑筋时，母女坐船“热河丸”来到大连，给了他大惊喜。当时爱女已对为父的市山先生毫无记忆，只会傻笑，加深了他的愧歉。某日，市山先生在宿舍的藤椅休息，被庭院里笑声惊醒，他看到妻子推着坐轮椅的爱女在兜圈子。爱女不只笑，还对他招手，似乎她的病好了，能无忧无虑地过下去。市山先生被这安静美好的时刻打动，泪流满面，便把爱女的形貌融入亚细亚号里。

“这么说来，亚细亚号是市山桑的爱女的化身。”帕说。

没错，赵阿涂接着说，车子配备自动加石炭与加水系统，它不只车身是蓝色，炉间也蓝色涂装，火室是可爱的半球状，控制阀是加长铁杆，说穿了，是献给女儿的玩具。尤其是时速破百时，车轮的辅助杆会发出爱女的轮椅声。时速一百二十公里时，会出现第二个爱子的秘密，看似武士头盔的机关车会被强风揉成温和的女孩面孔。

“哇！时速一百二十公里！”众人惊呼。

“亚细亚号还有第三个图腾。除了市山先生，没有人知道第三个图腾，因为她目前的最高速纪录是一百三十公里。”赵阿涂说。

“你好熟，果真是火车迷呀！”尾崎说。

“说来遗憾。”成濑说话了，“赵阿涂本来可以到满洲的，一定能解开亚细亚号的第三个‘爱子的秘密’。”

这时接力棒回到成濑手中。赵阿涂希望就此打住，倒是众人恳求讲下去。成濑借机数落人，他说，他听到一些有关赵阿涂的耳语，这都不是对火车了解的人会说出来的。就成濑所知，赵阿涂在训练期间，不只学科好，术科更是吓人。很多人以为这是天生的，或许是，但努力更重要，赵阿涂光是投煤练习，掌握了快狠准，开炉门，趁火舌吐出前喂进石炭，照着十二个复杂区块平铺，厚度刚刚好，太少火力不足，太多会闷烧。平日在抛煤场锻炼，假日随车见习。这种天天面对炉火，会得眼疾，闭上眼仍有火光乱跳的幻影，像直视太阳后灼伤眼，眼膜上烙下了残影。苦练有了回报，等他担任机关助士，日日跟火与炭搏斗，一年后搏出成绩。每铲要一公斤石炭，能十分钟内连投半吨重，一小时不停，三个小时多便把炉水烧到“蒸汽升腾”。这是行话，就是气压够了，汽缸每平方厘米有十六公斤的蒸汽压。这比常人快上一小时，夺魁了新竹州区域赛，继而摘下总督府铁道部的优胜，派往“满洲国”参加“‘日台满’机关助士石炭赏”，得不得奖是天命，能亲炙亚细亚号才是福气。成濑说，就他所知，大胆说好了，市山先生邀请赵阿涂参与亚细亚号的新纪录，也许在下坡路段，少拖几节车厢，多抛些煤，就能突破一百五十公里。结果战争吃紧，那年之后的“‘日台满’机关助士石炭赏”停办，赵阿涂也去不成了。

大家听了都插不上话，只能意思到地摇头，或发出叹息，用沉默的方式表达了无奈。过了一段时间，才有人惋叹，大家心想是谁的神经短路，反应慢，循声看过去，发现竟是赵阿涂。他已眼眶红润，再度叹息，不过众人看出那是赞叹。

“学长，”赵阿涂用上比前辈或列车长更亲密的称谓，说，“谢谢你这么提起，不然我快忘了自己曾是怎样的人。”

赵阿涂说道，他刚入行时最有热忱，也糗事一箩筐，简直能用“我有两颗心脏面对工作”来形容。他记得那时，把夜班车驶入厂房已十一点，清灰箱时还是生手，水太少洗不干净，太多竟然把煤灰冲飞了，搞得自己眼睛痛。涌起的煤灰还弄脏了车厢，得拿抹布擦每张椅子。他记得整理火室时，还因为炉内余温，打个盹，舒服睡着了，半夜冷醒才跑到车厢椅躺着睡。隔天又轮七点的早班车，得四点上工投煤。值班人员在宿舍找不到人，从厕所喊到厂房。他听到了吓醒，跳起来，大喊："我早就待命了。"还被夸奖一番。又比如行车时，得每分钟往火室丢四铲煤，上坡再多三铲，靠站时又得添水加煤，整趟车没多少休息，得边吃饭边投煤。有一次车上坡，急了，误把石炭丢入嘴，便当丢进火室，拿出来时已经是一块扭曲的铝块。他又说："看各位笑，我还有更有趣的，某次尿急了，等个偏僻的路段对外解决，谁知风把尿吹回来，裤子湿答答，又自作聪明的靠近火室烘干，不料火车急刹，害我又整个人撞上去，幸好！没烫坏子孙袋。"

轻松的话题引人发噱，又是一场驴打滚场面。笑罢，滚罢，大家的话题又绕回"爱子的秘密"。有人想，赵阿涂对火车如此热情，应该见过不少图腾，要他说出几个特别的，给大家开眼界。

"到目前为止，没一个。"赵阿涂说得令人失望，但随后说的却引爆另一个话题，"没一个的意思是，我现在就碰到了半个。"

除了成濑，大家都不理解其中的意思。赵阿涂丢个眼神，向成濑询问可以说这个话题否。成濑要赵阿涂仔细地说出原委，一字不隐。既然如此，赵阿涂毫不忌讳地说：

"紫电就有个爱子的秘密，不过，至今没出过，也不可能出现。"

众人喧哗了，你一言、我一语的。有人事后诸葛，说他早就看穿天霸王这铁壳子有个梦。"铁梦"，大家都承认这词用得好，又说，万物都有梦，唯有人能召唤它出来。说来说去，大家又把眼神集中在赵阿涂身上，要他说下去。

赵阿涂说，这也是市山先生说的。紫电由川崎重工业负责召集规划。满铁设计部与他们多少有些联络，消息便是这样流出的。原来是这样，川崎团队的吃住都在神户的宿舍。负责打扫的老太太把庭院整理得好，茶花与梅花怒放。坐在门廊一边抽烟与喝茶，一边赏花，是团队最棒的享受。后来老太太走楼梯摔倒，摔了脑袋伤重死去。好长一段时间，院里的茶花无人照顾，黯然不少。有天，团队在门廊喝茶时，一个团员走到茶树边，用平淡的声音说："唉！老太太死了，再也不能照顾你们了。"奇怪的事发生了，几十株茶花树颤了一下，盛开或含苞的花瞬间落下来，不留一朵，落地声仿佛哭泣不停。在场的团队惊讶与感动，便在紫电嵌入图腾，好怀念死去的老太太。

说到这，众人睁大眼，往车板摸，也许耐得住性子用手磨蹭几下，铁板会冒出老太太的脸，或打开火室的铁门会喷出红通通的火焰人头。这下轮到赵阿涂笑了起来，打断他们的扯淡："市山先生吐露，紫电的时速超过一百公里，便会出现爱子的秘密。"

"一百公里？"有人跳起来大叫，继承先前开玩笑的气氛，对帕说，"会难吗？少尉殿你在后头推就行了。"

众人哈哈大笑，连严肃的成濑都笑了。等气氛散去，凉风从外头介入时，有人打了冷战，感觉不亚于坐在时速破百的车上。没错，照赵阿涂的说法，本岛还没有火车破百的纪录。紫电拥有 D51 俗称"蛞蝓"的流线型机关车车顶，融合了专跑斜坡间的 E10 型蒸汽车，拥有减重的非铆钉结构、罕见的三汽缸。但是它的强项是耐重，符合丘陵地形，不是竞速用，最高纪录也是在平路无拖车的情况下到达六十公里。况且，紫电出厂就注定孤独的命运，仅有的一台试验车，不量产，没有兄弟，没有姊妹，孤单在世上。缺零件，维修困难，加速老化。它不会跑得更快，而是越来越慢。

“只能到达六十公里了。”赵阿涂说。

“听不下去了，老是说这种丧志的话，就像开火车的怕死了锅炉爆炸，是不能由铁道员口中说出的。”成濑沉稳地说，口气不是责备，倒像在苦难中给予鼓励。他又说，“你们一定没听过穿高跟鞋的老太太跑赢穿布鞋的小伙子，我来说吧！”

成濑说，各机关车有各的体能，天生的。跑得快，跑得慢，出厂时几乎被决定了。目前世界纪录原是德国 BR05 机关车，时速两百公里，不久英国“绿头鸭”机关车利用下坡路段创下两百零二公里时速。英、德属宽轨，满铁也是，亚细亚号能跑出一百三十公里是天时地利。这都不利本岛的窄轨火车创纪录。不过四年前，大东亚战捷报频传时，本岛各州乘兴，费尽心思想破纪录。新竹州占尽地利，最好的路段在山线三义下坡，但弯度过大让车班人员不敢放手搏。嘉南平原铁路直，打点某几站的站长，免得他们把火车超速过站上报。他们打算用美国 ALCO 公司生产的 DT 型机关车破纪录。但是问题出在机关士，在高速经过斗南站，他自车窗伸手从月台拿下约一公斤重、像大型钥匙圈的电器路牌套——某种火车的过站通行证时，或许太紧张，或许车速太快，即使戴上皮革套保护仍钩断手臂。台南州断臂事件，让车班人员不敢多试。谁知纪录竟然被花莲港厅的抢走了。花东线属独立系统的五分轨，比西部干线的窄轨还要窄三十毫米，创纪录的是 L 型机关车，属于轻便铁轨系统，又老又耗煤，跑太快容易烧轴，算是老太太级。打个譬喻，这场速度赛就像后山穿高跟鞋的老阿婆要跟纵贯线的年轻小伙子赛跑。关键在他们早有准备，把L型机关车的烟管通过、清炉、洗鼎，汽缸性能调好。胜负在于石炭，他们从金瓜石请了三位挖煤师傅，从堆煤场筛出俗称的“钻炭”——含炭高、烟少，每吨煤中只有几公斤——老师傅凭着锤子与数十年经验，耗费一个月，几乎快耗掉脊骨弹性，终于敲出半吨煤。L型机关车利用空车回送机会，拖六节车厢，平路路段，出站四公里就破纪录了，达到时速八十五公里。目前“国内”最快速的是内地的特级列车“燕”，时速七十公里，被比下去了。

“吃饭的老太太还是赢过吃番薯的年轻人。”这时候尾崎说话了，“后山的火车都能跑到八十五公里，紫电更有潜力。想想看，它有六十公里的时速了，很快就会破百的。”

“错，还剩四十公里，这听起来距离比较近。”赵阿涂大声说，而且尽兴得想把所有的秘密分享。他把挂着的玻璃罐解下来，手拍得它发出火车运作声，之后才说：“某天，市山先生把紫电的‘爱子的秘密’写在这张明信片上，寄给我，我把它封在里头，一直当作平安信物。”

“你在装神秘，不怕我们打破罐子偷看。”帕说。

赵阿涂一愣，直说：“强得少女的贞操，永远得不到她的心。”

这句话打死了大家偷看想法，沉默地点头。这时天色浓，困意更浓，众人走下车。满天星斗乱跳，大家心跳也乱着，不敢往底下迷蒙的深谷看。突然，风吹来，瘦桥晃得都快糊了，大伙纷纷蹲下抓住铁轨，有的忍不住吐了。风过了，大家仍不敢起来，觑着彼此，心想的是靠两只脚都难走了，何况是九十几吨又有十颗胎的机关车呢！它要怎么驶过桥？

台风要来之际，鬼中佐决定要趁此验收白虎队的训练成果。

身为队长的帕在车站广场集合众学徒。他没有训勉，与大家静静地站着。几公里外的火车鸣笛了。帕说：“加油，车上见。”说罢，要各小组散去，对火车发动攻击。白虎队迅速散了。尾崎也参与了演习。帕帮他做了一双竹翅膀，用帆布与鹅毛扎妥，把人塞入填满碎布的木桶背走。帕沿着发亮的马路跑，影子忽左忽右的。不知怎么的，在夜奔中，帕向尾崎说了第一次发现自己力大无比的好处。那是在小二远足时，全班走到一公里外的溪边戏水，野餐时，老师的筷子掉入河中漂向木桥，有同学大喊帮忙捡筷子（はし）。帕一听，几步过去，把那段木桥（はし）拿回来，吓得老师说你是用这个吃饭的吗。帕又说，像风一般快跑的经验，那是他小三时，日本老师叫他去买烟。老师很凶，说话响亮，害得帕紧张地把“烟”听成音近的“卵”，咻一下出门买回蛋。老师气得拿蛋砸他的头，转身抽出藤条要打人时，帕已经从杂货店把木架上的十几包烟偷回来，敷岛、桃山、白梅、椿、曙等品牌都有，全兜在怀里，求说不要打他。这下轮老师吓坏了，把烟拿回店家说全买了。帕又说，他那天特别高兴，因为头上有颗烂蛋，用姑婆芋盛回家。勤俭的阿公弄个蒸蛋，打算吃一礼拜，水和盐兑得凶，稀成蛋花汤，而且是葱花加到满出来了。

尾崎听了大笑，笑声太热情，体内的荧光渐渐迸亮。帕很难相信，人只剩下胸口以上还能这样活，还懂得短暂品尝风的速度。跑了三公里，尾崎看到山路迎来了灯光，便喊火车来了。帕多快几步，风景一皱，已绕道从火车尾跳上去，低头闪过几道门楣，来到第一节车厢。

鬼中佐就坐在那，旁边有观礼的十几个军官与士兵。帕敬礼，并且报告接下来的流程。鬼中佐站起来，走到尾崎身边，对不忘参与演练的“爱国少年”勉励再三，问：“还会很痛吗？”

“很痛，但是不怕痛。”尾崎说。

“很好，这才是天皇陛下的赤子。”鬼中佐点头说。

然后帕继续往火车头前进。同节车厢的另一边，拉娃与尤敏缩在角落，眼睛明亮，眨呀眨的，让黯涩的角落有了好精神。

“嘿！萤火虫人。”拉娃扬着手中的小火车模型，老远就叫，不在乎任何的礼节。

“你好，一团融化的赛璐珞。”尾崎笑着回应，身体更亮了。赛璐珞是早期类似塑料的东西，着火容易熔化。尾崎深觉这譬喻好。

帕走过拉娃的时候，拿起她递来的小火车模型，塞给后头的尾崎。尾崎忽然不再笑，睁眼看着拉娃，就在离开前他从自己伤口拔下一截焖烧的肉骨，馈赠地抛回去。但是，帕已关上车厢门，只剩下通道上的风声缭乱，尾崎便不确定拉娃有捡起来吗？

帕到了火车炉间，站着不动。赵阿涂在那弓腿铲煤，抛入火室，又把烧好的煤铲出来放入地上的几个铝桶，汗水灌湿了背，但还是忍不住偷瞟帕身后的尾崎。外头的风湍急，咻咻如刀，把尾崎的翅膀振得呱啦啦。赵阿涂再也忍不住回头，硬颈地回答他几天来一直重复的答案：“就是不行，这不是厨灶，今天能烧人，明天你就要我当厨师。”

几天来，尾崎希望自己的一块人炭能放入火室，化成一股浓烟冲上天，能弥补飞行遗憾。之前他曾托帕偷放一块在天霸王上，但是逃不过赵阿涂的法眼。悬在便桥的天霸王已停火，放在一般火车也行。“只要一小块就好。”尾崎向赵阿涂恳求，说尽化为一缕烟的梦想。

赵阿涂无动于衷。火室被鬼中佐烧过神，再去烧人不就成了火化场，以后就是垃圾焚化炉，最后是馊水桶。他不答应，让帕与尾崎只能干瞪眼，看着火舌肥滋滋，把煤块嗑个老响。

“你看，我是肉体机关车呢！”尾崎从鼻孔发出很假的笛鸣，吐着肺里冒出的烟，还被自己呛得猛咳。之后他拿出拉娃给的火车模型，递给赵阿涂。这让帕踮身前倾，才能递过头送上。赵阿涂摇头，把煤铲进火室，关上炉门，走到另一边拿起水壶对嘴喝，喉咙直响。这时候，尾崎听到车外有动静，不耐烦地说：“算了，白虎队来了。”帕把小火车模型从尾崎手中拿了放在火室边，后退几步，对赵阿涂恳求：“就算是帮我一个忙吧！”然后跃下车。帕顺惯性打个孔翘，把身子稳了，闪入林里拔几丛大竹，上头裹了几抹干藤草，又追上火车，一个扑，好个蹬，撒出好姿势，人已经站在火车顶了。

暗蒙蒙中，帕把竹丛扛在肩上，尽量踮低身，免得给风压歪。不多时，几个影子从各角落扑向火车。帕以大竹丛对他们挥去，殴个头醺醺，倒的倒，嚎的嚎，纷纷翻落崩岗下。那些影子不久又冲来，一下子聚成军，一下子散如烟，但一贴近火车，马上被一支大鸡毛掸子当灰尘拍走。帕大吼：“还躺着睡，鬼畜就要踏上你的肚皮。”那些学徒兵没有太多愤慨，反而激起他们的无奈，反复的训练已疲惫不堪，要不是鬼中佐在车上验收，另有宪兵监视，他们真想找个有花有水的好所在，替自己挖好床，墓碑当枕，永远赖着这最后的堡垒。他们心灵枯竭时，听到火车上传来尾崎唱着《爆弹三勇士》，那种少年转骨变大人时的怪腔，让他们想起得遵守的誓言：无关乎勇气，只是要活到某个安静午后，写信给一个素昧平生的父亲，诉说花草，或关于风雨的闲事。然后，他们奋然朝火车再肉迫，咬着牙干。另一边，车上的帕把竹丛插在铁缝，一个山猴翻落，到炉间提了地上的几桶火炭，顾不得把柄烧红了。他回到车顶，见学徒兵的人影，先喊声机关枪射来了，后把烧辣的炭泼去，铿铿梆梆响。

如是几回，赵阿涂根本来不及烧煤，更对车外的哀号声心软了，在铝桶底偷偷垫上生煤，只有表层是红炭。忽然间，他发现蒸汽舱压表边的那个泥塑的小火车模型在发光，光源从小火室透出。他很好奇，把脏灰的防风镜拉到额头，朝小火室窥去，那有一块人炭。人炭布满凝润、奥秘、极光般幻动的微血管，流动血液，光影泥泞，不断地胀缩呼吸。赵阿涂这才感受到火与炭也有生命的，终能使机关车具有魔法地疾驰在没有轨道的世界。他很激动，靠墙流一会儿泪，才探出头对尾崎说他会把人炭放入火室。但风很大，距离又远，他的吼声没用。下个转弯，强风把人炭刮走，卡在车外墙的铭板缝，吃风而突然饱亮了，像一盏灯突然大放光明。赵阿涂把上衣扎进裤子，沿着车厢外爬出去捡。路边的树叶藤蔓挨身过，拍打着他。赵阿涂抖双手冒汗，他爬这一回就吓惊了，同情起学徒兵得攀上爬下。最后他脱下防风镜，把人炭夹起来。再下一个弯，火车爬上风更悍的牛背崁，赵阿涂被掠歪了，两脚悬空在外，一手死命地抓车窗，一手握人炭。他不会放开哪一只手，两手都握有生命。

火车没有停靠瑞穗驿，快速通过密集的住宅，回音在近距离的木房回荡。赵阿涂累了，心一横，打算顾着人炭而冒险跳车。火车又转弯，往外抛的力量让赵阿涂再也撑不下去，他要松手了。火车转正，冲劲十足地往前奔。这时候一道影子终于掉下车，整排的轮胎轮流碾过那东西。车上的官兵与白虎队感到车身不停地颤伏。有人任务失败，栽进车底盘了。他们停下动作，为死者默祷，祈求那个学徒兵的英灵与逝去的先皇同在了。帕一脸死灰，心情冷凉无比，看着车厢一节挨一节地耸下去，他希望轮下的学徒兵没太多的痛苦死去。当他挠着大竹丛追到末节车厢查看，看到路上是一块碾碎的墓碑，兴奋地大吼："哪个笨蛋的书包掉了，给人家当磨刀石好了。"

那块墓碑代替了赵阿涂，也救了他。之前他悬在车外，被甩来甩去，最后身子忽然一轻，不是腾空落地，是有人提起他的裤腰。一个肉追火车的学徒兵及时攀了过来，勒住赵阿涂的裤带，大吼："摔下去，会弄腥火车的。"并且解下绑墓碑的背带，把赵阿涂缚在车窗边，方便他爬入车内。墓碑掉下火车，整排的轮胎碾过它，碎成片，成了民众最佳的磨刀石。不过火车出了问题，剧烈往左靠，车顶机关枪的沙包震掉，沙子爆窜，厢壳发出沙沙声。这是轮胎急速辗到墓碑，底盘传递讯息的齿轮丢了些记忆，火车失控了，往山壁闪去。机关士扳动韧机刹车棒，而各车厢的技工不是忙着转动辅助刹车盘，就是校正齿轮记忆。但是火车已摩擦山壁，车外悬挂的电灯爆开，云般的火花怒喷。溅开的灯液和碎玻璃溅入车内，火很快漫开，浓烟蹿起来。车内的士兵与军官跳了起来，躲靠在窗边，右侧窗外是更危险的陡坡。"演习视同作战，弃守视同叛逃。"鬼中佐大吼，坐在座位不惊惧，要官兵救火，不惜与火车同生死。命令生效，官兵拿灭火棒与木桶里的防火沙，对准火焰消灭。拉娃与尤敏坐在靠山的那排位置，见到火车最恐怖的时刻，窗玻璃与木板车厢残缺不全，火在地上流动，堆积的浓烟在天花板挤蹭，列车仿佛是垂直开往地狱了。拉娃尖叫不停，火流过来，往她身上爬来，几乎像是一群老鼠扑过来。她不是松开手，是死命地抓着等死。尤敏脱掉衣服，拍打女儿身上的火。这时一道大尾巴从破裂的窗口伸进来，拨弄几下，很快就拍灭了火。

那根尾巴是帕手上的大竹丛。他第一次感觉列车的危险，一旦出问题，完全没辙了。和单挑六架飞机，或扛起机关车相比较，帕发现站在列车上是多么无助的，只能为学徒兵忧心，或拿着大竹丛帮拉娃灭火。几分钟后，列车再度回到行驶的秩序，朝马路快速前行。车厢内没火了，火在救火中跑到帕手上的竹丛。竹丛在夜里发光，裹满了叽叽喳喳响的火渣，帕举起它，迎着风，让那些跳开的火星布满了整辆列车。列车发光了，是纵谷里的一条火龙。

车厢的官兵探头看。回到炉间的赵阿涂也是。他们逆风看，看到足以烧烙记忆的一幕，车外涌动星火，婆娑跳闹，像火车划过豪雨激起的水花。帕跳过每节车厢顶，到了车尾，那里的风因车速而凌乱，他擢着大竹丛，火光跳洒，玩得像孩子似的。赵阿涂惊心地想，战争多像孩子的游戏，却充满成人的愤怒与暴力。而帕知道，米军会用一种装有火焰管的战车攻击，就像他手上的火丛。他用这攻击那些爬上车的学徒兵。激烈着火的大竹丛充满了挑衅与疼痛，把白虎队打得身上与心底都是怒火。

见时机来了，帕大喊："总——攻——击。"也就是玉碎攻击。

"天皇万载。"白虎队像疯狗回应，更像疯狗浪爬了来，赴死不惜。

演习完，学徒兵目送火车离去。机械的呢喃在山谷间淡逝，最后只剩虫鸣了。他们用掌磨蹭手臂，火车走远才知寒冷会揪人，风从那些被火炭烧破的衫服钻入，又扁又凶。那些较嫩的学徒兵，识相的在外围挡风。他们沿马路走回关牛窝，心情有些激动，在夜里流泪。

“呀！星星在尿尿。”一个学徒兵指着车站前的路灯说。

那是夜间的防空袭灯。电火球内层涂满了蓝黑颜料，剩底端一小圈透明，光从那落下吸管粗的光线，有照明功能，但米机是无法辨识。白虎队传言，此种浓缩的光落在皮肤上有针刺感。有人膨脝说，手往那儿影一下，会伤口完整地截肢；要是目珠往上瞪去会沸爆；久看落地的那圈光斑，会发现地被蒸软了，扑哧扑哧冒泡。

“那是星星流泪了。”尾崎突然说，“我想要摸灯泡。”

帕把尾崎从木桶拿出来，直接上抛。第三次抛起后，白虎队高呼不已，因为尾崎扇动背上的竹翅膀，像一只受神风青睐的大鸟扶摇直上。在白虎队激情的唱歌声中，帕铆足劲抛，尾崎也一次比一次飞得高。“再来一次。”白虎队喊。尾崎飞得更高。但是，他不知道自己是蛾，是破茧后去扑火，以飞翔加速燃烧自己的生命。在三十多公尺高空，他努力振翅膀，看到整个关牛窝只剩下地上一个鼻屎大的电火斑，越来越小，越高也越恐惧。这证明一件事，他不想死了，想回到地面而尖叫不止。但帕丢得手头旺，快疯了，继续把下半身发亮如萤火虫的尾崎高抛。伴随白虎队呼吼，只见一盏火越飞越高，快黏上天穹了。

在汗臊拥挤中，一个学徒兵颈上的护身符被扯落了，慌张地蹲下身找。在灰尘与脚蹭中，他看到地上的电火斑里头，有植物破土发芽，地上咕噜咕噜地直冒泡。他大吼：“别动，一朵从梦里冒出来的树苗。”讲煞，他扑去救植物。忽然间，光斑不见了，大家也不动了，恐怖的寂静塞爆一切。每个人往上看。因为尾崎没落地。他飞走了。

跪地上的那个学徒兵这时摊开手，让小光柱落在掌中，魔豆那种神话般力量的植物就在眼前，在掌中长出吓人藤蔓，不停往上长。其实他看错了，那只是汹涌的尘埃在光柱的幻影，只因幻影太美了。那个学徒兵往上看，小光柱恰巧插入他的瞳孔。他的目珠没有沸爆，却有幻影，足足看到一百艘载满纸官的华丽王船在海上瞬间灰飞烟灭，夜里爆光，海面沸腾起云了。

尾崎走了，天空只有空荡荡，落下的是鹅毛与竹枝。“他化成一颗星星回到宇宙了。”有人说。他们躁动起来，猜测尾崎化成哪颗星星，这颗啦！不对，那颗才是，彼此用指的较劲哪颗最大，最后安静地仰看。星斗绽光，莹白无瑕，完全没有沾上一点黑夜。人死后变成星星，天上有好多墓碑与死人。一个学徒兵难过地闭上眼，对着天空大吼：“尾崎，你说，一百年后一样这么多星星吗？”

缓慢地，他们数过的星星飘下来了，好多呢！满天星斗掉下来了，像冰雹掉落，地面充满宇宙的声音。白虎队伸手去接着，它又轻又暖。

“这是人炭。”有人说。

“是王船的余烬。”一个跪在地上的学徒兵说。

然后台风来了，豪雨疯狂落下，雨珠把草丛压毁，世界的温度正下降。过剩的地表水流向河川，带走泥沙、树叶、巨木和任何雨水。关牛窝溪的水位一寸寸高涨，河水翻腾，发出隆隆怒吼，像扭转纠缠的液态闪电，就要扑倒台车桥的桥基了。要是桥垮，天霸王也毁了。早晨八点，守桥基的老道班夫从河谷跑来，路陡再加上雨也豆大，他几乎把心脏喘坏了，抱怨鬼天气，也抱怨这工作不是人干的。他来到工寮，看见铁道部的人穿雨衣在雨中已经待命很久了，整个头发都渗水。老道班夫发现在此刻报告警讯会打断一场严肃的讲话。

成濑发配工作，给大家信念上的期勉："照着去做吧！把零件组装回去，我们得还原紫电的光荣。"他说到这，环视在场者，才说："是最后一趟了，我们都尽力了。"

老道班夫懂了，天霸王要发车了，不论死活都要离开便桥。

一群人默默散开，各自工作。这时成濑转头对一旁伫立的老道班夫说话，要他回工寮休息，里头还有稍早留给他的干饭和热姜汤。老道班夫泣不成声，说自己不饿，还有力气帮忙，你就给我个任务吧。成濑要他进屋去拿灯，发车要灯呢，还要他把铁道部的旗子升起来，总不能雨大就偷懒。老道班夫大声应和，去干活了。

另一头，在火车上守夜的赵阿涂，一夜无眠，仔细观察窗外风雨。他坐木板上好隔开冷铁板，用军毯裹住自己取暖，怀中揽个俗称"火囱"的取暖用小提篮——外壳是篾制，内有瓦钵好盛着红炭。但钵中没有火炭，只有灰而已。他不是取暖，是要温暖那些灰。但车外风雨越来越剽，木桥摇摆不止，发出嘎嘎叫，他吓得紧抱火囱，竹条便大剌剌镶入手臂，把皮肤割出血纹。只有风雨暂歇、木桥停摆时，他才敢深呼吸。到了清晨，天空稍微透亮，他听到山谷传来呼喊，有许多人在那忙碌，但仔细听，不过是强风刮过桥的呢喃。他开个罐头，配些干粮权充早餐，听到桥头那边的木寮传来吆喝声，又看见糟得不能再糟的风雨中，来了人。成濑一手压雨帽，一手提煤油灯，雨衣在风中乱掀。他一进入炉间，把脱下的雨衣挂上衣架，拿出衣袋里的火车专用怀表，很仔细的放入赵阿涂手中，说："点火吧！我们要出发了，一小时后发车。"

终于要发车了，赵阿涂老早就料到这一刻，但令他震慑的是得在一小时内点火发车，简直是天方夜谭。火车要十六公斤的蒸汽压才能启动，他的纪录是三小时多，一小时哪够用。但赵阿涂拿到成濑送上的怀表时，表壳有暖度，想必是车长紧握手中良久才递出，他便应答，立即开炉门，抛炭准备生火。之后，他慎重地伸手到火囱，从木灰捞出一粒瞳孔大小的人炭，火光好瘦。晃几下，吹口气，人炭瞬间发亮，上头布满的微血管流动着液态的光。那是萤火虫人留给赵阿涂的。火的灵魂，只消吹口气便苏醒。赵阿涂多日来把这人炭藏入木灰当火屎——这不是贱称，是俗称。妇女煮完饭会在灰烬中埋下烧红的炭当火种，供下一餐使用。这绰号意谓赵阿涂是他母亲留在人世的余脉——种入火室内的煤堆，关上炉门，用手贴上冰冷的铁门，感受火屎渐渐将热力传开来。煤醒了，毕毕剥剥地张眼，全都露出酣红的目珠。

砰一声，一群用铁桶提着烧红煤块的工人进门，倒进火室点火。他们看见赵阿涂闭上眼、手触铁炉，在搞没人懂的花样，事出急迫，不得不大声告诉他可上火了。一位道班夫看赵阿涂不为所动，踏前一步去摇，雨衣碰到炉门竟然嘶嘶地冒水蒸气，才感受炉间的空气热了。大家着惊，神情如见鬼，回神速度也快。一个工人急忙把赵阿涂的手拉开。赵阿涂才回过神，手掌有水泡了。他不急着把热煤倒入火室，里头火已沸、炭在跳，火车的心脏逐渐苏醒，这时打开炉门很容易让冷风灌进去，坏了火。工人闷着头，没见过只要摸摸铁门就发炉了，见过也不必验证，传说下去即可。他们走下火车，走入雨幕，大雨噼里啪啦落，透过雨衣把那声音放大再放大，但仍然浇熄不了脑海中刚刚的一幕。

之后，白虎队陆续来了，把之前拆下来的配件装回去，窗户、木椅或是一块铭板。沙盒灌了沙，煤箱填满了，车踏板也有了。紫电看来没有那么猥琐了，穿上该有的配件，车身更重，更显得风雨如何肆虐它。帕也来了，打赤膊，身上挂一个背袋，戴着银藏送的飞行镜防风雨。他东摸摸、西摸摸，在车上就是一副不想走的样子。这时候练兵场的传令来了，抖着鸡皮疙瘩，好不容易才挨到天霸王，要帕赶快到河谷帮忙收拾那些危及桥梁的漂流木。帕把士兵们赶下车，即刻前往山谷。白虎队走到一半，帕喝令他们停下，对赵阿涂敬礼。

赵阿涂打开门，挺身，持铁铲子碰鞋边，以机关助士的礼响应，目送他们离开，直到对方的身影消失，直到自己心中清楚地升起一股荣誉。帕又回来了，他在风雨中走得歪斜，进入炉间后摘掉飞行镜，从挂着的背袋倒出一堆平安物，有各种道教信仰的平安素、千人针，或在布缝上五元或十元。帕对赵阿涂说，是白虎队把家人给的转赠，他不信这个，但也许你会信。赵阿涂很大方地收下，把那个装有天霸王的“爱子的秘密”玻璃罐回赠给帕，他说，这世上从此又多一个知道紫电秘密的人了，并催促帕动身，赶快到山谷帮忙。帕点头，走下车，但是没有沿桥头旁的山径下河谷，是顺着桥梁往下爬，几个猴跳下去。在中途，他往上看那个大铁块悬在半空中，风雨错乱地摧打。于是，他把叼在嘴里的玻璃罐系在某根木梁，最需要平安物的不是他，不是天霸王，是便桥。然后，帕松手往下跳，穿越云雾，抄快捷方式掉到河面了。

赵阿涂在抛煤之际，把平安素、千人针与意谓超越“死线”的五元布绑在炉间，微笑颔首。半小时后，气压表到达标准。赵阿涂打开车门，沿走道来到车头边的汽缸，打开水阀排水。第一泡蒸汽冲入汽缸会凝成水，得排出才能运作。排完左右两侧的汽缸水，最难的是底盘下那颗。风雨灌来，他贴在枕木上发抖。好不容易排完水，他爬出车底对成濑打出手势，大喊：“蒸汽升腾。”成濑拉汽笛回应。可是赵阿涂忍着风雨回到炉间，怎么也打不开门，窗户也被反锁了。他沿外侧走道来到驾驶室，对窗户猛拍击，表情和风雨一样强悍。成濑不开门就是不开，铁了心要赶人。赵阿涂用鞋子破窗而入，割破了手，血漫了开来。成濑拿着铁棒驱赶，往赵阿涂的手狠狠地打，像面对最坏的小偷——要偷走他与紫电最后独处的时光。

“前辈，让我进去。我还能够抛石炭。”赵阿涂大叫。

“走吧！你去照顾其他的火车，它们更需要你，这个跛脚的大家伙由我来吧！”

“我们一定能让火车平安过桥。”

“算了，你还有亚细亚号的梦想，这台是我的梦想。”

“可是亚细亚号停驶了，圣战吃紧，它在三年前停驶了。”

“一班心目中的列车永远不会停驶的，它只是靠站而已。”成濑打开门，挥舞着手中的铁棒赶赵阿涂下车，语气深长地说，“走吧！为你死去的妈妈多想想吧！她要你开着火车到更远更辽阔的地方，而不是卡在桥上。”

赵阿涂被逼到便桥上，知道他永远上不了车了，便立正对成濑行九十度鞠躬。他整个小学六年都在学这套，那时有个日本校长在每周第一堂，站司令台上，穿文官大服，五指并拢裤管，教全校学生九十度敬礼。那时他不懂谁能承受这套很假的礼数，现在他用上了。风很大，他弯腰五秒，起身离开，眼中都是泪水。

成濑把铁棒点在脚尖，以机关士之礼响应。他先回到炉间抛煤，“即使最后一次，也要做得像第一次。”他不是对空荡荡的炉间说话，是训勉自己，便弓着脚，用铲子仔细地把煤抛匀，姿势标准就像年轻刚上阵时充满热情。打开控水阀，蒸汽压力锁全开。他走入乘客厢，巡视各个角落，要是这次有人逃票没被抓到，就要以生命付出。半途中，一阵强风吹得桥乱颤，成濑跌在客椅上，他随即站起来摸着摇晃不止的车子，说："紫电别害怕，我老骨头会陪你。"边走边拉出裤裆的丁字裤，把自己牢牢地系在驾驶座上。强风又吹来，紫电剧烈晃动。成濑拉动汽笛，放掉刹车，加速棒渐次地推到底，大喊："发车。"他的目的是让紫电着陆，不是前方二十公尺远的桥头，就是百公尺深的桥底。

在便桥上往回走的赵阿涂也被切风撂倒，人趴在枕木上不能动。他担心成濑的安危，回头却看到最动人的一幕。没错，虽然只有短暂的一秒，但那就是"爱子的秘密"了。时速一百二十公里以上的瞬间风速，让火车车头的菊纹盾开了。或这样说，风雨顺着盾子的纹路散开，散成雨隙，盛开成白蒙蒙的茶花，风雨越强，花越开，罩住整台机关车。这是赵阿涂第一次看到爱子的秘密，在火车静止状况。只有一秒，这足够了。汽笛声惊醒了他。他赶紧起身往桥头跑，大喊，桥垮了。便桥的木梁再也受不了，发出尖锐的脆响，听得出它憋了好久才垮掉。帕绑在梁上的玻璃罐摇晃，绳子松脱，罐子往山谷坠，它被风吹得往更远的上游飘去，掉入了溪流中。

山谷充满声音，湍急的河水冲来，上头的漂流木哄咚撞击。两百多个士兵用加长的竹竿撑开漂流木，免得它们撞毁桥梁。马匹也派上用场，拉开有危险的杂木。唯有帕还是老样子，他腰上系了粗绳，一个人在河涛中拍浪，把自己当铁钩好抓开漂流木。忽然间，帕看到一个熟悉的玻璃罐子从上游漂下来，随浪跳，他奋力游过去捡。为此他错过了天霸王掉落山谷的华丽镜头。

一个学徒兵最早看到天霸王掉下。天霸王的大灯、车厢灯、侧灯及腹部的工作灯都开了，主动轮和连杆亢奋地转动，快得不见渣。烟囱冒着怒烟，刹车洒水器喷开水，水雾像张开巨大的薄膜翅膀在挥动。这个学徒兵想到帕讲过的《**银河铁道之夜**》故事，宇宙中有一台奔驰的银河列车，在流星雨中流动，活在没有铁轨与万有引力的年代。美的极限令人骇然，他尖叫，让河边干活的士兵都抬头看去。梦的景象呢。凌空掉落的天霸王在前头罩着一朵巨大的复瓣白茶花，激情盛开，有武士断头的凄美。轰隆一声，它掼入溪底，河水喷开了，金属火花随后溅开，山谷又亮又刺眼，瞬间又恢复该有的风雨暴怒。天霸王成了废铁。车壳严重扭曲，炉间泡水，汽管破裂，机关车的血液——水蒸气从水中吱吱地喷出，机油在河面开成一朵朵的七彩油膜，空气中飘着炭焦与油味，像灵魂离开的味道。剩下的是躯壳随急流而下，它的灵魂消亡了。

帕没有看到这一幕。天霸王掼入河底抛起的火光才引起他的注意。他误以为是米军的炸弹爆击，随即知道那是什么了。帕扯掉绳子，身子几个挣扎，很快来到天霸王的炉间，那里水温比较高，漂满蜂窝状的石炭碴，他大吼赵阿涂你在哪？还打开火室的铁门找而被一股剧烈的热气喷伤。他有些无奈地握着到处漂的平安符，却不知它们已经发挥作用。帕前往乘客厢与驾驶室。电扇拖着电线从头顶挂下，椅子掀翻，淹起来的水漂着各样的残木。帕眼睛忽然一亮，认为世界还有希望的，他看到成濑还活着，在那猛打方向盘，操纵火车前进。帕激动地大喊："列车长，火车要沉了。"他游过去，揪起成濑的领子往门口逃。衣服是提起了，人还赖在那。成濑用丁字裤把自己绑死在座位，用领带与皮带把手绑死在方向盘，他也死了，一根加速棒穿过胸口，血水泛滥，染红仪表板。他死了也坚持原则，张眼看清楚路，手随方向盘转——那不过是车轮碾过蜿蜒河底传回方向盘的讯息。

帕很无奈，但随即承认，有人走入自己的梦想不再回来，便说：“列车长，载我一程吧！”

他帮成濑整好衣服，捡回大盘帽戴回，大致整理了驾驶间，看起来像还能用的。帕好累，筋肉发抖，坐上椅子休息，看着窗外的吃水线忽高忽低，漂流木到处窜，列车泡在混浊的流光，乘客全是那些流入流出都不买票的河水。在下一根巨木撞来前，帕起身来到车门边，一脚踹开卡死的木门，回看了一眼成濑，便纵身大浪之中，往怒涛扎去，那气势仿佛要用自己的体温把整条河加温，事实上是被薄情地调戏一番。扑上岸，他头也不回地爬坡，坡好陡，得用手扶着地。豪雨越下越呛，小径埋成了河，土石奔腾，他气得大骂却让口中塞满了雨水，拔了一棵笔筒树当伞撑行。他回头看了，有什么声音吸引他。

在怒河中行驶的列车，很快消失在第一道山谷河弯。哔，汽笛响了，笛声传遍了关牛窝。

神风来助，

桃太郎大战鬼王

台风后几日。在练兵场的升旗典礼后，鬼中佐讲话了，他问在场的白虎队和士兵："在森林有一片树叶落下，没有人听到声音，算不算有声音？"没有人敢回答，问题越简单越难回答，不是哲学问题就是有诡计。鬼中佐在操场划条线，要大家选边站，有或没有声音。两边的人数各半，还有人当墙头草跨在在线。鬼中佐继续说："你们是树叶。树叶在隐蔽的森林落下，即使身在远处的天皇陛下听不到，也该舍身奉公，这是武士道的**叶隐**精神。如今，米军久攻冲绳仍攻不下，有消息显示，他们将转攻台湾当前进的基地，从花莲一带进攻。台湾也是皇土的一部分，攻台就是皇土大战，我们要护卫皇土，化身火球冲向鬼畜。你们不是父母的孩子了，是天皇陛下的赤子，是神的孩子。"说完，鬼中佐问白虎队，愿意去作战的举手。帕立即举手。三小时后，有一半的白虎队站不下去了，唯有举手的人能出列休息。八小时后，最后的十个队员往后昏倒时也把手摊高了。隔天早上八点，参战的四十余个学徒兵和三十个士兵剪下一撮自己的头发，用石头互磨出粉当骨灰，放入写好姓名的信封当遗物，战亡后寄回家。他们把爆药、粮食与饮水塞入背包，立即出发，随同的有三位看护妇与五个宪兵。因为铁、公路被炸坏，交通麻痹了，他们取径山路，沿着早期为征伐少数民族所辟的"理番道路"前进，翻越中央山脉，到东部和抢滩的米国陆战队死战。

他们撑木杖走，日落时到了最后一个防番驻在所，受到日警热烈欢迎。他们在石砌的短墙下休憩过夜，做起晚餐。双脚酸痛，屁股沾到地就站不起来。他们干脆趴地上做饭，才点起火柴，竟累得睡着了，火烧到手都没知觉。只有帕还能干活，他埋锅造饭，打理好了晚餐，再叫醒人爬过来吃饭。帕目光涣散地看大家用餐，站着打盹，梦见神秘小国的旧时光。醒时，他借着尿遁往回跑，一小时后回到关牛窝深山的家。竹篙屋在月光下锈蚀，竹影缓缓地抚摸屋脊，上头的厚苔爆开了孢子。帕推开门时，得把门往上提些，避免碰地的轴柱出声。他折返家门时，已先到练兵场拿回平日攒下来的军米、干粮和罐头，用手舀米入缸，把罐头放入，掩上竹篾盖子，一切过程尽量不出声吵醒刘金福。又像往日在干活，他把水缸打满，到山沟洗净刘金福的脏衫，挂在竹篱上晾。拔去菜园杂草，洒下水和高丽菜的种子。这种菜爽甜润牙，是刘金福最爱。因为日文报纸上说有高丽人参的药效，强壮健身，比健脑丸还好，帕便托人买些。他很难解释日语高丽菜，便说它是以菜叶开花的，入口咯吱，脆得像舌头砸碎玻璃，故名“玻璃菜”。下完菜种，帕用绳子把梁木绑紧，用泥巴塞死缝隙，同时来十道风台或十个日头也撑得住。他给十九只的猪鸡即席教学，要它们懂得扮鬼脸，学老莱子娱亲，好让刘金福不寂寞。

早在帕进门时，熟睡的刘金福被开门射入的月光刺醒，以为是熊来偷吃东西，摸出床边的木棍要下手，最后发现是帕趁夜回家，用影子干活般不发声。直到帕脱下新长靴留给刘金福用，还把邮便局储金簿和私章留在鞋内，刘金福这才了解是诀别来了。他刻意出声，看着帕，安安静静地，让时间冻结在这房间，怕此时看不够，下次便以鬼相遇了。刘金福直流泪，快把帕的身影溺死在自己的泪窝。除了愤怒外，他们不敢温情地凝视，此时也是。刘金福只好闭上眼，用双手抚摸帕，发现他的皮肤下竟埋了有这么多疤痕，之后从床头拿起以细竹捆成的枕头，里头塞有一帖锦囊妙计。他对帕说，这是从恩主公那求来的时间咒法，危急时，口服妙计后喷出，再多的军队都会瞬间变成雕像。刘金福说话时，还始终不敢张开眼看，等到山屋寂静很久，才张眼追出门。帕已走远了，在小径留下目汁。刘金福想到还有好多话没交代完，沿泪痕追去，紧追紧喊帕的小名。猪鸡也跟在后跑。他们追过山溪就没见影了。因为帕溯着溪水离开，好掩护他落下的泪。只有赤脚碰触土地的人才能感受溪水的细微升高，刘金福不确定那变化是否与帕有关，或上游的一头山羌正渡过溪，便蘸一滴溪水尝，确定有泪咸。他马上倒在地上佯装气喘，有一小时之久，以为躲在附近的帕会像往常一样跑出来讨打。畜生们也有样学样，伏在河边又是号啕、又是流泪。殊不知，帕早已跑出数公里外了。

当帕快回到原地，听到学徒兵们躺在地上唱《红蜻蜓》助眠。曲调忧伤，反而让人失眠起来。

> 那天姊姊背着我，去看黄昏里的红蜻蜓。
> 我们提小篮子，在田野摘桑椹，像梦一样。
> 姊姊十五岁嫁出去，从此失去联络。
> 黄昏的红蜻蜓，依旧停在竹梢呀！

睡不着，他们数星星催眠。夜空饱蘸了星光，开绽得闹，不时地轧下几缕流星，算也算不妥。忽然间，一颗大流星划过上头的天际，拖着数公里的浓烟，坠在群山间。就在那里，星星落地后放光芒，他们猛眨眼瞧，兴奋地大叫瑞穗驿的路灯亮了，标示出关牛窝的位置。他们用两个望远镜联结看，二十公里外的村庄好清楚。路灯下，站了些人，朝东面挥手，一些出生关牛窝的学徒兵很快发现那是自己的父母，这引起其他学徒兵的嫉妒和哭泣。帕也看到刘金福。他站上梯子，接近电火球，用投射的手影向山壁放大他最后想说的话："活着归来，活着归来。"他要帕看到而重复打手影，足足有一小时，直到冲来的宪兵打破路灯。学徒兵激动往回跑，但路灯乌了，关牛窝消失在群山间。"瑞穗，莎哟娜啦！"白虎队吼去，想把声音传回村庄，却听到大山的回音："莎哟娜啦！"怎么热情喊，就怎般无情地回。学徒兵黯然灰心，面对眼前的荒黑风景，想起历史上白虎队的悲剧结局。一八六六年，当新政府的官军攻陷会津藩据守的鹤之城，守城的白虎队手执武士刀、长矛或女用雉刀冲出城，前头的人用自己的肉体为盾，挡下铳炮，让后头的人肉迫官军。其中幸存的二十名小武士，在铳火中奔散到附近的饭盛山，当他们回望失火的鹤之城，自知大势去了，全部切腹自杀，只有一名被救回来。学徒兵心想，这次到东部和鬼畜作战，会一个都不剩了。

白虎队各自背了十余公斤的爆弹，士兵则背了步铳、干粮、锅具和米粮，还带了一种能瞬间提升战力的"槟榔锭"。暗算七天可爬过大山到达东部，但花了半个月还没到，快吃光粮食，但无撤退的意思。森林是落叶、雨雾和时光的坟场，弥漫神秘的死亡气氛。他们在雾海与树海中走，总看到似曾相识的景致，却在兴奋地冲过极为陌生的冷杉林，或穿越一条没见过的山溪后头，又回到熟悉的起点。他们没辙，指北针成了手表，每秒都在转。那些山脉好像有生命的长大，而且趁夜乱位移，与地图上的等高线不符。方位更不可靠，北极星在天央，回音从背后传来，如果沿太阳升起方向前进，却发现那是落下的月亮。部队越拉越长，某日从后头传出爆炸声，帕往回跑，是队尾的士兵精神错乱得拉开手榴弹自杀，头轰不见了。帕下令部队驻留，但宪兵执意前进，不依就照军法开枪。帕把对准他的铳管拨开，跕地上拨开新落叶，“这地方已陷下，因为我们重复走了一百回。森林是活的，不肯让我们走出去。”

好证明所言不虚，第二天，帕领军出发时，把衣服的脱线绑在树上。线丝不断抽出，没了换另一件。到临暗时，他们又回到绑线头的原点。大部分的人信心崩溃，相信是“鬼打墙”，走在迷宫中。森林不只是活的，还懂得恶作剧。他们开始砍树、搭寮舍，在山上建造一座小村子，每天派出十人小队寻路径，即使晚上也一样。其他的人则狩猎、采集可吃的植物。某暗晡，帕发现蹊跷。那些以营火为中心而辐射出的树影，并非直的，树梢影子会转弯。凭转弯的指示，他独自前往秘密的中心，寻找森林的黑洞核心。穿过森林还是森林，爬过山头仍是山头，只有溪水有源头。帕闭上眼溯溪，不要被景观迷魅，仅用脚上寒毛感受水的方向，跌跌又撞撞，忍受饥寒，他终于来到溪源处，那是滴着水的巨大山墙。他走一圈，发现是一座四方宽有两百公尺的岩堡。帕心跳好快，从来没有过这样的奇异感觉，他趴上岩壁听，里头流动各种水声，有的像彩虹落泪，有的像云霓成雨，还有熔浆流动的声音。帕知道这是什么，是他的血肉、力量和秘密来源的大霸尖山，泰雅人的圣山，称为 Pa-pak-Wa-qa，也是他全部的名字。他跪在地上，不断复诵山的名字，希望圣山带领他们走出森林。可是自己好宁静，没那种呼喊全名会涌出神力的情绪。他对山倾诉，又好像对自己呢喃。帕开始爬圣山，沿山壁上爬，他感到自己像鱼快溯到源头了，游过浓重流动的雾气，风声轰隆，雷声霹雳，世界如此混沌呢。忽然间，一切安静了，帕终于来到大霸尖山山顶，上头全是苔锈的巨石块。放眼看去，脚下的雾气成了包围在岩堡四周的云海，他就站在世界孤岛的顶端，身体像点燃的璀璨烛芯，剧烈震动。帕忍不住呼吼自己的全名："Pa-pak-Wa-qa。"以泰雅圣山为全名的帕，他的呼吼启动世界了，云海活起来，以漩涡状绕着圣山在旋转、推挤和搅和，越来越快，发出隆隆的巨响。云海最后被圣山吸尽。帕感到脚底的石块是水酿的，有生命，会呼吸，充满了泰雅传说中淹没世界的力量。月亮好亮，世界好白，视野打开了，森林和山脉就在眼前。帕看到夜探部队的灯火，是沿着弧度前进。他知道这一月来走不出森林的原因了，探路军队是不断绕着圣山走，没头没脑地前进。这是山的引力，没有圣山同意，永远走不出去。

他们在森林滞留几个月，摩擦日渐加大，常会为一个眼神打架，赢的人愤怒地吸食输者伤口流出的血，好解决饥饿。缺盐巴，他们头发渐渐转淡，一夜醒来发现全变成红色，"完了，变成红孩儿了。"他们大笑对方的发色，后来才气着自己的丑样。这期间，他们用石头捶小量的火药，或用放大镜燃烧弹药取火，维持每日的篝火。又跟少数民族学徒兵学打猎，用活套作陷阱，步铳变成猎枪，但是能吃的早吃完了，方圆数公里内的动物也被狩猎光。动物早有预感，闻到人类味道，逃得比风还快还远。再快也逃不过帕，他每日猎回的几头水鹿、山羌，却填不饱所有的人。老饿鬼坂井一马更是花整个下午把兽骨捶成粉，和水当面糊喝，能混上一餐消夜。更惨的，是老兵新兵的阶级扩大，拳头和枪杆就是命令。帕强制把士兵和白虎队隔开，彼此避过一条山溪建立营地，不然暴动迟早毁了大家。另外，还有一种怪病传开来，比饥饿更可怕，患者的手脚水肿、牙齿脱落、视力退化，痛苦的呻吟声真让人想杀了他们。这下子，帕又在远处建立病房，好把伤员集中管理。

一个部队三足鼎立，老兵组、白虎队组与病患组。帕经常对学徒兵说，他出去对边巡视老兵组，顺道猎几头野兽回来吃，好给大家体力。帕才离去，一些学徒兵开始哭泣，不满地抱怨："白虎队最后只有一人能回去，就是帕。他最强，他躲起来了。"大家相信这理论，大骂帕的不是，还说他每次猎回兽肉，身上带有馨香的烤肉味，一定是先吃饱再回来。白虎队开始内讧，互相指责、怒骂和动手脚，三个强壮精明的学徒兵夺门出去，决心找回帕安军心，结果引来十个学徒兵的误会，以为是逃兵，也跟着逃。十几人不知道要逃到哪，下意识顺着平日走出的小径，有的害怕得跑回去，有的继续逃离。其中一个学徒兵逃到病患组的寮舍，饿肚子闻到血腥和烤肉味，还看到帕的身影。他赶紧跑回山屋，招来所有的宪兵和白虎队，紧紧地包围帕。那一刻，所有的秘密都揭开了，那些生病或失踪受伤者被帕寻回后，最后失去医疗而死亡。帕把他们焚毁，但烧尸体的柴薪不够，内脏无法烧净。帕只好砍下手指烧掉，装入竹管标记他们的姓名，当成遗物骨灰。到最后，由于食物不够，帕只好把尸体切割成碎状，权充兽肉给士兵吃，剩下的人骨埋下葬。白虎队曾在碎肉发现体毛，根本想不到帕敢这样做。当士兵包围帕，发现事实时，他们扪着肚子呕，又连滚带爬地跑到山谷喝下满腹的清水催吐，最后坐在溪边发呆，不顾强风呼呼地刮过，直到帕把他们一个个拎回寮舍。吃人肉一直是他们内心的秘密，而帕也发现，吃了会大量做噩梦，晚上梦到地狱景象，白天又活在人间炼狱，无怪乎大家的冲突日益加深。最后断了这项肉源。

即使这样，宪兵坚持不撤退，每天派出先锋队找出路。临暗时节，回来的先锋队往往少一两人，没人知道为何失踪，也不想知道，找答案不如等答案自己出现。军心涣散之际，帕下令每天娱乐，每小时集体大笑一次，好打发会杀死人的寂寞。他们每天不是竖蜻蜓，就是翻筋斗，接着骑马打仗、丢沙包、躲迷藏和大风吹，最后是闹热的“红白对抗”，每天搬演新游戏。游戏结束，帕带领大家到溪谷游泳，顺着滑石溜，光屁股、甩鸡鸡从巨木上跳水，炸入蓝透骨子的河水。瀑布一层层接上天，仿佛澄澈的天空液化成河水流下来，难怪会冰蓝干净，手一抓就蒸发成云，喝了满腹都是回音呢！玩饿了，帕举起一颗巨石，大喊爆击，奋力把大石丢到溪水中。河水瞬间炸得干净见底，从天上哗啦啦雨落，苦花的鱼胆囊破裂，自动掉落到手上。他们坐在山背上吃烤鱼，看着盛开的高山杜鹃绵延在草坡。这花美得真麻烦，红红白白地染伤眼珠，闭眼都逃不过，夜里还强占梦境。他们迎着风，在云空下，开喉大唱：“春が来る来る　雲水空。やがてほのかな　日のひかり。（在流云飘过的晴空，春来了。最后，阳光不再灰阴了。）”那时山上的春天已过好久了，但他们童年的欢快才刚来。

山中生活，成了白虎队生命中最快乐的日子。他们每天游戏，吃帕猎回的兽肉和溪鱼。即使这样，他们仍搜寻山下的讯息。一个“拉积欧（radio）”学徒兵背个收音机来，每日定时装上电池收听。收音机越到大山，越是装聋作哑，不是听不到，就是因高山症而头疼得传出吱吱喳喳的杂音，好不容易收到讯号，就高兴地得了口吃，一句话讲成十句。为让讯号清晰，拉积欧学徒兵每天爬上树梢收听，偏偏他有惧高症，很难克服高度。大家等不及，连收音机也急了，人还没到树梢就自动开机。几个月后，拉积欧兵练成了爬树高手，当他爬上九十公尺高的台湾冷杉，抱着树梢前后晃，收音机自动吓出声：“……吱吱喳喳……强大的……吱吱喳喳……将从台湾东部登陆……吱吱喳喳……毁灭性攻击……吱吱喳喳……全体军民防备……”拉积欧兵发着抖，对底下喊：“吱吱喳喳发动攻击。”树干每十公尺趴了一个学徒兵，好把讯息传递下来，传到底成了：“米鬼攻击，全体作战。”话讲完，收音机从树梢掉下，摔碎成一摊冒着小闪电的粉末。树梢的拉积欧兵急地喊：“是拉积欧自己掉下去，不是我推的。”这句话一路经过八个心生恐惧的学徒兵传下来，最底端、树根旁的那个说：“拉积欧怕鬼畜，先自杀了。”

收音机跳树自杀，米鬼威力连铁块也怕。他们开始整军备战，绑好山屋，把平日穿的木片衣脱下，换上整套军衣。磨亮刺刀，剃好遮耳的长发。然而等待敌人来，真是煎熬，消耗他们的体能，任何风吹草动，马上使他们的心跳高飙不止。帕分配给他们“槟榔锭”的药丸，加强夜视能力，有孙悟空火眼金睛的妙用。药丸落肚，脑壳通了，士兵们精神饱满，不用吃饭也有好体力，甚至有人跑到前方挖伞兵坑监看敌情。等了一夜，他们累过头、饿过头，几乎爆肝了，但奇怪的是灵魂爬到高峰仿佛是熟透的花朵，处在盛开的亢奋状态，他们又吃起“槟榔锭”，把自己变成视力与战力更强的士兵。到第二天临暗，天色大变，强风刮过山谷，落叶成群地窜刺，大山轰隆隆吼出回音。白虎队和士兵相信鬼畜从东部上岸，轰炸机投下无数炸弹，死亡的暴风吹上中央山脉。

面对强风，“万载，神风来了，神风来保佑我们了”，帕兴奋大叫，好驱走他们的恐惧，每个人都高举双手大叫。十三世纪末，野心勃大的元朝曾两度派遣十余万兵力，征伐日本源氏幕府，没想到在海途中都诡异地被台风袭毁。得以保存命脉的日本，称这台风为神风。那股曾吹走蒙古人的神风如今来到中央山脉庇佑白虎队了，他们回去岗位戍守，好给敌人一击。更晚时，风雨更强，山脉扭来扭去的，冷杉与桧木就要连根飞起来了，屋外头活像太上老君炼坏的丹炉，弥漫黑雾。几个前哨的学徒兵突然跑回寮舍，喘得趴在地上，勉强才挤出话：“战车来了，米军攻来了。”帕吓一跳，竖尖耳，听夹杂在风中的微响，轰隆隆，真的是米军雪曼战车的履带在刨土，朝山谷前进，他甚至听到 B29 轰炸机低沉飞过的声音。不久，随后有一个营的米军陆战队攻入山谷，不断吼叫、喷气和磨蹭。山溪对面的老兵组驳火，战火点燃，火光把暴雨染成凄迷的素描线条，每束雨都充满生命，懂得散放死亡气息。

爆炸四起，山谷传来米军的哀号。鬼畜反击了，攻上山坡，撞击白虎队的寮舍，门板后头传来地狱般的热情呼唤。学徒兵感受到死亡逼近，这不是演练，因为死了不会重来。他们腿软站不起，身体抖动，脑海空白，忘记了怎么呼吸。忽然间，一朵小小的云从一个学徒兵的耳后飘起，缓缓地震动，是蝴蝶呢！在山屋中飞呀绕的。他们纷纷从领口或笔记本放出黏湿的液体，那是从火车沾下来的蝶液，好像他们预知远行而及早收藏。一吹气，蝴蝶活过来，白的、黄的、灰的都有，在山屋飞得悠闲，和屋外轰隆隆的战火唱反调。“回家去吧！飞到妈妈的梦中，说我不再回去了。”他们祈祷，每一只蝴蝶都代表一个学徒兵的死讯。他们还彼此搀扶，咬破指头在墙上写下“爸妈，再见了”。

无论帕如何踹、怒骂与鼓励，学徒兵都怕得动不了，于是他喊：“让我们保护蝴蝶，让它们飞回家报信。”这招有效，学徒兵醒了，不要连死亡的报讯都没了。他们反击，拔掉手榴弹插销，往头上的钢盔敲醒底火，五秒内丢出。一个学徒兵太紧张，把插销丢向敌人，把手榴弹握得死死的，跪着喊要爆炸了。一时急，帕用手刀敲碎他的手腕，夺下后丢出。但抛得慢，手榴弹在近处爆炸，一块碎片回射中他左眼。帕瞎了一眼，眼眶喷出大量的血，脑浆差点流出，在地上打滚尖叫。他知道哀号只会带给白虎队更大的恐惧，躺地上告诉自己不要抽搐，不要听，也不要看他们的请求，咬牙握紧拳，恳求心脏快快安息下来。学徒兵围在帕身边尖叫，死命拉起帕，要他起来领军，无视帕的痛苦，最后看着他们的支柱就赖在那，化成血滩。屋外全是战车、飞机和咆哮的米军，夹杂狂烈的大风暴，从木墙的裂缝发出奇妙的韵律。雨水很快流进屋内，找到路狂奔，现场成了宽阔的血泊。

在死亡的关卡，帕梦到那个场景，关于一座湖的秘密。那是有一回，他扛着柴回家，听到草丛后头传来窸窣声，循声而去。是一只山羌，被猎人的活套套住。它用力挣扎而颈子的皮毛尽脱，露出猩红肌肉。帕用柴刀砍断绑在树干上的套绳，让它跑开，但是套绳还在它脖子上。帕要跟上去解开，森林隐秘，连兽径都不轻易现出踪影，在蕨影密度高得吓人的后头，有水光反射出来。是沼泽，一座水中森林的化身，薄暮时分的水畔，夕阳蔓衍，处处是亢奋的声音，有蛙鸣、虫吟与夜鸟的沉啼。帕看到山羌。它抖着耳朵，在水中游。他好喜欢这个梦，能在梦里死去也好。他走下水中，看到红娘华有着镰刀般的前脚，用屁股上的小管子呼吸。龙虱游到水面换气，屁股带着一颗气泡。帕闭上眼，闭上呼吸，慢慢死去。

学徒兵哪肯帕死去，拿出更多“槟榔锭”，捣碎后掺着帕的血，用针筒打回他的体内。一股火焰从帕的施打点窜爆，他心脏高速运转，脑浆快融化。在自我梦境中的帕，被梦中的湖水呛到，猛咳猛咳的。然后帕醒了，回到战火的现实中，把流入鼻腔中的血咳出来。帕从地上蹦起来，又痛苦乱翻，当他在濒临死亡地大力扯下自己耳朵后，有一种舒泰飘然，脑壳不卡了，身上没病渣，仿佛神经系统都死光光了，便用手挖出烂眼珠和碎铁片。帕把命豁出，用棉布塞入左眼眶，戴上飞行镜不让布掉出来，准备发动死亡攻击。

白虎队惧怕死亡，害怕死亡前的折磨，也害怕自己没有力量面对死亡了。帕看穿了他们的心思，拿白布条绑上额头。白虎队也绑布条，血书“大和魂”，意谓武士道的精神；看护妇把白布条圈在手臂上，血书“大和抚子”。他们害怕地围成一圈，男的背弹药包等待攻击，女的拿针筒随时往血管注入空气自杀，他们身体疲困得想永眠，决定和鬼畜玉碎。

帕看着大家，说：“在这最关键时刻，我要选出副队长。”学徒兵互相推荐心中的第一人选，有人还毛遂自荐。

“吧嘎，你们在干吗？”坂井怒骂，然后转头对帕说，“鹿野殿，你不要丢下我们。”

学徒兵这才知道帕的计划是单独去决战，丢下他们，纷纷摇头说不当队长了。帕生气地喊：“不服从就是中国猪，就是清国奴。给我鬓打。”肉攻队两两相对，猛掴对方耳光。帕也猛扇自己巴掌，五官几乎甩出轮廓，鲜血用喷的，他边打边说，好像把话从嘴里揍出来：“我没教好，没人服从命令。”于是学徒兵又争着要做副队长了。

帕对白虎队说：“假如我手断了，用脚战斗。假如我脚断了，用牙齿咬。假如我身体死了，用鬼魂战斗。不用为我难过，我会成为鬼保护你们。”帕立即选了一位副队长，把随身戴着的金鵄勋章别上，对他下达命令：“现在，带部队强行军‘转进’瑞穗，全部回去，回去。”转进是撤退的意思。帕讲煞了，将弹药包和手榴弹绑在自身，要独自肉迫，给部队留下一线生机。白虎队说，你不要死，我们有锦囊妙计。他们拆开小竹筒，敲碎封蜡，露出一条片假名纸张，看不太懂内容，却知道那是“喊水也会结冻”的中国和米国咒语。他们念咒，零零落落的。帕看都不看，便带他们念，那是刘金福曾在菜油灯下誊的字句，是阿公耗尽棺材本三个佛银、两锭大清纹银向神秘走私客买的“暗（黑货）”，根本不是向神明求的咒语。他们照说明把武器丢掉，双手举高，轮番用破汉语和烂英语吼出咒语：“我们是中国人，不是日本人。我们是娃儿，全部投降了，拜托不要开枪。”时间冻结的咒语有效了，风雨变小，躁乱渐息。他们最后又咬破指头，把木寮写满咒语，防止鬼畜大军入侵。忽然间，帕喊：“空袭，全体掩护。”白虎队跪落地，轻张嘴巴，拇指塞耳洞而用另外的四指捂眼，这是防空袭方法。但他们发现没有敌军轰炸，只是一阵风夺门而去，让他们的衣角都掀向那。是帕离开了，独自去肉迫。没有一阵风回到原地。他们多么悲伤，唱起“国歌”饯别：“君王世代，千秋万世，直至小石凝成巨岩，直到岩石长青苔。”

“我们不能让队长落单，大家上紧爆药包，其他的人拿竹棍。”副队长要各班长检查队员装备。白虎队知道接下来要干吗了，拿起前头绑小刀的竹棍，拿着耗尽弹药的步铳。

副队长高举胸前的金鵄勋章，拳头紧捏，大喊：“……总……攻……”却骇惧得迟迟说不下去。

“我们去找妈妈了，冲——回——家。”坂井大喊完，率先跑出门，一路蹦蹦跳，即使随时横尸也不怕了。哗啦啦！就像嘉义农林的子弟到内地参加甲子园赛获得了亚军，回台后在街道游行接受欢呼的闹热场面，大伙冲上街放鞭炮。在中央山脉某处，三十几个小兵拿了棒球棍似的当武器，欢欢朗朗地冲出木寮，往山谷杀去。

帕奔过巨岩、苔藓和雾气蒸腾的树林。他全身共绑上十二包爆弹，一手拿六颗手榴弹，一手握配备的手枪，却不知后头追随了皇小学勇士。他跑入了河谷，突进到敌阵。十余名米国伤兵躺在水边，发出哀鸣和膻臭，身体是濒临死亡的搐跳，流出的血染红了河。有几个米国陆战队员向帕攻来。他用手枪瞄准，一勾火，没喷铳子，因使力过头把枪捏残了，便丢了废铁杀去。

（米军会把男俘虏的牙齿撬断，好塞入手榴弹引爆。他们把女俘虏强暴，再用战车履带压过。千拔，你要怎样保护他们？鬼中佐说。）

肉迫到了米军陆战队。帕二话不说，一出拳，轰得为首的军官头壳穿了，目珠迸出、脑浆花喷，顿时见阎王去。杀人很简单了，把他们当牲畜即可，帕很快习惯这种快感了，可怕的是人比牲畜懂得求饶和哀号，那语气竟然像失散好久后又回来的童年玩伴。

（你只会变鬼变怪，根本不会带兵，那些小团兵早晚给你带死，你对得起人家的爷娘吗？你拿目汁回失礼，有屁用。刘金福怒骂。）

敌人又来了，他回转身，一矮一抗，出拳打穿另一个鬼畜的胸。尸体挂在帕手上。他把尸体掼在地，甩得皮毛糜烂，血肉哔啦哔啵地爆炸，还大脚踹鬼畜的胸膛。尸体飞过小溪，人已死，胸腔的血流过喉咙时还发出呜咽声，目珠睁得比伤口大，流泪比流血还认真。

（打仗，打仗呀，用尽残忍才是慈悲。用憎恨、用愤怒、用死亡面对敌人，就亲像面对自己的杀父仇人。鬼王说。）

忽然间，一道影子直冲帕来，刺刀刺中他的胸膛了，冲撞的力道让帕退了几步。他用手切断刀柄，叉开五指，对那米国大兵的眼睛刺入，趁对方来不及哀号，扣了头颅猛往大石摔个血肉爆炸，五脏喷跳。

（如果像历史上的白虎队，只剩一个活下来。我们都会死，只有队长鹿野殿会活下来，因为他最强。一个学徒兵告诉另一个学徒兵。）

（我们会在天上相见的，时间从现在开始倒数计时。尾崎说。）

河对岸，人影憧憧。帕对他们吼出时间咒语。一个连的鬼畜吓坏了，全速倒弹，撤往山头去。帕要杀尽，多个鬼畜就给队员多一分危险。他涉过血河，乘胜追击，好争取时机给部队转进。帕杀进冷杉林，突进到箭竹林，一下子往右翼的敌人抛手榴弹，一下子往左侧的鬼畜丢炸药，爆炸声和血肉洒了回来。米军流窜得更快，也更哀鸣了。到山顶的草原，帕得了猛，手脚并用地跑，直铆铆地往米国大军的阵营去。他拔了手榴弹的插销，拉开爆药引信，腾空思绪，肉迫、肉迫、再肉迫，玉碎、玉碎、坚决玉碎，要将肉躯炸为灿烂万朵之樱。他怒吼自己的全名“Pa-pak-Wa-qa”，唤醒最后的一丝体力冲去。霍然间，圣山启动了，风卷来，天顶的浓云瞬间排空，月亮好亮，世界好白，视野打开了，现出鬼畜的真面目——百来只的水鹿和山羌，冲浮在短草坡。帕着惊，把炸药奋力地往外丢，爆开的死亡逮捕了外圈的野兽，血雾弥漫，天空掉下腥臭肉块。受爆袭的兽群往中间靠，雄鹿、雌鹿、小鹿数十个家族，它们流出的泪和汗散成了大雾。他跳上一头大雄鹿的背，拔去胸前的那截刺刀——某只冲撞他的水鹿而被他打断的鹿角。他一身血肉残败，高举两手，终于卸下心中盘旋不去的死意，痛哭失声，往倒在鹿群铺成的浮动大毛毡上，大喊：“对不起，差点就全毁了大家。”大毛毡载他到崖边，嘀嘀嗒嗒地蹬踢，不久安静下来。

鹿群散去，留下帕坐在石岩上，看着云海波荡。也不知过了多久，他听到背后有几丝窸窣，踪步很熟悉，头不转地说：“不要藏了，出来吧！”伏在草原的小肉弹蹦出来，个个背爆药，跟着帕的血迹一路倒退地追来，符合“转进”命令但又能与帕生死与共。

你看，米军撤退了，我们赢了，帕指着东方的云海说。只见万壑往下坠，群山奔散，云海浮了来。那些云海不平坦，高耸起伏，月光下像是无数的航空母舰、驱逐舰、坦克运输舰、两栖登陆艇。而往山谷滑落的雾气，简直像上千辆撤退的战车，发出轰隆隆响。那渐渐散去的白雾，在白虎队眼中，还成了数万个米军的残影，全是白皮肤、黑人面孔，五官全都一样，这印象来自他们唯一看过的洋人，就是掉落在关牛窝的黑人飞行员。米军擎枪扛炮筒，钢盔歪斜戴，哼着歌，抽着烟，走进云海滩边的两栖艇，有的还回头对白虎队挥手。有个学徒兵响应，挥着手，但很快被同伴制止，直到帕举手，所有的人才挥手说再见。他们身子倾斜，站在豪气的草坡，看云海慢慢散去，米军散去，一切都散去，他们打的是一场与自己幻觉的仗。因为，那种日本军部研发用来提升夜间战力的“槟榔锭”事实上叫猫目锭，是一种含有安非他命的药，吃过量会召唤心魔，一切与米军有关的都是自己的幻听与幻影。如今战事结束，狼藉的战场只剩草叶上的雾水汇向山谷而成溪，奔腾入海，成为太平洋。在误为米军登台的强烈台风侵袭后，视野好辽阔，在海的那边，世界的尽头，有一条鼓鼓的海平线拦下半颗地球的咸水。他们最后都哭了，好像太平洋的海水映不满他们的眼，得从眼眶溢出，因为被美景的撼动与征服，除了哭没有办法。

“回家去吧！”帕说。没有到东部，至少已看过了。

那年夏天，帕带领六十余名士兵从中央山脉撤退。山不再阻拦，他们很快找到原路，还带回了三十头兽肉干。他们把误杀的水鹿、山羌、狗熊的内脏掏干净，用烟熏烘干兽体水分，木头串起，扛回家。帕臂弯则抱着一只战场捡来的小狗熊。它头上戴钢盔，只露出小眼睛。白虎队一路高唱童谣《桃太郎》助兴，不时高呼万载、万载，他们打赢恶鬼岛上的鬼王了，扛回了鬼畜尸体为证。他们跨入第一个少数民族部落，不相信自己的耳朵，他们输了。当地驻在所的巡察拿着收音机，悲愤地说，残暴的米国用超级炸弹爆击广岛和长崎，两个城市瞬间变成阿鼻地狱，死伤惨重，天皇玉音放送，向米国停战了。帕和士兵再次听收音机，都是投降消息，摇头说："拉积欧在山里会说谎，还会口吃。"他们稍获信心，大步往关牛窝走去。每到下个部落，他们又安慰自己下个收音机会更老实。临暗到关牛窝时，火光烧亮，不少的村民敲锣打鼓，大哭大笑好像被发情的野鬼降乩，抱着鸡鸭乱跳，激动地说：恩主公派米国飞机，载了两颗天公炉丢到日本去了，日本输到脱裤底了。"苦灾过去，台湾天光了。"老人大声欢呼。这时候，白虎队笑了，也哭了，根本搞不清楚自己是输是赢。

几天后的中午，日头斗大，热死人不偿命，唯有森林涵养出流水与清风。从练兵场出来的帕要回山上的家了，腋下夹着一只戴钢盔的小狗熊。在小径的入口，他放下小狗熊，任它跑来跑去。无人烟的森林，在时光流动中，充满影子颀长的诗意。小狗熊在落满山毛榉树荫的地上打滚，或绕圈子追自己的尾巴，或转身时被自己的影子吓着。它爱玩，油亮黑毛沾满了白絮，在地上滚。白絮飞走，往林冠飞去，飞入更高远辽阔的天空，帕和小熊看去，层层密密的树叶后头，日头秀晴，他们不约而同地被那蓝天逗得打喷嚏。

帕笑了，跕身摸小狗熊，说："'日头辣'，走，你先行。"

日头辣，他为小狗熊取了名字，有种"目珠会被阳光呛伤"的味道。足声朗朗，森林多了几条路，埋伏在草蕨中，他停下来看得发呆，骚蝉长吟，树下的光斑漾晃，那些新路会通到哪？小狗熊却来劲地往那里跑，把蕨叶推得唰唰地排开，直到没了声。帕久等不到，大吼一声，才跑回一只精力无限的小影子，在他跟前吐舌头。帕知道了，小狗熊一直找熊妈妈。母熊死在山脉的战场，死在帕的突击中。帕伏地，代替了母熊，用四脚走动，靠在一株樟树磨蹭肩膀，用手指刮出新鲜的爪痕。不知为何，帕刮完树干后的手隐隐发抖，体力好像枯竭了，怎么会这样？于是他对森林大吼两声。小狗熊吓着，被母性的威势所屈服，靠着帕的脚绕圈子。帕低头舔小熊，嘴里都是腥味，说："走下吧！我们转家去。"他与小熊兽行。它听不懂不重要，路会通到家，脚会自己走下去。

转到屋家，短坟摊平，碑石被敲得粉碎，篱笆爬满了开花的紫牵牛。帕拉开篱笆的门闩，手感竟然钝了，用力过头，门板轰然被扯倒，连声响都好陌生。篱笆内的猪鸡抬起头看，认真地看着异乡人。帕跍在篱笆后，露出头做鬼脸，抓住小狗熊的前肢左右摇晃，说："我是日头辣，转屋来了！阿哥阿姊，我知你们的名。"帕喊出猪鸡的日文小名，阿鲁米、椭结索、椭蔓多、林檎、哈娜、夫库洛……，指出谁是谁，没搞差。

这时，在厨房暖水的刘金福探出头，拍响门前的铁马提醒。帕也用两手做出踩脚板的样子。猪鸡才睁大眼，兴奋地奔向帕。都长大了，铁马再也载不下一家子的畜民，帕分批载，在园里转圈子玩。暖好水了，刘金福放入驱邪除秽、俗称"抹草"的金剑草，提到菜园，兑上冷水，给归来的帕擦身子。他用菜瓜布帮帕刷背，洗掉的污垢多得能种甘蓝菜，洗到腋下时，严肃的帕不禁笑了。他知道如此的笑有些暧昧，放眼四周，风景不殊，不久前才为天皇的赤子而煞猛努力，如今乖乖成为刘金福眼中的中国人了。

但是，刘金福要摘下帕始终挂在头上的皮盔和飞行镜时，被强力挡下。搞到最后，帕站起来，走出篱笆外，这才回头，露出满是黑窟窿的左眼和无耳的头，然后跑走了。刘金福和小畜民追了出去，每到岔口，分批寻去。帕走入一条从未走过的新山径，内心有无限的期待。路的尽头，成海的菅草奔荡了，倒向风的去向，更远的村里，神社熊熊烧起，灰烬被怒火抛了开来，黑烟几乎把天空染色。帕看着烟发呆，感到那就是童话中浦岛太郎从水龙宫回到陆地后打开玉匣冒出来的烟，那神社大烟多么诡魅呀！他对山下大喊完全不懂意思的时间咒语，“我们是中国人，不是日本人……”多喊几下，或许时间还会倒流。接着帕向前走，踏入草海，才感觉到草下有异物，就被那成片的新坟绊倒。他滚几圈，脑袋的铁片诱发了新伤癫痫，全身抽搐，辗落溪谷。一只奋迅而来的猪跑去，扑去挡下帕，发出尖叫，呼唤其他的同伴。不久，从草丛窜出了其他的猪来救援，而鸡从天空飞来了。

九青团与矮黑人
都坐上火车了

村民从灶底、梁上、粪坑拿出偷藏的祖先牌位供养，把家中的日本大麻集中丢入神饡所，放火焚，神社烧了两天两夜。神社口有人在画观音图，给人带回家拜，索图者太多，改用雕版印刷比较快。过了几天，老村民把各自保管的恩主公神灰拿出来，再造神尊。神灰比原本的多出好多。这时候，有一半的人坦承，怕其他人的神灰被搜出，每天在自己的那份偷加一点香灰。造神的老师父焚香斋戒，虔心膜拜东方，一礼拜后，用仙山——红透的红毛馆山也易成此名——仙水和上糯米、神灰。老师父双手这里掐、那里捻，一座神像诞生，把三十只能增加神威的虎头蜂封入，再开光就行了。老师父太久没造神了，玩过头，又将剩余的神土捏出第二尊恩主公。围观的民众看呆了，出声制止。有重听的老师父已经造完第三尊。一山不容二虎，何况一庙有三胞胎神，这让刘金福愁虑多了。刘金福的忧愁是对的，他现在是最受推崇的人，在日本人投降、国民政府来之前的空窗期，大小事包办。看着三胞神，他思绪撇得好远，这时候，附近有一批学生庆祝台湾光复，游行举牌通过，大喊："三民主义，万岁！"

"啊！三座神明的时代来咧！"刘金福有点想通了，"老师父，好，你的功夫是够庆的。"

三民主义要如何用呢？麻烦的就在这，刘金福实事求是的精神，必要时会花整个下午在蚂蚁的屁股上找屌。有人说创建者孙中山的照片能解谜。拿来的照片里有两人坐在火车窗边，右边是孙文，左边是蒋中正。有好几天，捏着照片思索的刘金福也待在火车上，穿中山装，对窗外沉思。裤子不合身，领扣扣得他呼吸紧。他露出车窗的上半身不变，下身却偷偷换上水裤头，穿凉爽的草鞋。日子越来越急迫，距离要公布三民主义真谛的日子快近了，刘金福仍没头绪。刘金福还用稻草扎出个戴蒋中正纸面具的人，坐在自己对面，陪他吃煤烟、喝窗外落雨，听虫吟鸟啾，望着窗外千千万万的生灵，甚至狗猫打架都充满暗示。

到了宣布答案的日子，村人聚在车站，期待伟大的一刻。火车靠站了，村民拥向前，只见刘金福倚窗沉思，喃喃自语，面貌多么动人。其实刘金福因舟车劳顿睡死了，大说梦呓，但脑袋没停机，他梦到三只鸡相打，再梦到六只猪在抢食槽，最后梦里装满了九只狂乱杂交的蚯蚓。他摇头又点头，觉得三个老婆早已经不如蚯蚓热情，幸好自己的也跟蚯蚓一样软了。这时刘金福醒来，看到窗外聚集的村民又是点头、又是摇头，还张口歪脖子。他闭嘴，伸直脖子，起身握拳头说："凭着我和国父共样是客家人的血脉，我发现三民主义的大道理，就是每件事由三个人斗嘴决定，亲像三只公鸡相打。"刘金福接着宣布更民主的消息，关牛窝不只要施行三民主义，更要像蚯蚓闹热缠绵的"九民主义"。村民不懂那是什么，但听起来菜色更澎湃。顿时，车站传出掌声，锣鼓响个不停，大家把火车团团围住，一早根本发不出车。

刘金福另外找八位老人，组了"九民主义青年团"以治理乡政，自己则担任关牛窝区队长。九青团的功夫就是吵，早也吵、晚也吵，吵到最后搞不清楚主题是什么，答案也千奇百怪。有一次，他们接获申诉，内容是火车压死母鸡了。九个老人讨论了几天，结论是公云惹的祸，它媚惑母鸡去自杀了。过几天，有一位老阿婆来求答，说以前打仗时，日警硬是要她献纳黄金买飞扬机，她把黄金偷园起来，园到忘了，昨天却在木臼底里寻着，这是为什么？老人把“你还嫌，赚到了”这种简单答案收起来，将自己死锁在屋里，天昏地暗地吵十天，直到一位老人中风，他们才被迫公布答案：“时间老了，木头也会狡怪地中风。”这没逻辑又嚎痟的推理，被其中一位老人写成签诗，放在恩主公庙签柜，称之为“九青运签”。签诗不外乎有“公云无端惹春风，牝鸡轮下觅真情；百物可比老臼木，千捶万打炼成金”之类的，在在摆弄着关牛窝的生活典故。有一天，有人捡到刚出生的孲伢仔，交给九青团处理。孲伢仔横蛮大哭，屎尿喷得满屋子，九位老人忙得无暇讨论大事，光洗尿布就行了。过了三天，孲伢仔哭饱了，安静睡去，非常安详。这时候，火车经过窗外，呛鼻的浓烟杀进来，这群在看婴儿睡去的老人不是咳嗽就是流泪，最后大哭，体悟大道理。“我们不年轻了，而民主痶（累）死人，一切你来决定就好咧！”有位老人对刘金福说。刘金福庆幸那天在车上的梦提早结束，要是梦到蛆吃腐肉，这“万民主义”得全村的家畜来才能凑足。在燥疟的炭烟中，刘金福看到火车走远了，车壳在夕阳下染红，说：“做得，我们去解救拉娃。”

有好几个星期了，车站前的路灯下吊了一个箩筐，里头装砻糠。路过的人往砻糠里塞入纸票或银角仔。砻糠让有心者不因少捐而丢脸。每天打早，九青团用竹篾筛出钱财，垫付拉娃父女长年坐火车的欠款。那时候，车站四周挤了好多摊贩，卖中药、动物皮毛、各种水果和布疋，还故意把猕猴的腿打成了跛脚来吸引人，叫它“跛丽塔”。以前要是有人在车站一百公尺内晒萝卜干或衣服，通通被日警取缔，不然没收东西。现在巡察哪敢管事，大家常常争地盘而流血。心够硬的汉人摊贩比较靠近月台，少数民族的人在外圈，叫卖声却是喊最远。九青团不想多管，事多人烦，车站脏就脏，事后全村的日本人会自动跑出来扫地，水沟的淤泥也刮干净。如果心烦想找人骂，可以嫌日本人扫太干净，他们会很安静罚站聆听。

每天早上，九个老人站在月台候车。路过的日本人会对他们敬礼。刘金福站九青团的中央，上穿中山服，下穿水裤头，等火车进站。车从远方来了，先看到烟喷开，天空画出飞舞的黑潮，像醉鬼游进了村子。有人从浓烟的形状，先猜测今天的物价，趁机赌上一把。火车还没进站，早就有小孩先跑来报告。不过刘金福会亲自看车栏上的最新票价，才敲锣大喊："今晡日，涨一元两角。"四周响起哗然，大喊吃不消，摊贩赶紧照最新的票价调整物价。到了后来，新物价不再由早班车带来，而是每班车，一日五涨的速度让九青团说不出话来。这时候，九个老人排成一纵队，由带头的刘金福提着箩筐，向每个摊贩收税，好垫付拉娃的车资。

关牛窝火车站进入前所未有的脏乱与活力，牲畜到处翻滚，粪便一坨坨，苍蝇蚂蚁也到处爬。车站附近搭建一排的戏棚，采茶戏、歌仔戏、傀儡戏连番上阵一个月，闹热地斗戏，好庆祝光复。九青团举办"打斗叙"活动，村民把家中的方桌搬到火车站广场，各自掏钱办外烩请客，连续十天，上桌的是又咸又肥的客家食物。到了第四天下午，三十个少数民族的人从五公里外赶来，背袋有小米酒、豆薯、山苏之类酒蔬，自然少不了山猪。山猪自知死期将至，它从背网放山下来，挣脱绳索逃跑，汉人与少数民族人追得汗垢黏在一起，体味缠绵悱恻才逮到野味，结束餐前的联谊热身赛。把山猪宰了，刮净粗毛，切成块下锅煮，煮熟倒在桌上蘸盐或揾豆油下肚，有酒做伴，遇夜上灯。

到了隔天傍晚，哈勇头目若有所思，边吃边叹息，到潮阴的山脚砍回了姑婆芋叶子，垫在地上盛食物，人坐地上吃。刘金福见状，主随客便，也坐在地上吃饭喝酒。几杯酒下肚，哈勇头目又叹起气。刘金福便推去几杯酒，觉得他有话要说，欠酒把喉咙打通而已。

“你有没有看过猴子吃生猪肉？”哈勇说。

“猴子食斋的，吃果子之类，有时啮自己的跳蚤，不可能吃猪肉。”

“错了，猴子最爱山猪肉。”哈勇说。接着他的舌头蘸饱了口水，好像裂成三瓣，用杂糅了泰雅、客语、日语而成的话对刘金福说：他年轻时猎过的动物比星星还多，没看过猴子吃猪肉。日本人来之后，部落附近的猴子反而吃猪肉了。说来话长，没错，是你们害的。以前日本人来时，你们雪候（客家人）很嚎痟地说以后什么都要缴税，连放屁都要缴，又笑“番人”更惨，得穿木屐打猎了。下山的部落的人不懂木屐。雪候说，那是踩在两根大木头上走路。消息带回部落后，长老叫人砍倒两根树干，叫一百人上去用树藤绑紧脚才穿得动木屐，大家在上头吃喝拉撒，花了三天才走出部落。这时部落的人紧握拳头，心想这样哪能去打猎，迟早把野兽吓走。日本人一来，没等他们开口，部落的人先攻过去。日本人扛着炮、拿枪地逼部落的人投降，不听就轰。部落的人死得惨，部落也掉下床，就是输到从山顶滑到河谷呀！说来说去，都是你们雪候乱讲话。

头目哈勇沉默一会儿，喝了酒，涌出了精神，又说：部落的人打输了，没死的人通通站在两根像桥一样长的桧木上，走下山投降。长老要求日本人只要不要再杀部落的人，他愿意一辈子站上大筷子。日本人看了，笑得半死，说部落的人不用穿木屐，学日语就好。教日本话的是部队指挥官，叫松门什么的。他叫人拉来一头山猪和一笼的猴子，喝令人们聚在广场听训，说：“现在开始，我教你们日语。”这话由一个雪候通事翻译完，松门不说话了，抽出刀，对准那头活蹦的山猪挥去，拦腰宰成半。猪尸丢进猴笼。一群猴子靠过去，哪敢吃，有猴子扑过去，其他的才跟着抢。大家第二天又回到广场，再看松门杀猪喂猴子。哈勇他终于懂了松门的把戏，要是部落的人不学日语，就跟猴子一样过着跟以前不一样的生活。那天解散时，有人讲了一句日本话“我很高兴”，被松门一掌打得嗡嗡响，好像耳朵飞出蜜蜂。松门严厉说，还没教，不准说日本话。一个礼拜后，还是没教日语。老是延后的主因，是有一只怀里赖着小猴的母猴不肯吃猪肉。松门认为母猴唱反调，看它能撑多久。部落的人很赞赏母猴的骨气，久了又希望它赶快吃肉，免得大家待在广场受苦。连日本兵也不耐烦，硬是把猪肉塞到母猴嘴中。母猴抗拒，士兵便把它双手绑在后腰，拿刀撬开牙板，强塞猪肉。只有老猎人才知道，母猴不吃肉是为了小猴，吃肉后断奶，饿死小猴，这是母性使然。有个日本兵把猎人的道理转达给松门。松门闭眼冥思后，把刀片塞进香蕉，丢给母猴。母猴双手被绑，吃不着。小猴便拿香蕉给妈妈吃。母猴咬一口，刀子割入嘴皮，不吃香蕉了。但不知道原因的小猴还是送上香蕉，眼神传达了渴望更多奶水。母猴索性坐在地上让小猴喂，一口吃蕉，换来一口刀割，舌头最后割成一片片的，死时的双眼微笑地看小猴。太阳光像热糖浆浇下来，这个插曲却让部落的人发抖，鸡皮疙瘩直冒，看着母猴死掉，让小猴吸足了奶水。有一位百岁的长老，死也反对部落的人学日本话，免得身后无法跟祖灵沟通。他看了这一幕顿悟，硬着骨头站起来，说：“我的舌头还很软，能讲日本话。”接着他折断竹烟斗，用尖锐的部分刺入舌头，撕成两半。部落的人开始割舌头，妇人用口簧，勇士用石片。大家割开舌头学日本话，广场都是血。这么做是因为泰雅有传说，一条蛇为学人类讲话，好吓走老鹰，代价得把自己的舌头割成两半。

哈勇头目讲完这故事，听者的酒意全消。他张开嘴，用手拉出舌头，指着舌板上的某条裂痕，支支吾吾地说："这裂痕比蚯蚓还长，花了两年才愈合，每吃东西会痛。那你们知道，为什么还有旁边这条蚯蚓线？这是要学你们客家话才割的呀！"哈勇见大家沉默，又说，"可是我现在老了，舌头硬得像被苔睡死的石头，好辛苦呀！现在，台湾光复，不用讲日本话了，但又要讲普通话。我不想当蛇，我是泰雅人，不想再割舌头了，也不想同部落的人再被割舌头了。"

在场的听了不说话。刘金福感到大家的酒意退了，气氛也局促，便邀了酒一大碗，说："我花了一年研究，发现普通话不难啦！照我的方法就对了。"此话一出，在场的抬头相觑。见大家眼光铆过来，刘金福也有三千扁担的忧愁似，唉唉唉地说起来。他说，他关在火车站的地牢有三年多，吃尽苦头。有一次，日警把腐烂的动物内脏丢进来，世间就是这最臭，发酵的废气往鼻孔钻。从此，地牢成了大家的垃圾桶，啤酒盎仔、米酒罐仔、罐头壳、烟蒂头和车仔废气全滚进来。他把有字的纸片贴在牢墙上，啤酒标签、香烟盒、防空倡导单，没错，有报纸更好，即使被人用来擦过脸油或包过猪肉而变得透光，他都用酒罐压平，黏成壁纸。他说，他这么做，不是打发时间，是想钻研日本的文字与唐山字的关系。他经常抬头问那些马路上经过的小学生，这个字怎么念。渐渐地，他发现日本人聪明，但是，偷吃了我们唐山字后，没擦干净嘴巴。比如，日本人爱颠倒讲，像"运命、绍介"这词，倒过来就是普通话。又像"豆腐、发现、利用、价值"等多到算不完的词，念法跟普通话差不多，差就差在日本话讲得快，普通话讲得慢。四脚仔做事急，讲话也快，生鱼片也不煮就吃。说回来，客家话跟普通话也有关，像“康健、闹热、人客”颠倒讲，就跟普通话一样。总之，例子说不完，反正学普通话，有日本话和客家话当底子就行了，遇到不会讲的，颠倒过来讲、慢慢讲就对了。

这是关牛窝语言学上的大发现，结论有力，像把一条活跳跳的鳗鱼塞入大家的耳朵，把耳膜当鼓打了。刘金福知道大家都听到世界的声音，趁气势旺，决定几天后成立国语研习班，请老师教大家讲普通话，也不枉费一张嘴只懂得吃饭吹牛呀！一时间，众人起立欢呼。哈勇头目一扫心中阴霾，终于有台湾光复的心情了。

在日本天皇宣布投降的当天，鬼中佐集合了士兵收听消息。收音机放在司令台，大家站在操场。不久，收音机发出叽叽喳喳的怪调，好像它是昆虫箱。军人听不懂天皇的玉音，但听懂语气，隐约告诉他们停战了。老兵一脸悲凄，暗自松了口气，倒是新兵哭出来。有人自知不只输了，往后还得受人统治，解散后将水银包覆麦芽糖，吞入肚自杀。日本人情绪激烈，表情却无比沉默。到了隔天，有个台湾新兵借由厕所被弄脏而打了刚路过的日本教育班长，一脚把他的头踹在尿沟，报复班长之前训练时老是找碴。班长被踹，立刻弹了起来，指头并在裤缝，低头赔罪。新兵笑了几声，回房收拾包袱，吆喝几个同期的新兵，到街上搭火车回家。

临暗时，误点的火车还没来，几个要回家的新兵坐在长椅上，看着广场上的怪景象。村民叫喊庆祝，乱敲脸盆，好像用老方法面对日蚀；还有人把那帧 B29 铁皮的洋女图扛着走，到处摇摆，大呼米国人万载；有人推着一板车的稻草所烧出的火冲过广场，纠集众人，大伙合力推，像神风特攻队一样冲进神社轰炸。新兵没加入，也没有助声，安静地看着路上的牛筋草，巴不得火车快快进站载走他们。火车今天不会到站了，被沿路庆祝的民众碍着，停在二十公里外。唯一靠站的车再也不会动，那是一辆被米国飞机打坏的车厢，就停在广场附近，牵牛花是唯一的乘客，从地上蔓延上去霸占那些沾满血的地板。就在这时候出现一列士兵，他们衣服褴褛，步履歪斜，脏乱的头发随性地披在额头，在黄昏下特别吓人。

“那是传说中的鬼兵队（军队）。”新兵们站起来，惊讶地睁眼。

新兵们听说过，曾有一队远征东部的年轻士兵消失在中央山脉。鬼中佐派出数百人次去搜寻，出动顶尖的泰雅老猎人——能嗅出人的味道。猎人听见年轻士兵的歌声和争执，循声而去，不过寻常的溪水声。猎人抓到吸满血而变成茄子的蚂蟥，把蚂蟥咬破，尝出是人血，而且他们缺盐巴而味淡，但方圆一公里内没有任何动物。猎人最后下结论，这支军队早死了，鬼魂被**矮黑人**设下的迷宫困在山林，在大山徘徊。有人也听过另一种说法，说那些是逃兵，不敢面对世界才躲在山林。此刻，新兵眨眨眼看，广场上的鬼兵队莫非是传说中消失的士兵。他们衣装破旧，眼神疲惫，扛着恐怖的野兽尸体。有的断臂，有的脚折，有的躺在担架上呻吟，前头士兵的胸前还用白布挂着骨灰箱，为首的人把旗子抬高，夕阳把日丸旗照亮了。

“兵队听令，踢正步。”领队的帕大喊。鬼兵队抬高脚前行，配合脚步。拿拐杖的学徒兵把杖子举起；躺在担架上的甩起手臂，代替受伤的脚。庆祝日本人战败的村民停下动作，原以为这支是逃跑的日军，却踢正步走过。车站前的几个新兵，被这幕震慑，忍不住把屁股从长椅上拔开，站起身敬礼，并且跟随在军队后头走。

鬼军队踢正步到练兵场。帕大吼，要求开门。没有门了，因为刚刚被大胆的村民拆去当墙，只能在原处放一条竹竿来挡人。吼完第三声，哨兵才惊醒似的移开竹竿，让军队走进操场，整好队，等待鬼中佐的校阅。好多村民听说消失的鬼军队下山了，跑来斗热闹，等到有人趴在围墙上观看也不受卫兵阻拦时，大家纷纷跳上墙坐。等了半刻，鬼中佐才从办公室走出来，看来是费时整理思绪，好对这批军队讲话。鬼中佐站上讲台，发现下头的士兵多么残破，遭受比烟硝更大的折磨，用桧木片当扣子、构树皮当皮带、鸭腱藤当绑腿，有的人衣服破烂得能见到洗衣板似的肋骨，没有完整的衣料，但精神无比完整。鬼中佐只告诉他们，你们辛苦了，便不多说话，让大家沉湎在各自的心绪，赢就赢、输就输，各自盘算去了。这时帕腰侧的防毒面具袋钻出一颗熊头，愣着眼神看世界。鬼中佐微笑，上前摸小狗熊，要解下帕的钢盔。但帕不依，也不伸手拒绝，便支出下巴好绷紧帽带让鬼中佐解不下帽带扣。鬼中佐才瞧见帕甚为怪异，飞行镜里充满流光似，出其不意地掀开那。一边风镜里流出热情的泪，另一边却流出又黑又烂的液体，分不清楚是泪是血。

“说吧！大声说出来吧！”鬼中佐看到帕有话要说。

于是他大吼出来：“报告，白虎队完成任务，请求归建。”

鬼中佐环视四周，上百个士兵在观看，还有逃走又跑回来的新兵，更远处的墙上跨满村民。他知道，大家等待他如何处理鬼军队，便说：“特攻队听令，建制解散，等待中国政府的接收。”说罢，他脱下军衣，露出白色汗衫，也命令帕要下令特攻队脱下衣服和卸军备，彼此不再以军人身份面对，然后说：“走吧！到河边洗澡把自己洗干净，谁跑最后，晚上来个海军制裁。”帕下令后，大家往河边冲出去，彼此无伤大雅地碰撞和抱怨，越跑越快，快把肋骨喘断了，唯有这样短暂的全力冲刺，才能甩掉微酸的心情。小径的尽头是一片干净河水，他们飞跳去。水波乱颤，夕阳已尽，恰好那些水声轻轻又微微地值得他们沉湎片刻。

后来，他们离开河坝时都扛着石头，回到练兵场。那些石头垒在练兵场四周，并和上红毛泥，成了城墙。士兵每天垒高城墙。城墙长高的速度很慢，甚至比牵牛花还慢。每天中午，鬼中佐趁天气好，用高炮望远镜朝关牛窝扫视。他往村口瞧去，那热闹得像踏翻的蚂蚁窝，摊贩争地盘，野狗争骨头，靠着几个九青团的义警指挥。义警穿蓝衫，腰系红布条，穿包鞋，遇到区队长刘金福不是日式的鞠躬或西式敬礼，而是单脚跪地，全然是清国那套。至于往少数民族部落的山路那头，鬼中佐看见不少人拖来木头。木头没晒干，木工就架起来当梁，盖起了庙，屋顶还未成，就有不少老妇朝庙里的三座神像持香跪拜，表情激动。他又往火车站眺去，村民在车站附近盖草寮，把那个 B29 机头的洋女人图供在里头，庙楣挂有刻着“米国宫”的木匾，主祀的是玛利亚·观世音娘娘。村民用油漆画回她的原样。她穿泳衣，两颗奶子大得要喷出汁。香火颇盛，烟气一蓬蓬，把屋顶掀得像煮沸的锅盖在动，得放石头压。再往远眺，村尽头驶来一辆火车。车靠站后，旅客纷纷下车，有人从窗户直接下货，吆喝声大。一个穿便服的日本军官最后下车，他压低脸孔，沿着马路前进，稍后追来的火车几乎掀飞他的帽子。

便服军官来到练兵场。城墙又厚又硬，而且会长高，累积上去的新砌水泥颜色较淡，爬上去的牵牛花尽情开花。要不是三天前他来过，还以为走错了，而且看情况，他三天后还会再来传达军部的重大命令。他从中午等到傍晚，厚重的水泥门没回应，便把公文塞入门缝，搭最后一班车走。黄昏中，鬼中佐走上城墙的鹰架，从望远镜中看到火车载走便衣军官，也把要求投降的公文撕碎后往天空一抛。这一个月来，鬼中佐宣布独立，以练兵场为据点立国。在宪兵持枪戒护下，高炮部队一天内把六座炮拉进练兵场。八匹战马、三条军犬、八十名依附的日本士兵和台湾地区的士兵盘踞，准备长久对抗。六个宪兵每天驾马，骏蹄翻风，在村子里挥旗子，宣示主权。其余的士兵趁夜从河边拖回大石块，慢慢地叠起巨大的城墙。一个月后，城有半丈高，耐得起火车撞。完全不顾总督数度下令，要他们卸下武器，静待国民政府军的接手。

到了一九四五年十月，久不见的六节火车来到，车头好久没这么喘了，从五公里外能看到浓烟。车上的吴汉上校第十次要求减速，怕过快，车子翻落谷，他对日本制的东西没多大信心。一个下坡，发怒的吴上校从椅子上跳起来，要兵把子弹上膛，要是车再快，把车班人员毙掉。说罢，他晕车吐，酸馊味更让其他士兵也吐起来，整辆车的鱼肉烂汁从车缝流到路上。车比预计的晚六个钟头到达，但是刘金福却利用这些时间，多给大家勤前教育，好扭转国军第七十军从基隆上岸时穿烂衫裤、背大镬、擎破伞的旧观念。

他站上讲台，对车站前的百姓解释："国军如果背大镬头（锅子）？那一定是……"

刘金福还没说完，孩子们接下去说："那铁镬是用来挡铳子的。"

"他们衫服穿得烂烂的。"刘金福再次提醒。

"那是铁布衫，用来挡日本人的铳子，因为镬头被打烂了。"

"很好，他们会背烂遮仔（雨伞）。"

“那像是蜘蛛精的芎蕉扇，打开就会扇出风灾，把人喷走。”

“千万记得，他们的绑腿特别肿。”

“我们背下来了。那里面放铁沙，国军在练轻功。”

刘金福最后下结论，要不是国军有真功夫，怎能打赢，千万别小看他们。大家等到腿快发芽时，火车来了，白天开大灯，煤烟雄赳赳的，通过广场上头写有“还我河山”的华丽欢迎门。车站响起掌声和乐队声，欢声沸腾。九青团团长刘金福一喊，四周喊起台湾光复、欢迎祖国的呼喊。火车的煤烟还是令人厌，惹得大家咳嗽，几乎遮瞎了视线。风吹来，火车现形了，流出烂鱼臭肉，窗口挂着士兵头，涎着几乎垂到地的胆汁。村民吓一跳，以为这是地狱来的列车，只有狗最快活地跑出吃呕吐物。风停了，火车煤烟很快又囤起来，把整列火车巧妙地藏住，在吴上校的一阵咆哮后，整顿好的数百个杂牌军摇摇晃晃地从煤烟中走出来。眼前的官兵穿得笔挺威武，长靴够呛眼，根本不是外头传说中的穿草鞋、背大镬、衫服很破旧的阿山兵，也就是说他们什么功夫也不会，也许喝口水就拼命咳。

“那不是国军。”一个孩子忍不住大哭，“他们什么功夫都不会。衫服净净俐俐，也没打过仗。”

但这些军备很眼熟，说不上哪不对。一个小兵踢腿走，没几步就把一只靴子撇飞了，露出的脚还穿着草鞋。“穿鬼子的靴还挺不惯呢！”小兵抱怨。可是这招让孩子乐死了，更用力鼓掌，他们看到那只靴子飞进火车的烟囱，简直会轻功。顿时广场响起掌声，村民松口气，原来传言不假。那些阿山兵只是套上接收来的改装日本军服。

这是个新的时代，一个营的国军来到关牛窝。左撇子的刘金福用举手礼欢迎。吴上校硬是扳下他的手，要他用另一只手。其余的八位老人搞混了，干脆两手举至眉。“这是靠右的时代，”吴上校露出门牙，严正地说，“火车也要走右边了。”然后要那些高举青天白日满地红旗子的孩子，一律用右手举摇。吴上校马上要士兵搬来桌子，和区队长刘金福签了协议，每日提供米粮、蔬果和肉品给国军，好打赢那盘踞在练兵场的日本残兵。刘金福毕生就等这一刻，一个苦等五十年的消息，他拿出红绒布包裹的总统玉玺，毕恭毕敬地呈上，说契约不用签，他说了就算。在吴上校的坚持下签约，刘金福落款写九民主青年团的头衔，也给其他八位老人一起签名沾光。吴上校也拿笔签名，但是桌子直跳，害他以为是眼皮跳灾误看了。当他派十个人也捉不住桌子时，脑壳冒烟，掏出俗称驳壳枪的毛瑟 C96 手枪，凌空勾一响，说谁再摇桌就毙了谁。大家滚开一丈远，但桌子还在跳，嘀嗒嗒的声，像马儿顶起了吴上校跑，四处撒欢，直到它跛断了只腿还翻在地上来劲地跳。吴上校知道有神力影响，力量来自附近。他推开人群，走到车站边的水塔下，看到有人拿起大石头往地上摔，地上凹成穴，每次都让整个车站跳动，连带使桌子也成了马儿跳。那人是帕，他戴上飞行镜、飞行皮盔，身上缠满凸出的筋脉，照例给来宾表演摔石头，顺道把凹穴里一只只有自己看得到的六脚鸡给砸死死。可是鸡被砸扁后，它一呼吸又恢复原样，还大声啼叫。

“身强体壮，好个当兵的料呀！蒋委员长会喜欢的。”吴上校惊喜说。

“他荷尔蒙太浓了，脑壳里有幻影。”刘金福很抱歉地说，“昨晡日，他看到这洞里有一只长角的马，看差了。”

口译不太清楚荷尔蒙该翻成什么，便说：“他力量太浓，昨天的头上还长出角。”

“长角，龙种呀！能当兵更好。”吴上校说。要是有人说帕是盘古后代，他也信。

刘金福听懂当兵的意思，穿过一群围着帕的少年，扯下他的飞行镜，急说：“他目瞨了，只剩一只目珠能看。”

帕露出骇人的左眼。里头塞了用干燥牛眼膜制的假目珠，只有瞳孔，没有眼白，看来鬼乌乌的。刘金福用针刺入义眼，证明是假的。那支针太细长，触痛帕的脑袋神经，他癫痫发作，倒在坑里挣扎，像只螃蟹不断口吐白沫。那些还坚持留下来的白虎队员，抽出腰际的竹刀，刀尖向外地围着帕保护，怕有人趁机对主子不利。“压住他。”刘金福对白虎队喊，然后拿出玻璃针筒，往帕的心脏附近插入荷尔蒙药剂。他不知道，这种安非他命剂再多半筒会搞死帕，以为是万能的解毒剂。帕的体内又流窜暴热，不再翻眼白，癫痫暂停，手一翻，把压在身上的十多个少年洒个半丈高。这时候，那些落地后的少年又把刀尖对向帕，怕他发狂冲来。刘金福转移帕的注意力，拎起半捆的稻绳，往刚出发的火车抛去，大喊：“去抓烟。”帕一个豹跃，叼起地上的绳子，往火车顶攀了上去，轻盈得没有把车壳刮花。帕摊开绳，要捆住车烟囱喷出来的浓烟，空忙一场，又忙翻天了。安毒引起的幻影，让他整个脑袋都冒泡泡，也越来越失控。火车经过练兵场时，帕跳下车，趁自己的影子还没落地，人已轻得爬上半丈高的石墙。墙下的日本军大呼精彩。帕在墙上回头，往驿站那头看去，国军开拔而来，军乐轰隆隆响，枪上的刺刀在阳光下刃亮，像一群鱼鳞的折光。国军高唱“起来，不愿做奴隶的人们，把我们的血肉，筑成我们新的长城……”国军的后头，一群百姓敲锣盆、吹唢呐，拿着蒋中正的人头牌，或扛着彩带，浩浩荡荡跟着来。

“万岁！万岁！”村民用国语大喊，不再用“万载”了。

国军到距离练兵场前一公里停下。吴上校决定在河谷边的竹林扎营，建立基地，趁机突袭日军，用最强的火力与最少的伤亡，拿下小不拉唧的练兵场。刘金福使个眼色，村民们就知道要干活了，拿出柴刀把整片竹子砍倒，又把竹子扶起来架营舍。几天后，营舍好了，国军吃完大锅饭，前进到练兵场前，躲进早已挖好的壕沟，隔着火车路与日军城堡对峙。不过，对吴上校来说他有不费一兵一卒就制胜的计谋，那是时间消耗战，他只要包围那群关在笼里的狗，直到它们自己打开狗笼，摇尾巴投降。时间一天天过去，包围战让国军闲得发慌，枪杆子几乎能当锄头用，他们在壕沟种菜与养鸡，甚至萌生蓄水养鱼的念头。到了晚上，他们点灯玩起竹雕麻将，半夜还在碰呀吃的，大喊杠上开花，自摸。透中午，伙房兵在碉堡前煮饭，甚至烤出锅巴焦的香味，趁火车来时卷动的风把饭香吸进练兵场。这是吴上校的欺敌策略，城外大吃大喝，城里快没粮了。这能崩溃日本人的意志力，即使是铁打的人，总会被这些国军娱乐的幻影吓坏。

国军最强的实力是发挥在飞机场。机场停了几架日本战机，已三个月无人管，国军接收后，吴上校派两个班的兵力去管理。往那的山路被杂草吞噬，台风也毁了一段，他们进入机场时被所见震慑。啊！如此轻叹。眼前的跑道长满了带絮的昭和草，风吹来，白絮迸飞，机坪停的那架日本战机仿佛自在翱翔。他们走去看，飞机像刚出厂，罩舱玻璃明亮，轮胎缝也没有灰尘。机堡停的三架也好干净，找不到战败痕迹。“有鬼。”一个小兵以大吼驱赶自己的恐慌，指着远方，“还有一匹马儿。”跑道尽头有匹枣栗色的马，马低头啃草，上头由老人倒骑着。老人戴斗笠，腰上插了根箫，不论是马或人的动作都缓慢得很，难怪误认成鬼。

“是仙人才对，他倒骑马，是八仙的张果老。”另一个士兵说，“他不骑马时，把马一拍，喝啦呼的，能把马折成一张薄纸，放口袋。”

“你们终于来了，那些飞机都给你。”仙人用客语对走来的国军说，“但是马仔是我的。”

国军听不懂仙话，卡了脑壳，僵在原地，只有拼命摇头。这时有另一个士兵大吼：“哇，他拉屎了。神仙不拉屎，他不是神。”

老人屎尿都拉在裤裆，臭液渗在马背，苍蝇缭绕。怪就算了，更怪的是倒骑的老人抓住马尾，身体鲜有动作，头也不动地凝视前方。老人看到士兵仍纠集在马边大吼大笑的，他心躁了，一边抽泣，一边低声地哀求。他说，日本人撤走时请他清洁与管理机场，共有四架飞机，他天天擦得金炙炙的，房舍那里有三桶汽油，一台欧多拜，统统去拿，别站在这。士兵没有离开的意愿。老人说出更多的筹码，包括碉堡里还有桌椅与军毯，甚至说家有金项链一条，日本人以前拿不走，现在都送你们，走吧！不论老人如何哭泣与说话，身体总是僵着不动。这反而引起士兵的好奇。

噩梦还是逃不掉。士兵将老人拉下来，把军马当战利品带走。马不依，士兵拉得更紧。军马乱跳，昭和草在激烈碰触中吐出棉絮，起先是一点点，再来一簇簇，最后一云云地飞起，机场连锁反应地冒白雾。战马像是陷在白云中挣扎的麒麟，没辙的士兵只能站在外围，免得遭殃。之后马的鼻孔与嘴巴喷血，越动喷得越激烈。棉絮沾了洒开的血雾，成了疙瘩，湿黏黏地落下。这马是完蛋了，长痛不如短痛，老人拿出腰间的箫，给了它几棍子。马吃疼，跳了几回乱，头栽在地上，翻肚打滚地安静下来。死了？留下士兵们满头包的疑问。云过岗，风转凉，白絮都黏在那摊马血上，很快鼓成大坟包，摇来晃去，一阵风把它吹走，滚过整座飞机场不见了。只听见箫声搁在草原上，幽哀得很。老人已走远，谁也追不上了。

“我就说他是张果老，甭抢他的马，一抢都没了。拉屎只是障眼法。”一个士兵说。

士兵最后在机场外三公里找到死马，卡在十公尺高的山黄麻上。他们砍倒树取马，拿来当晚餐肉。他们有的干过大刀队，拿刀比拿枪溜，利索地划开马肚皮。马的肠胃成了狼牙棒，全被铁钉刺穿。过了三天，马快吃光了，马头肉也炖了吃，马骷髅当凳子。一个士兵在机场四公里外，发现那位带箫的张果老在捡柴，跪叩一番，毕恭毕敬地请回来给班长问话。老人要了班长坐的马骷髅才说出实情。老人说，他原本是帮日军种菜的。日人输了，把机场的东西都动手脚，交给他管，要他擦飞机，好好照顾马，才撤退到练兵场。马喂了铁钉，骑太快会大量吐血，能栽死人。不过这马懂人性，喜欢人倒骑。但老人骑马时不敢乱动，怕它跑太快死掉，自然在上头拉屎屙尿了。

士兵看着老人拎着马骷髅走，松了口气。要不是老人先骑在马上，谁跳上去不是摔成瞎残，也是断手脚。接下来几日，士兵几乎被自己搞疯了，怀疑军毯里藏针、桌椅会喷出铁钉、山泉被下了细菌，谁放的闷屁可能是毒气战。他们把桌椅烧成灰，军毯拆开，谁放屁得先大声告知。日军军毯扎实，两面缝成一条，这拆出了学问，他们把一面拿去报缴，另一面卖掉换酒喝。山里多湿气与鬼怪，风也强，只有酒能抗衡。有一天，一个无聊的士兵偷骑机车摔到山谷，摔断腿，也把机车摔烂。他们把报废的烂机车运下山变卖，换了半箱酒、两只鸡与一个女人陪睡三天。偷窃是瘾，做多就以为是对的。半个月后，这些陆军摸熟了空军的门道，懂得发动飞机了。他们把飞机推到跑道中央，拆开罩舱方便逃生，之后发动引擎，用木板与铁丝固定油门，然后紧急跳逃。飞机没有升空，卷起了三丈高的白絮，逆向撞上另一台同样操作而来的无人飞机，轰然发出巨响，双双炸成了碎片。四台飞机的下场一样，被拆成碎片，检查里头有没有杀人的铁钉，再运下山卖。好长一段时间，火车载出去的都是飞机零件，载回来的是回制的铝盆。

变卖所得的钱落入士兵口袋，不久又掏出来，刺激了关牛窝的经济，大家都赚到了。关牛窝的新鲜事对国军来说棒极了，铁壳子的阴气让水结冰，茅厕地上有张吃大便的白嘴巴。他们出手阔绰，撒钱像是在战场上抖机枪，但是银弹很快散尽。此后，他们到商店看到好货，习惯赊账；上酒家喝酒玩女人，总要记账，要是头家敢拦下说不，他们把随身背的仿德式中正步枪或接收的三八步枪取下，说，行！这抵上钱。国军快吃干用干车站附近的商家。此后，很多店家看到国军来，赶紧关上门，只有懂门路的才知道从后门进入。有个五金行人员不甘损失，送给国军神奇的水龙头。士兵乐坏了，需要这种被誉为强力抽水机的东西，扭开就有水。他们装在树干、枪托与墙上，扭开后什么也没有，气得抓人。五金行人员早就逃跑了，只留下一则天大的笑话。只有一个士兵成功，他夜间频尿，把水龙头卡进了那话儿。不站夜哨时，一觉到天亮，醒后开水龙头放尿了。

有一段时间，恩主公庙的副祀妈祖降乩，吵着说要坐火车。被降乩的是别地路过的乩童，九青团嫌他闹事，给了钱打发。不久，宫里的乩童也甩头跺脚，用女人生气的声音：“我要坐火车，包袱拿好了。”九青团嫌他醉了，请他回家休息。然后，山羊、母鸡被降乩聚在广场，傲慢霸气，能肯定是一哭二闹三上吊的女人脾气。九青团开会，对近日的异象想破头了，他们仰头看天花板，打发时间，上头都是小学生在这读书时丢板擦造成的粉笔痕。刘金福跷两脚椅仰看，不小心倒栽了，脸部充血，起身时扶着扫把当关刀，一看就是恩主公降乩。他拿扫把敲着其他八位老人的头，说：“阿姆唉！‘那个女人’要上火车去。少在宫里烦我。”

“让妈祖婆上火车去。”八位老人惊惧极了，对着清醒后的刘金福说，“‘请’你带他去。”

这不是请，而是命令。到了妈祖出宫上火车的日子，庙前挤满了信众，大家拈香祈祷，有的跪哭。妈祖上了辇轿，一脸素朴，也没有喜气的晃轿。神轿前往车站的路途，民户前大多备以素果恭送，也不挂灯笼。有人放了一串鞭炮，世界突然变得好热闹，很快被庙方的纠察泼了一桶水。传言果然不假，大家都说恩主公与妈祖婆这对公婆闹翻了，妈祖要是不出去散心，准会闹家暴，让恩主公跪上算盘了。就在广场一片肃穆之情时，火车来了，靠站后他们看到那个被精美装潢的窗口，缀饰了金粉灯笼、金瓜木雕与坠穗。窗边并插了营旗，意谓车上有三千营神兵驻守。火车开了，买票的村民上车陪坐，没票的跑步送到村口，妈祖坐在窗口向他们告别，迎风顾盼。一天过去了，一礼拜过去了，乩童没被降乩，没有任何动物聚集在庙广场，妈祖不说话。恩主公更不回应，即使刘金福故意去跷两脚椅摔昏自己也就昏倒了。此后，“火车妈祖”出名了。不少失婚的妇女来请他指点迷津。她们先练熟在短时间内上香跪拜掷筊抽签，还有架拐子。趁火车靠站的五分钟，她们在人挤人的月台上边用拐子边跑流程，手脚慢的得追去，而不是等下班车，因为永远有人会插队。

妈祖得有人服侍。刘金福自然是首选。每日奉茶上香，供上鲜花素果。香客颇多的，大家热情地挤火车上香，香油钱也多。香炷飘起浓烟，车顶积了一层又厚又黏的油，不少蝇蛾黏在那。当旅客与香客都少时，刘金福仰头，看那些黏住的昆虫挥翅膀挥到死，甚至黏死的壁虎已烂成残骸。他担心的正是这，火车煤烟再加上香炷熏卤，妈祖快变成黑木炭。

“那些神都是黑人。达尔文说非洲是人类的起源，你在拜人类的祖先。”说话的是尤敏。他是小学高等科毕业，凭着旅客丢落车上的日文版《读者文摘》，颇懂得一些知识。

刘金福听得雾煞煞。尤敏再次讲解，陆地的生物是从水中进化的。刘金福点头说沙悟净是从河里爬出来的，说得真好。尤敏又说人是从猴子进化的。刘金福点头，孙悟空就是证明。尤敏说人类进化得很慢，要经过很久。刘金福叹了一口气，说积习难改的猪八戒就是一辈子被当猪哥牵。可是当尤敏说到人类祖先来自非洲时，刘金福终于大骂了，他说唐三藏最多走到印度，那个姓达的家伙乱说，没读通《西游记》。一场谈话就此结束，尤敏觉得自己对牛弹琴，快气翻了，倒是拉娃已笑翻了。

“神像外加个玻璃罩就行了，就能防烟又防风。”拉娃说。

绕了一大圈，刘金福终于喜欢上这答案了，满心欢喜地看着拉娃。她笑容灿烂，深邃的眼眸没有世俗味，像一朵百合，这是刘金福能想的最棒譬喻。这一聊便开启了话题，两人比手画脚。刘金福娶的三房中第二房是少数民族的，多少会几个可怜的字汇。这一比，比出感情，他在车上住了半个月，还要求九青团每日在火车上办公五小时，审理那些鸡毛蒜皮的案件。比如，有人问九民主义比三民主义多了哪六项。火车是伟大的九民主义孕育处。九位老人想呀想，车震得难受，还要被那些案件折磨，妈祖也不显灵一下，搞得他们难受。这时拉娃开口了，她说每个主义下加上乘 3，能勉强过关。又比如，有人陈情说，那些阿山兵常去狩猎，只打野生动物，也打开农家的栅栏让猪羊变成野生的。八个老人对国军的行为拍桌摇头，第九个拍桌摇头的刘金福说，少几头猪算什么，国军练枪法，才能早日打到四脚仔。坐在附近的拉娃也跳出来解围，她说，请居民把围栏做大一些就行了。

“没错，”刘金福说，“把关牛窝围起来就没事了。”

干扰九青团办公的不是车窗外强风，不是煤烟，也不是车震，是那些参观拉娃父女的游客。小女孩能言善道，多给些钱，还能帮你解运。这时拉娃与尤敏在车上待了五百一十九天。情况不似战前受瞩目，但游客仍不少。父女大方地掀开布，展示肉体相黏部分，以便索费用来度日。不过，拉娃的脚还不松开，她相信战火没结束，随时爆发，带走尤敏的性命。要把尤敏这条山猪样的人锁在车上也不简单，他习惯了，自嘲成了平地人养的那种神猪，身体太胖了，得吹风、听汽笛，在摇晃的环境下才能入睡。他们用夜壶盛尿，大便就拉在姑婆芋或报纸上后丢到窗外。洗澡用干洗。有钱人会在车靠站时买摊贩兜售的湿毛巾，擦掉脸上的煤烟，用完即丢。这种丢在车上的湿毛巾对父女很好用，洗净能拭体。还有尤敏宁可花时间运动，也不愿花时间生病，伸手抓住窗户上方的置物箱当作单杠，把紧抓椅子的拉娃扯得上上下下，也达成运动目的。他们在车上发展出生存法则，吃喝拉撒，歌唱跳舞，一派山地人的乐观。而且，父女俩精通火车，算是火车迷了，比如机关士在光复后改称**司机**，机关助士称作**司炉**；知道每班车的起讫时刻，车误点了会在哪个直线路段加速追点，拉汽笛的节奏能分辨是哪位司机；蒸汽味腥，是水箱长苔了；爬坡无力，该通烟管了；煤烟味道能分辨出石炭好坏；还有哪位司炉经验不够，清理灰箱时加不够水，搞得全世界都涌尘不堪。

尤敏把父女的生活写成日文文章，再请人翻译成国语。插画由拉娃来。她死也不肯放开手，用嘴叼笔画，线条有些乱，可爱又俏皮。图文以周刊发行，卖给参观的旅客，造就不少常常上火车探望的死忠粉丝。而拉娃帮旅客素描，每天只画五张，以价制量。父女赚了不少钱，如此商业化是必要之恶，尤敏把钱花在订月票、买伙食，多租几张椅子放日用品，甚至捐钱帮助部落的三个又穷又多病的孩子下山治疗。拉娃也得利，她最后用日文向每个观光客倡导她的想法："这个世界的仗打不完，这个停了，那个又来了。"尤敏不会打坏拉娃与旅客的兴致，也不会照拉娃的意思翻译，他用很破的国语说："她会画得更好，也许明天，或是明天的明天，你们一定要常来看她喔！"可是尤敏衷心希望那些旅客明天不再来，后天也是，永远不再来。哪个父亲会想把女儿当商品展示，自比是圆山动物园的怪物，慷慨地给参观者指指点点。而且拉娃长大了，要是经期一来，可难收拾呢！

就在那天的末班车上，拉娃睡了，尤敏在列车震动中还清醒着，看着不远处的刘金福也打盹了，唯有又黑又矮的妈祖神像与他四目交接。那一刻，尤敏笑了起来，眼前的分明不是汉人神明，是矮黑人化身——神话中会法术的矮黑人，他们品行不良，常调戏妇女，最特别的是没有肛门，闻食物香味就饱了——难怪平地人常点香给他闻，他只吃这。接着尤敏向矮黑人神明道歉，他承认，当年是祖先的错，诱惑矮黑人吃小米饭。谁知道，矮黑人肚子膨胀，没有肛门排泄，急着拿竹子往屁股挖肛门排泄却捅死自己，没死的逃下山。他想，今天平地人的神明就是矮黑人当年集体迁徙的后裔，改邪归正，躲在庙里，化成各种神，施法帮汉人。

趁此之际，尤敏向矮黑人神明祈祷，希望他泯恩仇。然后，他把纸钞折成小团状，投向六公尺外的香油钱筒，花了数千元都没中，顶多只是击中沉睡的刘金福。最后他把拉娃画的图搓成团，又失误地丢中刘金福的头，不料擦板得分，掉入筒内。有了香油钱，尤敏才敢许个身为父亲的愿望，希望早日下火车，回到部落生活，任何的牺牲他都肯。他如此虔诚，眼眶塞了一泡泪，和白日与观光客说闹的神情不同。忽然间，火车来到一段直路，月光落下，罩着妈祖的玻璃框染上了月光，反光照亮车厢，像泡在海中般皎美。那绝不是月光，是比月光更强的神圣之光，尤敏知道，那是矮黑人答应的暗示。

隔天早上，八位老人鱼贯上车，最后那位端了一海碗的鸡血。晃荡的速度中，刘金福把今早散落座位附近的“鬼口水”用筷子捡起，扔到那碗鸡血。这么做是他昨晚梦见一群鬼上车，又黑又矮，向妈祖许愿。鬼许愿的怪方式竟是吐口水，多亏他飞扑以身挡下那些唾液。现在，他把鬼口水——满地的纸钞团——泡入鸡血，它绝对会变回冥纸。一群老头低头围着碗公，看到他们最不愿意见到的结果，纸钞是纸钞，鸡血仍是鸡血。这时火车为了闪避一只牛而刹车，害那碗鸡血跳起了，往刘金福的脸扑去。刘金福往后栽，起身后扶着椅背，满脸是血，舌头外吐。八个着惊的老人直呼，看到鬼了；随后又改称看到神了。因为刘金福拈胡须说话了，化成面红啾啾的恩主公，气若洪钟地说：“阿姆唉！‘那女人’生气了，说拉娃还在车上，你们这些人没用，我去救好了。”

九个老人再次吓坏了，包括刘金福自己。他是在朦胧意识下听到自己的梦呓，稍后他醒了，看见八张狡怪的表情，深知那梦是真的。九青团相对无言，恩主公要御驾亲征，上火车救拉娃，这对关牛窝是何等重大的事。更丢脸的是，恩主公还骂他们没用。正当他们低头无言时，隔壁车厢传来枪声，声响雷动。九位老人立即跳起来，走过去瞧，稍后发现自己还是有用的。

隔壁车厢热闹极了，也安静极了。热闹的是牲畜，一只牛跳到椅子上，两只猪到处窜，还有十只被绑住脚的鸡在地上乱跳。安静的是人。他们被枪声惊扰，僵在那，动也不动地任牲畜蹂躏。当刘金福走入那间车厢时，有人尖叫：“你中弹了。”刘金福抹干净脸上的血，说没关系，自己的头壳硬，流点血没关系。不久，他才终于搞懂状况：国军的卡车坏了，伙房兵只好由火车运食物，违反了大型牲畜不得带上车的规定。而且，带队的班长不帮七个伙房兵买票，向查票的列车长说他们都是鬼，鬼不买票。双方坚持不下，列车长用日语骂他们坐“霸王车”。班长听到日语，揍了一顿列车长，大骂一声他妈的，死日本鬼子，骂完开枪泄愤，子弹射到隔壁车厢。稍后刘金福从那头走来，满脸是血。

班长震慑，语带惊恐地问刘金福：“你，是人是鬼？”刘金福郑重地说他体内已有两颗子弹仍死不了，不怕第三颗，还指责列车长，已禁讲日语，何况用日语骂人。列车长支支吾吾的，说他不是骂“霸王车”，而是说国军是“萨摩神”，并且把日文汉字写下。日文的坐霸王车（无料乘车）与萨摩神音近。刘金福看到写下的三个字中有“神”，这个字可是蒙着眼也懂透透，便向班长说，“人家说你是神，你还嫌少喔！”然后他做个人情，转头骂起了列车长，说国军打日本人这么辛苦，少赚几张车票算什么。这场风波结束了。火车到关牛窝站，派出所警察据报指出九青团区队长中弹，率领三名下属，冲上车逮捕开枪的班长，发现一场虚惊，为了顾面子，坚持班长要补票才行。

“算了，这点钱我能出。”刘金福说罢，从口袋掏出沾鸡血的钞票，觉得用带血的钱太失礼了，又掏出两张月票给列车长轧孔，权充车资。

其中一张月票掉落地。警察帮忙捡起，用湖南口音问：“区队长，这是你老婆的呀！啧啧，林默娘，名字美透了。”

“乱来。”刘金福没好气地说，“她是我头家娘。”

国军在关牛窝的声势跌到谷底。递交九青团的状纸没断过，九个老人批阅后，转交吴上校处理。吴上校很怀念还在大陆打鬼子的日子，军民一条心，路过每个穷困的村子，村民仍勒紧裤带挤出点油水犒赏他们。如今来到这，这些喝日本奶水的人，讲国语分不清楚四声，连南京大屠杀死了三十万中国人都不知，何况国军大胜的长沙大捷。现在好了，还嫌他们没知识，老是数落国军的德行。吴上校和几位连长开了会，对状纸没法子，要这些连名字都不会写的士兵像个读书人，懂得安分，不如一枪毙了，下辈子投胎当蠹鱼。为了扳回下跌的声誉，吴上校决定在二十四小时内对日军城发动突袭，要鬼子爬出来投降。

国军集结在城外的壕沟，擦亮枪，挂手榴弹，甚至架起接收自日军的重机枪与榴炮。又啃了馒头夹大酱，个个气势饱满。突袭行动并没有扩大管制村民，以免给日军抓了蹊跷而戒备。那是秋末的季节，国军眯眼，躲在任何有障碍物的后头，空气好干净，干燥而且充满柿子腐烂味。一条狗叼着老鼠从马路走过去，几个士兵想宰了用钢盔煮。几只野鸭飞过天空，传来粗糙声响。远来的风还夹藏煤烟味，那是火车体味，带着汽笛声，弯过山腰来。吴上校掏出盒子炮，等到火车过去，便开枪示意攻击。火车似乎传来一股神秘又难以解释的力量，说不出来。伏在壕沟的吴上校安静呼吸，感到一股闷涩，他往味道那看去，几堆着火的稻草堆跑来了。他没看错，失火的稻草会跑。

吴上校再也忍不住愤怒，从壕沟跳起来，大喊："拦下火，还有那烟。"几个士兵从竹林跳出来，拦下三十个推着板车经过的村民。板车上堆满湿稻草，燃了大火，火舌不断吐浓烟。村民戴上从黑市买来的日式防毒面具，不怕烟。倒是没拦住的国军呛翻了，眼泪一把，鼻涕一把。又跑来了三个村民，把吹胀的、涂上七彩的数百个保险套包在蚊帐里，用板车运。又来了个养鸭师傅，赶了百只鸭，功夫自比鸭母王朱一贵还刁。"这是噩梦！"吴上校再也忍不住脾气，率领十余个士兵跳上马路中央阻挡，大吼："还有啥？都滚出来。"然后吓得全都跳开。因为滚着三十余颗轮胎的火车来了，姿态雄浑，地面震动，像条巨龙滑驰而过，意外地把一场战争挡下来了。

火车冲入烟雾，卷起了风。保险套气球被放出蚊帐，养鸭师傅用一根竹竿指挥起他的子弟兵。这让拉娃看到梦境了。白云上，鸭子飞翔，把气球衔着飞，拉娃兴奋大喊："是星星呢！"星星飘进车厢，在厢顶的电风扇带动下，它们跳来跳去，撞到妈祖，也撞到拉娃的头。

"摘颗星星给我，拉娃。"尤敏说话了。

拉娃松开一只手去碰保险套气球。好柔软，碰到的指尖都快化了。“是真的。”拉娃惊惧地说，缩回手抓住椅子。

“这是一场梦。”尤敏温柔地说，玩起星星，还唱起了丰收歌。

难道是梦境？拉娃想，她从没有听过父亲唱过歌，现在有了。白云流入，二十只白鸭站在窗槛上鼓翅。她大胆地伸出手，抓了一颗星星。保险套爆炸了，里头的金粉屑散开。拉娃打了个喷嚏，高兴说这就是梦。

这就是“梦境分离术”了。半个月来，刘金福在车上观察拉娃，与她聊，趁她睡觉时瞧着她紧抓车椅的手。刘金福最终了解，拉娃也有松手的一刻，那是在她进入世界的另一侧时——安全无碍的梦里。既然无法潜入拉娃的梦境，就把世界变成为拉娃的梦吧！刘金福动员村民，把火车布置成拉娃的梦。就在那天，村民戴上防毒面具，用推车推着浓烟，又在路旁堆稻秆，烧出一公里的火线。火车进入烟幕阵时，星星、白鸭到处是，拉娃松了一手，但还要更浓的梦境她才敢放开两手。这时候车门开了，隔厢流过来风琴声，拉娃看到美惠子在那弹奏自己最喜欢的《荒城之月》，淡淡的哀伤。然后更稠的梦境来了。拉娃记得那是黄昏，将落下的日头非常温柔，轮廓好清楚。一只宝马从天空飞下来，踢翻了青云，踩出了晚霞。马上坐了帕，面膛红，体力旺，眼神箭冲远方。他刚打完一针安非他命，手臂上的针孔还渗血，但是精神仿佛要撑爆躯壳似的嘎嘎作响。马是固定在讲台上的竹马，插满像鬃毛的竹叶，由十个白虎队员抬着跑，绕着火车，忽左忽右的。

一个挠住窗框，帕从竹马上跳入车厢，到处是浓烟在跑，害他撞翻了那尊妈祖婆，玻璃破了满地。他把她夹在腋下走，还没走到那，早已看到拉娃松开双手，用生死无悔的口气对他说：“我愿意用自己的命，换得你的真名。”反正是梦境，拉娃多么真情、大方与无悔。

他是她的神了。可是帕的名字比神还遥远，带着毁灭的力量。他不应该告诉她的，但动摇了，只为了她说的话令他感动。火车继续动摇，孤零零的影子随着路弯移动，帕再走向前一步，开始说出名字 Pa-pak-Wa-qa。一个音，一寸险，也一寸强的力量。帕说出第一音节时，她情绪非常激动。第二音节，她流泪了。第三音，她要张开双腿脱离尤敏，就像要把父亲从未成熟的子宫生出来。帕却迟迟未敢说出最后一个音，被烟呛得咳嗽，泪水直流。

但是，尤敏猜到了，早在帕说出第二个音时就知道了全名。尤敏看到拉娃张腿要离开他的肚子，皮肉相黏着，使他的肚皮被扯得像一把张开的伞。多少日子来的困顿、迟疑与不解，在此刻通了，他想起了巴鹿长老讲过的“螃蟹人”，没有比这个故事更能解释他与拉娃的命运。他试着拿起地上的玻璃罩碎碴，割开彼此，但是拉娃紧绷的腿让他动不了。猛然间，那昔日在山林间打猎的尤敏醒了，一头撞破车窗玻璃，拿了又尖又利的玻璃片，往肚肉割去，多往自己割一点，拉娃就少痛一点。这是梦境，一个不痛不痒却情绪逼真的世界，也是车上最动人的时刻。帕还没说出全名，拉娃已经张腿离开父亲了，号啕痛哭。那是新生的哭泣，也是难过的眼泪，因为尤敏往自己切割太多了，鲜血直流，整个车厢都是他的血渍。

火车到站了，众人都等待这刻来临。车门打开，尤敏抱着拉娃出现了，再也不是连体的父女，他们独立了。众人的掌声停不下来。尤敏忍痛走下阶梯，肚子大量渗血。他朝部落一带静观，那里多云，风会吹开一切，祖灵看到了，多少日子来就等这刻。最后尤敏失血过多，倒地上死去。而拉娃双腿夹太久，骨骼弯曲，只能在地上爬行了。

圣母玛利亚·观世音娘娘下凡

九青团区队长刘金福老早就看穿鬼中佐要搞独立。他要搞的事情也多，光是与八位老人斗嘴，能把舌头磨短一寸。只有在休息时刻，他才会踱出恩主公庙的会议室，朝练兵场看看。那墙还不够高，越高越好，也越容易倒下，省下多少麻烦呀！他时常对那些老人说，我撑了五十年，要是那些四脚仔能撑四个月，我就跳下去陪他们玩。然而不到四个礼拜，他就觉得权力好玩极了，每当他坐在临时的恩主公庙草棚，俨然成了土皇帝，还坐上三轮车巡视村庄，视察他一手创办的国语补习班。地点就在公会堂，学生老老嫩嫩的都有，有手拿锄头路过的，腰挂刀而追猎物到这儿的少数民族人也有，听说这里有糖果吃的更多，大家用北京话学喊："一二三，三二一，这里是关牛窝，那里不是关牛窝。"课结束前，学唱"国歌"，刘金福激动地唱，歌声之大，已到完全不懂自己在唱什么的境界，唯有帮忙弹风琴的美惠子撇头对窗外流泪。

刘金福当九青团区队长，好在三餐有人服侍，坏在全村的鸡毛蒜皮事都要管，鸡跑掉也要找，要是不管，还会被民众回以"以前'大人'都会管"。这到了国军来以后，民事纠纷更多，他烦死了，找机会开小差回家，这时他才发现走路能暴露自己多么老了，左脚痛风，肩膀长年酸痛，喘到不行，连路旁撒泡尿都得沥了好久，又滴湿鞋子。他把皮鞋、衬衫、西装裤子脱掉，到小溪边抓把干土搓掉头上的发油，用水洗净，只着一条宽大的水裤头。比起每株都是裸裎的树，刘金福还嫌自己多穿一条。树林小径又变了，谁走出来的都不知道，他迷路一小段才回到竹篙屋。

没人管的猪都野了，毛又长又臭，屋子附近布满猪鼻子拱出来找蚯蚓、竹笋吃的洞。鸡很怕生，遇人飞上树头。帕打赤膊，躺在杂草多过石头的菜园，阖眼面对日头，身上爬满了蚂蚁与汗水，左臂上插着玻璃针筒。刘金福拨开草走去，惊扰了帕。帕跳起来，睁大目珠看人，拳头握紧，看清楚后才松手，转头从附近的相思树下拎出个竹笼，里头全是粗皮暴跳的攀木蜥蜴。他先把蜥蜴塞入发情的母牛阴道，再放入竹笼为性饵，一下午少说能诱抓十几只的公蜥蜴。剖肚去除内脏，剥了皮，蘸盐烤了吃。牲畜都闻香味而来，坐在火坑旁，要是谁嘴馋去抢，帕就往谁的脑壳拍出火花。焙熟了，每只家畜分得半条，其余的生内脏就丢给从树后头走来的小狗熊。刘金福盘腿坐，也吃一口，味道不错，和着紫苏吃更棒。

此后刘金福在下午结束公务赶回家，半途把衣服挂在路边树上。蚊子越来越少叮他，蚂蟥不靠近，他觉得血液可能又回到绿色的，呼吸中尽是树味。不久他的听力更尖，能分辨风吹过构树与九芎的差异，能嗅出空气中的蕨类孢子。沿途他摘了马樱丹、乌桕、咬人狗等微毒植物，回家摊晒，又将日前晒干的拿出来用柴刀剁碎，三碗水熬成半碗药，趁热给帕喝。帕侧身缩在屋前，临着夕阳，过量的安非他命余毒让整个人颤抖不止，把手上的铁块捏烂，看不出那原是一把好划开皮肤缓解痛苦的菜刀。倒是小熊伸舌舔去帕脸上的汗，冷不防被一肘搡开，滚出个丈外，脑浆浊了，久久爬不起。刘金福递上汤药前，远远地先用棍子捅几下帕示意。帕喝了，舌头把碗底抠净，过不久药效发作，他全身僵麻，稍有舒缓。刘金福哪知道帕是安毒上瘾，以为是人抓狂，千也试、万也试，最后用上以毒攻毒的险药，麻痹神经。他暗算，可用些大花曼陀罗与鱼藤，要是帕已经疯到要杀他的话。

到了夜晚，空气中浮满姜味似的曼陀罗花味，刘金福睡在床上，甚至听到那些不怕死的蜗牛在啃曼陀罗叶。有时他会猛然惊醒，伸手摸床边的棒子，不是打那只黑熊，而是防着帕。夜更深时，荒废菜园成了夜总会，蟋蟀在那做窝，鸣叫如雷，让刘金福恨起下午没先朝那里的小洞先灌尿水。这时远方响起沉雷，要下雨了，雷声溯着山沟来，有潮湿味道，刘金福期待随来的大雨浇熄蟋蟀声。忽然间，门开了，风窜进来，一只大蜗牛爬出去。刘金福惊着，定睛一看，是水缸被顶走了，溜溜地跑，肯定是传说中的鲈鳗上岸来偷水缸。刘金福手中闷着棍子，追了去，人老关节硬，出门就跟丢了。他蹲下身摸，地是干的，没黏液，知道谁干的了。是帕。

帕得了战争症候群，晚上不易入眠，有动静，立即翻落床匍匐，即使是去尿尿也用爬的。夜间的雷响让帕以为是炮击，惊得从床上滚下，背了大水缸爬到外头。满园是蟋蟀忙过头的求爱声，炽热摩翅，听到有人爬来，便收声安静。帕拔下阴毛，不断逗弄那些尾巴露在洞口的公蟋蟀叫。只要蟋蟀还叫，丛林那头的米鬼不会发现有人靠近。帕爬入森林，月光如水，万物的影子在飘，世界盈满静谧的光波，他看到什么，也好像没看到，听到什么，而什么也没听到。帕忽然冲着暗处大喊：“肉迫攻击。”一阵风吹来了，什么鬼都没有。这时帕才清醒，知道自己又像昨日一样陷入噩梦。他没有任何情绪，有也是忍一下就过。他身体缩进背上的大水缸，直到睡了。第二天，刘金福来到一片被压倒的蕨处，看到倒覆的水缸在阳光下闪着釉光，里头还有个人。

帕没有想象中的虚弱，还能在大家面前表演如何跳进火车，解开拉娃的腿。吴上校便请某个少年带路，领着一连的士兵去抓帕。

逮捕理由很简单，时机到了，大陆战场需要他。森林的岔路真多，像树根一样散开，一会儿遇到割人的菅草，一会儿又是挡人的藤蔓，带路少年凭着多年前的除夕来过刘金福家要过糕饼的记忆。在斜径上，一条黑影扑出来大吼，皮毛窜乱，眼神锐利得很。众士兵没有防备，一时吓得往后倒栽。带路少年也惊醒了，要是帕发狂不知道比这怪兽可怕多少，用蹩脚的国语喊："那是他养的熊，走下去就行了。"说完人也跑不见。那只站哨的黑熊吓完人，一溜烟地也跑了，留下子弹上膛的士兵们继续前进。

几公里外的车站，大家围着一摊肉泥观察。有个日本警察看见车站快到便跳车，重心不稳跌倒，给轮胎碾成一张肉饼。不过又有人说是算旧账，日本警察是被人推入车底，这种把守规当职业的人不可能跳车。刘金福是验尸的见证人，等捡骨师来收拾血肉。怕腥的他坐在远处的树下等，他对其他的八位老人说，这个死日本人不会辩驳了，以意外结案。现在刘金福做大头，其他人用点头的。之后，刘金福往山岗望，那里跑来几只自己家的猪。他知道事情来了，是官兵去逮帕了，他一路上布下的狗熊黑鬼阵、山猪八卦阵、飞鸡迷魂阵只能勉强撑一下，很快会被破解。他马上在车站前叫了两人轿出发。轿夫跑了数百公尺，喘息不已，多颗心脏也不受用。坐上头的刘金福叫停，走下轿拿石头砸它，砸不坏，要轿夫把空轿抬到驳坎上摔下来，钱他来赔。轿夫照实从高处摔岔了它。刘金福从中挑了个 T 字竹杠，叫跟随的两只猪衔了竹杠头两端，尾端触地，他则蹲上了竹杠抓好重心，抽出皮带挥打猪，便冲出去了，留下滚滚灰尘与在原地叫好的轿夫。刘金福年轻时在牛墟看过卖牛郎如此大胆的表演，一时技痒，如今也把家畜试试。幸好猪不是圈养的，野性足，顽性也强，往它屁股抽打，就溜出了数公里外。

到了家，刘金福听到远处传来枪声，约是抽一根烟的时间远，赶紧唤帕入门。帕人瘫在菜园，拖也拖不动。刘金福急呀！还没忙到就汗水崩堤，他干脆先煮饭备战。谁知饭甑拿出，帕就闻声拍门走入，砰一声，让刘金福以为国军来了，想拿饭甑打去。牵硬壳牛还得用草诱，刘金福窃笑，摸出了藏米，全倒入甑内蒸熟。这时候军队到了，手持步枪。刘金福惊讶他们来得快，难不成自己的牲畜被歼灭了。他装镇定地说，帕就在家里，你们去抓那畜生。几个士兵照先前的演练把刘金福按倒，另几个人也照演练的用枪托撞开门。门是虚掩的，士兵都跌入屋内，这点没演练过，而且看到骇人的一幕：帕食量惊人，头闷入饭甑，把没煮熟的饭卷入嘴中，发出咬沙的声响；手也没闲，拿瓠勺往缸中舀水喝，喝得满头淋漓，索性砸了勺，头插入缸饮，大呼过瘾，还撒个屁，满室回音嘹亮。

泰山崩于前而色不变呀！士兵惊讶。大口吃饭，这嘴上功夫还装得过去，可是放屁的功夫，没几两气，撑不出回音。士兵连忙退出，遇吴上校问话，膨脝个不停，说那个日本军官厉害，眼睛嵌火，嘴巴都是锐齿。话没说完，屋内传来一阵似机枪似的连环屁，大家卧倒，唯独刘金福趁机站起，给趴在地上的吴上校哈腰，说对帕这家伙来硬的，不如他去说服。吴上校盘起了腿，拍拍袖口的泥巴，挥手要刘金福去办。刘金福进了门，连舒缓一口气都嫌多，对帕说出逃脱计划。

可是刘金福每讲一句话，帕用“食饭吧！我肚枵了”和“先食饱再讲”顶回去。刘金福觉得自己热肠，帕拉出的是一坨冷屎。但是帕接下来打动了刘金福。他说他从来没有感自己恁虚弱，骨肉像是被刮净，站起来就抖，今晡日能不能带阿公离开这，也没暗算呢！将就食一餐再打算。刘金福忽然释怀，平日沉默，宁愿多放屁也不愿对他多说话的帕，如今告解似，承认自己也会懦弱与害怕，也会担心他。刘金福大笑起来，笑中有泪，帕也大笑，那些潮湿得连灰尘都快飞不起的屋内，飞出朗朗笑声。他们共桌吃饭是半年前的事，一起大笑，可能是一年前。下回要如此，不知何时？笑声过于澎湃，一个士兵被命令前来观察，再向吴上校回报：那老头说，吃饱饭就出来。吴上校的耐心还没用光，也怕帕的拳头，下令士兵们找地方坐，也拿出冷馒头充饥。这一耗就是三小时，大战才开打。

刘金福把中山装丢进灶内烧，皮带剁成丁，掺入辣椒，大火炒成一盘很下饭的辣味牛皮；皮鞋斩成片，加了萝卜炖成汤。那些菜又绷又辣，呛得找不到舌头说话，只顾扒饭。帕吃得狠，把筷子使坏了，索性用手。这时候大门开了，夕阳照进来，爆开扎眼的光，走进来的不是频频催降的士兵，而是那几只猪鸡与黑熊。刘金福见战斗伙伴来齐了，把饭甑踹倒。饭粒爬了一地，它们发出高八度的欢呼后趴一块抢。那些欢乐与抢食的声音惹毛了吴上校，下最后的通牒要帕马上出来就缚，不然冲进去逮人。最后时限终于到了。当士兵冲入时，帕出现在窗口，夕阳下，身影大得歪七扭八，跟刚刚消瘦的样子不符。士兵被这一幕惊扰，心思却想：眼下哪是人，是吃饭急惊风，吃一口饭，胀一寸，再多几口下肚，咱们会给嗝打飞了。寻思间，不耐烦的吴上校把枪口对着帕喷火，众士兵也驳火，山屋早已埋藏在硝味中，附近的鸟飞光了。枪法再差，但距离近，也把帕扎出百来个窟窿。帕摇几下，砰一声摔落地，随即弹起来，扭动身躯。士兵又是一阵身体与火花乱颤，砰砰砰砰，到处弥漫硝烟。帕倒下后再弹起，又是被乱枪射成莲藕。如是几回，打得士兵头皮都麻了，真是见鬼，打不死的不是鬼是谁？又是枪管一阵砰砰砰的嘶吼，鬼也打成死鬼吧！

但是帕从来没有站起来过，站起的是“影子”。他躺地上，继续扒饭吃，把汤喝得喉结乱跳。刘金福早有计谋，收集上千张香烟的铝箔包，摊平，贴在木板上，角度倾斜便把躺地上的帕投射在上面。锡箔板被枪打倒，再撑起，如此重复，直到士兵没了子弹。板子也起火了，冒出火苗，锡箔卷缩，上头的帕缩成了小人儿，换来士兵的大吼：“他妈的，他是义和拳，刚刚是刀枪不入，现在是缩骨功。”说罢，朝里头丢石头或木棍，击入窗口的少，落在外头的多，那些分量多么像一条怒河带来了堆积物。时间到了晚上，只有薄薄的月光，刘金福叫熊肩起了猪之后站起来，跳什么牵猪哥舞也行，要用影子战术了。然后他烧起夜火，火光冒，火光跳。士兵又吓坏了，这下看到帕武壮的身影，只见他嘴巴气得像猪鼻子，寒毛竖立像熊毛，大力蹬地板。于是士兵继续把石头往屋顶扔，再来是钢盔、帽带、军靴，越积越多，要压垮房子逼出人来。屋梁疼得呻吟。屋里的刘金福爬着，持香前进，给天公上香祈福，因为接下来要干一件大事了。忽然间，咻一声，一根铁棍子破墙卡在墙上，那是插着刺刀的枪杆子。那把枪引来无数的同伴，其他的枪也飞插墙上。还能慢吗？他把香脚插在地板缝，回头对帕说：“做得行了。”

帕老早立在大柱边，双手挠着，牙齿咬个没缝，喊：“不肖子孙刘兴帕，永远出家门。”

“不肖子孙刘金福，趟他出门了。”刘金福也大喊。

这是逐出家门仪式。两子阿孙要走了，什么都不想留。帕骨头闹火，筋肉哗啦哗啵地窜不止，就摘了梁柱，叫竹屋往上跳，那些花了时日爬上屋檐的丝瓜藤迸断，艳黄的花飞扬。吴上校恨死这一刻，深觉被阴了，要拆了这座被鬼附身的房子，挥手要士兵杀去。

屋子一下子左、一下子右的，上百个士兵只能装胆似的在旁边吼。有几人跳上竹墙，持大刀砍，要拆了竹屋。刘金福早就料到这招，关键在他手中那条尖刺有一寸长的黄藤。他用黄藤赶那些牲畜，要它们争气点，跑起圈子，很快的房子转起来。面对涌来的士兵，竹屋不是甩得他们见血，就是搡得他们牙齿豁开，之后摆着那胖墩墩的身材往山上走去。

刘金福蹲靠在大柱边，那里转圈小，不够晕人，也好干活。他知道帕与这些牲畜很快会饿，空胃会吸干力气，他把糙米倒入饭甑，不用淘，煮成饭，柴火则把桌椅都烧了。屋里跑着烟，多得往外冲，窗户自动被冲开了。不消半小时，房子越走越慢，也转得意兴阑珊，米饭正好熟，但谁也没有闲吃。帕力气将竭，全身走汗，屋子就要倒了。刘金福用饭锅击退两个在窗口的士兵，右手腕也扭伤，趁疼痛还没控制脑袋，他从梁缝摸出蜡球，捏碎，碾了里头的黄药锭，和水放入玻璃针筒，打入帕手臂。

那是猫目锭，从国民政府接收货品中流出来的黑货，自然花了刘金福不少钱。药液窜开，帕的筋骨绽了，力量按不住，要命的熟悉感又附身了，他大吼一声巴格野鹿就让世界再度掉入他的掌中。场子由他控制，房子乖乖听话，要停就停，要转就转。外头那些骨子发酸的士兵也是，是配合他演戏的跑龙套。现在他不要房子往山上走，往山下。屋内的柴烟往外流，自然而然地形成一条澎湃汹涌的河流，顺着烟河走就行，浮力好，也省力。于是这晚的森林充满各种怪声，吆喝、冲杀、哀号，甚至柴火四溅，酿出不少小火灾。半天过后，天光了，竹篙屋来到关牛窝，它外墙一路上给障碍物拦破，褴褛得彻底。居民跑来斗热闹，看见帕就在房子中央举着，像庙会的宫伞那样，把房子扛着转。对关牛窝人而言，危难来时他们是机会主义者，帮不上帕的忙，也不肯助国军一臂膀之力，旁观一切。一旁的国军也不攻击了，只搬来大棍或石头，往房底扔，当绊脚石，要消耗帕的体力。士兵还下令早班火车停在村口，又在另一头把被炸坏的车厢翻上路面，权充路障，把帕和大房子堵死在村内。房子就在村里转悠，有时在河边徘徊，有时在桥边快转，有时在树林挣扎，最常是哪也去不了。国军是对的，他们只消喝茶散步，偶尔开小差，到部队后头向紧跟来的米苔目、贡丸汤摊贩买碗吃的，吃完抽烟，要是这时像看京戏般来把瓜子服侍门牙，慢慢等大陀螺自己停下来就好。

到了第三天，竹篙屋没了墙，牲畜也被甩出屋外，遭国军逮捕。帕累了，也没有猫目锭了。他花最多力气的只是撑起眼皮子，眨下眼皮，呼呼大睡。刘金福策略用罄，叫不醒帕，还剩下的伎俩就是大叫，对官兵说他还有方法，谁要是走近就完了。士兵很快知道这老头没用了，围了上去，不开枪，不出刀，拳头也省了，用各省份的方言、笑声与粗陋带有生殖器的言语骂回去，好像一群在市场的女人为了多要棵葱吵破嘴皮。

这时，刘金福从屋梁边抽出一把锄头，脚踩在帕的手臂上，大喊：

“你莫怨怪我，要怪，就怪自己的命。”

然后用锄头砍帕的手臂，一次不成，再砍。帕的血喷得真远，嘶嘶发出水管破裂声，那些靠最近的士兵被喷倒，连远处观看的村民也溅到。他们这才发现帕的血好热，得赶紧拍掉，才不会烫伤。

帕早就醒了，在第一锄砍入他的右臂关节时。这梦太真了，帕咬着牙想，而且想不通，这梦为何这么痛。他懒得动，只是静观梦境会带他到哪里去。他看见刘金福在耕田，把一根萝卜的筋挑断，肉斩死，关节撬开，然后把整根萝卜从土里拔出来。地面留下一个洞，血从洞口喷出来。帕在想，这根萝卜怎么看都像他的手臂。

“来，你们要他擎枪吧！就让这只手去做兵吧！”刘金福把砍下的断臂丢给官兵。

国军看多了糟糕的战争场面。在大陆战场，人要不是被日军奸杀，就是被砍人头、泼热油、剥人皮、剁四肢、挖眼珠。对他们而言，能杀敌就杀敌，能跑就跑，跑不了就伤疤碗口大，二十年又是一条好汉。但是他们第一次活生生看到如此令人费解的画面：只见帕爬起来，盘坐地上，把断臂捡起来，往肉稀巴烂、骨头歪裂的断口接回去，可是左手一放，断臂又落地。帕解下绑腿，缠上伤口，绑腿很快染满血。然后他努力捶右掌，希望它有知觉地醒来。

“它死了，比我早死了。”帕抱着自己的断臂大哭，像个孩子把玩具玩坏掉般难过，喊，“谁来救救我的手臂。”

一辆火车从纵谷进入，汽笛回荡，在每站激起了浓浓的掌声。鬼中佐听不到掌声，只能从望远镜看到沿途民众对火车热情挥手。火车头除了插上青天白日旗，还有米国星条旗。愤怒擦亮眼，他连旗上的四十八颗星都算得出。他就等这刻，等待宿敌米国人到来，好歼灭他们，或者说用自己肉体炸死他们，一起玉碎。他走下瞭望台，要传令去命令厨房煮好吃的，尽量喂饱士兵肚皮，让腿能攒些力气。这命令很明了，那些少尉要士兵子弹上膛，甚至背上爆药随时冲去。

听说米国人来了，几个联庄的人闻风跑来，农夫扛锄头凑热闹，警察暂管的这些“武器”就有上百把。临时司令台上，区队长刘金福位列首席，隔座的是吴上校。其他的八个老人像风干标本坐在藤椅上打盹。这时候帕走过广场，身后背着麻竹筒，断臂缠着绷带。没有人知道他要去哪，只在村中失魂走着。多亏刘金福一礼拜前把帕的手锄断，才把孙子留下。刘金福趁此告诉吴上校，再逮一次，他会砍帕的脚，现在当兵不是很缺脚夫嘛！吴上校知道这老头疯了，要骂时，刘金福带着八位老人站起来，要车站的观众开始鼓掌。火车来了，沿着河谷进站，窗口伸出长短不一的手挥着。火车靠站了，喘着白烟，铁轮发烫，好像再不停下来休息会死于心肺衰竭。即使刘金福老早教育过村民，看到白人时，不要惊，保持国民风度。村民还是震惊得忘了呼吸，也终于肯定米国人有才调能打败日本人，因为他们有魔法。白人不用拿行李，随身携带的衣物全跟在身边飘来飘去，在关节处弯曲自如，多神奇呀。等到衣服飘到较亮的车厢外，村民懂了，用笑声代替掌声，原来是衣服穿在黑人身上。这群黑人像黑洞，把大家的眼光吸进去，尤其黑色的糖果更迷人。一位胖黑人妇从口袋掏出巧克力发放，见者一拥而上，不分老嫩，嫌手少一只。甜味总是最好的外交大使，能镇定孩子。

米国人来关牛窝是寻找战前的亲属遗骸。不论 P38 驾驶或 B29 机组群的遗骸都不好找。黑人飞行员不知被埋在哪里，白人机组群又死在深山。米国宪兵说，在士兵上战场前，国防部凭着宪法与圣经的宣示，即使士兵死在最远的海外，也要带他们的遗骸回国。如今他们飞过了整座太平洋来这，多几座山也挡不了。

美国人先来到最近的 P38 坠机地。那是临河的水田，田中央有老树，树下有座伯公庙，树上有一台铁盘子在飞。飞碟是帕造出的，用绳子系在树上，螺旋桨随风转不停。米国人对飞碟很好奇，还没到树下，眼神就盯着看。刘金福要解释时，一个被大轰炸炸死亲友的村民跳出来说："那是伯公的铁斗笠，能够遮凉；对你们来说，那是血滴子，可以剁下人头。”数十个观看的民众都点头称意，有人还鼓掌。

口译的脸上惊讶，指着铁盘子好掩饰自己的表情，说：“看有多像呀！他说那是土地神的电扇。不过，我看像风筝呢！”

“那是耶稣十字架，喔，约翰会喜欢的。”黑人妇激动地往前走，还踏垮了田埂。时值春夏之交，田中的绿稻子轻晃，树旁插了十字形架子，架子上有个稻草人。黑人妇女指着稻草人说是上帝之子耶稣，指着树下放养的羊说是上帝的羊群，而土地公庙成了教堂，教堂里坐着的土地公是巴多罗买——耶稣十二门徒之一，前往东方布道而失踪——这让同行的米国人受不了大笑起来。口译穷于应付，转头对村民说，这黑人信伯公了。民众都点头称意，有人还鼓掌。接着黑人妇跪下去，指着小庙，对着其他的米国人说，你看，那是耶稣十字架。庙中的土地公果然戴了一个耶稣十字架项链，那是帕从飞机失事现场捡来而挂在石尊上的。因为这个项链，先前笑的米国人认真了，眼前的文化越看越像基督教，稻草人就是耶稣，他们把手在胸前画十字架，说声阿门。“现在，他们全都信伯公了。”口译说完，群众报以热烈的掌声，说这些炸死人的米国人有诚意了。

“你们怎么称呼圣徒巴多罗买？”黑人妇女问。

“田头伯公。”刘金福用客语说，他也被黑人的诚意感动了。

黑人妇接着跪在地上，上半身快钻进小小的土地公庙，只留下大屁股对准外头的人。那么近的距离，几乎对土地公耳语，她祝念：“神呀！这儿的教堂太小了，我进不去，只好跪在门口。这样说好了，我这辈子上过两次教堂，今天是第二次。我第一次进教堂是四年前，跟约翰一起进教堂。我说的约翰，就是开飞机摔在这的人。他是我第八个小孩，从小爱打架、爱惹事，在我的十二个孩子堆中，一把就可揪出他，因为他连睡着时都手脚挥来挥去的打空气。十八岁时，他说他要去开飞机了，拎着包袱，穿牛仔裤，跑进军营，成为美国第一批黑人飞行员。说也奇怪，那个像密西西比河从来没有停过的约翰，结训受颁时，动也不动。他分发前，我和他前往营区附近的教堂。我不相信神，但约翰信，我进教堂是给约翰安心的。不过那次我也向约翰相信的神恳求，希望上帝让约翰的飞行翅膀永远不歇。现在想想，我那时说错话，是要上帝让约翰平安退伍，不要掉飞机，没想到上帝让他成了天使。所以，我告诉自己，对神讲话时，舌头要正，不要有闪失。我恳求您听懂我的每个字，我只有一个身为母亲的请求，我要带回约翰的尸骨，田、头、伯、公，请您帮帮忙。”黑人妇用客语默祷完土地公名字，钻出身体。她抬头，一阵风吹开眼前的枝叶，看见一列火车从山岗驰过，喷出的煤烟，却如神明的手指点沿线的景致，有倾坏的便桥、成群飞的白鹭、弥漫甜味的番石榴林、龙眼树成片的庄园，最后是乱葬岗。喔！买尬，田、头、伯、公，黑人妇激动，拼老命地喊，她把乱葬岗的墓碑与纳骨坟看成了差不多样子的伯公庙，心想满山都是庙，这是上帝应许之地，满山是神的房子呀！多么神奇。她泪流满面大喊，她的约翰就住在那。

大家惊着，不是她说了什么，而是她竟然哭了。战前的教育影响下，他们相信米国人没血没泪的，内心住着恶魔。但是，眼前的女人满脸是泪，哭得像摔碎的爱玉乱颤，像被关牛窝的溪水附身，泪水狂流，还喊着本地的土地公，又打动了在场的村民。

没等到口译出面翻译，一个村民走了出来，说火炭人确实埋在那冢埔。那个米国黑人死了后，日本宪兵找了他与几个村民，趁夜抬去那埋了，事后每个人得到一包烟。他没抽那包烟，偷偷跑去，用拜**有应公**的方式，把竹签插上香烟的滤嘴当香拜，他知道米国人埋在哪。这答案让黑人妇女释怀，吆喝大家去寻骨。他们在冢埔边的约略位置挖，立即有斩获，先露土的是头颅，米白色，不大。“这不是那只乌骨鸡！”捡骨师摇头说。黑人妇却说找到了，没错，这颗扁头她打过，也疼过，要不是生他时屁股夹太紧，头型会比杜鲁门帅上几倍。她亲自捡骨，挖出一具穿飞行装的骸骨。骨骸魁梧，却像婴儿缩着，吃自己的拇指，好像玩累的孩子睡了就等待母亲叫醒。黑人妇不忍剔除骨头上的泥土，说要带回约翰的肉才算数。

另一方面，B29 机组员的遗族也上山寻尸。山青与壮丁分别用十八顶双人轿扛人，经过部落还受到欢迎，敬上小米酒。入林的空气像开罐的香槟，潮湿且透彻；溪水干净，想要喝口水，不怕人的红螃蟹举起大螯捍卫水权；树冠落下光束，成群蚊蚋嗡嗡叫。米国人没心情欣赏，只想早点到，内心煎熬的火像锅底的炭渍一样顽强，铲掉它又烧出来。走到最后哪有路，都是哑巴树木，除非你有本事跟它们沟通得到路讯，不然就乖乖找路。当初是凭着轰炸机坠落时冒出的浓烟而去，现在总不能叫那些米国鬼魂烧些狼烟报位置吧！他们争辩要从哪去找，米国人、少数民族人、客家人比手画脚地沟通。这有可能，那也行，除了后退，任何方向都能到达的样子。最后他们又回到中午停歇的地点，那是藤蔓与落叶盘踞的一小块空地，早先撒的尿渍还未干。他们起争执了，山青、壮丁与米国人用各自的语言相骂，这时候，天顶的云移走了，阳光落下，四周爆开金属光芒，弥漫着一股铁锈味与汽油味。原来找得半死的地方就在咫尺，这是坠机地。他们静下来，不再吵，生怕打扰了鬼群的登机仪式：空气中有雪茄烟味、刮胡子水的薄荷香，与衣服浆洗的味道，好像几年来这些鬼魂不信自己死了，云散去，就等着上飞机去炸人。最后，家属在附近挖出了七具头颅和散乱的骨骸，没有衣服残丝。一个山青坦承，当初尸块掉落，全丢在这个坑，没埋衣服是怕鬼魂穿衣跑出来作怪。说罢，他指着坟堆边的大树说，看，这当初只是矮杜鹃呢！多亏这些飞行员的血肉照顾。然后树晃起来，沙沙作响呢！

米国人很快地把军人遗骸运走，过几天后又来了，举行盛大的揭碑仪式。除了遗孀与家人外，还来了六位带着小号的军人。他们往田埂走。稻子晃得浪，田中央的伯公庙与老树更加美。稻田上还插满了各式各样的稻草人，有胖有瘦，有白也有黑的，绑在各自的十字架。“这是上帝应许之地，看看他的门徒们。”一个米国人感动地说，“他们在这受难了。”算了算总共有五十几个稻草人竖着。口译唯一翻错的是把门徒说成儿子。刘金福听了哈哈大笑地说，“他该结扎了，这里的阉鸡师父很厉害。”吓得口译只能对米国人嘿嘿嘿地笑。

刘金福对随来的米国人说明：村民听说要建立纪念碑，鸠资买下土地公庙附近的地，屯了土，盖成一座小公园。刘金福也亲自掷筊请示伯公。他愿意担任基督教的驻外使节，反正当牧师不用离婚，土地婆就不反对。米国人听得糊涂，上前看就懂了。土地公庙顶安了十字架，上头绑了稻草人，庙楣上设了写有“巴多罗买·田头伯公”的石匾。这是迷你教堂。有位遗族的小孩说，那小教堂里的神比较像圣诞老人呢！然后所有的米国人都笑不停，直到有人喊，阿门。

这时枪声响起，远在练兵场附近的国军对日军猛开枪，烟硝飘起。新一波的攻击展开，也是关牛窝枪战中最惊心动魄的一刻，历时十分钟左右。刘金福望了一眼那，对枪声习惯了，这几日来零星出现，今日最激烈而已。他对米国人说那是放纸炮庆祝，用祝福的口气要求仪式开始，唱双方“国歌”。在米国军人用小号的伴奏下，歌声漫过，“三民主义，吾党所宗”，乃至“烈火熊熊，炮声隆隆，我们看到城墙上那面英勇的旗帜”，混合了远方的枪声。枪响停了，“国歌”也唱完了，他们共同揭开红布，露出底下的大理石碑。那个石碑一直是秘密，数天来由外地的师父雕刻，如今现身在村民眼前，上头都是英文字。村民走前瞧清楚，把每个不懂的英文字看透，有人掉泪，说这块石头是冷的，没有感情。

“刻错字了？”米国人好奇地问。

“是没有刻上。”刘金福看着碑石，说，“上头只有你们的名字，没有我们的。”

纪念碑上面只有八名米国阵亡战士名字。刘金福指着附近的稻草人，说那有的是白人，有的是黑人，还有四十六个被炸死的本地人。它们都是由村民扎出来的，站成一块，吹同样的风，没理由有人可以刻上这个大墓碑，有人不行。刘金福讲完，大家往四周看。每个稻草人摆动身体，死亡与种族没有困扰它们，它们在风中呼啸出同一曲歌曲。美国人懂了这活动对双方的意义，他们把红布盖上石碑，过几天后再揭开。

“你们不该这样匆忙走，该多看看我们多么保护基督教。”刘金福说。

他带外国人来到车站附近的圣母庙。那里的信徒不断，得高举香才不会烫到别人。他们持香不是手晃着拜，是跪在地，右手持香在胸前晃十字架。这吸引米国人上前一步瞧清楚。摊平的 B29 轰炸机机头钉在墙上供人膜拜。神图是穿连身式泳装的女人，把误以为比莲花指的 OK 手势上又加画净瓶，受香火熏，几乎失去原貌成了黑人。一群米国人看不出端倪，否认曾看过这号人物，但是受虔诚的香客感动，他们叽里呱啦讨论，最后勉强说那是圣母玛利亚的东方版。只有一位洋女人没参与讨论，独自站在神图前，被烟逼出泪水，终于看出蹊跷，说："我要带走这神像。"

刘金福面有难色，有朋自远方来，自然要待之以贵宾，然而神图出国，是村子大事。他肯，未必香客肯；香客肯，未必圣母玛利亚·观世音娘娘肯。为今之计是直接问她肯出国旅行吗？刘金福持香跪拜，七次掷筊为凭，但迟迟得不到圣筊，让围观的信徒发出胜利的微笑，松了一口气。等洋女人搞清楚两片半月形的木片用意后，更大胆了："你说的话，她完全听不懂，当然不同意。但我相信她非常同意我的想法，还会亲口答应。"

"这是神明的两瓣嘴。"刘金福托着两瓣筊强调，"她们都用这讲话，自古如此。"

"她现在就亲口说了。"洋女人指着铁板神像说，"因为我就是她，叫艾莉丝。"

村人很怀疑，这阿督仔拿鸡腿比大腿，真见笑。眼下的洋女人，脸上沾满俗称"苍蝇屎"的雀斑，鼻子像笋龟一样长，脸颊如马，上了油漆厚的妆还是遮不了憔悴。而铁板神像泳装缥缈，姿态轻盈，说她喝露水、吃青草维生的也行。只有刘金福心有不妙，铁板确实有署名艾莉丝，已找人上漆涂掉，封她为玛利亚·观世音。观世音会三十三变，变成米国神没问题。但是眼前的洋女人有如何的本事看穿这个秘密，刘金福很疑惑。自称艾莉丝的洋女人更看穿了大家的疑惑，无意阻止大家的嘲笑，换作她也会这样。她只提出解释：曾有一年，身为镇妇联会会长的她，带一群女人到佐治亚州的马里塔（Marietta）机棚干活。这些铆钉女工拿着螺丝钣、铁锤或气动工具，蹲在闷热空间为B29的机翼上装，厂区有三个机棚，约有一百五十名妇女，每天做同样工作，不同的是休息时吃面包配大蒜酱或蔓越莓酱，偶尔争执要听欧洲或亚洲的战况广播，听到好消息会欢呼跳舞，如果是坏消息，则拥抱一起。有天，机棚外传来躁动，大家拉她去看，一架从佛州埃格林（Eglin）陆航基地来的B29停在棚外，还刻意把机头撇向草坪那头。从机梯走下来的正是她的丈夫泰勒。他手持查拉蓟（Cherokee）玫瑰，好大一束，整个佐治亚的阳光就醉倒在那，后头跟来的俊俏机组员都逊掉了。那天是他们结婚五周年，他正式晋升为中校。泰勒拉她到草坪那侧看，机头上画了她的图，肖像比了代表成功的OK手势，署名艾莉丝。泰勒是B29驾驶机长，对飞机有命名权，便把座机呼之她名。她看似镇定，心情已从泪眶满出，什么都看糊了。她当然记得那穿泳装艾莉丝图案的神情。那是他们之前坐火车到迈阿密度假，路途讨论《飘》。泰勒说郝思嘉（O'Hara）是整个佐治亚女人缺点的垃圾桶，自私、自大、自以为是全扔在她身上，她不同意，两人闹别扭。气氛僵到底时，他用脚趾戳她，趁她微笑时，用价值他两个月薪水的相机拍下。至于那泳装，是在迈阿密海滩照的。泰勒把她的微笑与她的泳装照组合一起，画在飞机头，当作幸运女神。

等艾莉丝讲完，口译对这么长的故事无从译起，一堆俚语与地名真带渣，卡死在脑神经，便对围观的居民说：“乡亲听过来，她说她先生死了，大家哭吧！”

鸭子听雷、在旁边打混的村民有活干了。他们哭了，哭得惨。

米国人也哭了，被艾莉丝讲出的故事感动，更感染了在关牛窝人的哭调。就在哭声融合得你侬我侬时，有人从练兵场那头跑来，边跑边喊，脸上只能看到一张窟窿嘴嘶吼。那个人见圣母庙人多便冲进来，大叫："日本人输了，国军赢了，练兵场倒墙了。"这好消息让哭着的关牛窝人马上甩干泪，像油锅里的水滴乱跳，发出快乐的呼吼。最后在刘金福的带领下，全跪在圣母玛利亚前面感谢："关牛窝天光了，四脚仔输了了。"

"他们说，圣母玛利亚终于显灵了，让一家坏工厂倒闭了。"口译对米国人说，发现自己站着很奇怪，只好一起跪下去了。只有艾莉丝很尴尬，她就在铁板神像旁，接受大家一跪。

米国人后来走了，艾莉丝也带走了她的铁板照片，他们从海外汇款在圣母庙原址盖起了教堂。那也曾是一甲子前马偕要汉人与少数民族人排队拔牙的地方。几天后，大石碑落成了。关牛窝孩子学会的第一个英文字来自这石碑。上头只有两行字，第一行是两个中文字——谨记，底下是英文 Remember。记得的少，遗忘太长了。不少跑去的孩子看出端倪，说那英文是象形字，像黑人躺着，而且 b 像老二勃起。

帕断手后，国军暂时放了他。他缠着绑腿的右臂肿胀，除了苍蝇靠近，黏最紧的剩下影子了。他成天在村里走，盯着路，双脚无意识地摆动，似乎要把力气一点一滴用光。唤他也没用，笑他也无所谓，怎么都由人。有时候，他看到草药——只要叫不出名字的植物都有神秘功效——摘一把在嘴里嚼，嘴唇不麻的都是无毒性的好草药。药糜糊在断臂处，然后从背后背着的麻竹筒抽出一只手臂，试着黏回去。时日一久，断臂腐烂且发出恶心的臭味，麻筒塞不下，便拎在手中走路。他走过坟场、河流等，晚上穿过民宅，白天穿过上课的教室，没有障碍物阻挡，连觉也不睡，就这样慢慢地走下去。有一回，帕走在路上，一班火车自后鸣笛而来，他不让，它也不让。双方碰撞了，要不是帕走得失魂落魄没重心，今天破了一层皮的会是火车。他晃前几步，被撞的左臂酸痛，但手中拿的烂臂不见了。断臂掉在一面石壁边。他在石壁前停下，沿墙绕了一圈，它如此坚固完美，爬满牵牛花的藤蔓。烈日下，紫色的花朵卷缩。帕扯开一片花藤，彩亮的四脚蛇与蚂蚁窜开，他趴在石壁听，以为它是死的，里面却充满各种风在冲撞的杂声。风在这好聒噪，它不是通过树叶、山谷与喉咙才留下线索吗？帕爬起石壁，像他爬大霸尖山那样，要到顶端去。但石壁是堵水泥墙，冷酷又光滑，帕爬上去，马上翻落来。他不放弃，抓着藤蔓爬，也照例翻落。忽然间，砰的枪响了。子弹射向帕，他松手，呈大字往地上摔落。

开枪的是一个尽责的国军年轻士兵，人没枪杆高。上头的命令是谁敢爬墙进日本人的狗窝，尽管开枪。“我打到他了，有准头呀！”士兵大吼，好像对那些蹲在壕沟、屁股快得湿疹的班兵讲。所有的士兵探头看，墙面现在什么也没有，只留下一道血痕。

“你打死那个日本军官了，你不是挺喜欢他的？”另一个士兵说。

年轻士兵颇欣赏能把房子盘起来转的帕。他看着墙，生气吼：“我操我自己祖宗十八代呀！我不是真的要杀他，我只想警告他。”说罢，哭了起来，哭得枪杆都快泡在泪水中。

帕没死，却摔得脑浆快泼出来，老是站不起。他勉强从圳沟爬起，身体湿漉漉的。平滑的墙上现在多个被子弹凿出的小坑，很浅，也不高。帕用指头扣那洞，往那上爬些，可是上头再也没有新弹痕，他又倒了。

“他没死，他没死。”年轻士兵大喊。那些蹲在坑道、约一个连的士兵纷纷敲着钢杯，看着帕爬上墙，又掉下沟。墙上沾了水，也涂了帕伤口上的血。他们有些糊涂，也有些震撼，没有人想开枪。

吴上校很快地闻风赶来，看见帕还在爬墙，真带劲，便吼：“他妈的！你们这些狗日的丘八（兵），当他啥？是英雄，也是汉奸，算盘拨减几下，他还算是贼呀！”吴上校拿出皮扣里的盒子炮，朝那头甩上一枪。这一响，帕又掉下来。吴上校见状，趁机喊：“给我尽量打，但要是谁敢打死他，我扒了谁的皮。”他要给帕一些颜色瞧瞧，打醒他的鬼子性格变成人，不是打成废铁。

随后的枪响像顽强的瘟疫漫开，连续且高昂，每支枪都有了，墙面布满了弹孔。枪法凌乱，墙面疤疤的，随弹击喷出了土沫。尘埃中，帕重重跌落后再爬起，再往上爬，没考虑会被打死。吴上校再度大吼，他不要打得这么拼，一个班一个班来开枪。一小时过了，一天过了，帕越爬越慢，却没有停下手脚的意思。士兵吃饭也打，夜里也上灯打，白天眯着日头打。那些弹孔也帮忙了，帕单手能扣住，往上拱起身，越爬越高了。到了第三天早晨，疲累的国军突然振奋起来，眼见帕差一公尺就要爬上城垛，不得不搬出机关枪震下他。四挺的机枪疯狂扫射下，尘埃弥漫，眯瞎了视线。这巨大的声响漫开，穿越河谷，远在几里外给大石碑揭幕的刘金福和米国人都听到了。他们唱“国歌”遮掩，“三民主义，吾党所宗”，乃至“烈火熊熊，炮声隆隆，我们看到城墙上那面英勇的旗帜”。歌声也传回了战场。在那里，烈火熊熊，炮声隆隆，忽然从墙上重重地掉下一块东西。“他掉下来了，快停火。”一位国军排长大喊，拍打机关枪手的钢盔提醒。灰尘沉淀了，帕不见了，他爬过墙去了，只留满墙血迹，与墙下那截发黑肿胀的断臂。他们没看过这样怪的断臂，肿得像人一样大，五指怒张，一副要挡下全世界的样子。几天来它给帕背在背上挡下无数的子弹，布满弹孔。

帕爬进城去了，跌落在预先放好的棉被上。他站起来的那刻，雄浑的歌声响起，眼前五十几个久候多时的日本兵唱起军歌。他们看来没有困顿失意，像下一刻要庆功的战士，土绿服干净，步枪发亮，墙外都可以听到他们歌声。帕感到只有自己是脏的，他来到脸盆旁，抹把脸，用挂在盆边已旧但干净的毛巾擦脸。他拍去衣上土渍，鞋破就破吧！他脱下鞋，现在他有干净的脚了。鬼中佐来到队伍前，主动先敬礼，却没说话。然后，他带队来到城门边，要光明正大地攻出城外去了。

日本的安魂曲传出城外。吴上校知道日本兵这几个月来憋急了，下一步是同归于尽，冲出来乱厮杀。他下令所有的士兵绷紧神经与子弹，围住重要据口，有任何动静，就让对方躺下。时间一秒秒流逝，对国军很难捱，眼皮子不敢眨，生怕一群疯狗就要咬过来了。关牛窝仍处在战火外的无知状态，河在流，土狗在桥头睡，一列载着甘蔗的火车正鸣笛离开，还有一群民众与米国人窝在圣母庙。而农民继续耕田，脱下帽子问苍天，哪时会落水？吴上校为这闲适的画面捏把冷汗：凭着日军在大陆“杀光、烧光、抢光”的战略，要是国军把不住，让那群疯狗从狗笼冲入关牛窝，眼前安静的画面，不久会像岩浆流过，流过更安静，也沦为人间地狱。

这时城门开了，没有枪声，没有人流血，胜负也决定了。有几分钟，国军全呆住了，被日军的战略迷惑得像一锅美味的牛肉炖萝卜，只差一张桌子享用，更贴切地说，只缺一张桌子签署战胜书。没错，国军赢了。鬼中佐脚蹬乌亮的高筒靴，军服烫出线纹，牵着马，举白旗从大门后头走出，投降也要很派头。里头的日本兵排列整齐，站立不动，唯一在动的是嘴唱《海行兮》，不是唱给别人，是唱给自己听。步枪三支为组的架地上，高炮则架在后方，它们崭亮发光。他们必须这样对待自己的武器，细部分解，上油保养，投降也该如此，就不用惋惜国军往后对它们如废铁了。

“我们等最后一个士兵鹿野千拔归建，才愿意‘停火’。”鬼中佐在公会堂里受降，他不说投降而是停火，甚至为属下解套，“一切都是我的命令，他们只是听命行事，责任由我扛下。”

刘金福进入练兵场时愣住了，跟来的八个老人也是。到处是坑洞，仿佛方圆数公里内的洞都长脚跑到这。九青团闪来闪去，掉下坑可糟了。围墙边有棵番樣树，树下坐了几个日本军官，帕也在。那个监牢不过是在地上画个方方正正的线框，把日本战犯关进去，围篱也省了。战犯逃也行，但服从的念头压过一切，况且鬼中佐把责任扛下了，士兵只等待遣返。九个老人朝监牢走去，有人吐口水，尽情骂他们是土匪皇帝的狗奴才，却对里头的帕夸奖个不停，都说，多亏他爬过墙叫日本人投降，不然这仗不知道还要打多久。刘金福问旁边的吴上校何时能释放帕。吴上校打趣地说，行，要是刘金福把九青团散了，把实权交给官派的乡长管，他就放了帕。八个老人头也不回头地走了，刘金福犹豫后跟上去，走之前又数落了日本军官，表示他慢走就是要多骂。

九青团进入练兵场当然不是来骂人的，是担任点交见证人。国军变卖日本军品的歪风猖狂，上头有了条规，点交从严。吴上校对点交有些烦，但是他知道日本人也没老实过，在败降前把搜括来的黄金珠宝偷埋起来。此事全关牛窝人都知道了，只剩日本兵不承认。最可能藏的地方是练兵场，日本人在此盘踞很久，建高墙掩护自己偷埋，时间多得够他们挖到地心用了。那些坑洞是国军的杰作，想挖出埋藏的藏宝。不过数天来他们挖了无数坑洞，也挖到“无价”之宝，找到无数破瓦与残骨，是早期少数民族的文化遗址。

点交仪式很烦人，细节太多，几棵树、几片瓦也要点。当国军翻到砖头厚的簿册底时，要日方代表交出上头写的“金铗十把”，拿来却是十把生锈剪刀。不管日方如何解释，金是金属的意思，不是黄金。满脑黄金梦的国军就是听不下去。

“他妈的，我名字有‘金’字，难道我不懂这是黄金的意思。”刘金福大吼，舌头激动，随后对自己骂出脏话稍有惊愕。他这么生气是有道理的，日军曾强迫村民缴铁器，镕铸为武器。还派日警拿着木箱，挨家挨户，要大家献纳金戒指、金项链、金手镯去买武器，要是谁表明没好捐，会被臭骂一顿。

吴上校又指着清册上的“一百公斤的大金锤”，说这下没话说了！谁会用上雷公锤，难道雷公是日本鬼子？日方毕恭毕敬，表示铁锤太重了，搬不动，劳驾各位到仓库点交。打开门，空荡荡的仓库摆有一支大铁锤，锤头抵地，锤柄靠在木架上。仓库中，还有一只受惊的麻雀飞来飞去，绕呀绕，撞击玻璃，最后停在窗格上喘息。吴上校上前，试了一把，果真斤两有足，多凭几人之力也举不了，窃笑日本人有种，想拿雷公锤打美国坦克，便说这是幌子，当他愣子，到底黄金锤藏到哪儿。

但刘金福看出蹊跷，这是把他从地牢捶出来的那把。他上前，抚摸锤柄，腕粗的柄上留下帕的历历指痕。刘金福掉落什么似的，心头发出咚咚声响。他抬头看，有只麻雀想飞出去，撞击玻璃，也发出咚咚响。他打开窗，窗轨卡得紧，死拉活拉的，忽然整片窗户往外倒，砰一声，玻璃全破了，伴随着涌入的风，仓库尘埃乱窜。

“散了，我在这宣布九青团解散了。”刘金福突然觉得舒畅，“我名字有个金字，也未必要逼自己当黄金。”

刘金福说罢便走，留下八个老人愣着。他走出门外，闪过坑洞，跨入画线框的监牢把帕带走。帕不依，监视的国军士兵也不肯。刘金福赏去耳光，在线框画个门，拉着帕的手从门口走出，留下监视的士兵喊：“把门关回去呀！”刘金福拉着帕回家。走了一半，帕挣脱阿公的手，自行走。两人发生争执，帕走得快，多骂几句刘金福就溜了。刘金福肚里还有怨，越走越闷。他忽然想到什么似的，走入一条他久未拜访的小路。路尽头长满了葎草，这种草的叶片粗糙，当砂纸也行，容易剐伤人。刘金福曾把它的嫩叶当野菜，如今被剐伤也不忍苛责，谁会吃鲤鱼时骂它有鳞。他走过草丛，发出沙沙沙声，脚踝不久被剐花，渗出血珠。那个大石碑还在，上头的字迹更糊了。他摸了数回，好像有很多话说不出来，沉默了好久。

大石碑旁有几株遮阴的树，被白蚁窝占了。要是白蚁蛀太久了，直到内部，树会糜骨的，看似样子，一碰就瘫。他拿粗树枝把蚁巢刮除，发现有人在上头留字。数十棵杂树都有了言语。

“一切有为法，如梦幻泡影，如露亦如电，应作如是观。”

“生苦，老苦，病苦，死苦，爱别离苦，怨憎会苦，求不得苦。”

“花气熏人欲破禅，心情其实过中年，春来诗思何所似，八节滩头上水船。”

……

这刮出乐趣来了，他顺每棵树刮去。大部分给白蚁啃食，难辨字迹，即使字迹铁然，刘金福也没懂几个字。来到某树下，他从麻子皮的树干挑出一行：“桃李不言，下自成蹊。”顶着老花眼看，他懂得中有个是李字，心想，想当然耳这八字在说这株是李树。他往上瞧，缠着藤蔓的树上迸了一朵花，孤单一朵，是李花？还是藤蔓开的？他把细长的李枝拗弯，摘下花。花蕊白艳，朵瓣光瓷，味道有股淡雅，是李花没错，怎么只开一朵，季节也不对？刘金福躺在草丛中，寻找树上还有遗珠之花吗？眼神越过那些找不到线头的藤缠树，流云过天了。远处的昆虫鸣叫，仿佛它的肚里辽阔得藏了一座山谷。他真累，不久浅眠，梦却浓得要命的那种。他梦见沙洲上有百万株的甜根子草，白茫茫的絮浪。大风吹，教它们撒了阵势，草海沸腾，澎湃掩倒，唯有一盏路灯立在中间，忽明忽暗地闪。他穿西装，抹发油，口袋捎了块绣布，准备上工去擦灯了，走过草海来到那灯下，发现路灯竟是李树。

一树的盛宴花朵，李花开得好晒呀！

开得真闹，刘金福流泪说。只见落英缤纷……

他拿布，擦起花瓣，每一瓣……

构树不言，下自成蹊

竹篙屋附近有片构树林，那是灵魂之树。帕喜好坐在树下等花开。夏季的微风吹来，花朵瞬间啵一声开放。凡是第一朵开，传染力爆开了，整个构树林啵啵地开花，冒出花粉，浓密如云，多喘口气会被花粉呛伤。观赏花开声与花粉云要等待，也许耗等一天也没有，才走开，整片构树林就沸了。也许忘了这件事，哪天经过构树下，反而被瞬间花开的大合唱吓坏了。要是有幸遇到花开，花粉云会呛走附近百公尺内聒噪的鸟。夏天的鸟总是舌头很长，没了它们，森林安静多了。帕喜欢这样的恬静。

过了不久，构树结果，橘色果实挂满树。蝴蝶飞来，吸食地上的烂果。鸟又飞来了，把树上的果实啄落，吃两颗掉一颗。倒是猕猴很霸气，一来就是洗劫一空，吃十几颗就腻了，也不走，就赖着不肯让其他动物如石虎、山羌靠近。石虎吃果子时听见声音，先蹲伏观察；山羌是先逃离，再回头张望。帕养的那头熊也知道甜点在哪，循着味道，来到构树林，往树干撞，果子自动跳下来。要是哪只猕猴不知礼让，在树上像刚进地狱的观光客撒野似的咆哮，不知阎罗王，熊准会爬上树咬泼猴的脑袋。熊进食时，帕总是安静在一旁，要是打扰它就翻脸。帕记得熊几个月大时不是这样，好动顽皮，它吃东西时，抓住后肢倒悬也行。熊越大脾气越野，像森林，抓不准深浅范围。而且，帕觉得熊的脾气越来越像自己，简直就是自己的翻版。

有一回，黑熊为了争吃构树的熟果，竖起身对帕咆哮。帕一掌往熊的齿颊扇去。它眼睛被打出一大泡的金星，回神已翻落在几公尺外。然则，这一掌动了筋骨，帕浆汗了，且毒瘾又发作，身子侧缩在地上颤抖不止。他从口袋掏出大花曼陀罗的干燥花与种子，勉强吃下，那种麻痛很来劲，至少稀释瘾头。被打痛的熊乖乖地从山谷爬上来帮帕舔汗。帕笑得很勉强，盘坐地上休息，渐渐地呼吸，觉得自己就要变成一株树那样安静。鸟啭很动人，从小溪那头吹来的风带有甜滋滋的烂木瓜味，风也吹动树叶，阖上的眼皮感觉到一亮一亮的阳光。来了，他听到声音，好多家伙来了。即使阖眼帕仍感到，一只母山猪带着一群小猪仔从山道爬来，低头吃着落果；山羌徘徊在远处，动也不动，很想靠过来凑食。稍远处的草丛，有穿山甲在吃蚂蚁，伸出细长舌头。帕猜想，或许他身上有熊味，让它们失去戒心靠近。寻思间，声音又近了，这下是人声，从山下方向来，唱着日本歌《海军进行曲》。他豁然站起，躺在身后的熊也吓醒，跑去赶那些来吃食的动物。鸟飞走，蜻蜓乱飞，山羌逃跑，小山猪群吓得四散，久久听到母猪的呼唤声才往那聚合。帕蹲下安抚熊，不是它吓坏了动物，是打扰了远方来的动静。

帕知道是谁了，大步往那靠近，步伐多么青春，情绪完全激动，毫不顾忌毒瘾的余痛。在一道山路弯处，帕战斗蹲姿，一手按压住熊，看到来者从山路那头冒出身影，便喊："战斗戒备。"前头几个哼着歌的白虎队少年愣住，接着齐一动作的蹲下，边做边念战斗口诀："调紧爆弹包带、两手抵地，屏气凝神，双眼凝视前方。""肉迫。"等到躲在暗处的帕下达攻击命令，他们兴奋地冲去，但迎来的竟然是黑熊。它皮毛随着全身运动的肌肉律动，眼露愤怒，吓死人，仿佛战死方休。少年有的逃上树，有的意识到命令如山，硬着头皮冲过去。远方忽然传来一声口哨。那只熊立即趴在地不动，整整滑行几公尺，把迎来的少年全铲翻了。这时候帕才现身，帮人仰马翻的人拉一把起来，深情拍他们的肩，稍后则嘉许那些看到熊就爬上树的人很聪明。

来不及寒暄，帕就被队员拉走。边走边聊都不行了，疲累的他光顾呼吸就行了。他不知道要去哪，不久就想到了，因为沿路场景越来越熟，比如他曾在不远的山坳抓到五个学徒兵在野战训练时偷懒；在下方的山溪边撞见一个想家的学徒兵哭得唏里哗啦，抱着笔筒树喊妈妈；至于右前方那棵枫树藏有野蜂巢，五个自告奋勇的少数民族学徒兵烧了把草，烟熏之，放倒树，剖出树窟甜死人的蜜，蜂蛹用月桃叶包着烤，蠕腴多汁，轻咬发出吱吱声，几乎让小兵们一个月内走路没魂，老是张望路边的树窟有没有蜜蜂出入。还有，那山坡上的野草莓，又甜又酸，众学徒首次撞见时根本不顾刺。而那株茄苳下有半埋的战斗靴，一株树苗穿过开口的鞋缝，帕看过一回就忘不了。当然了，一切的记忆核心在那小操场，白虎队的练兵地。穿过几丛密林，帕终于来到了。

几近一年的荒废，它又恢复如昔。操场上的车前草拔光了，单杠上的草藤砍除，木屋毁圮的墙用竹片替代，木门轴重新上油，旗杆竖新的，墙脚糊土，标语用漆描过，经过修修补补，练兵场还能挺上些岁月。仍在场子里干活的十余个学徒兵都打赤膊干活，汗水与泥灰脏兮兮的，见主子来了，都上前去迎接。想不透该说什么，尽是又短又窘的对应。有个学徒兵打破这没营养的问答，他说他在后山上发现了好玩的东西，邀大家去看。后山是寮舍附近的土丘，有株山黄麻当目标。土丘早被挖开，一群人尚未靠近，就知道那埋有军衣、军毯及一堆牛肉罐头——在小笠原群岛被米国拿下时，鬼中佐即命令他们在此挖些坑藏军锱，以备不时之需——他们现在看见那些军品，雨水渗过包裹的雨衣与油布，让军衣沾了脏水；罐头生锈，鼓得像囤积秘密的腮帮子。最下层的军毯保存很好，飘出新洗的肥皂味道。引人好奇的是最上头有一疋用玻璃罐蜡封的白布。敲开罐口，展开白布，写着“七生报国”四大字，下头用毛笔工整地写下一百二十二个日本名。答案揭晓了，那个带大家来看的学徒兵，趁当天埋下军锱后，偷写了这疋白布，还先在墨汁里头加了粉笔灰好让字迹快点干，之后趁空档再回来偷埋下玻璃罐，以待来日掀土时，振奋军心。“我那时想，如果那时打开，肯定是战争了，也是最困顿时，总需要些慰藉。”他补充说。

如今在场的二十八个白虎队员，难免无言，看着山风吹动白布，心情几乎是洗冷热澡。他们仍花了些时间，看了名单，讨论哪些人去内地造飞机，哪些又如何，敢讲出来的都是些突梯的天兵谬事；看在心里又不愿讲的，都是死去的班兵。最后，他们把挖出来的军衣，照原序摆回去，要填回土，一切都埋在这森林某处也好。

“拿去洗吧！”帕开口说，“要埋回去也要干净的。”

这句话启动他们的心思，从地窟拿出物品，往坑坜的小溪走去。用石头屯出个小水池，把布物丢入；又从寮舍床底拿出干硬龟裂的肥皂，不够用的，就到后山的无患子树下找，敲开龙眼干似的种子肉也能当清洁皂。肥皂打了泡，人跳上去踩衣物，注入活水，反复操作直到干净。之后绞干水，晾在树枝、单杠和溪石上待干，到处都晃动着衣服。等到肚子饿了，把过期的罐头撬来吃，饥饿没有期限，吃饱就行。顺道生个大营火围着烤，火能让情感加温。风大，晾着的衣服像套了人在跑，跑久了，干了，收了整理。白虎队把吃过的罐头装上炭当熨斗，在通铺上熨衣服，连领子袖口这些小细节都要熨匀。对新熨、干净的旧衣表现的最大诚意是穿起来。因此有人对穿上衣的人赞赏时，其他人纷纷效尤，热情地玩起来，回到他们刚当兵时的模样呢！在床上滚、拿脸盆打人家的头，坐没坐相，站没站样，看人用斜眼，这让帕受不了，已经污辱了那套军服。

“巴格野鹿，这还像军人吗？”帕大吼，“给我全副武装，左去右回，寮舍跑三圈。”

一切暂停，大家中了魔咒化成雕像。帕觉得自己失言了，但不会道歉，只低下头略表愧意。但是白虎队玩真的，尽量找出装备，没钢盔，没水壶，没防毒面具，却在门口边找到主要装备，那个代替死亡爆弹的墓碑，背了就冲去。他们绕宿舍左去右回。帕透过木墙缝，看见那些绕场的士兵影子，除了跑步与喘息声之外没有闹笑声。帕也玩真的，穿好军服，在腰间插一把竹子权充军刀，连自己都觉得好笑，便丢了。跑好的士兵在操场整队，没有怠慢的动作。帕对他们说，你们不是穿白色的约翰贝尔（水兵服），是步兵服，最大的光荣就是在上头沾满汗水、泥土，甚至是血。训完话，帕命令他们原地踏步，答数声要大，要能震落百公尺外的树叶。之后又下令他们匍匐、滚进与冲刺，一点都不马虎，要是谁慢的，还真的朝屁股踹去。

操完了，时间也不多了。他们此番回营，是回家前的巡礼，与老长官的惜别会，未料搞得筋骨酸痛，心里却满足得很。帕要是在往常会亲自下场带操，匍匐时屁股贴地，翻滚时多翻几次，吼声也不马虎，好给下属示范，如今他却站在场子外，不时嚼曼陀罗的种子解毒瘾，强忍撬开全身关节的痛楚，最后要他们回到操场中央集合。军服终于像样了，又皱又脏，能拧下一桶的汗泥。

帕点名，仔细念他们的日本名字。从左侧的藤田新平、成冈文夫、竹内二郎唱名下去，记下他们的名字不难，除了朝夕的近距离相处，此刻他们背着的墓碑也吐露讯息。碑石上有汉姓与堂号，许多人当初改日本名时从这着手。比如姓宋的改成复姓森木，森木昭男，队伍左边第五个，缺门牙，在一次演习中撞断，这家伙还坚持把断牙吞下去，相信能长回来。还有板桥克己，个子矮小，日文溜极了，五十音能在二十秒内倒背出来，熟知日本古诗《万叶集》，刚认识时大家笑说他台北板桥来的，从冷水中诞生。至于为何说从水中诞生？是白虎队练习水中打坐时，冻僵时只好默念“克己心”安慰。后来熟了，板桥克己才说，这名字是教私塾的祖父取的，克己出自孔夫子的“克己复礼”之言；板桥也不是地名，是清朝诗人，叫郑板桥，他画的竹子总是翠茎葱葱，枝叶扶疏，吹口气就在宣纸上舞动了；因为祖父爱竹成痴，过于耽溺才取这名字警惕自己。又如，姓廖的属清武堂，清武近雄，他膝盖软，常跌倒，骗大家他有遗传的脚气病才这样，不过脾气最好，个子最高，最常出的公差就是晒衣服。也有人用墓碑上的本姓，加马太郎，头最大的那个，当兵都三个月了补给官还调不出合适的钢盔，他汉名叫林什么的，很忌讳人家讲他是平地番。帕记得某次查夜哨时，冷风削人，便把身上披的防寒大衣脱给加马穿。人回身要走，不知为何，加马以忏悔的声音在夜里说：“我是**斗葛**（taukat），不是他们说的什么番的。”帕后来才想通所谓的斗葛就是道卡斯人的自称，加马是斗葛姓氏的汉译，当日本姓很顺。这样看来没错，墓碑没死，还帮死人说话，活生生道出很多的秘密，把汉姓像诗人天马行空般的联想，便领有一本日本护照了。如今那些穿得比内裤还热的日本名要丢掉了。接下来帕又大声地念出水杉实信、水池幸雄、竹间义富等等，难念难记，更难得的是帕都记得。小兵们大声应答，这是这辈子最后一次听到别人在念这名字时，能勇敢答复。此后，这名字成了一组混乱的密码，就像明知保险柜里有重要的东西，密码也没错，却不清楚旋转锁要先右转，还是左转，再也打不开了。

唱完名，帕大声宣布，所有的人晋升为军曹，在他们胸前黏上构树叶。叶子有绒毛，拍上衣服即可，权充是陆军的横排双山胸章。等到晋阶仪式完成，帕再度大喊："军曹们，听我的命令。"

那些军曹没有整齐回答，锁在各自的情绪。

"巴格野鹿，众军曹，听令。"

这下他们响应整齐，短而急速，还发出齐一的并脚声。

"加油，从这里离开后，以后不论遇到什么困难，不要放弃自己，也不要放弃希望。记得，你们是我最棒的子弟兵。"帕最后才慎重地宣布，"从现在开始，白虎队解散，你们**复员**了。"所谓"复员"即解除军职，返回户籍地。

他们站着不语。帕当众褪掉军服、战斗帽、汗衫，连内裤也脱了，露出满是小鱼干似疤痕的身体，其他人也照做。他们把换下的军装挂在营舍，开窗让风灌进来摆动，看起来比较不像有人在悬梁自缢。又在操场撒下咬人狗、咬人猫的种子，经风雨的浇灌，不必太久，这些碰到便会灼痛人的植物会像燃烧的绿火蔓延，而且猖狂得不近人情，没人敢接近。他们回望空荡荡的营舍、单杠、卫兵所、仓库、晒衣场，还有矮小的营仓（禁闭室）。训练场虽然在世界角落，却最接近宇宙，因而有了最蓝的天。这里的风很潮湿，是流动的雾。他们不敢回望太久，怕情感牵扯，才能冷静离开。

往火车站的山道上，他们快步走，在稍微平坦的地方还小跑步，一路上，他们遇到以前整队到练兵场升旗、经过时得敬礼的对象，是瀑布、杉木、苦楝或整片构树，如今他们照样喊泷殿、杉殿、栴檀殿、殿，没有踢正步敬礼，只有喊莎哟娜啦，如此深情地说再见意谓从此不再见了。绕过小溪，视野没阻拦，他们撞见一片开成强光的紫花酢浆草原，想起那个开飞机的金田银藏，便喊：“三叶草阁下，莎哟娜啦。”整片花海回应地晃起来，这幕教人叹为观止。等到他们到达车站时，火车为他们耽误了五分钟。运输官气得骂他们没时间观念，命令他们把背来的墓碑丢掉，免得吓人。这群少年哪会听话，挤上车，大喊到齐了，出发了。火车启动，渐渐离开，他们往火车最后一节挤去，好多多回顾关牛窝，撞倒不少走道上的物品。一个落在后的少年突然停下，看见某个熟悉的身影坐在靠窗车位。是坂井一马，要乘这班车转车到基隆，再坐船遣返日本。

“坂井桑，是我。我们在找你。”少年小声地用日文喊。

坂井一马穿军服，把军背包放腿上，双手放在背包上，安分得像是被吓坏的小学生。他使个眼色，要少年离开，不回应就是不回应。

那些冲过去的少年都走回来，你一句、我一句地喊坂井桑。那个四十几岁除役的老兵无动于衷，只有露出战斗帽底下的几茎白发在阳光下发光，好像有种心事。

“看这里，你这万年二等兵。”一个领袖气质的高大少年吼着。

坂井跳起来回应，双眼凝视前方，喊：“嗨！”

“给我用中国话大声回答。”高大的少年吼完，用国语讲了句粗话，“他妈的。”

“知道。”坂井大吼，那音量几乎够一个军官对整连使用。

两个督车的国军走过来瞧，佩手枪的军官出口询问。高大的少年用闽南语说，这日本兵不是人，以前当兵时常欺负他，现在遇到了，可不可以罚他。经过旁人的翻译，军官点头，不要玩过火就好。说罢，军官从裤袋掏烟抽，风大只好躲到车厢底去点。

高大的少年下令坂井一马出列，把背包倒出来检查，三秒内完成。走道立即散落衣物、笔记与一罐不知塞满什么的马口铁糖罐，另有一大罐橘子酱与十来颗槟榔。糖罐是丘比（Kewpie）娃娃造型，特色是光头上留一撮金发。战时缺砂糖，糖果少，一粒四色糖可以让过动儿失能地坐在那儿回想半天。可是坂井一马总会想办法填满糖罐。白虎队曾传言，糖罐是坂井的妈妈留的，被他当命根子，谁要是偷动那东西，那家伙会杀人。此时，少年打开软木塞，惯性地闻闻看罐内，再把里头的小东西倒入手上，有月桃、莲蕉、无患子、倒地铃等，这种子对坂井有深沉的记忆，少年便小心倒回，塞紧木塞，深恐马口铁糖罐是冰块做的会打坏。可是包了荖叶与白灰的槟榔嘛！要是能种活，头壳给你坐，少年讽刺后，便模仿军官的挑衅语气：“这是违禁品耶，嘿！兵队哥（阿兵哥），你敢带就给我现在吃掉。”

坂井知道人家要整你时，要么就抵抗，要么就彻底点当乖孙子。他倾身，喊声知道，捡起十几颗槟榔往嘴里塞，又拿起那罐橘子酱，啃掉铁盖，把黏稠的酱料往嘴巴灌，勉强用舌头在槟榔渣中顶出一条路喝下。他猛咳，嘴角黄一片、红一片，腮帮子鼓得仿佛有女鬼会从嘴巴爬出来。还不只如此，坂井匍匐地上，往车厢那头爬去，又爬回来，来回几次。之后，又将少年带上车、暂卸在椅角的墓碑放在背后，猛做伏地挺身，真把老命拼了。有几个少年看不下去，要坂井站起来，别这样。坂井完全不理，这命令谁下的，就得由他收回去，不然还是当不完的兵。

那个高大的少年推开同伴阻止的手势，在坂井背上多放一块碑，然后又再放。接着，他把桔酱倒地上，空瓶放在墓碑上。现在坂井背上有三块墓碑，五十余公斤，还有一个当水平仪的罐子，倒了就麻烦。高大的少年要他伏地挺身做下去，要是火车没有喊痛，不准停下来。坂井大吼知道，一上一下伏地挺身，但抖得厉害，几乎贴上那摊看得出自己脸的酱汁，最后力量不敌，面孔趴进去，从鼻孔渗出血丝。这对坂井而言是脸丢大了，在同车遣返、沉默得转头向外看的日本兵当中，被年纪小两轮的小毛头整，让他恨不得溺死在那摊果酱。他哭了，流泪不止，保持伏地挺身的模样，整张脸埋进酱堆里哭，表达此刻内心的怨恨与无奈。

操罚结束。高大的少年一挥手，其他人帮忙拿掉墓碑与罐子。他蹲下身，从坂井的衣物堆翻出一面旗，白虎队一直找不到的队旗，原来被坂井拿走。高大的少年摊开队旗观看，又折上，从口袋拿出一枚红绒底、鹅黄线的一线二星的军曹襟章，说："这是少尉殿给的。"他边说边拉起坂井，"他说，你也有份，你脱离万年二等兵了。"

坂井没有站起，坐在酱堆里，身体随着火车震动，把用队旗包裹的襟章紧紧握着。

"你所有的屈辱都用光了，你自由了。"高大的少年说，"少尉殿有留话给你，要你去内地好好生活，坚强点，像个大叔好吗！"

"看，少尉殿在那里。"一个少年突然说话了，大家朝他的指示往窗外看，群山无言，半点人影都没有。忽然间，爆出一点折光，断断续续的，那是阳光转折后的轻声呢喃。火车很快就要转弯了，卷起沙尘，乘客尽是咳嗽，眼见就要经过山洞群，内心咒骂那群少年快关上窗。他们不但不关上窗，还把手伸出窗外，用镜子、笔盒、硬币、眼镜等平滑东西反射阳光，向山区射光芒，向帕标明他们的位置。列车长劝说这样危险，有人因此整只手被对向会车削掉，血喷不停。这小儿科的画面，无法劝阻看过世面的人，他们依旧挥手。最后在那一刻，坂井对窗外大喊莎哟娜啦！千头万绪，这句最受用，而且那种音量几乎够营长对一营的士兵用。然后，满车的少年就跟着莎哟娜啦地喊回去了。

那个反光确实是帕的，来自他手上的一片破镜。那是半小时前的事了。少年在山道上走，向景色告别。帕好累，好像爬过灰的蜗牛一样感到可供润滑的黏液越来越少，腿好折磨人，老是落队，面对少年的回头催促，他挥手装潇洒，仿佛是说：去，我不送了，你们走吧。可是又老想紧跟下去。然后，他发现路旁有片破镜子，水银膜脱落不少。他很快想到这镜子的主人可能是那些师范女生中的某一个。她们战前从都市疏开到这小山谷，继续读书、耕作与乡土服务。这些大他们几岁的女生，成了白虎队的焦点。这得感谢吸血虫的牵线。虱子与跳蚤会藏在棉被衣物中，神出鬼没。虱子是米国坦克，速度慢，火力强，在夜间偷袭人，沿着针缝处下整排的白蛋。跳蚤是米军B29，把人的手脚炸出红豆斑。谁要是吃饱没事干，可以练习坚壁清野的战术——不多，三天而已，能用针插死一张榻榻米大的军毯上的米鬼们。不然，背棉被衣物到十公里外的温泉池泡死它们，这招最有效。这时白虎队也会顺道帮师范女学生背些寝被去泡。她们的被寝含有一种奇特的味道，混合好闻的香皂与体汗，还有令人遐想的卷体毛。他们偷偷称女味为战斗荷尔蒙，闻一闻，可以强行军四小时不停。到了目的地，把溪畔的温泉露头用军铲挖大，什么都丢下去，包括裸身的自己。最后把东西捞上来晒，包括自己也摊身在石头上。这每隔半个月的活动几乎让他们失魂。

帕赶不上送行，越跑越累，落队也越远了，想用这破镜片给他们讯息。山下火车发动的那刻，帕才来到酢浆草园，深受紫花吸引。他走上花海，后头跟来的熊亦步亦趋，踩过时裤管沾了绿液，还闻到酸味，嘴颊顿时癔起来。忽然间他听见火车汽笛，声音好近，就在前头。他跑过去，途中被草中隐藏的石块绊倒好几次。穿过竹林，是个大斜坡，他爬上榕树，勉强看到火车离开的身影，他晃动破镜片好迎合阳光而制造反光。那火车不久也闪烁出光芒，依稀传来少年的吼叫。等到他拨开榕树上那扰人的吊丝虫子时，火车没了，光芒也没了，只剩浓烟，整座天空只剩那些脏污。他继续往上爬，不顾体力负荷，最后失足，重重摔落地上。

昏迷的帕几小时后回到深山的竹篙屋，不是自己走的，是被熊拖的。这超过刘金福要求帕回家的时间，擎了火把，在充满死亡呼唤的森林找。火把上的番油快耗尽时，他发现一团黑影在啃食帕的精髓，不敢上前，便以驱鬼的老方法应付——大声叱骂出各种粗话。那鬼不走，连害怕都没有。刘金福才摸出木棍，壮胆上前，将这忠诚的大黑影殴得目珠泛白，逃得远远。帕的伤势说不上严重，比起瞎眼与斲手，大腿因磨蹭而刷掉一层皮算是没什么了。刘金福很快发现，那再度欺近的黑鬼是帕养的熊，头被他打晕，走路也怪怪的，猜测是它把帕拖回来时受伤。刘金福没愧疚，这种胸前白毛的狗熊满山都是，比土匪还恐怖，抢劫民家的番薯与玉米最行，这边打死，那边又冒出来，冷不防还是母熊带几只小熊的态势。这会儿他又大嗓门骂熊，像是骂鬼，用尽粗话，要熊把帕驮回家。它安分地走过来，头一低钻去，就把帕撩上背。刘金福扶着帕别掉下来，还在骂熊，骂累了，用火炬往熊的屁股狠狠戳去，要它走快点。

那个曾在全村跑透透的竹篙屋，刘金福托人搬回来。经过补补贴贴，勉强能住人。但谢绝访客，尤其是风雨。强一点的风被刘金福说成是日本狗警察，蛮横无理；大一些的雨又像阿山兵的阴险狡诈。这世界没好的，就数他最正常。这么危险的房子，刘金福不怕外患，却要防内乱——帕只要痛得滚圈，朝墙撞去，房子倒了让大家露宿森林。于是他把帕牢牢地绑在地板上，绳子把手脚咬出痕，也缠得密不透风。他根本不知帕生什么病，他认真研究过，帕有畏寒惧热、体重骤降、气血不通、疯疯癫癫，病灶几乎结合疟疾、癌症、精神病与中邪，但分不出孰轻孰重。他也承认研究出来的以毒攻毒，快把帕搞死，认罪也无所谓，反正房里听得懂他忏悔的人，一个是自己，另一个快死了。

帕也懂自己很糟，把生病当饭吃。为了避免毒瘾来时的无理智抓狂，他先绑牢自己。过程是他坐地上，先缚紧双脚，接着躺下绑右上臂，最后等着刘金福来捆上他上不了绳的部分。帕仰看，屋顶缝洒下的阳光里有尘埃急旋，肯欣赏的话，绝对是高贵又不花钱的戏。但是他等着主菜上桌，无暇顾他，身陷在自己无助、害怕、愤怒与错觉的情绪中。慢慢地，毒瘾来了，他用一半的力气对抗它，用另一半的力气压抑自己，不然绳索多绑几圈也绑不住他，绑多一点也是慰抚刘金福的担忧。有时候毒瘾未犯，但是帕怕得乱颤，耗尽耐心与力气，等了几小时，心想该过了，可以放松了，未料毒瘾劈上身，好像有人把他的神经当鱼刺般一根根挑掉。最无助的算是刘金福，他待在那里不知道要干吗，一手抓住帕，一手拿菜刀。眼前的是疯子，也是至亲，要是帮不上忙，他会一刀砍死帕。刘金福永远有时机下手却下不了，他在等待机会，他信神，信就有机会。

有一回，刘金福再也忍不住，要一刀杀了帕，大声叫那些家畜先躲先逃，往森林逃得越远越好，就怕未能引刀成一快让帕反击。之后他砍下去，在最后一瞬间他仍须臾不离他信的神，只砍断绳子，拎着刀逃了。解开绳子的帕好受些了，尽情地在屋内乱捣。但是刘金福今夜是回不去了，带着家畜仓皇辞朝，在森林绕呀绕，最后顺路径到那个大石碑。他把刀子一丢，跪拜在碑前，也要家畜一起跪下来。他泪流满面，祈求统领给他点子，他愿意减寿来换帕的痛苦。但是大石碑没有回应，夜风呼呼吹过。刘金福伏在上头，疲累睡去。

然后，他梦到了鬼王，也是他的主子。四十年来梦见他无数次，就数这次距离近得最恐怖。主子窟窿瞎眼，衣着破烂。刘金福大叫，统领你怎么变了，却不知这是主子最真实的模样。

“我怎么了？”连鬼王也被刘金福的话吓着了。

两个月后，帕的毒瘾已治好了。治疗方式很简单，由鬼王献计，要刘金福拿火车上的那个大铗子把帕这阿片鬼（鸦片成瘾者）夹起来便可。刘金福醒后，隔天叫人到后山把拉娃扛来。当拉娃爬进竹屋看到帕躺地上，一块瘪影，就知自己的任务什么。她大脚一夹，把帕圈在胯下，系在一棵巨木上，三餐则由刘金福喂食。两个月后帕戒毒完，也排完毒。帕没有跟拉娃道谢，甚至趁她睡觉时像一条影子溜出她的胯下，偷偷塞回木头。拉娃醒来时以为帕变成木头人，哭了一会儿看到木头插了一朵百合，想通了，拿了这谢礼慢慢爬回部落。这时躲在巨木上的帕才跳下来，看着拉娃吃力地爬回部落，最后不忍地叫台轿子来。拉娃对前来的轿夫说没钱，甭想从她这儿捞到好处。轿夫拉开布帘，拉娃笑了，轿椅坐着另一朵百合，她说：“要我陪它可以。”上了轿子去。轿子快活地跳呀跳的，有着花的芬芳，溜进一袭山坳间的雾气。又从部落里头传来一声欢呼，拉娃在门前发现第三朵百合了。

“你应该娶那个‘番妹’的。”刘金福对回山屋的帕说。

帕起先沉默，后来听多了，又回到以前顶嘴的方式。刘金福觉得帕脾气越烂，帕觉得刘金福也是。两人难待在同一空间。帕常跑出去，晚上也是，在森林野来野去，带着熊去掏蜂蜜、木瓜与百香果。他越跑越远，终于突破刘金福规定不得跑进关牛窝的禁忌，有时彻夜不归。刘金福追也追不上，光看到公熊就吓人，何况是熊的主人。趁天亮帕回到山屋熟睡时，刘金福想知道他跑去哪玩，便检查他的指甲缝。又黄又脏，还挑出刺，他拿到阳光下看，是一枚鬼针草的种子。他再检查时，踏到熊从床底下伸出来的掌。吓醒的熊一掌拨倒刘金福。刘金福赶紧逃开山屋，边骂边叫，带着家畜逃到三公里外的大石碑边躲。

帕睡到第二天下午才起床，傍晚出门，熊也跟去。他有些担心刘金福，夜里阿公会跑到哪。森林又活过来，越黑越有活力，蛞蝓蜗牛爬出来，啃食嫩叶发出唰唰声。石虎慢行，眼睛火亮，脚步稳当，只有互相夺食才发出撕咬声。在小溪边，布满姑婆芋叶的下头，帕误以为是家猪而撞见一只皮毛釉亮的水鹿。踏破铁鞋无觅处，几天来在森林忙着找，如今却意外抓到这只宝贝，他想鬼中佐会喜欢的。那天深夜里，帕背水鹿来到练兵场外。他蹬个冲，影子沾了墙，人就跳进去，来到一个土牢。土牢原本是防空洞，如今充当关禁闭室，上头开满白花的鬼针草，只有一个拳大的通风口从土顶通贯，把食物吊给重犯。帕靠近风口，对着冲出的屎尿味喊一声，要鬼中佐闪边点。他来过数十次探望，今天要劫狱了。他徒手往下挖到坚硬的水泥墙，一拳揍烂。他喊，多桑，出来吧！然后一只枯瘦的手从残洞伸出，还不断发抖。帕挠起鬼中佐，在看守的国军追来前赶紧翻出墙。他们来到河坝边，帕卸下身上的水鹿，又把鬼中佐放在石上，帮他解扣子。鬼中佐隔开帕的手，自己宽解臭衫，走到河水中央洗澡净身。月光把河染成一条阒静流域，河曲处的芒草垂得尖弯弯的勾水，搔得水面泛纹。帕拿出带来的留声机，放上唱碟，摇出女伶李香兰的《夜来香》:“那晚风吹来清凉，那夜莺啼声凄怆，月下的花儿都入梦，只有那夜来香……”歌声清清婉婉的，没有死韵，没音渣。菅草在风中轻晃，顺歌曲节拍摆动，满河畔都招摇。帕拉了一把草，绑在留声机的把手上。风一吹，草转起把手，喇叭自动流出女伶声。

帕把构树皮扒下，捶烂成菜瓜布般的粗纤维，帮鬼中佐拭背。这时节，一条鱼在鬼中佐的腿上啄，鳞身一侧，把月光杀亮了，皎白淋漓。那是香鱼呀！鬼中佐惊叹，伸手却捞个空。香鱼游走，甩个尾来，又偎在鬼中佐腿上磨蹭。帕见着，伸手往水中一晃，水一皱，两指就夹起一条活蹦乱跳的鱼。摆尾的香鱼吓得喷卵，啾声的，一蓬黄色的光液洒出，空气中弥漫淡淡的瓜香，淡得令人神伤。“好个夜来香呀！”鬼中佐遥想内地，忆起在秋日河边钓香鱼的时光，钓到时鱼肠也不挤掉，蘸把盐活活地吞下。一切已远，如今想到又近得很。鬼中佐赞叹，帕捞了好鱼，可惜没盐。帕往黑暗中看去，山脚边有棵盐肤木，它的果实上有层薄薄的盐粉。谁知鬼中佐却已经拎着鱼尾，仰起嘴巴吞。他两目痴迷，喉咙鼓浮，咕一声，鱼就像一首俳句那么简洁地滑进肚囊。这时岸上传来声音，一道影子竖起，醒来的是被帕迷晕的水鹿。月光下，水鹿的皮毛褐亮，睁着澄明的两眼，不时扇着耳朵，响出清脆声。

“妈妈，妈妈。”鬼中佐看了好久，忽然大喊。他走上岸，抚摸水鹿直至它情绪稳定，才抱到河里，用清水洗净俐，然后对帕喃喃地说：“那时鹿妈妈怀孕了，我怕自己随鹿弟妹生出来，才掐死它们，尸体膨胀让妈妈爆炸了。”

在河岸草畔，一棵台湾榉向上承散，枝枒盛美，如长了细骨的流云把绿叶网了满，风中摇摆。鬼中佐仰看榉树，想起了它冬日褪尽残叶的萧枯模样，便说：“有一回，有人向德川家康请教，杜鹃不啼要如何？德川将军说：‘等待，除了等待还是等待。’等待何其久呀！帕，那么，樱花不开要如何呢？”

榉树这时飞来一只猫头鹰站着，好孤独，咕咕叫，枭头凛然，不时灵巧地转动。“鸟叫了，花要开了。”帕说完，捡了一束干草绑在榉树腰，放火烧。火拼命往上爬，流向每根枝头，逃无所逃，在枒尖上堆着，火光多么灿灿。

空气中都是卷曲的树皮灰。鬼中佐闭眼，盘坐在树下，感受炽热，灰烬像是雪盖住他的身体，然后从身上崩落。他复又张眼，睫毛上的积灰掉入眼睛内，他没有痛，只消流些泪洗出。

“无论盛开或是落瓣，都在跳阿波舞，它们多快乐。”鬼中佐发出自然的微笑，没有痛苦。

帕没看过阿波舞，看怒火在树上跳舞就有谱了。火太热，热得空气膨胀，简直听到毕剥的裂声，连鬼中佐在牢里养出来的虱子都从身上跳下来，但他仍有雅致赏火，把它当樱花。帕没有回应，他坐在不远处的石上静观，任何回应都是尴尬。

鬼中佐张开手，接了些落灰，用指头拈成粉，舔了味道，说：“真美呀！就像小学校园内的那棵，得打着火把瞧。”这句话其实饶有深意，但对少言的鬼中佐来说，浓缩了一段秘密。

那是小学四年级的事。同学嫌小鬼中佐的口音怪，舌头太硬。他一下反驳说是关西方面的舞鹤腔缘故，一下又扯到鼻腔长瘤，一下又说腔调没问题，怪听者的耳膜厚，最后反而被大家耻笑说口臭的人自己闻不到。他便偷偷在嘴巴里含石头，练习说话，让舌头不那么硬邦邦。石头磨圆，刮破的舌头长茧了，他的怪腔也渐渐磨掉了。但是，某次被同学抓到小鬼中佐嘴叼石头，说他是狐狸变的，怪胎一个。同学开始跟踪他，不久把他是水鹿孩子的身世抖出来，嘲笑他是中国仔，常敲他的头，要把鹿角给打出原形。没有比中国仔这种嘲谑更严重。他是怀疑亲生父母就是中国人，因战乱把他藏在水鹿肚子，好逃离战区。怀疑不等于事实，他才更讨厌同学这样叫他，讨厌在墙壁上公开写他如何，讨厌敲他的头。他反击，谁再说就打谁，生活几乎靠打人来打发时间。但也得到同等回报，他被群殴，找书包要到粪坑找，课本老是夹着一只壁虎干或苍蝇，背后出其不意地被贴上“中国仔”纸条。有一回，还捶了一个骂他的小儿麻痹的同学，折断拐杖，叫人家爬回家。他成了全校公敌，连低年级生也知道该找谁取笑。大家接着笑他拳头硬，脑袋却是气球，装的是屁。他不服，比文的也行，找了全班功课最好的前三位，说：“你们三个比我一个。输了，我从此爬着进校门。”七天后，也就是四月初的新学期开始，中午约在围墙边的樱树下决斗。小鬼中佐以受伤理由告假，中午才到校。他们早就等在那儿，拿木棍等他输了。然而，他们吓了一跳，小鬼中佐带伤上阵，全身伤口的量够他们任性地打架撒野一年。这不代表他们就此心软。文斗开始，小鬼中佐以一斗三，方法很简单，他在围墙砖头上写下从开国的神武天皇到大正天皇的一百二十三个名字，另三位则合力写出。午休结束，比赛也结束一半，三位学生合写七十三个砖头，再也挤不出东西。小鬼中佐则写了二十一个，却没有停笔。跑来赶人上课的老师吓着，以小学程度能写出二十个天皇年号算是秀异，即使合写也是纪录，而且小鬼中佐还用日文汉字写出。跑过来的校长看到怪现象，小鬼中佐先拨弄身上伤口，然后再写下答案，血弄湿了身体。每个答案必须花五分钟思索与写下。校长让他写下去，想知道小鬼中佐的能耐。放学了，黄昏了，学生没散去，紧张气氛也没散去，附近的居民赶来看。小鬼中佐已写到第一百零四个砖头，后柏原天皇。教师捧着书本核对，紧张得发抖，是那种等待奇人诞生的心情。校长盛装上阵，穿上春天的黑色文官大服，腰佩刀，挂一对金色肩章，亲拄火把替小鬼中佐照明，并要求所有男老师也照做。在小鬼中佐的眼中，全然没有看到这些火光，或围过来的数百位群众。他心思沉静，脑海没有杂纹，照他几日来背诵的过程反刍答案：他把身体从头到脚分成一百二十三区块，用谐音方式记下天皇年号，那些谐音不外乎拔毛、刀伤、撞击、戳刺、水烫等等，现在他只消找到区块伤口，重新拨裂，便能忆起。待小鬼中佐写下最后一位时，校长上前阻止："孩子，行了，不论你曾有多大的委屈与困顿，你完成了。今上陛下不用写了，以示对他的尊重。"这时小鬼中佐才回头看，人群挤爆了，表情诧异，而且窃窃私语，光是双眼的反光已足够让附近几个町赶来看热闹的人有了凭靠的定位。那时候，樱花盛开，樱瓣又狂放地落下，颜色瓷白，迸裂无悔，火把几乎被淹灭了。他站起来，盘坐的双腿没有力气，扑倒地上。校长把小鬼中佐的腿按摩一番，慢慢扳直，把文官大衣脱给他披，请人用板车送他回家。小鬼中佐一直记得那樱花，好美，好美呀！离开那好远了，还看得到樱花的光流动在数条巷子内。

或许是体内那股不清不楚的血液，让鬼中佐在战场有顾忌，终致受重伤收场。现在一切要结束了，包括他最担心的——他的妻小还留在满洲，而苏联红军（苏联共产党）一路南下，将她们发配到最寒冷的西伯利亚战俘营后便没有消息。

火树要熄了，他的血才沸腾。他把白布圈在腹腰，满洲的方向正跪，以短刀切腹自残，往肚脐方向横切，鲜血漏不停。这是最好的待遇了，他担下虐杀美国飞行员与军国复辟的罪责，死罪难逃，不如选择自己的死途。

“千拔，送我回家吧！”鬼中佐咬牙说。

帕依照武士切腹的“介错”程序，要断下鬼中佐的头好减轻痛苦。他抽出长刀，一道银光辉煌，往鬼中佐的颈削去。刀法到位，头已断，喉咙的皮还连着，鬼中佐骇目张口，不久便垂头死在自己的胸臆间。但颈口紧缩，热血狂喷，触到燃烧的树。忽然间，一条香鱼从鬼中佐断颈的喉口钻出，甩几下尾，顺血掉落地，噼里啪啦地跳，把血拍得四溅。帕出手敲昏了母水鹿，剖开它的腹肚，把鬼中佐的头颅和尸体缝入，放在燃烧的榉树下火化。

那条血泊里的香鱼还在挣扎，一时喝多了血而有了人面的忧愁表情，嘤嘤哭起来。帕拾起它，走入河央。他背对大火。榉木的火焰嘶嘶叫，它怒燃，它垮了，火瀑使得整条河川流动琥珀金碧的光芒。他听着义父尸体的内脏在焖燠中传来爆炸声，便把香鱼闷入水中。鱼活了，挣扎几下，潜入水中匿藏。帕追到更深的水底，那儿落满了火焰的幻影，香鱼也一步步诱引他进入地狱之门。他在某个布满水草的石头后头，断了鱼踪。它游进洞里了，用眼睛和帕对望，火光把鱼穴照得忽远又近的。帕伸手到洞中却摸了个空，留下掌中一个发光的鳞片，好亮呀！于是他对着洞口竭力地吐水泡，说：“多桑，莎哟娜啦！”他知道香鱼还活着，水中充满那香味，甚至整条河都是味道了。

往七重天之路

一九四六年十二月。他们要离开关牛窝了，离开房子都憋出了苔的深山，离开到处是湿气、安静与山魈的森林。两子阿孙整夜都没睡得好，辗转反侧，竹床嘎吱不停。天才透光，帕就坐在床沿发呆。墙头有一张亚细亚火车的图画，是赵阿涂从中国东北寄来的，那家伙真的跑去找火车了。赵阿涂把自己画进去，成了开火车的驾驶。帕每每看到难免一笑。这时刘金福也起床了，帕便起身到菜园撒泡尿，顺道浇退那些来偷吃的蜗牛。晨雾还没散，树林在有无之间，树叶滴滴答答的落水。他再次检查三辆板车，因疑虑而用力过猛地把一根把手折断，只好赶工做。刘金福下厨蒸番薯签，转念间又煮起糙米饭。吃完餐，把三台联结的板车衔在铁马后座，衣物与煮饭工具放第一台板车，五头猪赶上其他两台车，至于五只鸡则绑了腿，把两脚缝穿过车把倒挂。这样子颇像机关车拖三台车厢。狗熊呢？刘金福想了一下，叫它掌屋（顾家）吧！不用跟着去。

帕叫躺在屋檐下的熊进屋，把窗户上钉，能封的封死，这才叫熊坐下，用梳子仔细梳那又硬又粗的黑毛，说你就是主人了，好好等他们回来。帕又从车上拿下一小袋番薯与青芎蕉，丢进屋内，吹口哨要熊躺下，便关上门，在门后面顶上两根棒子。刘金福不放心，还拿了一把山下捡来的马蹄锁锁上，钥匙插入锁心后用力折断，把手上那截扔得远远的。

森林的小径难走，崎岖狭小，有时板车卡着进退不行，只好赶下畜生跟后头。到了山下，再把牲畜赶上车。帕踩着脚踏车，拖着三台板车走。他骑车出村口时，哨口卫兵正打哈欠，闷着头把烟抽得卡滋响，浓烟也遮住视线，没看到帕离开村子。帕没骑太快，原因是每隔一段时间要换轮胎——实心的后车胎在战前骑坏了，战后的物资缺货，干脆用替代品——他从板车上拿出一捆卷成像汽车轮胎大的稻秆绳，抽出几公尺，卷在轮圈上。稻绳的收尾处因打结凸起来，轮胎每滚到那里会跛起，帕会拱起屁股。坐后座的刘金福这也弹，那也拱，脊椎弯得失去弹性，便抱在帕背上。这时火车通过，汽笛尖拔，原是驱赶帕的声音对他有如仙乐般亲切。他把刘金福放肩上，铁马放板车上，趁火车刚过，从后头拉板车追去，坐上火车的车门口，三台板车也用草绳拖在后头。这下能喝口水，把掉入鞋里的小石倒掉，帕靠在门边小盹，享受回笼觉，谁教此时的阳光与微风如此甜美。但猪只口水泛滥，挤窜使竹笼快被撑破了。它们晕车了。帕一早在它们脖子上挂一圈的香草植物，九层塔、山胡椒、香茅、肉桂与艾蒲，香味不浓，是能安心的晕车药。这药是他花半天帮泰雅猎人盖房子换来，现在看来是唬烂药，反而把猪搞得像要上断头台的死犯。但随即发现扰动它们的是一团黑影，他养的熊，那暴戾又忠心的家伙，在火车后头百公尺紧追。它曾在某个黑夜，击退另一只来偷吃鸡的七年公熊，把对方屁股咬破，如今肚皮上一尺长的伤疤就是那场战争的记录。家畜视它为保镖，难怪对熊的追来充满欢舞的心情。

帕笑了，站起来眺望。他有一种主子被追随的感觉，大喊："遽遽来，快上车。"

它怎么脱困的？从一座封死的竹屋逃出。寻思间，贴地飞行的黑毛毡飘来了，飞奔之快，完全不费力的样子。近距离下，帕才看到了真相：它的头毛被血水黏塌了。它是撞倒竹屋逃出来，留有一根从脸颊穿入嘴巴的竹条，嘴上又叼着一袋番薯。但是，一身伤口拦不住野劲，朝帕奔来，一个大跳扑，把前脚挂在最后一台板车上，后肢踏地奔跑，模样像是在推着板车。

“这头**狗嬷熊**对你有感情了。”刘金福冷冷地说，“莫给它跟来。”

可不嘛！熊叼着那袋番薯来。那是留给熊的粮食，它拿来还了。板车被拖得快，熊的脚步一乱，往后栽了孔翘。它趴落地，铲出一大泡尘埃，但没瘫死，壮起身子又跑。这下它嘴上的竹子刺得更深，从脸颊刺入、从下颚穿出。要是没人拔掉竹子，熊即使没死于失血，也可能嘴颚发炎，吸自己的脓水，最后被败血症折磨到死。

帕要把竹刺拔掉，一个跃身，跳扑到板车上。三台联结的板车剧烈起伏，晃不停，简直是一道大浪，浪尾的载猪车跳起来，笼里的猪哀号，差不多是要淹死的表情。帕捉住车缘，很快调好站立的位置，让板车安定。他又依序跳过两台板车，这次学会了，落在车重心。先拿香蕉安慰猪群，再把竹笼绳上紧些。这下又更近地看到熊，样子很糟，它的头皮破烂，有块削起的皮像耳朵垂挂。这是撞开竹篙屋的代价。帕最后跳上马路，抱住熊，他没有回应熊热情地舔他脸颊，只检查竹条有没有倒叉，这很重要，看过有倒钩的鱼钩从鱼嘴上失败取下的情形就是。还好竹片平滑。趁熊的情绪高昂，帕把它压在地，两脚夹住它身体，快速拔去竹片。它哀号一声，获得自由了。

“转去，快转屋家去，莫来。”帕大声说，不断挥出手势。

熊听不懂，绕着帕跑，甩晃脑袋，在主子旁欢乐。

要阻止熊跟来有些难。帕蹲下，发声攻击，拾一块石头往自己抹些体味，要它去找回这块石头。熊匍匐待命。去，帕喊了，侧身子以打水漂的方式把石头沿路弹去。它最后落入边坡下草丛。熊的视力不好，但嗅觉能锁定一座山后头的青刚栎落果。它追去，先是一摊摊停下来嗅，后来直追，好像百公尺外有太阳碎片，闭上眼都看得见。帕陆续又丢出好几颗石，以为人离开关牛窝，忠心的熊还为哪颗石头才是真的而困扰。错了，熊又跟来了，嘴巴塞满石头，固执硬颈，跑得又快又欢畅，毫不顾忌自己身上的血会加速流光。帕这次从板车上抽出一截稻草绳，跳下车，抱着熊玩，趁隙把熊的后肢绑在路旁的茄苳树下。熊向前追去，身体被拉瘫在地，它愤怒拉绳索，又倒立爬上树好拉开死结，最后用牙齿咬断前肢的索结，咬烂脚了。它成功了，紧追前去，什么也阻止不了，好像这下轮到火车欠它而该停下来等它呢！

“算了！给它跟来吧！”刘金福暗算，熊的体能已差，最后会跟不上火车速度了。

帕可不认为，他懂它的脾气。熊追下去，今天追丢了，明天会找到你，追到天涯海角。很多年后你应门，看见门后是一头毛几乎用脱毛剂拔光、胸口伤痕多到误以为肋骨的老熊。你忘了它，它没有。它的热情仍保温到跟离开时一样，直扑向你猛舔。唯一阻止的方式是让熊对你绝望。帕跳下车，脱下衣绑住熊的嘴，他猛力地扳断熊的前肢。熊在地上滚，挣脱嘴的衣服，发出痛苦的吼声。它最后站起来，一拐一拐地往前，断裂的右肢甩着。它停下来了，不再往前追，发出悲鸣，那声音显然不是来自喉咙，而是源自更深处的内心。

帕很快追上火车，心有所憾，反射性用残缺的右手抓车杠上车，一个落空后跌地上。但他很快挺起身，跳上车，坐在刘金福身边。刘金福碎碎念几句，不过一头狗嬷熊，干吗打断它的脚。帕掉过头回避刘金福的眼神。但刘金福看到帕那张染满黄土的脸颊被泪水滑过，便不再讲话，随着火车震动慢慢靠过身，想给他一些安慰。当两子阿孙肩碰一块时，帕站起来，往车厢顶爬。那里的视野很棒，能看到道路蜿蜒，熊还在原地悲鸣，皮毛在秋阳下发光，很刺眼，像是道路流出的一颗眼泪。

“日头辣，不要跟来了。”帕大吼，即使整个关牛窝听到又如何，反正他要离开了，“再跟来，我就杀了你，就像杀了你的妈妈。”帕要去的地方是不能让熊去的。它跟来，帕会打断它的腿，拆掉它的肋骨，拔掉它的喉咙，如果必要他会一拳打死它，就像它的母亲一样。

那是中央山脉一役。当帕失去左眼而单独攻入山谷时，一只母熊竖起身保护小熊。帕带着幻视、痛苦与暴怒，把母熊当米军，一拳打得它脑壳爆炸，成了断头熊。断头熊没有马上死，倒退几步，立在那儿不动，直到一头小熊凑过头去吸奶头，才启动母性按键。它放下前肢，把小熊慢慢压在肚子下，避开战火。隔日白虎队清理战场，山谷到处是兽尸，有的挂在树梢，眼睛没阖上，让人觉得它们还活着。帕在母熊肚下发现小熊。它还活着，伸出舌头舔他的手，帕才发现他手上都是干涸的血块，而且全身都是血块呢！

没错，帕会杀了熊，如果它再跟来。他站在车厢上，看村子越离越远，看着熊在那儿迟疑与悲鸣。火车转来转去，九拐十八弯，把一切甩后头，剩下滚烫的琉璃色的天空。远行的帕记得关牛窝的简单线条，简单的阳光，简单的风，风里有单纯味道，这些很折磨人，简朴的记忆会是最完美的孤寂，他第一次感觉关牛窝的孤独，而非自己的。他好平静了，却因看到这些风景而流泪，也说不上来为什么。

火车带他们来到苗栗火车总站。大街就是大街，一切比乡下繁荣，空气浮动各种味道，连墙角爬的蚂蚁都贵气不少。帕卸下板车与脚踏车，要刘金福在外头顾，自个到站内买票。这下他懂了，全世界的火车站都是天然的屠宰场，大厅都是上绳的鸡鸭鹅猪，好像等一下把它们的头放上铁轨，火车铡过就行了。火车永远误点，有时候等上数小时，乘客屁股快养出一窝的痔疮。没有人会抱怨，这是家常便饭，要是碎碎念嘴巴会长痔疮，还不如找乐子消磨时间，下棋、睡觉、玩牌、斗蟋蟀，不然到广场边的榕树下小赌，那里的赌资大小与嘶吼声等同，路人永远懂得哪时可去下注。乘客多，一票难求，老是有人穿梭在卖黄牛票。这时会为插队的事打架，有两人在地上扭，帕偷踹不守规矩的那人。那人不打了，跳起来大吼，骂尽粗话，对稍后来维持秩序的警察也不满。闹哄哄时，火车来了，大厅回荡车声，让人以为活在狮子大吼的嘴巴里，耳膜和窗户都震个不停。大家赶紧上下车。帕第一次看到真正的火车，烟囱冒烟，汽笛尖锐，机关车顶仍有被大家称为脓包的汽包，一样都不少。火车最后开动，他在栅栏内学人家猛挥手，却不知道给谁送行，算是给火车再见吧！之后，他到票窗打了两张车单，也给那些牲畜与货物打单。火车没这么快来，还有余闲，走到外头透气，看刘金福坐在板车上睡回笼觉。帕这下紧张，大喊铁马被偷了。没错，那台又破又烂、历经摧残的铁马不见了，帕原本把它依在板车边，现下除了地上的脚架痕外，什么也没了。他往附近找，每台脚踏车都上了大锁。帕心想，难不成铁马到了都市比较凶，得绑脚才不会偷跑。

找遍车站附近，没有一台是他的。小偷还跑不远，要是脚程快能找到。他跟踪自己的车轮在泥路上的胎痕，那是古怪的草绳痕迹。他追下去，在每个岔口检查路面，但是街上来往的车辆与行人足迹往往掩盖最珍贵的胎痕。最后在陆军野战医院附近断了线索，帕蹲在地上检查，不顾车况。停，他对一辆驶来的巴士大吼，要司机后退。司机不屑，像这种伤残的日本兵满街都是，个个都有妄想症，便按喇叭，踩油门前行。忽然车晃起来。司机很诧异，往后视镜去找共犯，不然眼前的年轻人怎么可能只用一只手抓保险杆摇晃，整台车就震动，害乘客大叫。他只好依帕的，把车子往后退，不这样今天可能只能拿方向盘回车厂了。帕终于在公交车下找到线索，朝一条小径跑，顺利抓到两个小偷。一对十几岁的乞丐兄弟，眼白发黄，鼻涕乱流，激情地大哭求饶，只有听施主说算了才会停下来。帕一路追来，越追越火，老早有念头想把小偷打得像马路上的蟾蜍皮干，如今看到这两个天生演员，只好念上几句便罢。

不过回到火车站后，帕被浇熄的怒火再度爆开。检票员说帕错失了原班车，能坐下班车，但得补足物价上涨带动的票价。也就是说，物价一日三市，车票也是。刘金福快气死了，如今物价像裤子被人扯掉的处女，她跑得快，你永远追不到。他们坐在火车站前生闷气，看火车一班班过去，手上车票也一班班地折价，天色也晚了。两人在路灯下，晚餐含糊地吃下干粮，刘金福饭后那种深山中无灯无火过日子的习性来了，得上床睡，人钻入板车上的稻草堆，打呼声便钻出来。帕不担心牲畜被偷，它们懂得叫，反而担心不会开口的东西被偷，比如那匹铁马。他耗尽一大捆稻草绳，把铁马后轮绑三十个死结，还系在自己腿上。经一日奔波，帕也睡着了，梦见有人放火解开草绳结，又偷走铁马。他吓醒，看见有人正在拉动草绳，要一拳赏去时，发现那是刘金福在测试绳索牢靠吗。两人对这样的上锁都不满。帕有了一计，自豪有效。他把车扛到灯柱下，用牙叼起铁马背脊的横杆，抱着灯杆爬上去，最后用草索把它缠在路灯边。电火球很亮，下头亮出一团草蛹，只露出轮胎。人越聚越多，搞不懂一台铁马怎么会在那里。帕这下安心了，顾着地上影子，慢慢睡去，一觉到隔天，直到凌晨五点准备上路。他们决定不搭火车了，卖掉火车票，用铁马拖着三辆板车上台北。

帕换上银藏送给他的飞行服，也戴上风镜与皮盔，还遮个大斗笠避免太招摇。帕起先骑得快，转而放慢骑，感到在地面慢速滑行是享受，连呼吸都可以遗忘。从白天骑到晚上，几乎能不睡觉地骑下去。只有上厕所时暂停，从板车上抽出稻草当卫生纸，找个草丛就范。事后顺道换个草绳胎。饿了就拿饭团或番薯就口，渴了路边到处是奉茶桶，免费喝到饱。他骑车时，很认真观察影子，路不是直的，影子便跳来蹦去，有时跑远，有时缩在脚下，只有夕阳下的影子又长又瘦，横扫过田野。到晚上，四面埋伏的虫鸣与月光把人杀得剩下孤寂，他听着轮胎辗过道路，声响细微，像马路在对他私语，比任何鸟叫还悦耳。他喜欢这样骑车，认真呼吸，慢慢流汗，汗水在深夜里挥发成一团裹着他飞行的云朵。最后他会停下来，因为月亮西下，看不到路了，他会牵车走上一段路等汗水干了，才钻入板车上睡觉。隔天继续上路。

路途上也有插曲。那是在一段和铁轨平行的乡间道路，火车从后头追来。他猛踩踏板，要与它拼这段路的高下。他骑太快了，后头的三节板车快被拖坏，轮轴又累又叽叽叫，一颗石头都能掀倒。于是帕放弃尬车，对车上的人挥手说再见。那一刻，他近距离看出那是运兵车，十二节车厢涂上又黑又厚的沥青，车窗焊上铁窗，车门反锁，荷枪的士兵站在门口。当帕挥手回应时，座位上穿着草绿服的士兵从铁窗伸出手，紧握拳头。车道上的卫兵大吼，用棍子敲他们，命令缩回手。数百双的手在那里挥，有人求救，他们最后放开拳头，手里飘出五颜六色的纸片，就像鸟儿获得自由往外扑。火车走远了，纸片落地，随风滚来滚去，帕走去看时几乎惊着，那些色纸全是钞票。刘金福见了也不可思议，钱多到够他们坐车玩透透。刘金福阻止帕捡钱，说光明正大放在地上的钱，都有阴谋，像冥婚红包，代价是被空气似的女鬼纠缠得没完没了。“有影喔！”帕反讽完，弯腰去捡钱，摊开看，人就像女鬼缠身般不动。他又捡了几张钞票，都绑着纸条，上头写的是求救讯号。最后，帕把纸条拿给刘金福看，向只懂几个字的他解释字条内容：“我是国军 139 师，帮帮忙，请告诉我的家人，我正被押去大陆当兵。”“转告家人，我会离开台湾很久，这几年没办法回去过年。”“我要去打仗了，帮我写信给家人，我会回来。”“请告诉我妻子，务必认真生活，好好照顾小孩。”每张字条末尾附上救助者的户籍地址，或者电话几号之类。

如何处理这些字条？它们字迹凌乱，不知从哪仓促撕下的纸条或布条，边缘破烂，倒是折得方正，而且附上的纸钞摆明像是贴上邮票，找个邮筒投递便行。帕后悔捡了纸条，但没有流泻表情，要是有，刘金福会用“我早就说过”的话骂他。他把三百零八张的纸条叠好，用稻秆捆妥，两万多元也整理好。但是刘金福又碎碎念，钱不能拿，放在地上给其他人捡，三百多人怎么救，你能拦下火轮车去救？帕不理他，越是回应，刘金福越是念。他一手盘过刘金福的腰，放在板车上，继续上路。他真佩服这老货仔，全身上下，就数舌头最灵活，要说就让他说破嘴也好，省得以后再说。

这时有一群人引起刘金福注意。他们是十二人组合的脚踏车队，倒骑车前进，反过身，屁股坐在龙头上，不时回头看路。帕靠边骑，好让他们先过。为首的队长骑看到帕头戴飞行帽、飞行镜，单手抓龙头，车后头拖三辆板车，甚为勇猛，用闽南语说：

“看，我们是‘嘉义十二少颠倒驶’，啊你是啥咪队？”

帕听不太清楚，直到对方用日语说上一遍，才响应：“利阿卡（板车）队。”

“我们要从嘉义骑到基隆港，去看大船拉尿，啊你咧？”

“去台北逛菊元百货，坐流笼。”

菊元百货是台北战前的摩登地标，高七楼，人称“七重天”，有流笼（电梯）升降。这是战前小学生的毕业旅行习惯，凭浊水溪把台湾一分为二，以北的去逛菊元百货，感受电梯给人晕吐的感觉；以南的学生，坐森林铁道上阿里山看神木和樱花，拿火把到祝山看日出。

嘉义十二少你一句、我一句，说菊元百货是战前的事了，现在改成新台百货了，不过在那里还能看到假装礼貌，其实是妆厚到得低头的电梯小姐。又说，现在流行看大船排水，再到基隆庙口吃一碗公的面线羹与米肠，直让人上天堂。一海碗喔！嘉义十二少齐口说出，装出翻白眼、猛吸面的表情。帕中了食蛊，肚子饿了，完全懂得他们表情的含意。他喳了齿缝，说他坚持到台北而已。嘉义十二少又我一句、你一句，说看你这么行，一个人拖三台板车，他们十二少也不是省油的灯，脚踏车能一起骑，就比看谁先骑到台北。说罢，拿出后座行李袋中的柴刀把路边的竹子劈了几根，把十二台车绑成一台协力车，一人在前头掌控把手，其余的人倒骑。帕这几天骑得慢，关节都生锈了，趁此除锈正好。比赛开始了，帕故意漏个慢，看十二少要宝。他们简直是马戏团特技表演，一下是千手观音拍蚊子，一下子蜈蚣游泳；有的人头抵在坐垫倒立，有人站在坐垫上张手平衡。帕看够了，把车慢慢超过去。嘉义十二少很快追上来，比个尬车手势，发出“好啦！我先走了”的告别。起先互有消长，差距不大，最后嘉义十二少发挥了，屁股离开椅垫，两腿猛踩，喉咙爆开嘶吼，一排快转的轮胎快把泥土路刨坏了。他们耗尽吃奶的力气，却只能目送前头的断臂少年跷二郎腿骑车，单脚踩着落落叩叩、随时会拆解的铁马离开，整台车在下一个转弯后消失了。他们发出怒吼，推托见鬼了，也深觉一路苦苦建立的嘉义十二少名声在桃园路段被玩残了。

帕直往前骑，不顾刘金福在后头发抖。傍晚时，骑到一座如彩虹般拱起的斜背式铁桥，才感觉台北到了。那座桥旧称明治大桥，帕曾在毕业纪念册看过。一入台北深似海，随时会把人淹死，什么都很多。他们现在得图一块栖身处，凭着介绍信的住址去找，问人最方便。但是那些人对生活范围的几条街之外全然陌生，没有方向感，随意乱指，而且语气非常肯定，好像那些道路会像拼图瞬间打散后照他们的意思重组。帕走了很多冤枉路，要不是繁华夜色满足了好奇，他可不敢领教下去。几小时后，他们来到目的地，一间木造的旅馆。门前游戏的小孩热诚的帮他们找房东。帕边吃干粮边打量房子。它用砖墙围着，上头挂有青天白日满地红的国旗，庭前种有黑松、银杏与枫树，不太像旅馆，倒像日本时代的铁路局或电火局的员工宿舍，只有日本人才种这些树。房东来得慢，手中拿扇子，拖着嘎吱响的木屐，说要租房间是有，四坪大小，卫浴共享，一个月五万块，先付三个月，涨价也要补足。

“有没有那种又大又便宜的房间？”帕恭敬地问。

“又大又便宜？”房东收起扇子，敲敲自己的肩，说，“买张报纸摊在骑楼睡就行了，那真是又大又便宜。”

等到帕递上介绍信。房东看完后哈哈大笑，说你连住址都找错了，差个天南地北，还要再过淡水河找才行。帕听不懂。房东也懒得解释，推开扇子，说："算了，又大又便宜的房间当然有，不过是鬼屋，看你们自己。"

刘金福在外顾着牲畜与家当。房东带帕进入旅馆，十烛光的照明灯，格局是中间一条走道，两旁客房，传来各种吵闹声，空气弥漫陈腐味道，蟑螂蚂蚁老鼠到处爬着欢迎他。房东介绍起来：以前是日本警察训练所的宿舍，光复后一群人跑来抢地盘，把日本人赶到街上。后来国民政府军又接收了这间房子当营舍，又把人赶到街上。没想到最后还是"日本鬼子"赢了，把一连的军队赶走。啰！这就是日本鬼子的房间，唯一格局没有变的。

房间到处是黄底红字的符，和各式用来镇压的军徽、军旗、军阶等。房间窗户上锁，有檀香味道，角落有插着香脚的一碗米，落满香灰。房间有独立的西式厕所，还有一张极其夸张又笨重的老式眠床。这间房子闹鬼的原因没什么，这种故事到处有：一个日本巡察部长在光复后，被昔日不满的台湾人重击头部，不敢张扬，捂着头喊疼，回到宿舍后流血而死，就坐在窗户下的藤椅。他的鬼魂徘徊在房里，凄厉的叫声没有间断，最高潮是一连的军队连夜撤走。而这间鬼屋是连长住的，老眠床是他的癖好收集，搬都没搬走。目前的房东便租下整栋房子当二房东，隆重地做法事，简单地装潢隔间，专租给来台北发达的人。帕对这房间颇满意，格局方正，窗户通风，后头还有个小庭院能养牲畜，唯一不满意的是一个月一万元的房租。他目露难色，这边嫌那边嫌，连格局正、窗户大才招鬼这种屁话也是临时掰的，好与房东一番价格拉扯，以九折价成交。

房子租好了。帕把符咒撕了，拿扫帚把墙上的蜘蛛网去除，打开窗户，让一阵闯入的阴风把灰尘都吹干净。大概清理后，他叫刘金福进入休息，将台车与铁马叠在窗户外，牲畜撒到小庭院去干活。他累到骨子里，要好好躺这张大眠床，刚坐上床缘脱鞋，刘金福就指着墙角的那碗米说，怎么有拜死人的东西。帕边解开鞋带，边说那是给鸡仔食的，丢后院就行了。刚讲完便觉得鞋带越解越紧，而且像章鱼触角拼命缠着他的手。他动作越来越迟钝，睡了。再度醒来时天亮了，帕的头磕在膝盖上睡一夜，全身僵痛酸硬，鞋带未解完。他干脆又绑上，走到小庭院深呼吸。庭院虽乱，但仍有盎然之气，蜗牛昨晚爬过的液痕在墙上发亮，两只灰瓦色的玻璃罐在草丛透光。银杏透着阳光，多么青嫩，甚至看到水分在叶脉舒展的速度。他伸展筋骨，撒泡尿，放个响屁算是朝气无限。刘金福醒了，是被帕的放屁声惊醒的，他从板车上的稻草堆钻出，满脸倦意，说这一夜极难睡，还是稻秆堆好睡。

“你是看到鬼了。”帕一夜没梦，也没听到啥，但有义务告诉刘金福，“尽好的办法，是接纳‘它’。”

“比见鬼还惊人，我这辈子头一次看自己的屁眼。”

是**辘轳首**出现了，帕心想。辘轳首是长颈鬼，脖子伸缩自如，能像一缕烟往上冒，样子像是打井水时用来控制绳索的辘轳，才有如此名号。帕肯定刘金福被这种鬼附身，头能往裤裆钻，不要说是看透屁眼，连大肠结构也行。但刘金福说的不是鬼，是蹲式马桶。他带帕到厕所看，指着地上的家伙说，他昨晚把裤子又脱又穿了二十次多次，一次比一次急，但都没有办法，这个东西干净得能反射屁眼。

帕哈哈大笑，说别往下看就行了。刘金福反驳说，怎么行，他上惯了老式的屎缸，还没脱裤子就先往下叫，要下头的屎虫醒来，他把裤子脱了，那些屎虫看到白白的屁股，发出嘈杂的钻动声，好像说，来吧！我王，赏我食的吧！可能是人到台北精神爽，刘金福继续说下去，他说这新式的厕所上不得，便到后院蹲在两个板车间，手抓轮胎，喝一声，屁股顿时轻了，还有人用湿湿黏黏的湿毛巾帮他擦屁股。他低头一看，唉！那些猪抢食他的落屎，互相钻闹，让板车抖不停。猪仔好像吃不饱，有的直舔他屁眼，搞得他既舒服又畅快，屁股欲拒还迎，他看没人偷看，便大方地赏屁股给猪舔了。他兴致够了，就钻入到草秆堆睡去。

帕当然知道那种奇异的感觉，是土皇帝，不，应该叫“屎皇帝”君临城下的快感。既然找不到蛆当城民，找猪也行，这下连卫生纸也省了。不过，帕自觉有义务介绍马桶给阿公，不然刘金福会把它当镜子。他拉了条绳条，一股水从上头水箱冲入便斗，水花激烈，几乎像放闸的恶狗去抢食什么。他边做边示范，只差没有脱裤子，最后补充说，城市人都这样上厕所，你迟早要习惯的。

刘金福比较关心的是，这些排泄物被怪物吞下肚后，还拿得回来吗？还好帕的答案让他很满足，粪便藏在地窖中，像酒一样越陈越香。刘金福听了，巴不得拿尿勺舀给满园发亮的菜苗吃。没错，他想在后院辟个菜园，好节省菜钱，这要些水肥，能自己拉的自己用更好，菜吃起来也甜得有感情。他在山上生活大半辈子，快被叶绿素与芬多精给麻痹了，刚到城市就怀念那儿。这里的空气让人咳嗽，阳光毒辣，水中有尘沙，够糟了，要是不能够像在山上时拿锄头，安静地刨上半天，聆听锄头与土地的对谈，简直折腾他，也浪费后院的土地。

刘金福继续说下去，意思又重复。帕却无心再听了，他知道刘金福碎碎念其实最内层是希望有人陪伴，这是老人症头。但帕需要安静，而且是孤独。他走到小庭院，从板车卸下些番薯签与芎蕉叶，撒给牲畜吃。这时从街角来了卖闽南式早餐的挑夫，沿路叫卖油糒粿与杏仁茶。帕好饿了，跳上墙头，立刻叫卖家备一份给刘金福，自己则点猪油糕配米奶。油糒粿即是双股油条。刘金福吃一口，酥爆了，嘴窝好像有着鞭炮爆炸的碎片，他吓一跳，多使些力便捏碎手中油条，便宜在地下讨吃的牲畜。帕只好再点份猪油糕给他。早餐吃罢，帕胸中自有千万的气力，得挥霍一下，站在墙头上走得颠颠簸簸，不时张手平衡，也不时秀个翻筋斗。他拿了两块砖竖在头顶，从墙这头走到那端，又跑回来，躲过那些松动的墙角。他也看到邻居的样貌与居家装潢。他们是洗衣服的老人、老是对他挥手的痴呆少女、准备上工的工人，还有搬藤椅坐在庭院晒太阳的苍白少年。帕不吝表演他的墙头功夫，化身成马戏团的小丑。

“看！圆山动物园跑出来的猴子。”晒太阳的少年说。

“我是鬼屋跑出来的猴子。”帕回答，忽然他好喜欢这句话。他在墙头转身面对街道，从这里看过去，篱笆墙、泥土路、铃铛响的牛车、急忙上学的孩子，更远还有噗噗转的轿车。帕叉腰，面对眼下的风景大吼：“我是鬼屋来的猴子，你们要倒大霉了。”然后他笑起来，要整条街的人回头看他。他对路人挥手，但没有人响应，于是他的挥手，好像对着充满鼠灰色的天空问安呢！台北，全新的世界等他挖掘呢！

鬼屋是穷人的乐园

不料，帕快乐的日子结束了。刘金福用头发把他软禁在旅馆，用直径不到一厘米的绳子。刘金福曾是掉到无毛的电火球，光复后不久又长发，好像头壳也懂得庆祝，而且头发长得快，白中掺黑，密得看不到头皮。他将拔下的头发放在大腿搓，两缕搓成一股，发绳便成了。帕看得津津有味，原来头发也能这样。早期制绳的方法是把月桃的茎捣烂、晒干，纤维放在大腿上搓合就行了，绑什么都行。用头发制绳索，帕开了眼界，而且过程中帕还指点哪里太细了，得多搓几根。最后帕把发绳拉拉看，渐渐施以由轻至重的力量，大声叫好，说这是天蚕丝索，怎么绑都好，绑我看看。刘金福把发绳套在帕的脖子，另一端系在哪？椅子？不行，太轻了；梁柱？房子会被拉垮。没有比大眠床更好的，便系上去。绑完，刘金福出门去，拄着拐杖抠哩抠哩地离开，消失在街道。

帕对这种待遇极为诧异，不亚于一根刚吸收雷电的避雷针，头发竖直，全身发着抖，然后在旅馆整整被软禁两个半月。刚开始时，他大吼大叫，把指头伸入发丝与脖子的间隙狂扯，不是脖子就是手见血。一个邻居被帕的叫声吸引，忍不住从钥匙孔偷窥，碰开了虚掩的门，撞见坐在床边的帕脖子以下全是血，吓得他边跑边叫，说鬼出现了，鬼屋的鬼现身了。整间旅馆顿时安静极了，帕也吓得不敢动，唯有走道尽头的纱门因弹簧松了，被风吹得砰砰响。然后，旅馆最勇敢的小孩爬过来，丢出符咒手榴弹——鞭炮外糊上层层的名庙的符咒——要炸死眼前穿日本军服的鬼。符咒手榴弹被帕捡起来握，引信烧完，发出类似青蛙打嗝的爆响，便安静下来。帕走向小孩，把手榴弹还他，才到门口人就被长度有限的发绳扯死，轰然一声，摔得仰躺地上。

小孩吓坏了，沿着长廊边叫边吼："鬼勒人，快勒死人了。"

"我就说是鬼，你不信，去拿关刀斩鬼。"先前被吓着的人说罢，去拿了行天宫求来的小关刀，要往帕身上劈。

"别真的砍死，他还有利用价值，赶回去就好。"这时有妇人探头大喊。

帕躺在地上，脸部霞红，几乎变成火鸡了：他颈部的肉被发绳往上托得像喉囊肉垂，呼吸困难，发出咯咯的尖锐叫声。他提起脚，推开劈来的关刀，往后爬进房内，关上门。真是噩梦，被当成鬼还真不是滋味，帕稍事歇息，好确定不会冲进来一群人。等到外头喧嚣停止，帕继续找出发绳的破绽，既然扯不开绳套，找每段头发捻合的间隙，铁定能拆开。他借阳光找，太完美了，那些细绳一体成形，也许靠显微镜都找不到线头。最后，他的脑筋动到大眠床上，发绳缠在上头，怪哉，凭着根底好的功夫，解开也难，干脆劈了床板才行，但是刘金福离开前丢下"把床拆坏，赔也赔不完"的话。帕除了钱之外什么都多，时间多、力量多、脾气更多，得忍着点搞这张床。傍晚时，刘金福提着晚餐回来了，看到帕坐在床沿，称赞他守本分，没扯断发绳。殊不知帕今天没心情困在这儿，也没能耐走出去，完全坐困愁城。到了夜里刘金福也不想解开绳索，要帕将就着睡。刘金福睡得半死不活的，帕快活活气死，情况持续了几天。到了第七天，终于有了转圜，刘金福中午起床时，把发绳放在脚指甲摩擦，割断后再多搓一段发丝。这下子帕的活动范围多了约三十厘米。他高兴极了，没有顾到自己仍是阶下囚的身份。

帕的范围扩大三十厘米，刘金福的睡眠质量却倒退三百分钟，他得晏起或睡个回笼觉，到中午才出门。这一切是鬼出现了。鬼在旅馆里住了一年半，算是老房客了，没付过房租，也没有人看过“它”。但描述几乎把它说成易容高手外加变装客，有时候是穿披风、头上长角、手拿镰刀的西方死神；有时候是拖着铁链的牛头马面；有时候是穿长靴、挂佩刀的日本警察。有人还说是以上的综合体，就算你唬说它是一只麒麟或老虎，都有人信。对方还指着壁虎说，看，它出现了。绘声绘影下，它成了房客最难堪的猜谜。

没人看过鬼，却听过鬼。每到午夜，鬼叫开始，像打更那么准时，它坐在帕的房间内叫着。刘金福刚开始以为是强风穿过窗隙所为，叫帕把窗关密。帕反而打开窗，外头没风，只有月光，但鬼叫声更大。刘金福很生气，叫帕把窗下叫春的猫赶走。被发绳限制的帕出不去，拿张板凳放窗边，站上去对外撒尿，佯装赶走猫。外头的牲畜以为有人撒饲料，全挤过来抢。刘金福这下懂了，房间内有个好兄弟在，也了解为何搬进来时床边摆有几尊妈祖、恩主公与天公的神像，现在全沦为没有神威的公仔了，赶不走好兄弟。这个鬼越晚越亢奋，叫声越激昂，旅馆的人都习惯性地醒来，下棋、打牌或在走廊聊天。有的小孩趁此写功课，因为他们白天都玩掉了。这是旅馆生活的一部分了，有鬼才正常，他们比较担心新来的房客会不习惯，尤其是那个白日被鬼附身的帕。他们敲帕的房门。许久，刘金福颤巍巍地应门，从门后露出小眼睛，几乎流泪，说着没有人能懂的客语。

“他真能睡。”有人从走廊看进去，看到帕躺在床上睡着，还打呼。

帕当然睡得着，如果跟战场上士兵的伤病与哀号比，鬼叫算什么。而且，他把鬼叫听成瓦格纳歌剧里的男高音表现颇欣赏的。帕在鬼声中睡着，却被结束时的宁静吓醒，他醒来赶紧鼓掌，知道今晚的戏结束了。到了凌晨两点，鬼声停止了，旅馆的人才上床，走道上的小型夜市生活也散会了。刘金福哪敢再睡，好兄弟就在房里。他跑到后院，钻入板车的稻秆堆，睡眠断断续续，再加上气温湿冷，常搞到隔天中午才出门。打开房门时，常被走廊上的血迹吓着，骂上夭寿啊。等到有老花眼的他懂得蹲在地上看时，已是好几天后的事了，他又吓着，那摊血变成一张嘴，吐着细长的舌头。他赶紧跑掉，大喊看到鬼咧！大白天的。

其实，那是朵扶桑花，安安静静躺在门口。帕走去拿，发绳还不够长，便拿锄头把它钩进来。好美的花，花蕊昂然，花蒂还在，细赏无处不美。他一下子把花叼在嘴巴玩，一下放在瞎了的左眼窝，最后把花蒂摘了，吸吮花蜜，那种甜味比不上家乡的浓郁龙眼蜜，但这时候来上些，够解馋，苦涩的舌头也软腴了。之后，把扶桑花具有黏性的花瓣撕开，贴在脸上，拿着锄头到后院开垦。

自从刘金福买回锄头，命他到后院整地后，菜园稍具规模。如果他把大眠床往后门移去，发绳的转圜空间大，能开垦半个后院。这后院太贫瘠了，杂草除尽后，石头多，黄土多，种什么都难。直到他在后院东南角挖出宝藏才解决困境。那有水泥盖，底下是马桶管线末端的化粪池。把晒干的杂草烧成灰，加入粪水养地，一段时日后，他种起荷兰豆、玻璃菜、胡萝卜等冬季菜。他时间多得希望粉蝶来产卵生菜虫，他可以一只只抓起，放在交换的两手间让毛虫爬到累死。他也会把锄头当成球棒，把放在脚上的石头钩起，用锄脚的铁片击出。砰！如果石头没有击成碎末，会飞过砖墙，越过电杆间的电线，往河岸的方向尽情飞去。

“哇！红不让（ホームラン）。”这时“扶桑花少年”从隔壁用日语大喊。

“好烂，差好多，掉到人家屋顶了。”站在墙头上的“为什么男孩”眯着眼睛，把手拱在眉前遮光。

扶桑花少年与为什么男孩是兄弟，相差六岁，住帕的隔壁，是帕在旅馆中最熟悉的朋友，也是帕对整座旅馆的消息来源。为什么男孩是好动与好奇宝宝，来的第二天就朝他房里丢符咒鞭炮，熟了以后老是问他为什么。从最近的问帕为什么眼睛瞎一边、手臂少一截、老是穿飞行衣？远一点的问两条狗的屁股要黏多久、鬼死掉后跑去哪。帕不是开学校的，问久了会烦，不过他知道这年纪的小鬼有打破砂锅问到底的精神，好像为什么三个字有毒，得不断问才能排毒，不然脑筋迟早会被疑惑哽死。最后，帕想通为什么男孩总是缠着他问了，因为其他的人被问烦了，不是答非所问，就是讥笑他，甚至摆出一副想杀人的模样回拒。孤单的帕缺少对谈，起先对小男孩有问必答，最后被搞烦了，也被问得要死不活，才撂下重语：“你一天只能问一个问题，再多我就不回答了。”

“为什么？”十二岁的为什么男孩问，眼神很无辜。

“这是今天的最后一个问题了。”帕蹲下来回答，很仔细地看着他，“我会把你问的那个问题想清楚，仔细回答，绝不马虎，就像回答大人。”

十八岁的扶桑花少年更难面对，因为少言。他脸颊凹陷，身体裹入毡毯，喜欢在庭院晒冬阳，阖眼看太阳，更喜欢把扶桑花在手中把玩，或别在耳朵上，最后把花放在帕的房门。刘金福就是这样被吓着。帕刚开始想得臭美，以为花是献给他的，但他发现门边有不少风干或被踩成渍的花尸，显然习惯这早已成然。要知道答案不难，整栋的鬼屋广播电台就数为什么男孩，他那张嘴不知问破多少人，也不吝解答。

小男孩认真回答："因为哥哥就要变成鬼了，他要先跟鬼做朋友，才送花给你房间里的那只鬼。"

帕笑了，为这童言童语，但是看到扶桑花少年的病状，心里有个谱了。

一月初的某天，天气清朗，早晨的薄霜已融化，附近以扶桑为篱笆的住家发现红花一夜间没了，情况持续好一阵子，但今天最糟。帕一早在床边缝衣服，这时有人敲门，他去应门，看到一束最火的花朵，附近的扶桑花全集合在这里了。献花的是扶桑花少年。他今天与弟弟特地来拜访"它"。他把花束放在藤椅上，扶着椅背当助行工具，一步步走进帕的房内。即使父母告诫进入别人家要守本分，但家规仅止于哥哥，弟弟在隐忍几分钟后，脑细胞充血了，指着刘金福从棉被露出的那只枯手说，鬼就在那呀！帕指着墙上那枚铁钉，强调鬼才是在那里，而且他把鬼像大风衣挂得好好的。当然，白天谁也看不到鬼，当然到了晚上谁也没胆量靠近看，想看也看不到，除非有阴阳眼。这满足不了弟弟，眼睛贴近，差点用猛眨的眼皮把钉子头拔出来，直到哥哥制止才停下来。扶桑花少年这时走到墙角，每一步都好慢。"早安，谢谢你。"他对鬼这么说，并献上花，合十膜拜，虔诚得好像日本鬼已升官成有应公了。

这时候，哥哥才娓娓道来这几年对鬼的看法，再加上长舌妇弟弟平日已补充的数据，帕对这家庭的生活有了几分掌握：十三年前，扶桑花少年得了怪病，腹部长了肿瘤，他们居住的花莲乡下医疗资源有限，西、汉医罔效，但是日本败降给他们契机，立刻坐公交车通过挤满白云与危崖的苏花公路，来台北求医。开始时赁居不是问题，到处是空屋，租金像白开水便宜，但疏开的人潮从乡下返回后，房价止跌回升，很快连走廊也租不起。却发现鬼屋与凶宅不只俗又大碗，还欢迎你去充人气。他们住过北门附近的发电机鬼屋，鬼像液态的静电在房间流来流去，让人的鸡母皮与寒毛从来没有倒下过。也住过锦町的凶宅，尸水渍牢牢地渗入地板了，母亲怎么刷都刷不掉，用木头盖上去还会浮出来，无奈的父亲只好躺上去消遣地说，看，这是我的影子而已。大稻埕的下奎府町有间鬼屋，夜晚有上吊的红衣女出现，用绳子把自己勒颈在梁下，荡秋千玩。屋主不只免费招待他们全家去充人气，还送钱。夜晚时，阴风在梁上荡来荡去，他们全家在梁下煮火锅。往好处想，夏天住鬼屋，阴风飕飕，还可以免费吹电扇呢！但是令人沮丧的不是鬼，而是病，哥哥没有好转过，皮囊成了汉医针灸的插针包，胃成了西药的储藏库。他几乎精通各种民俗疗法，脑袋也充满信仰，道教、佛教、基督教与伊斯兰教，一场信仰争夺战开打，谁能以神迹治好他就是唯一真神。唯有霞海城隍庙的道士挺幽默的，由城隍爷降乩说："找鬼拿掉肿瘤就行了。"找鬼开刀也行，扶桑花少年躺在儿玉町，也就是宁波西街的厉鬼屋，等鬼上门。据说屋主是有名的外科医生，执手术刀高妙，被情妇的老公用大菜刀砍死后就不是了。到了夜晚，厉鬼嗔怒了，整栋房的接榫颤抖，铁钉喷飞，木板发出人踱步的咿呀声响，陪伴的父亲吓昏了，只有哥哥醒着独自面对命运的折磨。他躺地上，紧闭双眼，体内器官像捞上岸的活鱼乱跳，任一团冰冷的气团笼罩，感受到一双鬼手塞进肚脐，搅呀搅，翻呀翻。鬼发出啧啧声音，玩起各种器官，就是不碰到处转移的肿瘤。他大哭，手脚乱踢，好把死亡蹬开。怪事发生了，鬼的双手最后包覆他的心脏，喃喃说："哎呀！心脏好咸。"说出荒怪诡诞的话，但语气完全像酒醉的祖父在逗逗爱哭的孩子，不带半点伤害。那一刻扶桑花少年懂了，有一天他会成为鬼类，这只不过是"它"教他如何成为鬼的勤前教育。或者说，"它们"飘飘忽忽，没有想象中可怕，有点像街上的野猫，白天躲得严，晚上又怕人，冷不防从街角窜出的老鼠还会害它们噩梦连连。

"所以我们今夜要在这等它出现，跟它说话。"哥哥说。

"好耶，我活得不耐烦了，等不及要见鬼了。"弟弟说完，还装出尿急的样子，惹得大家笑。

兄弟俩希望今夜能拜访鬼，好好地跟它道谢。这时候，刘金福起床，中断了这场谈话。他到厕所撒尿，用水箱引出的水洗脸，漱个口，吃完早餐。他走之前宣布了天大的消息：他暗晡夜（今夜）不转来睡。刘金福说话时不是面对帕说，是对着墙上的铁钉，好像说给鬼听："是吧！我今晚不用受你的气了。"事实上刘金福在被窝里早就听出几分对话内容，好制造兄弟与鬼相遇的机会。等到他走出纱门后，兄弟俩爆开欢呼，商议今夜如何与鬼厮混通宵，恨不得把时钟拨快些就能消化时间。不到傍晚，兄弟俩在帕的房外徘徊，声音亢奋。到了八点，他们全家人敲门进来，围坐在铁钉附近，像观赏一场异次元电影，手中拿小零嘴，哥哥吃五香卤豆干，弟弟的舌头被烧酒螺辣伤，只能衔着螺壳当哨子吹。时间一分一秒过去，墙上没有动静，兄弟俩累得睡着了，父母也眼皮松垂了。时间到了，帕叫醒他们全家，吓醒的弟弟以为见鬼而发出最怖厉的叫声，喉咙深处的小肉垂几乎跳出来。叫声透过墙，整间旅馆的人以为鬼在叫了，纷纷醒来做爱或到走廊聊天下棋。有人还靠在帕的房外偷听，知道此刻在里头进行"通灵"。帕搬来凳子，站上去关灯，把螺旋状的灯泡头自灯座稍稍转松便乌了电火。然后，他打开窗，让冷风进来酝酿气氛，谁也知道，鬼最讨厌没有鸡母皮的环境。一切都就绪了，鬼歌剧却没上演，连帕也觉得诡异。他走到铁钉看，原来是挂在上头的鬼被钉头卡到喉咙了，稍微调一下，鬼叫声便瞬间跳到最高音，完全没有收音机转钮由小调大的功能。他们一家子抱成一团颤抖，临场感十足，但是弟弟马上脱口说出，“它”还要叫多久？帕以为他们要听通宵，这么没耐心，暖场都没结束呢！

“它为什么要叫？很痛苦的样子。”扶桑花少年问。

“铁钉，”帕指着自己脑壳，说，“它被人用带铁钉的棒子打，铁钉穿入脑袋拔不出来就死了。”

“我可以跟它说话吗？”

“可以，不过它哭得很惨，我帮你说更好。”

扶桑花少年站上凳子摸鬼，顺着帕的说明抚摸它的肩膀。那是鬼吗？好虚空的形体，哥哥连寒毛也没翘起来，显然鬼叫不是来自眼前，是来自四方的共鸣。扶桑花少年起先怀疑帕的指导，手中空无一物，但他最后相信了，从那刻起他感到平静，有了鸡皮疙瘩，不是寒冷，而是感动引起的，周身流动一股暖流。哥哥吞了口水，说起话来，说他谨代表这里的居民向这位“好朋友”致意（弟弟在旁边插嘴说是“好兄弟”才对），感谢它的存在，他们才能住这么便宜的旅馆。他带了些等路（礼物）给它，父母送润喉的胖大海，弟弟送哨子，它叫累了可改用吹的（弟弟又说那是高音哨子，很符合你的叫声）。至于他自己，想破头壳也想不出足以相称的等路。他只有一双手，用这当等路了。说罢，哥哥虚抱着眼前的空气，轻轻地，温柔得像他至今十八岁以来的第一次初恋，是跟一只鬼。忽然间，奇妙的时刻来了，漆黑的房里，鬼的身体有了线条，瞬间迸出淡光后又消失了。它说来就来，说走就走。长久来必须嚎上三个小时的鬼哭，突然提早两个半小时结束，好安静，只有走廊丢骰子入碗的声音很激动。很快，整栋旅馆的人也停下游戏，惊骇万分，要是鬼不再叫下去，房租会涨的。他们聚在帕的门口，祈祷鬼叫声响起。

然后，哭声响起来，尖锐吓人，却不是熟悉的鬼叫。是为什么男孩在房里大吼大叫，对哥哥喊："你把它弄死了，你要赔我一只新的鬼。"还将哥哥推下凳子，快摔成一摊玻璃碴了。最后整家人吵起来，怪罪彼此出了又馊又烂的主意，明天睡七张犁坟场好了。帕坐在床沿，干脆掩被睡去，懒得下去搅和。也使得原本是上演一场温馨的鬼片，瞬间变成家庭武侠片，旅馆的人也叫骂到天亮才散场。

帕很早就醒来，但冬天的早晨却来得慢。他爬上凳子，把整理成圈的电灯线松放到地板附近，把电火珠转入灯座。十烛光的灯亮了，他握着电火珠，指甲与肌肉透出红咚咚的光。僵硬的手指暖了，他拿出托为什么男孩买来的笔砚，磨好墨，摊开纸，趴在地上写信。他右撇子改用左手生活，劈柴的力道不变，但细腻度差多了，拿筷子夹豆腐绝对会饿死人。拿笔的时候，帕感觉手抓的是云，飘来飘去，不受控制。于是他告诉左手，好好对待你的新朋友，也告诉毛笔要多担待笨手，也告诉自己慢慢来，当作在修行悟道。说是悟道，因为帕发现汉字写久，会怀疑这个字写对了吗？刘金福便从棉被钻出头，讲了古，随意诌：仓颉（他说成苍蝇）发明汉字时在墨里下蛊，让字有魔力，才使后人看久了会忘记，会怀疑这个字形。那个蛊就是仓颉用自己的尿磨墨，字里有尿，看久了字会见笑的，要你忘了它。可是帕却很认真地反驳刘金福，说那个家伙是用泪磨墨，字里含泪，有感情的，当你看糊时是字流泪了。此后，帕每写完一个字，会伏身去吹干字上的泪痕，要它们不难过。这样写，通常写几个字就累了，得盘坐休息。写错了也不涂掉，换张纸重写，务必保持干净，让收信者感到一股宁静。

如果太冷时，帕会把灯泡放入衫内、靠近心脏取暖，就着一点光写字。有时候后院会传来撞门声，牲畜在骚动。帕应门打开，几只猪靠在门边取暖。帕说今天没“空袭”的游戏好玩，进来取暖可以，要是敢恶搞，乱拉屎尿，行，就把猪们活活制成存钱筒。于是牲畜趴着看，下巴磕地板，时光静默，点点滴滴流逝。天亮了，帕继续点灯，再写上半张信，冬阳才从窗口射入，把墙敷上虎焰焰的光芒，让贴在上头的百来张信书颤抖。帕站起来，猪只也起来，一起走到那面墙边。帕把每张的内容念出：

敬启者：

贵子弟 ××× 因为军务需求，日前已调往 ×× 地区服务，一切平安。本军团本着爱护子弟的心，视如己出，全力保护他的安全，慎勿挂念。

中华民国陆军少尉刘兴帕

好亮的墙呀！每封信的字句疏密有致，每个字烧起来似，充满力量。能挑剔的是用了低廉信纸，吸了墨水，字缘有些紧皱，也不够平坦。帕检视每个字的笔画有没有错，他会写，不会念，会念也是用日文汉字的发音。这封信的内容不是出自他的手，他对国语没辙，程度跟幼儿园的小孩一样糟。这封信是他求教旅馆中的某位老先生，代价是劈三捆柴。

至于那些三百零八张的求救纸条中，要是只留电话，可折煞了帕。旅馆的电话在走廊尽头的纱门边，即使刘金福把发绳放长，帕奋力往前扯仍有六公尺距离。多亏为什么男孩把电话拉过来。电话是先进的拨盘式，不是手摇式的，幸好又有男孩教导。电话通了后，他没有说明事由，含糊地说自己是某某的同学，想写信给他，你说他去当兵了，这样喔，那方便给个赐教处，好日后联络之类的理由搪塞。帕不敢当着电话陈述纸条上的意思，会不知所措。还是写信好，简洁明白，不必遭对方问个半死半活，自己却插不上嘴。

然后阳光从墙上洒下，慢慢往窗口收回去，一厘厘，一寸寸。冬天寒冷，帕随着那块温煦的光毯移动，坐在里头写毛笔。有时不写了，他愣着看那块阳光照落的地方有什么微物。那是全新的小世界，有着他没注意过的细节，也许是墙角泛着七彩的蜘蛛网，也许是染灰的弹珠，或万国博览会门票，角落有两张过期报纸和欧米杂货的型录，反复阅读直到破裂。或墙角的红渍，他舔了一下好确定那盐味独属于血；木板有刻痕，每道有来意，能分辨是鞋跟、刀尖或落物造成的。帕还透过地板缝，看到架高通风用的屋底有猫走过，或说不上什么的鬼影忽然嗖了过去，窜得快，或许是日本鬼跑出来梦游？然后，他发现一株植物从木缝钻出芽尖，他趴下去瞧，好美呀，用玻璃杯罩着，避免踩坏。有时候他褪尽衫服，躺着像狗摩擦地板给自己搔背，阳光落不停，直往身上揉呀捶地按摩，舒服极了。难怪扶桑花少年着迷于此道，每日到院子里泡阳光。之后，越近中午，阳光越辣，帕全身渗出小汗珠，冒着蒸汽，蔚为壮观，他感到自己就要挥发为一朵又白又凉的云，心无罣碍，亦无阻拦。

到了午后，阳光跃出窗外，慢慢地移过菜园。帕会趁傍晚日头没太烈时，举锄整理，锄到的石头会朝河那边挥棒打去，石头飞好远，阳光也撒得好远。天色逐渐暗下来，夜来了，远方有些灯，招牌或路灯之类的。帕这时走到厕所，从水箱接出水，抖瑟瑟地冲冷水澡，用菜瓜布大力搓皮肤直到发红发烫。随意抹干身体，回房内，旋开灯，就着一盏小灯盘坐，这时身体便有股回甘的暖意。他在等刘金福回来。有时要等好晚，刘金福才拎着帕隔天的早、午餐回来，通常是干粮类的饭团。帕一天也只吃这两餐。

不要以为两子阿孙只会干瞪眼，把时间当酷刑，有项“空袭”的游戏，颇适合合家欢，这么说是连鸡猪也能加入。它们谁要是赢了，可以随刘金福去台北逛街。牲畜巴不得每天能玩，天才亮就在门边骚动，恨不得有手能开门进来，也恨不得有喉咙能大喊，我们等不及了，来玩吧。它们都知道关在后院没趣味，那不过是较大的牢笼，能走出鬼屋放风多好。游戏约半个月玩一次。玩游戏时，刘金福开门，欢迎猪鸡进房内，撒些面包、豆饼之类的东西犒赏。鸡拍翅膀，猪啾着鼻子，争食声不绝。吃饱了，刘金福站在床上，敲响饭锅，宣告游戏开始了：他闭眼，深深地呼吸，发出 B29 轰炸机沉闷的引擎声，听起来像刷萝卜的剉签器活刨人的头皮。原本欢快的牲畜板起脸，身体发抖，死亡的阴影笼罩脸庞，看得出战争的后遗症不是小得可怜的伤疤，几乎是从骨髓中抽汁的恐惧。然后，它们陷入想象的深渊，大火蔓延，灰尘猛下，弥漫焦味与哀号，热空气太多，大力喘的话，气管会烫伤。

倏忽，刘金福敲饭锅，大喊“轰炸了”。这一喊非同小可，浑身哆嗦的牲畜跳了起来，往床铺底下钻，过程还用尽心机，推挤拉扯，连拐子都用上，谁先占了床下的中心位置就赢。胜者获得一朵扶桑花。输者也有赚到，它们借由每次的轰炸游戏，释放内心的旧记忆。不然烧夷弹烧成烤肉或炸成肉饼的画面会化成噩梦，传输超出了神经线的负荷。游戏结束，刘金福拍拍手，把输者赶回后院，要帕把胜者带到厕所洗，猪蹄缝与鸡腋下都好好刷。帕把赢者挽进厕所，不忘说，来，给你个沙密斯（service）了。厕所传来乒乒乓乓的声响，服务真特别，几乎是拆骨头的马杀鸡，难怪牲畜乐得发出哀号声。最后，由刘金福带干干净净的胜利者去逛街。

出了门的牲畜再也没回来鬼屋，是乐不思蜀？抑或是逃窜？这是其他牲畜的困惑。不过这种困惑对动物来说只维持一天，接下来的日子，它们开始思念轰炸游戏，想念游戏的前菜面包，想象出门前的马杀鸡多么诱人。到了一月底，寒风来袭，哈出去的气几乎瞬间变成霜，一只鸡扑飞到了屋檐下的气窗口避寒，目睹了房内的真相。那时结束了轰炸游戏，帕衣服脱光光，只戴个飞行镜，把胜者带入厕所，果真来个马杀鸡，杀得那头猪骨头酥软，哀号不绝。

在欢愉的最高潮时，猪死了。帕从后头夹着猪下肢，用断肢勒猪脖子，另一手持刀插入它的咽喉，直到断气。猪血放入锡桶，又剖开猪肚掏出内脏。脏器很新鲜，肠胃还蠕动着。没有一项是浪费的，猪肠的粪便冲入马桶，充当后园的菜肥，连猪毛都可以转换成台北摩登小姐的假睫毛。没错，刘金福每日出游得花费，携带的钱财与变卖家当所得的资款，仍赶不上物价上扬，牲畜便是最佳存款，它们也随着物价上涨，而且价格好到不行。轰炸游戏后，刘金福用箩筐挑着杀得干干净净的胜利者到街上卖，出门前对后院方向大喊："舒爽吧！带你出去玩了。"

那只躲在气窗边的鸡害怕无比，随即转为愤怒，它信奉的皇帝竟然如此对待它们，残害、虐杀与分尸，连空气都被玷污了。盛怒冲上脑门，让它头晕目眩，双脚发软，从高处重重摔落，摔得什么都忘了，只记得该死的轰炸游戏呢！第二天凌晨两点多，它早就醒来了，扑上围墙，高声嘶啼，几条巷子内的鸡都学它大叫，都知道它多么期待要玩轰炸游戏。

帕在这游戏中扮演屠夫角色，杀死曾在国军抓兵行动中救他的牲畜。他不敢想太多，屠夫要是有感情，沾血的屠刀就能盛开出莲花，成佛了。他杀完猪，用菜瓜布刷干净身体，抹上肥皂，务必不留下血腥味，免得屋后那些畜生闻了想太多了。对帕而言，他只能干这些事，待在屋里杀鸡杀猪，如果刘金福没解开发绳，也许一辈子待这，慢慢地病倒，最后在床边死成一副枯骨，让鬼屋又添了一位成员。

不过事情有了转圜。隔天中午，鬼屋有了骚动，走廊有人细声说“阿山仔”来收钱了。过了不久，房东带两个警察上门，门没敲就闯入帕的房间，看他盘坐在窗口射落的阳光中写毛笔字。房东来收房租，警察则收地盘费。帕从口袋揣出一沓纸钞，拍在地板上，警察弯身去取。一旁的房东窃笑，心想要是这头水牛没点头，谁也别想占便宜。果不其然，帕连忙用笔头压住那沓纸钞，凭两个警察的蛮力，连纸钞角都撕不下来。警察哪肯松开快掉到嘴巴里的肉，他们踢断笔管，扑身抢。帕这时改成用一根手指头压住钱。警察火大了，现在他们不是为了钱，是为了面子，谁敢让他脸上挂不住就别想在这里混下去。帕理解他们的心思，当下放手，把钞票散一地。他这么做是有道理，要是现场乱了，毁了后头墙上的数十封信，吃亏的是他，还要再抄一个月久。年轻的警察曲腰去捡钱时，被资深的警察喝止，扬言还会再来拜访，要是不乖些，那就要先练练把皮绷紧一些的功夫。说罢，甩门离开了。

房东耸耸肩，说这些阿山仔不好搞，你有天大的才调，恶搞下去，也准备剉咧等。说罢，把钱一张张拾起，随着手中纸钞变厚，干涸的表情也丰厚了，最后给帕下个通牒：下个月房租涨三倍。这么收也是合理，他是二房东，那个头家连长要多收，他也只好跟着水涨船高。

“如果我不给呢！”帕说。

“只好把你的份算在别间，由他们多缴补足。”房东说完离去。

帕不在乎房东怎么做，在这旅馆，他不欠谁了。上次扶桑花少年把男高音的日本鬼搞哑了，房内安静了几天，房东连忙赶过来涨房租。在后院种菜的帕得知了，拿锄头在墙角往下掘一公尺，找到了骨骸。那是日本警官的残骸，警衣烂得差不多，脑壳上有一根快锈掉的铁钉。日本鬼多次恳求帕掘开后院，帮它拔掉脑壳上的刺，化成厉鬼恐吓都没用。现在帕自动掘出骨头，心狠手辣些，在它脑门多下根钉子，再用绳子勒紧喉咙。男高音跑出来了，白天也哀号了，旅馆顿时传出凄厉的鬼叫，激烈回荡，房子微微颤动，仿佛每根木梁起痟了，蛀虫与白蚁全都落地死亡。房东吓坏，白日撞鬼不成，二话不说冲出门，很快地带回三牲酒礼祭拜，猛烧冥纸与香炷求饶，照三餐拜，连续三天，似乎这些宗教用品不用钱买的样子。

到了二月初，帕出关的日子来了。

空气中充满淡水河的味道，衣服是，头发是，连房里的每根木头都有。帕认真地嗅，怀疑那是上一次大淹水留下的吗。这时候，门外传来敲门声，没等到回应就闯进来，为什么男孩就站在门口，眼睛红润，鼻头酸楚，双手放在小腹像苍蝇脚搓着，全天下最能打动人心的孩子模样就是如此了。帕叹气，从床板下的缝里拿出萝卜干当零食请他。男孩吃完了，大哭起来，说他不能住这了，没钱付房租，月底要走了。帕再请他吃一片萝卜干。男孩吃完大哭，说他哥哥陷入昏迷了，大概快死了，没办法医治了。男孩说完，得不到帕的响应又眼泪溃堤，用力哭不停，泪水之多，泪腺从膀胱通上来似的，他最后说："我哭得透心肝，你怎么没有再请我吃萝卜干？"帕耸耸肩，表示如果再给零食，换来的仍是哭声，他不喜欢有人哭哭啼啼的，不像男子汉。更无奈的是，帕也帮不上什么忙，他够穷，也许过几天会把靴子煮来吃。他也不是医生，是屠夫，绝症者来找他结束性命还行得通。男孩深知帕是铁石心肠，根本说不动他，骗上几片萝卜干也许可以。哭过一场，男孩也动了友情，从口袋掏出酒瓶盖送给帕。

"这是我最有价格的财产，就送给你了。"他指着满墙的信，说，"你有很多朋友要说话，这酒矸仔盖能帮你。"

帕翻过齿缘的瓶盖，盖内塞了两张邮票，心中油然升起暖意，说出心中一直想说的话："行，我们出门寄信去，顺便想个赚钱的办法。"前一句话是说给自己的，后一句则是给男孩的犒赏。这个瓶盖，值得帕这样付出。

"赚钱，我啥咪都不晓？"

"那好，你负责帮我带路。"

"没问题，少尉大人。"男孩立正，敬个举手礼，"但是我啥咪都不晓，做你的小兵好了。"

"你什么都不会，做将军最好。"

"没问题，我们出门去。"男孩讲完就懊恼了。谁都知道帕是属于宅男，成天窝在房间，旅馆的人私下取笑他不是打手铳就是睡懒觉。最烦恼的是，帕只要离开房间过远，霎时被一双隐形的日本鬼弹簧手勒死着，呼吸困难，整颗头红得快渗血了。

帕老早想走出鬼屋散心，心中已谋算好久。他把大窗脱轨拿下，又将大眠床扛起，从窗口打斜出去，过程难免仔细得像孕妇生子，免得床或窗框剉伤了。男孩看了，先是说这眠床这么轻，是日本纸糊的吧！又看见大床落到院子时，是扎实的，四脚磕出巨响，也碰出上斤的尘土。男孩骇呆了，也不知道站在后院是要干吗的。

帕把床扛过菜园，一边磕在墙上，一边放地上，将床形成斜坡，他站在墙头对男孩大喊，上来吧！将军，这床是你的宝座，我得随身带着呀！为什么男孩眼睛红润，鼻头酸楚，全天下最可爱的孩子模样就是如此了。他又叫又跳，蹦上大眠床去了。帕没有多费力气，一拍，一翻，一耸的，莫非武松来了，床便瘫在他头上像个孬种的吊眼白额大虫，足足有五百来公斤。男孩在床上翻滚，快活得很，引领帕来到河边，从床缘翻下头，用颠倒的姿势对帕说："台北在河对面，我们过桥去。"

帕始终没进台北城，只差一条河。原来那天看到的桥是误会，这也难怪，看到铁制桁架桥就以为是跨越基隆河的明治桥，看到吊桥就误认为跨越新店溪的昭和桥，都是知名度太高引起的误会，害他以为大台北只有这两座桥。

帕望着淡水河，野风大，把衣领翻弄。江上有数只白鹭鸶，逆风而飞，过了好久也没多大进展。河的对岸，便是啮状的天际线，由高高低低的黑瓦屋、洋房组合而成。桥在哪？帕往上游看去，大桥在上游数公里远，真远啊！简直像瘦巴巴的小骨头。巴格野鹿，帕咒骂一声，要桥时它却躲得这么远，那就自己过江去吧！他在河堤边随意拔了一管的麻竹，用牙齿撕去骨节上的枝。之后便把飞行衣脱下，将两封欲寄的信塞入里头，交给男孩保管，一身只晾着日本丁字裤。过了泥滩，迎面来的是冰河水，帕迎面而去的是用沸腾的热血。他把眠床滑入河，单手使劲地撑竹篙，便航向对岸了。床到江心了，河水汤汤，冬洋乍暖，人生多么畅意无比呢！

“过桥？呵！我等不及了。”帕大笑说。

我是鬼子，
也是来寄信的

在城市里，建筑、秘密、政治终将会沦为尘土，只有传奇还活着。

传说来自耳语的膨脝，到底谁先说的，没有人知道。人们都说，那个壮汉住在江子翠的二条通与三条通之间，某次砍柴时，刀柄迸裂，断刀剁断脚动脉，血喷光了。无计可施，壮汉的父亲用牛血输入，意外活下来，故力大如牛。错，有人反驳说，那个“牛屎人”是个泰雅人，是往来乌来泷（瀑布）与新店之间的台车夫，一次推六台车，一餐拼一锅饭，每次进城沿着火车新店线的铁路跑。错，有人说那是个穿飞行衣的日本兵，住在火车北淡线哄哩岸站附近，站前不是有成排剪有英文字母的榕树，注意看，如果英文字消失了，那天他就会出现。错，有人拍胸脯保证，在金山沿海看过那家伙，半暝三点就等渔获上岸，四个箩筐夯过草山（阳明山），夜奔二十公里到大稻埕，批发完，再回金山夯一转到士林市场，要是有人刁工说他的鱼不鲜，他头一歪，呸，口水落筐，那鱼全醒来尖着尾巴跳；然后他说不卖了，把鱼全担走。错了，有人说那少年来自八里的老坑猴洞，谁死在那，廖添丁，那少年是廖添丁转世，知道吧！有人信誓旦旦地说，你们看过他跑吗？够快够狠，铳子打不死，房屋压不垮，人也没有影子呢！那家伙不是人，是鬼，要是我说错，把我浸猪笼算了。

这些传说都是帕离开台北后才传开的，对他而言，也终归尘土。不过他忘不了头一次进台北城的感觉，那是一九四七年初的事，水泥建筑干净整齐，电线杆林立，骑楼深邃，抬头看到的多是招牌，低头到处是垃圾桶；街道宽阔，得在中央辟个菜园种树，三线道马路上总有走不完的行人、牛车、三轮车与冷风。牛多没什么大不了，怪的是都往相同方向走。“二战”末期的台北大空袭，米军精准地把总督府炸毁了，这个台北最明显的箭靶坏掉后就难修，战后改为长官公署也还一时修不完，每天不知道有多少牛载运砖材去补墙。帕后来才知道，这城市有十万头以上的牛帮人干活，集体出动，顿时陷入非洲大草原的恐怖，代价是有些道路在大热天成了沼泽，泥泞的是牛粪，沼气是粪臭。

最难适应的是通货膨胀的压力，除非像宫灯不吃不喝，还能照亮他人，锱铢必较的功夫让人足以长出第三只手精打细算，或多张嘴好讨价还价。米是算粒不算斗，吃东西得先付钱，以防饭后又涨。至于寄信，最好多贴邮资，不然由火车运的可能改由牛车送，对方收到喜帖时，新娘可能已生出婴儿。这吓坏了帕，他进城打算寄上两封信，现在只能先寄一封。也不知道是过于兴奋，还是物价上扬让空气充满铜臭，帕没吸几口空气就退回河边，划回自己的鬼屋了，狼狈收场。

“将军阁下，早点回家的原因是，我满脑子想的都是如何赚钱。”帕一边对为什么男孩说，一边把衣服的河水拧干。赚钱是早日把墙上的信寄出去。寄不出的信是噩梦，帕老是梦见一班列车上的士兵哀号，问他家书寄到了吗。

为什么男孩回答得干脆：“还用想，工作多到能用扁担挑。”口吻不符他十二岁年龄，但是回答的工作全是他母亲做过的。可以做女工，比如帮忙缝冬天手套，鬼屋里有几位阿桑都是干这活。洗衫裤也行，勤一点，保证能糊口饭，不过这份工作大家抢得凶。其他还有帮佣、托婴、厨工等等，多到做不完。帕听了只有摇头的份，他宁愿拿枪杆，也不拈那种掉地上就融化似找不到的针。洗衣服更惨，谁家愿意把大家闺女的内裤送到帕的手上把玩。说来道去，这些都是女人工作，帕下辈子才有份。

无计可施，为什么男孩求助母亲，帮帕觅得一职。母亲从木箱子拿出各种用来治疗扶桑花少年的汉药，有菲律宾海马、暹罗虎骨、高丽人参、印度熊胆、非洲犀角，足足能开小型的万国动物标本展览会。她说："这是所有的家当，今下用不上，拿去卖吧！"言明买卖事成，五五分账。

帕他目前干最好的职业是军人，精神是宁死不屈，现在要他求别人买药，简直要命。他想了一夜，梦里梦外都辗转反侧，隔天阳光从窗外爆亮，墙上百来封的信在光亮中翻动，发出轻微声。帕再度检视那些内容，没错字，也没语病，唯一令人不安的是那些寄不出的信有灵魂，仿佛张口大喊着回家。刘金福不久醒来了，抹把脸，吃个冷早餐，便要帕杀只鸡好带出去卖。刘金福出门前，帕扯了个谎，跟他开口要了些银角仔（零钱），下午吃个面糊解馋。刘金福早就看穿帕的心思，要把墙上的信寄出，便说，现实更灰心，你寄出去，就是让家人多个担忧。说罢拖着木杖与沉重脚步，打开纱门，离开鬼旅社。

才传来关纱门的声音，为什么男孩又来缠着帕，也多亏这鸡婆的功夫，帕才有出门卖药的冲动。男孩"引蛇出洞"的计略很简单，很短，打破帕一夜的犹豫不安。他说："少尉大人，我是将军，听好，出门卖药去了。"

"是的，将军阁下，但请用敬称'殿'，警察才用'大人'。"帕中气十足地回答。照例的，帕开窗递出床，在头上垫几件的旧衣服，顶着床出门，并且特地从后院带一台板车，划床过河。到了水深处，竹篙探不到底，帕奋力拆了一块稍大的床板当桨，划往下游的河岸，中途还得避开桥墩与来往两岸的竹排船。经过大桥时，帕慌张地蹲下身，吓得为什么男孩也依样画葫芦，还以为桥垮了。只因帕看到刘金福驼背走在桥上，连忙闪躲，怕他撞见。刘金福拄杖，另一手拎着才杀的鸡，血水弄得裤管黏答答。这老头为了省钱，花三小时绕远路过河，全靠脚走，省下的渡船费能在中午吃上一碗切仔面。床很快溜到桥的另一边，帕在这头看不到刘金福。不知怎的，想到祖父在冬风割人的桥头上，每走一步如搏命演出，随时会烟消似，帕心中涌起一股悲凉。

进城后，这股情绪延续好久都散不去，而且屡屡与他作对似。帕把带来的板车载着大床走，避开路人的眼光。他昨日进城寄信，来去匆匆，黄昏下扛着大床走，吓坏几个居民。今后进城，别太嚣张，一只老虎太逍遥地走在大街上不会成为英雄，结果很惨，不是被民众赶回圆山动物园，不然就是乐坏警察，有理由持枪狩猎你。他们到几家汉药铺兜售中药，忍受店家嫌东嫌西，不是菲律宾海马发霉了，就是熊胆潮腥了。其中一家很恶劣，说虎骨是用牛骨冒充，要是敲开的关节梗里头没有蜂窝状的骨巢就是假的。帕用牙齿啃开验货，有骨巢，很扎实。这中了店家的伎俩，说，货对了，但是品相不好，被啃坏了，不过他可以打对折买下。帕气死了，把虎骨啃下肚，也不愿便宜卖给店家，还撂下话："我可以免费给你，就等我拉出的屎吧！你�着等。"店家被帕的吃相吓坏。帕的牙齿磨得很响，眼露杀气，让人以为是虎姑婆来了。

"现在只有你吃过中昼（午餐）了，我能吃海马吗？"男孩沮丧地把海马尾巴放嘴里，恨不得吃下去。

虎骨不好吃，有股精液的味道，难怪有人说壮阳，而且坚硬的骨片让帕感到自己的胃变成绞碎机器，发出各种难堪的声音。帕为自己的愤怒感到抱歉，嘴上没说，但手表达了，将男孩抱放在板车上，好减缓他的疲累与饥饿。帕说，他不介意有人吃了海马，肉虽然小块，看起来比虎骨好吃且营养。这下男孩反倒吃不下去了，他先前暗算，只要帕阻止，便狠狠吞下这只脱水的小怪兽。他把又瘦又小只能喂饱盲肠的小肉干放入口袋，黯然低头。这时帕拍拍男孩的肩，指着百公尺外的街角说，把那个蹲在骑楼下磨药的人找来，他可能愿意帮我们。说罢，帕翻开衣领内侧，用牙齿撕下一块绯红色步兵肩章。它向来被缝在衣服内里。男孩半信半疑，凭着百公尺外的人影，就评断他能帮忙？这种人影满街都是，每个看来都比眼前的更有诚意。

男孩硬着头皮前往，中途经过骑楼下的面摊时，诱人的一幕在眼前。有人正要离席，碗内留下两口粉肠汤。男孩失去了意识，现在控制他的是拧成一堆咸菜干似的胃，他二话不说，把汤汁喝下，赶紧逃开。男孩跑到街底，见到那个背对他磨药的年轻人，他二话不说，或者更带情绪的“废话少说”，立即拿肩章给他看。他受够了这样求人，要就要，不要就拉倒，多费唇舌就是浪费他刚刚偷喝来的汤渣。那个跛脚的年轻人先是一愣，然后灵魂最深处的蜘蛛网像是被人摘除，撑起拐杖，紧跟着小男孩走。

回到原处，帕不见了，找了一会儿才看到床板在某条小巷幽幽处。男孩带着年轻人靠近时，帕从床板后头走出来迎接。男孩吓到了，撞鬼了，眼下的帕露出自己的原形了。阳光下，篱笆边，帕勒起袖子，刻意露出断臂。又摘掉了平日戴的飞行皮盔与飞行镜，左眼是骷髅眼，没耳朵，脸上布满坦克铝带辗坏般的伤疤，惹得几条狗跑来对他咆哮不停。帕的习惯是，凡是现场有第二人在，即使是刘金福，他也遮上这种面具，包括睡觉时。

年轻人表情惊讶地看着帕。之后，他撩起右脚裤管，把露出的铁架义肢整个甩掉，又丢掉拐杖，只靠单脚不断在原地跳着找平衡，停下来就跌倒。彼此有点像小孩子在比惨。帕拦下要帮忙扶起年轻人的男孩，示意让他自己来。最后，单脚年轻人扶着篱笆从地上站起来，对帕敬以举手礼。

帕回礼，端视对方良久。然后单刀直入，拿出汉药材，不卑不亢地对年轻人说："头一次来台北，没有钱生活，这些可以卖吗？"

年轻人拿下东西，也不检视，一握就知道分量了。他猛点头地说跟他去，拿钱给他。说罢，年轻人也不管帕有没有跟去，连义肢与拐杖都不要了，兴奋地跳回家，在转角还摔得满身是土，连忙爬起，又连忙跳回家。

终于有着落了。帕脸上露出了笑容，笑得眉毛几乎浪起来。他用衣角把风镜内侧的玻璃擦干净，皮盔抖一抖，戴回原位。唯独瞎眼那边的风镜不擦，不是不用看，是不让人看透。一旁的男孩却哭了，原本耸耸肩而已，最后号啕大哭，泪汪汪得把眼睛快泡皱了。

"跟你回失礼，把你吓到了。"帕蹲下身，对男孩说。

"没有。是看到两个阿兵哥这样，才突然难过。"男孩猛摇头。或许这种难过像打喷嚏，哈啾两下便没了。但他也询问帕，为何整条街那么多人，唯独看到街角的年轻人肯帮忙。

人总是在绝望中遇到贵人，端看运气与缘分。偌大的通衢街道，从日据时的"丁目"改为"段"，"条通"改为"巷"，随处望去，五个年轻人中总有一个是退伍军人，流露那种胆怯、害怕与无奈的眼神，帕一看，约略猜中谁是谁，只是彼此心照不宣。那个年轻人蹲在一百公尺外，用战斗蹲姿磨药，墙角倚拐杖，露出裤管的右脚踝在阳光下闪着金属光，再远也看到义肢的光芒。帕的心中也有那道光，只是藏得紧，曾奋斗的信念瓦解了，新来的国民政府又视他们这群老兵如破瓦。帕需要被认同与理解，知道那个年轻人也是，便大胆露出自己的面目，与其说那是比残比缺比悲哀，不如说是取暖，仿佛说：我们是同类，别躲起来。这类的人会帮忙彼此，帕这样想，深知对方也这样想，故出此策。

不过，帕要对小孩讲出这心情，实在颇难，便说："我是凭着他的衣服，上头写着米国字 POW（战俘），很远就看到。"战后，不少南洋回来的士兵都穿这种衣服，由当地的联军发配的。

"POW 是啥咪意思？"

"输、了、了。"即是输光光的意思。

男孩惊叹原来是这意思，台北好多年轻人这样穿，还以为是流行。接着，他抹干泪说出自己难过的原因。他说，战争刚结束时，保正伯（里长）说有阿兵哥要回来了，动员大家去车站迎接。火车靠站，大家热情地摇着旗，大喊欢迎回家，给那些大哥哥鼓励。拖了些时间，那些阿兵哥才一个个走下车厢，脸上没有好表情。车站也变得好安静，没人摇旗，也没人叫好。那些阿兵哥全穿着病院的灰色衣服，身上都少了零件，有人断腿、有人断手，有人没长头发，只长出被火烧过的疤痕。他们排队，安静走开，只有铁拐杖咖哩咖哩的声响。男孩又说，你跟那些阿兵哥比起来，算最惨的，他才难过。

"我不是最惨的，最惨的永远回不来。而且，告诉你一个秘密，我有再生的能力，像壁虎。"帕很神秘地往胯下夹个东西，又说，"不过常长错，断手长不出，却长出一条腿。"

男孩又流泪，不过这次是被逗翻了。帕把年轻人先前留下来的义肢夹在双腿间，走起路来，假装自己有三条腿，扭扭捏捏极了，还拉着推车，用令人喷饭的动作前行，慢慢往汉药铺去。男孩则拎起那根拐杖，斜在肩上前行，踢正步，大声答数。

汉药铺的头家给足了价码，对帕甚为感谢，表示家中的后生很久没如此快活了，但也劝帕别穿着日军服在街上踅来踅去，会被抓的。之后，将家中的剩菜蒸过，炒了道青菜与菜脯蛋招待。帕被发绳系在床边，只能坐在店门口的板凳上吃，他起先装客气，回答年轻人好奇的询问，比如在哪当兵？在台北住哪？但久了，他只点头回应，眼神放在稻黄中带点微焦的菜脯蛋，他独钟此味，萝卜干弹牙，煎蛋滑舌。最后他脸色苍白，身子发抖，因为血液已聚集在胃，准备好应付长久来的待废状态。直到男孩鸭霸地把菜脯蛋吃了半盘，帕出击了，把煎蛋夹进嘴。够狠的吃相，换来神秘的感觉，啊！一朵被夕阳烤焦的云落下胃了，也许低头能看见肚脐在发光呢！再胡乱扒些饭，喝两口汤，已满足了，真想到空旷的淡水河边高喊，真爽。

吃饱了，口袋也有了钱，今天的活干完了，年轻人送帕到巷口，还偷偷塞上两瓶的药酒，说这是祖传的，拿来卖有好价钱。帕点头道谢，在街角告别，回途顺道到邮局寄出六封信，又买了猪油半斤、橘子八颗，好感谢男孩的母亲。有了这次经验，帕觉得做生意不能太缩头缩尾，像大丈夫卖女内裤，不敢大胆地敞开心胸，如此下去，卖什么都亏本。回到鬼屋后，他与男孩重新拟出作战计划，好把两瓶药酒卖出去。两人你来我往，尽量把重责给对方，要求对方该如何扛责任，自己顶多是插花玩票而已。最后只好采折中方案，两人深觉明天不要来，计划真丢脸。

隔天，帕脱下飞行装，穿上灰棉袄与长裤，足蹬草鞋，口叼烟杆子，一副乡巴佬进大城的憨样，不过那张鳄鱼脸太恐怖，还是套上飞行盔与风镜。至于男孩则走摩登路线，戴草帽、穿女性连身洋装，裙下套着昨日从淡水河捞上来的玻璃丝袜，他反对化妆，出门那刻却回头把脸涂上又厚又浓的妆，恐怕连子弹也打不穿，好让谁也认不出他来。两人以“**黑狗**”与“**黑猫**”互亏彼此，这是战后的流行语，型男与辣妹的意思。而且两人在耳边别上扶桑花，更能吸引人客。照例是乘床过河，进城讨生活。不过这次不是把大床用板车拉，是顶在帕的头上，床上站着男孩。就是要娆摆，就是要热情招摇，就是要往人群热闹处钻。男孩拿着小鼓敲打，咚咚隆咚，把红皮鞋往床板大力跳踏，咔哩咔啦，还不时撩起裙子，露出用草绳系紧的玻璃丝袜，惹得路人大笑。男孩见人多了，喉咙敞开，把拟好的广告稿大声地念：“哟，俗俗俗！俗又大碗。紧紧紧！赶紧楼顶招楼下，厝边招隔壁，阿爸招阿嬷，阿公招孙仔，阿母负责招全村喔！来喔！”

帕见人群都把眼神抛过来后，大喝一声，把床板放在地上，那不过是重重举起、轻轻放下，床脚把地磕出了灰。众人知道这床是真的，不是膨脝的，而帕更是。接下来就是郎中卖药的那套，帕把上衣褪了，含口药酒后往胸膛喷，日头一照，呦！看，金光闪闪，瑞气千条。帕不废话，要群众拿砖或石头往他胸口敲，敢拿杠锤更好，把心脏挖出来也行。观众看了，却没人敢动。帕又赏出一把钱，谁要是往他胸口打破皮，钱就归谁。一个旁观的大汉仔卷起袖子，往掌心吐唾沫，搓干净，拿起砖头，说声失礼了，就往帕的胸膛重重砸，打得手麻而且有股脊椎钻透脑壳的晕眩，差点跌倒。帕扶稳大汉仔，夺下他手中的砖往自己胸口拍，砖头没了，胸口也没半点痕。帕说声歹势了，钱自己赚回了。这一来一往，两瓶药酒卖了，生意好得能躺着干，还有人因为没买着而气呼呼地喘。帕微笑道歉，末了，大喝一声，步伐甩开，把散场词边走边念了：“我是下港来的电镀铁牛人，身高六尺四，头毛是铁钉，肌肉像鸡胲（气球），战车辗不死，坦克压不歹，颠倒来帮忙打磨抛光。”这闽南语念得破，群众大笑。忽然间，声音没了，众人望去，只见一个大汉仔顶着床，床上站了摩登的反串男孩，消失在街角了。追过去找，地上只留下一朵扶桑花。

没有人知道卖药郎从哪来。有时从新店的山里来，往河边去。有时从火车站来，往淡水海边去。有时帕上岸时陷了一身泥泞，有人就说他是泥牛化身。有时帕在嘴边叼根草茎，有人就说他是大道公（保生大帝）的马夫下凡。光是整个台北市的好事者替帕捕风捉影所耗掉的口水，能养活一甲的稻苗。后来，大家说他来无影，去无踪，唯有扶桑一蕊红，干脆叫“一蕊红”。那花别在耳上，跟天师钟馗在耳朵别上的鬼艳艳的石榴花一样，丑残的面貌也跟钟馗差不多，也有人叫他“鬼王”，而且是白日上演钟馗嫁妹，看他头顶上的妹子多妖娇呀。帕不在意被叫什么，在意的是赚足钱：他把一部分钱拿来寄信，一部分垫鬼屋房客们的房租，剩下的拿来进货用，如此循环。生意做得红，不消七天就把信寄得差不多了，而且城里被他搅得沸沸扬扬，他想趁此平息风波。但是他仍要入城，不为别的，他想查出刘金福入城干吗。

刘金福到街上玩什么？早出晚归，上床就睡，下床就出门。他越来越少回鬼屋，多则三天，少则一夜，回来时疲惫不堪，躺在床上随时会死的样子。这时候帕会靠过去闻味道，充满烟酒与老人体臭，甚至在皮肤皱褶还有火药硝味，完全嗅不出来他的行踪。帕觉得，刘金福早已成为不会腐烂的尸体，趾甲从裂开的鞋头露出，衣服褴褛，裤带用月桃绳，头发用清国样式的发带绑，胡茬与成撮露出来的鼻毛又硬又白；牙齿只剩八颗，宁可衔筷子，也拒绝牙刷伸进嘴；不喜欢洗澡，污垢多得耗尽两块肥皂也打不出泡，身上永远飘着乞丐的馊味。最常吃的零食是枸杞，说要明目，别瞎了自己，好看清楚冥府之路。帕心想，他老的时候会这样吗？人家说相亲时，看妈妈就知道女儿将来模样。他有一天会成为如此的糟老头吧？放弃文明，视整洁为粪土，不在乎外人的眼光。但是帕多么讨厌刘金福，甚至厌恶，经历那么多战火、挫折与屈辱仍活得好好的，偏偏算命师说他的命就是跟刘金福一样，活得够老不死。帕恍惚看到床上的老人不是别人，是自己的原形，一根倔强的老木，不发芽，更是拒绝腐朽。

这天早，刘金福又叫帕杀了头猪，肢解后放在板车上，加条绳子挂在胸前辅助，拖着走了。帕也随后出发，穿上飞行衣与皮盔，用板车拖着眠床，在街角的榻榻米工厂买了稻秆堆上床伪装。男孩照例跟来，一只死缠烂打的跟屁虫，不让他来还在地上哭闹。帕怀疑男孩整天把耳朵贴在墙上窃听，有动静都逃不过他的掌控呢！只好给他跟。出了门，过了桥，进入城，人潮就多了，靠左靠右都随便走，帕为了闪人与避开车潮，几度跟丢了刘金福。多亏男孩匍匐在床顶的稻草堆中，眼尖地找出，他似乎爱上这种间谍跟踪游戏，一路骂帕没吃盐，走得慢。没想到刘金福对街道熟悉如入自家灶房，没有浪费半步，很快找到市场卖屠体，闽南语也没有罣碍，因为他装哑巴，用比手画脚的功夫，再装些可怜，肉品很快告罄，留下最有价值的猪心与后腿。之后，刘金福买了两罐红露酒、三斤狗肉与双炮台香烟，拉板车四处踅，也不知去哪，累了就坐板车休息，渴了就借骑楼下的水龙头喝，饿了吃面摊。一天下来，刘金福的行程很无聊，连帕都跟到打瞌睡。帕总结他的重点行程：刘金福在某大官的豪宅前与管家很熟络地聊天一小时，送上猪腿与狗肉。离开时，管家指着藏在板车稻草里的猪心，也被拿了。接着，他花两小时行程，到某民宅送上两罐红露酒，随意扯聊。一天就结束了。这时天色已暗，刘金福赶回鬼屋得穿过整个市区，还可能会迷路，他推着板车到公园，那里人少，符合他的企图，寻块幽静处，脱了裤子大解，事后用番石榴树叶揼净。

这样过生活与罗汉脚差不多，帕用废木屐形容，而且当着男孩面前看见自己祖父大解还有些窘。帕认为后头没好戏了，如果这种邋遢的老货仔还能上酒家喝酒，体臭会熏坏大家的酒兴。只见刘金福上完厕所，到处捡落叶，嫌不够，还摇树搜集，几乎让每株树疲惫地应付寒风与这个老头。整个公园寻了一回，刘金福用垃圾桶把落叶装了运上板车，拖到死巷，把板车掀倒，挡起冷风，人便钻入塞满落叶的垃圾桶睡着了。

帕突然有种愤怒想对自己吼：这老货仔不知照顾自己，风这么透，天气如此寒，摩挲了一天，只图个垃圾桶就好。他关在鬼屋那段时间，日思夜想，所想的刘金福游台北的地图，应该是打早出门，到巷口噉碗面糊，配盘萝卜粄；之后到公园看人耍猴戏、卖膏药，再剃个头发之类；中餐吃封肉配竹笋汤，饭后去电影院睡午觉，下午逛百货公司。晚餐后，到日式澡堂泡汤，皮肤搽油霜，走在寒冷的街道，嘴中哈着气，最后找家不贵也不便宜的旅馆，睡到天亮。但是刘金福的行程没有照帕的谱去走，连边都没沾到。难道帕的一路跟踪被发现，刘金福走苦情路线？帕不认为，除非他阿公脑后也长眼。

帕决定耗在这，观察刘金福的动静，他从裤带掏出一把钞票，要男孩坐三轮车回鬼屋。男孩不依，坚持留下来作战。帕正在气头上，一手拎着男孩，右上臂拉着拖车到街上，随意招了三轮车，就把人丢上去，喝走车夫。回头时觉得缺人揍，一拳就把路灯柱打歪，嗡嗡闹，灯泡爆裂熄了。灯暗了，这顺了他的意思，只要把大眠床扛下车，稻草掩盖，能图个好地方睡，也好监视不远处的刘金福。也不知过了多久，手中无表掌握不了时间，帕全身发抖，热量仿佛从每个毛细孔漏出来，完全堵不住。而且他晚餐没吃，肚子空空，忽然灵光一闪，他从床缝摸出了萝卜干吃，那泡过淡水河而有了鸭粪味，就当鸭肉干好了。

"你偷食我的菜脯，这才是你的。"为什么男孩大喊。

帕吓一跳，头钻出稻草堆看，是男孩捧了一大碗的担仔面前来。这条巷子冷清清的，从头通到底，只有坟场整理后变成的公园传来鬼叫声，哪来一缕油爆香葱的味道？看来这面摊可远，端来费功夫。帕心头怔揪，嘴上骂他几句，却下手把面端了来，掌心烧烫，一股暖意从手中灌满了全身。他根本不用筷子上场，先吸口汤，把舌头烫醒了干活，伸个老长，把面条、虾仁、香菜、豆芽菜都踢下肚子去。啊！帕赞叹一声，要不是男孩阻止说"碗公不能吃，那是有押金的"，他牙齿也用上了。吃饱了，帕的眼皮也要塌了，暖和的胃囊让他觉得肚子里塞了盏路灯，全身流荡着阳光，挺亮的。他便对男孩说起了个故事：从前有个地方，叫关牛窝，那里的山好高，水好透，最棒的是路灯由掉下来的星星点亮。男孩说不信，星星点灯，哪有这样的路灯，可是帕没说完就睡翻了，男孩只能相信了……

睡到半夜，帕冻醒了，张开眼时吓着，为什么男孩抱着他缩在旁边。帕连忙在稻秆堆中摇醒他，急问他怎么没回家。男孩说，他摇电话回家了，说今天跟帕大兄出门去北投泡汤、吃土鸡，不用回家过夜，妈妈答应了。

“看来你长大了可以住外面。”帕说。

“才不是呢！爸妈都不管我了。”为什么男孩驳斥，“他们偏心，比较喜欢哥哥，不喜欢我。”

又是一场兄弟之战。帕听着男孩抱怨，抖出家庭内的纠纷，父母不睦，说得嘴皮乱抖。帕听了好久才厘清男孩的意思，原来扶桑花少年在五岁发病后，焦急的父母到处找医生，时日一久，双亲开始抱怨这是对方上辈子造的孽，害了扶桑花少年。有一回两人吵得凶，怒火和欲火越撩越大，床头打了一架，床尾又爽一下，意外种下了为什么男孩的种。父亲后来把这件事当家族笑话说出去。男孩多少会认为他在家中是“插花”性质的，不是主流。帕听完了不回应，他不擅长劝慰，面对白虎队是吼的多过于轻声的安慰。帕是军人性格，深觉命令很好用，包括曾经这样面对向他吐情的白虎队。

“将军阁下，这时我该抗命了，颠倒过来命令你了。去，你马上去那边的街角骂过来。”帕说。

“这样够远了吗？”男孩真的跑到街角对帕响应，然后吼着，“我是台北城第一大将军，恁爸今晚真不爽，详细听我讲，我家有个快死的阿兄……”

帕笑了，男孩样子真狡怪。一个片腿，一个云手，然后来个小蹦，又追加个筘腿，用歌仔戏的那套把兄弟阋墙演出来。武功很拙，倒是喉咙有彩，骂得整条街有了回音，他也流汗了。最后有观众回应，不知谁家受不了这狂吼，放狗咬。男孩从那头狂奔回来，一头扑进稻草堆藏，后头跟一只疯狗追，狼狈得像是快被戏迷逼疯的大明星。狗盘桓了两圈，最后走了。

这头喧闹，那头有了动静。帕与男孩立即安静。刘金福从垃圾桶爬出来，拼命地把自己的手背与两颊搓热，对着墙壁小解，然后拖着板车离开，经过帕躲藏的稻秆堆时，没发现任何异状。帕立即跟上去，凌晨的街道空荡荡，即使保持距离，但拖着床的庞然身影几乎在告诉刘金福说，我就在你背后，你最好佯装不知道。男孩马上跳下板车，说自己常玩躲猫猫，从来没被人抓过当鬼，此时他自愿当报马仔，到前方刺探情资，再回报给帕。帕笑几声，顺了他的意。最后刘金福来到中山北路的一条小巷，附近多是茶坊或酒店等声色场所，不时传来女声笑闹，空气中也弥漫着香烟、酒味与香水味，他没有进入那些胭脂味的楼房，是走到巷底的公共澡堂。澡堂彻夜开，满足附近寻乐的男客，他们洗到一半时会下身围着毛巾到门外的摊贩，就着氤氲的茶水蒸气，边喝上一碗面茶配油条，边品论女人与生意。刘金福在澡堂外徘徊，见无人，撬开路边的沟盖，用澡堂排放的废水泡脚与洗手，再盖回去，缩在被蒸汽熏热的石板上睡去。帕看到刘金福找到好床，也安心了，心想不如到澡堂好好泡澡，去除几个月来的霉味。两人便付了钱，拿个理由推托，扛了大床进去，彻底地把身体泡成熟虾了。

隔天，照例是一段可有可无的跟踪行程。同样是刘金福买酒走访人家，吃骑楼下的面摊。这折了男孩的兴致，认定刘金福是全台北最糟的老头，像马路上随处可见、被公交车辗干的蟾蜍尸皮，别妄想从他身上再榨出一滴乐趣。但是到了傍晚，事情却有了变卦，帕与刘金福大吵起来，几乎扭打起来。那时天色逐渐昏暗，行人渐多，三轮车夫的吆喝声大了，刘金福拉着板车靠边走，无视骑楼下挂面相布条的算命师在挥手招揽。忽然，车轮掉进水沟，凭他个人之力，难以脱困，还好骑楼下的画师走来帮忙。这开启了机缘，刘金福参观了画摊，在怂恿下，他揣入口袋摸了钞票，坐上板凳，决定在物价飞涨的压力下，给自己先画遗照。这种遗照叫福寿图，格局固定，大多是女的坐太师椅，男的站立在兰花桌边，背景是富贵人家的厅堂。由于画师早已画好图案的格式，只消把人头描摹上即可。时近黄昏，自然光不足，考验画师的经验与技巧，打着油灯，求细腻的画工难免会慢些。

帕也等了，而且等出愤怒。他不顾男孩的阻拦，走近到刘金福身后看图，慢慢看出蹊跷，才绕到画师旁把画笔抢下，折断它。帕讨厌这张福寿图，这意谓刘金福大声宣告，他活够了，有图为证了。帕也讨厌刘金福画遗照，这不就间接证明，这个自认什么都行的孙子没才调保护自己的阿公。这举动惊扰了画师，深呼吸后壮起胆子，发出粗哑的怒骂，几乎让人肯定他的喉咙着火了。

但是有人骂得更火，那是刘金福。他颤抖，站起来，耗尽力气地大吼："你仰般走出来？你这野灵鬼，行到哪，都会害死人，你会害死这里的人，回去藏起来。"对刘金福来说，带着帕来台北只是就近看管。宁愿把帕死锁在鬼屋，也不愿放他出来一步。他比谁都相信，而且体验到，帕是家神三太子哪吒转世。他会刮肉换身，落身在哪个地方，那就变成阿鼻祖地狱。关牛窝被他搞得天翻地覆就是证明。

帕哪听得下去，他现在气得充血的耳膜像犀牛皮厚，还能听下去的，只有自己说出来的话："我要去哪，就去哪，你没有权把我锁在鬼屋。"

没等帕说完，刘金福抄起小桌上的油灯，往帕的身上砸去，大吼："你这身日本鬼衫，滚回去穿吧！"

帕的飞行衣烧起来，火跳着，也疯着。骑楼亮了，行人停下来看，帕身上跳着金屑的油沫，完全像根蜡烛照亮了大家。

男孩尖叫，脱下衣服拍打帕身上的火，说：“你救救自己。”

僵硬的气氛持续着，帕站这，刘金福站在那，两人不动，也不说话。倒是旁边的人像烛光下乱颤的影子跑来跑去，担心帕被烧死，因为眼前的家伙存心变成灰似的待在原地，不在乎身上有多少火。没错，帕是麻痹的木头人，摔爆在他身上的油灯烧不痛他，更痛的是来自帕心中的怒火。帕捺不下情绪，生命中最亲近的人，往往也是最恨的人，那是同脾气相碰的弃绝。帕告诉自己，今后再也不要跟这死老货仔在一起了，不要受尽怒骂、委屈与指责。断绝关系最好的方式，是离开他，头也不回地离开。

帕转身拖走板车，这时才感到疼痛，发现身上着了火。飞行衣有基本的防火功能，皮肉伤不大，但是油渍燃烧起来挺吓人。帕赶紧拍去大火，回头看，心头抽搐，他拖的哪是板车，简直是一颗发炉的天公炉。原来火苗跳到稻秆堆，得意地啃食易燃物，马上冒火，板车三两下烧起怒火。这还得了，帕连忙把大眠床拉车下，叫男孩去骑楼下取水。还好稻秆烧起来声势大，后劲小，床没烧坏，顶多熏黑了。晚一步救的板车则没这么幸运，在火堆中噼啵叹着，瘫成灰。也罢，帕觉得多了两个轮胎反而像坐轮椅碍事。他拉了拉发绳，它还是跟牙槽一样紧，这玩意细小，却连火都烧不卷。算了，他抹了把稻灰在颈根，把那润滑一番，别给箍着的发圈咬了。接着，脚一顿，脊一弹，那张大眠床就好像自动跳上帕的头。人就走了。这头顶功夫太醒目，走在大街，自然引起轰动。一群人紧跟在后头，叽叽喳喳谈论，说那就是传说中吃了仙丹的卖药郎，得靠一张床镇压自己才不会飘走。

有个孩子胆子大，跑到街中央，大吼：“来喔！来看喔！地方有出名、名声透京城的铁牛拳头师来啰！有呒？”

“有喔！”众人回应。

“大人头顶有眠床，身后跟一只老鼠没洗澡，有鼠味呒（有趣味吗）？”

“有喔！”街上群起欢呼，欢声雷动。

前句话是冲着帕，后句是冲着跟在帕身后的男孩。男孩怯了，这下了解到女人为何依赖化妆品粉刷脸庞，最好是歌仔戏那种会淹死人的厚粉，因为他脸红透了。男孩找不到地方躲，头低低，拉着帕的衣角走。帕对刘金福的气未消，啥也听不下，街头的欢呼也充耳不闻，他只感觉到有人拉衣角。回头看，是男孩，也嫌他这样拉很碍着，便一手提抛上床，大步走下去。

走不出两条街，前头是人海，回头是人墙。帕咒骂一声，这才明了众人是跟他来的，躲哪去？走左边，巷子太小，床会卡着；走右边，骑楼空间更小，除非有能耐把墙都推倒。这下走不开了，帕只好往人墙薄的地方钻去，冷不防把一个凑过来的报僮推倒了。帕转头要走，偏偏看到熟悉的讯息，就在散落一地的报纸上。他拾起一份，看了一下，成篇的汉字报道有看没懂，便指着上头的某条新闻要报僮解释。报僮哭了，说他不懂几个字，也不是故意要挡路的。帕扬起报纸，高声问有谁看得懂新闻。有个年轻人挤过来，拿下报纸，就着闪烁的路灯解释成帕熟悉的日文。

“李香兰遣返日本后，重回映画（电影）舞台了。”年轻人解释。

原来是这样呀！帕心里又惊又喜。战后，帕只知道李香兰被国民政府逮捕，以为日宣扬的罪名，定她为汉奸，判死刑。不料看报纸翻译的年轻人说那是旧闻了，他又说，事后李香兰证明自己是日本人，被无罪释放，遣返日本。帕心想，真是戏剧性转变呀！还以为风靡一时的女优就此香消玉殒，他曾着迷李香兰圆熟的京片子，狠命地学《夜来香》与《何日君再来》两首歌里的汉字意思。原来她是日本人，叫山口淑子。

帕大笑了，大家也跟着笑起来。帕掏钱买下两份报纸作纪念，围观的群众也立即抢买报纸。帕大步往前走，踅到电影院前的零食摊，买烧酒螺、甘草腌番石榴和五香卤豆干给男孩。跟来的群众也抢着买，把吸尽的空酒螺当哨子吹，满街都是哨声。帕觉得该庆祝一下，到面摊吃干面，上些小菜如卤鱼肚、烫下水、猪头皮、酱猪肝。附近几摊马上挤满人客，站着、蹲着或盘坐地上，人人手中一双筷子，嘴中全是面。没错，帕去哪，人群跟着跑，摊贩跟在后头拉生意。人群后头还跟着几个流浪汉或乞丐，捡拾掉落的围巾、鞋子、扣子，甚至是钱币。

帕问男孩："吃饱了要去哪续摊呢？"然后故意听不清楚回答似的，要男孩更大声回答。

"饮酒啦！"男孩用吼的。

"啊！这才对，"帕大声地说，"去饮酒吧！"他为李香兰的境遇高兴，顺便庆祝他与刘金福断绝了祖孙关系。

街道上有数百人跟着来看顶床的功夫，把帕围得死死的。另有穿日本军服的年轻人来指挥交通，在十字路口挥旗，车阵排得好长。帕也不急，脚步正热，心情正浓，慢慢培养喝酒的兴致。晚风穿街过巷，从各处汇聚来，有河水与山林的气味，他边走边念："我是下港来的电镀铁牛人，身高六尺四，头毛是铁钉，肌肉像鸡胲，战车辗不死，坦克压不歹，颠倒来帮忙打磨抛光。"念法不是一气通贯念到底，是帕唱一句，群众喝一句，学他用蹩脚的闽南语。最后帕带大家唱日本军歌，不会唱的就哼，哼不上的就打拍子。二十来个穿日本军服的年轻人就围在他身边，紧握拳头唱和。他们的衣着除了折痕之外没有皱褶，说明平日叠得好，趁此拿出来穿，不过穿得有些仓促，有的上衣没塞好，有的领扣没扣紧。帕指点衣着不整处，很快获得他们的响应。

原先趴在眠床上惊愣的男孩，这下可以优雅地盘起腿，看尽大街风景。人们说，台北曾是湖泊，自从一片干燥的云带走水汽后它就日渐干燥。男孩体会到这句话的含义，湖泊残影此刻重现，人潮淹没街巷，像是元宵夜热闹。好多孩子把才收好的灯笼从家里拿出来用，不外乎是打洞的铁罐或麻竹筒，从远处跑来。更远的巷底，一个约四岁的女孩焦急地往这跑，半途跌倒，提灯乌了，被最后的烛光照得惊喜的脸庞也灭了，只剩漆黑。男孩为了看清楚这幕不由得站起，希望小女孩没受伤，天好黑，床又移动，他失去那片视野。男孩再看，骑楼下的招牌边，那个小女孩出现了，提着熄灭的灯笼对他招手。他高兴得拼命挥手，而且把害羞全丢光，大叫大跳，感到再多些人，再多点欢呼或激情，或许床就会浮起到屋顶呢！

壮大的声势很快结束了。经过南京东路时，来了一批佩枪的警察，他们大声斥喝吹哨子赶人，往帕冲来。男孩从制高点看到，连忙警告，有“大人”来掠人了。不消说也能感受得到，前方骚动了，原本紧凑无比的人群顿时溃逃了。不论如何闪，头顶着眠床太招摇了，逃不过数十双目珠金金的警察。帕不逃，站原地，等待时机再逃跑。群众也没有散得干净，在不远处逛街、打香肠摊贩，不然上楼顶看。穿日本军服的年轻人赶紧脱衣，主动把人群推开一条缝，暗示帕可以从这逃走。帕就等这刻，有了路才好逃，人墙厚多碍事呀。只见警察冲来时，大吼大叫，男孩吓得跳下床。帕照例龙骨一顶，腰一弹，又把男孩盛回床上，在人群中慢闪，跟警察玩起老鹰抓小鸡的游戏，搞得团团转。末了，玩兴淡了，帕自报家门地吼“我是下港来的电镀铁牛人”，吼完没下句，化成一阵风顺着人缝逃走。倒是现场有数百位群众躲得远远地吼完，从楼上到楼下，从大街到小巷，从大人到小孩，好像帕有无数的分身在吼，说他们战车辗不死，坦克压不歹，颠倒来帮忙打磨抛光了。

也不过瞬间，眠床像是流过了无数的街哄与喧闹。床上的男孩感受到轻舟已过万重山，水泥铸造的山水也有好景色。左踅两圈，右兜三转，不久招牌与灯光全没了，一路由穿日军服年轻人的指挥下，帕驻停在一条街道。阒寂无声，两旁的围篱森森，黑松昭然，偶有风吹过门缝的嗡嗡响。与三个穿日本军服的年轻人寒暄几句，要道别时，帕深深吸口，闻出酒香，道：“我朋友家住这附近，走，去他家喝酒。”几人大声叫好，没多疑地跟去。小巷底，接上泥土路，先是凌乱的菜园与竹林，后头便视野大开。那是汪洋的稻田，正值一期稻作初始，水田灌满水。星光落下，感觉田里不是刚种上稻，是种满一颗颗灿亮的银河之光。田塍纵横，清澈无比的水圳，连水声都嫩得像是咬迸的甘蔗头。男孩对美景很着迷，但狐疑地问，这边靠山，不是转家的方向。他们没有往淡水河方向。三个年轻人更是好奇地四顾，眼前毫无人烟，哪有酒？

帕回应说，“看，那是我朋友开的‘高丽亭’，还有，那是‘江山楼’，‘天马茶坊’在最边边。最远的是‘吟松阁’，可惜关灯了。”这一路念下来，台北有名的声色场所都有了。

大家放眼看，附近哪有酒家呀！帕也看了过去，尽是朋友，但是要选一家有酒有饼的才行。帕最后相中两百公尺外的一间屋舍，点着长明灯，傍着老树一株。一群人走去才知是土地公庙，好小一间，庙内有米酒，也有红龟米糕。帕说这是伯公庙，用碑取代神像，老远就看到，而且今天是伯公生日，客家习俗在莳田时会敬上米酒，以示祈福崇敬。说罢，自行取出酒菜，把床板竖起来挡瑟瑟吹来的北风，开宴了，帕把三个神杯内的茶水洒入田，给三个年轻人倒酒。男孩年纪可以了，斟个小瓶盖给他。帕说自己没有盛的，把嘴巴当酒杯了。他仰瓶喝了，畅快，又到附近几家庙搜回了能吃的东西，酒蔬糕饼都有了，呵呵大笑，叫大家别客气。一时间气氛都阔了。帕喝多了，醺醺然满脸通红，身体正热，走到水圳处把飞行衣脱下，脱不下的胸口处是因为皮肉与烧毁的衣服黏合，泡了冷水，果然舒服，舒坦得把衣服上的焦肉剥下来吃。泡冷水，吃人肉，众人见状，都皱起眉头，全身的鸡母皮都傻了。

一个眼下有疤痕的年轻人别过头，胃囊急促，把酒都吐了。吐完了，他把嘴角牵丝的唾沫擦净，说："人肉不能吃。"

人肉自然不能吃，谁会无聊得拿来塞牙缝。除了帕，他是怪胎，身上永远有奇观，要是哪天他魔术般把头拔开肩膀也不足怪。不过眼疤年轻人身材干瘪，脸色灰黄，从他嘴里迸出人肉不能吃，肯定有文章。无论大家如何吆喝与灌酒，眼疤年轻人只干笑，喉咙勒紧，不肯发声。帕抖着身子爬出来水圳，冷得大吼，猛往身上拍，好让身体热起来。大家被狮吼吓坏，杯酒差点晃落。帕这才说："你在哪吃过人肉？"帕虽然直接问，但语气并不斩绝，对方要保持缄默也行。

眼疤年轻人说他没吃过，但是遇到吃过的人。他说，他在拉包尔（Rabaul）驻守时被米军围困，海面上是天天炮击的舰队，密密麻麻，像条金属色的海浪静止在那；天空更不安，日日轰炸，爆击机像鲸鱼游过上空，然后忽然喷蛋，密密麻麻的炸弹就掉下来，轰隆一响，丛林那些两米宽的蝙蝠与一米长的蜥蜴全跑出来。没粮食时，就吃这些蝙蝠蜥蜴。后来日本输了，他被运送到新几内亚的战俘营，日本人和台湾地区的人分开管，待遇比困在拉宝尔时好太多。过两个月，又送来了两个高雄人，瘦巴巴，眼睛愣滞，据说米军登陆他们驻守的岛，他们在丛林躲了很久，没得吃便割死人的屁股肉吃。后来搭船回台湾的路途上，关系熟了，他问那高雄人，人肉的味道如何。

“人肉吃了会做噩梦。”帕这时插嘴说。

“没错，那个高雄人说，人肉吃了会做噩梦。”眼疤年轻人说。

这时大家目光转移到帕，疑惑他怎么知道这点。唯独男孩问了：“你怎么知道吃人肉会做噩梦？”

“我刚吃过，吃自己的肉，马上做噩梦。”帕指着自己的胸口说。大家顿时笑了起来。帕笑得不够泰然，因为只有他知道，他确实吃过人肉，也有一群少年吃过人肉，在中央山脉的那几个月。

这时风越紧了。帕有些冷，大家也是，不觉间距离拉近。帕起身从老树折了不少枯枝，用长明灯取火，就地烤起龟粄。龟粄受热后噗吱响，冒起泡泡。帕边吃边问大家，是不是有些孤单。男孩没说话，点了头。其余年轻人低头。帕指着田野，说，怕孤单，就把这仙、那仙，还有那几仙请过来，把附近的土地公搬过来一起烤火吧！大家吓着了，连忙摇头说不敢，因为他们误会帕的意思。帕说这些土捏的公仔又不是鬼，还怕什么不成。说罢，他用头顶起床去请神，请神的过程像捡田螺那样，无礼又粗暴，把手伸进每座小庙里捞呀捞，大喊：“看你逃哪去，哟！捞到了。”便把神尊给拎上床。方圆五百公尺的土地公都来了，十八尊神坐床板上，摇摇晃晃，胡子飘飘，要是想逃的光是掉落床就粉身碎骨了。帕又回到篝火边取暖，把神明都围着火堆摆，拍拍他们的背，说不用怕，要他们看着帕大瓶喝酒、大口吃龟粄。帕眯眼陶醉，刻意发出吱吱嚓嚓的赞美，害得土地公差点没气得把胡子掉下来了。附近开荒拓土以来，就数这次让各区的土地公聚会，理应好好叙旧，这下只能互吐苦水了。

看着眼前的人喝酒，玩土地公取乐，男孩深觉帕无法形容呢！不怯神，也不怕鬼，也没有人样，毫无规矩，不服礼教。帕到底是何方神圣？还有多少的能耐他不晓得的。男孩记得父亲说过，人要是活得越像自己，就越没有朋友。眼前的人也是甚少朋友的吧！

男孩靠在床边，看着繁星点缀，美景令人晕眩。这时候，眼疤年轻人哼着歌，说他以前常在拉宝尔仰望繁星，拨找南十字星，凭此眺望家乡的方向，盼能早归，死也要死在家乡。现在看这星空，好像没有南半球的亮，但他死也不要回到那。说完，用日语唱起了著名的《拉宝尔之歌》：

拉宝尔再见了，
我仍会再回来，
忍着暂时离别的泪水，
望着怀念的岛屿，
椰影上的夜空，
南极星不断闪亮……

夜色晚，天空黑，星星才稠了起来。水田中央的一群人把脖子仰酸了，这才低头散会。十八尊土地公不散会。帕说，让他们窝在这吧！难得，明天就会有人放回各庙。他们顺着田埂走，路上都不语，怕说破了万籁俱寂，或戳坏了内心那层刚吹起来的宁静之膜。到了住户区听到了些人声，反而脸颊发酸，想说上几句凑热闹。

街角的路灯柱边，有个长发垢面的流浪汉坐在那，路灯不亮，黑暗中他有几分的废墟模样。帕感到怪异，乘兴而归就不太有戒心。走到那，几个人被头上掉落的水滴着，一摸是血，骇然地往上看。这时不亮的路灯突然亮了，看见上头吊了一具全黑的婴尸，肠肚悬在外头，眼睛爆裂，嘴巴也突出来。帕头上顶着床，没滴到什么，也移开床瞧瞧大家被什么吓得大叫。那不是婴尸，是穿着婴儿服的黑狗。帕看到后有种脑门顿时被扁钻刺醒的感觉，画面见怪不怪，而是那具诱他往上看的尸体，害他下盘空了。果不其然，灯柱边的流浪汉忽就往帕的右脚踝套上绳索，之后跑开。帕猛甩腿，男孩则机灵地扑去解开。套子是难解的特殊机关。只听见转角传来卡车发动声，帕就被拖走了。他扛着眠床，一脚被拖，只能靠另一脚以金鸡独立的跳法，男孩还挂在勒紧的绳子上晃着。跳了百来公尺，帕被眠床撞得头壳快冒出火花，脚也发酸。情况越来越糟，后来还来了一辆卡车紧逼，前后夹攻。忽然间，前方大亮，拖他的军卡亮起聚光灯，从后车斗以刺眼的光芒晕了帕的视觉，趁此加速，把帕拖倒地上。男孩还挂在绳索上，吓得没有叫声了。

帕翻落地，赶紧抓床沿，不然凭着半吨重的眠床，脖子上的发圈会硬生生割断他的头。一个猴抓，帕爬上床，要男孩抓紧，别给甩下去。眠床可真耐用，被拖行百公尺，四脚僵着在滑，尽是乱颤，也把帕的屁股快活生生顶成两瓣了。军卡把帕拖入小学操场，后头那台也跟入，不过现场来的不止这两台，又陆续拥来数辆大军卡，早有埋伏与准备，用接收来的八盏日式高空探照灯直照射帕与男孩，连白天都没这么亮。

是国民政府来抓兵了，这是帕的念头。军卡与探照灯是军方的证明。怪只能怪自己太大意，帕到处招摇，闹得沸沸扬扬，贪一时之快活，如今给人围得死死的，能怪谁？不过这样也好，他才发誓要脱离自己的祖父，借此加入国军，前往大陆打仗也好斩断这段关系。想到此，帕便宽心了，大声说：

“你们慢慢来，我愿意听话。”

许久，没有任何动静。这些探照灯真强，几公里外的跳蚤都能现形，在近距离照射下，光够螫，让帕眼睛猛流汁的，搞不清楚那些军人的虚实。帕再度吼回去，希望有人响应。

“年轻人，谁跟你慢慢说。”有人说话了，在灯光后头边走边说，绕着场子走，说，“你乖乖受缚吧！别轻举妄动。”

帕猜不透对方的来历，但这不重要，重要的是情势对他不利。他在凌乱不堪的杂音中，隐约听到金属卡榫移动的声音，声细微，但清脆果决，凭着职业训练，那绝对是拉枪机与开关保险的声音。也许下一秒，他马上变成蜂窝或公交车碾过的公鸡一样爆开羽毛。如果独自一人，他早就逃跑了，只留给对方疑团，但现在身上带了两个拖油瓶——大眠床与男孩。如果不带走前者，发绳一割，只能留下自己的人头了；如果不带走后者，只能一辈子留下遗憾，害一个天真无邪的男孩被子弹打烂了。没错，如果要带走这两者，又要全身而退，他得在理智、稳定与对方的弱点间周旋。顶多吃几颗子弹吧！反正他自认烂命一条，不差再用子弹戳几个洞，拧出几碗血。

至于把帕围得死死的，不是军队，也不是警察，是警备总部的特务。经过多日来的线报，街头常出没的扛床少年，今日穿日本军服出现，便纠集特务要将他逮捕。他们动作之所以快，是军队与警察也要抢帕，各自运筹帷幄，只好先抢先赢了。经过多次围捕演练，这次终于逮到时机，用上八辆军卡、两挺机枪、二十支手枪与长枪，其余的拔河绳、铁链、铁钩、猪笼与麻醉药剂等算是小角。这场战斗，帕输了，他要顾忌的东西太多了，眠床是累赘，男孩是累赘。尤其是警备总部的头子威胁说已逮捕了三个刚刚与他一起混的日本兵，要是帕不听话，他们下场会被拖连得更惨。这让帕脊骨寒凉，不得不安静受缚，像一只病鸡等着让人拧断颈子。帕照特务头子的命令，跪在地上，闭上眼，单手负在后头。不多时，有人从帕的后头走来，拿了一根长铁丝穿过帕的手掌。铁丝再分别穿过帕两脚的踝后筋，一抽紧，把他绑成跪地的人球，再拧死铁丝，就是一团废肉。帕一动，全身的筋骨剧痛。这个人绑完帕，把吓得站不住的男孩背走。男孩忽然大哭，泪水狂喷，死命地抱着床脚不放。特务头子吼了一声，算了，把男孩留在那。最后，操场只剩下两人，一个是哭得半死的男孩，还有不知怕死的帕。帕手背渗血，眼睛眯着，搞不清楚对方下一步棋是要他死还是活。等待，帕告诉自己，等待时机出现。

对特务头子来说，等待能制造最可怕的敌人，叫心魔。不论帕如何叫，特务头子只发出最简短的回应——笑。笑，不是喉咙到鼻腔间肤浅的气爆，是来自内心深处最气短的鄙视，用这种方法，却折了无数的英雄与匪贼。时间一小时一小时地过去，面对强光，帕跪着不动，犹如接受强光的审判，只要一睡着立即遭人用冷水泼醒，或被猛然丢来的鞭炮吓醒。帕知道这精神折磨的背后，是要他臣服。要是他不肯，没有人能拔下他一根头发。但是，有件事让他莫名万分，时间好像停了，说“好像”意谓着他也不确定，没有虫鸣与流动的微风，不只时间死了，连空气也僵硬无比。等了那么久，他肚子饿扁了，也知道对方会在天亮时收押他。可是天怎么不亮，好漫长。而且他一说话，马上有人从刺眼的灯光后靠近，挥鞭打在他身上。鞭尖强而有力，伤人于无形，却让笞伤的地方接下来的一小时紫青红肿。或者，特务拿木棍朝帕下跪的脚板打，让帕痛麻窜爆，脑壳嗡嗡作响。

特务倒是很优待为什么男孩。他要什么，免开口，火速提供什么。时间到了送上一碗热乎乎的汤面与黑白切卤味，油花晃漾，葱花缀饰，热气在聚光灯下冒着，似乎要他当着千千万万的人面前表演嗜面的滋味。男孩刚开始时有骨气不吃，要陪帕一起受难，但胃不争气，挤缩蠕动，巴不得要从嘴巴深处跳入汤面中游泳。帕点头示意，要男孩吃了，别苦了自己。男孩豁出去，好像吃完就可以慷慨就戮，筷子免了，汤匙免了，也不用手端了，两瓣嘴皮窸窸窣窣响，一伸舌头就把碗底擦透了，干干净净。接下来，男孩打哈欠了，特务送上棉被。男孩腿一缩，特务送上夜壶。口渴有水，背痒有人抓。对帕来说，这也是对他用刑的方式，不准他吃喝睡觉，却找人表演。他笑了，想起当年鬼中佐就是用这招对付拉娃与尤敏，一个人用武力屈服他人，是向更多的人宣示，惩罚是在维护大家权利。然而帕还搞不懂，对方要的宣示是什么。就在男孩吃上第八碗汤面，几乎吃腻时，帕累得开始出现幻影。八盏聚光灯仿佛是洞口，从那流淌出人面兽体的怪物、长出手脚的植物、五官烧融的士兵，他们活在两千节车厢的无轨火车上，每张脸占据一个车窗，帕不认识他们，但叫得出他们的名字，那是他生命遇见的每个人，媸丑的面貌是他们的原形，没有人是完整的。

不准睡、不准吃、不准动，不准乱开口，只准帕把屎尿拉在裤裆里，折磨殆尽，特务这才有进一步动作。他们拿出一份自白书要帕画押。帕看不懂密密麻麻的汉字，要对方解释一遍。如果正确，他捺指纹没问题。然而，加诸他身上的罪嫌有妨碍交通、煽动群众在街头抗议、日本军国主义复辟运动，帕心想，妨碍交通，他自然有，但煽动群众，凭他这小角实在没才调呢！至于日本军国主义复辟者，他不懂，穿了飞行服、不小心溜几句日语就犯王法了？

“这意思是，你这日本鬼子跟辜振甫一样，在城里乱搞，煽动群众搞台湾独立。”

“二战”末期，辜振甫等人与在台湾的主战派日军结合，密谋“台湾独立”运动，战后被警备总部逮捕归案，判刑入狱。帕不识红顶商人辜振甫，但对“台湾独立”运动讳莫如深，他的义父鹿野武雄因此入狱身亡。他不是跟这撇清关系了？或是说即使逃离关牛窝，他的旧账永远被人翻弄成新伤？他的阿公带他逃到哪都没用。帕跪在地上，心想他不是日本鬼子，他不是日本鬼子，可是除了日本鬼子，他想不到自己能是什么了。日本天皇急忙地把他们的赤子丢了，国民政府又急忙地把日帝的遗孤关在门外，除了荒野，他们一无所有了。

“你说我是日本鬼子，我能是别的嘛！”帕伸脖子，大声响应，“我只是来寄信的，其他的不干我的事。”

“寄信要在街上搞这么大的游行庆祝？”

“因为我是鬼，他们心底也有个鬼。鬼才聚在一起，没事东骂西骂的，没事才在街上游荡。”

“鬼同志，放心，只要画押，我们不会判你刑。”特务头子走到灯光前，他穿着中山装、戴呢绒帽、两手背在腰后，双目露出精光，“蒋委员长想见你，希望你成为我们的同志。”

“我要到大陆？”帕问着。

“没错，同志，我们会好好待你。”

帕笑了起来，越笑越大声。他说，他不想去大陆，也不想见当今天皇，他是个地狱跑出来乱的恶鬼，只能待在台湾这个鬼岛。特务头子听了，只说，那你好好再考虑吧！说罢，他背在腰后头的手指一勾，抛出暗示，立即有人跳前，扬鞭往帕的背上劈去，落鞭处，血渍飞溅。那种力道与姿态好像他是一位持剪的园丁，从帕这株旺盛的玫瑰丛身上剪下血盆花朵。玫瑰有刺，但剪刀更利。

特务头子不再抛暗示，直接要下属把男孩带回“庙”里。此庙是昆明街与西宁南路交界一带的东本院寺，乃警备总部处所之一，是监禁与拷问的大本营。男孩再度大叫，恐惧在他嘴里变成尖锐而高频的哭声。男孩的示范价值没了，被粗蛮架走。但对帕而言，男孩是他在这最后的依靠，他不能再失去什么了，一个虱子也不行，如果它愿意寄生，帕愿意付出血肉供养。帕吼了起来，声音剧烈且恐怖，操场发出嗡嗡的回音，天空也有了怪秘的回响。帕又吼了，被捆缚的他没有枪，就用手战斗，没手就用脚战斗，没有手脚，那就用一缕灵魂战斗，他大声吼出自己的灵魂：

跳……

跳……

跳……

他张大嘴吼，那声音从灵魂深处吼出，用脑壳当共鸣腔。跳什么呢？大家停下动作，看着帕跪在地上大吼，他们恐惧，开始照做，有的人轻抬一只脚，有的人绷紧神经随时要跳起。不久，地震来了，他们蹦起来，配合帕的吼叫在跳，要是不跳开地面会被震倒。震央来自帕，他跪在地上忍受全身缚僵的痛麻，用头撞地，不顾脑浆液化，让地面激烈，那些震动就像他用半吨石砸在关牛窝广场欢迎外宾。地板泛起了震波的涟漪，起先缓慢，继而转为激烈，聚光灯绽着眩眼的光晕，夜空轰轰鸣着，竟然掉下块状的云朵。大部分的人跌翻地上，只有男孩屹立，没被震波驯倒，原因是帕依着男孩的跳动节奏捶地。男孩往帕那里逃，趁机帮他解开身后的铁丝。帕极力扯开铁丝，铁线扯裂手掌，露出血红的大缝，而脚筋挑出，血液喷个不停。男孩要是没有今晚的历练，哪有胆量面对这极为骇人的一幕，他紧握帕的手，要帕不要担心，要他平静下来，不然很快失血昏迷。接着，男孩用牙齿旋开铁丝结，嘴唇被割烂，也使帕挣脱了那手镣脚铐。

有了自由，自然有好戏，接下来的戏码完全照帕所构思的。他把床竖起，权充是盾。有盾，也要有刀才行。帕将捆在右脚上的拔河绳后扯，奋力扌，把整台刹停的军卡慢慢拉来，手挠之，脚踩之，呼吼之，便把粗绳扯下来。把绳子甩了几下，能化为一丈长的大关刀。多练习几次，如果不惜在身上留下些伤痕，机会不吝而来，很快把长绳甩得有模有样，绳起处，噼啪响，绳落处，只见东西化成了碎片。卡车的顶篷破溃，聚光灯爆炸成碎光，空气中弥漫出难闻的锈味与汽油味，这时有支步枪砰砰砰发出声音，黑暗中，连锁效应发生，八支步枪按捺不住地射击，机枪更是凶狠地喷出火光，瞬间操场枪声大作，子弹往帕的方向射去。直到特务头子愤怒大喊，这些臭驴屄，谁再开火，他就剁谁的手。又陆续射击了约二十秒，枪响才停歇，现场鸦雀无声，只有空中响着嗡嗡回音。

在枪声大作前，帕已用床当盾，子弹打不穿厚床板。而且帕早猜透了，对方绝不可能围着他用枪，只从一方据守，免得子弹误伤自己人。帕大胆的后退完全掌握了后防绝无人，最后被一堵围墙阻挡了后路，他用手肘撞墙，回音钝沉沉。那一刻他懂了，解开警备总部时间暂停术的手法了，不是天不亮，是亮好几次了，他被关在类似礼堂的大建筑，墙上挂满棉被吸收音量，屋顶也挂了，刚刚被震得掉下来的块状云朵就是棉被。地上的草皮也是铺的，不耐强光而草尖凋枯。他现在唯一的出路不是打破后头的墙，是往前钻。墙后肯定埋伏了重兵，届时会趁隙开枪，他只能往前头的大门冲出去。帕豁出去了，要逃就得置之死地而后生，他要男孩趴在背上，双脚紧紧夹牢，无论如何都不要放松。

现场的聚光灯倒得乱七八糟，其中一盏倒在墙上，炽热的灯壳让上头的棉被烧起来，吱吱冒浓烟。这帮了帕，他趁特务忙着救火空档，蹲低前进，绕过灯光区。很快，几个步枪人摸黑靠近，试图射伤帕的脚。但是帕持床挡，用软鞭把他们扫倒，直捣黄龙，再度把聚光灯、卡车以及特务群打乱，只剩黑暗中传来阵阵的咆哮、哀号与呼救。砰一声，帕用眠床撞开大门，贴着外墙走，不久就跑掉了。门外的几个特务见状，吓得脸色青白，仿佛一张螃蟹壳，忘了要追下去。

帕脱逃了，离开那间巨大的审问室——前身是公会堂后来改为中山堂的地方。他紧张地乱跑，跌跌撞撞地拖着拔河绳，跑了数百公尺，思路与情绪逐渐清明了，他要往淡水河方向走。但黑夜中，接踵而来的不是人流与车潮，是浓浓的寂寥，是冷风迎面，太安静了，甚至躺在马路上安寝也行。帕面对棋盘式的街道没头绪，天上无星辰，地上没人能问路。他扫视了周遭，蹲在水沟旁，伸手向流水问路。这里的水都是淡水河的子民，会说出母亲的方向。又试了几条沟水，一会儿东、一会儿南地流，他最后才归纳出方位，沿河的方向跑，路途不留下任何线索。

到了淡水河，渡过泥滩，床又航向水声潺湲的河面。帕累坏了，中途不得不把床靠在桥墩休息，不然他再无法掌控床，会顺江死在海口了。帕看了自己的伤口，才知道自己多残缺，脚筋肿大，手掌几乎像煎焦的红龟板，几乎连爬上桥墩休息的力量都耗尽了，一坐下来还不得闲，身体仍激烈颤抖，久久才平复，心想又逃过死劫了。

至此，一路沉默、恐惧的男孩才平静不少，伸手往桥墩后头的缓水区捉些鱼虾，想给帕充饥，或许是弥补之前他的罪过，审讯时他老是吃饱喝足，而帕只能在一旁干瞪眼。什么也没摸着，男孩不顾帕的阻止，坚持到桥墩后头的小沙洲捡鸟蛋。这也好，帕觉得饥饿几乎腐蚀了他的腹腔，吞口水都有回音。他把拔河绳的一端系在男孩腰上确保。不多时，男孩拿了几颗鹭鸶蛋回来，掬把水将鸟粪与羽毛刷净。帕接了就吃，一并把蛋壳吞下。这些蛋液填不饱，勉强把干涩的喉咙润化，却更显得珍贵了，在极度饥饿的折磨下，蛋的滋味把舌头晕软了，像爱玉在嘴巴里轻晃。忽然间晨光从山头染出，层层变化，然后蕉黄的光芒炸迸，把薄雾掀了起，如涌起数百公尺高的海啸，城市的天际线瞬间柔软了。阳光也把河上整夜往来的货船抹亮，桥头上的车流也渐渐比桥下的水流更繁杂。男孩哭了，不明就里地蹲在那哭，尽情又无负担。帕没有安慰男孩，要是他敢，他会哭个痛快，把泪水洒向这个充满希望，也充满失望的城市，让淡水河静谧地带走一切。

再会了，下港的黑狗兄

再度回到鬼屋，是四天后的事了。一进房，帕恨不得睡死，而且非常讨厌睡床，因为头上有一顶却被折磨得快死了。他趴在地上睡，打呼都嫌浪费力气，安安静静，口水流得好远。睡得很沉，唯一的梦是有只天牛带他来到光芒足以淹死人的王爷葵花海，在花海深处，他躺下，仰看天顶的紫色太阳，好美的颜色，清风柔腻，他就醒了。醒来发现自己躺在鬼屋地板，是中午的阳光把他热醒了，他仍趴在地上，看着阳光中的尘埃，有着今夕是何夕之憾。忽然间，他笑了，看到梦中的紫色太阳，好清丽秀美呀，竟然躲在这残旧的鬼屋。帕爬了过去，那是一朵牵牛花。它的日语汉字叫朝颜，意思是逢晨光便开了。藤蔓十几日前从地板缝钻了出来，当时他还拿了玻璃杯罩起来避免踩伤它。现在它把玻璃杯踢开了，多么傲气十足，藤蔓勃发，嫩叶鲜翠，唯独以一蕊盛开之花来衬托此刻帕的视野。这种花粗鄙，到处是，到处烦人，有时整面墙或枯树都缠满这种绿色垃圾，帕从不正眼瞧，可是此时静观这朵却无比喜悦，而且藤蔓上爬了几只蚂蚁，还有蜜蜂飞来采蜜呢!

这是晴美的一天，帕等阳光撤走后，起身洗个澡，把几日来的污秽与霉运一并洗去。这时阳光从另一边的窗落入，再度来到室内，洗好澡的帕盘坐阳光下安静的餐饭，一锅干饭配肉松与酱菜，吃到流汗，是何等享受。剩下的饭倒给后院的家畜吃，弥补它们在家没人照顾。这锅饭是为什么男孩的母亲准备的，令帕满是愧歉。他把男孩带入城内四天，有三天陷入死境，这期间唯一的讯息是第一夜男孩曾摇电话回家，向母亲表示与帕去做生意。幸好有这通电话，也多亏他母亲接下来的日子相信帕会照顾好男孩，失联三日也没报警，不然在家埋伏的可能是那批特务。

吃完饭，帕赶紧收拾行李，打算离开这。原因有二，一来他是锅热水，泼到哪，哪的秩序会遭殃，台北城已被他搞得死去活来了。二来，他再也不要跟刘金福一起生活了，那糟老头像条草绳无趣，还紧紧勒住他。至于要去哪，他还没个主意，先走就对了。出了后院，才爬上墙，心肚的牵挂爬上脑海，忽然就担心起刘金福怎么也数日不归呢？是被逮，或是悠哉城内？他心头又冒起了迟疑、猜测与不安的阴霾，那些浓烟足以瞎了自己思维，那个他立誓要一刀两断的老货仔，怎么会藕断丝连呢！他决定暂时待在院子，只要确定刘金福回房，就溜得一干二净。傍晚时，他把床搬到后门，晚上床已扛进房内了。他退守的依据是，只要确定刘金福平安回来，也就从此不相见了。

等待是漫长的，帕一夜辗转反侧，像是被滚烫的时间炸着的油条，越翻越感到情绪膨胀，睡眠断断续续的。隔天打早，阳光再度照在墙面上，那只剩一封信尚未寄出，帕坐在床沿发呆，把那封信拿来细读后折入信封。接下来的时间，他反复做一些事情，老是心不在焉，去到菜园替被啃得面疤疤的玻璃菜抓菜虫，或坐在窗台上看泥蜂筑巢，或看云相的变化，或拿小刀把床板里的子弹抠出来，甚至拿刀替猪锉修蹄甲。最后，他坐回牵牛花边，之后闭上眼，学着呼吸，宛如罗汉跏趺入定，让耳朵清明，剔除鬼屋内无意义的杂音，如咳嗽、撒尿与走路，帕几乎能听到附近几条巷内的活动音量，拼凑了庶民百态。先从中午开始说起吧！炊饭到了，妇人敲石取火，用打火石敲打另一颗包着薄烟纸的打火石，或用番仔火（火柴）划过磷片。烧煤球发出规律的吱吱声，烧木材会忽然炸出裂爆响。中午后，商贩推着板车陆续来。有个白俄人是被苏联红军驱逐的前露西亚贵族，从满洲流浪到台北，沿街“哗玲珑（卖布疋）”，吸引人的不是用敲锣叫卖，是街角休息时，以口琴吹奏沙皇时民谣《三套车》，音律凄缓，哀愁得仿佛能让淡水河成了家乡冰雪覆盖的伏尔加河。傍晚时叫卖“飞翎机碗粿”的推车来了，用铁条敲着米国战机坠毁的铁片，哗唧唧的，故名之。更晚时，戴墨镜的按摩师由小孩引领来，吹着笛，幽晃晃的。小孩总是低头，他瞎了一只眼。卖烤地瓜用喊的，喊“烧番薯”或日语“亚企伊毛”，不用叫也知，底下铺炭的铁桶漫出香气，烤到皮缩泛糖的热番薯令人一时难眠。最后一摊由叫卖烧肉粽的表演，味道与叫声越来越浓，而后一街淡过一街，长韵结束了，巷子要安静很久。接着，卖早餐的在凌晨五点左右挑担过巷，伴着水壶汽笛的哔哔声，喊着面茶、米乳、菜头粿喔！尾音的喔得拉长。天光时刻，一辆三轮车停在丁字巷口，一个声色场所打滚的下班女人会到面茶摊坐。面茶是面粉炒猪油与糖，热水冲之，蕴一碗金乳色的汤气，又甜又香。女人没喝，端着茶碗，直到它不再冒烟才放下离开，现实给她一个理由可以这样，除了她，无人知晓原委。接下来，整个早上的叫卖声紧凑又饶富趣味，不是挑担就是推板车，吹木笛是卖豆腐，吹海螺的卖猪肉，海螺的高低声能分辨出是卖肥肉，还是瘦肉多的挑贩。喊着“补鼎煞火”的补锅碗老师傅一走，修雨伞、磨剪刀菜刀与卖女性小杂货的都出笼了。高潮是近午的摇小鼓的资源回收商，喊着歹铜坏铁破玻璃。整条街的小孩听了，恨不得能把房子举起来，卖力摇一摇，倒出角落里不为人知的废铁环、铁钉与锈铁，换上些麦芽糖。战后缺玻璃原料，五片破玻璃能换一颗甘纳豆糖，这让孩子不惜自己的脚如磁铁般提供街上的玻璃片插入呢！

最难忘的是卖油条的女孩。她早晨五点与晚上九点走过巷子，打赤脚，在十字巷口喊："烧飞喔！烧飞油糒粿。"又湿又冷的下雨天照卖，撑伞是要遮竹篮的油条，盖油条保温的布永远比自己的衫服厚。有时候女孩蹲在巷口哭，没人知道她为何哭，每个人都有值得自己在夜巷哭泣的故事，一个五岁女孩也有。帕有一回卖药回家在巷口巧遇女孩，便向她买油条。女孩掀开篮中的毛巾，油条都躺在泛着油光的厚报纸上。帕买了整篮，包括竹篮、毛巾与废报纸。女孩以为遇到怪叔叔，吓得提篮跑走，只留下怅然的帕。

与其说等刘金福，不如说是等待声音。这一等，又盘坐两日，少吃少喝，甚至处在半梦半醒间，梦见自己的一对耳朵像蝴蝶在数条巷子内盘桓，汲取声音的蜜，每种言语、碰撞与呼吸皆隐藏故事。然后，有股声音越来越响，大得他无法盘坐，便醒了，耳朵又停回头上。是有人敲门了。刘金福回来了？但他回来会拉门把直闯，非礼貌性敲门。门外有人喊，原来是为什么男孩敲门。帕睁眼瞧，四周好漆黑，唯有门缝下投来灯光，原来已夜晚。他起身应门，感到身体发芽似黏在地上，使上些力气扯，噼里啪啦地扯断根丝，打开门，走廊的光射来，让门里门外的人都吓到了。帕身上缠满了牵牛花藤，样子古怪。帕这才理解自己枯等已久，藤蔓上身了。

"我哥哥快过身（过世）了，你可以来看他吗？"为什么男孩希望帕来参加丧礼，口气一点也不难过，"你穿这身衫也不错，很黑猫。"

帕虚应式地笑笑，答应参加。不过得先盥洗沐浴。他到厕所大号，再用冷水冲个澡，趁身体发抖得快解体前赶快冲出来穿衣服。抖着抖着，身体这大冰块慢慢融化成暖流，通体舒畅。他回房开灯，地板爬满藤蔓，只留下中央他坐下时空荡荡的屁股痕。藤蔓的活力像废纸，一根火柴般的动力就能烧得旺盛，甚至爬出窗外，爬上那台脚踏车，没想到野藤真有生命力。这时候的帕才惊觉，伤口都不痛了，被铁丝穿洞的手掌愈合、红肿的脚筋消退、胸背的鞭痕已无刺痛，两天前才感到自己掉进绞肉机，今天伤痛就像花朵开尽，还有闲情洗冷水澡呢！自己果真是烂抹布的命，打断手骨颠倒勇，越破越敢往脏的地方走，说不怕死是唬人的，但烂命一条总能化险为夷。

盥洗好，穿上灰色袄衣与长裤，一身素朴。帕知道自己去拜访扶桑花少年得带些东西，就带牵牛花吧！他把电线圈放下，灯座降低，房间顿时充满藤蔓的暗影。他在“孵花”。帕心想，牵牛花遇朝阳会盛开，遇灯光也有相同效果吧！最后只开了几朵，恹恹缩缩的。等到帕心烦了，恨不得自行掰开那些花苞。最后草率为之，折了有花的藤，便到隔壁造访了。

扶桑花少年昏迷了一礼拜，今晚是他的最后一夜。

他五岁发病，被医生判定只剩六个月。多亏他父母的奔波，多活十余年，就算此刻被夺走，也不枉了。他父母邀大家来陪扶桑花少年，当作喜事一桩。少年斜躺床上，脑后垫个大枕头，身边衬托弟弟摘来的十二朵扶桑花。这花翻遍城里的每条街，更不会错过台北植物园，都是摘来的奇特品种，复瓣花、菊色瓣，甚至是花蕊上又开出花瓣的品系。十二位花精灵守护以自己为名的主人，气氛凝重。帕也受邀参加，但是他又邀了“它”加入。日本鬼特别装扮，穿巡官服、挂佩刀，腰骨挺直，这是它第一次跨出房门，几年来它在自己房间哭沙了喉咙，要不是帕刚刚威胁它要在脑壳再下根钉，它不会出来散心。

时间一点点耗去，没等到扶桑花少年长眠，有人先睡死，拼命打呼。活着太漫长，死亡又是瞬间，大家抓不住那关键时刻。或者说，扶桑花少年总是惦记什么而不愿走，他的脸颊下凹，眼皮微阖，醒不来也睡不去，这等下去，他身旁的十二朵扶桑花慢慢干枯了。

“死亡是醒来，不是睡着，他需要天亮。”日本鬼以过来人的经验分享，这里已死过的只有它。

“他要天亮才走。不是等到日头出来的那种，是内心的天亮。”帕说。

这考倒大家了。为什么男孩站了起来，在柜子里翻箱倒柜地拿出保温壶，又从父亲抽屉拿了钞票就往外冲。又枯坐半小时，不晓得男孩会变什么花样。之后传来纱门碰撞声音，男孩跑回来了，手中的保温瓶水银胆破了，身上脏兮兮，膝头磕破皮。他在房间里跳着，鼓着腮帮子说不出话来，像是内急找不到厕所。男孩最后拎起茶杯，把嘴中的水吐出来。杯缘跳着一串串的小气泡，这是汽水。他跑到三公里外的杂货店买来的，回程跑得急摔坏了瓶子，情急之下往地上吸，总算救回一口。

帕懂得这用意，这件事男孩曾对帕说过。有一回哥哥想喝汽水，弟弟推着轮椅到三公里外的商店看。汽水不是罐装，也不是从冰桶用勺子舀出来的，是更粗糙、由现场做的。老板用苏打粉、冰水与砂糖放入罐里摇，倒出来便是。他们连这种最便宜的都买不起，看进进出出的小孩在买。连续去三天，老板说他们兄弟是最佳活广告，眼神都是渴盼，让路人都想喝，就免费请他们喝一杯。哥哥含了一口，吓得马上吐掉，说气泡咬人。于是只把玻璃杯里的汽水拿来观察。哥哥说汽水是活的，毕毕剥剥说话，越说越小声。最后，哥哥说汽水死了，不会说话，之后他疯了似，把汽水倒入耳朵听，让老板再也不让他们进店里。回家的路上，哥哥语带难过地说："下次还要来喝。"下次再也没有勇气与钱尝试了。

现在那杯"口水"就在那，放在少年的耳边，成了大家目光所在，反而让躺在那没剩几口气的扶桑花少年被遗忘。汽水跳着气泡，一串串，一颗颗，慢慢停了，最后成了一杯死水。少年的呼吸也越来越缓，似乎听到气泡的呼唤，有一部分的气息被带走了。

少年的母亲脑海闪过一个念过，说："他要走了，他怕黑。"

少年爱晒太阳，他多么盼望血管能运送阳光而不是氧气。旅馆住户用延长电线把自己房内的电灯泡牵来，并拿出终极武器，烛光更强的灯泡——早期用电不是电表制，是灯泡制，向电火局申请几烛光灯泡便是，当然会偷用大灯泡，不要被抓包就行了——大家从各自房间搬来鹅蛋大的灯泡，一盏盏地亮，家具泛着一圈光。房内充满光，大家拎着灯泡，靠近扶桑花少年。少年脸上很安详，凹陷脸颊填满光，多年宿疾慢慢挥发，像朵含苞十年的扶桑花就要开花了。出门的帕这时回来，拎着木箱，打开后拨开里头的稻草与砻糠，露出一颗小玉西瓜大的玻璃球。哇！好大的电火球，为什么男孩大声惊呼。没错，这是关牛窝火车站广场的路灯灯泡，出发前被帕偷摘下来了。没人看过这货色，难免称赞，但中看不中用。因为帕把特殊的灯座从梁上垂下后，旋入灯泡，真惨，灯泡得了贫血症，钨丝抖着小光后熄了。帕点点头说，我们家乡的孩子称这电火球是星星，要是流星从天掉落，它就会亮。

"要是泄屎星（流星）不落来，或者天顶都是乌云呢？"为什么男孩急问。

"那就召唤它。"

帕说罢，便把为什么男孩扛上肩头。照着帕的教导，男孩脱下外衣，裹着电火球慢慢擦，顺着弧度，慢工撩拨，像刘金福站在关牛窝的火车顶上卖力干活。这是召唤星星的魔法，反正它一定会来。此时电火球忽暗乍亮，钨丝张眼，瞬间灿赤，电火球这下火起来了，来不及避开的人头发焦卷。太亮了，大家闭上眼仍躲不掉，女人找帽子、男人想打赤膊。为了提供足够的光，电火球把周围二十条巷子的电源吸过来，街道彻底黑暗。居民夺出门看，天河缭乱，满天都是星星。这也解释了这颗电火球在关牛窝得使用独立的水力发电系统，不然它会把整个村的电源榨干的。

最后，扶桑花少年谢了。

隔两天，帕决定进城去找刘金福。他从后院搬出板车，放上床，拿了些棉被与稻草遮掩。才跨出后院，便惊觉台北之大，要找出刘金福何其吃力，困难度不亚于在淡水河捞出一块大清国的城门砖。这并非不可能，但办法不是很牢靠。帕把后院仅存的一只猪与一只鸡抓了出来，先下手为强的训诫，说它们乱吃菜、乱刨土，骂得畜生也有感情了，低头不语。末了，帕才提及，它们的土皇帝现在在城里，需要它们帮忙找出。如果找到，他就侍奉它们一辈子，如果不帮忙找，它们只有流落街头的份，好点的下场逃得筋疲力尽而死，坏的是马上被人宰了。那两只畜生也懂得意思了，不是啼叫就是努嘴。

这就行了，牲畜的鼻子最灵敏，找人最行。帕把它们放上板车，加了条绳子拖动，慌慌忙忙上路，过了桥，来到城里。往哪去？他往一礼拜前最后见着刘金福的浴堂找起，除了街名之外每条路看似相同，越深入城里，不要说往前，连回头路也忘了。过了几条街帕就迷路了。“右转，拿筷子那边啦！”这时身后的板车传出声音，指示帕如何走。帕回头看，板车上有喉咙的只有家畜，而且声音再熟悉不过了，便大喊，你出来吧。

为什么男孩从稻草堆钻出头，脸上挂着预先准备好的歉意与笑容，还做鬼脸，立即消弭了帕的怒意，指导帕怎么走。不愧是人小鬼灵精一个，认路也行，很快找到浴堂。那儿空荡荡的，茶坊与酒楼关门，浴堂不冒蒸汽，空着的面茶摊只留下地面上垫平用的破砖，不到晚上，整条街的繁华与人群绝对不会苏醒。帕拦下一位恰巧走过的老太太，用闽南语询问刘金福下落，即使靠男孩在旁更仔细的描述，到头来还是徒劳了。帕体悟到，不过是须臾的分开，他已忘了刘金福的面貌，能讲出来的特征，满街都是这样的老人，唯独那份他们私藏的记忆与争执却难以传述。

还好有备用的“牲畜计划”。帕把猪抱下了车。那只猪以为要被屠宰了，嘶声大叫，四蹄乱挥，哪肯慷慨就戮。“夫库洛，莫惊。”帕叫唤这只猪的日语绰号。此猪小时候老是爱晚睡，才取了猫头鹰之名。接着帕搔了搔猪肚子安抚，待它情绪安稳，拿出刘金福穿过的衣物，要它凭此去找人。猪也懂得了，这里嗅嗅，那里闻闻，靠着那种神奇的“好鼻师”功夫寻找，在附近打转几圈后，终于踱出巷子了，让帕松了一口气。夫库洛先踅到公园，挖出刘金福拉过的屎，尽责地吃下去，又到电线杆下学刘金福撒尿，接下来学得可多了，毫无情状之下竟然在路上跌倒，对遥远的街口呆望，坐在行人椅上叹气，不然就是在骑楼下的水龙头喝水。慢慢地，帕懂了，夫库洛依据刘金福留下的气味在表演他的行旅。它不苟言笑的演员态度，太入戏了，搞得帕与男孩大笑。渐渐地，帕笑不出来，一只猪的表演隐藏另一个老人的无助，把几天前的模样活生生呈现：一个老头在骑楼下睡一晚，在墙角跌倒把头皮磕破了，一路咳一路扶着墙走，他还在死巷不明就里地号啕大哭，目汁把地湿透了。

“畜生，莫哭，再哭剁死你。”帕多次安慰猪无效，终于怒骂出声。但猪的情绪正紧，哭得要死不活。帕看了也难过，掉过头去，难过的是刘金福为什么难过呢！

男孩早早避开这幕，去买午餐，拿回几个报纸包的食物。帕也不打开瞧，拿了一口咬去，他大叫，音量不亚于咬到铁板，但呼喊来自惊喜，因为他口中有股浓郁爆炸了，让舌头与牙齿陷在美味的泥淖中忘了该如何运作。他连忙打开报纸，看见面包中夹了一块黄澄澄的爱玉冻，问男孩那是什么的。可丽姆（cream），男孩说，这是一种外国猪油，塞在“胖（面包）”里很好吃。帕连连点头，说欧米的猪就是不一样，挤出来的油都好吃。说罢，把面包塞入嘴，连沾了奶油的报纸也吃了，顿时有了力气。

有了吃，猪也会打回原形，不是戏子，而是抛着舌头的贪吃鬼，黏在帕身边巴望着。帕毫不吝啬地赏了个奶油面包，好犒赏它的演出。不过，吃了重咸，猪就馋相毕露，循着香味，跑到面包店前插队，抢着要刚出炉的烫嘴面包，帕怎么拉都拉不走。

面包店的排队人潮被猪逗得大笑，只好让它了，就在那时，帕依稀听到雄壮的鼓声。他不确定鼓声的来意，但是它极具引力，让那些街影斑驳中的人群也停下动作听。这加深了帕的猜测，没错，鼓声把台北街头造就成一条纵谷，人潮往那流去了。猪也放弃面包，往那移动。几分钟后，鼓声更近了，也更清楚了，帕走过去，在两条街外终于看见汹涌的人潮，足足有三千人，黑压压的看不见头尾。有男有女，有老人与小孩，规律地往同一方向移动，有的闲话家常，有的低声咒骂时局政治。人群中还穿梭各种小贩，有的是挑担卖面茶，炭煮的热水壶吱吱响；有的是满脸垢面的孩童，提篮叫卖熟鸡蛋或油条。他们的目的地是烟酒公卖局，抗议昨日缉私队在查缉私烟的过程开枪打死人。队伍最醒目的是那三十几具大鼓，直径两公尺，分置在牛车上。为首的是站在牛车上的大汉仔，打赤膊，头绑毛巾，瑟冽寒风中，身上有三斗火似的不畏寒。他周身敷满了汗水，胸肌随擂鼓的动作偾张，擂完一阵便用闽南语吼：

“日本人鸭霸，欺负我们，不过，人家做事有效率；国民政府也是鸭霸，但人家做事老牛拖车，摆烂又歪哥（贪污），对吗？”

“对喔！”众人附和，雄浑的声音流荡。

“我家的父母，我厝边的老大人，从小骂我，给我剉、给我干、给我谯，讲我是吃‘日本屎’大汉的；现在呢？国民政府连个屁都不给闻，好康的全给阿山仔拿去。对吗？”

“对喔！”众人再度附和，高举右手表达。

帕无意加入，留在街口看。那头猪却去凑热闹，在人群中跑来跑去，找掉落的食物吃。大家添笑闹，说畜生也来斗热闹抗议。猪越跑越远，帕可急了，想要去找回来，但是拖个稻草掩护的大床太招摇，任谁在街底都能看到这个招牌。忽然间，鼓声再度咚咚响，人群爆发出欢呼或咒骂声，三条街内的玻璃皆嗡嗡响。猪受到惊扰，往人潮的另一边蹿去，离开帕越远。那儿情况更糟了，有几个中年人把猪视为无主之物，又逗又笑，将皮带解下来作为活套，扯住猪的后腿。猪吓得尖叫，这和那些纠察员宣扬的要大家遵守秩序、别乱闹滋事，成了强烈对比。

帕再不出手，他的追踪器可能变成人家的桌肴。但是，他不能像劫囚般地扛起床和板车，大喝一声，使出摩西过红海的方式令人潮剖两半，大摇大摆地步走去抓猪，那样会使人潮温度沸腾无比，最后变成麦芽糖缠着他。他告诫自己，得再隐忍、再缩小，面对任何困境都得像面对正午的太阳卑微，眯眼低头，目的只不过是把刘金福从都市缝隙抠出来。男孩看出帕的难为处，跳下车，矮身钻过人群，和偷猪的人一番拉扯。这原本可以讨回的猪，却因为男孩大骂白目与目睭脱窗，对方找不到下台阶，不只恼羞成怒地不放皮带，还悍然往后拖。这下子，苦了猪，嘶声大叫，更娱乐了群众。男孩趁机飞扑，咬开了抓猪者的手。猪拖着皮带跑走，朝巷尾跑。男孩再扑一次，没抓到皮带，便追上去，一副抓回来就要杀了你的样子，难怪猪会跑得比较快。

猪跑了。帕见状，硬闯了，不顾那些自发性纠察人员的指挥，切入人潮。人流随之变形，人们接着咒骂与指责，无论如何，帕一径地低头点头，连忙称是赔罪。

近午的阳光正烈，整座都市的轮廓、斑驳与陈迹都照得无所遁形。阳光也穿过那不够厚的稻草，透出大眠床，上头的雕花、弹痕曝光了。人群先是笑闹，继而有人看出端倪，向他人询问以便强化自己的看法。事件慢慢发酵，人群窃窃私语，把目光投向帕。忽然间鼓声又响起，那个为首的大汉仔再度擂了起，鼓声与气势皆汪洋，绵密急切，这让其他的鼓手已跟不上，只能静听其变化。末了，轰隆一声，鼓声空壮，大汉仔便徒手按了鼓皮消除余韵，代之而起是用高分贝的音量大吼：

“坦克兄来了，我们有帮手了，今下就去公卖局讨个公道。”

坦克兄在哪？不久，众人才转过来，莫不是一礼拜那个顶眠床，自称战车辗不死、坦克压不坏的电镀铁人。他像熔炽的流星倏然投入城市，搅呀翻的，搞得沸沸扬扬，即使转身而走，有关他的传说也从涟漪变成海啸似散开来。

“坦克兄，你来给我加持了。我们来打拼，可变天了，咱台湾团仔可以出头天了。”大汉仔又喊了，每说完一句，擂一段急鼓。说罢，呼应像涟漪散开，直到整条街随之欢声，数千人不是鼓掌就是吼叫，有人从阁楼窗户挥手，有的商家在骑楼敲打铝盆，连野狗也吠着。在群众高呼的浪尖上，声音倏忽静下来，只见大汉仔高举鼓槌，杏眼圆睁，就等帕回应第一句后敲起惊天动地的鼓声，要把大家情绪擂出来。

板车上的公鸡啼了，发出无人懂的心声。它飞上稻草顶，扑打翅膀，震着琉璃光彩的羽毛，啼声透得远，最远的群众还误解状况而鼓掌。帕在装傻，那些群众对他而言成了空气，他继续拉板车，渡过人潮，低头用斗笠遮住眼神，额角紧张发汗。他走向长长巷道，随着男孩踪迹走去。一些人跟着帕去，但是随后踅回头，他们心中惊醒的是，不了解自己为何跟去。不久鼓声与欢呼声再度响起了，这跟帕无关了，彼此都分开好远了。帕终于松口气，这才发现自己只穿了一只草鞋，露出又黑又厚的趾甲，忘了另一只掉到哪了。男孩最后拎着皮带回来了，带回坏消息，猪不见了。帕说没关系，只自责没跟紧。之后他爬上板车，抓下那只几乎快啼到嗽声的公鸡，令它闻闻皮带上的新鲜猪味，要它去找猪。公鸡跑了，样子滑稽，不时得张开翅膀平衡，它味觉差，常急躁得跑过头，不然就是飞到屋顶睥睨全市，叫两声。帕平日就看穿它的能力，才把它排上板凳球员的缘故，不得已才派下场。随着时间慢慢消逝，帕对公鸡失去信心，两个小时内，它数度接近群众，被帕狠狠抓回来弹鸡冠惩罚，要它认真找。正当帕又要把钻入人群的公鸡抓回来时，他理解到了，这只鸡没怠忽过，因为它发现夫库洛混在人群里了。而猪混在里头的道理简单不过了，刘金福也在里头，向他念兹在兹的祖国抗议。

请愿人潮沿路焚烧物品、捣毁派出所、要求罢市，现在来到这栋数层楼高的建筑前抗议。建筑门窗紧锁，偶尔看得出人影在里头紧张移动，门前老早就架好拒马，或堆了桌子阻挡。群众的理智已奄奄一息，靠愤怒与不满支撑生命似，他们敲锣呐喊，鼓声吓人，几乎让人耳膜痛了。帕躲在远处的民户墙边，蹲在一株木瓜树后面探头，空气中飘着腐郁的瓜香。不过他只闻到群众的汗味，找不到猪的踪影，猪肯定在刘金福身边。一个老太婆站在帕身边，伸手讨钱，拿不到的情况下，发挥碎碎念的功夫。她说帕手中拎着的公鸡要是阉过，能夺下庙会的大鸡比赛奖。她还说，曾有只会飞的母鸡在城上空飞了三天不落，鸡最后因为屁股里憋太多鸡蛋而掉下来。她又说，这样蹲地上是找不到人家掉的东西，桥上风大，到桥下可以捡到许多被风吹落的东西，连婴儿都捡得到。帕不胜其扰，倒是为什么男孩快笑死了，而且这笑声成了老太婆说下去的助力。

情势突然间转变了，那些匍匐在楼顶沙包后的机枪手，在酒瓶、石头与数百只鞋子的攻击下，开枪还击了。那一刻，群众不知道发生了何事，停下动作与吼声，只剩一百公尺外面茶摊的水壶单调地响着。接下来大家躲入掩蔽物，整个广场到处是凌乱的物品，留下来只有死人、伤者与吓坏的人。帕心头一抽，但多年军事训练告诉他，越是急迫越要张大眼瞧，有了，那头猪在广场上，仍低着头到处嗅，尽责地找出刘金福往哪逃。帕看不到刘金福，只看见自己曾誓言要保护的猪陷于困境，他得去救它。他肌肉一紧，周身箍满活力，一手撩起大床，一脚踢开板车，人就冲了去。现在，广场上最醒目是移动中的帕。屋顶上的机枪手找到新目标，对帕开枪。大床挡下了子弹，或者说大床成了磁铁把子弹都吸过来。但是帕骂起猪，它老是追给他玩，不同情帕的处境。广场散落鞋子，在帕顺道为自己找一只合适的草鞋时，有人钩住他的脚踝，小声喊救人。那个青年捂着中弹的腹部，血淖了下身，躺地上剧烈地发抖。帕看了猪没跑远，先救人要紧，用断臂夹了青年，往后退到安全区。当他再度投身广场，机枪手又毫不留情地把子弹打来，帕照例用眠床挡下，正要抓住猪时，又有伤员求救了。如此来回十几趟，广场上的人都搬光了。当帕第十八次下场救猪时，四周躲得紧的群众探头，他们下不了场，却把情绪与掌声抛出来，为帕加油。几具死人躺在广场碍着帕抓猪。帕干脆连尸体也搬出来，不过眠床满是弹痕，里头塞满了机关枪子弹，有几处热情的冒烟，他退出广场时马上有几人权充消防员前来撒尿浇熄。他们告诉帕，这小角的他们来，大条的你去。帕又被人推下战场，拿床当盾，左冲右躲，忙着抓猪去。

咚！咚！咚！这时鼓声响起了，起初孱弱，继而雄壮起来。四周避难的人都把眼光照过去。只见广场中央那个躲在翻覆牛车下的大汉仔，把大鼓拨正，找不到鼓棒之下干脆用草鞋打；草鞋打烂了，索性用手擂，把气势迸出，鼓声轰了出去。末了，大汉仔收鼓，双臂往胸膛擂了起来，砰砰砰的响亮，把肺脯之气打出来，把多少的愤怒与不满拍出来，对着楼顶的机关手大喊：

“把我打呀！打不死我，明天，我的团仔就出来做台湾的主人；打死了，我明天就去做有应公，来吧！”

鼓声不只激起群众，也把猪吸引过去，愣愣地听着。帕趁此抓着了猪，紧紧勒住不放，一抬头，只看见数公尺外的大汉仔神情激动。他握拳，敞开手的胸膛要跟楼顶的警察讨子弹似的，眼眶都是泪。

帕便解释说：“歹势，我来掠猪的。”

大汉仔误会了，又用拳头擂鼓，大喊：“阿山猪，我们来报仇了。”

群众也吼起来，大声敲击能出声的东西。

“好，那得要计划，先离开这再想吧！”帕推走大汉仔。双方一阵推挤，大汉仔觉得只有子弹与尸体的广场不利战斗，但是气势略胜了，可先退场了。帕一手勒了猪，一手抓大床，倒退着以屁股把大汉仔拱下场。他们退到一条街外的安全区，接受群众敬意，有人鼓掌，有人勾着大汉仔的肩认同。帕要离开，把床放上板车，叫男孩与牲畜躲在床板下，拉着走，木料屁股后头黏着百来位群众，赶也赶不走。帕坚持辞退来者，为首的大汉仔才再度表达谢意，深情说“坦克兄，再会了”，这意谓他们会再度见面的样子，而且很快，不是在下一条巷子，就是在下一场梦想中。之后大汉仔带着群众离开。他们都无路可退，各走各的路了，巷道多岔路，远行而分开了。

时局乱了，城市沦陷了，仿佛战燹是人类永远戒不掉的鸦片，总是隐忍一阵子后，剧烈发作才行。帕永远记得，这是在民国三十六年，一九四七年二月底的事了，有时候他会换算成昭和二十二年。当时，广播电台被群众占领，放送街头的伤亡消息，数尽国民政府的腐败与特权，呼吁有“卵葩”的人都出来把阿山猪打倒。群众涌上街头包围警政、行政机关，叫嚣、抗议与攻击。帕继续在街道寻找刘金福，转过一条又一条街，任由猪带领他遇见奇特的景象：民众拦下公交车检查，有外省人即殴打，甚至趁火打劫商家。当他走到荣町时，看到民众大声叫喊，他们闯入一栋七层楼的百货公司，不用付钱就搬走东西，焚火烧了，飘出崭新家具与胭脂甜味。这栋楼战前叫菊元百货，战后由国民政府接收为新台公司，是台北最豪华的百货楼。帕想起来台北的目的就是要坐里头的流笼，现在大火燃烧，被浓烟熏败了。七重天烧了起来，一重一重烧上天，成了台北城最大的火把。

帕只能走避小巷子，穿过大街时，得左右观察后冲过去。武装军警与特务四处巡逻，在重要路口管制，用枪把可疑的束装民众打趴，到处有死伤。帕比较不怕警察，他们爱开枪，但是枪法较保守，以驱散为主。帕曾看见一台空警车，警察逃跑了。警车被推进一家外省人开的药房焚烧，空气中充满中药与汽油味。反而是军人与宪兵比较可怕，他们好像“二战”没打完的精力有了发泄渠道，在街道巷战。军卡来时发出轰隆隆声，那种声音让帕胆怯，连平时听到都不安。平时枪毙匪徒时，均由这种叫“阎王车”的军卡载送游行，一个人犯坐一台，车上配机枪与步枪戒护，要枪毙多少人就出动多少卡车游街。人犯由军警架在车斗前，被抓住发梢好抬头示众，五花大绑，背后插上亡命牌，一路被撬开嘴狂灌米酒麻醉。吸引群众后，把罪犯押送马场町枪毙。

在某个十字路口，帕看到十几辆的机车、轿车挤一起狂烧，大火狂焚，露出骨瘦如柴的铁架，不时发出爆裂声，排出浓浓的废气与橡胶焦味，让人担心车里头还有人。这时车道的另一头开来一辆公交车，驾驶拉着喇叭杠狂鸣，可是引擎却是很安静，因为它是被二十来个愤怒的群众推来的。公交车撞上火堆，迅速被火吞噬，驾驶往后跑，从车厢尾的窗户跳逃了。有围观的群众大喊，还有乘客在上面。一个旁观的中年人把手中的婴儿交给妻子，冲上去拍醒昏迷的乘客。乘客腹部的伤口流血，说话有浓烈的外省口音。中年人犹豫了一会，把他拉下车。不过军队很快赶来维持秩序。军卡发出轰隆隆的声音，一长串响，排气管又冒着黑烟。群众大声警告“阎王车”来了。军人直接从卡车上还击，整条街都是短促的回音。几秒钟后，子弹打中公交车上的中年人的脑袋，他往后跌仰，双脚钩在窗内，身体悬在车厢外。群众跑光了，只留下他的妻子悲颓地坐地上，手中的婴儿醒了。世界安静得只剩下婴儿动人的哭声，而他刚失去了父亲。然后什么声音都静了，只剩一家咖啡厅传来广播放送，收音机流泻出那卡诺的名曲《望你早归》。

帕躲在小巷子，背贴在砖墙呼吸，他不下场去了，怎么救都没用了。那被屋檐切割的天空，夕阳腴沃；一块卖呢绒布料的亚锌招牌晃着，上头还有个类似枪眼的小洞，风吹得呜呜大响。他感觉躲在房屋影子下的身体有些冷。他决定走了，慢慢退到三条巷子外，经过一个惊慌失措的母亲时，她面墙掩护着孩子哭了。然后，军卡的声响渐渐靠近，下一刻，又远了，可以听到引擎在很远的地方运转，直到消失。

“假使这时，你的团仔走失了，要去叨位找？”帕问那位惊慌的母亲。

母亲把孩子拥得更死，反而是孩子很干脆地回答了：“转厝，我会转厝去找阿姆。”

动荡时刻，回家去，这句话具有安神作用。帕知道这就是答案，刘金福回家去了。相同问题帕稍早也问过为什么男孩，答案一样，不过帕认为男孩在揣摩他的内心缠结而顶多点头，不付诸实践。这时帕很笃定地告诉自己，回鬼屋去吧！刘金福或许就在那等待，总比在这混乱的城里瞎兜来得快。

帕转头回去，尽是捡小巷道走，避开军警的耳目与布线。一路上，板车木轮叩叩响，天空偶尔传来鸟叫。帕心思极为缭缠，一心只想回家，不久走上桥，过淡水河，晚上七点回到鬼屋。跳进屋后院，走过漆黑的菜园，帕尚未开后门就知道刘金福曾回来过，不过如今走了。因为他闻到一股草汁味从门缝漫出，那是踏破牵牛花藤的味道，表示刘金福回来过。而且刘金福要是留下来会点灯，走了便熄灯。果然，入房后打开灯看，屋内的东西稍事整理，最显目的是墙上画了一对牛角，潦草但昂然，使用花藤捏断的青汁涂上去。帕对着牛角愣了一下，仿佛对它说起话：

“我要回去关牛窝了，阿公正在回家的路上。”帕说起关牛窝时，内心涌起无限的暖意，那正是他需要的，填补了内心的裂缝。

为什么男孩沉默无语，看着眼前的大哥哥收拾东西，动作利落，把棉被等什物放上床，寻不着绳子捆绑，将就扯下牵牛花藤蔓使用。后院的铁马不见了，帕想那一定是刘金福骑走了。连日本鬼也感到离别的气氛，比往日提早出现，呜呜唱出高音泣曲。

末了，帕也把畜生放上床，顶了从后院离开，跨开步伐。他忽然说：“后院埋有日本鬼的骨头，就在化粪池边，记得你搬走的时候帮我拔掉它头上的铁钉。”接着很快消失在街角，一刻也待不下了，甚至没跟男孩说再见。

男孩追了过去，不了解帕为何急着走，连道别也不说。追过两条巷子，男孩失去帕的踪迹仍盲目追，在必须选择的某条岔路，有颗电火球躺在地上，男孩停下来捡。它框了月光，又圆又亮，手滑过玻璃会咕啾地响。男孩小心地往回走，很害怕帕留给他的灯泡只是幻影，或是肥皂泡泡般多使些力就破了。等他娴熟这大弹珠时，大胆抛接，且把它盛起来对准上弦月，看见玻璃壳上留下一枚大掌纹，清楚极了。那是挥手的姿势。之前累积的不解与微怒在那一刻被解开，男孩也对那大掌挥手。

“再会了，黑狗兄。”他流泪了。

重返关牛窝之路

台北往南的路有两条，一是纵贯铁路，一是纵贯路，后者就是后来的台一线省道。帕往纵贯路追去，那是他的来时路，想必刘金福也会从这回去。他跑了一段路，把猪放下来嗅味道。猪老是兜圈子，无法安心工作。在几度濒临暴怒后，帕终于感受到一件事，大家都累了，一整天搞下来，在枪弹、疲惫与紧张的搓揉下，血管流动的是酸痛，铁打的身子也会熔化。帕决定先休息一会，让思路清晰最重要。帕选了路旁一间土地庙的后墙当安歇地，竖起床挡风，取下棉被盖，也让猪钻进来。鸡的体温天生就高，窝在冷风中亦可，帕把它抓进被窝不是怕它冷，是给自己取暖。不过一恍神，人沉睡得能长蛆了，打呼声比北风锐利。他梦到自己在山上的小屋前晒太阳，刘金福在菜园持锄，空气中飘满了九层塔味道。他预知随后来的一阵浓雾会把他们赶到更深的森林，但什么都没发生，九层塔味道害他一直打喷嚏。

睡到隔天公鸡第二回啼，帕都还没醒，它便用爪子猛抓。帕醒了，一半是痛醒，一半是被自己吓醒。他预计眯一下，却睡得不省人事，难怪吓醒。把东西收拾好，帕决定不往纵贯线找了，往铁路线寻去。对一位老人来说，在纷乱的时局得多花心力去辨路，不如沿着铁轨能省下心力。这时候天刚亮。小鸟早在枝头唱歌，大地蒙上薄雾，杂草泛满了露水。一切看来很安静，农民荷锄下田，甚至忙得汗水直落，他们的生活与习俗几乎百年来没有改变过，也不想改变平静的桃花源式的生活。他们看见帕顶个大床，床上还有牲畜与杂物，莫不睁大眼。帕向他们询问铁路的方向，生怕自己经过隧道上方而过头。农民摇头，主因是诧异而并非不知道。有个小孩指着日出方向，说铁枝路在那，“不过，火车整早都没驶了。”小孩极力强调。火车不开才刚发生，却说成整早，似乎是感受到重大的事故。

帕往东跑上铁轨的碎石垄，沿线南下。清晨的铁轨发亮，两条银白线，在尽头处有一辆黑色的机关车，灼烈的头灯亮着，却永远也开不来的样子。帕还没走到那边，就急着往旁边的草丛躲，呼吸也不敢多喘，因为眼前来了两连士兵，轻装步枪，有的扛着机枪，分两列沿着铁轨前进。一个脱队小解的士兵循着猪叫声前往，发现了帕躲在菅芒丛。帕早有防备，不是逃跑或反抗，是穷极可怜的装乞丐，抱着猪，揽着鸡，尤其是一路奔波的衣服早就脏破不堪，掩盖在斗笠下的飞行盔像个小丑面具。士兵看出帕是逃难的模样，样貌可怜，用湖南腔说：“不要往北走，那乱掉了，你进城去一个不注意会被砰砰！”士兵说到砰砰时，拍了背上的枪。

那些士兵是进城去镇压。老是装无辜发抖的帕，对士兵来说是无害的，反而强化了昨日台北的动乱。士兵的对手是武装青年——他们闯入警察局抢出武械到处流窜，占据一些重要据点——他们最后走了，有的低头，有的抽烟，队伍沿着铁路线拉得很长。阳光晒干了大地的露水，铁路碎石墩晃着蜃影。帕沿着铁轨走下去，发现那辆运兵火车停在那的原因，铁轨被不明地炸开，像两只向上弯曲的手，挡下一辆十节车厢的火车。而且低阶工作人员的道班房同情武装青年，不是脱班就是故意迟来，军人只好步行进城。

火车上只剩下车班人员。帕停下来，主动向司机攀谈桃园方面的状况。

“你头上的床是真的假的？”司机倒先问了。

帕摇头说：“这是赛璐珞制品，是膨脖的，我是走江湖卖药的，要往南做生意，想知道那边状况。”

司炉这时跑到窗口，奇异的眼光不下于看到外星人，他惊讶说：“那眠床上的猪也是赛璐珞做的吗？它会动耶。”说罢，他伸手去磨蹭猪。这动作是有意义的，赛璐珞是早期类似橡胶的制品，硬度强，添加樟脑能增加可塑性。只要用力摩擦它，会泌出樟脑味。不过司炉的手里满是猪臊，大喊，猪是真的。

“没有错。”帕说，“它是线控的，一个傀儡尪仔，那鸡仔也一样。”

“喔！看到鬼了。它们都会动。”全车的工作人员大吼回答，“不然就是我们青瞑了。”

帕懒得回答了，继续往南走。司机连忙大叫发车，要司炉多抛些煤，追上去瞧瞧。火车鸣笛后退了，车厢间的链接器发出密合的声响，速度与帕行走的差不多。司机多问也得不到结果，便主动说出南方的情况。他说，这班车一早从桃园发车时，三百多名武装军人进入车厢，要征召列车去台北镇压暴乱。但是另一批民众听闻后猬集，聚集在车站外抗议，有人在铁轨堆石，甚至卧轨，好阻止火车出发。军人鸣枪恫吓，驱离了群众。火车出发后，他一路担心铁轨遭破坏，还好天亮了，老远就看到银白的铁轨断线，终于松了一口气地停车。

在司机的邀约下，帕跳上火车搭便车。眠床拿不进车厢，勉强放在尾节车厢的后门，用那儿的铁链扣紧床。帕就近靠门边，迎着逼人的冬风，两只牲畜躲在车厢内，低头觅食着稍早军人吃落的馒头屑，围观的车班人员最后发现新大陆似的大喊，它们会落屎，不是傀儡尪仔。一个年轻的机务见习员拿了个饭团给帕后，缠着不走，总想伸手碰床，好试探真伪。帕警告说床是鸡胲做的，摸了会爆掉。这打断不了见习员的好奇，更加深疑惑，他看到床板上布满好多眼孔大的洞穴，当阳光射入，折射出蜂蛆蠕动的闪光。趁着火车转弯后加速所产生的惯性，见习员顺势扑跌床板上，用小指探进去抠。那是弹孔，闪光是卡入的子弹，小指也染上些硝味。他震慑，接下来的时间完全沉默。不久，火车退回最近的小车站，在这可以回避任何班车，不过整早的班次几乎停开了，到处有铁轨受阻，不会有火车进站了。帕拎回牲畜，道了声谢谢，跳下车，继续沿铁轨走下去。

"'他们'要去拿下机场了，我听到消息了。"见习员说。会说这句话，不只是那些弹孔暗示他，帕是从北方一路战斗而来，也要斗下去。而且，见习员还看到帕的灰袄底下还穿了一件日式飞行衣，虽然只露出领子。

"他们"是谁？帕的脑海才生疑波，忽就清澈多了。那是有一群武装青年要攻下桃园机场。消息并非无用，至少他可以避开那里。他沿铁道走下去，踏着枕木，一枕木跨一步嫌小，两枕木一步又嫌大，不久抓到诀窍，途中经过一条被撞死的狗，尸体沾满苍蝇与蛆，时日已久，浓烈的尸臭让床顶上的两只牲畜猛打喷嚏，泪水直冒。尸臭发挥了效果，嗅觉短暂地失效后，忽然澄透百倍了。帕闻到枯草后的远处传来淡味，香味雅洁，那是山芙蓉，甚至能闻到花色在阳光下转红而泌出光泽呢！这时候路畔的杂木渐渐被瓦屋替代了，桃园火车站快到，遥远地就能看到月台边机关车的烟囱冒烟。牲畜激昂，绝对不是那些煤烟味刺激鼻腔，而是嗅到熟悉的味道——它们的老皇帝体味，刘金福独特的鱼腥草似汗馊味。猪快乐极了，在床板边不断跑，把锅碗与棉被顶下来，让帕忙着收拾。帕喜欢这种感觉，他知道只消把床放下，猪会像土狗一样冲出去，把猎物咬在嘴里猛甩。他得抓住这个时机。帕跳下铁轨，往铁道边的田间小路钻去，路上拦下一位牛车夫，杀价都免了，掏干了口袋的钱买下那辆又破又脏的牛车，便把眠床抛上去。

冬风吹拂下，这城市多么灰调干冷，快被灰尘称霸了，路树蒙上了一层薄灰纱。天干物燥，不要说是烛火，只要情绪上的怒火就可以烧毁整座城。但是尘埃扰乱不了牲畜的嗅觉，家猪跳下车，在道路跑，又快又狠，几乎是猪八戒进洞房般猴急。帕一把拧住猪的耳朵，骂它几句，怕它跑丢了。不过顾此失彼，公鸡的肾上腺分泌旺盛，挥翅就在空中盘桓了，边啼边飞，续航力与耐力真不凡。这下帕只能追下去，要拖着牛车，又要仰看公鸡方位，没多留意路况，几乎在路上横冲直撞，撞翻了水果摊与扛着工具箱修雨伞的人，还撞倒了一个扛米的人。米袋散了一地，阳光下灿亮。扛米的人要骂回去，看到帕满脸疤痕，还戴飞行盔，吓得自己唯唯诺诺。这些米是他跟着一群人闯入县府粮仓搬来的，对他而言，库粮是被官员平日污去的，顺理成章地拿来，顺理成章地被撞散，只怪自己倒霉了。倒是帕极为愧歉，要开口，扛米的人自己先低头离开。他弯身拾了一把米，继续追公鸡去。最后公鸡停在一座屋顶上，喘完气便鼓着翅膀，挺着喉咙大叫，声音清亮。帕骂了回去，要公鸡乖乖下来，不然他就爬上去抓它，怕他不敢上去吗？没关系，他会一根根地拆掉房梁。

骂完了，帕伸手把米呈出来。公鸡飞下来，顺着屋前的广场盘桓一圈，帕也转身看着鸡。忽然间，他吓坏了，广场是空的，气氛很诡异，他身陷在警察局前的广场。警局前摆了拒马，铁蒺藜挂着破衣服，大楼的窗户下埋伏着人影，枪管从缝隙中伸出，警局楼顶与二楼窗户也有埋伏，枪管发亮。广场四周蹲伏着拿菜刀与老式步枪的群众。广场中央趴了五个死人，到处有一摊红液，绝对不会把那当成打翻的红露酒或槟榔汁。不过，所有枪管与目光瞄在他身上时，帕感受到自己像掉入一缸蜡汁后爬出来的人，身体慢慢蜡干，硬邦邦的。好死不死的，天空盘桓的公鸡停在帕的手腕上，大力地啄米，尖锐的喙子啄破了手掌，米不是白的，是染满了鲜血。帕没有感受到疼，要是被枪管对着，还有心思管手疼吗？

“我是土公仔（葬仪社人员），不要开铳。”帕摊开手，展示那只断手。干这行的总有残缺。然后用那只断臂指着地上尸体，说：“我是来带走的。”

广场安静得像棺材，帕是里头唯一的活人。他希望有人响应，响应就是打破僵局。即使不肯也行，至少给他下台阶，有全身而退的机会。四周没人响应，对峙的双方都等对方先开口。

“师傅，带走他们。”一道闽南语的声音从墙墩后头传来。那人跳上墙，手上拿的镰刀在阳光下反光，给了帕明确而且感谢的手势。

另一头，一个外省籍的高阶警官从破窗口大喊：“行，带走。”

帕把公鸡放在牛车杠上，拖着车到尸体旁边。他真希望尸体会自己跳起来，说他只是装死，这样帕就省得干活了。可是只有尸体会这样躺，高掀的衣服露出肚脐，裤子快褪到胯下，晒着日光浴却满脸痛苦。有一具尸体的颈部戴了三条庙里求来的絭——折成八卦状、放入小红袋的平安符——求神太多，此人的命运成了三不管的辖区。都是男尸，帕搬上牛车。最后一具手中紧握着大锣，锣上沾了几枚弹孔。帕抬起他时，落地的锣发出声响。不料公鸡飞了过去，对铜锣猛啄，哐哐地响亮。声响跟战斗无关，像送葬之声。

帕把五具尸体拖出广场后就卸在街边，之后事不关己，转头就走。有人嫌尸体丢在这里不符程序，质疑他借此揩油，只好凑出红包钱，要他先带走尸体。帕说他不是服务不周全，事实上他不是葬仪社的，恰巧路过，免费服务。

不过帕的特别服务也得到回报了。公鸡长啼，跳下车猛跑，不过猪比它更快地钻过人缝，往墙边的那台铁马冲去。那是刘金福骑走的铁马。两只畜生的寻宝游戏完成了一部分，兜在铁马旁大叫，把它当阔别的好友。帕知道他阿公就在附近，跳上牛车从制高点往下看，没看到熟悉身影。他吼了起来，大叫阿公你在哪？声音之大，吓坏了大家。那呼吼的声音不是来自喉咙，来自体内深处，更深更沉的地方，透过喉咙放大到整个世界。帕不怕死，拖着牛车来到广场中央，吼声传得更远。紧张的气氛再度加温，躲在大楼内的警察不知道群众要下什么棋，再度把枪管对准帕与那些角落躁动的群众。帕的独角戏引起骚动，但是没有人响应。他把脚踏车牵到广场中央，高高举起，就像举着一把号召的旗帜。

“这是啥人的脚踏车？”帕大叫，并且技巧性地远避大楼内的机枪。

“我知，我知。”一个年轻人从水沟探出头来，大声回应，“那是从南崁溪桥头捡来的。”

“是你捡的。”

年轻人愣了一下，指着那头的尸体说：“是他捡的，他死前说的。”

帕目珠金亮，凝视年轻人。他放下脚踏车，把地上那面挡过子弹的铜锣捡了起来，凭着一只手和嘴巴叼着，把铜片当毛巾拧，没拧出水，流出噼里啪啦的声音。帕把那条狰狞的铜麻花丢地上时，广场的人都知道接下来帕说的话是命令，不是请求。

“你带路，去桥头。”帕对蹲在水沟的年轻人说，然后指着远处捡到铁马的尸体，说，“你也一起走。”

如果帕能回想起关牛窝的冬日山色。他会轻易发现，冬天的山景远胜春夏的蓬勃。春夏的树木盎然，这也绿，那也绿，拥挤又单调，大自然找不到别的颜色安插。到了冬天可精彩了，水瘦山寒，山径俨然，人在山里走，可以看到大自然最赤裸的原始，每株树都是一张脸，皱纹的，辉煌的，卑屈的，青春的，每棵树显露一段岁月流转的故事。有的树枯了整片，裸露了底下的山壁与野溪，视野干净缤纷。有的树叶酡醉，红的红，黄的黄，喝了上一季的秋阳似酒，醉了整个冬天。如果要在变叶的山漆、台湾榉、槭树、枫香中择一色爱之，榉带锈色，槭枫又过于腥燥，莫过于俗称“目浪子”的无患子迷人。不是因为它实用、能把种肉当肥皂用，而是它的叶子碰了冬阳就挥发叶绿素似的，透透亮亮，好嫩黄呀！是整座山唯一永续发亮的灯泡。

南崁溪的桥头边就有一株无患子。母株是某个平埔凯达格兰人在两百年前栽种的，作为水田地标，多年来的落种繁殖与风雨摧折，如今只剩此株，距离母株的栽地有两千余米了。它树龄约四十年，算是树王。桥头一带的洗衣妇喜欢聚集在那洗衣，再顽强的油渍或酱汁弄脏的衣服，捡几粒无患子，搓搓挪挪，南崁溪的水漂一漂，清洁溜溜了。方圆一公里内的居民，在冬阳下，衣色透出些微的黄光，透透亮亮，好嫩黄呀！他们甚少知道这原因是新洗的衫服并不干净，所谓“不干净”是藏含了那株树王的皂碱。仿佛凯达格兰人几经通婚与汉化，看似消失，其实血液已经藏含在附近居民的肉体深处。他们总在某个梦境的瞬间，恍惚的，隐性的，梦见有人在田埂栽下幼苗后，仰天看。这是他们集体潜意识的古老梦境。

帕没有梦过那个古老的梦，也没有注意到桥头边有棵老无患子。当他来到桥头时，一切都有了联结。他看到惊惧的一幕：有个老人躺在桥头下的溪边，那是他的阿公。他大腿骨折，身体多处流血，整个早晨或许更久的时间，都躺在那呻吟，直到喉咙也累了。帕停下牛车，把那具尸体留下，顶着床走下溪床。那个老人又老又皱，正闭上眼等死。说明白点，还是帕自己讨厌的人。帕摸摸刘金福的气息，差不多了，走快点，可以在刘金福过身前赶回关牛窝。人要死在自己的故乡，这是习俗，刘金福也会这样想。帕捡了细漂流木帮刘金福骨折处固定，拗了些枯草垫床，把刘金福轻轻抬上去。刘金福骨折的大腿与手碰触到床板，伤口滴血，他痛醒了，再度轻微地呻吟。

“我走不赢你，我输了。”刘金福说得小声，是说给自己听的。三月初的大游行那天，他确实混在人群中请愿。不过，看到帕大闹现场，他不由得惊恐，帕是过动儿的家神三太子转世，降生于斯大闹。他把帕藏在关牛窝深山，之后又牢牢绑在鬼屋，帕还是逃出来，把台北搞成一锅沸水。再下去，帕会毁了台北。刘金福得逃走，逃回关牛窝深山。他知道帕会追来，逃给他追，把他引回关牛窝深山就天下太平了。他拼老命地骑车追上往南的火车，火车在桃园市区就停驶了。他继续骑车，已筋疲力尽，失去判断力，在桃园市区迷路，犯错往北骑去，没想到人算不如天算，如今栽在南崁溪。

“铁壳仔，把它拿过来，里头有向城隍爷求来的锦囊妙计。”刘金福提高音量，这是说给帕听的。

那个装蜜丝佛陀蜜粉的铁壳系在刘金福腰布里，向来是他北上时的皮夹，不见了，幸好在附近找到了，摔得歪七扭八。帕打开看，一条恩主公挂乾隆通宝的豢、一个佛银、一沓买不到什么的千元钞与几张折妥的纸。帕打开纸，那就是城隍爷的妙计了。第一张是死亡证明，上写着他的日本名，鹿野千拔。一九四四年六月初，战死于印度尼西亚的比亚克（Biak）岛。另一张是同僚的证明，说明鹿野千拔隶属于日本海军101燃料厂，支持印度尼西亚的比亚克岛的机场扩建。一九四四年五月二十七日，米军用舰炮与轰炸机瘫炸三天，之后大规模登陆。日军伤亡惨重，粮食断绝，八十名台湾籍与四十余名日本残兵撤退，在海边发动了一辆重十吨的“大发”登陆艇，西渡到新几内亚岛避难。搭船的人太多了，体能好的泡在海里抓住船舷好增加乘载量。夜里还好，日间成了美国战机的攻击目标，船艇顿时大火燃烧。抓在舷外的鹿野千拔在美机第三轮扫射时，大腿中弹，虽用丁字裤当绷带止血，仍死在海上。历时两天，最后有八人横渡成功，见证者是其中之一，松冈富宏，汉名陈阿水，原籍台北市。

帕看完，放回盒内，费了巧劲才阖上歪掉的盖子。现在铁盒是他的，包括死亡证明书。他死了，只是死得不够圆满，日军字典里只有玉碎没有“撤退”，撤退就是逃兵。不过那又如何，苟活才能传述此事。显然这件死亡不是虚构的，是见证者陈阿水把帕套在他亲身经历的死亡路线中。最重要的是，帕现在懂了，刘金福这次来台北耗费钱财与牲畜的目的，不是旅游，是为了打通关节，伪造他的死亡证明。这城市什么都买得到。唯有死亡，帕才真正自由，不受任何政权与权势的左右。他可以回关牛窝深山，永永远远不再下山了。

帕把铁盒里的钱给了带路的年轻人，感谢他找到刘金福，也希望他请人处理那具尸体。年轻人停顿，把钱收下后，忽然说："有件事告诉你，他是被推下桥头的。"说罢，撒腿就跑，钻入了草丛中。

帕改而向刘金福询问。刘金福沉默一会，摇头说："自家掉下来的，骑铁马赴不急转弯，撞上桥掉下来。"说罢，他不再说话。

这沉默不是肯定，反而挑衅帕的感受。要等答案来，不如去找答案。他顶着床回到桥上，把那台铁马翻了翻，它那么破，伤痕多得秤斤算，看不出端倪。他走上桥面观察，从五公尺地方跌落，大概也要有本事才没毙命。但是桥头另一边聚集几位群众，帕走过去询问，或许有眉目。

"紧走，有大尾的来了。"桥下传来声响，是跑掉的带路青年喊的。他渡过河而一身湿淋淋，对桥上的人喊了数次，还抛石头通报。

那群人除了一个穿日本军服的坐在桥栏杆，其他的站桥上，盘查三轮车、牛车与巴士上的人士，凡有外省人即殴打。整个早上，那些警察不是困在派出所据点，忙着与另一群民众对峙，不然就是弃械而逃。街上的人对动乱似乎习惯了，焚烧房子、死亡与随之而起的零星械斗，那像热闹的庙会活动，而非死亡的挣扎。而桥头是交通的动脉，在此绝对可以找到仇家，即使你们不认识。

那群人即使没听到桥下的警告，也瞧到帕来了。他们看到桥那头有个人衫服脏破，步伐傲慢，头顶纸船。船上有两只牲畜，一只是纸糊的猪，一只是纸扎的公鸡。船上躺了个稻草人，头发却是真的。船舷边挂着竹管做的脚踏车，金属漆上得栩栩如生。他们只能这样想，那是拿给丧家烧的，不然怎么可能整套顶在头上。帕来到时语气平静，不带怒气，问是谁把他的祖父打伤后推下桥。他们不敢回答，眼睁睁看着那条船多么具体，多么可怕，像是刚从南崁溪捞上来的，滴着河水与血水。河水是刘金福的泪水，他哭着喊，泪水从脸上滑落，从床缝渗下来，大部分流泻在帕的头上。“遽遽走。”刘金福尽力嘶吼，叫那群人快逃，但声音如此不堪，再大声也只有帕听懂。

帕会杀人的。刘金福改而求帕，呼喊帕的小名开始：“‘尚风牯’，停下来。阿公拜托你莫动手。”

帕动摇了，好久没听刘金福这样叫。“尚风牯”意思是像风流动的小孩，这是贱称，意谓小男孩难养。这是他的小名，但没有彻底动摇他。帕一个前去，抓住了其中的胖子，扭着领子，举起后丢下。

胖子重重跌落地上，木屐发出巨响。那木屐俗称“男子汉”，较厚实，通常是迌迌人、总铺师或沙西米店的师傅才穿。“男子汉”笨拙，跑起来慢，打人却很实用。胖子落地，趁势拿它，狠狠敲帕的膝盖。

帕料想不到这胖子颇机灵，他的膝盖吃疼，害软了。一个重心不稳，整张床落地，帕机灵滚开，来不及闪的胖子成了夹心饼，也多亏胖子当肉垫缓冲，刘金福没震得痛。现在猪跑到桥栏杆边撒尿，公鸡在天空盘桓。纸扎的都活了，大家干瞪眼。而帕乘胜追击，一脚上下地猛踩着床沿，压得胖子的肚子打浪。他根本不顾刘金福的阻止。

这时候，那个坐在桥栏杆、穿日军服的年轻人，持收鞘的武士刀，一刀砍向帕的肩。帕腿往后蹦，滑了开，不过鞘尖划开帕的破衣，飞行衣露出来。路人大叫他也是日本飞行兵，难怪会戴飞行镜。

“是我打的，”带武士刀的年轻人说，“那老货仔穿着中山装，骑一台富士霸王，骑很紧，看就是好额人（有钱人）。我们拦下他，问个详细。”

帕闪过去，在对方举刀攻击前，抓住刀鞘折弯，丢下河床。“他自然不会回答，他听不懂日语与闽南语。”帕冷冷说道。帕接下来的攻击，把在场的人吓呆了，那只有洋人电影里才有的罗曼蒂克画面，他搭着穿日军服的人的后脑，狠狠地吻下去。唇齿相战开始了。帕无视对方的捶打，睁大眼，以舌头撞击，数度打开年轻人紧闭的牙齿。对方关了齿门。之后，帕用右上臂夹着对方脑勺，另一只手捏住他的鼻子。这招管用，年轻人张嘴呼吸。帕便把舌头长驱直入，上演法式舌战，最后把对方舌头抓过来，牙齿一紧，咬断了。然后放开他。

穿日军服的年轻人后退几步，勉强靠在桥栏杆边，全身发抖。他没打过这样荒唐的仗，失去初吻，失去礼仪，失去舌头，也大量失血。他张开口的刹那，鲜血直喷，成了血盆大口。只有年轻人知道失去舌头，围观的人骇然但没察觉，对他们而言，穿飞行衣的人会一种吸血的功夫。

“老货仔有回答。”被压在床下的胖子大吼，用悲伤无奈的口吻说，“他用国语说，‘我们是中国人，不是日本人。我们是娃儿，全部投降了，拜托不要开枪。’老货仔说，他是阿山仔，我们才打的。”

那是恩主公的锦囊妙计，时间暂停咒语。刘金福曾在山屋的油灯下抄念了数百回，告诫帕，危急时用，如今他也在急迫下念出来，一字一句，字正腔圆，像小学生背书。咒语没能救他。或者说，那些妈祖婆的海上妙计、城隍爷的生死簿计划，全是他想出来，假托神意。自己不用，一旦打开来用已过期了。帕看着躺在床上的刘金福，又枯又瘦，桥头一带与他有相同体态的只有漂流木了。走吧！帕心想，转家吧！这个老人跟他一样是抹布命，东抹抹、西擦擦，破了，烂了，没关系，翻过来用又三年。刚刚看他要死了，现在能躺在床上流泪，懂得委屈，帕脱下自己的衣服给他盖上，避开围观者的目光。

那个胖子哭了，不像男子汉。穿日军服的人蹲在桥边，嘴角流血，止也止不住；其余的同伙有的跑了，留下来的也不知所措。帕把胖子从床底拉出来，又拦下台路过的黄包车，把穿军服的人拎上车，吐出嘴中的战利品——半截舌头，活生生蠕动——要他们快到医院把舌头缝上去。他们推着黄包车走，边走边喊，很快地消失在桥那头。胖子在后头追，赤脚跑几步后回头坚持穿上“男子汉”，用夸张的外八步伐跑，木屐发出巨响，远了还能听到声音。

“一下子，我们一下子就转到屋家。”帕蹲下身向刘金福说，盘起了床。能收拾的都上床去，包括两只牲畜与高贵血统的破铁马。

听帕这样说，刘金福的嗅觉沾满了森林的苔味，湿气重，夹杂些许苦腥。这味道太熟悉了，山屋都是这种绿苔，连碗底的脐盘与扣子孔都有这玩意。他不知道那不是苔味，是溢到鼻腔的血。他努力呼吸，被血呛伤了肺，那猛烈咳嗽让他陷入迷蒙的幻境，加速地挥霍了自己的余生。

帕带着一家子难逃。一只猪、一只鸡、一辆铁马、一位重伤的老人，全都挤在大眠床上。回家之路比预期的艰困，漫长崎岖，弥漫了烟硝味。帕终于承认了事实，他真是衰神，逃到哪，哪里都陷入动荡。吆喝的群众冲入警察局或军库抢出枪械，殴打外省人，到处有示威、叫嚣与血腥，要睡一觉不得安宁。可是，眠床上也没有安静过，刘金福有了幻视，把外头看成了五十年前的“走番仔返”战争。一八九五年日本人根据《马关条约》接收台湾澎湖，当年五月，北白川宫能久亲王领兵从基隆上岸，顺利进入台北城。此后日军南下的步履，在桃竹苗受挫，一批客籍的义军用肉体形成防波堤，阻碍了日军的枪浪炮潮。这段历史帕很熟，在山上时，刘金福常拿出来讲古。帕想到的画面是，刘金福坐在自己的坟头，拿竹枝当枪，传述战场故事，夕阳凑过脸来，照得皱纹与白发好清晰。刘金福的开场白是：“这不是讲古，我活这么久，只是要告诉你，我曾跟英雄一起过。”讲到底，不是这个死，就是那个亡，最后只剩刘金福成了不死英雄。等帕在练兵场当上军曹，才稍有体悟，刘金福的经验与那些关东军老兵一样，都罹患了类似“感染性战争”的症头——喜好把听来、另一批老兵的战争经验说成自己的，好强化自己的地位。

帕走不了直路线，兜来兜去，得听伏在床上的刘金福指挥。要是不依，刘金福便拉发绳，勒得他喉咙长出茧了。睡觉时间不定，有时白天睡在市场边，当众表演乞丐。他们还睡过庙桌下，只能把床当供桌让人摆上祭品。有时睡在只有刘金福知道的山洞，待在那一整天，帕找到几把发夹式的炼樟脑用刨刀，锈透了。刘金福说那是三十位脑丁的兵器，要用护铁腕干掉三个日本兵，却被洞口的一挺机枪堵死了，这山洞是他们的葬身地。第二天他们却被上千只的蝙蝠从那个坟墓赶出来，连忙到街道，这时一列火车开过来，帕想用熟悉的汽缸节奏让刘金福回神。帕追上去，风向不对，煤烟往他这里罩来，害他边跑边咳。朦胧中他看到车上的一幕，一群人持棍，用闽南语盘问，是外省人就往外丢包，包括一个对不上话的少数民族乘客。那个少数民族乘客很生气地拿出车票，说他有买，从最后一节车厢追到最前头，对整车的人咆哮，可是爬上火车后躲入厕所。

他们没有回关牛窝，继续往南走。他们来到丰原，刘金福说这叫葫芦墩。他要帕顺着田路逃，越远越好，因为这里有个年轻人杀了一个化妆成和尚的日本间谍，随来的日军来屠村，把两百多个村民用枪扫射。沧海桑田，目前眼前没有田路，是一面学校围墙与松树。这可怪了，刘金福讲古时都说他在这跟日本人杀得天空起血雾，怎么到了现场就逃，帕便学鬼王的口气：

“你这竖子，把胆肝拿出来，用屁股打不倒四脚仔。”

刘金福听出是老长官的口气，惊骇说：“统领，我不逃，下次不敢了，我回失礼。”

“竖子就是竖子，讲讲看，这是第几次逃？”帕破口大骂。他可得意，模仿得连自己也叫好。要是这样能让刘金福回神，早日回关牛窝也好。

刘金福跪在床上求饶，自然不知道是床下的帕在装腔。这回帕懂了，他阿公不如想象中的勇敢，挺孬种的，怕东怕西，只能成为旗兵队，情况不对就跑，那两颗子弹就是被敌人自后方打中的吧！到了第九天，两子阿孙来到中部的八卦山，刘金福说胜利要来了，义军会合了南部来的大清国黑旗军，数千人要在这制高点痛击日本人。他们在这部署大铳，炮口嗓门轰不停，与日军较量。不过日军的一个冲锋队偷袭上了山头，像一根针把义军的阵势戳破了。更多的日军涌入山头，肉搏战与短距离的枪战开打，义军只能用竹竿与菜刀对付。刘金福把中了数十枪的统领背离战场不久，两个人都不行了，一个快累死，一个快死了。统领死前要刘金福挖下他的眼睛，放在彰化城墙上，终会看到日寇退出台湾的一天。刘金福不会挖目珠，两颗都挖烂了，他自责统领死后什么都会看不到，只好把那两颗烂眼珠吃下去，至少还能保存在他体内，如果在阴间相逢时还能还回。死去统领的眼眶还冒着血。刘金福以为他还有救，割了三十六个义军死尸的辫子，编成网子，与旗兵队把统领的尸体扛回关牛窝，并带回一尊小型的克鲁伯过山炮。帕也躺在地上，给刘金福挖下他事先在左眼眶里放的两颗石头，挖上两回。然后帕跳起来，高兴说："挖完了，做得了，把统领扛回关牛窝去埋吧！"

"不能走那，四脚仔从那攻来。"刘金福大喊。

帕顾不得刘金福的指挥，戏演完，能回家了。他选了小径往山下跑，想到要回家就像个女人快乐地扭屁股，一路拨开杂草。刘金福在床上怒喊，说前头有日本人攻来，还把猪鸡丢下床，希望阻止地板神秘的移动。帕机灵地抓回鸡，但猪跑得太快，扭着屁股，身影在山径上显得有些邋遢。帕抓回猪时，双脚却陷入黏答答的泥沼中，他低头看，全身直冒汗，刘金福也是。眼前是二十六个死去的年轻人，他们手掌遭铁丝穿过反绑在背后，张着眼，缩在地上，脑壳上有枪洞，血水成淖了。这是国军枪决人犯的现场。帕这时用掩护的口气大喊，这些都是被日本人打死的义军。来不及了，刘金福被死亡的一幕吓醒，瞬间老了，那些在体内保存五十多年的热血与勇气也馊掉了。他害怕地说，帕，那些都是跟我一样的台湾人呀！

帕扛着刘金福跑了，朝关牛窝回去，一路跑得专心。胆怯的刘金福躺在床上流泪不停，足足念了二十六回《般若波罗蜜多心经》，为死去的亡魂祈祷。当他念到第三十八回时，关牛窝快到了，这时被强风逼得眼眶里都是泪的家畜，张眼发出怪异的呼喊。帕朝前看去，一列红滚滚的火车在纵谷前进，几乎没有重量，安静地飘浮在夜路。帕抄小径往那列火车靠去，在一个上坡路段，他跳出来与列车近距离接触，刁蛮的机械运转与枪声传了过来。来不及了，那是一班溅满血的列车，一路前往关牛窝镇压群众暴乱的国军二十一军把枪管朝外射击，火光交加。帕下意识地用床挡下子弹，那一刻猪被射死，鸡也是。它们的脸上仍浮现欢迎的眼神，而且尸首掉进车轮下，被蹂躏成一摊泥肉。刘金福中了八枪，血水疯狂地从身体喷出来，死亡的恐惧没有困扰他，他念上第三十九回的《心经》是为了自己，祈求众神给他勇气与力量，因为他想趁还有一口气在，动手把八个枪眼里的铳子掏出来，如果可能，他也要把另外两颗日本铳子也挖了，不然他葬在这片地底下会躺不安稳。

但是，帕阻止了一切。在下坡路段，帕与火车迅速地分开了，扛着床往山谷跑去，跳进了关牛窝溪。他抱着刘金福在水中挣扎，乃至安静下来，帕要是不这样狠心做，他阿公可能会在自我刑罚中哀号得连脑袋都挖下来。帕哭了，整条溪水都是他的泪水似，而刘金福已淹死了，安安静静的。他们暂时沉入最深的水底，一个专属的空间，与世界暂时区隔了。最后，发绳断了，眠床顺着溪水离开关牛窝。

日久他乡是故乡

十九世纪初期，清道光年间。中国广东发生了旱灾，阳光如浆浇落，灌溉不了土地与人，只能赤地千里。有户农家断粮了很久，能挖的、能啃的野菜早就没了，他们决心渡黑水沟到台湾发展。部落的人力劝，说渡台是过鬼门关，多少人有去无回，过了海，岛上还有老虎、毒虫与“生番”砍人。那又如何？该农户的三兄弟心意已决，离开是找新契机，即使搏命后葬送自己，总比活活在这等到饿死好多了。夜里，三兄弟的老父受了家神哪吒太子的托梦，授予妙法。第二天，他们依妙法拆了老屋梁，花一礼拜时间勉强拼凑了艘戎克船渡海。但是，船离海岸有数公里，河无水，天无云。造船有屁用，村人摇头等着看戏。哪吒太子又托梦，要他们把船搬到干得只剩下石砾的河里，等到他的泪水涌出就能出海了。一天过去了，一礼拜过去了，船在旱河动不了，老父饿死了，死前仍抱着哪吒太子相信自己能出海。老父死时没有遗憾，没有遗言，只流泪水。泪滴在哪吒太子的眼眶，成了他的泪水。他该实践他的诺言了。过不久，海水倒灌成灾，沿着溪床缓缓流入了八公里，戎克船这才顺利出海。历经海难、台风与各种险阻，三兄弟几乎把命摧折了，终于顺利在新竹外海上岸。

他们上了岸，可是哪吒太子仍坐在船舱里，请不动，搬也搬不了。老大、老二不耐久候，自行上岸生活，务农为主。只有老三刘道明不愿走，他认为哪吒太子是老父的化身，是父亲的泪水召唤海水倒灌才出海的。刘道明以船为家，在沿海一带从事买办生意，十年过了，二十年过去了，奔走的范围因溯河而渐渐深至内陆，除了茶叶、樟脑与盐，还从事火药与枪的买卖。十九世纪中叶，五十八岁的刘道明溯后龙溪而上，春夏之交，正是梅雨之际，水肥山壮，戎克船在船夫的竹篙忙碌下，缓缓地进入内地。船上除了货物，还有随员跟船。随员背了一枝前膛枪式的火绳枪，此枪客语叫作火索铳或“牛髀铳”，尤其后者显示了枪支的特性，它重如牛腿。枪支是恫吓扑来的“生番”，但真正的敌人却是在眼前飞来飞去，用枪打不到的蚊子。它传染瘴疠之气，也就是疟疾。船最后经过牛斗口，来到关牛窝，风景不殊，土壤丰腴，刘道明登上岸后雅兴来了，随意煮开了水，扔了一把茶叶喝。这时候，河中激起阵阵水花，可能是淡水鱼吸吮船底的盐分或死藤壶，刘道明看去，注意到舷侧有片叶子浮在一寸高之地，随风摇摆，他以为是落叶掉在蜘蛛网上。趋前一看，船发芽了，应该说是这条泡过海水的枯木逢春了，舷板长出嫩芽。刘道明流着泪，忽然有了归乡的心情，但是他老父死前曾以诗慰勉三兄弟渡海后“年深外境犹吾境，日久他乡即故乡”。唐山回不去，那就在关牛窝定居吧！

关牛窝最初不过是泰雅人的猎地与赛夏人的耕地。清康熙年间，施琅欲引清兵入台，郑克塽征调平埔人防备。一些不堪劳役与督运鞭笞的平埔人，顺后龙溪逃入纵谷定居，很快与赛夏人建立合作关系，互称“邻居”，抵御强悍的泰雅人。一八六一年，刘道明进入关牛窝，用三把枪与十斤盐巴，向赛夏人换了约一分地，界标是两棵木麻黄与大石头之间。定界标是买卖铁律，原因很简单，曾有汉人向少数民族人发誓只要买下手中一块牛皮大小的地，事后却把牛皮剪成线丝，围出一大块地。可是赛夏人又吃亏了。当刘道明把连着树芽的舷木种入土，树长大，树根把地撑开，木麻黄与大石头往外置移了上百公尺。刘道明乐死了，少数民族人就快气死了。

此后，刘道明在从事零星的商业交易之余，更致力农耕开垦，招来更多的客家人移入。客家人怕被砍头，更怕饿死，增加隘丁阻挡防卫，加深了与少数民族的冲突。五年后的某个早晨，舨板芽成大树，开花了，又结果，树上是满满的龙眼。伴随着淡淡果香，门内与门外锣声喧天，弥漫一股年节气氛。门内是刘道明老来得子，唯一的儿子刘金福诞生了。门外的是隘丁返回关牛窝，提着五撮割自击毙的泰雅人的头发，他们凭着庞大的枪支与子弹，把最近也最悍的泰雅部落赶出三公里外，报复前晚的出草行动。至此，汉人巩固自己的势力，泰雅人陆续离开了，只留下一些客语化的泰雅地名。

几年后，刘道明过身，儿子刘金福继承了龙眼树园。刘金福二十岁后，对龙眼树与女人照顾有一套。他娶了三位大婆细妾，两个汉人，一个泰雅人。女人间的醋劲战争，差点折损他的命。他最后找到解脱之道，日日吃蜂王乳增强性能力，让女人陷入不断妊娠的工作。孩子生得又快又凶，女人撇个腿，孩子就蹦出来。从短时间看来，刘金福抚熄了火药味，却点燃另一条庞大家族摩擦的火线。不过最让村人津津乐道，不是女人战争，是看到又吃得到的龙眼。

龙眼园广大，有树百株，全由一棵唐山来的舨板老树王开枝散叶而成。树苗不需多大照顾，就等落地长大。三十年后老树王成精了，树冠峨然，有了自己的情感，专逗人为乐。俊男女从下头走过，花朵能喷出雨粉，得潇洒打伞呢！要是丑男女经过，得狼狈地穿蓑衣，别给毛毛虫炸昏了。村人都俊俏，没人承认淋过毛虫雨。光吃龙眼就能闹人命了。龙眼的客语为牛眼。园里的龙眼大如牛眼，甜郁如蜜，落地溅出的甜汁让蚂蚁吃了忘回巢。龙眼也如牛眼，温温良良的，满枝头看人慰劳人，让人忍不住摘一把吃。这滋味好，多少老人忘了戒急，被乳冻的果肉噎着，还拼命地往喉咙喂，情况不对时，人咚咙栽地，死守牙关不放一滴甜汁呢！

看龙眼何时熟，刘金福有一套。八月燥热天，午夜子时，满树的龙眼偎在绿叶中，睡得跟䓫伢仔没两样。他偷偷来到树下，顺着楼梯上去摸一颗果下来。试一试，捏了有弹性恢复，汁足了。落地裂壳，皮熟了。剥皮不沾肉，馅丰了。撕肉不黏核，籽瘦了。吃起来，让舌头躺下来，天下第一鲜呀！够了，刘金福边叹边喝了壶酽茶，连忙冲醒舌齿，带着三位老婆，牵手大团结地唱起了情歌："摘牛眼啦，阿哥阿妹牵手来，两人有情牛眼圆。"圆者，缘也。所以老少携伴，一提灯，一拍树，敲锣打鼓、放纸炮地闹进果园，非得吵醒龙眼宝宝不可，大喊："起床，起床，早起的牛眼最靓。"再睡下去就睡坏了。龙眼须在半月内收成，要是慢一天，铁定皮壳绽裂，露出白肉像得了青光眼，俗称青瞑牛，只能当肥料。为此大家没日没夜赶工，从南方起手，那的阳光足满，接下来顺东西北三方。摘到第七天，北方那些果子熟得累到下垂，经常，噼里啪啦地断枝，能压伤路人。至于夜摘龙眼，热闹非凡，烧起柴火，架起高台，人来人往，忙得没闲吃饭还得请人炒粄条或煮饭。摘完龙眼，风一吹，群树都轻轻地仰天叹息，没了负担呢！

出卖剩下的做龙眼干，以船顺江出货，味道独步全台湾。龙眼先日头晒上三天，不断翻转，再送进木造烘焙房熏干。当然得用龙眼炭烤，这火炭不乱爆，不苦涩，不老裂，更不沸火。烘房流出龙眼的收缩声，发出各种古典乐器的交响曲，一种水果几乎担任了所有乐器的声响。有人说龙眼炭焙龙眼，不是相煎何太急，是鱼水之欢，能烘出上等的滋味。龙眼干不止能吃，放上孕妇肚脐眼，眼眼相觑，能看出婴儿的性别：剥开壳，肉蒂连的是男，反之则女。当然，用龙眼干拜床母，孩子又俊又美，争着要撑伞过老树王下头。

一八九五年，日本人来了。刘金福带了火绳枪北上迎战，吃了败仗回到关牛窝，赌气跑到山上隐居，住出了瘾，丢下龙眼园不顾。之后小山屋添了热闹，加入了二房孙子帕，这已是很后来的事了。女人斗给男人看，男人不在没兴致，从此龙眼园的女人安静多了，各自为政。等到刘金福再次回到龙眼园，坐上那张始终被擦得崭亮的太师椅，已是日本投降了，他顺势当上九民主义关牛窝区队长。园子里的龙眼树长了又枯，枯了再植。老树王仍勃发，多少的绿光在上头不坠，分株移植，但是刘金福自觉老了，大婆细妾有的早已过身，在世的也情同兄妹而非夫妻。刘金福在屋院绕一圈，当年院落有一百零八间房舍，木工耗时三年不归乡过年才打造而成。一九三五年的中部地震塌毁了大半房舍，之后的几场小火又收拾了一些，其余的被风霜侵蚀。房舍自有其命运，儿孙自有儿孙福。刘金福最后来到树王下，时值龙眼采收完的八月底，地上有些落果，吃甜的果蝇与蜜蜂飞来飞去。刘金福摸了摸纵裂的树纹，心里涌现难以言诠的滋味。树冠盖住了半边天，风吹来，才赊了些天色给人看。当年刘金福碰触树王时，它必定颤动，开花落粉。如今他摸了几下老树也没反应，正绝望时，树王随风动了，未摘落的果实全掉落了，砸得他汤汤水水。

“你看，他还识得我。”刘金福激动地说，“他在罚我呢！”

刘金福过身后葬在老树王旁。他死后七天，下起夜雨，关牛窝陷入又湿又黏的水汽。他阴魂苏醒，从坟中爬起，拍拍水渍与尘土，沿小径入门，雨珠润亮他的身影。一入家门，屁股找到了太师椅坐，脾气就辣了，怎么大白天，大家睡得不知佛神来了。这时他那种睡醒后尚不知身在何处的感觉醒了，他死了，死得一干二净，没有屁，没有痛，连呼吸的力气都省了。他大笑几声，笑得目汁都挂出来，不是没有痛了，干吗还有泪水这种废物？他跳下椅，给神桌上的祖公祖婆的牌位叩头，叩完这头，大家都是同类了。满堂的妻儿子孙入睡，打呼声成了交响乐，声响回荡在树林间。他走了一遭龙眼园，三月的夜晚多么凄凉，猫头鹰的叫声从河岸越过来，一只白鼻心沿着落叶小径来到木棚下偷吃蜂箱里的蜜，蟋蟀濒临爆炸般地鸣唱。万籁俱寂都是如此。刘金福深觉自己的同伴是大自然，不是硬邦邦的建筑，就连低头，都能看到金龟子爬在他脚上欢娱。一阵风来，树梢的雨珠跌落，砸得他浑身来劲了。他想起了帕，多么重要的牵挂。

雨停了。山棱线很清楚。森林的雨还没停，树叶滴滴答答地落水珠。帕整夜睡了又醒、醒了又睡，盘算着刘金福哪时会来。翻来覆去，闹得竹床嘎吱响。这时匍匐在门前的黑熊醒了，站起来凝视远方。帕知道刘金福回来了，突然有些怯情，七天来的期待在这刻缩水了，只好佯睡。刘金福走了五里路来到山屋，不喘也不累，觉得身体死得好，再走过中央山脉也没关系。他先巡视了菜园，极为满意地点头，韭菜活了，番薯长藤，嫩亮的芥菜像恶作剧般涂满了油彩。门后挂的镰刀磨亮了，向来松动的锄头铁舌也塞紧了。最担心的桌脚也修好了。他走到帕边，轻声说：“起床咧！阿公知你没睡着，带你去看阿兴叔公了。”

帕赖床不起，嘴瓣还呼啦啦地装鼾。刘金福坐桌边发呆，手撑得腮发酸。等帕鼓足勇气，借尿意起床时，桌边空无鬼影。刘金福早走了。帕翻下眠床，追了出去，与刘金福偷偷保持了一段距离。潮湿的山林滚动着月光，浮白一片，刘金福的鬼魂反而成了暗影，朝山下飘去，顿时无迹，没有鬼魂了。帕找了一会，下了结论，阿公走得真快，几乎适应了鬼，但是留下些踪迹。水滩上浮着油光，是刘金福掉下的目汁。帕舍不得那些泛着光彩的泪花就此遗弃，他脱下衣裤，吸回来。泪光闪闪带他走入森林，渡过湍急的山沟，那里的青蛙流动缤纷的色彩，它们喝醉了刘金福的泪水。帕最后来到了冢埔，光着肉身，甩着胯下的朘子，走近古树下。

鬼王老早就坐在那。他死过五十余次，包括他杀与自杀，没有一次不醒来的。还有他最讨厌的就是下雨，雨刷干净他刺下的细孔，又得重来一次。不过多年来努力也不是白费，至少他知道关牛窝的实力了，有五百多人、一百间左右的房子、三十八头牛、二十三只羊，最讨厌的狗有十六条，把他当邮差追着跑。其中还有一条河与八条支流，每天制造六十二朵云。其余的像树木、石头的数量，除非它们像狗，具有敌意才要算清楚。至于鬼，才是他最关心的，他们带来新世界的讯息。鬼王要是懒得拿针刺出关牛窝大小，问他们就行了，保证能得到恼人的正确数字。

刘金福走到树荫下，单膝叩地，说："喝，义勇军营三哨哨长刘金福拜见统领。"讲着讲着，身子忍不住颤抖起来。到后来，刘金福嘶吼起，喉咙涌出辣烫烫的情绪，声音回荡山谷。

"旗哨哨官刘金福听令。"鬼王说话了，他长久以来的等待就数此刻最动人，那死去老兵来报到了。

"喝。"

"哨官刘金福听令。"

"喝。"

"刘金福听令。"

"喝。"

"刘金福。"

"喝。"

"你也老了，终于也死了，阿金。"

"喝。"刘金福一愣，伏在地上，报得更大声。

"莫强忍，卸甲。"鬼王挥手说。

"卸甲？那是什么意思？"

"死后万事皆空，不用打仗了，知吧！"鬼王顿了一会儿，又说，"不用打仗了，那讲讲看，外头世界有什么大事？"

刘金福伏落地，早已哭得目汁滚花了，孩子似唏唏苏苏："统领，你过身五十多几年了。大清已亡，民主国已败，日番来了又走，现下是民国了，而世界更乱了。"

"更乱？"

"都自家人跟自家人相打了。"

"闭嘴！莫说了，我说不用打仗了。"鬼王暴怒，随后安抚情绪，"我虽然看不到，但此事我知了。还有呢？"

刘金福被怒气一震，胆怯无声。这本该是温馨的会面，五十余年一别，却充满了无奈与抱怨。他抬头，看着鬼王黑鲁鲁的眼眶，当中无一物，便说："今晡日来，是专程来送等路的，五十年来没有弄坏过。"说罢，他毫不考虑地把眼皮子撕下来，低头睁大眼，一切像是在梦里无痛无惧地练过上千回，往自己的脑勺猛敲，要把礼物——那双吃枸杞明目、用热毛巾敷而保养一辈子的眼珠——拿出来。不能用手挖，眼珠子会挖破，得敲出来的。

眼前的老兵用拳头抡自己后脑，鬼王看不到，却听到咕咚响亮。不久，声音由沉闷传为清脆，仿佛西瓜破裂，果汁溅开，红的白的洒得鬼王满脸糊涂。鬼王随手一抹，往嘴里尝出东西。那红的是血，白的是脑浆，眼前的老哨官正往自己脑壳敲，要把眼珠敲出来。这吓得鬼王当下从碑石上跳起来阻止，要往声响扑去。满地都是刘金福熄灭不了的热血与脑白，鬼王滑倒了，在上头几乎站不起来，也疑虑眼前的老兵是不是活太久，脑筋用坏了在修理。鬼王愤怒，也充满无奈，高喊："何必！我不要眼珠，我适应黑暗了。"

对刘金福来说，五十年来就等这刻，要不是当年亲自把主子的眼挖下来，主子今日不会在此徘徊，早就找到黄泉路，投胎转世，成为好人家。可是这眼珠子真顽强，脑壳破了，脑浆喷了，它顶多快蹦出眼眶。他还有方法，眼窝内有泪腺通到鼻腔。他捏住口鼻，把气逼出，一股气经过泪腺冲入眼眶，把左眼珠子撞出来。同样逼出另一颗眼时，一股外力笼罩过来，强悍但充满温柔之力，让他什么别的也看不见，更不用想了，最后睡了。

那是帕，裸身的他从古树后头闪出来，又快又急，抱上去，暖暖地裹住鬼魂。刘金福睡了，嘴角挂血，夜风在脑勺与空洞的眼眶里打哨响，表情却是孩子大年夜领到红包的喜悦。接着，帕用衣服把满地的血水与脑浆沾了起，连同先前搜集的泪水拧进去，用竹壳当脑壳贴上，以山棕为缝线，还给老战士一个完整有尊严的魂体。抱起刘金福，往山沟的小溪走去，那里的溪水汹涌像火炬。鬼王跟来，他哭了，没眼珠子的人流泪只是一种心情。

"都过去了，去你该去的地方了。"帕把他阿公的鬼魂放在水面。竹壳缝流出脑汁与泪水，整条溪水触之发光，看得出它在黑暗中如何流向远方。虫子被光吸引，盘桓在水面，发出激烈的翅声。帕放手，溪水接手了，带走那老灵魂。溪流穿过月桃与野姜的地盘，来到长满蕨类的山壁绕两匝，接着在一株山黄麻底下勾个弯，切开大山而去。刘金福的鬼魂也走了，只剩山谷响亮的水声。

“我也要转家了，带我走吧！”鬼王说。

帕在大石碑边往下挖，下头有一副龙骨，不见其他残骸。龙骨被凝固的黑水包裹。黑水是三十六条义军的辫子，黑鲁鲁、亮啾啾，它们五十多年来缠着鬼王，吸收他肉体朽颓的汁液，仍成长个不停。帕拈了一根发丝，一抖就数丈长，随风起伏，把风的波浪都画出来。他坐上大石碑，将整理后的辫子放在大腿上搓发绳，揉成了十丈长的黑绳，他手一甩，绳子辣爆一响，有着三十六人齐一发出的怒吼。

帕又把那一副龙骨拿去洗。寻月光染满的小溪，将鬼骨沉入，挑尽骨缝中的沙土。帕还挑出三颗铁丸，斑驳残薄，一捏就酥。月光下，水中的骨头温润如玉，多少的愤慨此刻都没了，多少的感叹都随水流走。这时树上停了几只猫头鹰叫，扑破溪鸣，成了最佳的见证者。帕脱下衣，洗净扭干，擦去骨头上的水渍，把它摊在溪流石上用月光晒干，最后用柳条串起中空的龙骨，挂在胸前带走。

帕拨开菅草，循小径走回大石碑。鬼王已坐上大石碑，无笑也无语，将发辫缠绕在颈根，辫尾叼上嘴。现在，帕要把大石碑也带走，不过他嫌鬼王碍事，叫不走，便搬走他。他左手在石碑上摩挲好一会，寻个下手的所在，等他挺起身，就把石碑拔起，背上背了，再连忙用义军的发绳把大石碑系稳。帕大力跺地，要那些孤魂野鬼出来送行，但是现场冷清，符合坟场风格。鬼王说话了，他要帕不要视鬼为无物，鬼与人不只是差在肉体，更在于它们常常胆怯。阴暗里的猫眼，永远比太阳下的老虎更可怕，人们就是把猫当作鬼。他说，也不要以神的态度对待鬼，那些蹲在庙堂成天由人服侍、吃吃喝喝的神，哪懂得鬼的心思。帕反而问鬼王，该用怎样的方法对待鬼。鬼王笑说，用人方法，它们是人的灵魂。“再会了，各位兄弟，我先回家去穿新衣了。”鬼王拍拍手。坟场很快飘出一缕缕的手，向鬼王挥手说再见，有点像水中的红蚯蚓在摆动。帕背了鬼王走过手阵时，壮观得让人掉疙瘩皮，不敢多留，直呼这些猫真恐怖。

走下山，帕沿着马路走，硬飕飕的风中，火车从后方来了。这身后的大石碑还不重，但磨着背痛，总算有便车可以搭了。帕跳上火车，大石碑卡在门上，他爬到车顶，跳过每节的厢顶，最后躲在机关车上头，排烟板让那里的风速与烟害少了些。帕探头望了炉间，那是一名他不认识的司炉在抛煤。帕恍惚以为下一刻之后赵阿涂就在那，事实上他人已在东北，还寄了信与一张亚细亚号的手绘图。图挂在山屋的墙上。赵阿涂在信上说，东北就像一头病牛，战后攻来的苏联兵到处劫杀，剥了一层牛皮，后来的国军再撕一层，早就残破不堪，大家甚至挖道路的沥青来烧炉火。他现在铁路局从事祖国灾后的复建工作，并且读大连中学夜间部，短期不回台湾了。赵阿涂还在信上说了一个亚细亚号的故事：一九四六年三月，他搭船到北京，再坐火车到东北，那到处是苏联兵。他说，他前往满铁的大连厂找亚细亚号，那里的铁轨被拆掉很多，据说是道班房拆的，防止苏联兵把火车抢回去西伯利亚。他靠近厂房时，几个驿夫仔拿铁条阻止，不让他进入。他掏出关金与手表贿赂，却激怒了对方，可是当他说他是来自台湾时，台湾，这个词像有魔咒。驿夫仔有些愣着，说你终于来了。然后用铁条撬开锁，让赵阿涂去参观那些因为太平洋战而改漆成黑色的亚细亚号，都不是蓝色的亚细亚号。之后驿夫仔又带他去几百公尺外的隐秘厂区，边走边说，日本输了之后，有一个日本人没日没夜地躲在这里上油漆，并且交代他们，有一天会有个台湾来的赵姓小伙子来看亚细亚号，带他来。之后来抢东西的苏联兵用机关枪把锁打开，也把那个日本中年人打死。驿夫仔说罢，带赵阿涂来到那间小厂房，里头有一部蓝色漆装的亚细亚号机关车，全新的，崭亮的，好像女娲补天掉下来的一块蓝彩就藏在那，好像火车要从那一刻闯出去，有了新旅程。

“帕西纳，我来了。”赵阿涂有些激动地喃喃自语，然后对它大喊，“市山桑，我是赵阿涂，我来看你了。”

火车离开关牛窝时，笛声响起，吓坏了车顶的鬼王，说这是哪种牛在叫？帕说他们正在火车上头，靠近车牛头的鼻孔附近。鬼王俯身摸了一把，这确实是关牛窝那台巨大的铁锯子，他不知被锯坏过几回。

“真希望能看到这东西。”鬼王说，“我从来没看过火轮车。”

“没问题，这不难。”帕说。

帕从口袋拿出卷成团的姑婆芋，从里头拿出一颗眼睛。那是刘金福敲下来的。帕把它塞进鬼王的眼窟窿，过程粗暴。鬼王还没适应这一切，眼眶不断冒出泪水，怪罪起风大，刮得眼睛痛。这时火车经过关牛窝车站，停留载客，又往下一站驶去。在离别时刻，鬼王终于看出他逗留数年的村落，如此新奇，却不耐看。路灯会螫人眼，车站建筑硬邦邦，花种在水泥台内，而且一群孩子在榕树下打架，穿的衣服像是从善书的地狱图剪下来的。火车快跑，他失去关牛窝，也失去他还是瞎子时把关牛窝摸透的朦胧美。接着他的头越来越痛，泪水多得流入鼻腔内，猛咳嗽起来，用手指要把眼珠挖出来。帕要鬼王忍着点，火车煤烟就是这么坏，会让人流泪，还会咳个不停。

鬼王没看清楚火车是什么，坐在车里，怎会知道火车模样。他说，现在这颗目珠让他觉得地狱不远了，他原本能看到外头，但很快失去视觉，看到的是刘金福留在里头的记忆，屈辱、不满与惭秽都浓缩成小药丸，有毒的那种。他说，真正的刘金福早死在五十年前的八卦山，活下来的不过是愤怒。鬼王好不容易挖下眼珠，帕又塞回去。这是他阿公馈赠的，鬼王再不喜欢，也不能当着孙子的面丢掉。在一番拉扯后，帕气得收回来，塞入自己瞎掉的左眼，混乱的影像瞬间爆开来，他的脑袋有两股记忆交缠，一组是他的，一组刘金福的，要是不赶快拔下插头，强大的电流会烧坏他的脑神经线路。帕的头猛往车顶撞去，眼珠掉出来，一阵风卷走了，往荒野飘去，什么也没有了。

刘金福的眼珠搞得大家头晕目眩，要是再坐着这辆跳动的三节铁板凳，人会疯的。帕跳下火车，循着路跑，也比火车快多了。背部的伤口又被石碑磨痛了，渐渐转而麻痹，一旦停下来，会更加疼痛。帕跑过了每个村落，月光洒在路面，轻便车铁道发亮，生锈招牌在风中轻撞。有人朝屋外泼水，一阵清风中，村民看见一个背墓碑的少年而惊讶。在某个狭窄的谷口，强风和溪水在此激烈撞击，翻出滔滔声浪。风中还有一股歌声。鬼王听了松开手，从帕背后翻落地，循着歌声，走过吊桥，往山谷的村落去。鬼王问帕，这是哪？谁在那唱歌。帕说，这是出磺坑。

出磺坑，素以生产硫磺油（石油）闻名，旧称硫磺窟。鬼王闻到空气中的臭油味，更加深了自己的评断。他对帕说，那时候，刘铭传设油矿局抽硫磺油，请洋人来勘地脉。地方人说，这硫磺窟的山形如龙脉，洋人故意找个龙穴凿，分明是要抽干龙血凤髓，便要知县上呈朝廷好挡下这件事，但是在台湾府就被按下来了，斥为无稽。现下想来，言犹在耳，不胜唏嘘。

夜色下，这个依山而建的村落竖立无数的路灯，大放光明，好像罩着一层光膜，高脊的山脉可见。鬼王在村口徘徊，帕却一步步跨入这巨大的陷阱。说是陷阱，因为附近十几座山的昆虫，全死在这。虫蛾在电火球下飞悬，洒下斑驳的黑影，安静地撞击，安静地死去。街道下起昆虫雨。帕可以轻易捞起街上死亡的蜻蜓、树蝉以及飞鸟，全放入口袋，直到鼓满。这是神的所在吗？帕想，这些跟太阳偷来的光，使睡眠不存在，唯有死亡如此安静。帕走过炼油机房，巨大的机器轰隆隆运转，像村子的心脏。酒馆、工作寮、住宅都装上电火球，没有黑暗，连建筑都被光照透得变薄。工人在酒醉中高声唱歌，把酒瓶往窗外摔碎，或者睡在马路上，嘴上叼一罐酒。他终于想到刚刚鬼王说的，那些硫磺油都是龙血，在地底暗伏千万年，吸收日月精华，触火为光，让万物炫迷。人也会如此疯狂。

鬼王呢？帕和他失联了，大吼 :“死老货仔，你在哪？”帕走过每条街，太亮了，太多人了，帕担心鬼王在强光下蒸发了。他背上的大碑石沉重起来，伤口传来痛楚。帕跑过每条街，嘶声吼叫。大家探出头，看着少年狂叫，以及那块沾血的墓碑，他们用酒瓶或石头丢他，嫌帕背上的大石碑够晦气。帕撞开几个要来赶走他的大汉仔，杀出重围，在街的尽头，便是河川，他看见鬼王站在开白花的甜根子草间。

路灯加速了那片河草的开花，它们现在开得闹，有无比冷艳的白絮。河风吹拂下，草甩着长叶，弥漫草絮。鬼王坐在石上，草浪几乎让他像在大洪流中的一尊蜡烛，而且亮光。帕可就心烦意乱了，他看到鬼王在拆自己肉体的零件。鬼王先从下肢拆掉，剥掉皮，撕掉肉，把骨头拆下后嚼碎，当风扬其灰。要不是说从自杀的游戏能得到快感，就是死意甚坚，这下真的想求好死。鬼王再陆续摘下耳朵、鼻子、发丝，又大力地敞开肚胸，掏出五脏六腑，肠子一丈丈地抽出，全丢入风中。对于这样拆脏器式的自杀，他有好几次经验，苦恼的不是事后怎么塞回去，是再生能力。他死不了，也活得不耐烦。这次他拆得彻底，连帕也不忍看下去。

“那些歌声让我想起了当年与义军弟兄，在沙场上如何把酒言欢。可是，众军勇都不在了，歌曲真折磨人。”鬼王说。

“那也不用这样，把肝胆都拿出来玩。”

“就到这了，我不转家去了。”鬼王扯下自己的脸皮，拿来手里，说，“当初带了三千子弟兵打日寇，全死了，我怎么有脸回去见江东父老？”

“那我去牵头牛，你藏在牛里，转家去，谁也看不出你。”

“那又如何？我心愧歉，身为牛也是。我轮回千世万世，做牛做马，都报答不了父老之情，我连一个子弟兵都带不回去。”鬼王又从耳后拔下一根发簪，又说，“这是当年上战场时，辅娘（妻子）给的，就让它代替我回去吧！让它回去告诉她，我连她的梦中都无法回去了。”

帕拿来发簪，抚摸一遍。簪子是黑檀木配上银钿云纹，簪脚钝了，菱状的簪盘刻着诗：“入山看到藤缠树，出山看到树缠藤；树死藤生缠到死，树生藤死死也缠。”帕看不懂诗义，不过这支插遍关牛窝的小牙签，是怎么也忘不了。之前有一回，鬼王突然想念起妻子的状况，托了帕回家探看，顺道把这支发簪插在她的发上，她的梦里便有了鬼王。帕回到鬼王家乡找来找去，只找到一口井，便把发簪插在井缘。这道理是他妻子在他战亡后，也投井殉情了。帕之后拿了发簪回去交差，撒了谎，先是说妻子改嫁，后又说改嫁的丈夫又死了，她最近出家了，跟释迦牟尼佛过得快乐极了。鬼王哪会理帕的鬼话连篇，但是他把发簪插入脑壳，看见一座老古井的譬喻时便知道妻子的心意了。如今，帕反而把发簪交还给鬼王，将他妻子已死的实情说了。鬼王听了更对求死有加分作用，他在二十八岁死去后，就数现在对死亡最乐观。

帕懂了，他卸下大石碑，拍碎胸前的那串龙骨，用一片锐利骨头割断自己的手腕动脉。他要鬼王喝下他的血，血又热又呛，很快便腐蚀身体。鬼王闷着头喝饱了血，感到一股醉意，也感到血流得好快，他无法形容那种感觉，仿佛热血沸腾得快爆炸，肉体逐渐融化，血珠子渗出来。

“革命。这是我刚学到的词，多么令人沸腾。这一仗没完咧！义军在哪，我也跟去哪。他们在地府，我也要向阎王爷一个个讨出来。不给，我杀得地府鸡犬不宁。”鬼王笑着说，“帕，带我下地狱吧！”

“没问题。我是烂人，最后也会下地狱的。”

“那好，我帮你铺好路，将来下地府，要革阎王的命，要革神的命，我陪你去。”

帕点点头，把大石碑扳正，要在风渍的碑面重新刻名字，吼一声：“喝，关牛窝的死老货仔报上名来。”

“就叫我鬼王吧！”

帕下好了字迹，抓起大石碑，往鬼王冲去。那一刻鬼王把发簪插入自己的心脏深处，对鬼而言那是最迷人的记忆中心。呔的一吼，分不清是谁吼的，大石碑往鬼王砸去。碑石化为碎屑，鬼王也是。就在帕跃起的那一刻，他捡来放入裤袋的昆虫翻弄出来，撒了一地。一阵风来，所有的甜根子草晃起来，昆虫活了，努力地抖翅膀。唧一声，像暴开的豪雨，哗啦啦又哗啦啦，像炸开的玻璃，哗啦啦又哗啦啦，所有的昆虫重生似活了，翅膀晶亮，飞入夜空。有那么一刻，帕感到自己浮了起来，越来越贴近那星空，肉体成为某个星座。然后汽笛响起，火车正经过山谷，发出规律的节奏。帕睁开眼，仍盘坐在溪石上，有一阵子搞不清楚自己身在哪。不过那不重要了，他心绪盈满，有些承受不住，决定待在这里慢慢消化，直到天亮才起身。可是离天亮还很久呢！

甘耀明 谈 《杀鬼》

一、何时开始有创作《杀鬼》的念头？

要找出最初的念头，太难了，比写这本小说还要棘手。

不过，有些“执念”甩不去，比如小说中的火车。火车的发想，来自乡志上的耆老访谈。他说，日本时代，在大东亚战争时期，缺汽油供给车辆，家乡便出现一种奇异的公交车，后头有蒸汽锅炉，动力是石炭（煤）与水。这段谈话使我对“有锅炉的公交车”满是遐想。没错，肯花些想象力，绝对有精彩的模样，有烟囱、有汽笛，车子尾巴像热水壶冒着蒸汽。

在寻找写作资料时，竟找到了实物照片，跟初始的想象落差大。我把那只史前巨怪想得太美了。但是，我小说动笔了，那种结合公交车与火车的机械怪，开出站有上万字了。如果要召回厂整修，回到又笨又丑的真实模样，真难。而且笔下的无轨火车的确有了生命，无法停止。之后，我仍数次动念，要为小说中的列车多装俩铁轨，符合传统想法。但是，脑海又发出了怒吼，告诉自己，再大胆些，即使像日本动画导演大友克洋的《蒸汽男孩》，充满蒸汽动力的怪械也无妨。小说是魔术戏法，生活的、具象的、情感的，却是私人的操作手法，我不相信自己，又如何变戏法给观众看呢！

二、是否须大量阅读各种史料？

确实读了不少资料，日据时期的警察制度、军中文化、庶民生活等，这些资料散落各书中，多亏近年来口述历史与本土文化调查蓬勃，我得利了。关于蒸汽机车的操作，有些得靠日文书，这方面他们比较强，对保存与尊重蒸汽机车，展现专业与情感。

史料是小说主要的灵感来源，有时写不下，翻翻史料，还比在桌前枯等来得有进度。至今我还记得，哪本书的哪句话或段落，提供了我哪些灵感。

我也不希望小说变成历史数据库，书中对于专有名词，没有太多的解释，读者有兴趣，可上网查一下，会有更多讯息提供筛选。

三、《杀鬼》的背景设在关牛窝，和你自己的成长环境有关吗？

关牛窝是我小时候的冒险地，它范围约十几座山，由坟墓、果园、森林与鬼怪传说组合。我常在那出没，很多地方没深入，多少是孩童时的害怕。翻过关牛窝就是祖母的娘家，那边是少数民族部落。祖母是客家人，她为家族带来了一些少数民族传说的故事。

我小说中的地景，多是取景于童年的村落，距离地图上的关牛窝有些距离。至于小说中的关牛窝，多是虚构的，是个大型村落，更精确地说应该是这个社会的缩影。

如果关牛窝这地名有什么精神上的意义，可能是个人童年的缩影了。

四、为什么将《杀鬼》的背景设定在日据时代？有特殊的意义或考虑吗？

设定在日据时期是早就选好的，并无特别考虑。但是，有意思的东西反而出现在书写与阅读资料的过程中，因当时的民族与身份认同，找出不少的着力点，更能显现角色间的张力。

另外，那样的生活环境，与现今有了距离，提供我不少发挥的空间。我笔下的人物绝对不是活在那段历史时期，活在我的小说中，是我想象的，大胆想的，有不少错误的联想，但是人物也更有血肉。我要是活过那个时代，会写得保守，甚至走安全路线。

五、《杀鬼》是三十万字的长篇小说，花多久的时间完成？有没有遇到瓶颈或困境？

二〇〇四年我以《杀神》通过“国艺会”长篇小说写作计划，预计两年，得完成十五万字。《杀神》是中短篇小说集，其中有篇叫《杀鬼王》。一年后，我写完规定的一半字数，交上去，通过期中审查。当时《杀鬼王》只写了数千字，不成篇章，无法呈去审查，但是我对这篇有期待，不想接下来的一年就这样粗糙地完成，它应该被写成完整的长篇。

我突然申请计划展延，延后一年。这一年主要是花了半年写完《水鬼学校和失去妈妈的水獭》。写《水鬼学校》令我脑筋顿开，早期写作的死结化开。我决定不照《杀神》的计划写下去，只是中短篇小说集而已，便把作品丢进抽屉，将《杀鬼王》写成长篇《杀鬼》，也就是现今大家看到的成果。

写这部小说，我卡了好几次，尤其是前十五万字，在结构、情节、语言上有转不开之处，还曾使用客语书写，遇到瓶颈不得不放弃。二〇〇七年生了一场大病，工作停了，心情乱了，花八个月治疗。我生命中第一次出现得专注面对两件事，治疗与书写，肉体与心灵，我花了不少时间除病，同时花不少时间对付小说，那些转不开的关卡，这时反而打通不少。

二〇〇八年十月开始，真是神奇的一刻，可能是小说人物长大了，长了翅膀，想从我笔下死命飞出。我几乎每天写作，一天写上八小时左右，除了工作，全耗在书写上，半年写了十万余字。五年来与我纠缠不清的小说，此时完稿了。

六、完成《杀鬼》后，最想做的一件事是什么？

最想做的，是该杀一只“鬼”庆祝，当然，这鬼不是阴魂之类，而是内心的迟疑与彷徨。在写作之路，总有许多的不安与路障，外在的、内心的，迭沓纷乱。希望再写几本小说。多努力些，还是这句话最牢靠。

今后，多利用文字呼吸，这是脑袋的有氧运动，同时多回到内心找那只纯真、初衷的小鬼聊聊，是他带我走上写作之路的。

七、最期待读者从《杀鬼》一书获得什么？

我的想法已尽付小说中了。读者读完它，便知道我想表达什么。这本小说是充满“人与力量”的故事，至少身为第一位读者的我这样认为。

八、完成《杀鬼》后，未来的创作计划是什么？

计划是有的，有的进行中，有的纯属想法。进行中的是短篇小说集，每篇约两三千字左右的乡土传奇故事！

至于其他尚未做的计划，不谈也罢，没做完的都不算数。它们看起来像珍宝，放久了就像垃圾，而且怎么被丢出脑海的都不晓得。

九、延续《水鬼学校和失去妈妈的水獭》,《杀鬼》将中文活泼化到极致，这是刻意形成的风格吗?

写作《水鬼学校和失去妈妈的水獭》提供我练笔之处，没有这本书,《杀鬼》难以成形。和《水鬼学校》比较起来,我认为,《杀鬼》的语言比较保守，也较质朴，更适合阅读。如果这样也算刻意形成的风格，也说得通。

十、为什么一直专注于“乡野传奇”的题材?

我以前写了一些小说,开发自我风格,却徒劳无功。谁知,在“乡野传奇”写得蛮顺手，取得文学的辨识度。说故事是种“瘾”，像是魔术，像是电影中的吊钢丝轻功。“乡野传奇”这区块，目前适合我说故事,让我尽情地要魔术,或吊钢丝,或要白痴,我乐在其中。

文
景

Horizon

社科新知　文艺新潮

杀鬼

甘耀明　著

出 品 人：姚映然
责任编辑：沈　敏　卢　茗
营销编辑：王园青
封扉设计：安克晨
版式设计：施雅文

出　　品：北京世纪文景文化传播有限责任公司
　　　　　(北京朝阳区东土城路8号林达大厦A座4A　100013)
出版发行：上海人民出版社
印　　刷：山东临沂新华印刷物流集团有限责任公司
制　　版：南京展望文化发展有限公司

开 本：890mm × 1240mm　1/32
印 张：16.5　　字 数：382,800　　插 页：2
2020年7月第1版　　2020年7月第1次印刷
定 价：56.00元
ISBN：978-7-208-16470-3 / I · 1892

图书在版编目（CIP）数据

杀鬼 / 甘耀明著 .—上海：上海人民出版社，2020

ISBN 978-7-208-16470-3

Ⅰ. ①杀…　Ⅱ. ①甘…　Ⅲ. ①长篇小说—中国—当代　Ⅳ. ① I247.5

中国版本图书馆 CIP 数据核字（2020）第 078389 号

本书如有印装错误，请致电本社更换 010-52187586